国家社会科学基金
NSSFC
The National Social Science Fund of China
博士论文
出版项目

他者·他性·他我
当代新英语小说中的动物研究

Other, Alterity, Humanimal

Animals in Contemporary New English Fiction

段 燕 著

中国社会科学出版社

图书在版编目（CIP）数据

他者·他性·他我：当代新英语小说中的动物研究/段燕著.
—北京：中国社会科学出版社，2022.2
ISBN 978 - 7 - 5203 - 9929 - 6

Ⅰ.①他⋯　Ⅱ.①段⋯　Ⅲ.①英语文学—小说研究—世界—现代
Ⅳ.①I106.4

中国版本图书馆 CIP 数据核字（2022）第 047051 号

出 版 人　赵剑英
责任编辑　陈肖静
责任校对　刘　娟
责任印制　戴　宽

出　　　版　中国社会科学出版社
社　　　址　北京鼓楼西大街甲 158 号
邮　　　编　100720
网　　　址　http://www.csspw.cn
发 行 部　010 - 84083685
门 市 部　010 - 84029450
经　　　销　新华书店及其他书店

印刷装订　北京君升印刷有限公司
版　　　次　2022 年 2 月第 1 版
印　　　次　2022 年 2 月第 1 次印刷

开　　　本　710×1000　1/16
印　　　张　32.5
插　　　页　2
字　　　数　470 千字
定　　　价　188.00 元

出 版 说 明

为进一步加大对哲学社会科学领域青年人才扶持力度，促进优秀青年学者更快更好成长，国家社科基金 2019 年起设立博士论文出版项目，重点资助学术基础扎实、具有创新意识和发展潜力的青年学者。每年评选一次。2020 年经组织申报、专家评审、社会公示，评选出第二批博士论文项目。按照"统一标识、统一封面、统一版式、统一标准"的总体要求，现予出版，以飨读者。

全国哲学社会科学工作办公室

2021 年

摘　　要

　　进入 21 世纪，关于动物研究的论文、专著和会议等各种成果迅猛增加，西方人文社科研究领域出现了"动物转向"趋势。动物权利论奠基者汤姆·雷根观察到，近年来动物问题在哲学中频繁地被讨论，"过去二十年以来，哲学家关于动物权利的著述超过了他们前辈两千年所撰写的总和"①。评论家菲利普·阿姆斯特朗和劳伦斯·西蒙斯认为，"动物转向"可与 20 世纪人文社科领域出现的"语言转向"比肩而立②。文学领域，众多批评家试图突破传统象征主义阐释模式，在"动物转向"背景下采用各种文艺理论分析文学中的动物书写。但总体来说，过去学者主要以英美经典文学作品为研究对象，并且研究视域大多拘于话语分析，研究方法往往忽视同人文领域以外的自然科学展开对话，而最大问题在于，一如肯尼斯·夏普罗和马里恩·科普兰所示，当前存在一种带有物种主义色彩的文学批评范式，一个成熟的动物诠释理论应检视动物是否呈现它们自己，"作为个体，有其自治性、能动性、声音和个性；作为物种，有其物种之能力与局限性"③，而非对动物实施化约主义。

---

　　① Regan, Tom, *Defending Animal Rights*, Urbana: University of Illinois Press, 2001, p. 67.

　　② Armstrong, Philip, and Lawrence Simmons, "Bestiary: An Introduction", *Knowing Animals*, Ed. Lawrence Simmons and Philip Armstrong, Leiden: Brill, 2007, pp. 1 – 24. (p. 1)

　　③ Shapiro, Kenneth, and Marion Copeland, "Toward a Critical Theory of Animal Issues in Fiction", *Society and Animals*, Vol. 13, No. 4, 2005, pp. 343 – 346. (p. 344)

　　当代新英语小说，是英语在殖民地长期使用的副产物，主要涉及除英伦诸岛和美国以外的非洲、澳大利亚、新西兰、南太平洋、印度次大陆、加拿大、加勒比海等地英语文学创作。20世纪后半叶，新英语文学在世界范围开始崛起，极大地丰富了传统的英语文学，也受到了世界英语文学评论界的广泛关注。目前，研究者们大都从后殖民、流散和女性主义等角度对其进行论述，对动物这一主题却关注较少。批评家们要么视而不见，要么认为那是作者出于修辞目的。事实上，这类作品的动物书写已然构成文学世界中一个不可轻忽的现象、一道意蕴丰富的景观，作家们把叙事指向动物本体的同时，在主题开拓、形象塑造、艺术表征和伦理诉求等多个向度呈现出崭新姿态。

　　基于以上认识，本书从动物研究视角出发，兼容马克思主义、女性主义、后殖民研究、生态批评、精神分析、新历史主义、后人文主义和认知动物行为学等理论，以当代新英语小说中的动物书写为研究对象，重点考察南非作家约翰·马克斯维尔·库切的《等待野蛮人》（1980）、《动物的生命》（1999）、印度作家英德拉·辛哈的《动物之人》（2007）、加拿大作家玛格丽特·阿特伍德的《羚羊与秧鸡》（2003）、扬·马特尔的《少年 Pi 的奇幻漂流》（2001）、澳大利亚作家蒂姆·温顿的《浅滩》（1984）等，同时兼顾其他具有代表性的新英语动物叙事作品，如新西兰作家威提·依希玛埃拉的《骑鲸人》（1987）、南非作家贾克斯·穆达的《赤红之心》（2000）等，探究关于动物的文学再现及象征意涵与真实动物之间的关联，论释对动物的不同认知如何影响它们在人类社会的命运及人类自身，分析文学艺术如何为动物发声而不落入人类中心主义想象窠臼，追溯动物在形塑人类的人格内涵与文明进程中扮演了何种角色，并将这种追溯置于当前现实语境观察其所产生的意义。

　　本书认为，当代新英语小说中的动物书写体现出鲜明的"他者·他性·他我"特征，不仅是单个文学文本的动物叙事策略，也是文学动物再现蕴含的主题思想。通过动物他者书写，作家挑战了人类中心主义意识形态下物种歧视及所孵化的各类社会歧视，揭橥隐藏在生命政治背后最本原的权力关系；通过动物他性书写，作家对造成上述歧视的深层根源进行剖析与纠错，在尝试构建动物主体性的同时亦承认动物的他异性，重塑动物逾跨人类知识疆域的身份存在；通过动物他我书写，作家绘制了一幅幅人（性）与动物（性）既共生又冲突的复杂悖图，窥探动物（性）如何作为人类文明发展过程中忖量自我、回应自然和反思文明的重要媒介。三者相互依存，互为一体，其将自然书写与政治、经济、社会等命题结合，通过对动物本体和伦理地位的双重考察，重新审视人与动物的界限、人类的主体性问题。

本书以当代新英语小说中的动物书写为研究对象，试图在动物批评的理论建构和阐释策略方面进行一定探索，其学术价值体现在以下三个方面：第一，改变长期以来以人为主或以人观人的研究模式，将视点聚于文学中的动物再现与表征、人与动物的多重关系，横向勾勒动物叙事文本的整体特征和基本轮廓，纵向挖掘不同题材作品中彰显的动物伦理与动物认知，为传统的研究理论增添新的批评维度；第二，跳出文学研究的欧美中心主义范式，以非英美国家英语文学的动物书写为论述对象，管窥其中体现的道德观念、身份建构、文化价值、民族精神和审美蕴涵，不论从学术研究层面，还是从文化传播层面来看，有助于扩大英语文学研究的版图，提高批评自觉，增强本土意识；第三，拓展文学研究的理论谱系、批评界面和人文空间，将动物批评研究纳入哲学、社会学、历史学、人类学、环境学、地理学及认知动物行为学等多学科领域，以宏阔的理论视野与强烈的责任意识来构建能与现实有效对话的话语体系，从而延伸文学研究的路径。

关键词：他者；他性；他我；动物研究；新英语小说

Abstract

Since the 21st century, the achievements in animal studies made through papers, monographs, conferences, etc. have witnessed a quick rise, and a universal trend of "animal turn" appears in Western humanities and social sciences. Tom Regan, the founder of the animal rights theory, noticed that the animal issue had been frequently discussed in recent years. He wrote, "Philosophers have written more about animal rights in the past twenty years than their predecessors wrote in the previous two thousand"[1]. Lawrence Simmons and Philip Armstrong held that "animal turn" was comparable in significance to "linguistic turn" that revolutionized humanities and social science disciplines from the mid-20th century onwards[2]. In the literary field, researchers have been studying animal writing with a range of critical theories in and across disciplines. However, most of them focus on British and American literature and are often limited to discourse analysis. Moreover, they are seldom involved in natural sciences, especially the life sciences. The biggest problem, as Kenneth Shapiro and Marion Copeland pointed out, lies in that our literary criticism is

---

[1]   Regan, Tom, *Defending Animal Rights*, Urbana: University of Illinois Press, 2001, p. 67.

[2]   Armstrong, Philip, and Lawrence Simmons, "Bestiary: An Introduction", *Knowing Animals*, Ed. Lawrence Simmons and Philip Armstrong, Leiden: Brill, 2007, pp. 1 – 24. (p. 1)

"speciesism". A full-blown, animal-based interpretative theory should examine the status of the use of nonhuman animals as symbols, that is, whether an animal could appear as himself or herself "as an individual with some measure of autonomy, agency, voice, character, and as a member of a species with a nature that has certain typical capabilities and limitations"[1].

Contemporary new English fiction is a by-product of the long-term usage of English in the colonies, which mainly involves English literature in Africa, Australia, New Zealand, the South Pacific, the Indian subcontinent, Canada, the Caribbean except Britain and the United States. Since the second half of the 20th century, the rising new English literature has greatly enriched the traditional English literature and attracted wide attention of the global literary critics. At present, researchers mostly conduct the discussion from such perspectives as post-colonialism, diaspora and feminism while ignoring animal writing. As a matter of fact, animal writing in such works has constituted an indescribable phenomenon and a rich landscape. Ontologically focusing on the animal, the writers have made a stable improvement in theme exploration, image shaping, artistic representation and ethical appeal.

Starting from the perspective of animal studies and integrating such perspectives as Marxism, feminist studies, postcolonial studies, ecocriticism, psychoanalysis, neo-historicism, new criticism, posthumanism, cyborg and cognitive ethology, this book aims to explore the animal representation and systematic relationship between its symbolic meanings and real animals in the following masterpieces of contemporary new English fiction: the South African writers J. M. Coetzee's *Waiting for the Barbarians* (1980)

---

① Shapiro, Kenneth, and Marion Copeland, "Toward a Critical Theory of Animal Issues in Fiction", *Society and Animals*, Vol. 13, No. 4, 2005, pp. 343 – 346. (p. 344)

and The Lives of Animals (1999), Zakes Mda's *The Heart of Redness* (2000), the Indian writer Indra Sinha's *Animal's People* (2007), the Canadian writers Margaret Atwood's *Oryx and Crake* (2003), Yann Martel's *Li of Pi* (2001), the Australian writer Tim Winton's *Shallows* (1984) and the New Zealand writer Witi Ihimaera's *The Whale Rider* (1987) . My research will examine how that animals are configured differently in human societies gives significance to animals and human culture per se, how literature represents an authentic animal voice and speaks for animals beyond anthropocentrism, and how animals shape the ideologies and the material experience of internal and external spaces of human beings in civilization.

It contends that "Other, Alterity and Humanimal", the defining characteristic of animal writing in contemporary new English fiction, is not only the animal narrative strategy of a single literary text but also the dominant theme through all animal representations. In "Other Writing", the writers challenge the anthropocentrism and the deriving discriminations by exposing the ultimate power-oppression behind life politics; in "Alterity Writing", the writers correct the above by making an attempt to construct animal subjectivity with recognition of differences; in "Humanimal Writing", the writers reveal the paradoxical coexistence between humanity and animality and between humans and animals. Combining nature writing and political, economic and societal discourses, the three integral parts examine the ontological and ethical status of animals and reexamine the boundary between humans and animals as well as the subjectivity of human beings.

It is of academic value to study animal writing in contemporary new English fiction: (1) to encourage endeavors to step outside anthropocentrism in traditional literary studies and begin to understand the other species on whom our own survival depends; (2) to provide a much-needed corrective to the Euro-American-centrism of literary studies in general by taking new English fiction as the research subject; (3) to enlarge the horizons of literary criticism through important reference theories ranging from philosophy to sociology, from history to ethics and from anthropology to cognitive ethology.

Keywords: Other; Alterity; Humanimal; animal studies; new English fiction

目　　录

Contents

绪　　论

　　自 20 世纪 70 年代新一轮动物解放运动以来，新兴的"人类—动物研究"（Human-Animal Studies，HAS），有时亦作"动物研究"（Animal Studies）、"人与动物关系学"（Anthrozoology）①，开始登上历史舞台并进入国际学术话语体系，成为西方学界的热点和前沿领域之一。然而，有研究者表示，我们正忙于解决有色人种、女性、穷人、残障或儿童等群体压迫，没有闲情逸致顾及所谓的动物问题。对此，阿甘本（Giorgio Agamben）指出，"在我们的文化中，支配着其他冲突最为关键的政治冲突就是人的动物性与人性之间的冲突"，而这一切归根结底是人与动物的区分，因此"更紧迫的事情是致力于这个区分的探讨，追问究竟以何种方式将人与非人、动物与人类分离，而不是在那些大而无当的问题上、在所谓的人权和人的价值等问题上表明立场"②。德里达（Jacques Derrida）更直接地点明了

---

①　在提及"动物"时，西方动物研究者提倡采用"非人类动物"（nonhuman animals/animals-other-than-humans），旨在体现人类也是动物之一，借此避免人类中心主义。笔者赞同这一观点，但为了行文方便和汉语表达习惯，本书在论述中主要使用"动物"一词，只在特别强调时使用"非人类动物"。另外，严格意义上来讲，"人类—动物研究""动物研究"和"人与动物关系学"虽同为动物研究，有时还会交换使用，但其实各自有着鲜明的研究指向："人类—动物研究"主要是人文社科领域探讨人类与非人类动物之间的互动关系；"动物研究"在人文社科领域通常被用作"人类—动物研究"的简称，但在自然科学领域特指科学或医学对动物展开的研究；"人与动物关系学"指对人与动物关系以及人与动物血缘展开的科学研究。笔者在行文时主要使用"动物研究"这一表达方式，除特殊说明外，一般指的是"人类—动物研究"。

②　Agamben, Giorgio, *The Open*: *Man and Animal*, Trans. Kevin Attell, Stanford: Stanford University Press, 2004, pp. 16, 80.

动物问题的重要性：动物问题"本身的确很重要"，"同时又具有战略意义"，说这个问题重要，是因为当前不少人动物保护意识淡薄，因此解决这个问题任重而道远，说这个问题具有战略意义，是因为它关涉其他核心概念，如人的本性、人的起源和未来、伦理、政治、法律、反人类罪及种族灭绝等①。由此观之，动物问题涉及道德、政治、历史、社会、文化和环境等诸多层面，值得我们共同去探讨和研究。

第一节　选题背景

作为一门典型的综合性与交叉性研究，动物研究涉及众多学科知识，包括人类学、考古学、生物学、动物学、环境史、文化研究、性别研究、地理学、历史学、文学、哲学、神学、社会学、心理学、教育、美术、视觉研究以及博物馆研究等。正如沃尔夫（Cary Wolfe）、富兰克林（Adrian Franklin）、布勒（Henry Buller）等人所示，动物研究是一门新兴的跨学科和多学科研究，其研究对象斑驳庞杂②。由于动物研究的繁杂性，目前学界就动物问题尚未形成一个统一的、标准的或权威的定义，换言之，"它的主要术语与理论聚焦仍然是开放的"③，但这并不意味着动物研究缺乏主线引导，而是要

---

① Derrida, Jacques, and Elisabeth Roudinesco, *For What Tomorrow：A Dialogue*, Trans. Jeff Fort, Stanford：Stanford University Press, 2004, pp. 62 – 63.

② Wolfe, Cary, "Human, All Too Human：'Animal Studies' and the Humanities", *PLMA*, Vol. 124, No. 2, 2009, pp. 564 – 575；Franklin, Adrian, *Animals and Modern Cultures：A Sociology of Human-Animal Relations in Modernity*. London：Sage, 1999；Buller, Henry, "Animal Geographies I", *Progress in Human Geography*, Vol. 38, No. 2, 2014, pp. 308 – 318.

③ Calarco, Matthew, *Zoographies：The Question of the Animal from Heidegger to Derrida*, New York：Columbia University Press, 2008, p. 2.

求我们"必须超越定义"①。动物研究领军人物马文（Garry Marvin）
和麦克休（Susan McHugh）曾以"为何"（why）、"如何"（how）、
"是何"（what）三个关键词对动物研究的核心问题作出如下阐述：

> 为何动物在世界各地的人类文化和社会中以不同的方式再
> 现与建构？（在具体文化和社会中）动物是如何被想象、体验和
> 赋予意义的？某一特定的人与动物关系所反映的关于人（或动
> 物）的界定和标准是何，考虑个体以及群体的幸福，是否可对
> 这一关系做出改善以及怎样进行改善？②

从以上可知，动物研究旨在考察那些与动物相关的、包括物质
活动和精神活动在内的一切人类活动，通过重新检视人与动物的关
系，重新思考"何谓人""何谓动物"等哲学性问题，试图揭示不
同"人类—动物"关系模式及其动物论述背后所承载的政治寓托、
文化内涵、社会功能、生态意义、伦理导向、审美情趣等，从这个
意义上讲，动物研究同文化研究一样，本身既是研究的客体与对象，
同时也是政治批评与政治行动的场域，并借此期冀调节和修复现实
世界中人与动物的矛盾冲突，对人类社会作出道德评价，为改善当
代物种生存状况和人类命运共同体出谋划策。需要指出，动物研究
所关注的"动物"不仅包括那些存在于人们头脑、观念、创作（文
学、电影、剧场、视觉艺术）等想象空间的"再现动物"（represen-
tational animals）——无论是自然界存在或不存在的动物，还包括实
际生活中与人类遭遇的"真实动物"（real animals），如野生动物、
驯养动物、宠物动物、食品动物、实验动物、工具动物以及娱乐动

---

① Waldau, Paul, *Animal Studies: An Introduction*, New York: Oxford University Press, 2013, p. 11.

② Marvin, Garry, and Susan McHugh, "In It Together: An Introduction to Human-Animal Studies", *Routledge Handbook of Human-Animal Studies*, Ed. Garry Marvin and Susan McHugh, Abingdon and New Yok: Routledge, 2014, pp. 1 – 9. （p. 2）

物（动物园、水族馆、马戏团）等。

　　进入 20 世纪 80 年代，动物研究逐渐迎来了井喷式发展，西方整个人文社科领域呈现出明显的"动物转向"（animal turn）① 趋势。由社会运动到学术殿堂②，动物研究论著和专业期刊大量问世，动物研究组织和学术会议活动相继涌现，众多高等学府纷纷开设动物研究的相关课程③。凡此种种，都证明过去那些认为动物研究难登学术大雅之堂或缺乏理论现实意义的观点是错误的。不到一百年前，德纳（Charles Loomis Dana）直批为动物代言者患有精神疾病，谓之"恋兽狂"（zoophil-psychosis）；及至 20 世纪 60 年代，反对《美国动物福利法案》（U. S. Animal Welfare Act）的人有时还指控推动该法案者患有

---

　　① "动物转向"作为一个正式术语，最初由弗兰克林（Sarah Franklin）和穆林（Molly Mullin）于 2000 年举办的美国人类学协会（American Anthropological Association）年会上首次提出。在 2003 年召开的澳大利亚文化研究协会（Cultural Studies Association of Australia）年会上，弗兰克林再次使用"动物转向"一词总结近年来人文社科领域的发展趋势，并在 2007 年发表的《多利混合物：族谱的重塑》（*Dolly Mixtures：The Remaking of Genealogy*）中又重申了"动物转向"来表明动物研究在众多学科领域的迅猛发展。更多资料参阅：Ritvo, Harriet, "On the Animal Turn", *Daedalus*, Vol. 136, No. 4, 2007, pp. 118 – 122; Weil, Kari, "A Report on the Animal Turn", *Differences：A Journal of Feminist Cultural Studies*, Vol. 21, No. 2, 2010, pp. 1 – 23; Wolfe, Cary, "Moving Forward, Kicking Back：The Animal Turn", *Postmedieval：A Journal of Medieval Cultural Studies*, Vol. 2, No. 1, 2011, pp. 1 – 12; McDonell, Jennifer, "Literary Studies, the Animal Turn and the Academy", *Social Alternatives*, Vol. 32, No. 4, 2013, pp. 6 – 14; Cederholm, Erika Andersson, et al, ed, *Exploring the Animal Turn：Human-Animal Relations in Science, Society and Culture*, Lund：Pufendorfinstitutet, 2014; Sykes, Katie, "Globalization and the Animal Turn：How International Trade Law Contributes to Global Norms of Animal Protection", *Transnational Environmental Law*, Vol. 5, No. 1, 2016, pp. 55 – 79; Peterson, Anna, "Religious Studies and the Animal Turn", *History of Religions*, Vol. 56, No. 2, 2016, pp. 232 – 245; Harris, Nigel, *The Thirteenth-Century Animal Turn：Medieval and Twenty-First-Century Perspectives*, Cham, Switzerland：Palgrave Macmillan, 2020. 另外，密歇根州立大学出版社直接以"动物转向"为名，自 2012 年起陆续出版了由卡洛夫（Linda Kalof）主编的《动物转向系列丛书》（*The Animal Turn Series*）。

　　② 此处"社会运动"指动物解放运动，是由哲学家发起的捍卫动物的行动主义，旨在终结将动物视作财产或物品而对其使用、剥削和屠杀，主要代表人物有辛格（Peter Singer）和雷根（Tom Regan）。

　　③ 此在本书第一章第一节"动物研究与动物转向"有论述。

这种精神异常；到了 20 世纪末，怀特（Robert J. White）仍旧声称动物使用不产生任何伦理问题，文内引用若将动物问题提升至道德层次，会对科学研究和农林畜牧造成伤害①。动物的真正价值，正如著名人类学家列维－斯特劳斯（Claude Levi-Strauss）所说，不在"适合食用"（good to eat），却在"适于思考"（good to think with）②，而透过对待动物的方式，甚至"可以衡量一个国家的伟大及其道德进步"③。要言之，动物议题不仅是物种的生存状况问题，也是一面审视自我的镜子，是一个国家乃至整个人类文明程度的反映，在构筑我们的人格身份、道德观念、文化传承和社会意识上，动物都扮演着一个极其重要的角色。

　　"文学动物研究"（Literary Animal Studies），又名"动物批评"（Animal Criticism/Zoocriticism），是文学研究与当代动物思潮相结合的产物，是文学批评实践的"动物转向"。简单地说，动物批评主要探讨关于动物的文学再现及其象征意涵与真实动物的生命经验之间的关系④。动物批评研究涉及议题甚广，包括"动物象征主义"（animal symbolism）、"化人主义"（anthropomomorphism）、"动物生命的内容、价值及丰富性"（content，value，and richness of animal life）、"物种主义"（Speciesism）、"素食主义"（vegetarianism）、"动物保护"（animal conservation）、"物种灭绝"（species extinction）、"动物园"（zoos）、"生物医学"（biomedicine）、"动物产业综合体"（animal in-

---

①　Regan，Tom，*Defending Animal Rights*，Urbana：University of Illinois Press，2001，p. 1.

②　Levi-Strauss，Claude，*Totemism*，Trans，Rodney Needham，London：Merlin Press，1991，p. 89.

③　转引自 Sandis，Constantine，"Culture，Religion，and Belief Systems：Gandhi，Mohandas Karamchand（1869 – 1948）"，*Encyclopedia of Human-Animal Relationships：A Global Exploration of Our Connections with Animals*（Volume 2），Ed. Marc Bekoff，Westport：Greenwood Press，2007，pp. 501 – 504。（p. 503）

④　McHugh，Susan，Robert McKay，and John Miller，"Introduction：Towards an Animal-Centred Literary History"，*The Palgrave Handbook of Animals and Literature*，Ed. Susan McHugh，Robert McKay，and John Miller，Cham，Switzerland：Palgrave Macmillan，2021，pp. 1 – 11.　（p. 6）

dustrial complex）、"生命政治权力"（biopolitical power）等。其中的重要意旨在于，检视人与动物之间的界限，解构人与动物、人性与动物性的二元对立，并由此分析动物比喻修辞如何影响对真实动物和人类的理解、物种主义如何参与剥削贬低人类和非人类的共谋，挑战人类中心主义意识形态。

　　动物批评具有鲜明的跨学科、跨领域特征，其借鉴了人文社会科学乃至自然科学研究的各种成果。这些理论资源可追溯到 20 世纪后半叶：欧陆哲学中德勒兹和加塔利（Gilles Deleuze & Felix Guattari）的《千高原：资本主义与精神分裂》（A Thousand Plateaus：Capitalism and Schizophrenia，1987），分析哲学方面辛格（Peter Singer）的《动物解放》（Animal Liberation，1975）、雷根（Tom Regan）的《动物权利研究》（The Case for Animal Rights，1983），以及动物行为学领域古道尔（Jane Goodall）、弗西（Diane Fossey）等人所做的大量田野调查，都为重构动物生命提供了理论启示或实证依据；女性主义者亚当斯（Carol J. Adams）、多诺万（Josephine Donovan）、普鲁姆伍德（Val Plumwood）、戈德（Greta Gaard）等则致力揭示性别主义与物种主义的同源性①；基于利奥波德（Aldo Leopold）的"大地伦理"（land ethic），深层生态学者倡导"生命共同体"（biotic community）的概念，即人不在自然之上或之外，而在自然之中，自然也并非为了人类而存在②；以诺斯克（Barbara Noske）、本顿（Ted Benton）为代表的马克思主义动物研究者，着重揭露了动物在资本主义工业化的集约饲养即"工厂化农场"（factory

---

　　① 代表性文献如：Adams，Carol，*The Sexual Politics of Meat：A Feminisl-Vegelarian Crilical Theory*，New York：Continuum，1990；Adams，Carol，and Josephine Donovan，ed，*Animals and Women：Feminist Theoretical Explorations*，Durham：Duke University Press，1995；Adams，Carol，and Josephine Donovan，ed，*Beyond Animal Rights：A Feminist Caring Ethic for the Treatment of Animals*，New York：Continuum，1996；Plumwood，Val，*Feminism and the Mastery of Nature*，London：Routledge，1993；Gaard，Greta，*Ecofeminism：Women，Animals，Nature*，Philadelphia：Temple University Press，1993。

　　② 代表性文献如：Devall，Bill，and George Sessions，*Deep Ecology：Living as if Nature Mattered*，Salt Lake City，Utah：Peregrine Smith Books，1985。

farming）中被物化和商品化的普遍现象①。此外，福柯（Michel Foucault）的"权力结构"（power structures）、德里达（Jacque Derrida）的"解构理论"（theory of deconstruction）、拉图尔（Bruno Latour）的"行动者网络理论"（actor-network theory）、阿甘本（Giorgio Agamben）的"人类学机器"（anthropological machine）、哈拉维（Donna Haraway）的"同伴物种"（companion species）等，都具有重要的参考价值。

　　当前动物批评显示出相当活跃的研究态势，用科普兰（Marion Copeland）的话来讲，21 世纪的文学动物研究"日趋繁荣"②。纵观国内外文献，英语文学研究的动物批评硕果累累。相对而言，国内的动物批评系统性阐述较少，无论是在单一某个理论框架下展开的讨论，还是从具体动物意象选择层面所进行的分析，都不尽如人意，并且因袭和继承国外研究维度的成果偏多，而最大的问题在于，对本就一直被排斥在主流文学视域之外的动物书写，国内理论界与批评界并未给予足够的重视③。但从国内外英语文学研

　　① 代表性文献如：Noske, Barbara, *Humans and Other Animals: Beyond the Boundaries of Anthropology*, London: Pluto, 1989; Noske, Barbara, *Beyond Boundaries: Humans and Animals*, Montreal, New York, and London: Black Rose Books, 1997; Benton, Ted, *Natural Relations: Ecology, Animal Rights, and Social Justice*, London: Verso, 1993。

　　② Copeland, Marion, "Literary Animal Studies in 2012: Where We Are, Where We Are Going", *Anthrozoös*, Vol. 25, No. sup1, 2012, pp. s91 – s105.（p. s92）

　　③ 这一点从国内关于外国文学和中国文学动物研究现状均可看出。外国文学研究方面，朱宝荣在《动物形象：小说研究中不应忽视的一隅》一文指出，当前国内对欧美文学（非英美国家文学研究情况更糟）的动物研究存在几个明显的缺憾："一是尚未对动物形象发展演变史的角度整体掌握，二是多从单纯的修辞格的角度来看取动物，而对其在叙事学上的意义极少关注，三是轻忽了对动物自身、对人与动物关系的审视，特别是对 20 世纪动物形象塑造新动向的考察方面，着力不多。"中国文学研究方面，陈佳冀在博士学位论文《中国文学动物叙事的生发与建构》中也有类似的看法，"虽然有关动物叙事的研究已经逐渐成为当下的一门显学，并呈现出了愈加丰盈的研究热度与勃兴姿态，但它始终没有成为学界一个纯粹意义上的理论热点，也没有引起足够多的重视与青睐……而对于动物叙事作为一种文学文化现象，作为一种文学思潮，作为一个重要理论考察热点的深蕴层面都缺乏应有的关照"。朱宝荣：《动物形象：小说研究中不应忽视的一隅》，《文艺理论与批评》2005 年第 1 期；陈佳冀：《中国文学动物叙事的生发和建构》，博士学位论文，上海大学，2011 年，第 5 页。

究的整个动物批评现状来看，由于诸多原因还存在许多亟待完善的环节，主要问题笔者概括如下：就研究对象而言，以往论著多半集中在英美文学，对非英美国家英语文学的动物书写则关注较少，而对其展开综合性的深入考察更少①；就研究视角而言，大部分研究拘于权力话语分析，特别是人类世界的各类政治场域如后殖民批判、男权主义批判等②，导致研究的重复率与效仿率较高，而相关文献又表现出研究者可能只抓住某一点便笔诛墨伐、走入强制阐释的死胡同，突出体现在评论者解读非英美国家尤其是前殖民地国家的文学作品时，绝大多数都仅聚焦后殖民或流散问题③；就研究方法而言，目前文学研究的动物批评包括文学研究本身多囿于人文社科领域，很大程度从根本上限制甚至误导了对动物的真正理解，近年来有研究者试图打破该研究范式，同自然科学领域的

---

①　国际知名动物批评家、学界第一套致力于文学动物研究丛书《帕尔格雷夫动物与文学研究》（*Palgrave Studies in Animals and Literature*）主编麦克休（Susan McHugh）在评价伍德沃德（Wendy Woodward）的专著《动物凝视：南非叙事中的动物主体性》（*The Animal Gaze：Stalking Animal Subjectivities in Southern African Narratives*，2008）时说道："该书以一系列来自南非的优秀作家及其作品为研究对象，展示了非洲本土思想等其他传统如何通过动物再现触及社会和政治主体问题，这样的探索为一般文学研究的'欧美中心主义'提供了一个突破性纠正。"

②　环境人文学家克拉克在谈及文学动物研究时指出，尽管动物在文本中随处可见，但它们绝大多数情况下是"不被看见的"，因为"任何关于非人类文本的研究在某种意义上总是成为对人类的研究"。Clark，Timothy，*The Cambridge Introduction to Literature and the Environment*，Cambridge：Cambridge University Press，2011，p. 187.

③　批评者指出：我国的英语文学研究界有一种后殖民理论反复批判的那种不寻常殖民心态，导致外国文学研究陷入了某种文化尴尬，亦即，"我们对后殖民理论存在一定的贴标签式的评论方式（有生搬硬套的嫌疑）"；另一方面，移居西方发达国家的新英语文学家并非只有一个创作主题——缺乏文化归宿的边缘感，也并不是所有的新英语文学家都移居到了第一世界，或者说，他们之中即便有的已经移居境外，但仍可能自觉或不自觉地、努力地从自身文化传统中寻找创作灵感。朱振武、刘略昌：《中国非英美国家英语文学研究的垦拓与勃兴》，《中国比较文学》2013 年第 3 期。更早相关论述可见颜治强的系列论文：《论新英语文学》，《四川外语学院学报》1995 年第 2 期；《论英语新文学研究的若干问题》，《外国语》2003 年第 1 期；《亚非拉英语文学研究的名与实》，《湖州师范学院学报》2007 年第 3 期。

动物研究建立联系，但仍需更多努力①；就研究思路而言，与传统"文学就是人学"的思维定式形成鲜明对比，不乏因对"唯人论"矫枉过正而径直走向另一极端的研究模式，即"唯动物论"，这显然犯了同样的本质主义错误。以上所有都为本研究提供了较大探索空间，它们既是本研究的出发点，也是本研究的落脚点。②

当代新英语小说，是英语在殖民地长期使用的副产物，主要涉及除英伦诸岛和美国以外的非洲、澳大利亚、新西兰、南太平洋、印度次大陆、加拿大、加勒比海等地英语文学创作。20世纪后半叶，新英语文学在世界范围开始崛起，这极大地丰富了传统的英语文学，也受到了世界英语文学评论界的广泛关注。目前，研究者们大都从后殖民、流散和女性主义等角度对其进行论述（尤以第一种角度为甚）③，对动物这一主题却关注较少。批评家们要么视而不见，要么认为那是作者出于修辞目的。事实上，这类作品的动物书写已然构成文学世界中一个不可轻忽的现象、一道意蕴丰富的景观，作家们把叙事指向动物本体的同时，在主题开拓、形象塑造、艺术表征和伦理诉求等多个向度呈现出崭新姿态。因此，本书拟以当代新英语小说为考察对象，以动物研究为理论基点，力图系统全面地分析文本中的动物书写，在开展批评实践的同时，尝试进一步探索和完善文学研究的动物批评理论。

---

　　①　这一点也是人文社科领域尤其哲学研究出现"动物转向"的重要原因之一。由于动物在人文学科以外的领域发生了根本性变革，例如，认知动物行为学许多新发现令建立在语言、文化、工具使用等基础上实现自我界定的人类中心主义大厦轰然倒塌，促使人们重新思考动物的本体生命与伦理问题。Wolfe, Cary, "Introdcution", *Zoontologies：The Question of the Animal*, Ed. Cary Wolfe, Minneapolis：University of Minnesota Press, 2003, pp. ix – xxiii. （p. xi）

　　②　更多关于文学动物研究的现状，详见第一章第三节"国内外相关文献综述"。

　　③　此在本书绪论第二节"研究对象与概念说明"有论述。

第二节　研究对象与概念说明

一　本书研究对象

本书以当代新英语小说中的动物书写为研究对象①，核心研究文本主要涉及：南非作家库切（John Maxwell Coetzee）的《等待野蛮人》（*Waiting for the Barbarians*，1980）、《动物的生命》（*The Lives of Animals*，1999）、印度作家辛哈（Indra Sinha）的《动物之人》（*Animal's People*，2007）、加拿大作家阿特伍德（Margaret Atwood）的《羚羊与秧鸡》（*Oryx and Crake*，2003）、马特尔（Yann Martel）的《少年 Pi 的奇幻漂流》（*Li of Pi*，2001）、澳大利亚作家温顿（Tim Winton）的《浅滩》（*Shallows*，1984）。与此同时，也兼顾除上述作家以外其他具有代表性的新英语动物叙事文学，如新西兰作家依希玛埃拉（Witi Ihimaera）的《骑鲸人》（*The Whale Rider*，1987）、南非作家穆达（Zakes Mda）的《赤红之心》（*The Heart of Redness*，2000）等。之所以选择上述五位作家及其作品为核心研究对象，原因有三：第一，这些作家及作品不仅在非英美国家英语文学界颇具代表性，在世界文坛亦享有盛誉；第二，以上文学对于"人类—动物"这一主题的探索均具有典型意义；第三，过去有关这些作品的动物批评，无论从单个文本研究，还是从系统性阐释来看，都有待加强。相关作家/作品简介如下：

库切（1940—　）：南非小说家、文学评论家、翻译家。第一位两度获得英国文学最高奖即"布克奖"的作家，于 2003 年获得"诺贝尔文学奖"。作品《等待野蛮人》是库切第一部享誉世界的作品，曾获南非最高文学奖——"中央新闻机构奖"。小说以边境小镇的老

---

①　需要说明，本书所关注的动物书写并非以"纯动物"为故事角色的动物文学，其通常以动物作为主人公或叙述者（it-narrative genre），如伦敦动物小说、西顿动物小说等。

行政长官（Magistrate）为主人公，以帝国首府派来调查真相的国民卫军乔尔上校（Colonel Joll）、在酷刑折磨下被弄瞎了眼睛的"蛮族"（barbarians）女孩等人物角色为叙事辅线，真实展现了帝国征讨"野蛮人"的侵略行径，作者的动物书写在批判殖民征服和社会压迫同时，也控诉了物种暴力对自然生态造成的深远影响。《动物的生命》是库切 1997 年应普林斯顿大学之约两次演讲的书稿，在特纳演讲台上，库切用小说形式将严谨的学术演讲变成了极具张力的虚构故事，并让小说中的主人公，同样也是小说家的科斯特洛（Elizabeth Costello）替自己到一所美国大学演讲。科斯特洛分别以"哲学家与动物""诗人与动物"为题聚焦同一环境伦理范畴，即人类对待动物的态度和方式。于是，两次讲座里套着两次讲座，现实世界与虚构世界模糊难辨。

辛哈（1950—　）：印度作家、翻译家、广告词撰稿人，曾被评为英国有史以来最出色的十位广告词撰稿人之一。作品《动物之人》入围 2007 年"布克奖"，于 2008 年获"英联邦作家奖"。小说以一位名叫"动物"（Animal）的南方社会底层人物为主人公，以 1984 年美国设在印度博帕尔（Bhpal）的联合碳化（Union Carbide）发生异氰酸甲酯外泄为历史原型，讲述了当地（小说化名 Khaufpur）居民时隔二十余载生命健康依然危在旦夕，为寻久候不至的正义，民众仍与美国公司（小说化名 Kampani）奋力抗争的故事。借助"动物"这一双关身份，作者夹杂意识流甚至超意识来呈现动物心理意识、人与动物的跨物种僭越，探讨种族正义和种际正义等问题。

阿特伍德（1939—　）：加拿大小说家、诗人、文学评论家。2000 年获得"布克奖"，2008 年获得"阿斯图里亚斯王子奖"、2017 年获得"卡夫卡文学奖"和"德国书业和平奖"。作品《羚羊与秧鸡》入选 2003 年"布克奖"、2004 年"柑橘小说奖"（现更名为"百利女性小说奖"）。小说通过主人公"雪人"（Snowman）穿梭于历史与现实，在追忆好友科学家"秧鸡"（Crake）和来自第三世界的情人"羚羊"（Oryx）过程中，讲述了人类遭受病毒感染、被基因工程控制社会的末世故事，作者批判了人类工具理性对地球环境的严重破坏，并对人性本质、种际道德、代际公正以及族群正义（种族正义、性别正义）等做出了深刻思索。

马特尔（1963— ）：加拿大作家。作品《少年 Pi 的奇幻漂流》于 2002 年获得"布克奖"，根据该书改编的同名电影在第 85 届奥斯卡奖颁奖礼上获得了包括最佳导演、最佳视觉效果在内的四项奖项。小说主要讲述了印度男孩 Pi（Piscine Molitor Patel）全家带着动物园移居加拿大途中遭遇海难，家人全部丧生，独自与一只成年孟加拉虎在太平洋历时两百二十七天漂流的生存故事。小说中，诙谐幽默的动物趣闻、亦真亦幻的海上历险、善恶并存的人性矛盾，折射出作者关于族群界限与人兽疆界的深镑哲思。

温顿（1960— ）：澳大利亚小说家、儿童文学家，曾被誉为澳洲文坛"神童"。曾获"迈尔斯·弗兰克林奖"四次，其中包括作品《浅滩》。小说围绕西澳渔港小镇年轻人库克森（Cleve Cookson）和妻子在捕鲸问题上的矛盾展开，后者虽然出身捕鲸世家，却是一个忠实的环境保护主义者，而前者由于各种原因赞成和向往捕鲸，并认真拜读了妻子祖辈留下的捕鲸日志，借此作者对殖民历史、两性关系以及动物伦理等议题进行了细致探讨。

二　相关概念说明

（一）当代新英语小说（Contemporary New English Fiction）

语出"新英语文学"（New English Literatures 或 New Literatures in English），指来自前殖民地作家创作的英语文学作品。根据杜氏（Carole Durix & Jean-Pierre Durix）定义，新英语文学具有"时"和"空"两层界定：一是历史时间的分界，意指当代说英语的作家（尤其英语并非唯一通行语言）所创作的文学，这里"当代"通常指第二次世界大战结束后（即 1945 年）殖民帝国走向没落、殖民地纷纷独立；另一为地理空间的划分，主要涉及除英伦诸岛和美国以外的非洲、澳大利亚、新西兰、南太平洋、印度次大陆、加拿大、加勒比海等地区①。不过，新英语文学并不完全是"当代"的，比如印度和加勒比英语文学可以追溯到 19 世纪甚至 18 世纪后期；而其他地区确属"新发展"，西非英语文学出现在 20 世纪 50 年代，东非英语文学出现在 60 年代，加拿大、澳大利亚和新西兰的本土英语文学出现在 70 年代，亚英文学出现在 80 年代。这些新英语文学虽曾深受殖民历史及其遗产的影响，但它们都在不同程度上超越了原来的"殖民矩阵"（colonial matrix），重塑了英语作为一种"全球语言"（global language）的形式和功能，并与世界各地的政治、文化和文学语境产生互动②。下面笔者将在此定义基础上，对容易与新英语文学相混淆的术语作一番辨析，进一步厘清本书的研究对象，同时梳理目前该类文学的批评聚焦。

新英语文学最初被称作"英联邦文学"（Commonwealth Literature）。这一术语的官方使用可溯源至 1964 年英国里兹大学召开的第一届英联邦文学大会，会议出版的文集《英联邦文学：共同文化中的统一性与多样性》（*Commonwealth Literature：Unity and Diversity in a Common Culture*）及所创刊物《英联邦文学杂志》（*The Journal of Commonwealth Literature*）发表了大量有关新英语文学作品的评述。另一与之相关的重要背景是，牛津学术旗下知名刊物、刊龄超过半个世纪的《英语研究年鉴》（*The Year's Work in English Studies*）于 1985 年为非洲、加勒比和加拿大英语文学开辟了一个专栏，一年后增加了印度和澳大利亚，即"非洲、加勒比、加拿大、印度和澳大利亚英语文学"（African，Caribbean，Canadian，Indian，and Australian Literature in English）。四年后，《年鉴》意识到非传统英语文学

---

① Durix，Carole，and Jean-Pierre Durix，*An Introduction to the New Literatures in English：Africa，Australia，New Zealand，the South Pacific，the Indian Sub-continent，Canada and the Caribbean*，Paris：Longman France，1993，p. 5.

② Sarkowsky，Katja，and Schulze-Engler Frank，"The New Literatures in English"，*English and American Studies：Theory and Practice*，Ed. Middeke Martin，et al，Stuttgart：J. B. Metzler，2012，pp. 163 – 177. （p. 163）

创作及其批评研究正在对全球文学面貌产生深远影响，同时考虑到未来还将涌现更多新地区、新作家的新作品，因此 1990 年将该栏目重新命名为"新英语文学"（New Literatures in English），沿用至今①。从"英联邦文学"到"新英语文学"的发展轨迹，充分展示了新英语文学创作的强大生命力和伟大魅力，同时体现了主流学术话语对其研究价值的持续肯定与认同。

这从文学领域最具权威性、影响力的两大奖项"布克奖"和"诺贝尔文学奖"历年获奖名单可见一斑，前者榜上有名者如南非的戈迪默（Nadine Gordimer）、澳大利亚的弗拉纳根（Richard Flanagan）、新西兰的休姆（Keri Hulme）、印度的阿迪加（Aravind Adiga）等，后者位列其中者有尼日利亚的索因卡（Wole Soyinka）、加拿大的芒罗（Alice Munro）等。值得注意的是，"英联邦文学"更名为"新英语文学"背后实际上也暗示了两者之间的差异，确切地说是前者的命名缺陷：第一，英国作为英联邦国家主体，但其文学却并不在英联邦文学范围，因此这个术语容易让人联想到某种形式的排斥而带有新帝国主义色彩，印英文学家拉什迪（Salman Rushdie）就撰写过一篇题为《根本不存在什么英联邦文学》（"'Commonwealth Literature' Does Not Exist"，1991）的文章表达此意；第二，同样还是因为英国本身是英联邦国家主体，英联邦文学所产生的歧义可能使历史悠久的英国本土文学与诞生于新历史语境的新文学混为一谈，从而遮蔽了新文学的时代新质和独特个性，但事实上其创作"历经百余年孕育和发展，现如今可当之无愧地与英国、爱尔兰、美国等'旧文学'相提并论"②。

---

① 2002 年，《年鉴》将该栏目更名为"新文学"（New Literatures）。此名去掉了"英语"二字，主要是新文学作家们在写作时使用母语或混杂母语的意识越发强烈，同时评论界对新文学的关注由原来说英语的英殖民地，逐渐拓展到法国、西班牙、荷兰和德国殖民地等，因而语种也不再仅限于英语。

② Durix, Carole, and Jean-Pierre Durix, *An Introduction to the New Literatures in English*: *Africa*, *Australia*, *New Zealand*, *the South Pacific*, *the Indian Sub-continent*, *Canada and the Caribbean*, Paris: Longman France, 1993, p. 5.

　　"后殖民文学"（Postcolonial Literature）是另一个常与"新英语文学"混淆的术语。此概念的出现与 20 世纪 80 年代后殖民文化理论的兴起密切相关。"后殖民文学"指来自前殖民国家的文学，具体而言是这些国家在结束殖民统治、获得政治主权后所产生的文学。无论从时间范畴或空间范畴来看，后殖民文学与新英语文学似乎可以互换、互为理解，其实不然。在后殖民文化理论的观照下，后殖民文学具有显著的身份标识：作者文化背景的复合性和文化身份的多元性、文学文本内容双重或多重文化的跨越性、重写殖民历史和解构殖民话语的逆写性。在"去殖民化""非殖民化""解殖民化"召唤下，后殖民文学染上了浓重的政治与文化反抗色彩。正是基于旗帜鲜明的批判理论导向，有研究者提出后殖民批评"不仅包括对二次大战以后独立的一些后殖民国家的英语文学的研究"，也包括"从后殖民理论的视角（主要是诸如'中心'、'边缘'、'帝国'、'霸权'、'压抑'、'解构'这样一些概念）出发对二次大战前写作的一些关于殖民地题材的作品进行的分析研究"①。可见，学界对后殖民文学的界定逐渐脱离了立足文本自身而演绎为从批评理论出发，这在彰显术语建构的解释力的同时也为其局限性埋下了伏笔。一方面，后殖民文学研究内部越来越建制化，集中体现在关注的范围愈加狭隘化、论述的路径愈加程式化，以至于频频出现生搬硬套或只抓关键词的强制阐释。另一方面，后殖民文学作为某一类型文学，其研究视域的自我设限必将阻碍来自其他理论分野的审查，在中国学术语境中，突出表现为对西方后殖民批评的盲从。事实上，新英语文学创作并非只有"后殖民"主题，正如非洲现代文学之父阿切贝（Chinua Achebe）经常所说的，早在白人到来之前非洲人就有丰富的文化。德国学者克莱尔和舒尔策-恩格勒（Gordon Collier & Frank Schulze-Engler）更将此类文学

---

　　①　王宁：《逆写的文学：后殖民文学的历史意义和当代价值》，《外国文学研究》2011 年第 5 期。

的多元化研究态势生动地比喻成"螃蟹",因为它们已经朝多个方向发展①。

"流散文学"(Diaspora Literature),亦称"离散文学""飞散文学",也与"新英语文学"意思相近。"流散文学"诞生于"流散"的历史事实(尤指 19 世纪到 20 世纪的全球大移民浪潮),是作家们对"流散"的历史文化进行诗学艺术加工的产物。早期的流散文学可以上溯至希伯来《圣经》有关犹太人流散的文字记录。20 世纪末,伴随着殖民主义的全球化扩张,引发了大规模的移民浪潮,一大批背井离乡的文化分子自觉或不自觉地运用文学形式来书写这一特殊经历和社会现象,大量流散文学作品便由此应运而生,如非洲流散文学、东方流散文学以及华人流散文学等。这样看来,流散文学与新英语文学在时间、地域和语言上有诸多相似甚至相同,但事实并非如此。流散文学孕育于异质文化土壤,具有显著的区分特征:创作主题上,往往表现故土眷恋与新世探索之间的彷徨,流离失所引发的"移位/越界"是其核心主旨;文本内容上,异质文化的碰撞、矛盾和冲突,使得两个或多个民族、两种或多种文化的博弈成为字里行间的自然流淌。要言之,流散文学主要建立在"流散"一词上,正是这种跨地界、跨民族和跨文化特质决定了它不可能完全同新英语文学画上等号。值得一提的是,尽管近年来"流散文学"的术语使用日趋中性化,但由于历史原因——"流散"一词最早是西方人用以描述犹太人流离飘零——在语义韵上带有一定的消极色彩。对此,华裔澳籍学者王赓武曾义愤填膺地说:"西方人为什么不称自己的移民为流散者呢?显然这其中带有殖民主义的种族歧

---

① Collier, Gordon, and Frank Schulze-Engler, "The Crab of Progress: Exceptionalism and Normalization in an Academic Discipline", *Crabtracks: Progress and Process in Teaching the New Literatures in English*, Ed. Gordon Collier and Frank Schulze-Engler, New York: Rodopi, 2002, pp. xiii – xviii. (p. xvii)

视。因为这个词主要是用来指代欧美国家以外的民族和国家在海外的移民族群。"①

　　"第三世界文学"（Third-World Literature）与"新英语文学"同样容易产生误解。"第三世界文学"，顾名思义，是来自亚洲、非洲、拉丁美洲以及其他第三世界地区作家所创作的文学。要理解这个概念，首先要理解何为"第三世界"。1952年，法国人类学家、历史学家索维（Alfred Sauvy）在《三个世界，一个地球》（*Three Worlds，One Planet*）一文中首次提出"第三世界"概念，指冷战时期那些并不亲近资本主义北约或共产主义华约的、经济水平较为落后的国家②。1973年9月，不结盟国家在阿尔及尔通过的《政治宣言》正式使用了"第三世界"这一术语。然而随着冷战格局的瓦解，过去立于两极世界中的第三世界早已汇入多极化发展的世界大潮中，原来的"三个世界、一个地球"也变成"一个地球、多极世界"。换句话说，"第三世界"是已凝固积淀在历史长河中的文化遗存，而目前仍在使用"第三世界"的学者仅是将它当作一个约定俗成的术语罢了。由此，"第三世界文学"与"新英语文学"的差异也不难解释：首先，倘若第三世界的概念已经成为一种过去式，那么两者在时间维度上的交集是有限的；其次，第三世界的界定最初主要根据区域经济划分，其经济关联显然与新英语文学的语言指标无甚瓜葛；最后，由于产生时的特殊政治历史背景，"第三世界文学"的表达方式实际上饱受诟病，一如詹姆逊（Fredric Jameson）所示，"第三世界文学"总是给人一种只能"讲政治"的感觉，亦即，我们必须对诸如"发达"与"不发达"或"发展中"国家之间的对立意识形态予以谴责，除此之

---

　　①　语出王赓武2004年3月17日在清华大学举办的"海外华人写作与流散研究高级论坛"的主题演讲。

　　②　转引自Dirlik, Arif, "Spectres of the Third World：Global Modernity and the End of the Three Worlds", *Third World Quarterly*, Vol. 25, No. 1, 2004, pp. 131 – 148。（p. 133, p. 135）

外，别无其他①。

　　综上，与其他术语相比，"新英语文学"是一个更富包容性的界定，也是一个更具中性色彩的表述，有助于本书在开展动物研究——一种新型的批评范式、一个全新的出发点——的道路上破除成见，阔步前行。诚然，任何对术语的界定都不可能全面精确，所有的新研究都是在批判地继承前人的研究成果，因此本书以上论述也只是为了框出一个大致范围，从而与其他文学类型相区分，借此明确本书的研究对象。

　　（二）动物（Animals）

　　动物研究关注的动物既包括想象空间的"再现动物"（representational animals），又包括现实世界的"真实动物"（real animals）。文学研究中的动物批评以"文学动物"（literary animals）即文学作品中出现的所有动物形象为研究对象，通过跨学科的批判性阅读，检视再现动物与真实动物之间的界限以及所体现的人与动物的关系。文本中的任何动物，无论其文学再现是否涉及人与动物的区分，都会透过人类欲望、冲突、政治、经济、法律、性别等叙述镜头，折射出人类社会对动物、自我及生命本身的认知和思考②。根据叙事功能，文学中的动物可分为比喻修辞的"象征型动物"（symbolic animals）与故事场景的"写实型动物"（realistic animals）；根据真实程度，可分为自然界存在的"真实动物"（actual animals）与人为创造的"虚构动物"（fictional animals）；根据生存环境，又可分为"驯养动物"（domestic animals）与"野生动物"（wild animals）。其中，象征型动物指动物书写始终着眼于修辞功用、服务于叙述者讲故事的目的，如卡夫卡（Franz Kafka）笔下的甲虫、斯威夫特（Jonathan

---

　　① Jameson, Fredric, "Third-World Literature in the Era of Multinational Capitalism", *Social Text*, No. 15, 1986, pp. 65 – 88. （p. 67）

　　② Parry, Catherine, *Other Animals in Twenty-First Century Fiction*, Cham, Switzerland: Palgrave Macmillan, 2017, p. 7.

Swift）塑造的慧骃，这类动物形象往往是作者借物言志的工具，其内涵或寓意需要越过动物主体去把握；写实型动物指动物书写远离象征或隐喻等艺术表征需要，强调动物作为独立生命的存在，如休厄尔（Anna Sewell）的"黑美人"，这类动物形象在本体论层面上获得了观照，动物具体命运的发展、人与动物的现实关系成为作家的审美聚焦①。下面笔者将以象征型动物和写实型动物为重点作进一步讨论，以明题义。

第一，象征型动物和写实型动物是一对"统一对立"的矛盾。首先，两者代表着文学创作在历史发展中对动物作出解释的不同尝试，都饱含了人类对动物（其实也是人类自身）生命价值和本质的理解。倘若舍弃或偏颇其中一方，都将无法获得全面的文学动物观。当然，这并不意味着本书通过对象征型动物和写实型动物的联合观照，就一定能够完整地呈现某特定社会文化或思潮关于动物问题的具体论述，但至少可以为我们更好地窥探本书所考察作品的动物书写提供充分条件。其次，象征型动物与写实型动物的划分，说到底是关于真实性价值的辩争——虚构文本是否能够以及如何接受真实性标准的检验，但所有的定义都是"权宜之计"，是对其研究对象的一种暂时界定。象征型动物和写实型动物也不例外，这类简单的二元对立结构在我们细读文本的过程中会发现，它们并非绝对的非此即彼，而是常常越界，有时甚至完全崩塌②。

第二，象征型动物和写实型动物的分类并不穷尽。就历时角度来看，西方文学的动物书写经历了从象征型动物到写实型动物的嬗

---

① 国内早期从事动物研究的朱宝荣先生曾撰写过系列论文探讨这一问题，其分为"工具型动物"和"拟实型动物"（或称"本体型动物"）。详见《20 世纪欧美小说动物形象新变》，《外国文学评论》2003 年第 4 期；《拟实型动物形象的主题取向——以欧美小说为例》，《集美大学学报》（哲学社会科学版）2004 年第 2 期；《动物形象：小说研究中不应忽视的一隅》，《文艺理论与批评》2005 年第 1 期。

② Mazzeno, Laurence, and Ronald Morrison, "Introduction", *Animals in Victorian Literature and Culture：Contexts for Criticism*, Ed. Laurence Mazzeno and Ronald Morrison, London：Palgrave Macmillan, 2017, pp. 1 – 17. （p. 4）

变。按照朱宝荣先生的说法，19世纪之前，欧美小说中的动物形象大都为象征型，"其意义主要表现在修辞层面上"；19世纪后半期，写实型动物形象"开始萌现并在20世纪蔚为大观"①。但发展至今，众多文学家的动物书写在基本依循上述演变轨迹的同时，已不拘泥于该框架，而是运用多种艺术技巧和表现形式，采取一种兼收并蓄的态度，力图向世人展示动物的不同面貌，比如马特尔《少年Pi的奇幻漂流》和辛哈《动物之人》的魔幻现实主义、库切《动物的生命》的元叙事、阿特伍德《羚羊与秧鸡》的科幻推理、温顿《浅滩》的文类拼贴等。在这样的情况下，我们很难对文本化动物的基本属性（真实或想象中的动物）进行严格区分，"并非因为它们之间没有差别，而是因为我们难以对界线位置作出精确定位"②。

　　第三，无论是象征型动物，还是写实型动物，都属文学创作的"动物再现"（animal representation）。如果我们把这两种动物再现比喻为"容器"，那么动物批评的宗旨并不在于判断或衡量其到底属于哪一种"容器"，而在于将"容器"所盛内容公诸于世——通过揭橥动物再现背后蕴含的政治、文化、伦理、生态等意义，探索人们观念中的动物与现实中活着的动物所受待遇的关联，借此审视人类与非人类动物之间的关系及其内在运行逻辑。正如贝克（Steve Baker）所指出的，不管是想象的抑或真实的动物，人类文化中的绝大多数动物再现都可以看作关于身份的某种论述，而我们要做的就是对那些把动物意象当作"言说人类的'自然资源'"（a "natural resource" of saying-things-about-humans）的思想和做法进行质疑、去神话化③。此外，当前动物研究对动物的考察已由物质性动物问题，比如动物保护意识、动物福利倡导等，逐渐扩展到"动物性研究"

---

　　① 朱宝荣：《20世纪欧美小说动物形象新变》，《外国文学评论》2003年第4期。

　　② Ortiz-Robles, Mario, *Literature and Animal Studies*, Abingdon and New York：Routledge, 2016, p. xii.

　　③ Baker, Steve, *Picturing the Beast：Animals, Identity, and Representation*, Manchester：Manchester University Press, 1993, p. x.

（animality studies），例如人们在不同历史文化时刻如何看待人与非人的动物性①，这就要求我们必须超越既定藩篱，增加对动物性历史及相关论述的关注。

总之，从象征型动物到写实型动物，从想象动物到真实动物，从动物到动物性，以上皆为本书考察对象。在论述过程中，本书注重摆脱人类中心主义思维定式，由本体论、认识论和方法论层面对动物问题展开全面反思。

第三节　主要内容、研究方法和创新之处

一　本书的研究思路、基本观点和内容框架

在《小说的动物批评理论》等文章中，著名学者夏普罗和科普兰（Kenneth Shapiro & Marion Copeland）提出了文学研究开展动物批评的三个目标：其一，解读作品中非人类动物的再现是否存在降格或不敬；其二，评价作者是否将动物看作独立的生命主体，包括作为个体与作为物种的动物；其三，分析文本如何处理人与动物之间的关系，不仅要描述这种关系，更要揭示这种关系的形成动因——比如，从被消费者忽视的资源动物，到与人类几乎平等的伴侣动物——最终目标是建立一个"共享世界"（shared world）②。简言之，动物批评需要综合考虑"动物他者建构""动物自身主体性"以及"人与动物的交互性"等问题。在阅读当代新英语小说时，笔者发现这三者之间既相互独立又相辅相依。首先是对物种歧视及相关的各

---

① Lundblad, Michael, "From Animal to Animality Studies", *PMLA*, Vol. 124, No. 2, 2009, pp. 496–502.（p. 497）

② Shapiro, Kenneth, and Marion Copeland, "Toward a Critical Theory of Animal Issues in Fiction", *Society and Animals*, Vol. 13, No. 4, 2005, pp. 343–346.（p. 345）; Copeland, Marion, "Literary Animal Studies in 2012: Where We Are, Where We Are Going", *Antrozoös*, Vol. 25, No. sup1, 2012, pp. s91–s105.（p. s92）

种社会歧视之考察与分析，即所谓的"动物他者"（animal others），具体而言，就是人与动物之间的区分产生了何种社会影响？这种区分是如何形成的、根据是什么、有何种功能？第二，对造成上述歧视的深层运行机制之解剖与检错，其关乎对非人类动物生命的重新认知和理解，核心议题涵盖去人类中心化、动物主体性、动物他异性等，即"动物他性"（animal alterity）。第三，对人类与非人类动物之间关系的反思与批判，这不仅是将视点聚焦在"人类—动物研究"中的"连字符"，从而强调两者的间性关系以防止过分关注动物而走向另一极端"唯动物论"，同时也是在呼吁物种共存目标下对前面两项研究内容的弥补和升华，真正探索人与动物之间那种不可化约的复杂关系，即"动物他我"（humanimal）。本书《当代新英语小说中的动物研究》对动物书写的阐释，正是以此逻辑作为研究的基本起点。[①]

本书认为，当代新英语小说中的动物书写体现出鲜明的"他者·他性·他我"特征，不仅是单个文学文本的动物叙事策略，也是文学动物再现蕴含的主题思想。通过动物他者书写，作家挑战了人类中心主义意识形态下物种歧视及所孵化的各类社会歧视，揭橥隐藏在生命政治背后最本原的权力关系；通过动物他性书写，作家对造成上述歧视的深层根源进行剖析与纠错，在尝试构建动物主体性的同时亦承认动物的他异性，重塑动物逾跨人类知识疆域的身份存在；通过动物他我书写，作家绘制了一幅幅人（性）与动物（性）既共生又冲突的复杂悖图，窥探动物（性）如何作为人类文明发展过程中忖量自我、回应自然和反思文明的重要媒介。三者相互依存，互为一体，其将自然书写与政治、经济、社会等命题结合，通过对动物本体和伦理地位的双重考察，重新审视人与动物的界限、人类的主体性问题。

---

① 更多关于"动物他者""动物他性""动物他我"的含义，详见第二、三、四章引言部分。

本书除绪论和结语外，共分为四章。

"绪论"简要介绍本书的选题背景后，明确界定了本书的研究对象与关键概念，阐明了本书的研究视角、基本内容和创新之处。

第一章"动物研究与动物批评"从动物研究、动物转向、动物批评等关键词切入，引析了本学科的基本概念，梳理了理论的发展脉络，并回顾了国内外相关研究概况，对其中重点研究成果作了较为详细的述评。

第二章"权力的游戏：当代新英语小说中的动物他者"立足瑞德和辛格揭橥物种主义与不同"他者"之间的逻辑关联——种族歧视、性别歧视、阶级歧视以及人对包括动物在内的自然歧视，这些权力机制所形成的共同"他者"都暗示了远离中心的边缘、低等和从属，而物种主义乃隐藏在诸多社会歧视背后的深层思想根源，可以说正是人类较之非人类动物的金字塔尖位置孕育了人类社会内部的金字塔结构，基于物种身份的权利道德划界以惊人速度在人的三重存在样态（类、群体、个体）中不断复制。本章从动物批评角度切入后殖民研究、女性主义研究和生态批评等后现代他者诗学，分析文本中动物书写所呈现的物种主义与种族主义、性别主义的内在暗通关系。具体而言，"后殖民动物"从政治侵略、经济压榨和文化渗透三个层面，透视动物叙事所曝露的历史与现代语境中帝国意识和权力话语；"女性主义动物"从家庭和社会两个单元，阐释小说所描写的两性关系中父权制性别压迫与物种歧视同根同源；"动物生态"结合文学环境研究的最新动态灭绝想象和人类世批评，从唯发展主义批判与科技至上观批判两个方面，讨论动物书写所关注的物种灭绝和动物虐待等种际正义问题。

第三章"身份的重塑：当代新英语小说中的动物他性"以列维纳斯和德里达的"他性"研究为出发点——在"原初—伦理"探讨中，人类自我对动物他者的接纳，是对人类中心主义暴力的去除，它要求人类意识到动物生命的主体性并尊重动物的他异性，在人与动物之间建立一种崭新的、非暴力的关系。本章将从动物故我在、动物主体性和动物他异性三个界面，探究作家如何借助文学艺术再现动物心智情感和社会文化，继而由本体论和认识论去反思"何谓动物""何谓人类"等根本问题。具体来说，"动物故我在"主要析论小说所讲述的人类如何承认自身动物本性以跳出人类中心主义藩篱，此为研究视点由人类动物向非人类动物过渡；"动物主体性"首先剖视作家通过重塑动物身份，分别解构形而上学抽象人性论和唯物主义社会人性论两种理论架构下的主体哲学，接着解析文本借由元叙事来言说动物问题以消解传统本质主义主体观所建构的二元对立；"动物他异性"重点考察小说通过刻画动物的绝对异质，在探索其可能成为列维纳斯伦理思维中所悦纳之异己方面做出的努力，并进一步挖掘这种全然他性的内在构成与影响机理，即动物多元态以及由此催生的裸命平等。

第四章"文明的窥镜：当代新英语小说中的动物他我"基于弗洛伊德的文明论和德勒兹的"生成"思想——"生成"的关键在于以运动反对静止、以差异反对同一、以异质反对同质，"生成—动物"较之人与动物的分裂是一种反向运动，人类本身并不具有某种预设的统一性，因为所有的个体和群集无时无刻不处于生成之中，不管是神还是人本主义思想，其实质是一种多重自我的分布，神（性）、人（性）与兽（性）共生是人之为人的唯一样态。本章将梳理小说中所反映的动物他者与人类自我之间的交互关系，论释其通过揭示人之动物性遗忘，对所谓"使人类生活区别于动物祖先生活的全部成就或规范总和"的文明作出深刻反思。具言之，"人即动物"以两种典型被称作动物性即权欲和食欲为观察窗口，探讨小说中映射出的人如何否定动物或掩盖动物性来界定自我，以及对此种否定所造成的认识断裂之修复；"人非动物"着力剖析文本所展示的人类语境和后人类语境下人文主义传统努力追求理性以摆脱兽性的历史进程，这种努力不仅关乎人对外界的认知，也指导人对自身的理解，这种努力最后的结果是人与非人的物种僭越；相对前两节以文化层面探讨为主，"人与动物共生"取径伴侣动物和动保运动，在

"人类—动物组配"框架下集中提炼作家在现实层面对如何谋求人与动物和谐共处的全新思考。

"结语"总结本书主要内容，对相关论题进行补充说明，并展望今后进一步研究方向。

二　本书的研究方法

本书主要采用动物研究视角，并综合马克思主义、女性主义、后殖民研究、生态批评、精神分析、新历史主义、后人文主义和认知动物行为学等各学科研究来探讨动物问题。具体研究方法如下：

文本细读。采用新批评式的文本细读，从动物书写出发，分析关于动物的文学想象及象征意涵与真实动物之间的关系，并在动物转向的研究背景下揭示其所蕴含的意识形态。

文化研究。将文学文本置于特定的历史文化语境中，探究动物书写如何折射特定时期的社会历史文化、政治经济秩序、道德价值体系、环境生态观念和知识话语建构等。

跨学科研究。从哲学、社会学、历史学、人类学、环境学、地理学、认知动物行为学等多学科和跨学科角度开展动物批评，集文学、神话、思想和科学于一体，从宏观上透视当代新英语小说动物书写的整体特点。

三　本书的创新点

本书在以下四个方面所做出的尝试具有创新意义：

在研究对象上，首次较为全面而深入地分析当代新英语小说中的动物，探讨长期被排斥在主流文学史与学术评论界关注范围之外的动物书写，在主题方面将丰富当代新英语小说的文学研究与动物批评；

在研究视角上，与传统从象征主义视角诠释动物意象相比，主要采用动物转向语境下的动物研究范式，着眼动物的本体生命，收集、整理和介绍了大量西方相关前沿理论成果，为国内文学研究以及文化研究提供较新的批评视角与话语策略；

在主要观点上，始终紧扣"人类—动物研究"中的"连字符"，注重将考察重点放在人类与非人类动物交互问题上，也就是说，作品中动物与人物之互动关系为观察的焦点和落脚点，梳理并提出了"他者·他性·他我"的文学动物观，呼吁道德敏感度与平等包容意识双重提升的同时，警惕复入矫枉过正之嫌，从一个极端走向另一极端陷入"唯动物论"；

在研究路径上，动物研究虽具有跨学科性质，但文学与科学、文学与现实之间的交流仍有待加强，本书重视开展动物文学表征、动物认知科学与动物保护主义三者之间的对话合作，批判性地借鉴其他领域的研究成果，期冀建立一片反省动物问题的公共语言空间。

第 一 章

动物研究与动物批评

"动物的真正价值，不在适合食用，而在适于思考。"

—— 克洛德·列维－斯特劳斯（Claude Levi-Strauss）

动物研究尽管尚无确切定义，但如卡拉尔科（Matthew Calarco）所言，"大多数理论家和活动家们都不约而同地认识到，'动物问题'应该被视为当代批评话语的核心议题之一"①。过去几十年，动物研究迅速发展，各类学术专著、译著、论文大量涌现，社会公众的关注度不断增加，相关的研讨会和活动也纷纷举行。文学动物研究，或者说动物批评，同样发展得如火如荼，其研究范围覆盖古典主义、浪漫主义、现实主义、自然主义、现代主义、后现代主义等文学流派，研究视角包括文学动物再现、女性主义动物批评、后殖民动物批评、马克思主义动物批评、动物生态批评等诸多理论，研究对象涉及象征型动物与写实型动物、虚构动物与真实动物、驯养动物与野生动物等动物形象。

---

① Calarco，Matthew，*Zoographies：The Question of the Animal from Heidegger to Derrida*，New York：Columbia University Press，2008，p. 1.

第一节　动物研究与动物转向

一　动物研究的兴起与发展

简单来说，动物研究探讨的"动物问题"分为两类[1]：一为形而下的"动物问题"（the animal problem），将动物置于人与自然关系的环境伦理视域之下，聚焦动物保护、动物虐待、物种灭绝等动物正义问题；二为形而上的"动物问题"（the animal question），从哲学层面探究关于动物的本体论、认识论和方法论等，检视传统哲学人与动物二元对立的意识形态[2]。其中，形而上的"动物问题"又可归结成两个关键：对人文主义的批判和他者伦理学[3]。人文主义指的是关于人性的传统观点，特别是那些将人描述成具有固定属性或身份的观念，亦即人类可以充分地被某种永恒本质所表征，或者被某种超脱历史的内在主体性所表征，在这样的观点下，动物（以及其他非人类事物）总是被拿来和人类对比并根据其缺失作出界定，比如理性缺失、意识缺失、语言缺失等；他者伦理学所指的是，主体在面对他者时正视差异性和多样性，充分肯定他者是与自己有别且不可被同化的他者，从而走出自我、回应他者，承担起为他者服务的伦理责任，反映在对待动物的问题上就是要求在人与动物之间建立一种非暴力的关系。下面简要梳理西方动物研究的理论资源与思想脉络。

---

① 除上述两类"动物问题"外，还有非政治性的"动物性研究"（animality studies），即探讨人类文化研究中的动物性，其并不特别提倡动保意识。但笔者认为，所谓的"动物性"，乃是人类将对真实动物的观察粗略地抽象化所得的概念，就本质而言仍属人与动物的区分问题，因此也算形而上的"动物问题"。

② ［美］张嘉如：《全球环境想象：中西生态批评实践》，江苏大学出版社2013年版，第73页。

③ Calarco, Matthew, *Thinking through Animals*: *Identity*, *Difference*, *Indistinction*, Stanford: Stanford University Press, 2015, p. 29.

西方早期主张尊重动物的思想可追溯至公元前 6 世纪，古希腊的毕达哥拉斯（Pythagoras）拒绝使用动物作为食物或宗教献祭，被奉为"西方素食主义之父"。中世纪时，基督教经院哲学家、神学家阿奎纳（Thomas Aquinas）提出"禁止残忍对待动物"①，但这一主张在后世看来是为教化人类而非为了动物。18 世纪末，功利主义创始人边沁（Jeremy Bentham）在《道德与立法原理导论》中谈到奴隶的"动物化"（animalization）现象：我们曾经历过这样一段历史（不幸的是，许多社会至今仍在上演），相当一部分人作为奴隶而存在，他们被法律视为低等动物……"黑皮肤并不构成任何理由，使一个人应当万劫不复，听任折磨者任意处置而无出路。会不会有一天终于承认腿的数目、皮毛状况或骶骨下部的状况同样不足以将一种有感觉的存在之物弃之于同样的命运？"②边沁指出，问题不在于动物能否理性思考，不在于动物能否言语，而在于动物是否能够感受痛苦。边沁认为，实用的原则必须把具有感觉的动物也包括进来，他将那些习惯性让动物遭受痛苦的人称作"暴君"。边沁将动物关怀与废奴主义联系在一起，标志着西方动物伦理的正式起源。

真正改变人类对动物的理解是 19 世纪进化论之父达尔文（Charles Darwin）所做的工作。在早期笔记中（这段笔记在巨著《物种起源》《人类的由来》等出版 20 年前便已存在），达尔文就提出人是从动物发展过来的："狂妄自大的人类认为自己是伟大的造物，值得享有如神一般的君主地位，但我谦卑且更真实地认为，人类是由动物之中创造出来的。"③达尔文后来的研究，进一步强有力地

① Aquinas, Thomas, "Differences between Rational and Other Creatures", *Animal Rights and Human Obligations*, Ed. Tom Regan and Peter Singer, Englewood Cliffs：Prentice Hall, 1989, pp. 6 – 9. （p. 9）

② ［英］边沁：《道德与立法原理导论》，时殷弘译，商务印书馆 2000 年版，第 348—349 页。

③ Darwin, Charles, *Charles Darwin's Notebooks*, *1836 – 1844*：*Geology*, *Transmutation of Species*, *Metaphysical Enquiries*, Ed. Paul H. Barrett, et al, Cambridge：Cambridge University Press, 2008, p. 300.

论证了人与动物的差异并非绝对而是程度上的区别。他认为，动物可以感知愉悦痛苦、具有一定推理能力、有基本道德感与复杂情绪，就和我们在自己幼儿身上所观察到的一样。可以说，达尔文的思想颠覆了近代西方文化人与动物的传统界限，极大挑战了人类作为宇宙中心的观点，"其著作破坏了宗教和文化的相关禁忌，支持了那种被《圣经》严厉禁止的'混杂'（confusion）"①。

到了 20 世纪六七十年代，动物研究以当时社会轰轰烈烈的各种解放运动（如民权运动、女权运动等）为背景，在动物政治运动中兴起与建构。最初源自资本主义发展给人们生活方式带来的巨大变革，尤其是激发了公众关于"权利"问题的认知。动物的宠物身份（大约出现于 17 世纪）在此中扮演了重要角色，宠物隶属个人财产的一部分、人与宠物间的互动以及宠物拥有自己的名字等，都使得动物作为主体存在的观念在社会悄然滋生，为后来捍卫动物的行动主义奠定了广泛的群众心理基础②。1970 年，英国学者瑞德（Richard Ryder）首度提出"物种主义"（speciesism）的概念，呼吁人们将基本权利的关注目光延伸到非人类③。随后在牛津大学出版的论文集《动物、人与道德》中，他对物种主义作了进一步阐述，谴责人

---

①　Creed, Barbara, "What Do Animals Dream of? Or King Kong as Darwinian Screen Animal", *Knowing Animals*, Ed. Lawrence Simmons and Philip Armstrong, Leiden: Brill, 2007, pp. 59 – 78. （p. 68）

②　19 世纪时，西方动物保护运动发展得如火如荼。1822 年，大不列颠颁布了"马丁反残酷法"（Martin's Anticruelty Act），这是世界最早从法律层面上明确反对虐待动物的社会实践之一。1824 年，大不列颠成立了"防止虐待动物协会"（Society for the Prevention of Cruelty to Animals, SPCA），后因接受维多利亚女王的资助更名为"皇家防止虐待动物协会"（Royal Society for the Prevention of Cruelty to Animals），该协会旨在加强动物保护的法律。此后，围绕动物实验、工厂化养殖和素食主义等展开的动物运动在世界各国迅速蔓延。这场浩浩荡荡的"动物主义革命"经历了 20 世纪初的短暂衰退（两次世界大战，人类在自相残杀中无暇顾及其他生物），在六七年代重振旗鼓并得到迅猛发展，英国、美国及众多西方其他国家纷纷在政治和学术领域掀起了一场席卷全球的动物仁爱运动。

③　Ryder, Richard, *Speciesism, Painism and Happiness: A Morality for the Twenty-First Century*, Exeter: Andrews UK Limited, 2015, p. 38.

类社会的权利运动把动物权利排除在外，并将之与种族主义并置而观，"如果故意给无辜的人类制造痛苦在道德上被认为是错误的，那么同样可以认为对其他物种的无辜个体造成痛苦也是错误的"①。自此，"物种主义"成为动物研究的一个重要术语。

1975 年，澳大利亚道德哲学家辛格（Peter Singer）发表《动物解放》一书，他立足于边沁功利主义，以动物能够感受痛苦作为生命个体的利益凭证，呼吁我们必须把非人类动物纳入道德考量。辛格在书中列述了人类在实验室和工厂化农场对动物的残忍行径，认为"动物解放"（animal liberation）与黑人解放、女性解放、同性恋者解放及美国印第安人解放等具有共同的伦理基础。在这之前，尽管西方学界针对动物问题展开过相关论述，却一直未能进入主流话语空间。对此，辛格批评说，在物种主义建立的意识形态和思想制度面前，当代哲学失职了，"它本应该深入地、批判地、仔细地反思被大多数人视为理所当然的观念"，结果并未承担起此项使命②。该书成为一个极具影响力和号召力的事件，促成大量有关动物道德地位的严肃论著问世，预示了西方动物研究（尤伦理层面）的全面开展，同时激励了成千上万人前赴后继成为动物权利的活动分子③。

1983 年，美国哲学家雷根（Tom Regan）出版《动物权利研究》一书，首次从哲学角度彻底地检视和阐述了"动物权利"（animal rights）这一命题。书中明确指出，动物权利运动是人权运动的一部

---

① 《动物、人与道德》是世界上第一本以哲学语言正式探讨动物权利问题的现代著作。Ryder, Richard, "Experiments on Animals", *Animals, Men and Morals: An Enquiry into the Maltreatment of Non-humans*, Ed. Stanley Godlovitch, Roslind Godlovitch and John Harris, New York: Taplinger, 1972, pp. 41 –82. （p. 81）

② Singer, Peter, *Animal Liberation*, New York: Ecco, 2002, p. 236.

③ 辛格虽然被认为是现代动物权利运动的奠基者之一，但辛格本人并不主张动物拥有权利，而是更接近动物福利派观点。换句话说，辛格在论述时所使用的"权利"一词是从非严格哲学意义出发的。关于动物权利与动物福利的区别，在本书第四章第三节的"在矛盾中前行：动保运动的是与非"有论述。

分。基于"天赋价值"（inherent value），雷根认为那些用来证明人类拥有权利的理据也可以用来证明动物拥有权利，即同为"生命主体"（subject-of-a-life）："信仰和欲望；感知、记忆及未来感，包括对自己未来的感觉；情感生活，快乐与痛苦并存；偏好利益和福利利益；为追求自己愿望和目标而采取行动的能力；伴随时间推移的心理同一；某种意义的个体福利"，以上决定了我们作为个体生活与体验的生命质量①，而那些和我们密切相关的动物同样如此，因为它们也是具有天赋价值的生命主体。雷根被公认为当代动物权利运动的精神领袖，他本人因提倡和践行动物权利获得 1986 年度国际甘地奖。由于所授课程影响甚大，雷根在 2000 年荣获美国教师最高荣誉霍拉迪奖章。

　　而后，以泰勒（Paul Taylor）为代表的"生物中心论"（biocentrism）将伦理关怀由辛格和雷根聚焦的有感知能力的动物（雷根曾以"一岁以上精神正常的哺乳动物"为界），拓展至现代科学所认为的没有感知能力的昆虫、软体动物等低等生命体。在《尊重自然：一种环境伦理学理论》一书中，泰勒指出：任何个体生物，包括人、动物和植物等，只要内在机能或外在活动指向维持生命存在，并表现出对周围环境改变的适应潜力，哪怕是没有意识的单细胞原生动物，都属于"目的论上的生命中心"（teleological center of life），都是以自己方式"寻求自身利益的独立实体"（independent entities having a good of its own），赋予它们在道德层面应当享有被尊重的权利②。显而易

---

① Regan, Tom, *The Case for Animal Rights*, Berkeley and Los Angeles: University of California Press, 2004, p. 243.

② Taylor, Paul, *Respect for Nature: A Theory of Environmental Ethics*, Princeton: Princeton University Press, 2011, pp. 121 – 122, p. 129. "生物中心主义"源于法国史怀泽（Albert Schweitzer）的"敬畏生命说"（reverence for life），他认为"善就是保护生命，恶就是毁灭生命和妨碍生命"。（参见 Schweitzer, Albert, *Albert Schweitzer: An Anthology*, Ed. Charles Joy, Boston: The Beacon Press, 1960）另外，利奥波德（Aldo Leopold）的"大地伦理"（land ethic）、奈斯（Arne Naess）的"深层生态学"（deep ecology）、罗尔斯顿（Holmes Rolston）的"自然价值论"（naturalizing values）等都持类似观点。

见，泰勒的生物中心主义伦理放眼一切生命有机体，倡导生物中心平等主义，为论证所有生命拥有道德地位的正义性提供了根据。

生态女性主义也是推进动物研究向前发展的主力军之一。自早期伍尔夫（Virginia Woolf）《三个基尼》（*Three Guineas*，1938）揭露男权社会利用动物运动打压女性的真相以来，生态女性主义者逐渐加入了动物权利支持者的行列。生态女性主义相信，那些认可性别压迫的意识形态，与认可诸如阶级、种族及身体能力的压迫逻辑非常相似，而这套意识工具同样认可对动物和自然的压迫，谓之"阳本主义"或"男性中心主义"（androcentrism），因此提议在主张受压迫群体的权益时应当把动物也包括在内。与根植于抽象、普世等基本原则的传统道德哲学不同，生态女性主义者提出建立一种"关怀伦理"（ethics of care），"自然权利和功利主义都为动物伦理提供了令人印象深刻且有用的哲学论据。然而，我们仍然可能——事实上，是必须——将那样的伦理建立在一个在情感和心灵上与非人类生命形式对话的模式上……如果我们倾听（listen），我们就能听见（hear）它们的声音"①。生态女性主义导入"爱""关怀"和"倾听"等元素来探寻人类如何对待动物，为动物研究注入了新鲜活力。

综上，从"动物关怀""动物解放""动物权利"，到"生物中心论"，再到"关怀伦理"，有关动物问题的讨论在持续扩张着道德规范的空间和伦理视域的边界，从同一性到差异性，从普遍性到多样性，从现实诉求到理论构建，动物研究的实务性与学术性也在逐步得到巩固加强，这些思想资源为动物研究的迅猛发展奠定了坚实的前期基础。此外，德勒兹和加塔利（Gilles Deleuze & Felix Guattari）、德里达（Jacque Derrida）、阿甘本（Giorgio Agamben）、哈拉维（Donna Haraway）等都是当代动物研究的重要代表。本书对文学动物书写的分

---

① Donovan, Josephine, "Animal Rights and Feminist Theory", *Ecofeminism：Women，Animals，Nature*, Ed. Greta Gaard, Philadelphia：Temple University Press, 1993, pp. 167 – 194. （p. 185）

析，正是以上述理论话语作为基础，从动物研究视角出发，并借鉴其他学科的相关研究成果，综合动物文学批评、动物认知科学和动物保护主义来开展动物批评。

二　动物转向

进入20世纪80年代特别是21世纪以来，动物研究迎来了爆炸式发展。最显著的标志之一便是全球两大权威学术出版机构分别出版了《动物研究手册》：一是劳特利奇出版社2014年出版的《劳特利奇人类—动物研究手册》（*Routledge Handbook of Human - Animal Studies*），二是牛津大学出版社2017年出版的《牛津动物研究手册》（*The Oxford Handbook of Animal Studies*）[①]。正如后者主编、美国动物研究领军人物卡洛夫（Linda Kalof）在该书前言中写道："一本《牛津手册》的出版往往标志着当前某一重大学术话题其思考与研究的一个分水岭……这是一个关键的转折点，它意味着'动物问题'在政治学、伦理学、公共政策和法律语境中都可能处于一个优先考虑的位置，将极大改变过去人与动物之间的相处模式。"[②] 毫不夸张地说，继阶级、性别和种族之后，种际问题（特指人类与非人类动物之间的关系）已经登上历史舞台并进入国际学术主流，西方整个人文社科领域呈现出一种明显的"动物转向"（animal turn）趋势[③]。在《认识

---

① 除上述《动物研究手册》外，还有《动物研究指南》《动物研究关键词》相继面世：前者分别是格罗斯（Aaron Gross）等主编、哥伦比亚大学出版社2012年的《动物与人类想象：动物研究指南》（*Animals and the Human Imagination：A Companion to Animal Studies*）和特纳（Lynn Turner）等主编、爱丁堡大学出版社2018年的《爱丁堡动物研究指南》（*The Edinburgh Companion to Animal Studies*）；后者包括格鲁恩主编（Lori Gruen）、芝加哥大学出版社2018年的《动物研究关键词》（*Critical Terms for Animal Studies*）和卡拉尔科（Matthew Calarco）著、劳特利奇出版社2020年的《动物研究：关键词》（*Animal Studies：The Key Concepts*）。

② Kalof，Linda，"Introduction"，*The Oxford Handbook of Animal Studies*，Ed. Linda Kalof，New York：Oxford University Press，2017，pp. 1 - 21.（p. 1）

③ 此在本书绪论第一节"选题背景"有论述。

动物》一书中，新西兰学者阿姆斯特朗和西蒙斯（Philip Armstrong & Lawrence Simmons）对"动物转向"做出了高度评价，认为该转向可与 20 世纪人文社科领域出现的"语言转向"（linguistic turn）比肩而立①，其影响之盛可窥一斑。来自哲学、历史学、人类学、社会学、法学、心理学、地理学、教育学、文学、艺术等诸多学科的学者积极关注动物议题，并将其与自身领域结合起来，一大批相关成果把动物研究推上了一个新的平台，这可从以下三个方面得到印证。

一是动物研究论著和专业期刊大量出现②。自早期最有影响力的两部动物伦理现代论著——辛格（Peter Singer）的《动物解放》（*Animal Liberation*，1975）和雷根（Tom Regan）的《动物权利研究》（*The Case for Animal Rights*，1983）问世，动物研究专著便接连不断。20 世纪 80 年代的重要著作大多与特定文化语境或现象有关，动物不再是历史舞台的背景，而是以鲜活的生命逐渐走进人们视野。例如，米奇利（Mary Midgely）的《兽与人：人性的由来》（*Beast and Man：The Roots of Human Nature*，1978）、托马斯（Keith Thomas）的《人类与自然世界》（*Man and The Natural World*，1983）、达恩顿（Robert Darnton）的《屠猫记：法国文化史钩沉》（*The Great Cat Massacre and Other Episodes in French Cultural History*，1984）、布尔迪厄（Pi-

---

① Armstrong, Philip, and Lawrence Simmons, "Bestiary：An Introduction", *Knowing Animals*, Ed. Laurence Simmons and Philip Armstrong, Leiden：Brill, 2007, pp. 1 – 24.（p. 1）

② 由于篇幅和精力所限，笔者在此仅作简要梳理，更多关于动物研究的文献可参阅：（1）美国密歇根州立大学动物研究中心（Animal Studies at Michigan State University）提供的"动物研究参考书目"（Animal Studies Bibliography）（http：//www. animalstudies. msu. edu/bibliography. php）（2）英国动物研究网（British Animal Studies Network）提供的"动物研究实时参考书目"（Living Bibliography of Animal Studies）（https：//www. britishanimalstudiesnetwork. org. uk/Home/LivingBibliography. aspx）（3）夏普罗（Kenneth Shapiro）编辑的动物研究图书馆（http：//www. librarything. com/catalog/kenneth-shapiro）（4）灵光（Lantern）2012 年出版、迪米洛（Margo DeMello）著《人类—动物研究：参考书目》（*Human-Animal Studies：A Bibliography*）。

erre Bourdieu）的《区分：判断力的社会批判》（*Distinction*：*A Social Critique of the Judgement of Taste*，1984）、兰斯伯里（Coral Lansbury）的《老布朗的狗：爱德华时代英格兰的女性、工人与活体解剖》（*The Old Brown Dog*：*Women*，*Workers*，*and Vivisection in Edwardian England*，1985）、瑞特沃（Harriet Ritvo）的《动物资产：维多利亚时代的英国及各地生灵》（*The Animal Estate*：*The English and Other Creatures in the Victorian Age*，1987）、麦肯齐（John Mackenzie）的《自然的帝国：狩猎、保护与大英帝国主义》（*The Empire of Nature*：*Hunting*，*Conservation and British Imperialism*，1988）、瑟培尔（James Serpell）的《动物的陪伴：人与动物关系研究》（*In the Company of Animals*：*A Study of Human-Animal Relationships*，1986）、段义孚（Yi-Fu Tuan）的《控制与爱：宠物的形成》（*Dominance and Affection*：*The Making of Pets*，1984）、哈拉维（Donna Haraway）的《灵长类视觉：现代科学世界中的性别、种族与自然》（*Primate Visions*：*Gender*，*Race*，*and Nature in the World of Modern Science*，1989）等。

20世纪90年代的动物研究论著议题较为多样，其跨领域和学科交叉等特征尤为显著，学者们试图重新检视人类的整体性及历史变迁。这时期的重要成果包括：本顿（Ted Benton）的《自然关系：生态、动物权利与社会正义》（*Natural Relations*：*Ecology*，*Animal Rights and Social Justice*，1993）、戈德（Greta Gaard）的《生态女性主义：女性、动物与自然》（*Ecofeminism*：*Women*，*Animals*，*Nature*，1993）、博斯托克（Stephen Bostock）的《动物园与动物权利：饲养动物的伦理》（*Zoos and Animal Rights*：*The Ethics of Keeping Animals*，1993）、曼宁和瑟培尔（Aubrey Manning & James Serpell）的《动物与人类社会：视角流变》（*Animals and Human Society*：*Changing Perspectives*，1994）、亚当斯和多诺万（Carol Adams & Josephine Donovan）的《动物与女性：女性主义理论探索》（*Animals and Women*：*Feminist Theoretical Explorations*，1995）、阿尔鲁克和桑德斯（Arnold Arluke & Clinton Sanders）的《关于动物》（*Regarding Animals*，1996）、汉姆和西尼尔（Jenni-

fer Ham & Matthew Senior）的《动物行传：西方历史中人的建构》
（*Animal Acts*：*Configuring the Human in Western History*，1997）、沃尔
其和艾姆尔（Jennifer Wolch & Jody Emel）的《动物地理学：自然—
文化边界的地方、政治与身份》（*Animal Geographies*：*Place*，*Poli-
tics*，*and Identity in the Nature-Culture Borderlands*，1998）、洛克伍德
和阿西翁（Randall Lockwood & Frank Ascione）的《动物虐待与人际
暴力：研究与应用读本》（*Cruelty to Animals and Interpersonal Violence*：
Readings in Researon and Application，1998）等。

　　21 世纪以降，动物研究成果更加丰硕，并强烈地表现出与时俱
进的特征。例如，贝斯特和诺瑟拉（Steve Best & Anthony Nocella）
的《恐怖主义还是自由战士？动物解放的思考》（*Terrorists or Free-
dom Fighters? Reflections on the Liberation of Animals*，2004）、凯默勒
（Lisa Kemmerer）的《寻找一致性：伦理与动物》（*In Search of Consis-
tency*：*Ethics and Animals*，2006）、吉格里奥提（Carol Gigliotti）的《莱
昂纳多的选择：基因科技与动物》（*Leonardo's Choice*：*Genetic Technolo-
gies and Animals*，2009）、尼伯特（David Nibert）的《动物压迫与人类暴
力：亵渎性驯养、资本主义和全球冲突》（*Animal Oppression and Human
Violence*：*Domesecration*，*Capitalism*，*and Global Conflict*，2013）、基姆
（Claire Kim）的《危险的越界：多元文化时代的种族、物种与自然》
（*Dangerous Crossings*：*Race*，*Species*，*and Nature in a Multicultural Age*，
2015）等。与之同时，动物研究的读本开始出现，如卡洛夫和菲茨杰拉
德（Linda Kalof & Amy Fitzgerald）的《动物读本：经典与当代动物思想
精选》（*The Animals Reader*：*The Essential Classic and Contemporary Writ-
ings*，2007）、弗林（Clif Flynn）的《社会生物：人与动物研究读本》
（*Social Creatures*：*A Human and Animal Studies Reader*，2008）、阿尔鲁克
和桑德斯（Arnold Arluke & Clinton Sanders）的《物种之间：人与动物关
系读本》（*Between the Species*：*Readings in Human-Animal Relationships*，
2009）、阿姆斯特朗和伯兹勒（Susan Armstrong & Richard Botzler）的
《动物伦理读本》（*The Animal Ethics Reader*，2003/2008/2016）等。

　　这时期的另一重要现象是研究成果以丛书、系列等大型出版物形式陆续面世，规模较大的有：夏普罗（Kenneth Shapiro）主编的《人类—动物研究丛书》（*Human-Animal Studies Series*）、佩德森和圣奈斯库（Helena Pederson & Vasile Stǎnescu）主编的《批判性动物研究丛书》（*Critical Animal Studies Series*）①、布勒（Henry Buller）主编的《劳特利奇人类—动物研究丛书》（*Routledge Human-Animal Studies Series*）、林氏（Andrew Linzey & Clair Linzey）主编的《帕尔格雷夫麦克米伦动物伦理丛书》（*The Palgrave Macmillan Animal Ethics Series*）、卡洛夫（Linda Kalof）主编的《动物转向丛书》（*The Animal Turn Series*）、卡洛夫和瑞瑟尔（Linda Kalof & Brigitte Resl）主编的《动物文化史丛书》（*A Culture History of Animals Series*）、弗兰西恩（Gary Francione）主编的《动物批判视角：理论、文化、科学和法律丛书》（*Critical Perspectives on Animals：Theory，Culture，Science，and Law Series*）、瑞特沃（Harriet Ritvo）主编的《动物、历史与文化》（*Animals，History，Culture*）丛书等。此外，动物研究的专业期刊也接踵而至，如《人类动物学》（*Anthrozoös*）、《社会与动物》（*Society and Animals*）、《动物研究》（*Animal Studies Journal*）、《批判性动物研究》（*Journal for Critical Animal Studies*）、《人类—动物：人与动物界面研究》（*Humanimalia：A Journal of Human-Animal Interface Studies*）、《物种之间》（*Between the Species*）、《动物法律》（*Journal of Animal Law*）、《动物法律与伦理》（*Journal of Animal Law and Ethics*）、《动物福利应用科学》（*Journal of Applied Animal Welfare Science*）、《关系：超越人类中心

---

　　① "批判性动物研究"（Critical Animal Studies，CAS）致力于消除动物剥削、压迫和统治。学界目前对"批判性动物研究"的学科划分尚存分歧：有学者认为它是一门独立的、同"人类—动物研究"平行发展的学科，其甚至对"人类—动物研究"提出不少异议，参见泰勒和特温（Nik Taylor and Richard Twine）的《批判性动物研究的兴起：从边缘到中心》（*The Rise of Critical Animal Studies：From the Margins to the Center*，2014）；也有学者将它看作"人类—动物研究"的一个分支学科，参见麦基奇尼和米勒（Claire McKechnie and John Miller）的《维多利亚时代的动物》（"Victorian Animals"，*Journal of Victorian Culture*，Vol. 17，No. 4，2012，pp. 436 – 441）。

主义》（*Relations：Beyond Anthropocentrism*）等，相关论文更是不胜枚举。

二是动物研究的学科课程建设及学位设置。众多高等学府和科研机构都开设了动物研究方面的课程，颇具代表性的有：美国哈佛大学的"宗教与动物"（Religion and Animals）、芝加哥大学的"动物：非人类生命体理论"（Animals：Theories of Nonhuman Lives）、哥伦比亚大学的"从亚里士多德到阿甘本的动物"（The Animals from Aristotle to Agamben）、麻省理工学院的"人与动物"（Humans and Animals）、康奈尔大学的"伦理与动物"（Ethics and Animals）；加拿大英属哥伦比亚大学的"超越人类中心主义：动物情感"（Beyond Anthropocentrism：Bestial Passions）；英国埃克塞特大学的"人与动物关系学"（Anthrozoology）、兰卡斯特大学的"社会学：动物、科学与社会"（Sociology：Animals，Science and Society）；瑞典隆德大学的"批判性动物研究：社会、文化与媒体中的动物"（Critical Animals Studies：Animals in Society，Culture and Media）；澳大利亚澳洲国立大学的"社会中的动物"（Animals in Society）、墨尔本大学的"人类与动物"（Humans and Animals）、悉尼大学的"动物/人类文化"（Animal/Human Culture）；新西兰奥克兰大学的"动物与法律"（Animals and the Law）、坎特伯雷大学的"英语：自然书写和动物再现"（English：Writing Nature，Representing Animals）；中国香港大学的"社会学：全球市场中人与动物的关系"（Sociology：Human-Animal Relationships in the Global Marketplace）等。

越来越多的高校开始提供和授予动物研究方面的学位。比如，设置辅修科目的有纽约大学的"动物研究"（Animal Studies）、新墨西哥州立大学的"人类—动物互动"（Human Animal Interaction）等；设置学士学位的有卡罗大学"人与动物关系学"（Anthrozoology）专业、东肯塔基大学"动物研究"（Animals Studies）专业等；设置硕博学位的有哈佛大学"动物法律与政策"（Animal Law and Policy Program）、耶鲁大学"法律、伦理与动物"（Law，Ethics and Animals）、密歇根州立大学"动物研究"（Animal Studies）、普渡大学"人与动物的交互"

（Human-Animal Interaction）、爱丁堡大学"动物福利、伦理学和法律"（Animal Welfare，Ethics and Law）、坎特伯雷大学"人类—动物研究"（Human-Animal Studies）等。①

　　尤其值得一提的是，2010 年迪米洛（Margo DeMello）出版了《动物教学：跨学科的人类—动物研究》（*Teaching the Animal*：*Human-Animal Studies across the Disciplines*）一书，此乃世界上第一本具体介绍动物研究教学的案例集，会聚了国际动物研究学界的众多知名学者，全书围绕"文化研究与动物""电影与动物""历史与动物""文学与动物""哲学与动物""宗教与动物""女性研究与动物""环境研究与动物""人类学与动物""动物地理学""法律与动物""心理学与动物""社会工作与动物""社会学与动物"等不同主题，对动物研究相关学科性质、背景和资源以及学生和教师的课程期望作了详细呈现。更难能可贵的是，书中还提供了大量教学大纲样本，对每一门课程的教学目的、教学要求、教学内容及其讲授、实习和作业的时数分配等均有仔细介绍②。

　　三是动物研究组织机构陆续成立、学术会议纷纷召开。随着动物研究的兴起，美国、英国、澳大利亚、新西兰、法国和瑞典等国家都成立了专门的动物研究学术组织，比较具有影响力的如：美国"动物与社会研究协会"（Animal and Society Institute）、美国"批判性动物研究协会"（Institute for Critical Animal Studies）、"英国动物研究网"（British Animal Studies Network）、"英国社会学协会/动物—人类研究研究组织"（British Sociological Association/Animal-Human Studies Group）、"澳大利亚动物研究协会"（Australian Animal Studies Association）、澳大利亚"动物社会工作组织"（Animals in Society Working

---

　　①　相关课程和学位内容来自美国"动物与社会研究协会"，笔者所举只是沧海一粟。更多参见 Animal and Society Institute，"Degree Programs"，（n. d.）7 Jan. 2018. < https：// www. animalsandsociety. org/human-animal-studies/degree-programs/ > 。

　　②　参见 DeMello，Margo，ed，*Teaching the Animal*：*Human-Animal Studies across the Disciplines*，New York：Lantern，2010。

Group）、澳大利亚"人类与动物关系学研究组织"（Anthrozoology Research Group）、"新西兰人类—动物研究中心"（New Zealand Centre for Human-Animal Studies）、法国的"动物"（Animots）、瑞典的"人类—动物组织"（Humanimal Group）等。这些组织机构在促进动物研究学术发展和社会工作的同时，也为动物研究者扩大了学术交流的范围与机会，每年相关议题的国际国内会议不可悉数。以"英国动物研究网"为例，仅2007—2009年两年间就召开了十次与动物研究相关的会议，大会主题涉及"动物研究的历史"（The History of Animal Studies）、"化人主义"（Anthropomorphism）、"人类学与动物"（Anthropology and Animals）、"动物再现"（Representing Animals）、"儿童与动物"（Children and Animals）、"伴侣动物"（Companion Animals）、"动物的未来"（Animal Futures）、"动物研究的未来"（The Future of Animal Studies）等。

那么，究竟是什么原因造成当前动物研究空前繁荣？学者们从不同角度给出了答案，大致而言可归纳为以下几种观点：第一，归根于现实生活中的动物福利和权利运动，如迪米洛（Margo DeMello）就指出，动物研究的兴起与女性研究、美国非裔研究的发展极为相似，正如后两者分别生发于女性主义运动和美国民权运动，动物研究与动物保护运动的发展轨迹也是几近平行的，动物研究从动保运动中汲取了丰厚滋养[1]；第二，源于其他领域的政治诉求和权益主张，如德科文（Marianne Dekoven）便提出，动物研究的相当一部分工作是通过将动物与其他被压迫群体（性别、种族、阶级、残障问题等）相关联而激发，最典型的例子之一是，女性后乌托邦主义者在动物或动物性研究中找到了理论与实际的连接点[2]；第三，来自全球范围的生态危机逼迫，如卡洛夫（Linda Kalof）就认为，动物研

---

[1]　DeMello, Margo, *Animals and Society: An Introduction to Human-Animal Studies*, New York: Columbia University Press, 2012, p. 7.

[2]　Dekoven, Marianne, "Guest Column: Why Animals Now?" *PMLA*, Vol. 124, No. 2, 2009, pp. 361–369. （p. 367）

究的蓬勃发展是响应环境伦理召唤的结果，自然环境日益恶化，动物栖息地严重萎缩，物种灭绝速度急剧上升，"无论是在城市，还是在乡村，抑或自然环境中，人类迫切需要与其他动物实现和平共处"①；第四，动物研究的强劲张力与后人文主义（posthumanism）②的时代语境不谋而合，沃尔夫（Cary Wolfe）为此极大肯定了动物研究的学科价值，指出动物视角革新了长期以来以人为主导的研究模式，其通过唤醒我们认识人类自身能力的界限，让人类进化回归某种动物本性，即"被称为人类的动物"③。

　　显然，上述学者从不同层面对动物研究的规模之大、军容之盛作出了解释，或许每一位理论家的认识都不可能绝对客观，都自觉或不自觉地从本学科角度去阐述原因，但有一点毋庸置疑，就是他们都揭示了动物研究的重要性与必要性，也再次印证了动物研究的庞杂性和多义性，而这正是理论生命得以繁衍的一个不可或缺的条件。与之同时，可以清楚地看到，动物研究的兴起绝非偶然，其背后的原因也并不简单，它是由涉及动物议题的运动界、实务界和学术界相关哲学观念、道德观念、政治观念、文化观念、科学观念、

---

　　① Kalof，Linda，"Introduction"，*The Oxford Handbook of Animal Studies*，Ed. Linda Kalof，New York：Oxford University Press，2017，pp. 1 – 21.（p. 1）

　　② 目前学界对"posthumanism"一词有几种不同译法：有译"后人文主义"，如王宁《"后理论时代"的理论风云：走向后人文主义》，《文艺理论争鸣》2013 年第 6 期；有译"后人类主义"，如肖雷波《后人类主义视角下的环境管理问题研究》，《自然辩证法》2013 年第 9 期；也有译"后人道主义"，如王祖友、陈后亮《后人道主义的反思与批判》，《当代外国文学》2012 年第 4 期。前两种译法的差别实际上源于西方学者不同场域对"posthumanism"的使用：一种是后工业时代技术全面介入身体，"后人类"（post-human）或"超人类"（transhuman）成为现实人类新的存在样态，将"posthumanism"译作"后人类主义"是取其"posthuman-ism"之意，即人类生命体的延伸和演化；另一种是在后现代解构主义大潮中，思想家们越来越深刻地认识到，"人文主义"（humanism）内蕴的本质主义与二元对立思维乃是人类诸多话语体系如殖民主义、父权主义、人类中心主义等的源头，将"posthumanism"译作"后人文主义"则是取其"post-humanism"之意，即对人文主义的反思与批判。沃尔夫对"posthumanism"的使用属于第二种。

　　③ Wolfe，Cary，"Human，All Too Human：'Animal Studies'and the Humanities"，*PMLA*，Vol. 124，No. 2，2009，pp. 564 – 575.（p. 572）

生存观念等多种复杂因素交互作用的产物。当我们回过头来重新审视动物研究的"动物"二字时，发现远不止于动物问题，而是一种全新的思维模式、一种开阔的理论视野，以及随之而来的一种普遍的道德关怀与伦理实践。

第二节　文学研究中的动物转向与动物批评

随着动物研究的兴起，西方整个人文社科领域呈现出显著的"动物转向"，然而文学领域的"动物转向"却姗姗来迟。美国学者诺里斯（Margot Norris）对此解释道，文学研究在回应"人类—动物"的议题（尤其是对动物的责任义务）时速度相对较慢，因为这涉及复杂的理论问题，它不仅将引发"人类之动物存在与存有"（human's animal existence and being）的本体论探讨，还关乎现代叙事学"讲故事"（story-telling）和"再现"（representation）等基本概念①。但有趣的是，实际上文学领域发展已久的后结构主义、女性主义、后殖民主义以及其他流派的文化研究和批评话语中，都不乏对动物的探讨。2011 年，著名理论家卡勒（Jonathan Culler）先后在南京大学、清华大学做了题为"当今的文学理论"（Literary Theory Today）的学术讲座。报告中，卡勒总结了六点当今文学理论的最新发展动态，其中就包含动物研究（其他分别为德里达研究、生态批评、后人类、叙事学复兴、美学返归②）。卡勒指出，"人类—动物研究"带着"动物问题"成为一个新生的跨学科领域，对于不少人来说，其不仅是一个学术研究，也是一场受某种正义感驱使的政治运动，引发了"文学理论界十分有趣的最新

① Norris, Margot, "The Human Animal in Fiction", *Parallax*, Vol. 12, No. 1, 2006, pp. 4 – 20. (p. 4)

② 根据卡勒的阐述，西方当代文学研究的其他发展方向有以下几个关键点：一、对福柯和拉康（包括弗洛伊德）的探讨逐渐减少，对德里达的研究日渐增多；二、迄今为止，生态批评尚未形成完善的阅读方法，仅提出一个以地球为中心、致力（转下页）

发展"①，即"动物批评"。

诚如麦克唐奈（Jennifer McDonell）所观察到的，近年来文学动

（接上页）于揭露人类中心主义暴力的主导性问题；三、关于后人类的探讨，主要借助科幻小说、控制论和系统论等解构传统主体性哲学；四、复兴的叙事学并非像过去那样以语言学为分析基础，而是与认知科学联系起来，在主题上也并不关注 19 世纪、20 世纪的文学叙事，而是研究人们在日常生活中所讲述的故事；五、美学不再囿于传统对文学形式的审美研究，更与数字化媒介、超文本和电脑网络游戏等新媒介主题紧密相关。事实上，在卡勒总结的其他几个文学研究动态中，均有不同程度"动物转向"。比如，解构主义大师德里达（Jacques Derrida）在构筑自己的哲学大厦时，始终将动物问题作为一个最为重要、最为关键的问题（这是他本人所言）。又如，生态批评先驱布伊尔（Lawrence Buell）在梳理生态研究的新近动向时，专门探讨了动物研究与生态批评融合的必要性，认为环境权益主张与动物权益主张具有共同点和互补性，二者的结合将会充分释放双方潜力。此外，作为后人类研究核心人物之一的哈拉维（Donna Haraway），其"赛博格""同伴物种"等概念都与动物问题息息相关，而她本人的研究最初也立足于对灵长类动物学的考察，借此披露"自然—文化""男性—女性""白人—黑人"等二元结构的建立过程及其如何与现代新技术（如生物基因工程等）发生化学反应。叙事学方面，中国学者陈佳冀明确指出，有关动物叙事的研究已经成为一门显学，在社会上备受关注，并呈现出持续蓬勃的研究态势。美学研究领域，牛津动物伦理中心马拉默德（Randy Malamud）所著的《诗性动物与动物灵魂》一书就试图建立一种文学中的动物美学，并提出了五条具体的动物诗歌生态美学原则；近年来，德里斯科尔和霍夫曼（Kari Driscoll and Eva Hoffmann）正式提出构建一种兼具理论性与现实性的"动物诗学"（zoopoetics）来回应文学世界的动物问题，即由"诗性思维"（poetic thinking）与"动物思维"（animal thinking）形成的交集，其不仅是文本的诗性特征，也是某种文学阅读和批评的范式特征。参见 Derrida, Jacques, *The Animal That Therefore I Am*, Ed. Marie-Luise Mallet. Trans. David Wills, New York：Fordham University Press, 2008；Derrida, Jacques, and Elisabeth Roudinesco, *For What Tomorrow：A Dialogue*, Trans. Jeff Fort. Stanford：Stanford University Press, 2004；Derrida, Jacques, "'Eating well', or the Calculation of the Subject：An Interview with Jacques Derrida", *Who Comes after the Subject*? Ed. Eduardo Cadava, et al, New York：Routledge, 1991, pp. 96 – 119；Buell, Lawrence, "Ecocriticism：Some Emerging Trends", *Qui Parle：Critical Humanities and Social Sciences*, Vol. 19, No. 2, 2011, pp. 87 – 115；Haraway, Donna, *Primate Visions：Gender, Race, and Nature in the World of Modern Science*, New York：Routledge, 1989；Haraway, Donna, *Simians, Cyborgs and Women：The Reinvention of Nature*, New York：Routledge, 1991；Haraway, Donna, *The Companion Species Manifesto：Dogs, People, and Significant Otherness*, Chicago：Prickly Paradigm Press, 2003；陈佳冀《中国文学动物叙事的生发和建构》，博士学位论文，上海大学，2011 年；Malamud, Randy, *Poetic Animals and Animal Souls*, New York：Palgrave Macmillan, 2003；Driscoll, Kari, and Eva Hoffmann, ed, *What Is Zoopoetics？Texts, Bodies, Entanglement*, Cham, Switzerland：Palgrave Macmillan, 2018。

① ［美］卡勒：《当今的文学理论》，《外国文学评论》2012 年第 4 期。英文版参见 Culler, Jonathan《Literary Theory Today》，《文艺理论研究》2012 年第 4 期。

物研究可谓"异彩纷呈"（exceptionally diverse）①。从古典时期到当代时期，从童话寓言到小说诗歌，从文本解读到理论建构，动物批评的相关论著与日俱增。《古典世界中的动物：希腊和罗马文本中的伦理观》（*Animals in the Classical World*：*Ethical Perspectives from Greek and Roman Texts*，2013）、《从伊索到雷纳德：中世纪英国的野兽文学》（*From Aesop to Reynard*：*Beast Literature in Medieval Britain*，2009）、《人的边界：近代早期的动物、身体和自然哲学》（*At the Borders of the Human*：*Beasts*，*Bodies and Natural Philosophy in the Early Modern Period*，1999）、《文艺复兴时期的动物文化史》（*A Cultural History of Animals in the Renaissance*，2007）、《动物角色：非人类与早期现代文学》（*Animal Characters*：*Non-human Beings and Early Modern Literature*，2010）、《十八世纪英国文化中的人与动物：再现、混杂与伦理》（*Humans And Other Animals in Eighteenth-Century British Culture*：*Representation*，*Hybridity*，*Ethics*，2006）、《维多利亚文学与文化中的宠物与家庭生活：动物性、酷儿关系与维多利亚家庭》（*Pets and Domesticity in Victorian Literature and Culture*：*Animality*，*Queer Relations and the Victorian Family*，2015）、《文明生物：1850 年至 1900 年的城市动物、情感文化与美国文学》（*Civilized Creatures*：*Urban Animals*，*Sentimental Culture*，*and American Literature*，*1850 – 1900*，2005）、《达尔文之后的文学：1859 年至 1939 年西方小说中的人类野兽》（*Literature After Darwin*：*Human Beast in Western Fiction*，*1859 – 1939*，2011）、《野兽的现代想象：达尔文尼采、卡夫卡、恩斯特和劳伦斯》（*Beasts of the Modern Imagination*：*Darwin*，*Nietzsche*，*Kafka*，*Ernst & Lawrence*，1985）、《现代小说中的动物受害者：从神圣到牺牲》（*Animal Victims in Modern Fiction*：*From Sanctity to Sacrifice*，1993）、《丛林的诞生：进步时代美国文学与文化中的动物性》（*The Birth of a Jungle*：*Animality in Progressive-era U. S. Literature and Culture*，2013）、《动物小说：二十和二十

---

① McDonell, Jennifer, "Literary Studies, the Animal Turn and the Academy", *Social Alternatives*, Vol. 32, No. 4, 2013, pp. 6 – 14. （p. 7）

一世纪文学中的人类—动物关系》（*Creatural Fictions：Human-Animal Relationships in Twentieth-and Twenty-First-Century Literature*，2016）、《美国文学中的动物》（*Animals in American Literature*，1983）、《儿童文学与后人文：动物、环境与赛博格》（*Children's Literature and the Posthuman：Animal，Environment，Cyborg*，2015）、《诗性动物与动物灵魂》（*Poetic Animals and Animal Souls*，2003）、《何谓动物诗学？文本、身体与纠葛》（*What Is Zoopoetics？Texts，Bodies，Entanglement*，2018）等都是该领域的翘楚之作。

　　自2015年起，帕尔格雷夫麦克米伦出版社（Palgrave Macmillan）陆续出版了27本《帕尔格雷夫动物与文学研究》（*Palgrave Studies in Animals and Literature*）丛书，该项目目前仍在进行中，研究体裁主要以小说、诗歌、散文等传统文类为主，同时也包括对戏剧、电影、美术、新闻、法律和其他流行文化的探讨。这套丛书既有针对某一动物、某一作家或某一国别作品的专论，如《十八世纪文学中的鸟：1700年至1840年间的理性、情感与鸟类学》（*Birds in Eighteenth-Century Literature：Reason，Emotion，and Ornithology，1700－1840*，2020）、《卡夫卡的非人类：卡夫卡式越界》（*Kafka's Nonhuman Form：Troubling the Boundaries of the Kafkaesque*，2016）、《爱尔兰文学与文化中的动物》（*Animals in Irish Literature and Culture*，2015）等，也有涉及多个物种、多位作家和多个国家文本的综论，如《跨越人与动物的界限：文学与文化中的动物生命》（*Beyond the Human-Animal Divide：Creaturely Lives in Literature and Culture*，2017）、《1900年以来的文学与肉》（*Literature and Meat Since 1900*，2019）等。特别值得一提的是，丛书还推出了《帕尔格雷夫动物与文学手册》（*The Palgrave Handbook of Animals and Literature*，2021），该书是目前世界上第一本有关动物、动物性以及人与动物关系文学研究的指南性书籍，旨在为未来几十年的文学动物研究设定议程。而早在此前十余年，瑞克图书有限公司（Reaktion Books）就专门出版了以狼、象、马、狗、猫、驴、蜘蛛、蚂蚁、青蛙和企鹅等某一特定动物为研究对象的《动物系列》（*Animal Series*），每一本书都凝结了不同学者探索该物种与人类历史、文化、文学及艺术互动的心血。

　　此外，文学动物研究的专刊、会议和论坛也层出不穷。诸如《视差》（*Parallax*/2006）、《结构》（*Configurations*/2006）、《万花筒》（*Mosaic*/2006）、《牛津文学评论》（*Oxford Literary Review*/2007）、《美国现代语言学会期刊》（*PMLA*/2009）、《明尼苏达评论》（*The Minnesota Review*/2009）、《澳大利亚文学研究》（*Australian Literary Studies*/2010）、《JAC：修辞、文化与政治期刊》（*JAC：Journal of Rhetoric，Culture，and Politics*/2011）、《希帕蒂娅：女性主义哲学期刊》（*Hypatia：A Journal of Feminist Philosophy*/2012）、《维多利亚文化期刊》（*Journal of Victorian Culture*/2012）、《美国印第安文学研究》（*Studies in American Indian Literatures*/2013）、《现代小说研究》（*Modern Fiction Studies*/2014）、《文学理论期刊》（*Journal of Literary Theory*/2015）、《他者性》（*Otherness*/2015）、《人文》（*Humanities*/2017）、《文学与神学》（*Literature & Theology*/2017）等知名学术期刊近年都推出过动物研究的主题特辑，更不用提动物研究的专业期刊《人类动物学》（*Anthrozoös*）、《社会与动物》（*Society and Animals*）、《人类—动物：人与动物界面研究》（*Humanimalia：A Journal of Human-Animal Interface Studies*）①。

那么，究竟何谓动物批评？或者说相较于传统的动物研究，"动物转向"背景下的文学动物研究有何不同？更进一步的问题是，文学领域如何开展动物研究与动物批评？作为一个专门的理论术语，英文中"动物批评"（zoocriticism）一词最早出现于英国哈根（Graham Huggan）和澳大利亚蒂芬（Helen Tiffin）的合著《后殖民生态批评：文学、动物与环境》。两位学者将"动物批评"界定为文学研究中的动物实践，提出这一实践不仅要关注"动物再现"（animal representation），还要关注"动物权利"（animal rights）②。该定义首先厘定了动物批评的对象范围，即文学作品中的动物；其次，明确了动物批评诉诸文本世界与现实世界的双重任务，也就是说，在分析文

---

① 部分特辑数据来自 McDonell, Jennifer, "Literary Studies, the Animal Turn and the Academy", *Social Alternatives*, Vol. 32, No. 4, 2013, pp. 6 – 14。

② Huggan, Graham, and Helen Tiffin, *Postcolonial Ecocriticism：Literature, Animals, Environment*, Abingdon and New York：Routledge, 2010, pp. 17 – 18.

学的动物再现时，一方面要立足文学文本的动物解读，另一方面要立足现实社会的动保运动。需要指出，哈根和蒂芬所论及的"现实社会"主要针对新/旧殖民主义的解构和对抗，除了站在历史殖民统治的对立面声讨和批判旧殖民时代，还强调从政治、经济、语言、宗教、生态等角度对当下后殖民状况开展文化批评，但不论哪种情况，最终指向都是作为阅读后殖民文学或拓展后殖民批评的实践途径之一①。因此，某种程度而言，其适用领域相对有限，或许正是这个原因，导致"zoocriticism"被提出后至今仍未得到广泛应用。

　　相比之下，台湾学者黄宗洁对动物批评的理解更具外延性和包容性。受自然书写启发，黄宗洁提出"动物书写"（dongwu shuxie）② 的

---

　　① 哈根和蒂芬在书中曾强调"动物批评"是一门区别于"生态批评"的新兴学科，为避免两者混淆，刻意将书划分为"两个自洽的体系"（two largely self-sustaining parts），即"上部：后殖民批评与环境"（Part Ⅰ：Postcolonialism and the Environment）和"下部：动物批评与后殖民"（Part Ⅱ：Zoocriticism and the Postcolonial）。这种命名似乎表明了某种平行关系，其实不然。如果"动物批评"与"生态批评"是两门相互独立的学科，那么作者为何不把上部称为"生态批评与后殖民"（Part Ⅰ：Ecocriticism and the Postcolonial），或者把下部称为"后殖民批评与动物"（Part Ⅱ：Postcolonialism and the Animal）？在原来的命名中，作者或许试图将后殖民批评和动物批评分别视为独立的研究方法，而环境和后殖民问题则是它们各自需要纳入考量的对象。这样来看的话，显然作者将动物批评看成开展后殖民论述的可行途径之一。类似观察参见 Vadde, Aarthi, "Cross-Pollination：Ecocriticism, Zoocriticism, Postcolonialism", *Contemporary Literature*, Vol. 52, No. 3, 2011, pp. 565 – 573。

　　② 之所以将"动物书写"的英译用汉语拼音表示而非译成"animal writing"，是因为根据台湾学界研究，"animal writing"（尤其作为文学批评话语而言）在西方文化语境从未发生，其虽有"animal literature""animal fiction""animal essay"等说法，却并未出现类似"natrue writing"的描述性语言"animal writing"，这源于西方动物文学研究与生态批评向来都沿着各自的历史和学科轨迹平行发展。顺便提一下，西方的"自然书写"（natrue writing）一词最早出现于尼特基（Alicia Nitecki）和伯吉斯（Cheryll Burgess）主编的《美国自然书写通讯》（*The American Nature Writing Newsletter*），而后埃尔德（John Elder）在 1995 年的"文学与环境研究学会"（ASLE）会议上将"自然书写"概括为"一种个人的、反思性的散文形式，建立在对自然世界的关注与对科学的理解上，其对自然的精神意义和内在价值采取开放态度"，这一界定后来被其他学者不断扩充。Wallace, Kathleen, and Karla Armbruster "Introduction：Why Go Beyond Nature Writing, and Where To?" *Beyond Nature Writing：Expanding the Boundaries of Ecocriticism*, Ed. Karla Armbruster and Kathleen Wallace, Charlottesville, VA：University of Virginia Press, 2001, pp. 1 –25. （p. 2）

概念来探讨文学动物研究。所谓动物书写是指"以动物为题材之书写"①。由于脱胎于自然书写，从字面上看动物书写很容易被视为自然书写的子域，比如海洋书写、河流书写以及气候书写等，但其实不然。动物书写与自然书写的子域（包括自然书写本身）有很大差异：首先，它关注动物的道德地位与生命价值，批评视角可能聚焦于个体动物的福祉或个体动物与人之间的关系，而后者的研究主题往往带有生态整体主义倾向；其次，动物书写将非人类动物凸显出来作为一个独立的文学类型，有其伦理诉求和美学探究的正当领域，即为动物发声。黄宗洁的文学动物研究正是基于这两点开展，她认为动物批评的使命是分析文本中人与动物、人与自然的互动，如跨物种相处、人与动物的伴侣关系以及动物生存处境的关切等，并检视其中的动保意识和道德问题②。她还梳理了当代动物书写的几种典型形式：报道文学和生态纪实、动物特性和动物行为学介绍、宣传保育理念为主的杂文、生态关怀的抒情性散文创作等③。可以看出，较之哈根和蒂芬将动物批评落脚于人类社会内部的后殖民事务，黄宗洁的动物研究则试图打破种际界限，着眼于非人类的生命伦理建构。用另一位同样来自台湾的美籍华人学者张嘉如（Chia-ju Chang）的话来总结就是，"动物研究自 20 世纪 80 年代以来关注文化社会里的最底层和最边缘化的动物族群，为继阶级、种族、女性、少数民族与残疾者等以人为主要关怀对象的'他者研究'之新转向"，具有强烈的动物正义感与鲜明的动物权益主张④。值得一提的是，黄宗洁和张嘉如所研究的"文本"都不局限于文学作品，而是拓展到了摄影、纪录片、电影和大众流行文化等。

英国谢菲尔德动物研究中心的麦凯（Robert McKay）围绕如何

① 黄宗洁：《生命伦理的建构》，台北：文津出版社 2011 年版，第 13 页。
② 黄宗洁：《生命伦理的建构》，台北：文津出版社 2011 年版，第 13 页。
③ 黄宗洁：《生命伦理的建构》，台北：文津出版社 2011 年版，第 14 页。
④ ［美］张嘉如：《全球环境想象：中西生态批评实践》，江苏大学出版社 2013 年版，第 71 页。

阐释文学动物进行了思考。他认为，动物批评首先要从思想上正本清源，即改变过去带有物种主义色彩的研究范式。这种研究范式有两个基本特点：一是动物在文学世界中几乎无所不在，却不被研究者关注或发现；二是动物书写多半被理解为人性隐喻或道德说教，动物的本体存在（如动物的生命、动物的死亡及动物与人类的遭遇等）被人为过滤了。麦凯把思维模式的转变描述为"致力于发展一门完全崭新的研究主题的学术知识（其始终是一项严肃工作），以及一种对文化文本所呈现的动物生命给予适当尊重，并将动物视作体验主体（subjects of experience）来看待的责任义务"①。无独有偶，德国维尔茨堡大学的博格兹（Roland Borgards）也有类似思考。他直言，如果我们把文学中的动物仅仅当成指称或代表其他事物的象征物、人类文化的符码，那么无疑是一场悲剧，因为它潜意识里反映了人类自身的动物性遗忘、人类将自己排除在自然体系之外。基于"以动物为中心的理论思考"（animal-centered theoretical considerations），博格兹罗列了文学动物研究三个相互关联的论证工作：第一，将动物书写视为文学史上一个独立的主题或话题；第二，在一个更广阔的文化动物研究框架中去反思和挑战传统概念及二元对立，尤其是人类/动物、自然/文化、主体/客体等形而上二元论；第三，重新检视本学科的方法论，因为当我们重新审视何谓动物、人与动物之间究竟存在何种关系时，也必然会引发对文学动物的界定以及研究文学动物的具体方法的重新考量②。要言之，一个合格的动物批评家，首先要善于发现被书写的动物，其次是思考文学如何书写动物，最后还要关注文学动物研究如何研究被书写的动物。显而易见，麦凯和博格兹的动物批评观都带有元（理论）研究的性质，不仅包括文学动物再现的阐释策略，也涉及文学研究本身的反躬自省。

---

① McKay, Robert, "What Kind of Literary Animal Studies Do We Want, or Need?" *Modern Fiction Studies*, Vol. 60, No. 3, 2014, pp. 636–644. （p. 637）

② Borgards, Roland, "Introduction: Cultural and Literary Animal Studies", *Journal of Literary Theory*, Vol. 9, No. 2, 2015, pp. 155–160. （p. 157）

与上述两位学者的思路异曲同工，美国批评家马拉默德（Randy Malamud）也指出，亟须建立一种以动物为中心，并倡导方法论上的道德规范来抵制动物被"文化边缘化"（cultural marginalization）的分析理论，为此他从美学角度提出了动物批评审美伦理。以动物诗为例，马拉默德认为研究者应当把握四个"动物美学表征"（aesthetic representations of animals）问题："动物在艺术中为何重要？动物的文化再现与真实动物之间有什么关联？艺术家对动物主体负有何种伦理关系和责任？动物艺术如何成为现实世界人与动物互动的隐喻、试验场或缩影？"① 在此基础上，马拉默德归纳出五个动物诗的具体审美目标：第一，鼓励人们在不伤害动物（无论是肉体上还是精神上）的前提下欣赏动物；第二，在动物本体而非人类的语境下去认识动物，不以人类自身为尺度；第三，开展有关动物习性、生活及情感方面的教育，但要承认人类视角有限且可能存在偏颇；第四，因为动物自身而提倡尊重动物，而非出于动物能为人类做什么或对人类有什么意义；第五，了解动物，对动物的认识形成一种文化和生态的联结，构筑人与动物的命运共同体②。

新英格兰人类—动物研究中心的麦克休（Susan McHugh）进一步探讨了文学动物研究的文本实践，她试图从叙事层面构建一套较为完整的动物批评术语和方法。麦克休将动物研究界定为"一门跨学科的研究领域，围绕能动性、社会场域等议题，主张对动物再现的解读能够与价值论（axiological）和其他'非自然'历史（'unnatural' histories）在知识上互通有无"③。"价值论"涉及西方人文

① Malamud，Randy，*Poetic Animals and Animal Souls*，New York：Palgrave Macmillan，2003，p. 44.

② Malamud，Randy，*Poetic Animals and Animal Souls*，New York：Palgrave Macmillan，2003，pp. 44 – 45.

③ McHugh，Susan，"One or Several Literary Animal Studies？" 17 Jul. 2006，20 Apr. 2018. < https：//networks. h-net. org/node/16560/pages/32231/one-or-several-literary-animal-studies-susan-mchugh >.

学科总是以牺牲"他者"为代价来表达和巩固某些范畴；"非自然历史"指那些与自然环境相对的诸如博物馆、马戏团、动物园和书籍等人类文化环境。"能动性"（agency）对麦克休是十分重要的关键词。传统观点认为，能动性是区分人与动物的核心之一，即人可以通过思维与实践的结合有意识地、有目的地、有计划地反作用于客观世界，而动物则不具备这种能力。麦克休极力反对对动物的存在及能动性的剥夺，或将动物当作容器注入能动性的拟人化论述，后者所刻画的动物大都影射人类世界的某种秩序与现象。在她看来，一部小说之所以成功，并不在于主体性塑造，而在于能动性的多视角叙述，其能反映并影响正在进行的社会变革①。麦克休认为，基于能动性的动物叙事不仅将开启文学经典的重估之门，还将激发人们关注文学故事本身，从而引发对社会语境赋予文学"仲裁物种差异"（arbitrating species differences）权力的新探索。麦克休的动物批评严格继承了传统文学研究注重文本内部解读的学统，同时上升到对文学价值的标准问题的体认，显示出考察文本之"外"的文化研究意识。

　　动物批评的文化转向在美国罗格斯大学德科文（Marianne Dekoven）这里更加清晰。她直言不讳地写道："开展文学动物研究的根本途径就是分析动物如何被用来加强对被征服者的诋毁和谋求更大范围的人类社会平等。"② 德科文阐述了动物批评的两个主要动机：其一，出于对人类压迫的关注，对所有遭受苦难和虐待的人与非人动物的共同关切，剖析在西方本位、种族歧视、性别偏见等社会问题中发挥关键作用的"非人化"（dehumanization）或"次人化"（sub-humanization）运行机制；其二，动物权益主张，许多以动物为题材的文学、理论和批判性文本最初都源于减轻虐待动物的伦理愿景，如休

① McHugh, Susan, *Animal Stories: Narrating across Species Lines*, Minneapolis: University of Minnesota Press, 2011, p. 1.

② Dekoven, Marianne, "Guest Column: Why Animals Now?" *PMLA*, Vol. 124, No. 2, 2009, pp. 361 – 369.（p. 363）

厄尔（Anna Sewell）的《黑美人》（*Black Beauty*，1877）就是 19 世纪英国动保运动（也称为反残酷运动）的直接产物。德科文还特别提醒人们关注一种常为人忽略的"动物暴力"（animal violence）书写模式，这种书写声援了狭隘达尔文主义，文字和镜头刻意聚焦并放大动物之间捕食或非捕食的杀戮行为，从而凸显动物的兽性、强化人与动物的边界。德科文的动物批评视野广阔、内涵丰富，并且高度重视文本与现实的多方对话，印证了动物研究的开放性与实践性、跨学科性与多学科性以及强烈的政治道德使命感，"尽管动物研究与任何特定理论或政治立场没有必然或必要的联系，但其相当一部分工作是由动物权益主张或与动物相关的其他政治权益主张（如性别、种族、阶级、民族、性取向、后殖民、残障）所推动，这些都提供了新的视角"①。

当代动物研究的代表人物沃尔夫（Cary Wolfe）作了如下定义：动物研究促使我们重新审视人类的知识体系，其"不仅仅是对媒体研究、电影研究、女性研究、种族研究等众多学科进行'填白'（fill in the blank）的新增领域，而是从根本上动摇并重构了过去被认为理所当然且备受推崇、有关认知主体（knowing subject）与学科范式（disciplinary paradigms）的根基"②。更具体地说，动物研究作为一套有效的话语和实践抵制西方人文主义的各种宏大叙事（尤其是整体性、权威性叙事），挑战了人类中心主义意识形态，检讨了排斥异己、追求同质的本质主义思维方式，冲击了层级化、僵硬化的二元对立逻辑法则。在沃尔夫眼中，动物研究的理论视界显然已经溢出文学和文化研究，把对文本及社会现实的关注，扩大到对知识领域乃至整个人类文明体系的反思。值得注意的是，沃尔夫的动物研究是将其作为后人文主义（posthumanism）框架下的一个子集来

① DeKoven, Marianne, "Guest Column: Why Animals Now?" *PMLA*, Vol. 124, No. 2, 2009, pp. 361 – 369. (p. 367)

② Wolfe, Cary, *What is Posthumanism*? Minneapolis: University of Minnesota Press, 2010, p. xxix.

看待的①，后者以批判人文主义为己任，试图解构传统理性主义主体哲学，建立关于本质、意识、理性、能动性、生命、身体的新理解，主张一种去中心、非本质、反霸权的多元哲学图景。正是由于对异质性和混杂性的强调，沃尔夫认为那些通过论证人与动物具有某种相似性来争取"主体"或"权利"（如动物权利运动、动物生态学）的批评实践尽管推动了伦理政治进步，但其实都在复制"物种话语"（discourse of species），这种话语反过来复制着"物种主义制度"（institution of speciesism）②。对后人文主义而言，意义的形式是心智系统和社会系统共同进化的基础，人在核心和本质上是彻底的"非人"（ahuman），人类的身体是原初"义肢"（prosthetic）③，与外部不断作用、相互联系、彼此交织。

与沃尔夫不同，科普兰（Marion Copeland）虽然也认为动物研究关系到对人与动物主客二分及主体问题的重新思索，"意图超越西方文化长期以来的人类中心主义视角"打破人与动物之间界限④，但较之前者颇为激进地通过"人类去中心"或"去人类中心"绕过讨论非人主体，后者提出借助"超越"（passing over）来实现人与动物之间生命体验的流通。具体文本操作办法是，通过"叙事想象"（narrative imagination）和"共情想象"（sympathetic imagination）将人类身份暂时搁置，以非人类视角去感受想象对方的体态、动作和情感，并与之产生精神或情感上的共鸣，即"让自身成为动物"（engage oneself as animals）。在谈及文学动物研究的宗旨时，科普兰重申了自己与夏普罗（Kenneth Shapiro）合著《小说的动物批评理

---

① Wolfe，Cary，*What is Posthumanism*？Minneapolis：University of Minnesota Press，2010，p. 119.

② Wolfe，Cary，*Animal Rites：American Culture，the Discourse of Species，and Posthumanist Theory*，Chicago：The University of Chicago Press，2003，p. 2.

③ Wolfe，Cary，*What is Posthumanism*？Minneapolis：University of Minnesota Press，2010，p. xxvi.

④ Copeland，Marion，"Literary Animal Studies in 2012：Where We Are，Where We Are Going"，*Anthrozoös*，Vol. 25，No. sup1，2012，pp. s91 – s105. （p. s94）

论》一文的基本意见：第一，解读作品中非人类动物的再现是否存在降格或不敬；第二，评价作者是否将动物看作独立的生命主体，包括作为个体与作为物种的动物；第三，分析文本如何处理人与动物之间的关系，不仅要描述这种关系，更要揭示这种关系的形成动因——比如，从被消费者忽视的资源动物，到与人类几乎平等的伴侣动物——最终目标是建立一个"共享世界"①。

　　综合各位学者的观点，可以看出"动物转向"背景下的文学动物研究具有以下显著特征（这也是其与象征主义阐释模式的传统动物研究的区别）：在研究对象上，聚焦于考察动物的本体以及人与动物的互动关系，意味着不仅要关注"在场"的动物，还要关注"不在场"的动物，因为"不在场"可能同样表达了某种主体间性关系；在研究内容上，既要分析动物在文本世界的叙事修辞功能，更要查究文学动物再现背后所承载的政治、经济、文化、伦理和生态蕴含，深入挖掘动物书写如何折射出特定时期的社会历史与文化结构；在研究方法上，不局限于传统的动物意象阐释，而是注重同解构主义、后结构主义、后现代主义、后人文主义话语建立合作关系，带有高度的理论自觉与浓厚的自我批判色彩；在研究旨趣上，尤为关注人兽疆界的话题，或更准确地说，关注人的动物性和动物的人性问题以及由此引发的一系列有关本体存在或先验压迫问题；在研究目标上，旨在修复现实世界人与动物之间的裂痕，反思人类社会的道德框架，并为改善当代生态圈的崩解和动物苦难作出贡献。

　　一言以蔽之，动物批评研究就是关于动物的文学文化再现研究，它不仅挑战人类中心主义意识形态及由此孵化的诸多社会歧视主义，在对动物问题的探讨上也尝试还原动物的真实生命，同时承认动物的他者差异，用卡勒的话来说，一是研究人与动物之间的某种共性

---

① Shapiro, Kenneth, and Marion Copeland, "Toward a Critical Theory of Animal Issues in Fiction", *Society and Animals*, Vol. 13, No. 4, 2005, pp. 343 – 346. （p. 345）; Copeland, Marion, "Literary Animal Studies in 2012: Where We Are, Where We Are Going", *Anthrozoös*, Vol. 25, No. sup1, 2012, pp. s91 – s105. （p. s92）

和连续性，二是研究动物的断裂性、彻底的他者性和不可接近性①，并在此基础上重新反思人类社会的道德现实，为其伦理发声。

第三节　国内外相关文献综述

文学动物研究与文学动物书写的发展轨迹颇为相似，最初囿于神话、寓言或童话框架②。随着近年来动物文学佳作遍地开花，除了动物形象描写经历由象征型动物向写实型动物的嬗变③，以及写实动物文学的开创④，作品本身在动物书写的题材开拓、主题挖掘、形象塑造、美学表征和伦理诉求等多个维度均呈现出崭新姿态。如今，文学动物创作早已走出神话、寓言或童话的藩篱，以一种"战略家"的宏大视野与深度思考迈向更为广阔的天地⑤。

文学动物研究同样呈现出这种态势，相关批评实践经历了从无到有、从零散到聚焦、从扁平到多元的发展，并逐渐向更为成熟、

---

① ［美］卡勒：《当今的文学理论》，《外国文学评论》2012 年第 4 期。

② 早期的动物研究多围绕神话、寓言或童话展开，并且至今仍具有生命力，这固然也是一个重要研究维度，但鉴于其与本书的关注点相差甚远，笔者在此仅简要列举一些有代表性的成果以供参考，如：古伯纳提（Angelo De Gubernati）的《动物神话，或动物传说》（*Zoological Mythology*, *Or*, *The Legends of Animals*，1872）、布朗特（M. J. Blount）的《动物之地：儿童文学中的动物》（*Animal Land*：*The Creatures of Children's Fiction*，1977）、瑞特沃（Harriet Ritvo）的《向动物学习：18、19 世纪儿童的自然史》（"Learning from Animals：Natural History for Children in the Eighteenth and Nineteenth Centuries"，1985）、方克强的《现代动物小说的神话原型》（1989）、孙大公的《大千世界童心未泯——中外儿童文学中不同的动物观念管窥》（1993）、殷国明的《西方"狼文学"及其神话渊源》（1995）等。

③ 此在本书绪论第二节"研究对象与概念说明"有论述。

④ 写实动物文学主要以写实型动物描写为主，动物本体是作家艺术表现的主体和目的，并带有一种自然科学家的观察视角，典型者如加拿大西顿（Ernest Thompson Seton）和罗伯茨（Charles G. D. Roberts）的动物故事。

⑤ 这里"战略家"的说法借鉴了德里达（Jacques Derrida）的论述，详见本书绪论部分。

更为深刻的层次和方向提升。但仍需指出，尽管文学研究的"动物转向"倾向明显，并焕发出愈加蓬勃开放的力量，可这也导致研究成果略显庞杂，其中较为突出的问题便是基本概念和主要术语使用模糊。此外，与国外研究的广泛性和深入性相比，国内研究相对薄弱且起步较晚，其从整体研究数量或研究时段的差距可见一斑。根据笔者统计①，早在19世纪国外学者就已对文学中的动物问题有所综论，而国内相关研究直到20世纪八九十年代，更确切说是进入21世纪后才开始真正意义上的萌芽。就目前国内情况来看，学界对文学动物研究始终缺乏足够重视，不仅表现为相关出版物和专题会议匮乏，在高校的学科建制和课程结构上也有所体现，更谈不上成为学界一个持续的理论或批评热点。下面我们从国内和国外两个方面对当前文学动物研究的成果进行评述。

一 国内研究现状

在收集文献数据时，调查发现国内的西方文学动物研究主要有四类：第一，专门针对动物文学（动物小说、动物故事、动物童话等）展开批评，如黄雯怡分析了西顿（Ernest Thompson Seton）、罗伯茨（Charles G. D. Roberts）、莫厄特（Farley Mowat）等人的动物小说，梳理了加拿大写实动物文学蕴含的动物伦理思想；段燕、王爱菊解读了《动物庄园》（*Animal Farm*）中的童话叙事与寓言叙事，试图还原隐藏在革命和群体背后的真理政治②。第二，围绕某一作家或某一作品、以动物批评为切入点，如何庆机通过挖掘《恋爱中的女人》（*Women in Love*）中动物形象与叙事场景之间的关联，剖析相

---

① 相关数据来源包括但不限于中国国家图书馆·中国国家数字图书馆、武汉大学图书馆、澳洲国家图书馆、悉尼大学图书馆、伍伦贡大学图书馆、ProQuest、JSTOR、SAGE Journals、Taylor & Francis Online、Project MUSE、CNKI、Google Books 等。

② 黄雯怡：《加拿大写实动物小说中的伦理思想探析》，《外语研究》2018 年第 1期；段燕、王爱菊：《文学想象与真理政治——〈动物庄园〉中"童话"和"寓言"的言说》，《广西社会科学》2017 年第 10 期。

关人物性格、情节安排及艺术表现①。第三，在论述某一主题时提及动物问题，如张慧荣以北美原住民叙事为研究对象，将动物与荒野、河流和花园等并置，一起作为后殖民生态批评的考察点之一②。第四，运用比较的方法探讨不同作品的动物书写，如乌日娜的《原始与文明，人性与兽性——土家族作家李传锋与杰克·伦敦动物小说的比较》（1988）、尹静媛和彭智蓉的《生态伦理视阈下〈西顿动物小说〉与〈狼图腾〉之比较研究》（2013）等。接下来，以文献计量学的基本定律作为数据分析指导原则，从研究成果的发表年份、撰写作者和研究内容等维度进行统计追踪。其中，研究内容将进一步分为研究对象、研究体裁和研究路径三个方面。

（1）发表年份统计分析

总体来看，我国的西方文学动物研究经历了一个逐步扩展和渐趋深入的过程。调查显示，国内动物批评可追溯至 20 世纪 80 年代，汪天云于 1981 年发表的《小议儿童文学中的动物故事》可被视为文学领域动物研究的重要发端，文章分析了动物故事对文学世界（尤其是儿童文学）与物质世界的重要意义。此后 20 年有若干文献问世，如裴家勤的《当代苏联文学中的动物题材小说》（1985）、冯志臣的《罗马尼亚民间文学中的动物形象》（1990）、付凯琳的《动物与审美——东西方文学中以"动物"作为比喻手段的审美比较》（1993）、蒲隆的《世界儿童文学中的一支奇葩——加拿大写实动物故事》（1993）、罗益民的《从动物意象看〈李尔王〉中的虚无主义思想》（1999）等。直到 2000 年以后，文学研究者们才在真正意义上开始着手针对动物问题展开讨论。以每四年为一个阶段，从文献总数、期刊、会议和报纸、学位论文、专著和外语类核心期刊对相关研究成果进行数据统计，获得图 1 "1980—2018 年中国西方文学动物研究总体

---

① 何庆机：《劳伦斯〈恋爱中的女人〉中动物形象的多重结构关系》，《外国文学研究》2007 年第 3 期。

② 张慧荣：《后殖民生态批评视角下的当代印第安英语小说研究》，博士学位论文，苏州大学，2014 年。

走势"。

从文献发表年份来看，国内的西方文学动物研究大致可分为三个阶段：第一阶段是从 1981 年到 2000 年，在长达 20 年的时间内累计文献总量不超过 25，年均不超过 0.75，这一阶段可以看作动物批评实践的萌芽阶段，我国学者尚未注意到文学动物研究的价值，屈指可数的文献显示出这一时期动物问题在文学研究学界一直处于极度边缘化的境地；第二阶段是从 2001 年到 2012 年，这 12 年间文献数量呈逐渐上升趋势，说明研究者对动物世界表现出愈加浓厚的兴趣，从事动物批评的队伍日益壮大、学术成果也在不断增多；第三阶段为 2013 年至今，这期间不过短短几年，但累计文献总量却几乎赶超前两阶段的文献总数，意味着文学动物研究正处于蓬勃发展之中，即国内学界已经意识到此类研究的重要性并作出积极响应。

从文献结构统计来看，越来越多的学位论文嗅到动物批评热度并加入了该研究队伍，尤其体现在硕士学位论文数量自 2013 年后翻倍增长，且就院校分布来看并未出现某一类型或某一层次高校的扎堆现象，说明动物批评乃各高校外国文学教研普遍关注的内容之一。但值得注意的是，与期刊、会议、报刊和学位论文都呈明显递增不同，动物研究专著却一直处于"难产"。截至目前，国内仅有为数不多的几本专著论述西方文学动物问题，而除了殷国明的《西方狼》（2006）和《漫话狼文学》（2006）、李巧慧的《环境·动物·女性·殖民地——欧美生态文学中的他者形象》（2014）、张亚婷的《中世纪英国动物叙事文学研究》（2018）等，剩下的其他几部专著皆脱胎于作者的学位论文，如香港中文大学陈红的《兽性、动物性与人性：历史文化语境中的劳伦斯和休斯动物诗研究》（2003）、南京大学姜礼福的《当代五位前殖民地作家作品中后殖民动物意象的文化阐释》（2010）、北京外国语大学李素杰的《走向生态人文主义——解码冯内古特小说中的动物意象》（2013）等。

此外，一个研究领域的核心期刊往往能体现该领域文献数量在本学科期刊中的分布规律，客观反映某一主题研究的文献质量和主流研究的发展方向。从统计情况来看，外语类核心期刊每年发表的动物批评文章数量呈微弱上升，并且与专著的匮乏境况类似，其所占比重轻如鸿毛，说明国内文学动物研究的整体质量仍需改进。另一方面，与当今文学研究发展诸如生态批评等其他方向的"气势恢宏"相比①，动物批评也有待引起更多主流文学评论家的重视，即使文学动物研究已经展露出成为一门显学的苗头②，但"作为一种文学文化现象，作为一种文学思潮，作为一个重要理论考察热点的深蕴层面都缺乏应有的观照"③，这恰恰映射出人类中心主义意识形态在文学研究领域根深蒂固。

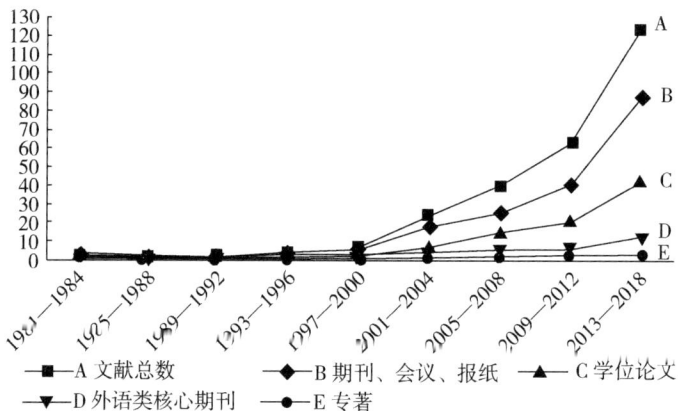

图1　1980—2018年中国西方文学动物研究总体走势

———————————

① 笔者以"生态批评"作为主题词在 CNKI 中进行检索，统计了外国文学研究核心期刊相关发文量，迄今结果如下：《外国文学评论》10 篇，《当代外国文学》35 篇，《外国文学研究》54 篇，《外国文学》23 篇，《国外文学》9 篇。

② 以动物文学研究为例，我国学者韦苇明确指出其已经成为一门显学。他进一步分析了原因：一是动物文学具有独特的价值和魅力；二是动物文学在文学世界中本就占有重要地位，受到许多语言艺术大师的关注；三是动物文学的强劲生命力已经得到了时间和空间的双重检验；四是学界对动物文学的探讨不再局限于简单的赞扬或赏析，而是深入对动物生命纪实与伦理意涵的思考。韦苇：《动物文学概论》，复旦大学出版社 2020 年版，第 23—29 页。

③ 陈佳冀：《中国文学动物叙事的生发和建构》，博士学位论文，上海大学，2011 年，第 5 页。

（2）撰写作者统计分析

以第一作者为分析对象，对其发文数量进行统计，获得该领域的研究作者分布情况。目前，发文量居前列的作者为朱宝荣（3%）、姜礼福（2%）、赵谦（2%）、陈红（1%）和刘捷（1%）等，显然这五位是文学领域开展动物批评的积极者。然而，同样可以清楚地看到，上述作者总发文量之和仅占整体比重的9%，而其他作者的发文比重却多达91%，表示国内的西方文学动物研究存在极大的断裂性与偶然性。究其原因，这反映并证实了动物研究尚属一门新兴的学科，一方面研究者对此"熟悉的陌生玩意"表现出一定热情，不少人都在积极探索尝试，另一方面由于研究时间较短，无论是就研究者个体还是就研究队伍而言，都尚未形成一个成熟的研究体系。

值得一提的是，来自集美大学的朱宝荣对我国西方文学的动物研究作出的贡献尤为突出。早在1991年，朱教授就发表了《论艾特马托夫的动物形象》一文，鉴于时代特征论述对象为苏联文学，但从学科体系建设来讲，该文无疑是对新型文化语境下文学研究做了一次极有意义的探索，而后所发表的"动物形象"系列论文更为改变文学批评"以人为主导"的研究模式树立了良好榜样。其中，《动物形象：儿童文学不能承受之重》（2004）和《动物形象：小说研究不应忽视的一隅》（2005）两篇文章将剑锋直指主流学术话语对动物问题"冷淡"或"不屑"，认为当前国内学界存在几个明显的缺憾，"一是尚未对动物形象发展演变史的角度整体掌握，二是多从单纯的修辞格的角度来看取动物，而对其在叙事学上的意义极少关注，三是轻忽了对动物自身、对人与动物关系的审视，特别是对20世纪动物形象塑造新动向的考察方面，着力不多"①。这充分说明我国的西方文学动物研究者整体水平亟待提高，研究队伍和研究力量都十分薄弱，除极个别学者持续关注动物研究外，其他研究者仅

---

① 朱宝荣：《动物形象：小说研究中不应忽视的一隅》，《文艺理论与批评》2005年第1期。

仅是偶尔涉足该领域，并且"蜻蜓点水"，缺乏对主题的深入挖掘和批评理论的升华。

（3）研究内容统计分析

下面从研究对象、研究体裁和研究路径三个方面对国内的西方文学动物研究进行爬梳整理。研究对象主要从文本所涉及的流派、作家、作品来考察，研究体裁主要从批评所涉及的文学作品种类和题材来解析，研究路径主要从论述所运用的批评视角与理论观照来查究。

1. 研究对象

自 1985 年裴家勤发表具有里程碑意义的论文《当代苏联文学中的动物题材小说》以降，后继研究者们的动物批评涉及浪漫主义文学、现实主义文学、自然主义文学、现代文学和后现代主义文学等多个文学流派，这些研究多以英美文学为主。从研究涉及的作家来看，小说家中伦敦（Jack London）、西顿（Ernest Thompson Seton）、福克纳（William Faulkner）、海明威（Ernest Miller Hemingway）、斯坦贝克（John Steinbeck）、哈代（Thomas Hardy）、劳伦斯（D. H. Lawrence）、吉卜林（Joseph Rudyard Kipling）、奥威尔（George Orwell），剧作家中莎士比亚（William Shakespeare）、威廉斯（Tennessee Williams），诗人中修斯（Ted Hughes）、劳伦斯（D. H. Lawrence）等是研究热点。近年来随着少数族裔文学和后殖民文学的盛行以及诺贝尔文学奖的影响，美国黑人女作家莫里森（Toni Morrison）、南非作家库切（John Maxwell Coetzee）、印度作家阿迪加（Aravind Adiga）也逐渐成为 21 世纪国内西方文学动物研究的潮流。从研究涉及的文本来看，《野性的呼唤》（*The Call of the Wild*）、《白牙》（*White Fang*）、《我所知道的野生动物》（*Wild Animals I Have Known*）、《熊》（*The Bear*）、《永别了，武器》（*A Farewell to Arms*）、《老人与海》（*The Old Man and the Sea*）、《雨中的猫》（*Cat in the Rain*）、《人鼠之间》（*Of Mice and Men*）、《远离尘嚣》（*Far from the Madding Crowd*）、《德伯家的苔丝》（*Tess of the D' Urbervilles*）、《恋爱中的女人》（*Women in Love*）、

《丛林之书》（*The Jungle Book*）、《愤怒的葡萄》（*The Grapes of Wrath*）、《李尔王》（*King Lear*）、《麦克白》（*Macbeth*）、《玻璃动物园》（*The Glass Menagerie*）、《热铁皮屋顶上的猫》（*Cat on a Hot Tin Roof*）等是研究热点。除此之外，受新兴热点作家的影响，《宠儿》（*Beloved*）、《耻》（*Disgrace*）和《白虎》（*The White Tiger*）等也成为新时代研究风尚。不难发现，国内的西方文学动物研究存在两种明显的情结：其一，文学经典情结，批评文本所涉及的作家作品大都是学界公认的经典作家与经典作品；其二，诺贝尔获奖作家情结，居于前列的论述对象中诺贝尔文学奖得主名字频频出现。毫无疑问，文学经典情结和诺贝尔文学奖情结推动国内文学动物研究迅速发展的同时，也暴露出一些亟待重视的问题，即研究对象选择的主流与边缘问题，不仅导致研究重复率与仿效率偏高，而且可能造成对其他代表性作家作品及文坛后起之秀的忽视，尽管他们对文学发展也作出了重要贡献。

2. 研究体裁

研究体裁方面，与研究对象的主流/边缘问题类似，我国的西方文学动物批评也存在强烈的划界现象。从关注热点来看，所涉及的作品除了个别热点诗人的动物诗，如陈红的《戴·赫·劳伦斯的动物诗及其浪漫主义道德观》（2006）、《布莱克的"虎"的"天真式阅读"》（2011），绝大部分集中在英美现当代小说，其中西顿动物小说和伦敦动物小说是研究热点。此外，有关童话寓言的动物研究则以奥威尔的《动物庄园》为首要热门文本。由于前文已经详细罗列了相关热点研究作品，故不再赘述，笔者在此介绍一些跳出现当代经典小说思维枷锁、尝试另起炉灶开辟一番新气象的研究佳作（主要体现为论述文本的年代和体裁）。其中，颇具代表性的如张亚婷的《爱情·声誉·自然：乔叟诗歌中的鹰》（2014）和《中世纪英国动物叙事与远东想象》（2016），两篇文章都着重考察中世纪的英国文学动物叙事，前者提出乔叟在《百鸟议会》和《声誉之宫》中凭借对"鹰"意象的巧妙运用率先在中世纪英国阐释了声望名誉的蕴含，后者发现整个 13—14 世纪英国本土作家的文学创作都不约而同地将动物书写用于形塑自身文化人格①。又如，胡铁生和韩松合著的《后现代文学非人类他者形象的塑造及其意义——〈纳尼亚传奇〉与〈哈利·波特〉对比研究》（2011），论文重点剖析了两部所谓的"儿童冒险故事"《纳尼亚传奇》和《哈利·波特》在同一英国基督教文化语境下呈现出不同的审美情趣与理想追求②。由此可见，21 世纪以来国内的西方文学动物研究在考察类型上虽有所拓展，但总体而言，研究对象的体裁和题材仍有待扩延，否则文本选择的局限将使研究成果的同质化问题更加突出，不利于学术话语体系的整体良性建设。

3. 研究路径

研究视角的广度与深度往往可以反映一个领域学术研究的理论水平和规模。纵观我国当前西方文学动物研究的主要路径，其研究视角大致分为以下三个方面：第一，历史的、文本的和形式主义的传统研究方法，这是目前有关动物书写研究成果中最为常见的考察范式，研究者一般将作品中的动物意象视作象征手段或隐喻符号去分析修辞指涉，即象征主义阐释模式，最终目的指向人类世界并为人类世界服务，换句话说，动物是作为"非动物"的人类之参照物而存在。这类研究从论著的标题便可窥一二，如杜小红和肖鸣旦的《〈永别了，武器〉中的动物象征性审美价值》（2006）、杨海英的《〈伊索寓言〉中的狐狸意象及其象征寓意》（2016）等。在此，笔者分别从诗歌、戏剧和小说三个角度列举具有典型意义的文章以供参考。如，孙卫红考察了马尔登的动物诗歌，认为诗人将动物作为一种有效的诗学隐喻，探索超越北爱尔兰地域性、民族性以及诗人

---

① 张亚婷：《爱情·声誉·自然：乔叟诗歌中的鹰》，《国外文学》2014 年第 4 期；《中世纪英国动物叙事与远东想象》，《外国文学研究》2016 年第 3 期。

② 胡铁生、韩松：《后现代文学非人类他者形象的塑造及其意义——〈纳尼亚传奇〉与〈哈利·波特〉对比研究》，《社会科学辑刊》2011 年第 4 期。

个体性的文学实践①；田俊武和张志从社会动物园、家庭动物园和原始丛林等多个维度解析了威廉斯剧作中的动物再现，指出作家笔下的动物叙事都表达了同一主题"人类的动物本性及其残酷的现实生存较量"②；钟吉娅通过比较伦敦《野性的呼唤》和《白牙》的狼书写，发现狼的生存遭遇映射出文学家内心深处灵魂期冀与现实追求之间的矛盾③。可以看出，以上动物研究多是在人文主义框架内解读作品主题、角色塑造和艺术表现，在一定程度上过滤了动物作为独立生命的本体意义，动物或是人类舞台上静态的背景，或是被视为折射人类影像的镜子，这类研究为相对意义上的传统动物研究。

第二，以后结构主义为理论支撑，运用语言、文本和话语理论的后现代他者诗学研究，在研究对象上向非英美主流文学倾斜，在研究视角上不拘泥于传统观念"人学就是文学"，写实型动物形象成为研究者的重点关注对象。追本溯源，这类研究其实与受本维尼斯特（Émile Benveniste）和福柯（Michel Foucault）等影响引发的文学研究"话语转向"有莫大关联。首先是动物研究与女性主义研究的联姻。刘彬的《当代西方女性主义动物伦理及其困惑》（2015）、袁霞的《试述素食生态女性主义的动物伦理思想》（2016）都是重要的引介性论文。两位研究者对目前国外女性主义动物思想的滥觞发展、基本主张及潜在问题进行了梳理，阐释了"物种歧视与性别歧视的同源性""动物的道德地位""素食的伦理价值"等核心命题。其中，刘彬明确指出女性主义动物伦理是一块"尚未开发但极具

---

① 孙卫红：《诗意的"洞穴"——评保罗·马尔登的动物诗歌》，《国外文学》2012 年第 1 期。

② 田俊武、张志：《田纳西·威廉斯剧作中的动物意象和动物主题》，《俄罗斯文艺》2005 年第 4 期。

③ 钟吉娅：《一个挣不脱的"圈"——从杰克·伦敦的动物小说探索其内心世界》，《国外文学》2001 年第 1 期。

潜力的领域"①。除引介西方相关前沿理论外，刘彬在女性主义动物批评实践方面同样作了有益探索。在《〈一千英亩〉中的女性主义动物伦理》（2015）中，他通过分析动物的物化与女性的动物化揭橥了女性和动物共同沦为父权制牺牲品的悲惨命运②，其后发表的《性别、殖民、动物伦理：〈耻〉中的强奸与"屠"狗》（2017）一文及博士学位论文《新维多利亚女性小说中的帝国动物话语研究》（2016）也有类似分析。值得注意的是，刘彬的后两篇论作均显示出鲜明的多学科交叉性，即接下来要谈的动物研究与后殖民批评的结合。

与女性主义动物研究集中于理论引介不同，国内学者在后殖民动物研究方面主要以文本批评实践为主，其研究对象在地域覆盖面上颇为广泛。例如，涂慧从动物展示、动物死亡和动物保护三个角度，阐发了加拿大英语文学里的写实动物形象嬗变与加拿大民族建构之间的密切关联③；段燕、王爱菊考察了南非作家穆达的《赤红之心》中动物叙事所蕴含的殖民历史和殖民话语，指出物种入侵与资源压榨是帝国主义扩张的重要组成部分④。显而易见，女性主义动物研究或后殖民动物研究与传统动物研究存在较大差异，是对传统西方人文主义之本质论思想和二分法思维（人与动物、白人与黑人、男性与女性等）的口诛笔伐。从整体所占比重来看，虽然数量不多，但却是我国西方文学动物研究发生"转向"的重要标志。易言之，动物不再是文学世界纯粹的修辞表征，而是同话语世界和物质世界都紧密相连的鲜活生命。目前学界的此类研究尚属"星星之火"，但其"燎原之

---

① 刘彬：《当代西方女性主义动物伦理及其困惑》，《外国文学》2015 年第 1 期。

② 刘彬：《〈一千英亩〉中的女性主义动物伦理》，《天津外国语大学学报》2015 年第 4 期。

③ 涂慧：《殖民进程、动物死亡与民族生成——加拿大英语文学里的写实动物》，《外国文学研究》2015 年第 4 期。

④ 段燕、王爱菊：《贾克斯·穆达〈赤红之心〉的帝国反写与绿色批评》，《当代外国文学》2017 年第 3 期。

势"注定这方面的理论建构与批评实践都是重要的学术生长点。

第三，偏于动物伦理文化方面的考量，包括在动物解放、动物权利以及动物福利等理论视域下对动物叙事的考察。此处有两点需要说明：其一，从理论根源上说，这类研究实际上为前述后现代他者诗学研究，即女性主义动物研究、后殖民动物研究提供了丰厚滋养。其二，动物伦理与生态批评的"自然价值论""敬畏生命伦理"等思想主张虽具有一定重叠性，但两者之间也存在相当差异，主要表现为前者重视把个体动物生命纳入伦理考量，而这在关注整体生态利益的后者看来是可以被牺牲的①，此一矛盾使该类研究不仅受到外部质疑挑战，内部亦是百家争鸣。这从不少理论探究阐证某一论题比如"动物是否有权利""动物是否可以被看作主体（尤其是伦理主体）"时各执己见便可见一斑，代表性论文有许健的《动物"权利主体论"质疑》（2004）、张燕的《谁之权利？何以利用？——基于整体生态观的动物权利和动物利用》（2015）等。

相比之下，研究者在结合文本进行具体阐述时通常持有一致的意见，都肯定动物的伦理意义、承认动物的主体地位。比如，郑柏青、张中载分析了伍尔夫的《阿弗小传》，认为小说打破了维多利亚时期不可为动物立传的禁忌，挑战了人类中心主义视角，动物作为伦理主体而非人类他者传递了作者的生态思索②；吴琳解读了卡森"海洋三部曲"的动物书写，指出其解构了传统人与动物之间二元对立的主客关系，卡森笔下的海洋生物是与人类平等的、独立的主体③。在关于动物身份重塑的论述中，光峰、张辉辉大胆触及了"动物是否具有理性"的棘手问题，通过剖释伦敦小说对动物主人公的刻画，特别是对动物应对环境变换时学习和决策能力的描写，直

---

① 朱宝荣：《20 世纪欧美小说动物形象新变》，《外国文学评论》2003 年第 4 期。

② 郑柏青、张中载：《为动物立传：〈阿弗小传〉的生态伦理解读》，《外国文学》2015 年第 2 期。

③ 吴琳：《解读"海洋三部曲"的生态女性主义思想》，《外国文学》2012 年第 3 期。

称小说充分证明了动物具有长期以来为人类所忽视的理性能力①。除针对特定文本展开研讨外，亦不乏学者进行宏观性的概述。例如，龙其林就总结了当代西方生态文学动物叙事所蕴含的伦理意义，认为主要体现为"人与动物冲突型"和"人与动物亲近型"，在他看来这两种类型归根结底是人类中心主义与生态中心主义、人类伦理与动物伦理之间博弈的外化②。以上成果都为新时期国内的西方文学动物研究注入了新鲜血液，无论是就研究思路还是就分析框架而言，无不为后继者提供了有益启示。

赵林先生在《中西文化分野的历史反思》一书中曾说："人一半是动物性的，另一半是神性的，神性的力量把我们往上拽，动物性的力量把我们往下扯，人一生的过程就是在这种痛苦的撕扯中挣扎的过程，这就是人生的真实写照。"③ 我们不妨用这句话来形容当前我国西方文学动物研究的现状，一个"痛苦的撕扯中挣扎的过程"。从研究的外部情形来看，越来越多的学者注意到了文学动物研究的理论价值与现实意义，这实际上也是 20 世纪 60 年代以后整个学界出现的微观化、日常化、碎片化、无中心化、去人类化等研究范式的转向，伯科维奇（Sacvan Bercovitch）谓之"开始从大写的文学（Literature）降格为小写的复数的文学（literatures）"④——曾经在文学研究中难挑大梁的动物、植物、器物和身体（"物转向"）等开始成为文学评论家关注的对象。然而，经典情结和宏大叙事依旧占据着主流学术话语的绝对优势地位，一面是研究者们跃跃欲试欲开辟一片新的研究领地，另一面又表现为冲锋部队的浅尝辄止或打

---

① 光峰、张辉辉：《杰克·伦敦小说中的动物权利探究——以〈野性的呼唤〉、〈白牙〉、〈褐狼〉为例》，《湖北社会科学》2012 年第 12 期。

② 龙其林：《文学经典与动物认知——当代西方生态文学中的动物叙事析解》，《贵州师范大学学报》2015 年第 2 期。

③ 赵林：《中西文化分野的历史反思》，武汉大学出版社 2004 年版，第 13 页。

④ Bercovitch, Sacvan, "Introduction", *The Cambridge History of American Literature* (Vol. 1), Ed. Sacvan Bercovitch and Cyrus Patell, Cambridge：Cambridge University Press, 1994, pp. 1–9.（p. 2）

道回府，因而在整体基数不大却增幅很快的动物研究中常常出现"叠床架屋"。这种研究外部的"撕扯"也直接导致了研究内部的"挣扎"，研究对象、研究类型和研究视角可能颠来倒去"炒冷饭"，而最大的问题在于，研究者仍然停留在人类中心主义的文学研究范式，以上所有都为国内的动物批评留下了广阔的探索空间。

二　国外研究现状

国外的文学动物研究可用四个字来概括，即"百花齐放"。根据迪米洛（Margo DeMello）2012 年出版的《人类—动物研究：参考书目》一书，截至目前"英语/文学"（English/ Literature）领域的动物研究专著共计 35 部，而由英国动物研究网提供的"动物研究实时参考书目"，仅针对 20 世纪以来文学作品出版的动物研究论著就多达 14 部；此外，美国密歇根州立大学动物研究中心提供的"动物研究参考书目"中，文学、艺术和流行文化中的动物研究条目更多达上百条①。除了在数量和规模上的急速增长，研究主题、研究内容和研究视角也是五花八门、包罗万象，赫尔曼（David Herman）将其描述为由虚构文本引发的人类与非人类动物纠葛的"跨学科研究问题"②。

尽管目前国外的文学动物研究成果较为庞杂，但主体研究路径仍有迹可循，简单来说大致分为以下三种：一是动物与历史，二是动物与话语，三是动物与环境。这里有两点需要说明：其一，上述三种研究路径中，西方学界有关动物问题的哲学思辨尤其是近现代以来的动物伦理、后结构主义、后现代主义和后人文主义思想都提供了重要理论依据，并且贯穿对动物问题探讨的各个环节；其二，以上研究路径的划分并非绝对，而是彼此交叉、相互联系，因为在这个被里查德（I. A. Richards）美其名曰"批评理论混乱"（chaos of

---

①　相关数据来源参见第一章第一节"动物研究与动物转向"。

②　Herman, David, "Introduction: Literature Beyond the Human", *Creatural Fictions: Human-Animal Relationships in Twentieth-and Twenty-First-Century Literature*, Ed. David Herman, Basingstoke: Palgrave Macmillan, 2016, pp. 1–15. （p. 2）

critical theories）的时代①，文学研究各领域之间总是相互借鉴融合，"即便我们发现某一批评理论（如形式主义）似乎有些不合时宜，但在人文学科中，一个'过时'的理论常常带着新的想法可能再次复兴（如叙事学理论家沿用形式主义某些概念）"②。

（一）动物与历史

早在 20 世纪初，动物就已经进入历史学研究范围，伊万斯（E-dward Evans）的《动物刑事起诉与死刑》（*The Criminal Prosecution and Capital Punishment of Animals*，1906）一书直到今天仍具有重要的学术价值。由于学科属性使然，史学家们对研究对象的选择，在回应社会和政治转变时总存在一些时间的滞后性，比如工人运动之后的工人史研究、女权运动之后的女性史研究、民权运动之后的少数族裔史研究，历史学领域的动物研究也是在西方动物保护运动后才开始兴起。另一促成历史学动物研究日趋繁盛的重要动因，则源于近年来环境史研究的蓬勃发展。如今在历史学家看来，那些曾与动物具有特殊联结的人士，从动物饲养员到动物狩猎者，再到动物科学家，为其著书立传的作者知名程度丝毫不亚于大象君宝（Jumbo）③ 这样闻名

---

① 转引自 Castle, Gregory, *The Literary Theory Handbook*, Hoboken：John Wiley & Sons, 2013, p. 1。

② Castle, Gregory, *The Literary Theory Handbook*, Hoboken：John Wiley & Sons, 2013, p. 3.

③ 君宝是一只巨型非洲大象，1862 年生于法属苏丹，后被出口至巴黎动物园 "Jardin des Plantes"，1865 年转移到英国伦敦动物园，在那里君宝声名鹊起成了最受游客欢迎的动物明星，经常出现在各种报纸杂志和广告宣传中。1882 年，美国知名马戏团 "Barnum & Bailey Circus" 买下君宝，立即引发当时英国 10 万名小学生去信给女王，请求不要出售君宝，后来君宝被运送至前往美国的港口时，英国人民举国上下包括维多利亚女王本人在内也赶去为君宝送行，并且人为此伤心欲绝。1885 年，君宝在一次马戏团巡回演出途中死于加拿大安大略省圣托马斯的货柜堆积场车站（报告表明，君宝是为了保护另一只小象免于火车撞击而亡），死后骨架被捐给了美国纽约自然历史博物馆，心脏被卖给了康奈尔大学，象皮被送到著名科研机构 "Ward's Natural Science"，身体标本则由马戏团展演数年后至塔夫斯大学保存。这只名为君宝的非洲大象已经成为历史上的一个重要 "人物"，吸引了各个领域学者对其研究，如动物法律（有学者指出君宝之所以从英国卖到美国，主要是因为当时英国在动物虐待法规方面较为（转下页）

于世的动物明星。在《历史与动物研究》一文中，美国历史学家瑞特沃（Harriet Ritvo）明确写道，"近来有关动物问题的探讨已逐渐融入史学界主流学术话语"，并且"吸引了众多来自其他领域如人类学、文学、文化研究和社会学等学科研究者驻足思考"①。文学领域的动物与历史研究正是在此背景下展开的，批评家们对不同时期的文学动物叙事作了细致分析，深入挖掘了其所反映的那些与历史环境紧密联系的、有关"人类—动物"议题的思维模式与普遍惯例。这一路径的研究跨越了中世纪并延伸至近现代②。

1. 中世纪

学界聚焦于中世纪动物研究最具有代表性的论著有：索尔茨伯里（Joyce Salisbury）的《体内野兽：中世纪的动物》（*The Beast Within*：*Animals in the Middle Ages*，1994）、斯蒂尔（Karl Steel）的《"人"是怎样生成的：中世纪的动物与暴力》（*How to Make a Human*：*Animals and Violence in the Middle Ages*，2011）、克莱恩（Susan Crane）的《遭遇动物：中世纪英国的接触与概念》（*Animal Encounters*：*Contacts and Concepts in Medieval Britain*，2013）。

在《体内野兽》一书中，索尔茨伯里通过分析经济、法律、

（接上页）严苛）、动物权利（君宝死后胃里发现了硬币、钥匙和铆钉等物）、后殖民研究（君宝最初由法属殖民地运往欧洲宗主国，"Jumbo"这个名字在非洲班图语族里有"酋长"之意）、社会文化研究（君宝在伦敦时一度牵涉到大不列颠的民族身份与民族精神）等。

①　Ritvo，Harriet，"History and Animal Studies"，*Society and Animals*，Vol. 10，No. 4，2002，pp. 403－406.（pp. 405－406）

②　相关研究可以追溯至更远的古典文学，由于篇幅所限，笔者在此仅作简要介绍，如 Bradley，Keith，"Animalizing the Slave：The Truth of Fiction"，*The Journal of Roman Studies*，Vol. 90，2000，pp. 110－125；Heath，John，*The Talking Greeks*：*Speech*，*Animals*，*and the Other in Homer*，*Aeschylus*，*and Plato*，Cambridge：Cambridge University Press，2005；Osborne，Catherine，*Dumb Beasts and Dead Philosophers*：*Humanity and the Humane in Ancient Philosophy and Literature*，Oxford：Oxford University Press，2007；Harden，Alastair，*Animals in the Classical World*：*Ethical Perspectives from Greek and Roman Texts*，New York：Palgrave Macmillan，2013 等。

神学、文学、艺术等文本的动物书写，梳理了从4—14世纪动物观的历史嬗变，并试图分析演变背后的原因。索尔茨伯里首先考察了现实世界中作为财产、食物和性对象等不同角色的动物，而后切入文学领域探讨寓言、想象和幻想中作为隐喻的动物。她认为，中世纪的寓言故事是当时社会秩序的真实写照，人们开始对自我内部的动物性产生探索意识，寓言中的动物其实扮演着人类角色，比如海斯特巴赫（Caesarius of Heisterbach）所讲述的狼与年轻女子故事，就曝露出鲜明的物种转换痕迹。索尔茨伯里还认为，作为隐喻的动物意味着一种新型的"人类—动物"关系的建立——作为形而上的真理的指南、作为人类的典范，"隐喻性的动物（metaphoric animals）存在于人类想象的边缘，它们丰富而复杂的象征内涵是任何真实动物（actual animal）都难以实现的"[1]。索尔茨伯里的论述最独特之处在于，引入统计学方法对中世纪手稿（手抄本、绘画等）中的动物进行了量化分析。其中，关于动物功能的调查结果显示，作为劳动力和食物的动物在中世纪的想象世界居于主导地位，人与动物的混杂体次之，而用来嘲弄他人的动物不仅出现的时间最晚、数量也最少。

　　斯蒂尔的《"人"是怎样生成的》通过分析从基督教早期至15世纪法律、教义、科学文献、骑士叙事、圣诗、圣徒行传和戏谑作品的动物叙事，阐述了人类在定义自我的过程中如何对动物实施暴力的霸权行径。斯蒂尔指出，人类从灵魂和肉体两方面来区分人与动物并证明人类独特性的做法具有随意性，人一面将动物的自然暴力行为界定为非法，另一面却转身对动物施加暴力，人为画出一道人类灵魂不朽而动物生命有限的分界线。斯蒂尔认为，"人"这个概念代表了统治与征服，放弃对动物的控制即意味着放弃人的身份，而这正是中世纪基督教宣扬人可以主宰动物的

---

① Salisbury, Joyce, *The Beast Within*: *Animals in the Middle Ages*, New York: Routledge, 1994, p. 103.

理据所在。人类通过教义、文化论述以及其他话语实践对动物进行"阉割"："动物缺乏信仰；它们本身毫无价值，完全属于人类，不管动物遭遇什么或崇拜什么，最终都会被抛向死亡（mortality），这种死亡（death）是如此的不重要以至于人类几乎不将其视为死亡（death）"①。正如斯蒂尔本人所说的，该书虽然主要以中世纪基督教特别是西方基督教为研究对象，但其洞幽烛微的见解为后继研究者分析基督教异端派别以及伊斯兰教、犹太教等其他宗教的"人类—动物"问题提供了重要参考。

　　克莱恩的《遭遇动物》将文学研究、语言研究、性别研究和文化研究结合起来，同时运用动物学、生物分类学、语言习得和环境研究等学科知识考察了中世纪人与动物之间的关系，如圣徒和实验对象乌鸦、林奈生物分类法意义上的动物寓言集、现象学视域下的骑士罗曼司等。克莱恩发现，"中世纪对动物心理（animal mentalities）——掠夺、服从、沟通或奉献——的极大探索热情，构建出一种双向互动的'人类—动物'遭遇"②。她指出，这些关系有时忽略了动物的相异性，取而代之的是一种拟人化图式模糊了人与非人的界限，使"人"与"动物"的定义变得不确定。克莱恩以乔叟的《乡绅的故事》《汉普顿的贝维斯》为研究对象重点剖析了马与骑士之间的"亲密"，认为在这一关系中马不是单纯的工具，而是骑士从事职业工作不可分割的一部分。克莱恩指出，在中世纪书面记录里，骑士与马是所有跨物种互动中最为典型的表现，她将这种互动模式看作骑士与马之间的彼此转化。通过敏锐观察和深入解读，克莱恩的研究揭示了中世纪英国文学世界"人类—动物"之间相互作用的多面性与复杂性，展现了文学视角与方法在探索人类对动物的建构及其对人类的影响方面的

---

①　Steel, Karl, *How to Make a Human*: *Animals and Violence in the Middle Ages*, Columbus: The Ohio State University Press, 2011, p. 106.

②　Crane, Susan, *Animal Encounters*: *Contacts and Concepts in Medieval Britain*, Philadelphia: University of Pennsylvania Press, 2013, p. 169.

优势。

其他与中世纪文学动物研究相关的著述还有：萨尔特（David Salter）的《神圣与高贵的野兽：中世纪文学中的动物遭遇》（*Holy and Noble Beasts：Encounters with Animals in Medieval Literature*，2001）、弗登堡（L. O. Aranye Fradenburg）的《乔叟的动物书写》（"Living Chaucer"，2011）、戴可（Carolynn Van Dyke）的《野兽之名：中世纪文本中的动物》（"Names of the Beasts：Tracking the Animot in Medieval Texts"，2012）和《重读乔叟的动物》（*Rethinking Chaucerian Beasts*，2012）等。

2. 14—17 世纪

学界关注 14—17 世纪近现代文学动物研究的重要论著包括：福吉（Erica Fudge）的《感知动物：近代早期英国文化中的人与野兽》（*Perceiving Animals：Humans and Beasts in Early Modern English Culture*，1999）、《文艺复兴的野兽：关于动物、人类与其他神奇的生物》（*Renaissance Beasts：Of Animals，Humans，and Other Wonderful Creatures*，2004），伯尔（Bruce Boehrer）的《莎士比亚的动物：近代早期英国戏剧中的自然与社会》（*Shakespeare Among the Animals：Nature and Society in the Drama of Early Modern England*，2002），霍夫勒（Andreas Höfele）的《舞台、桩与脚手架：莎士比亚戏剧中的人与动物》（*Stage，Stake and Scaffold：Humans and Animals in Shakespeare's Theatre*，2011），拉伯（Karen Raber）的《动物身体与文艺复兴时期的文化》（*Animal Bodies，Renaissance Culture*，2013），香农（Laurie Shannon）的《栖息的动物：莎士比亚语言环境中的生物分布》（*The Accommodated Animal：Cosmopolity in Shakespearean Locales*，2013）等。

这里特别需要指出的是，对近现代文学动物研究着力最深、贡献最为卓著的当属英国思克莱德大学的福吉教授，她对近代英国的研究涉及食肉、梦、儿童、笑、理性、膀胱控制、动物面貌等多个领域，而她的人类—动物研究更囊括了动物宠物、动物实验、皮草服饰、儿童文学以及素食主义等广泛议题。在《感知动物》一书中①，福吉按照人的成长历程——出生、洗礼、上学、语言控制、财产继承及选举权的给予等——追溯了从 1558 年至 1649 年英国文本世界中的人类中心主义思想。福吉认为，人类与非人类动物同是具有感知的动物，动物与人实际上是一种平行的关系，人类具有所谓"审慎""雄辩""良知"等高贵品质的衡量标准并非不易之论反而变化不定，而文本世界动物的有增无减恰恰证明了人类在界定"人"这个概念时的反复无常与不稳定性。这一点从近代文明史上出现大量动物探讨的现象得到了充分印证，动物寓言、人文主义教育理念、动物犯罪学、乌托邦政治理论、良心本质的神学反思以及活体解剖的哲学思辨等，以上通通都涌现于 16 世纪、17 世纪。福吉的研究显然是站在历史发展的宏观角度、从时代文化的全局视野来考察动物问题，这种高屋建瓴的研究对后继学者具有重大启迪意义。

　　由福吉主编的《文艺复兴的野兽》收录了 11 篇与文艺复兴动物研究相关的经典论文。从字面上看，标题之意与"近代野兽"颇为相似（文艺复兴≈近代），但其实不然。前者并非如"近代"二字所示限于某一特定历史阶段，而更多代表着一种与"文艺复兴的人"相对的观念，即"Renaissance Beasts" vs. "Renaissance Man"，其旨在挑战传统人文主义关于动物及其身份的概念。在文艺复兴时期，动物不过是一种纯粹的使用工具，是人类需要驯服的客体对象。该文集涉及了欧洲近代早期科学、宗教、文学、运动、文娱等诸多领域的动物议题，通过对人兽疆界的考察，研究者们试图以一种新的思维来检视近代文化动物的地位、作用和功能。其中，格雷厄姆（Elspeth Graham）

---

① 福吉教授著述颇丰，除《感知动物》外，其他具有代表性的论著还有：*Animal*, London: Reaktion, 2002; *Brutal Reasoning: Animals, Rationality, and Humanity in Early Modern England*, Ithaca: Cornell University Press, 2006; "Renaissance Animal Things", *New Formations*, Vol. 76, No. 6, 2012, pp. 86 – 100; "Milking Other Men's Beasts", *History and Theory*, Vol. 52, No. 4, 2013, pp. 13 – 28; "The Animal Face of Early Modern England", *Theory, Culture and Society*, Vol. 30, No. 7 – 8, 2013, pp. 177 – 198.

的文章《论近代早期英国的马：以詹姆斯·雪利的〈海德公园〉（1632）与哲瓦斯·马克汉姆的〈卡维莱里斯〉（1607）为例》（"Reading, Writing, and Riding Horses in Early Modern England：James Shirley's *Hyde Park*（*1632*）and Gervase Markham's *Cavelarice*（*1607*）"）比较了有关17世纪马书写的两个文本，认为它们从不同侧面呈现了人与马之间渐行渐远的关系。在文学与历史的重叠叙述中，马不再是简单的文学意象，而是意义的生产者、是揭示人类历史的文本，"在这些（文本与物质、人与动物、材料与语言交叉融合的）语用文本（pragmatic texts）的历史中，包含着文学形式和功能发展的瞬间……而文学的发展反过来又影响着人与动物的关系变化"①。

众多研究者围绕莎士比亚的动物书写展开了热烈讨论。伯尔的《莎士比亚的动物》通过分析《仲夏夜之梦》等剧作中的动物形象探讨了女性气质、男性气质以及种族问题，剖释了基于自然世界观所构建的近代早期文化秩序与社会实践；霍夫勒的《舞台、桩与脚手架》聚焦莎剧动物表演（如耍狗熊）与死刑执行现场之间的关联，解读了两个不同公共空间全景图式背后的潜在意义，认为莎士比亚借由动物展现了"人"在心理、伦理和政治范畴中的建构和运作；香农的《栖息的动物》也以莎士比亚的动物再现为切入点，探索了近代早期作家在创作中融入古典自然法和《创世记》等元素，将利益、特权和权利赋予动物，并指出人与动物之间的鸿沟初辟于17世纪。

3. 18—20 世纪

学界18—20世纪的文学动物研究同样如火如荼，尽管批评家们的"历史之眼"显得不那么锐利了②，但仍不乏佳作充满洞穿历史

---

①　Graham, Elspeth, "Reading, Writing, and Riding Horses in Early Modern England：James Shirley's *Hyde Park*（1632）and Gervase Markham's *Cavelarice*（1607）", *Renaissance Beasts：Of Animals, Humans, and Other Wonderful Creatures*, Ed. Erica Fudge, Urbana：University of Illinois Press, 2004, pp. 116 – 137.（p. 134）

②　学界对现当代文学尤其是19世纪以来文学的动物研究主要集中在话语理论和生态批评等。

的深邃视野，如凯尼恩－琼斯（Christine Kenyon-Jones）的《同源野兽：浪漫主义书写中的动物》（*Kindred Brutes：Animals in Romantic-Period Writing*，2001）、摩尔斯和戴娜黑（Deborah Morse & Martin Danahay）的《维多利亚时代的动物梦：维多利亚文学和文化中动物再现》（*Victorian Animal Dreams：Representations of Animals in Victorian Literature and Culture*，2007）、梅泽诺和莫里森（Laurence Mazzeno & Ronald Morrison）的《维多利亚文学与文化中的动物：批评语境》（*Animals in Victorian Literature and Culture：Contexts for Criticism*，2017）、沃尔夫（Cary Wolfe）的《动物仪式：美国文化、物种话语与后人文主义理论》（*Animal Rites：American Culture，the Discourse of Species，and Posthumanist Theory*，2003）等。

凯尼恩－琼斯的《同源野兽》一书是博士学位论文修改出版的著作，该文从动物生命、儿童动物、政治动物、食物动物、动物与自然、动物进化六个角度探讨了拜伦、柯勒律治、华兹华斯、雪莱、济慈等浪漫主义诗人的动物书写。凯尼恩－琼斯认为，浪漫主义诗人的动物书写反映了前达尔文时期的宗教信徒观，即"人是宇宙的中心"，诗人所使用的人与动物"和谐统一"（oneness）的隐喻或类比最有力地证明了神的仁慈，神创造了一个万物都适合人类使用的世界[1]。但另一方面，同样也是在浪漫主义时期，这一认知图式由于宗教怀疑主义和上帝怀疑论而被打破，人们意识到自身体内"栖居"着动物，因此诗人的动物书写往往体现出一种复杂的矛盾心态。比如，雪莱的素食文本及其现实世界对动物问题的高度关注似乎都显示出他的动物伦理倾向，然而他的某些动物隐喻却又经常透露出人类中心主义意识形态。凯尼恩－琼斯的浪漫主义文学批评与当代文化背景的动物话语紧密相连，赋予了历史文本新的审美维度与思想视野，为后继研究者提供了有益启示。

---

① Kenyon-Jones，Christine，"Kindred Brutes：Animals in Romantic-Period Writing，With Special Reference to Byron"，Diss. University of London，1999，p. 84.

　　如题所示，摩尔斯和戴娜黑主编的《维多利亚时代的动物梦》、梅泽诺和莫里森主编的《维多利亚文学与文化中的动物》两本文集都是有关维多利亚时期的动物研究，前者围绕"科学与情感""性与暴力""罪与兽性"三个议题共收录 14 篇与之相关的经典论文，后者分为"现实世界的动物"和"文学世界的动物"两个部分收录了 13 篇关于维多利亚动物研究的重要作品。其中，前者的论述对象除了狄更斯、勃朗特、艾略特、哈代、吉卜林等英国著名作家，还有一些来自印度、非洲及其他地区具有代表性的作家，研究者们通过考察维多利亚文本——这当中还包括传记、杂志、期刊、旅行文学等非传统文学形式——的动物再现检视了工业化和后工业化语境下的"动物地位"（status of animals）。正如两位编者所言，这一时期的"动物文本已然成了政治话语（political discourse）"的角逐场域①，动物用作伴侣、罪犯、侵略者和受害者等身份象征开始大量出现，社会边缘化、种族差异、女性歧视以及殖民主义问题受到越来越多的关注，预示了动物与历史的研究路径逐渐向本书后面讨论的话语理论过渡。

　　与大部分成果聚焦以英国为中心的欧洲大陆不同，沃尔夫的《动物仪式》一书将目光转向了大西洋对岸的美国。沃尔夫以维特根斯坦、卡维尔、利奥塔、列维纳斯、德里达等哲学家的动物思想为理论源泉，分析了从德米《沉默的羔羊》到海明威《太阳照常升起》再到克莱顿《刚果》中的动物叙事。在书中，沃尔夫探讨了有关"同类相食"（cannibalism）、"残暴"（brutality）、"怪异"（monstrosity）、"正常"（normativity）的论述，有关"生气"（animation）、"灵魂"（anima/soul）的隐喻，以及最核心的仪式即"我们究竟是人类还是后人类（human or posthuman beings）"的想象，后者涉及一系列当代热点话题，如动物性、人造生命、克隆、生物技术、生命

---

　　①　Morse, Deborah, and Martin Danahay, ed, *Victorian Animal Dreams: Representations of Animals in Victorian Literature and Culture*, Abingdon and New York: Routledge, 2007, p. 4.

政治、人权等。通过对动物本体问题刨根究底，沃尔夫试图戳穿人文主义的真面目：如果说人文主义不可避免地陷入二元思维，那么原因就在于它对人类本质的追寻和建构——人与非人动物之间必然是主体与他者的对立。沃尔夫指出，学界长期以来都被种族、性别、性等政治议题占据，以至于忽视了无处不在、迫在眉急的种际问题。在他看来，真正意义上物种主义思考亟须加入后人文主义视角，因为"一个真正的后现代伦理多元主义（postmodern ethical pluralism）不可能规避后人文主义理论，相反必须借助并且拥抱后者"①。沃尔夫的动物研究及时捕捉时代发展的新脉络，为我们理解当下"以文化人""以文化物"提供了一个有效的观察视角，也为促进学术话语的长足发展带来一种别样的思维路径。

（二）动物与话语

英国心理学家、伦理学家瑞德（Richard Ryder）20 世纪 70 年代提出的"物种主义"（speciesism）概念是支撑动物与话语研究的基础，女性主义、后殖民主义、西方马克思主义、少数族裔、残障研究、儿童研究等典型话语批评领域都从这里汲取了理论滋养。研究者发现，人类对动物所抱持的固有偏见是隐藏在阶级歧视、性别歧视和种族歧视等背后的始作俑者，它们的同构性源于在思维逻辑上都构建了等级化的二元对立、尤其是自我与他者的严格区分，并且大多数情况下都具有强者对弱者施加欺压、暴力和剥削的非正义性。可以说，人类较之非人类动物的金字塔尖位置孕育了人类社会内部的金字塔结构，基于物种身份的权利道德划界以惊人速度在"人"的三重存在样态（类、群体、个体）中不断复制和蔓延，"人类的生活建立在牺牲悉数邻居之上——野生动物、家畜动物、物种和生态系统、原住民、穷人、受压迫者以及其他被边缘化的族群，尽管

---

① Wolfe, Cary, *Animal Rites*：*American Culture*，*the Discourse of Species*，*and Post-humanist Theory*，Chicago：The University of Chicago Press，2003，p. 207.

这些他者与我们共享一个星球"①。

施皮格尔（Marjorie Spiegel）的《可怕的对比：人类与动物奴隶》是学界运用实证数据将物种歧视与社会歧视结合起来考察的开创性论著，作者从历史、社会和文学等多个维度比较并揭示了 19 世纪美国社会对待黑人奴隶与现实世界人类对待动物之间在做法上的相似性。施皮格尔明确指出，黑人奴隶所遭遇的阶层歧视或种族歧视与物种歧视有着共同的思想根源和表现形式。例如，黑奴与动物在运输途中都使用了集装箱或铁笼式密集型工具，在开展训练时宣称的目的都是提供劳动力，在消费广告中都带有美化的色彩，在自我辩护时都诉诸于上帝和《圣经》的人类优越论②。该书的精神实质、内涵以及现实意义在著名黑人作家、普利策奖得主沃克（Alice Walker）为本书撰写的序言里得到了简明扼要的概括：世界上的一切动物都有存在的理由，它们并非为人类而生，正如黑人并非为白人而生、女人并非为男人而生③。

1. 动物研究与女性主义

亚当斯（Carol Adams）的《肉的性别政治》是动物研究与女性主义研究联姻的里程碑之作，《纽约时报》曾评价其为"素食社区的《圣经》"。亚当斯指出，我们吃"什么"，或更确切地说，我们吃"谁"是由人类文化的父权制所决定的，性别政治的建构路径与人们如何看待动物（尤其是被消费的动物）的方式密切相关。在亚当斯看来，肉作为一种"父权文本"（the patriarchal texts of meat）实际上是一处彰显、操演和维系男子气概的场域，暗含了压迫与被压迫、控制与被控制的深层含义。对大多数文化而言，肉被视为一

---

① Lynn, William, "Animals, Ethics, and Geography", *Animal Geographies：Place, Politics, and Identity in the Nature-Culture Borderlands*, Ed. Jennifer Wolch and Jody Emel, London：Verso, 1998, pp. 280 – 298. (p. 288)

② 种族歧视的常用托词之一就是，黑人是没有完全进化的人类。

③ Walker, Alice, "Preface", *The Dreaded Comparison：Human and Animal Slavery*, By Marjorie Spiegel, London：Heretic Books, 1988, pp. 9 – 10. (p. 10)

种具有经济价值的商品，对肉的掌控意味着对话语权的主宰，食肉经济的基本特征通常表现为："工作领域的性别隔离，女性比男性承担更多工作时，工作价值却相差甚远；女性必须负责照顾孩子；女性必须将男性当成神一样崇拜；男性继承权制度。"① 亚当斯的研究还将目光转向"人类收藏家"海德尼克（Gary Heidnik）②，认为这一骇人案例充分暴露了男性对女性实施性暴力与人类宰制自然、肢解肉体具有文化上的内在整一性。

随着女性动物主义的进一步发展，不少学者通过分析文学作品的动物书写，重新检视了前期女性主义研究未予足够重视的动物再现及其权力蕴含。这一领域的重要论著有：寇德科（Lesley Kordecki）的《生态女性主义主体性：乔叟的知语鸟》（*Ecofeminist Subjectivities：Chaucer's Talking Birds*，2011）、西伯（Barbara Seeber）的《简·奥斯汀与动物》（*Jane Austen and Animals*，2013）、埃里克森（Stacy Erickson）的《佐拉·尼尔·赫斯顿、艾丽斯·沃克和托尼·莫里森小说中的动物隐喻》（"Animals-as-Trope in the Selected Fiction of Zora Neale Hurston，Alice Walker，and Toni Morrison"，1999）等。

在《生态女性主义主体性》一书中，寇德科从生态女性主义视角分析了乔叟的《声誉之堂》《众鸟会议》《乡绅的故事》《伙食司的故事》等文本。寇德科认为，乔叟在创作中有意识地借助动物意象跳出前人作家的主体性框架，在叙事手法上表现出一定的创新。例如，通过"动物—隐喻"（animetaphor），乔叟笔下的鸟被赋予了言说的能力，笼中鸟的呢喃与被压迫女性的声音所传达的主体呐喊

---

① Adams，Carol，*The Sexual Politics of Meat：A Feminist-Vegetarian Critical Theory*，New York and London：Continuum，2010，p. 59.

② 海德尼克是一名臭名昭著的美国杀人犯，军事生涯时被测智商130—148，因犯下一系列连环绑架、囚禁、强奸、凶杀和碎尸案而震惊全世界。他将绑架回来的女性囚禁在费城北部的地下室，除了对她们实施殴打、酷刑和强奸，还对其尸体进行肢解，然后制成烤肉或混在狗粮中投喂给其他受害者。后来的犯罪小说《布法罗·比尔》（*Buffalo Bill*）和电影《沉默的羔羊》（*The Silence of the Lambs*）等都以海德尼克的恐怖案件为原型。

相互召唤、彼此回应，父权制语境下对声音的控制等同于话语主导权的垄断，鸟和女性同是暴力的受害者。正如寇德科本人所言，乔叟在诗歌中反复刻画的鸟"为我们解读故事情节提供了极具争议性的线索"，但正是这些"迷你叙事"（mini-narratives）打破了人类对动物他者的刻板印象，挑战了父权文化规范对女性施加的监督和限制①。寇德科由小见大、以微知著，将动物书写与女性叙述结合起来挖掘文学动物再现背后的权力配置，不仅为窥探中世纪文本如何论述他者提供了一条有效路径，也为一直处于主流学术话语边缘的动物研究打开了一扇大门。

西伯的《简·奥斯汀与动物》借鉴动物研究和女性主义批评，分析了奥斯汀的《理智与情感》《傲慢与偏见》《曼斯菲尔德庄园》《爱玛》《诺桑觉寺》《劝导》，以及未完成的《桑迪顿》等文学作品或改编电影里曾被归为时代细节的乡村体育运动、宠物和食物。西伯认为，奥斯汀的自然书写一贯都是其女性主义话语的有机组成部分，小说字里行间勾勒出的不安定婚姻与父权社会女性被视为动物有千丝万缕的关系。西伯特别指出，文本有关狩猎、垂钓、赛车、射击以及其他乡村体育运动的场景糅合了扼杀动物生命与"浪漫"求爱活动，这些场景作为权力话语的空间表征，其实质是男性对动物和女性共同实施人类中心主义的过程，"那些主宰自然和动物的人也压迫着社会等级较低的人"②，用电影《理智与情感》的原话来表述，即"虐待女性者往往都是狩猎高手"。《简·奥斯汀与动物》是学界第一本研究奥斯汀动物书写的系统化论著，该书以全新视角揭示了18世纪末19世纪初英国历史的另一面貌，拓展了我们对所谓"爱情专家"奥斯汀积极参与和关切社会重大问题的认识。

埃里克森的博士学位论文《佐拉·尼尔·赫斯顿、艾丽斯·沃

① Kordecki, Lesley, *Ecofeminist Subjectivities*：*Chaucer's Talking Birds*, New York：Palgrave Macmillan, 2011, p. 149.

② Seeber, Barbara, *Jane Austen and Animals*, Farnham：Aashgate, 2013, p. 128.

克和托尼·莫里森小说中的动物隐喻》剖析了 20 世纪三位非裔美国女作家笔下的动物再现、奴隶叙事和家庭书写的关联，认为其挑战和破坏了西方男性中心主义的霸权结构。论文指出，动物作为隐喻在上述作家文本中发挥了两个层面的作用：一是"实用型的动物隐喻"（pragmatic animals-as-tropes），用以切断物种歧视与种族歧视之间的勾连；二是"关系型的动物隐喻"（relational animals-as-trope），根植于作家自身的特定文化背景和女性世界观所主张的关怀伦理。对于第二个层面的动物隐喻，埃里克森作了进一步阐述，她认为关系型的动物隐喻传达了作家内心深处的声音，"一切压迫在本质上都具有同源性；自然与文化的二元对立是人类的思维痼疾，所有生物之间存在普遍联系；关怀伦理或关系认识论可以将非人类动物纳入黑人'民间'社区"①。在埃里克森的论述中，动物研究、女性主义和后殖民批评得到了有机结合，这种跨领域的合作带来了巨大的阐释力量。

除上述重要论著外，还有不少单篇论文发表，其中堪称经典的包括麦克休（Susan McHugh）的《女人、女性和雌狗：个人批评、女性主义理论与狗的书写》（"Bitch，Bitch，Bitch：Personal Criticism，Feminist Theory，and Dog-writing"，2012）、哈里森（William Harrison）的《像鸡一样思考，而不是豪猪：劳伦斯、女性主义和动物权利》（"Thinking like A Chicken-But Not A Porcupine：Lawrence，Feminism，and Animal Rights"，2008）、索度－韦尔比（Nathalie Saudo-Welby）的《向自然学习：奥利芙·施莱纳〈非洲农庄故事〉（1883）中的女性主义、寓言与鸵鸟》［"Learning from Nature：Feminism，Allegory and Ostriches in Olive Schreiner's *The Story of an African Farm* (*1883*)"，2017］等。

2. 动物研究与后殖民主义

后殖民动物研究可以追溯至 20 世纪环境文化史研究对帝国主义

---

① Erickson，Stacy，"Animals-as-Trope in the Selected Fiction of Zora Neale Hurston，Alice Walker，and Toni Morrison"，Diss. University of North Texas，1999，p. 4.

与生态议题的共同关注，克罗斯比（Alfred Crosby）的《生态帝国主义：900—1900 年欧洲的生物扩张》（*Ecological Imperialism：The Biological Expansion of Europe，900 – 1900*，1986）、麦肯齐（John MacKenzie）的《自然的帝国：狩猎、保护与大英帝国主义》（*The Empire of Nature：Hunting，Conservation and British Imperialism*，1988）和瑞特沃（Harriet Ritvo）的《动物资产：维多利亚时代的英国及各地生灵》（*The Animal Estate：The English and Other Creatures in the Victorian Age*，1987）是这一领域的先驱之作。正如克罗斯比所言，"欧洲人民在海外殖民地的基因优势还比不上他们随身携带的植物和动物"①，近代西方殖民扩张的成功在一定程度上得益于生态帝国主义，动物在此中扮演了重要角色，帝国主义者借助动物——食物来源、运输工具、物种入侵——在军事暴力中驰骋疆场。

　　21 世纪的动物与帝国主义研究在继承前人学术经验的基础上焕发出新的生命力，其研究态势表现为以下三个方面：第一，与早期研究主要探讨现实中的动物不同（如克罗斯比关注动物在殖民扩张中的威慑和警示功用，麦肯齐关注大型狩猎活动，瑞特沃关注农民、养宠物者和动物学家），近期研究倾向于考察动物的殖民象征含义及殖民话语实践，并将之同性别研究、文学研究和后殖民文化并置而观，如科尔曼（Jon Coleman）的《邪恶：美洲的狼与人》（*Vicious：Wolves and Men in America*，2004）；第二，相较于早期研究把动物视为生态大背景下的其中一环、在抽象层面讨论动物问题，近期研究更注重探索具体动物与人类产生的直接关系，如德约翰（Virginia DeJohn）的《帝国的生物：驯养动物如何改变早期美洲》（*Creatures of Empire：How Domestic Animals Transformed Early America*，2004）；第三，除克罗斯比把动物群与植物群、微生物群一同视为历史的推动者外，早期大多数研究并无涉及动物的能动性，近期研究则主张将动

---

① Crosby，Alfred，*Ecological Imperialism：The Biological Expansion of Europe，900 – 1900*，Cambridge：Cambridge University Press，2004，p. 173.

物看作历史的参与者而非人类活动或话语对象的客体，如布姆噶德
（Peter Boomgaard）的《边境之惧：1600—1950 年马来世界的虎与
人》（*Frontiers of Fear：Tigers and People in the Malay World，1600 –
1950*，2001）。在上述三个研究态势中，研究难度最大、最为复杂
的当属最后一个，因为这关涉动物能否"说话"以及说出的"话"
能否令人信服的问题，为此环境史学家们把注意力转向了文学领
域的动物再现研究，并继续在动物行为学和病理学那里汲取了更
多滋养。

　　动物与帝国主义研究的历史维度向文学领域延伸的同时，后者
也反过来影响前者的理论构建并进一步扩充本领域的研究内容，即
揭露文本所呈现的种族主义与物种主义的共谋。在《种族、地方与
人性边界》一文中，埃尔德（Glen Elder）等人首次提出"殖民动
物"（colonial animal）概念，梳理了运用动物实施种族化和非人化
的三个关键途径：其一，将动物用作人类行为的"缺席指涉或模式"
（absent referents or models）；其二，找寻人类身体行为与动物世界的
关联并强调（甚至夸大）相似性；其三，通过人类在动物身上的具
体实践来观察人类（和文化)[1]。可以看出，埃尔德等人已注意到殖
民话语中的动物隐喻或动物实践，但此时的研究还未上升到学科建
构的高度，即便在"后殖民生态批评"（postcolonial ecocriticism）已
经发展得如火如荼的情况下，后殖民批评与动物研究的跨界合作
"仍处于初始阶段"[2]。

　　2002 年，新西兰学者阿姆斯特朗（Philip Armstrong）发表的
《后殖民动物》明确指出，"后殖民研究自 1492 年开始关注'西方'
同其他文化的历史和现代政治关系以来，对非人类动物的命运几乎

---

① Elder, Glen, Jennifer Wolch, and Jody Emel, "Race, Place, and the Bounds of
Humanity", *Society and Animals*, Vol. 6, No. 2, 1998, pp. 183 – 202. (p. 194)

② Huggan, Graham, and Helen Tiffin, *Postcolonial Ecocriticism：Literature，Ani-
mals，Environment*, Abingdon and New York：Routledge, 2010, p. 18.

置若罔闻"①。文中，阿姆斯特朗详细论述了后殖民批评与动物研究的交叉性发展前景，他认为后殖民批评关注的两大议题对动物研究具有重要意义：一是人与动物之间的绝对差异性及前者对后者的优越性，这一思想很大一部分继承了欧洲现代性的殖民遗产；二是帝国主义所试图抹去的原住民文化和知识向西方价值体系的统治地位提出了挑战。在阿姆斯特朗看来，后殖民动物研究的理论建构与批评实践对理解异质文化大有裨益，不仅能促进我们尊重地方差异，而且能鞭策我们对那些标榜绝对权威的真理和价值观进行质疑，更重要的是，可以确保我们同过去备受压抑的文化知识建立一种持续对话。阿姆斯特朗的论述探讨了后殖民批评与动物研究相互借鉴融合的可行性和重要性，从学科发展的角度描绘了后殖民动物研究的蓝图。

学界相关理论探究和文本分析佳作迭出，如尼曼（Jopi Nyman）的《后殖民动物故事：从吉卜林到库切》（*Postcolonial Animal Tale from Kipling to Coetzee*，2003）、哈根和蒂芬（Graham Huggan & Helen Tiffin）的《后殖民生态批评：文学、动物与环境》（*Postcolonial Ecocriticism*：*Literature*，*Animals*，*Environment*，2010）、拉加曼纳（Shefali Rajamannar）的《英属印度文学中的动物》（*Reading the Animal in the Literature of the British Raj*，2012）、米勒（John Miller）的《帝国与动物身体：维多利亚冒险小说中的暴力、身份与生态》（*Empire and the Animal Body*：*Violence*，*Identity and Ecology in Victorian Adventure Fiction*，2012）、普赖斯（Jason Price）的《南非小说中的动物与欲望：生物政治与殖民反抗》（*Animals and Desire in South African Fiction*：*Biopolitics and the Resistance to Colonization*，2017）等。

尼曼的《后殖民动物故事》是英语文学领域第一本从后殖民动物批评视角解读文本的专著，该书分析了吉卜林、波特、伦敦、

---

① Armstrong，Philip，"The Postcolonial Animal"，*Society and Animals*，Vol. 10，No. 4，2002，pp. 413–419.（p. 413）

西顿、杜雷尔和库切等作家的动物书写。尼曼指出，动物书写并非简单地讲述"毛茸茸伙伴"的故事，而是形塑身份与想象共同体的锋刃利器。在后殖民语境下，动物书写由于种族歧视与物种歧视的勾连往往被殖民话语"前景化"，深染了种族、民族和帝国的文化色彩。以《丛林之书》和《彼得兔故事》为例，尼曼认为这两部儿童文学所描绘的集体动物和个体兔子都参与了建构大英帝国权力与民族优越感的殖民身份想象，前者为殖民地动物精心缝制了作为帝国忠诚卫士的外衣，后者则构筑了一个英格兰民族纵享特权的安全岛①。

2009 年，当代后殖民研究先锋人物哈根和蒂芬出版《后殖民生态批评：文学、动物与环境》一书，该书从学术话语层面正式确立了"后殖民动物批评"（postcolonial zoocriticism）的学科地位与理论内涵。需要指出，在哈根和蒂芬看来，正如动物研究从来都不隶属于生态批评，后殖民动物批评作为一个独立的领域也不隶属于后殖民生态批评②。换言之，后殖民动物批评与后殖民生态批评互渗融合但彼此独立，它们分别构成了本书上下两部的主要内容。在下半部分，哈根和蒂芬以英国笛福的《鲁滨逊·克鲁索》、加勒比塞尔文的《摩西向上》、加拿大高蒂的《白骨》、南非库切的《动物的生命》等动物叙事为研究对象，探讨了殖民主义资产剥离与殖民话语的影响、基督教的殖民使命及其将动物和妇女边缘化、饮食政治和食人仪式中的帝国主义/人类中心主义等。哈根和蒂芬总结了四种考察借助动物或兽性说实施"他者化"的路径：第一，统治阶层将人类个体及文化降格为动物，从而为种族屠杀和奴隶制度提供话语依据，从史的角度看，其所划分的人与动物边界具有强烈的政治色彩和偶然性；第二，当代环境危机中人与动物的资源竞争对抗，比如原住

---

① Nyman, Jopi, *Postcolonial Animal Tale from Kipling to Coetzee*, New Delhi: Atlantic, 2003, p. 17.

② Huggan, Graham, and Helen Tiffin, *Postcolonial Ecocriticism*: *Literature*, *Animals*, *Environment*, Abingdon and New York: Routledge, 2010, p. 17.

民被迫离开故乡以供外国游客参观；第三，由于巨大的文化差异，某一文化对具有特殊地位的动物之处理方式，可能被用来诋毁、指控或边缘化该文化的人类群体；第四，一个道德上是否接受动物伦理的问题，具言之，为何我们在孩童尚且食不果腹，以及谋杀、强奸和虐待等暴力行为仍然肆虐时关心动物的疾苦或福祉①。

　　米勒的《帝国与动物身体》、拉加曼纳的《英属印度文学中的动物》和普赖斯的《南非小说中的动物与欲望》同为国别文学研究，较之前者将论述对象置于宗主国英国，后两者则以典型的前殖民地国家印度和南非为观察窗口。在《帝国与动物身体》中，米勒分析了维多利亚时期亨蒂和哈格德等人的冒险小说，指出这类探险叙事中的动物既是殖民势力的象征性共同受害者，又是知识论的科学审查对象，还是工业文明制造环境污染的亲历者，但同时动物也是它们自己，其死亡谱图照亮了人与动物之间的复杂关系。拉加曼纳的《英属印度文学中的动物》考察了约翰逊等旅行作家的印度动物书写，认为种族、阶级、性别、年龄和物种等范畴之间并非孤立存在，而是彼此紧密相连，构成一个呈现世界运作方式的权力庞杂体。普赖斯的《南非小说中的动物与欲望》阐释了库切、穆达等南非作家的文本，认为他们的动物叙事揭橥了资本主义与殖民主义战略部署的原始欲望，即通过"操纵"动物来实现和确保统治阶级资本或娱乐的稳定循环。显而易见，三部著作从不同面向检视了后殖民语境下的动物问题，多角度、多方位地展示了新、旧殖民主义之下的动物生存镜像，为我们窥探后殖民动物批评的宏观特征和具体实践提供了翔实资料。

　　与成绩斐然的专著相比，后殖民动物批评的论文虽略显逊色但仍不乏佳作，如惠特尔（Matthew Whittle）的《失去的奖杯：沃尔顿·福特〈潘查·坦陀罗〉的狩猎动物与帝国纪念品》（"Lost Tro-

---

①　Huggan, Graham, and Helen Tiffin, *Postcolonial Ecocriticism: Literature, Animals, Environment*, Abingdon and New York: Routledge, 2010, pp. 135 – 138.

phies：Hunting Animals and the Imperial Souvenir in Walton Ford's *Pancha Tantra*"，2016）、戈登（Joan Gordon）的《亲属的责任：猿类推想小说的安博格凝视》（"Responsibilities of Kinship：the Amborg Gaze in Speculative Fictions about Apes"，2016）等。这里特别值得一提的是查加尼（Fayaz Chagani）于 2016 年发表的文章《后殖民动物能说话吗?》（"Can the Postcolonial Animal Speak?"），该文论述了后殖民主义动物转向的重要性和迫切性。查加尼指出，后殖民批评长期以来局限于人类中心主义研究范式，并且至今仍为传统人文主义的本质论思维、二分法思维提供繁衍土壤，"倘若我们否定非人类动物的主体性而将它们排除在人类道德世界之外，意味着后殖民批评也参与了对动物的象征性和现实世界的暴力（symbolic and physical violence）"①。

3. 动物研究与西方马克思主义

动物研究与西方马克思主义的跨界整合主要是理论层面上的。众所周知，传统关于马克思主义哲学体系的划分包括世界观、历史观、人学、认识论、价值论和方法论等，这看似未给马克思主义动物哲学留有一隅；然而，如果我们仔细回顾马克思主义创始人的整个理论体系，就会发现其中不乏对动物问题的真知灼见。在马克思主义这里，"劳动"代替上帝、理性或语言等将人与动物区别开来，但也可清楚地看到以"劳动"划界并非马克思主义论述的终点。以"劳动"为基点和出发点，以"共产主义"为目标，马克思主义对人与动物之间的关系阐述了三层含义。

第一，关于资本主义的批判明确指出了资本主义社会劳动的变质和劳动者的异化——劳动丧失了原初服务生存和自我超越的意涵，劳动者的劳动不再是创造性的劳动而是机械呆滞的重复。"人同自身和自然界的任何自我异化，都表现在他使自身和自然界跟另一些与

① Chagani，Fayaz，"Can the Postcolonial Animal Speak?" *Society and Animals*，Vol. 24，No. 6，2016，pp. 619 – 637. （p. 619）

他不同的人所发生的关系上"①，人同自然界的异化追本溯源是人与人、人与社会的异化，在资本主义生产方式下，人与动物之间的距离无限接近，或者说人"动物化"了。第二，如果说资本主义社会工人是最受剥削的阶层，那么自然界最受剥削的阶层当中动物排在首位。在《神圣家族》中，马克思恩格斯以如何从狮子、鲨鱼、蛇、牛、马、哈巴狗六种动物抽出"类指动物"为例，阐证了人怎样将自身推演为动物的主宰者。当"类指动物"体现为狮子，那么动物会把人撕碎；体现为鲨鱼，会把人生吞……但如果体现为哈巴狗，就只会对人迎吠。也即，"类指动物"在它的渐次发展中被"去威胁化"或者被"降格"。而后通过概念偷换，当一个人驯服了体现为哈巴狗的动物，意味着可以制服作为动物的狮子，借此将人推导成现实动物的征服者。第三，实现人类的解放要求实现人类与自然界其他生命之间和谐相处，动物是自然界的一部分，人类的解放必将关涉人与动物关系的重塑。若要化解资本主义社会生态危机，必须解构支撑原先社会运行的资本逻辑，从根本上变革资本主义制度，建立一种崭新的、合理的社会生产关系，即社会主义或共产主义社会生产关系，通过解决存在和本质、对象化和自我确证、自由和必然、个体和类之间的斗争，最终消除人与自然、人与动物、人与人的二元对立，这便是马克思主义"自然主义—人道主义—共产主义"三位一体原则的核心内涵。

马克思主义的"劳动论"将社会正义与动物权利两者有机结合，从历史唯物主义角度揭示了 19 世纪西方社会兴起的一系列新运动，如动物福利、动物权利以及更多针对活体解剖、皮毛贸易、工厂化养殖等捍卫动物的行动主义的社会学蕴含，背后的话语本质源于对压迫、剥削、奴役等各种非正义社会现象的共同批判。学界较早捕捉到马克思主义理论体系与动物正义的关联并加以探讨的是英国社

---

① ［德］马克思、恩格斯：《马克思恩格斯全集（第三卷）》，中央编译局译，人民出版社 2002 年版，第 276 页。

会学家本顿（Ted Benton）。在《自然关系：生态、动物权利与社会正义》中，本顿写道："尽管动物不直接作为人类社会关系的'个体变项'（terms），但它们却是人类社会实践首当其冲的生态受害者之一，我们没有理由不进行道德反思。"① 在本顿看来，实现动物解放必须从道德和法律双重层面着手，一方面要强调人类与其他物种之间的命运共同体，另一方面要了解不同生命形式的特质及其幸福适用条件。对此，他提出一种"差异化的道德指令表"（differentiated moral vocabulary）来区别对待不同物种。比如，对狗的正义要求人类有义务关切它们的权益，主动建立与它们之间的联结；但对海豚的正义则正好相反，人类要尽可能避免干扰它们的生活和栖息地。本顿的马克思主义动物研究侧重从生态角度探讨动物问题，正如他本人所言，通过重估马克思主义来建立绿色社会政治理论。

　　与本顿的生态路径不同，科克兰（Alasdair Cochrane）的马克思主义动物研究严格地继承了马克思主义的社会批判传统，他的《动物与政治理论概论》第六章集中探讨了马克思主义尤其是"政治社群"（political communities）与动物正义的关系。科克兰认为，资本主义制度下动物与工人存在惊人的相似性，二者同是被剥削的对象，在当前的资本主义经济秩序中个体（包括人与动物）永远无法保障自身权利。无论是为工人还是为动物伸张正义，都需要彻底的社会、政治和经济变革，"当人们对此不感兴趣时，这种变革将难以发生。我们需要在自由策略上（liberal strategy）说服个人和政治家接受动物权利的主张并敦促完善动物保护法，但与此同时在政治上（politically）实现动物权利运动的目标也绝对必不可少"②。科克兰论述的精辟之处还在于，批驳了左翼人士所宣称的关心动物是一种资产阶级腐朽思想、动物权利转移了解决资本主义剥削异化的注意力的观

---

① Benton, Ted, *Natural Relations: Ecology, Animal Rights, and Social Justice*, London: Verso, 1993, p. 18.

② Cochrane, Alasdair, *An Introduction to Animals and Political Theory*, London: Palgrave Macmillan, 2010, p. 113.

点，指出这不过是别有用心者企图利用马克思主义理论来扩大动物经济利益的遮羞布，因为我们有足够的资源与精力同步关注和处理一个以上的非正义问题。

如果说动物研究历史上与马克思主义渊源甚深，那么近年来在学界话语转向的大背景下，二者的对话并未显示出女性主义与动物研究融合、后殖民主义与动物研究跨界那样的蓬勃发展态势。正如德雷克（Phillip Drake）所说："我一直都在从事非人类研究和教学工作、关注文学和环境政治领域自然与技术的交集，但我发现，最近有关非人类研究的论文和会议几乎都没有提到马克思主义。"① 在《马克思主义与非人类转向》一文中，德雷克仔细梳理了哈拉维、德里达、沃尔夫等当代重要理论家的思想，认为上述学者的跨物种研究都不同程度受到了马克思主义的影响。德雷克指出，将马克思主义理论中的"剥削""异化"等概念延伸到非人类世界，有助于建立和完善能够实现更大程度自由的，并同时满足人类与非人类的政治经济制度。此外，动物研究还将受益于马克思主义（尤其是人类本质问题）的辩证历史观，对于那些因为歧视而遭受暴力的生命以及具有偶然性的社会等级制度或生态等级制度等问题的考察，马克思主义在术语和观点上都可提供有效的分析工具。

其他关于马克思主义动物研究的论著还有：诺斯克（Barbara Noske）的《人类和其他动物：超越人类学界限》（*Humans and Other Animals：Beyond the Boundaries of Anthropology*，1989）、隆戈（Stefano Longo）的《肉、药与唯物主义：人类与非人类动物、自然关系的辩证分析》（"Meat，Medicine，and Materialism：A Dialectical Analysis of Human Relationships to Nonhuman Animals and Nature"，2006）、

---

① Drake，Phillip，"Marxism and the Nonhuman Turn：Animating Nonhumans，Exploration，and Politics with ANT and Animal Studies"，*Rethinking Marxism：A Journal of Econornics，cvilfure & Society*，Vol. 27，No. 1，2015，pp. 107 – 122.（pp. 107 – 108）

佩因特（Corinne Painter）的《当代资本主义的非人类动物：马克思主义的非人类动物解放问题》（"Non-human Animals Within Contemporary Capitalism：A Marxist Account of Non-human Animal Liberation"，2016）等。

（三）动物与环境

这里的"环境"需要从两个层面来理解：其一，就哲学领域而言，动物问题是"应用伦理学"的分支学科"环境伦理学"的研究对象，这也是西方哲学家在探讨动物问题时的基本定位；其二，笔者之所以提出"动物与环境"而非"动物与生态"（后者通常是"文学—环境研究"最广为人知的一个术语），原因在于"环境"比"生态"更能诠释当前的环境状况，并且能更好地捕捉"文学—环境研究"的跨学科特质。正如美国生态批评先驱人物布伊尔（Lawrence Buell）描述"文学—环境研究"未来趋势时所指出的那样，"'生态批评'在某些方面仍带有幼稚的自然崇拜（nature worshipers）色彩，亦有于今日不合时宜之处。但更重要的是，与'生态'（eco）相比，'环境'（environment）二字的包容性和杂糅性更为鲜明……'环境批评'更好地反映了文学与环境研究的跨学科合作，而此类研究从前往往是自然科学的领地"[1]。

动物与环境研究的核心问题和基本目标是终结人类中心主义[2]。在探讨人、动物与环境三者关系时，波蒂斯（Rob Boddice）认为"人类中心主义"（Anthropocentrism）包含两个层面：一是与人类沙文主义有关的实践，二是对人类本体论界限的认知。在前者，人类与自然、环境和非人类动物（以及非人类本身）之间处于一种紧张状态；在后者，与其他世俗宇宙论、宗教和哲学相对应，人类中心

---

① Buell, Lawrence, *The Future of Environmental Criticism：Environmental Crisis and Literary Imagination*, Malden, MA：Blackwell Publishing, 2005, p. viii.

② 这一观点源于波蒂斯为《人类中心主义：人、动物与环境》（*Anthropocentrism：Humans, Animals, Environments*, 2011）作序时的标题以及该书的论述要旨，即"终结人类中心主义"（The End of Anthropocentrism）。

主义也为理解世界提供基本范式与方法论体系，影响人类的伦理、政治及他者的道德地位①。由此，我们可以划分出动物与环境研究的两个主要议题：一个是生态视野中的动物批评，将动物置于人与自然、环境的关系之中来考察；另一个是哲学层面的动物探讨，以一种思辨形式检视动物的建构之道。

1. 动物研究与生态批评

生态批评的动物研究可以追溯至早年评论家对生态文学动物隐喻的思考。如同田园、荒野、河流等书写场域，动物也作为生态文学的描述范畴和审美对象之一，但此时动物多被理解为风景的组成部分。动物生态批评的研究对象具有明显的随时间演变的特征，具体来说是从只关注野生动物转变为同时关注驯养动物②——生态批评过去尤为崇尚野生动物，故而把牛、羊和猫等家畜动物视为人类文化堕落的帮凶。前一类研究的重要论著包括加勒德（Greg Garrard）的《野性故事》（"Ferality Tales"，2014）、奥马克-肯特（Candice Allmark-Kent）的《野生动物故事：应用动物批评视角下20世纪加拿大文学中的非人类主人公》（"The Wild Animal's Story：Nonhuman Protagonists in Twentieth-Century Canadian Literature Through the Lens of Practical Zoocriticism"，2015）等。

加勒德的《野性故事》结合生态批评和批判性动物研究，重点探讨了伦敦《野性的呼唤》、麦克劳德《当鸟儿带来太阳和其他故事》、霍尔农《狗男孩》的野狗书写。在论述中，加勒德质疑了传统"野狗"（feral dogs）定义，指出这个概念具有极大的模糊性

---

① Boddice, Rob, "Introduction：The End of Anthropocentrism", *Anthropocentrism*, *Humans*, *Animals*, *Environments*, Ed. Rob Boddice, Leiden：Brill, 2011, pp. 1 – 18. （p. 1）

② 此处野生动物和驯化动物均为广义用法。野生动物除了指狮、虎、豹等原本就在野外环境生长繁殖的动物，还包括由于后天原因（如宠物弃养）在野外生存的动物；而驯化动物除了猪、牛、羊、鸡、鸭等家畜家禽，还包括在日常生活和流行文化中与人关系密切的动物。此在本书第四章第三节的"野生与家养：伴侣动物中的消费主义"有更多论述。

与误导性，狗通常被认为处于人与动物的边界，按照这种逻辑，野狗就处于边界的边界。加勒德还批判了环境保护主义者将"野性"（ferality）概括为一种生物污染（甚至比化学物质或辐射更严重）的观点，动物行为学和进化生物学研究表明，"野化动物"（feral species）① 之所以能够存在，是因为人类垃圾提供了食物来源以及弃养动物数量的增加。对于文学动物叙事，加勒德期望文学虚构中的"野性"能够像科学领域理解"野性"那样，迈出新的步伐抵制"寓言化"的阅读方式，即"虚构的狗就是真正意义上的狗，而不必指涉某些对象"，在她看来，野狗故事中人与犬类受害者所遭受的艰辛残酷并非简单的生命政治压迫问题，而是"重铸了人与狗之间的共生（symbiosis）———一种最古老、最严苛的道德责任双方关系"②。

奥马克－肯特的博士学位论文《野生动物故事》以西顿和罗伯茨的动物文学为研究对象，从跨学科角度剖析了动物文学表征、动物行为学与动物保护实践三者之间的互动。奥马克－肯特明确指出，尽管动物研究具有鲜明的跨学科和多学科特征，但文学研究与科学研究之间的交流仍旧很少③。通过对所选作家作品进行重估，奥马克－肯特反驳了评论家们过去给动物文学家贴上的"自然伪造者"（nature fakers）的标签，揭示了动物叙事在加拿大文学史上的重要地位。奥马克－肯特认为，这一时期的野生动物故事出现了两种新形式"现实型"（realistic）和"推想型"（speculative），在新的动物叙

---

① 野化动物通常指未曾接受人类喂养或未曾与人类发生互动的驯养型家畜。在这些动物中，有的自出生后就未曾接受过人类照顾，有的则曾在多年前当过家庭宠物，它们过着介于野生动物与家畜之间的生活。

② Garrard, Greg, "Ferality Tales", *The Oxford Handbook of Ecocriticism*, Ed. Greg Garrard, New York: Oxford University Press, 2014, pp. 241–259. (p. 256)

③ 这个问题在国内的文学动物研究更为突出。比如，李素杰关于动物批评的理论综述开篇就撇清与自然学科动物研究的关系："这里所要讨论的动物研究，不是自然学科通过解剖、实验等方式来了解动物的科学研究……"李素杰：《当代文学批评中的动物研究》，《北京第二外国语学院学报》2014 年第 10 期。

事形式中又存在三种文本与动物建立联系的不同路径，即对认识动物的幻想、认识动物的失败以及对不认识动物的接受。与加勒德不谋而合，奥马克－肯特的论述也将自然科学的动物研究引入文学批评，突破了传统文学研究的边界，极大地拓展了文本阐释的空间。

动物生态批评另一研究主题驯养动物具有代表性的论著有：德亚布（Mohammad Deyab）的《乔纳森·斯威夫特〈格列佛游记〉的生态解读》（"An Ecocritical Reading of Jonathan Swift's *Gulliver's Travels*"，2011）、贝克（Steve Baker）的《描绘野兽：动物、身份与再现》（*Picturing the Beast：Animals，Identity，and Representation*，1993）等。另外，纳尔逊（Barney Nelson）的《野生与驯养：动物再现、生态批评和美国西部文学》（*The Wild and the Domestic：Animal Representation，Ecocriticism，and Western American Literature*，2000）则是对野生动物与驯养动物的联合考察。

如题所示，德亚布的文章从生态视角分析了斯威夫特《格列佛游记》的动物书写。德亚布梳理了小说的两种人兽"变形"（transformation）：一为人变动物，即格列佛变成供世人观瞻和戏要的宠物；二为动物变人，即慧骃变成具有理性的统治者和管理者。前一种变形中，斯威夫特借助格列佛的身临其境，还原了动物的生存境况，真实呈现了动物的痛苦、需求和恐惧。后一种变形中，斯威夫特直接赋予慧骃言说与思考的能力，彰显了动物的主体性及其生态意义——"赋予动物直抒己见的声音，赋予动物人性特征，揭露动物残酷的生存条件以及它们如何被人类虐待"[①]。德亚布指出，18世纪的英国对动物而言是欧洲最残酷的国家之一（马是当时社会最为常见的动物劳力），斯威夫特如同这个时期许多其他作家一样，以知识分子独有的情怀、使命与担当对动物遭遇表示强烈同

---

① Deyab, Mohammad, "An Ecocritical Reading of Jonathan Swift's *Gulliver's Travels*", *Nature and Culture*, Vol. 6, No. 3, 2011, pp. 285 – 304. （p. 289）

情，但这位讽刺文学大师的动物聚焦是最成功的，作者挥舞着生态批判的旗帜，向启蒙理性、现代文明和人类中心主义发起了一连串挑战，言辞犀利，叙事大胆，肆意解构理性的权威与人类的端庄。

贝克的《描绘野兽》探讨了政治竞选、动画片等流行文化的动物再现，分析了背后隐藏的身份构筑、权力操纵和消费文化等意涵。贝克认为，当代西方社会的人类认同乃是以动物为原型和参照物形塑文化他者的过程。在他看来，流行文化的动物想象组建了一种特殊的表征空间，比如动物代表一个民族或一个国家（纳粹将犹太人描绘成老鼠、第二次世界大战漫画中狮子表示英国），运用拟人化所打造的刻板形象反映并维持了人类中心主义在现实世界对动物主体性的蔑视。这一点在与动物有关的道德规范表述或文辞中尤为明显，最典型的案例就是，暴力或性不道德行为通常被定义为"兽性"或"动物"，即兽形化。贝克指出，无论是拟人化抑或是兽形化，都直接或间接地打上了"迪士尼化"（disneyfication）的烙印，它以满足文化消费需求为目的，对现实材料进行扭曲或篡改，从这个意义上说"文化塑造了我们对动物的阅读"[①]。

在《野生与驯养》中，纳尔逊引经据典并融入个人经验和逻辑推理，建立了牛、羊、荒野、偏见、民主和女权主义之间的杂糅对话。纳尔逊否定了美国传统生态文学"野生"（the wild）与"驯养"（the domestic）的二分体系，指出这两个概念的界定带有浓厚的主观色彩。所谓的"荒野神话"大都建立在失真的数据基础之上，由于"风景如画在生产'崇高'（sublime）和'灵感'（inspiration）上可与欧洲作家并驱争先"的逻辑使然[②]，使得野生成为浪漫主义的代名词、成为文人墨客远离社会的精神乌托邦。纳尔逊认为，真

[①]　Baker, Steve, *Picturing the Beast*：*Animals, Identity, and Representation*, Manchester：Manchester University Press, 1993, p. 4.

[②]　Nelson, Barney, *The Wild and the Domestic*：*Animal Representation, Ecocriticism, and Western American Literature*, Las Vegas：University of Nevada Press, 2000, p. 4.

正的美国西部荒野，其实在纳什编注梭罗文集时删除的那些家畜之中，那些洗碗的男人、赶畜的女人之中，那里的羊——最为典型的家养动物之一——根本不像刻板标签所描述的那样愚蠢、胆小或懦弱，即使称不上"桀骜"，但无疑"难驯"。

其他将动物研究与生态批评结合论述的成果还有：埃斯托克（Simon C. Estok）的《边缘理论：动物、生态批评与莎士比亚》（"Theory from the Fringes：Animals，Ecocriticism，Shakespeare"，2007）、卡米内罗-桑坦杰洛（Byron Caminero-Santangelo）的《非洲的自然：当代文化形态中的生态批评与动物研究》（*Natures of Africa：Ecocriticism and Animal Studies in Contemporary Cultural Forms*，2016）、拉尔夫（Iris Ralph）的《动物研究与生态批评视域下的〈高文爵士与绿骑士〉》（"An Animal Studies and Ecocritical Reading of *Sir Gawain and the Green Knight*"，2017）、米德尔霍夫（Frederike Middelhoff）等人的《文本、动物和环境：动物诗学与生态诗学》（*Texts，Animals，Environments：Zoopoetics and Ecopoetics*，2019）等。

2. 动物研究与哲学

动物研究的哲学路径主要探讨关于动物的本体论和认识论等。简言之，就是回答动物是什么、为什么的问题。事实上，从"动物转向"的大背景角度来看，这种论述模式与其说是动物研究的哲学思考，毋宁说是哲学研究的动物回归，因为西方哲学数千年来一直将动物问题排除在主流话语和道德考量之外①，英国著名学者米奇利

---

① 西方哲学界对动物的认识大致分为两支：一支以柏拉图、亚里士多德、奥古斯丁、笛卡儿、康德、黑格尔等为代表，认为人与动物之间存在明显差异（这种差异甚至是绝对的），并强调两者决不可相提并论。学者们在动物问题上的分歧在于以何种方式来确立人与动物之间的边界（比如理性、意识、灵魂、语言或劳动等），但对界限是否存在则有基本的共识。另一支以尼采及其后的德勒兹、德里达、阿甘本等为代表，试图挑战西方传统哲学的人类中心论，消解人与动物之间的二元对立。可见，西方哲学自古就有关于动物的探讨，先哲们在讨论人的问题时不可避免地谈到动物——作为人的对立面和参照系，动物问题在西方哲学中一直"在场"，只是"隐而不显"。

（*Mary Midgley*）甚至用"完全摒除"一词来描述这一现象①。自 20
世纪七八十年代以来，西方多位哲学家对动物问题都有深入阐述，
如：吉拉尔（Rene Girard）的《暴力与神圣》（*Violence and the Sa-
cred*，1977）、克里斯蒂娃（Julia Kristeva）的《恐惧的权力：论贱
斥》（*Powers of Horror：An Essay on Abjection*，1980）、德勒兹和加塔
利（Gilles Deleuze & Felix Guattari）的《千高原：资本主义与精神分
裂》（*A Thousand Plateaus：Capitalism and Schizophrenia*，1987）、哈
拉维（Donna Haraway）的《灵长类视觉：现代科学世界中的性别、种
族与自然》（*Primate Visions：Gender，Race，and Nature in the World of
Modern Science*，1989）、《同伴物种宣言：狗、人与意义重大的他性》
（*The Companion Species Manifesto：Dogs，People，and Significant Other-
ness*，2003）、《当物种相遇》（*When Species Meet*，2008）、阿甘本（Gior-
gio Agamben）的《敞开：人与动物》（*The Open：Man and Animal*，
2002）、德里达（Jacques Derrida）的《动物故我在》（*The Animal That
Therefore I Am*，2002）和《野兽与君王 1 & 2》（*The Beast and the Sover-
eign，Volume I & II*，2009/2011）、沃尔夫（Cary Wolfe）的《什么是后
人文主义?》（*What is Posthumanism?* 2010）、布拉伊多蒂的（Rosi Braid-
otti）的《后人类》（*The Posthuman*，2013）等。

　　至于哲学领域为何出现动物转向，大致有两个原因：一是人文
主义危机。首先是结构主义试图消解主体的主动性，再是来自后结
构主义、解构主义的反本质论及其对意义、知识、真理、主体、自
我等概念的质疑，人类主体——一个被赋予了优越性与优先权的能
动主体——成为众矢之的，接着是近年来兴起的反人文主义、文化
后人文主义、哲学后人文主义、后人类生存条件和超人类主义等后

---

　　① 在《动物及其重要性》一书中，米奇利区分了人类对待动物的两种方式，即
"绝对摒除"（absolute dismissal）与"相对摒除"（relative dismissal）。前者对动物不予
任何考虑，后者对动物的考虑置于人类之后。Midgley，Mary，*Animals and Why They
Matter*，Athens：The University of Georgia Press，1983.

人文主义思潮将"人之死"推向新高①。二是动物本身在人文学科以外的领域发生了根本性变革。其中，动物行为学的许多研究，如类人猿和海洋哺乳动物的语言认知实验、狼群和大象等野生动物社会文化行为的田野调查，令建立在语言、文化、工具使用等基础上实现自我界定的人类中心主义大厦轰然倒塌，促使人们重新思考动物的本体生命与伦理问题。②

　　无论是动物研究的哲学思考，还是哲学研究的动物转向，都有一个非常重要的特征，思想家们在探讨动物问题时不约而同地与文学建立联系。比如，克里斯蒂娃、德里达、德勒兹和加塔利等人的动物论述，即使用"文学批评"来形容也不为过。巧合的是，文学领域的创作也超越了所谓的"文学就是人学"，作家们强调动物生命的真实书写，甚至以一种元叙述的方式直接对人/动物、人性/动物性等概念本质展开了讨论，典型者如库切《动物的生命》。以动物问题为契点，哲学与文学在此交汇并融为一体。诚如阿尔托那（Elisa Aaltola）所指出的，"（对于动物问题）单靠哲学语言是远远不够的……我们必须发现新的语言来表述动物性，如艺术、诗学，甚至是新的自然科学，等等"③。正是在此氛围中，文学动物研究与哲学动物研究逐渐整合，成为目前学界一个颇具代表性的研究向度。文学动物的哲学性批评分为两大类：一类是以"主体性""能动性"

---

①　"反人文主义"（Antihumanism）指任何批判传统人文主义及其观点的理论，在当代全球化语境下，人文主义往往与资本主义同流合污，却包装成具有普世价值；"文化后人文主义"（Cultural Posthumanism）指文化层面上致力于超越或重构有关人性的陈旧概念，从而发展出能够适应当代技术科学知识的新人性观；"哲学后人文主义"（Philosophical Posthumanism）指哲学领域对文艺复兴人文主义及启蒙理性进行遗产清算；"后人类生存条件"（Posthuman Condition）指对人类生存条件进行解构；"超人类主义"（Transhumanism）是科学技术尤其是生物科技迅猛发展的产物，旨在冲破人类肉身的限制、消除一切形式的痛苦。

②　Wolfe, Cary, "Introdcution", *Zootologies*：*The Question of the Animal*, Ed. Cary Wolfe, Minneapolis：University of Minnesota Press, 2003, pp. ix – xxiii. （pp. x – xii）

③　Aaltola, Elisa, "Philosophy and Animal Studies：Calarco, Castricano, and Diamond", *Society and Animals*, Vol. 17, No. 3, 2009, pp. 279 – 286. （p. 286）

等关键词为研究议题对文本动物书写进行解读；另一类则反过来，通过分析文本动物书写，反观上述关键词在文学中的具体表征①。

　　前一类研究的重要成果包括罗曼（Carrie Rohman）的《潜窥主体：现代主义与动物》（*Stalking the Subject：Modernism and the Animal*，2009）、阿姆斯特朗（Philip Armstrong）的《动物在现代性小说中的意义》（*What Animals Mean in the Fiction of Modernity*，2008）等。在《潜窥主体》中，罗曼以达尔文主义、弗洛伊德精神分析、后殖民主义、形式主义和欧陆哲学为理论框架，从主体问题切入探讨康拉德、劳伦斯、威尔斯和巴恩斯等20世纪作家的动物书写。罗曼认为，现代主义文学的动物书写不仅关注人与动物的话语范畴，还关注人与动物二元对立的形成机制及其伦理批判。罗曼指出，人类主体的"自主性"（autonomy）和人性的"主权"（sovereignty）都建立在人与动物的区分之上，或更准确地说建立在对动物的否定之上②。在她看来，不同的政治场域不期而同地将动物性转嫁给其他边缘群体，充分反映了动物性对人类主体性的威胁，"动物幽灵深刻地威胁着现代主义文学中西方意识主体（Western subject of consciousness）的主权……这个时期的几个主要意识形态话语，如帝国主义、精神分析等，无不聚焦人与动物的分界……然而，现代主义文本也以各种方式重构、动摇，甚至颠覆了人文主义视野中的非人他者"③。罗曼论述的精彩之处还在于，强调为动物性正名并非鼓励人类兽性大发，而是呼唤人类拥抱原始的、纯粹的自我，从而在高度的社会化进程中找到自我救赎的道路。

———————————

　　① 这里的分类依据参考了哈佛大学卡维尔（Stanley Cavell）教授关于分析哲学与欧陆哲学的划分标准，前者面对的是一组有待解决的问题，后者面对的是一串有待解读的文本。

　　② Rohman, Carrie, *Stalking the Subject：Modernism and the Animal*，New York：Columbia University Press，2009，p. 16.

　　③ Rohman, Carrie, *Stalking the Subject：Modernism and the Animal*，New York：Columbia University Press，2009，p. 12.

　　与罗曼的共时研究相比，阿姆斯特朗的《动物在现代性小说中的意义》从历时角度分析了笛福、斯威夫特、雪莱、麦尔维尔、威尔斯、库切等人的动物书写。该书围绕三个问题展开人类—动物叙事（human-animal narratives）与其产生的社会实践和环境之间的关系、人类与非人类能动性形式（forms of agency）之间的交流、人类与其他动物之间情绪和情感互动（emotional and affective engage-ments）变化的记录①。阿姆斯特朗首先回应了有关非人类能动性存在化人主义倾向的指责，他表示讨论动物的能动性并不是对动物主体性或内在性的具体构造内容作出假设，而是应当转向文本世界或物质世界中动物可对外界或内部刺激作出反应的证据，并从思想层面矫正过去那种认为能动性是人类特有的观念。事实上，"对化人主义的指控本身源于人类中心主义和种族中心主义的视野图圈"②。其后，阿姆斯特朗依循现代性的发展、高潮和衰退之演变轨迹详细考察了人与动物的互动模式，认为无论是作为一种概念存在（动物性），还是作为一种现实存在（真实动物），非人类动物在现代性进程中都扮演了极其重要的角色：动物总是处于动态变化之中（空间的、社会的、经济的、认知逻辑的），参与商品文化的形塑建构，推进新的科学范式转换，并且不断刷新着"人"的定义。阿姆斯特朗的观点富有建设性，论证合理，为我们认识动物和接近动物提供了一个有益视角。

　　这类研究的其他重要论著还包括：朱（Patricia Chu）的《狗与恐龙：现代动物故事》（"Dog and Dinosaur：The Modern Animal Sto-ry"，2007）、伍德沃德（Wendy Woodward）的《动物凝视：南非叙事中的动物主体性》（*The Animal Gaze：Stalking Animal Subjectivities in Southern African Narratives*，2008）、隆恩格林（Ann-Sofie Lönngren）

---

① Armstrong，Philip，*What Animals Mean in the Fiction of Modernity*，Abingdon and New York：Routledge，2008，p. 2.

② Armstrong，Philip，*What Animals Mean in the Fiction of Modernity*，Abingdon and New York：Routledge，2008，p. 3.

的《跟随动物：北欧现代文学中的权力、能动性与人兽变形》（*Fol-lowing the Animal：Power，Agency，and Human-Animal Transformations in Modern，Northern-European Literature*，2015）等。

另一类着眼于文学动物具体表征的代表性成果有：麦克休（Susan McHugh）的《动物故事：跨越物种的叙述》（*Animal Stories：Narrating across Species Lines*，2011）、西蒙斯（John Simons）的《动物权利与文学表征的政治》（*Animal Rights and the Politics of Literary Representation*，2002）、奥蒂斯－罗伯斯（Mario Ortiz-Robles）的《文学与动物研究》（*Literature and Animal Studies*，2016）等。

来自新英格兰大学的麦克休教授是这一研究路径的佼佼者。她长期致力于动物叙事的钻研，除前文所提著作外，还撰有《狗》（*Dog*，2004）、《文学中的动物能动者》（"Literary Animal Agents"，2009）、《现代动物：文学研究中的主体到能动》（"Modern Animals：From Subjects to Agents in Literary Studies"，2009）、《混种与文学：易卜拉欣·阿尔库尼的"复合幻象"》（"Hybrid Species and Literatures：Ibrahim al-Koni's 'Composite Apparition'"，2012）、《屠宰时代的爱：反对种族灭绝和物种灭绝的人类—动物故事》（*Love in a Time of Slaughters：Human-Animal Stories Against Genocide and Extinction*，2019）等诸多探讨文学动物研究的论作[①]。在《动物故事》中，麦克休认为，小说世界中人与动物的关系演化传递了同一时期现实世界中人与动物的互动模式的信息（有时也存在超越时空的关系），但与此同时，小说的跨物种叙事也表现出一种惊人的对现实

[①]　除个人著述外，麦克休还合编了许多有影响力的动物研究书籍，如：Marvin，Garry，and Susan McHugh，ed，*Routledge Handbook of Human-Animal Studies*，Abingdon and New York：Routledge，2014；Woodward，Wendy，and Susan McHugh，ed，*Indigenous Creatures，Native Knowledges，and the Arts：Animal Studies in Modern Worlds*，Cham，Switzerland：Palgrave Macmillan，2017；McHugh，Susan，and Garry Marvin，ed，*Human-animal Studies：Critical Assessments in Social Sciences*，London：Routledge，2018；McHugh，Susan，Robert McKay，and John Miller，ed，*The Palgrave Handbook of Animals and Literature*，Cham，Switzerland：Palgrave Macmillan，2021 等。

社会的重塑潜力与价值期许。她指出，与文学的动物再现相比，以电影、电视为媒介的影像艺术借助图景体验极大地强化了"人类—动物叙事"的视觉冲击力，使得"动物能动者"（animal agents）的形象更为直观、生动和真实。在麦克休看来，当前文学动物研究面临着三个重要任务：首先，必须充分认识到能动性并非人类主体专属特征；其次，深入挖掘各类文化传统中的能动性表述、并为之复原谱系，特别是那些在文学经典化过程中被贴上"反动分子"标签的文化传统；第三个任务是对前一项的补充和延续，将物种生命的文学表征置于同物质世界与话语世界的紧密联系中观照①。麦克休的动物批评以文学为基点，试图建立一套完整的"叙事动物行为学"（a narrative ethology），尽管体系庞杂，术语繁多，但新颖的论点与精彩的论证为我们探索动物本体和动物再现提供了有价值的参考。

西蒙斯的《动物权利与文学表征的政治》序言开门见山，直陈危局：人类不可能从"开始"（inauguration）② 仪式的历史中挣脱出来。但西蒙斯也指出，这并不意味着动物伦理完全成了乌托邦式的空想，我们可以在解读文学作品时尝试非物种主义批评实践，"人类虽然不能将自身从自身中分离出来、真正进入一个动物的世界，但人类可以想象和揣测，文学的想象性与推测性使我们无限接近动物成为可能"③。西蒙斯阐述了正确认识动物的两条实现路径：第一，从非人类动物立场出发，重新审视人类的一切活动，检视其中的物种主义话语，此为自我的有意识建构；第二，从宏观的视野，将象征主义

①　McHugh, Susan, *Animal Stories：Narrating across Species Lines*, Minneapolis：University of Minnesota Press，2011，p. 10.

②　根据西蒙斯的考证，英文中的"inauguration"在词源上意指"开始某事/物"，这种被称之为"开始"的仪式（如开幕仪式、就职仪式）首要程序是获取预兆，具体方法是通过屠宰动物观察它们的内脏图案或形式。"开始"仪式实际上展现了人类对动物的暴力伤害自古有之。

③　Simons，John，*Animal Rights and the Politics of Literary Representation*，New York：Palgrave，2002，p. 7.

（symbolism）、化人主义（anthropomorphism）和人兽变形（transformation）三种文本策略置于广阔的文学作品与漫长的历史长河之中，阐释其所蕴含的隐喻意义，尤其是以何种立场来看待动物，此为文本的有意识阅读。西蒙斯特别指出，尽管动物的文化再现形式多样，但所有形式的动物表征都是上述三种文本策略的变体①。书中，西蒙斯以《格列佛游记》《金驴记》《小猪宝贝》和《大猩猩》等作品为案例，通过分析动物象征、动物拟人和人兽变形，展示了动物伦理批评的具体文本操作方法。

与西蒙斯处理文本的"三分法"相比，奥蒂斯－罗伯斯的《文学与动物研究》显得略微粗犷，但却更添了几分自然学科的动物研究气息。全书以"trope"为主题词，从马科动物、犬科动物、猫科动物、鸣禽鸟类和其他所谓的"害类"（如老鼠、蟑螂）等五个维度，探究了《荷马史诗》《狐坡尼》《野性的呼唤》《白牙》《1Q84》《哦！夜莺》《马达加斯加》《变形记》等作品，试图全面呈现文学理解和诠释动物方式的发展演变的历史面貌。奥蒂斯－罗伯斯认为，文学虽然不是动物的自然栖息地，也不是动物解剖学、生理学，甚至动物行为学的可靠知识库，但文学对人与动物关系的论述比任何其他都要多，在思索动物问题以及考虑人与动物的关系时，文学提供了重要的观察窗口与历史镜鉴。奥蒂斯－罗伯斯强调，文本的动物书写不单是在讲述人与动物之间的纠葛，也是记录文学如何运用修辞使文学成为文学的"黑匣子"。奥蒂斯－罗伯斯提出了文学动物研究的四个指引性问题："动物在文学中扮演了何种角色？该动物角色使用了何种叙述方式？动物的修辞地位如何？动物为何发声、如何发声、向谁发声以及为谁发声？"②《文学与动物研究》一书立意宏大，论据翔实，研究对象纵贯古今、横跨东西，从动物学视角较

---

① Simons，John，*Animal Rights and the Politics of Literary Representation*，New York：Palgrave，2002，p. 85.

② Ortiz-Robles，Mario，*Literature and Animal Studies*，Abingdon and New York：Routledge，2016，p. 1.

为周详地勾勒了动物叙事的全貌，是文学领域动物研究的必读之作。

这一研究路径的其他代表性成果还有：伍德沃德（Wendy Woodward）的《非人类动物与列维纳斯的他者：当代叙事与批评》（"The Nonhuman Animal and Levinasian Otherness：Contemporary Narratives and Criticism"，2009）、邓斯凯（Doreen Densky）的《叙事转变：弗朗茨·卡夫卡的〈致学院的报告书〉中的碎片书写》（"Narrative Transformed：The Fragments around Franz Kafka's 'A Report to an Academy'"，2017）等。另外需要说明的是，文学动物的哲学性批评分类并不绝对，事实上很多研究都是交叉论述，如罗特费尔斯（Nigel Rothfels）主编的《再现动物》（*Representing Animals*，2002）、丽普特（Akira Lippit）的《电动物：野生动物的修辞艺术》（*Electric Animal：Toward a Rhetoric of Wildlife*，2008）、约翰逊（Jamie Johnson）的《20 世纪文学中的动物哲学》（"The Philosophy of the Animal in 20th Century Literature"，2009）、马来（Michael Malay）的《为何关注动物：哲学与文学中的动物相遇》（"Why Look at Animals? Creaturely Encounters in Philosophy and Literature"，2017）等。

第 二 章

权力的游戏：当代新英语小说中的
动物他者

> "有哪些别的行为者，它们处于人的支配性影响之下，同时可得幸福？它们有两类：（1）被称作人的其他人；（2）其他动物，其利益由于旧时法学家的麻木而遭到忽视，降入物类。"
>
> ——杰里米·边沁（Jeremy Bentham）

"他者"（the other）一词在西方可以追溯到古希腊柏拉图有关"同者与他者"（the same and the other）的探讨。在《智者篇》中，柏拉图认为同者的存在基于他者的参照，而他者的异质反过来又彰显了同者的存在，同者的存在"仅在于自身"，即作为主体的自我存在，他者的存在则总是"与另一些事物相关"①。西方哲学从一开始便是关于主体的哲学，更确切地说，是以人为本的主体性哲学，从普罗泰戈尔"人是万物的尺度"，到笛卡儿"我思故我在"，再到康德"知性为自然立法"，基本框架都属于主体性哲学。主体因为具有理性、意识、语言等，被赋予了自主性、自治性和能动性而高高在上，他者则作为主体的对立面被否定、遗忘或唾弃。然而，19 世纪后半叶以降，西方哲学界对主体的自由意志和主动性产生了质疑，

---

① ［古希腊］柏拉图：《柏拉图全集（第三卷）》，王晓朝译，人民出版社 2003年版，第 61 页。

如马克思的"人的本质是一切社会关系的总和"、福柯的"主体性建构于特定历史时期的话语"、拉康的"我于我不在处思，故我于我不思处在"，西方哲学传统的主体（性）概念被逐渐清算。伴随着列维纳斯、德里达等人"善待他者"的思想转变与伦理重构，特别是在后结构主义思潮的影响下，他者的地位得到全新认识。学者们批评指出，在同者与他者的二元对立认知模型中，前者运用意识形态、政治手段和文化实践等对后者施以霸权，从而实现操控与压迫的目的，后者由于各种历史或现实原因，其话语权往往被阉割，游走于远离中心的边缘地带。

正是在此氛围中，女性主义、后殖民主义、生态批评等后现代他者诗学应运而生。他者逻辑的权力结构与运行机制首先由女性主义者揭露，被应用到对父权社会和性别政治的批判当中，讨伐父权制将女性构建为他者；随后后殖民研究将他者概念运用于帝国主义和殖民主义的话语分析，一方面通过西方本位、欧洲中心论、白人优越感等概念来批判西方霸权主义，另一方面通过异质性、沉默性、从属性等概念来探讨边缘化的东方他者；而生态批评的宗旨就是揭示人与自然关系中的压迫性结构，人类沙文主义泛滥导致自然沦为被肆意压榨和掠夺的他者。诚如布拉伊多蒂（Rosi Braidotti）所观察到的，"被性别化的他者（女性）、种族化的他者（原住民）、自然化的他者（动物、环境或地球），这些他者的建构性体现在其都发挥着一种镜像功能，证明身为同者的'他'（His）的优越地位……此即古典人文主义的前'人'（the former 'Man'）"①。无论是女性主义，还是后殖民主义，抑或生态批评，后现代他者诗学旨在剖析性别歧视、种族歧视以及人对自然宰制的霸权本质，揭橥同者在思想上和行为上对他者实施暴力的行径，思索他者从边缘向中心发起挑战的有效路径，通过这种剖析、揭橥和思索，以期实现他者的解放与自由。那么，在学理上探究性别主义、种族主义和物种主义从独

---

① Braidotti，Rosi，*The Posthuman*，Cambridge：Polity，2013，pp. 27 – 28.

立三分走向或可能走向一体化的联合观照是由何而来的呢？

英国心理学家、伦理学家瑞德（Richard Ryder）在《动物实验》一文直言不讳地指出，世上根本不存在可用来绝对区分所谓"物种"（species）的标尺，狮子与老虎可以杂交产生混种并进行自我繁殖，灵长目动物的杂交现象更是屡见不鲜①。从词源来讲，"物种"来自拉丁语"某一种类，某一类型"（a particular sort, kind, or type），原指"样子，外貌，视场"，又引申为"奇观，观念，托辞"等。可见，"物种"一词自源头上就带有存在主义哲学所关注的"凝视"（gaze）意味，暗含了一种观察者与被观察者的不平等关系，那么其后衍化出"特例"（special case）的含义也就不足为奇了。大约 16 世纪，"物种"一词被用来指称"外表"（outward form），并逐渐蜕变为"基于共同特征的种类划分"（distinct class of something based on common characteristics）。这便是"物种"现代生物学意义的雏形，其以肤色、形态和繁衍等物理特征作为生物分类的依据，注定了"物种"概念在语义界定上比较模糊，甚至具有相当的随意性②。

在瑞德看来，"物种"一词无法被精确定义，人类和其他动物之间（尤其从生物学角度）没有"神奇"的本质区别，换言之，物种界限不过是人为发明的产物，物种区分也并不具有绝对的意义，更

———————————

① Ryder, Richard, "Experiments on Animals", *Animals, Men and Morals: An Enquiry into the Maltreatment of Non-humans*, Ed. Stanley Godlovitch, Roslind Godlovitch and John Harris, New York: Taplinger, 1972, pp. 41 – 82.（p. 81）

② 此处"物种"主要指动物。"物种"这一术语本身模糊不清：原本 18 世纪以来，物种划分的主要依据为林奈分类学，指所有成员在形态上极为相似、各成员之间可以正常交配并繁殖出有生育能力的后代。这种静止的物种观在 19 世纪主张生命是动态进化的达尔文那里遭到了猛烈冲击。20 世纪前半叶，生物学开始提倡一种系统认知范式，强调群集的概念，即物种并非毫不相干的个体，而是作为大小不等的、彼此联系的个体集合的种群单元而存在。在当代生物学中，研究者对物种有更多定义，比如根据生殖隔离来划分的"生物学种"（biological）、由共同祖先进化而来的"种系发生种"（phylogenetic）、通过外在形态来界定的"形态学种"（morphological）等。Heise, Ursula, *Imagining Extinction: The Cultural Meanings of Endangered Species*, Chicago: The University of Chicago Press, 2016, p. 25.

不具有终极的意义。然而，物种有别却成为一个很有用的科学术语，在道德空间上为人类对动物的"他者化"提供了正当依据，后者被当成任意支配与凝视的对象，不断被客体化、工具化和奴役化。事实上，西方传统哲学在认识和界定他者时，从一开始就竭力对他者进行压制、收编、驯化、侵并或吞噬，如果同化策略失败或超出认知范围，那么最省力的办法就是将其视为有别于自身的低等异类，从而排除在道德考虑之外。意大利哲学家卡瓦列里（Paola Cavalieri）这样说道，"物种"一词代表着一种道德考量的标准或者准入资格，按照当前的伦理范式，所有人都是平等的，都应该受到同等的基本道德保护，但另一方面，动物虽生有所值，地位却极其低下，对它们的保护微乎其微，通常只是禁止肆意虐待而已[1]。

伴随着对"物种"合理性的解构，瑞德重点驳斥了人类以"善"之名开展动物实验（在瑞德以及后来许多动物伦理思想家看来，动物实验集中体现了人类的暴力）的一贯说辞：第一，为了知识进步；第二，为了人类福祉。

> 第一条论据可谓是陈腔滥调，因为从广岛原子弹事件来看，我们已不再确信知识是否总能算作一件好事；而第二条论据，我认为这既傲慢又不合逻辑，那成千上万的动物遭难就只是为了某些唯利是图的机构可能生产出一些新的无毒化妆品或更好的药物。这当中最常见的假设莫过于某些活体解剖者反问："如果这是拯救你儿子或百万人生命的唯一途径，你会允许一只实验动物受到伤害吗？"然而事实却是，绝大多数活体解剖者的实验都不属于上述情况。[2]

---

① Cavalieri, Paola, *The Animal Question*: *Why Nonhuman Animals Deserve Human Rights*, Trans. Catherine Woollard Oxford: Oxford University Press, 2001, pp. 69 – 70.

② Ryder, Richard, "Experiments on Animals", *Animals*, *Men and Morals*: *An Enquiry into the Maltreatment of Non-humans*, Ed. Stanley Godlovitch, Roslind Godlovitch and John Harris, New York: Taplinger, 1972, pp. 41 – 82. （pp. 77 – 78）

瑞德从正面动摇了动物实验的立足根基后，又从反面提出两个假设：其一，在某种特殊情况下，倘若人与猿结合并生下后代，我们该将之关进笼子还是放进摇篮？其二，如果未来我们被宇宙中某些更聪明的生物发现，他们在我们身上进行实验是否正当？① 这看似荒诞的假设背后，其实隐藏着道德准则的设定与执行，涉及人类以何种价值观念、思维方式、情感动机和法律制度等对待非人类动物。瑞德的论述旨在表明，"物种"的概念本身就包含了权力与支配，其以物理特征立说的做法与种族划界如出一辙，后者同样基于生物学分类。这一点在功利主义学派先驱边沁（Jeremy Bentham）那里早有洞察，他认为黑皮肤并不构成一个人遭受暴君任意折磨的理由，腿的数量、身体皮毛或骶骨下部的状况也不足以成为一种有感觉的存在遭受同样折磨的理由②。对此，瑞德专门创造了"物种主义"（speciesism）一词来指称该意识形态，与"种族主义"（racism）并置而观，直言这两种形式的歧视均为无稽之谈③。瑞德呼吁，在侵犯黑人权利的种族歧视已渐光明的社会，期冀有朝一日人们启蒙的心灵能像憎恶种族主义一样憎恶物种主义。在《动物革命：改变物种主义的态度》中，瑞德将"反物种歧视"（anti-speciesism）的主张直接形容为对"第四世界（the Forth World）非人类感知生物的援助行动"④，这里的"第四世界"显然是对第三世界解放运动所呼唤的道德共同体的扩展。由此，瑞德以关注动物为契机，探讨了物种主义与种族主义的隐秘关联，揭露了两种不同歧视形式在思想根源上

① 关于第二个假设可见英国小说家、短篇故事家斯图尔特（Desmond Stewart）创作的科幻小说《图哥哈福特的局限》（*The Limits of Trooghaft*），该作讲述了食人外星生物入侵地球后对人类的残暴行径。

② ［英］边沁：《道德与立法原理导论》，时殷弘译，商务印书馆 2000 年版，第349 页。

③ Ryder, Richard, *Speciesism*, *Painism and Happiness*：*A Morality for the Twenty-First Century*, Exeter：Andrews UK Limited, 2015, pp. 38 – 39.

④ Ryder, Richard, *Animal Revolution*：*Changing Attitudes towards Speciesism*, New York：Berg, 2000, p. 248.

对他者压迫性的二元对立结构。美国环境史学家纳什（Roderick Nash）评价道："瑞德新造的术语'物种主义'其貌不扬，却在学术研究和行动主义者的话语中深深扎下了根，因为它把争取非人类存在物的权利事业与争取并已获得了一定程度解放的某些人类群体的权利事业联系起来了。"① 此后，相关著述不断涌现。

1975 年，澳大利亚道德哲学家、活动家辛格（Peter Singer）出版《动物解放》一书，该书对"物种主义"所作的深入探讨，使其无论在学术还是在社会中都广为人知。事实上，早在 1973 年辛格就于《纽约书评》（*The New York Review of Books*）上发表过该主题的评论性文章，提出"种族主义""性别主义"与"物种主义"之间存在同质性，并强调与人类解放运动相比，动物的解放要求更多的利他精神②。辛格的《动物解放》明确指出，"物种"概念首先是一种偏见、一种偏颇的态度，实质是袒护人类种群的利益、压制其他物种的成员，但同时也是一种知识范式，因为这种奴役的实践需要有确凿的事实或科学论据作为辩护支撑，即与所讨论物种的实际情况有某种关联，而不只是主观的认定③。从这个意义上说，物种主义具有两层含义：一是以"群体归属"（group-belonging）为出的歧视，此外"物种"的范畴构建与"种族""性别"或"性"等范畴构建有相通之处，体现为一种内群体偏袒效应；二是打着"科学主义"（scientism）旗帜的物种区分，代表了一种蕴含等级主义的类别划分及其理解机制。

与辛格的分析颇为接近，雷查尔斯（James Rachels）提出存在两种不同的物种主义：一为"非定性物种主义"（unqualified speciesism），二为"定性物种主义"（qualified speciesism）。在前者情况

---

① Nash, Roderick, *The Rights of Nature*：*A History of Environmental Ethics*，Madison：The University of Wisconsin Press，1989，p. 142.

② Singer, Peter，"Animal Liberation"，5 Apr. 1973，12 Jun. 2018. < https：//www.nybooks. com/articles/1973/04/05/animal-liberation/ >.

③ Singer, Peter，*Animal Liberation*，New York：Ecco，2002，pp. 6，213.

下，物种本身在道德上就是重要的，即某个个体是某一物种的成员，这个纯粹的事实便足以使得应当如何对待该个体具有差别；在后者情况下，物种本身并没有道德意义，物种伦理关系是与那些具有道德意义的重要特征（如理性、语言、意识等）相关联的①。值得一提的是，辛格在解释"人"这个术语时也有类似思考，他认为"人"（human being）有两种含义：第一种称之为"智人物种的成员"（member of the species Homo sapiens），主要依靠科学方式如通过检查生物体细胞染色体的性质等，从生物学角度来确定某个生物是否属于某个物种的成员；第二种由新教神学家、伦理学家弗莱彻（Joseph Fletcher）所倡导，根据自我意识、自我控制、未来感、过去感和好奇心等所谓的人性标志来判断是否为人，辛格使用"命主"（person）一词来描述此种"人"，并指出大多数情况下"命主"本身就意指人类物种的成员②。不难发现，辛格对"物种"和"人"的探讨相互照应，反映出其"人类—动物研究"是一套内在统一、互相贯通的思想体系。

那么，辛格是如何批判物种主义的呢？较之瑞德以"物种"的不合逻辑戳穿物种主义的荒谬本相，辛格将剑锋指向物种主义背后更深层次的理据——建立在能力标尺之上的"平等原则"（principle of equality）。辛格认为，基于能力的平等原则有两个问题：其一，能力无法作为主张平等原则的依据，因为无论喜欢与否，每个人的身材各不相同，并且道德能力、理智能力、共情能力、沟通能力、感受能力等也千差万别，倘若平等的要求是根据所有人在事实上的平等，那我们只能放弃主张平等；其二，能力的评价体系往往内蕴了权力的价值取向，当一方优于另一方时，前者对后者的压迫在道

---

① Rachels, James, "Darwin, Species, and Morality", *The Monist*, Vol. 70, No. 1, 1987, pp. 98 – 113.（pp. 103, 105）另有观点认为，第一种物种主义即"非定性物种主义"才是真正的物种主义，谓之"狭义的物种主义"（strict speciesism）。

② Singer, Peter, *Practical Ethics*, Cambridge：Cambridge University Press, 1993, pp. 85 – 87.

德上就被认为是正当的，在这样的前提下只需找到一种正面的能力特征，该特征是前者所拥有的而后者所缺乏的或者在较低程度上所拥有的①。所谓的能力标尺预置了一系列的意识形态符码，表面上是一个种群对另一个种群行使霸权的有效辩护，内里则是排除异己、追求同质的本质主义及其衍生的二分思维——一种赤裸裸的他者逻辑，而这正是种族主义、性别主义以及物种主义等种种"主义"（"-isms"）运行的核心。辛格写道：

> 当其利益与别的种族利益产生矛盾时，种族主义者因过分维护自己种族成员的利益而违背了平等原则。性别主义者在袒护自己性别的利益时，也违背了平等原则。同样地，物种主义者也是在为自己物种的利益而牺牲其他物种成员的利益。这三种歧视情况的逻辑一模一样。②

辛格的论述得到了众多研究者的积极回应与支持。美国哲学家雷根（Tom Regan）便是其中之一，他犀利地说："我们必须强调一个真理，如同黑人不是为白人、女性不是为男性而存在一样，动物也不是为人类而存在，动物拥有自己的生命和价值，任何不能体现这种真理的伦理学都是苍白空洞的。"③ 要言之，物种主义中人类对非人类动物的他者逻辑，与种族主义、性别主义以及其他"主义"的逻辑如出一辙，它们之间的同构性都源于传统主体哲学同者对他者的压迫性结构、都隐含了二元对立的框架。这样的同构性为各种社会歧视利用动物作为"文化他者原型"（archetypal cultural other）

---

① Singer, Peter, *Animal Liberation*, New York：Ecco, 2002, pp. 3 - 4.

② Singer, Peter, *Animal Liberation*, New York：Ecco, 2002, p. 9.

③ Regan, Tom, *All That Dwell Therein*：*Animal Rights and Environmental Ethics*, Berkeley：University of California Press, 1982, pp. 27, 29, 70 - 72, 93 - 95, 163. 转引自 Nash, Roderick, *The Rights of Nature*：*A History of Environmental Ethics*, Madison：The University of Wisconsin Press, 1989, p. 143。

来塑造人类内部的身份政治搭建了桥梁,其抽取和消化了大量与动物相关的象征资本,这些喻辞的主题并非指向动物而是人类,动物成为一种非常有用的描述工具,即以动物为介质言说人类身份,这种建构性使得动物表征几乎可用于所有有关"人"或人类身份的论述①。明白了这一点,也就不难理解为何辛格会提出"动物的解放实则也是人类的解放",而雷根则更加激进地表示"动物权利运动就是人权运动的一部分"。此为辛格对"物种主义"的第一层批判,我们可称之为"为社会正义而抗争"。

辛格对"物种主义"的第二层批判不再囿于种族或性别等人类内部问题,而是跨越人兽疆界呼吁种际关怀,这一层批判的要旨在生态主义尤其是环境伦理学视野下看得更为清晰。与雷根动物权利重视生命主体个体的自由主义不同②,辛格的动物解放同时关注物种在集合名词意义上的角色,即整体主义批评家所谈的生态整体观、系统观和联系观。具体而言,就是不以人类或者任何一个物种、任何一个局部的利益为价值判断,而是以生态系统的稳定平衡与整体利益为终极目标。辛格大声疾呼:"人类现在是用整个地球的未来做赌注!"③辛格的动物生态批判体现在以下几个方面:首先,在谴责物种主义时反复强调人与动物种际平等,显然这样的平等不可能通过凸显个体或局部利益来达成;其次,提出"栖息地"的概念,指出高山、河流、湖海、森林等都是动物的家园,根据这一点我们可判断人类对环境破坏行为的非道德性;第三,调查发现,当前存在严重的肉品动物与森林争地现象,发达国家对肉品的巨大需求使得动物产业综合体比森林保育更有经济实力抢夺资源。在具体论证中,辛格列举了大量集约饲养和动物实验的真实报告来揭发物种主义暴行,他把工厂化的农场比

---

① Baker, Steve, *Picturing the Beast*: *Animals*, *Identity*, *and Representation*, Manchester: Manchester University Press, 1993, pp. ix – x.

② 事实上,从某种程度而言,雷根宣称所有生物都有它们自己的善,也说明其能够接受生物中心论的道德哲学。

③ Singer, Peter, *Animal Liberation*, New York: Ecco, 2002, p. 169.

作奴隶制，把科学幌子下的动物实验比作纳粹集中营：

> 　　明目张胆的物种主义导致其他物种的痛苦实验，理由是它
> 们对知识的贡献或者对我们物种可能有用。在德国的纳粹政权
> 下，近两百名医生（其中一些还扬名天下）参与了对犹太、俄
> 国与波兰囚犯的实验……以下摘自一个纳粹科学家在减压舱中
> 进行的一项关于人的实验报告：5 分钟后，痉挛出现；6—10 分
> 钟后，呼吸频率增加，受试者失去意识……呼吸停止后约半小
> 时后，解剖正式开始。减压室的实验并没有随着纳粹的失败而
> 停止，它转向了非人类动物，例如在英国泰恩纽卡斯尔大学，
> 科学工作者在 9 个月内让猪遭减压实验 81 次……实验者用
> "非我族类"来做实验是屡见不鲜的事，只是牺牲者身份不同
> 罢了。①

　　辛格认为，笛卡儿等人奉行的"科学主义"（特别是早期活体
解剖）是将人的利益凌驾于其他物种利益之上的人类沙文主义，人
类乃衡量动物价值的唯一标准，动物则处于无声他者境地不断被观
察和索取，毕竟笛卡儿眼中的动物只是自动机械之物。纳什曾将反
对物种主义的种际伦理看作"天赋权利的扩张"（expanding of natu-
ral rights），指出权利正由"英国贵族—美殖民主义者—奴隶—女
性—印第安人—劳动者—黑人"的发展轨迹，逐渐扩大至将非人类
存在的利益也纳入道德考量范围、作为一个整体的大自然的命运共

---

　　① 辛格书中关于"物种主义"的数据主要来自实验动物和食用动物，但论证结
果却并非只针对这两种人与动物的关系。辛格在 1990 年版的序言中写道："本书所采
用事实资料不是为从方方面面呈现人如何对待动物，而是以强烈的、清楚的、具体的
方式揭露本书第一章所谈的物种主义哲学观念所具有的内涵和后果。本书并未提及打
猎、陷阱狩猎、毛皮工业和对待伴侣动物、牧场竞技动物、动物园动物以及马戏团动
物的虐待等，并不是表示这些事不重要，而是因为实验动物和食用动物的遭遇已经足
以说明我的用意。"Singer，Peter，*Animal Liberation*，New York：Ecco，2002，pp. 83 -
84.

同体（参见图 2）①。此为辛格对"物种主义"的第二层批判，我们可称之为"为环境正义而抗争"。不过，从辛格的论述来看，种际关怀远非伦理空间由人类向自然线性延伸如此简单，真正的环境正义是一种叠加或交叉的非线性体系，甚至还需逆向反思，因为物种主义通常也是其他压迫的托辞或源头，用他本人的话来说就是，"当我们完全按照人类物种的界限划出生命权利的界限时，便是彻底无可救药的物种主义"②。

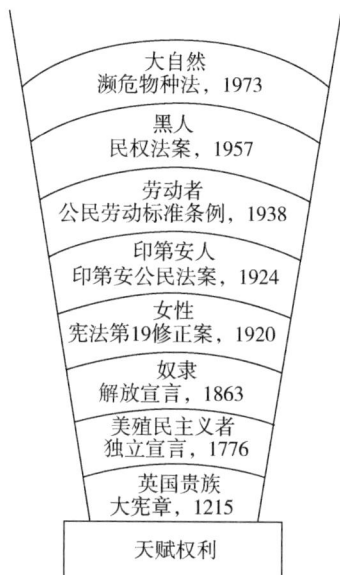

图2　不断扩张的权利概念

从社会正义和环境正义两个维度，辛格揭示了物种主义与不同他者逻辑之间的关联。可以清楚地看到，这些权力机制的共同他者都暗示了远离中心的边缘、低等、从属以及由此产生的被压迫、被排斥、被剥削。基于上述认知，本章将从动物批评角度切入后殖民

---

① Nash, Roderick, *The Rights of Nature: A History of Environmental Ethics*, Madison: The University of Wisconsin Press, 1989, p. 7.

② Singer, Peter, *Animal Liberation*, New York: Ecco, 2002, pp. 18 – 19.

主义研究、女性主义研究和生态批评等后现代他者诗学，通过分析当代新英语小说中的动物书写，阐释和探讨作品所呈现的物种主义与种族主义、性别主义的内在联姻共谋。

第一节　他者的历史与现代之殇：当代新英语小说中的后殖民动物叙事

一直以来，后殖民批评与动物研究并无太多交集，因为它们有着各自的研究对象、研究目的和研究方法。但事实上，后殖民主义理论奠基人法农（Frantz Fanon）早有察识，他在《黑皮肤，白面具》这样描述一段现代社会中白人与黑人的相遇："黑人是动物，是豺狼虎豹，是魑魅魍魉……瞧，一个黑人，天冷，它在发抖，黑人发抖是因为冷，白人男孩发抖是因为他怕黑人……小男孩扑到母亲怀中，妈妈，那黑人要吃我。"[1] 后殖民语境的情况尚且如此，殖民历史上将种族他者降格为动物就更可想而知了。将原住民排除在"人"的范畴之外进而制造种族差异，是殖民主义与殖民活动的重要思维方式，也是文化帝国主义和生态帝国主义的重要组成部分，"非人化"（dehumanization）[2] 为西方殖民者屠杀和奴役殖民地包括原住民在内的一切动物提供了辩护策略。

进入 21 世纪，在后殖民批评"动物转向"和动物研究"后殖民维度"的共同催化下，后殖民动物研究逐渐兴起。1998 年，埃尔德（Glen Elder）等人在《种族、地方与人性边界》一文中首次提出"殖民动物"（colonial animal）的概念，用以指涉殖民者将被殖民者——"底层族群"（subaltern groups）和"下属族群"（subdominant groups）——与

---

① Fanon, Frantz, *Black Skin*, *White Masks*, Trans. Charles Matkmann. London: Pluto Press, 2008, p. 86.

② 所谓"非人化"，即消除人性、去掉作为人的特征（removing the humanness）。

动物相关联从而对其实施种族化和非人化的殖民话语实践①。2002年，阿姆斯特朗（Philip Armstrong）的《后殖民动物》探讨了后殖民主义与动物批评对话的可能性，并正式介绍了"后殖民动物"（postcolonial animals）的研究理念，指出二者的互动将为彼此研究工作的改进提供帮助②。2010年，哈根和蒂芬（Graham Huggan & Helen Tiffin）在《后殖民生态批评：文学、动物与环境》中详细阐述了后殖民动物批评的重要议题，包括"动物性与灵性""游牧模式权利与归属""饮食政治与食人叙事""殖民主义资产剥离与基督教使命"等，从学术层面确立了"后殖民动物批评"（postcolonial zoocriticism）作为一种新话语理论的地位。哈根和蒂芬强调，后殖民研究的主要理论聚焦，如他者性、种族歧视、异族通婚、语言翻译、食人隐喻、发声代言等，"都为重新厘清动物在人类社会的位置提供了直接切入点"，另一方面，"主流欧洲论述早已显露出种族主义与物种主义的话语交织，通过把他者——人和动物——在哲学层面和再现层面（philosophically and representationally）塑造成动物以实现统治权力"③。质言之，后殖民动物批评是在后殖民语境中探讨动物问题，或在动物研究视野下分析后殖民因子，也就是将后殖民所关注的欧洲中心主义、种族主义和身份杂糅等话题，与动物研究的人类中心主义、物种主义、生命伦理、动物权利等命题进行跨界融合。

新英语小说，来自前殖民地作家创作的英语文学作品，带有鲜明的后殖民文化特征，其文本世界塑造了一系列意蕴丰富的动物形象。这些动物或是真实的或是虚构的，或是写实的或是隐喻的，刻录着一段段人与动物之间的复杂纠葛，形成了20世纪末以降一个重

---

① Elder, Glen, Jennifer Wolch, and Jody Emel, "Race, Place, and the Bounds of Humanity", *Society and Animals*, Vol. 6, No. 2, 1998, pp. 183 – 202. (p. 183)

② Armstrong, Philip, "The Postcolonial Animal", *Society and Animals*, Vol. 10, No. 4, 2002, pp. 413 – 419. (p. 416)

③ Huggan, Graham, and Helen Tiffin, *Postcolonial Ecocriticism：Literature, Animals, Environment*, Abingdon and New York：Routledge, 2010, p. 135.

要的文学现象，即动物书写。作为动物的代理人，东方审慎地坚守尊重动物的生命和保护动物的权益，而西方基于理性逻各斯中心主义强调人与动物的二元对立，确信人类为动物他者所无法比拟①。这种迥然不同的价值观和信仰冲突贯穿于整个新英语文学的后殖民动物书写当中。本节以后殖民动物批评理论为依托，在历史与文化的视角下，从政治侵略、经济压榨和文化渗透三个层面，探究库切的《等待野蛮人》、温顿的《浅滩》、辛哈的《动物之人》、马特尔的《少年 Pi 的奇幻漂流》等小说所呈现的动物话语与（新/旧）殖民主义之间的体系性关联，透视作家通过动物叙事传递的去殖民、反殖民和解殖民意识。

一　军事操演与种族清洗：狩猎中的帝国侵略战

在分析人与动物的生态关系时，英国国家学术院院士哈里斯（David Harris）梳理了人类利用动物的三种方式：捕食、保护与驯化。"捕食"，顾名思义，指觅食、捕鱼和狩猎等；"保护"指利用环境使某些动物受益、将野生动物自由放养以及将动物幼崽作为宠物或助手加以部分驯化；"驯化"则是在与物种野生祖先基因隔绝的情况下，对其长期养殖和培育后代。伴随着从捕食动物到驯化动物的演变，人类已逐渐不再靠野生动物获取肉类和从事生产活动，而是转向依赖被驯化的动物②。哈里斯的论述指出了十分关键的一点，即随着人类成功驯化动物，狩猎行为的维生目的和经济意义持续减弱。对此，我国学者杨通进直接写道："工业文明的到来，人类已不再'靠天吃饭'，打猎与获取人体所需的动物蛋白质已毫无关系（极少数猎户除外），打猎已变得毫无必要。"③ 依此推论，人类步入近现代工业化

① DeGrazia, David, *Animal Rights：A Very Short Introduction*, New York：Oxford University Press, 2002, p. 7.

② Harris, David, "Domesticatory Relationships of People, Plants and Animals", *Redefining Nature：Ecology Culture and Domestication*, Ed. Roy Ellen and Katsuyoshi Fukui, Oxford：Berg, 1996, pp. 437 – 463.（pp. 447 – 451）

③ 杨通进：《环境伦理》，重庆出版社 2007 年版，第 170 页。

社会后，狩猎必定发生翻天覆地的变化。

　　这样的推导固然不错，但事实却是，人类的确改变了打猎这件事，只不过拜科技突飞猛进与贸易兴盛之赐（尤其是连发枪支发明后），打猎成为一种"商业贸易"（business trade）①。与此同时，欧洲人开始把打猎当成一项"运动"（sport），美国人随后紧跟潮流，在这里狩猎现代语境的文化和政治意义逐步凸显。作为内涵丰富的人类活动之一，"运动"本身便涉及阶级、性别、身体等议题②，而它在大英帝国历史上与狩猎的密切关联③，也注定后者将成为反映殖

----

　　①　人类狩猎历史源远流长，可以说 90% 以上时间是狩猎为主的生存模式。在前农业社会，狩猎是人类获取食物的主要途径。进入农业文明后，人类依靠其他采集方式获得生存资源的途径得到拓展，但狩猎仍是获取肉类的重要手段。然而近现代以来，尤其是晚近一两个世纪，人类对陆地哺乳动物大肆虐杀只是为了谋取它们身上的皮毛，用以制作布料、毛毯、帐篷、装饰等相关物品，而这给动物带来了直接威胁，许多动物相继绝种或濒临灭绝。对此，有研究者指出，当时的经济状况需要动物制成品贸易的广泛发展作为支撑。Ehrlich，Paul，and Anne Ehrlich，"Extinction"，*Animal Rights and Human Obligations*，Ed. Tom Regan and Peter Singer，Englewood Cliffs：Prentice Hall，1989，pp. 237 – 251.（p. 244）

　　②　法国社会学家布迪厄探究了运动与身份地位之间的关联，他认为运动绝非只是锻炼身体那么简单，选择从事某项运动实际上是维系并重塑社会阶层的重要手段。详见 Bourdieu，Pierre，"Sport and Social Class"，*Social Science Information*，Vol. 17，No. 6，1978，pp. 819 – 840。

　　③　这里其实体现了"运动"一词在英汉语境的差异。汉语里，"运动"常与"体育"互换，内容指涉上多以球类、田径活动为主。但在西方语境特别是英式英语中，受早期贵族乡绅享有狩猎特权的影响，凡与马匹、猎犬和枪支的相关活动，均被认为是"运动"，并且是一种社会地位的象征。而这种身份话语功能又与狩猎本身的历史演变息息相关。具体来说，大约从 10 世纪开始，欧洲农业技术提高，人口数量增加，森林随之缩减，于是狩猎便慢慢成为一种贵族特权，这些人把有限森林当作私人猎场，禁止普通百姓偷猎，违者重罚。以英国为例，狩猎对象随时间演变（物种数量的减少和枪械技术的改进），有野鹿、野猪、狐狸、野兔和鸟禽等。在此顺便提一句，西方文化中野鹿是野外的象征，从语源上看"wildness"一词就是从"wild-deer-ness"演化而来，鹿亦为贵族猎杀的重要对象。关于狩猎的阶层特权现象，18 世纪小说家菲尔丁（Henry Fielding）的巨著《汤姆·琼斯》（*Tom Jones*，1749）有相关描绘，故事开场就是琼斯和猎场看守人黑乔治因为偷猎松鸡而受罚，其后又因猎野兔——既违反了国家法律，又违反了狩猎法——而被提起诉讼。菲尔丁将当时的贵族狩猎形容为印度"班尼教徒"（Bannians，印度商人中一个素食主义团体），评论道："我们英国的这帮班尼教徒不同，一方面他们保护这些动物不受到其他敌人的伤害，另一方面自己却残酷地大批屠杀这些动物。"

民者、原住民和动物等多方权力话语碰撞与博弈的一面镜子。在
《自然的帝国：狩猎、保护与大英帝国主义》一书中，麦肯齐（John
Mackenzie）就指出，长期以来对野生动物的捕杀是欧洲对外扩张的
一项重要内容，狩猎是欧洲殖民扩张的必要准备和训练活动①。无独
有偶，珀金斯（David Perkins）也有类似观察，他发现白人侵略者
的大型狩猎是战争的一种操练，预示着一种对他者的殖民主义暴力
与生态帝国主义，"屠杀大型野兽是征服、统治和规训殖民地的过
程"②。由此观之，在殖民语境下，殖民者的狩猎活动具有特定的军
事和政治内涵。

　　在《等待野蛮人》中，库切采用现在时讲述了一段某虚拟帝国
以调查野蛮人为名对游牧部族发动战争的虚拟历史，却在虚拟的时
空中真实再现了殖民者通过狩猎掠杀殖民地动物并暴力征服原住民
的事实。小说开篇便借助叙述者、驻扎在帝国前哨的老行政长官与
来自帝国国防部的乔尔上校（Colonel Joll）之间的对话渲染了殖民
者的狩猎热忱：

　　　　我们只聊些打猎的事儿。他向我讲述了前不久的驱车大狩
　　猎，当时成千上万的鹿、猪和熊被杀死，数量如此庞大以至于
　　漫山遍野全是动物尸体，只好随它们烂掉［"那真是罪过（pit-
　　y）！"］……我告诉他每年都有成群的野鹅和野鸭迁徙到附近的
　　湖泊……我跟他建议，晚上就领他坐本地人的船去打鱼。"这种
　　体验可是机不可失的，"我说，"渔夫在水边举着燃烧的火把、
　　咚着鼓把鱼赶到网里。"他点点头，告诉我他以前曾去到其他一
　　些边境地区，那里的人们烹煮蛇肉以作美味佳肴，还有他射杀

---

①　Mackenzie, John, *The Empire of Nature：Hunting, Conservation and British Impe-rialism*, Manchester：Manchester University Press, 1988, p. 44.

②　Perkins, David, *Romanticism and Animal Rights*, New York：Cambridge Universi-ty Press, 2003, p. 66.

一只大羚羊的英勇事迹。①

这段文字看似简单的日常闲谈，但作者以娴熟的白描技法和松散叙事迅速勾勒出了维多利亚时期探险罗曼司里屡见不鲜的狩猎情愫，在有意营造的浪漫主义氛围中"伟大的白人猎人"（Great White Hunter）形象顿时跃然纸上。从互文角度看，库切的狩猎书写可谓是对吉卜林（Joseph Rudyard Kipling）、哈格德（Henry Rider Haggard）、亨蒂（George Alfred Henty）、芬恩（George Manville Fenn）等众多探险小说家作品的高度抓取，即刻触发了冒险文学内置的语用预设，其"明确的人与动物二分及与帝国物质实践（material practices of empire）的密切关系"使之成为"审视殖民语境人与动物二元对立的重要场所"②。但与前述几位作家不同，库切的猎者快照显示出明显的殖民批评意识，这种批评并非康拉德（Joseph Conrad）《黑暗之心》那种有关人类反祖的危险忧思，而是对种族主义与物种主义潜在勾连的揭露。换言之，乔尔上校自我"叙述英勇"③之下实则掩藏着殖民征服与狩猎活动的他者权力共谋。要理解这里的深层文化含义，需要结合历史文本来揭示殖民主义与狩猎运动之间千丝万缕的联系。

首先，狩猎可以帮助殖民者解决粮草问题，从而保障帝国将士的生命力与战斗力，为暴力征服和殖民侵略奠定坚实基础。这主要体现在早期殖民者军事行动中，由于马匹、牛车等承载能力不足，因而携带粮草有限，而行猎所获取的物资补给正好可以保证

---

① Coetzee, J. M. , *Waiting for the Barbarians*, New York：Penguin Books, 1982, pp. 1−2.

② Miller, John, *Empire and the Animal Body：Violence, Identity and Ecology in Victorian Adventure Fiction*, London：Anthem Press, 2012, p. 3.

③ "叙述英勇"是指一种凸显男性特质与权威的叙述方式。海外狩猎乃典型的身体、力量和权力的高度结合，它使读者与故事中的英雄一同体验暴力与杀戮，由此带来征服的满足和兴奋感。详见 Green, Martin, *Seven Types of Adventure Tale：An Etiology of a Major Genre*, University Park, PA：Pennsylvania State University Press, 1991。

士兵体魄强健。但更关键的一点，狩猎，尤其是大型狩猎作为军事战争的操练演习，是提升殖民者作战能力的重要途径，"那些派遣至腹地镇压抵抗者的殖民军队定期获得野生动物以供射杀"①。从这个意义上讲，身为帝国典型代表的乔尔上校在等待野蛮人前展开一次驱车大围猎，其操兵演练、战争动员和鼓舞士气的意图昭然若揭。

其次，殖民者通过猎杀原住民敬而远之的大型动物，实现自我身体与力量的完美结合，借此建立强势地位并彰显帝国权威。萨拉梅克（Joseph Sramek）直言，英国殖民者的大型野兽捕猎是19世纪大英帝国主义和男性身份建构的重要标志②。小说中，对于没有先进战车或枪支器械的原住民，捕获野鹿、野猪或山熊绝非易事，野鹿的速度、野猪的凶猛和山熊的力量（在一定程度上）都让其望尘莫及。但对全副武装的乔尔上校来说都不是问题，他在狩猎中的巨大成功象征着殖民权力和帝国权威的不可挑战。更讽刺的是，这种与猛兽相抗衡的能力后来演绎为一种"猎食性关怀"（predatory care），正如小说里帝国派部队调查和驱逐野蛮人保卫边境，大英帝国的猎手们"从野兽的暴政中拯救了无助和卑微的子民"，进而帮助"殖民地国家治理和巩固荒野边疆地区"（如图3所示）③。

最后，殖民者的无度狩猎对当地人与动物的生态平衡造成严重破坏，引发了资源危机、环境危机和生存危机，而导致环境灾难的罪魁祸首源于殖民者违背"运动精神"（sportsmanship），或者说狩猎伦理———一种主动约束人类运用高阶器具、强调技艺而非工具的

---

① Jennings, Christian, "Hunting, Colonial Era", *Encyclopedia of African History*, Ed. Kevin Shillington, New York: Fitzroy Dearborn, 2005, pp. 660 – 661. （p. 660）

② Sramek, Joseph, "'Face Him Like a Briton': Tiger Hunting, Imperialism, and British Masculinity in Colonial India, 1800 – 1875", *Victorian Studies*, Vol. 48, No. 4, 2006, pp. 559 – 680. （p. 559）

③ 原图刊载于英国周刊《笨拙》（*Punch*）1857年8月22日。Pandian, Anand, "Predatory Care: The Imperial Hunt in Mughal and British India", *Journal of Historical Sociology*, Vol. 14, No. 1, 2001, pp. 79 – 107. （pp. 82 – 83）

THE BRITISH LION'S VENGEANCE ON THE BENGAL TIGER.

图3　英国狮子与孟加拉虎的对决

狩猎模式①。在《等待野蛮人》中，乔尔上校的驰骋畋猎显然建立在高级装备的基础之上，与当地人传统的"断竹属木，飞土逐肉"式捕猎形成鲜明对比，它所折射出的是近代西方工业文明对东方农牧文明的猛烈冲击，以及殖民者对殖民地非人他者的物种毁灭。小说如下描述：

> 上一代人那会，羚羊和野兔满山跑，于是守夜人不得不带着猎狗夜间巡逻，以防畜生糟蹋麦苗。但随着定居者开疆辟土，尤其是大批的猎狗放出去，羚羊就往东、北两面迁走了，几乎不再光顾河畔或远岸地带。如今那些打猎的人，起码得先空跑上一个多小时，才有可能偷偷潜近动物。②

---

① Leopold, Aldo, *A Sand Country Almanac and Sketches Here and There*, London, Oxford, and New York：Oxford University Press, 1968, p. 178.

② Coetzee, J. M., *Waiting for the Barbarians*, New York：Penguin Books, 1982, pp. 38 - 39.

　　借叙述者老行政长官之口，库切在文本中无声地嵌入了对殖民者无度狩猎的生命喟叹和道德批判："那真是罪过！"① 在关切殖民语境种际伦理问题上，库切并不是孤军奋战，温顿的小说《浅滩》同样表现了种族主义与物种主义的交迭式殖民扩张，后者满怀悲愤地写道："土地还会呻吟多久？每一片土地上的草多久会枯萎？因为那些定居者的罪过，野兽和飞禽一扫而光。"② 老行政长官的恻隐之心，也为后文他守猎公羊时的矛盾心理和良知觉醒埋下了伏笔，彼此的凝视让他在动物眼中似乎看到一个卑鄙的恶魔正打算向自己同类痛下杀手。而乔尔上校在老行政长官面前频频炫耀狩猎战果则传递出另一条重要信息，即后者主事不力，传言中的野蛮人伺机进攻帝国③，恐怕与他未能运筹维系帝国权威不无关联，这一切都预示了老行政长官后来被边缘化的命运。与之同时，乔尔上校的大肆狩猎播撒了原住民遭受种族清洗的罪恶种子，因为任意践踏狩猎伦理不仅令本为"好肉"的物质资料丧失社会价值，而且使猎者容易养成在其他领域做出非伦理行为的习惯④，也就是下文将要探讨的另一种形式的狩猎——狩人。

_____

① Coetzee, J. M., *Waiting for the Barbarians*, New York：Penguin Books, 1982, p. 1.

② Winton, Tim, *Shallows*, Sydney：Allen & Unwin, 1984, p. 60.

③ 根据小说老行政长官的描述，关于野蛮人的那些传闻——"边境的女人们没有一个不梦到，有双黝黑的野蛮人的手从床底下伸出来抓住自己脚踝，而男人们也都经历了'恶魔'，野蛮人跑到家里闹事，砸盘子，烧帘子，强奸自己女儿"——都是一些过得太安逸的人想象出来的。但是在首都，人们估摸着北部和西部的野蛮人可能已经联合了，司令部的官员被派到边境地区，堡垒要塞也加强了警戒，就连商人也要求派遣武装人员为他们保驾护航。国防部第三局在第一时间便被派到边境，还有国家指导人员、侦察隐秘煽动行为的专家、充满好奇的热心人士以及审讯专家等，都纷纷涌了过来。Coetzee, J. M., *Waiting for the Barbarians*, New York：Penguin Books, 1982, pp. 8 – 9.

④ Leopold, Aldo, *A Sand Country Almanac and Sketches Here and There*, London, Oxford, and New York：Oxford University Press, 1968, p. 178.

在探讨人与动物关系时，伯尔（Bruce Boehrer）认为有三种立场："绝对人类中心主义"（absolute anthropocentrism）、"相对人类中心主义"（relative anthropocentrism）和"化人主义"（anthropomorphism）。其中，"相对人类中心主义"是指在人类中心主义思想主导下，歧视"劣等族群"（the "impaired" groups）并将其降格为动物，通过牺牲他者利益为代价来给某些社会群体提供特权①。"相对人类中心主义"是殖民主义与帝国主义的重要思维范式，将种族他者降格为动物他者乃西方殖民者的惯用伎俩。作为生物学、文化和人类思维结构三者的共同产物，"非人化"为入侵者屠役殖民地包括原住民在内的一切物种提供了论证支持，借此帝国新一轮以人为靶的狩猎拉开了序幕。

西方殖民者主要从语言和行为两个方面将原住民"动物化"（animalizing）。无论是欧洲帝国主义还是美洲殖民开拓者，西方侵略大军总是"炮舰未到，先闻其声"，以"老鼠""蠢猪""野猪""猴子""畜生""肮脏动物"等字眼辱骂被害者②。小说中，老行政长官从猎人手里买来一只小狐崽，他开玩笑地对自己收留的野蛮人姑娘打趣道，"人们会说，我屋里养了两个野生动物，一只狐狸，一个姑娘"③。显然，"人们"指的是帝国卫士和镇上其他殖民定居者，三言两语的对话立刻将殖民者动物化他者的帝国心态展现得淋漓尽致。对殖民者而言，野蛮人与狐狸都是动物，并且都是需要被征服和驯化的野生动物，因为在他们眼中，诸如游牧民、

① 根据伯尔的观点，"绝对人类中心主义"认为人类在本质上不同于且优于其他动物，此即我们通常所说的"人类中心主义"；"化人主义"则强调人与动物的连续性而非差异性。Boehrer, Bruce, *Shakespeare among the Animals*：*Nature and Society in the Drama of Early Modern England*, New York：Palgrave, 2002, pp. 6, 17 – 18, 31.

② Best, Steven, "Rethinking Revolution：Total Liberation, Alliance Politics, and a Prolegomena to Resistance Movements in the Twenty-First Century", *Contemporary Anarchist Studies*：*An Introductory Anthology of Anarchy in the Academy*, Ed. Randall Amster, et al, Abingdon and New York：Routledge, 2009, pp. 189 – 199.（p. 197）

③ Coetzee, J. M., *Waiting for the Barbarians*, New York：Penguin Books, 1982, p. 34.

渔民和原住民等野蛮人都还未完全进化为人类①。对此，普鲁姆伍德（Val Plumwood）关于殖民主义、欧洲中心主义和人类中心主义的分析有精辟论述：殖民主义意识形态包含了人类中心主义，它通过给殖民地开拓者的土地和原住民强加这样的属性，即两者都处于一种未开发和待开发的原始状态，从而赋予非人类自然的殖民化以正当性；与此相应，欧洲中心主义也通过将原住民视作原始的、缺乏理性的、类似动物和自然的，借以强化欧洲殖民主义现代形式的合法性。亦即，"以欧洲为中心的人类中心主义"（Eurocentric form of anthropocentrism）在逻辑结构上借鉴了"以欧洲为中心的帝国主义"（Eurocentric imperialism），并与之并驾齐驱②，两种不同表征的"以中心自居、边缘化他者"逻辑由此贯通，联合达成巩固和维护西方主体地位的目的。这种双重他者化的策略也决定了殖民者对原住民的"动物化"不可能停留在语言层面，而是直接深入肉体上血淋淋的伤害。

　　小说中，库切用老行政长官惨遭蹂躏的亲身经历刻画了帝国对动物化他者的狩人行径。此时的老行政长官因被怀疑通敌而被划入野蛮人行列，他的鼻梁被打断，脸颊皮开肉绽，左眼肿得睁不开，麻痹刚缓解了疼痛，一两分钟一次的要命痉挛便立刻袭来。他"像一条狗似的哀嚎着"③；他被拉到毒辣的太阳底下绕着院子裸跑，那场景就"如同一头被折磨驯服的疲倦老熊"，帝国卫士还让他"表

---

　　①　西方政治史上最不同寻常的事件之一，便是美洲原住民遭遇的"非人化"。从西班牙抵达加勒比海开始，关于美洲印第安人究竟是否属于人类的问题就一直悬而未决。自 1550 年印第安人权利倡导者卡萨斯（Bartolome de Las Casas）与西班牙人文主义者赛普尔韦达（Juan Gines de Sepulveda）为该论题点燃战火后，这个问题的解决变得迫在眉睫。

　　②　Plumwood, Val, "Decolonizing Relationships with Nature", *Decolonizing Nature：Strategies for Conservation in a Post-Colonial Era*, Ed. William H. Adams and Martin Mulligan, London：Earthscan, 2003, pp. 51 – 78.（p. 53）

　　③　Coetzee, J. M., *Waiting for the Barbarians*, New York：Penguin Books, 1982, p. 108.

演耍把戏"①。如果说前一场景的动物表征（"狗"）只是比喻性用法，那么后一场景的动物表征（"老熊"）则具有强烈的现实主义色彩，因为"斗熊"正是一项风靡全英（流行程度仅次于看戏）的娱乐运动②。洛克曾这样评析此类毫无意义的残忍行为，那些在低等动物的痛苦与毁灭中寻求乐趣的人，必将对自己的同胞也缺乏怜悯或仁爱③。由此，文中那些观看行刑的人群包括小姑娘，之所以会全身只有眼睛活动着享受视觉盛宴也就不足为奇了。此外，库切借着老行政长官受刑的前景化叙事，也书写了刑讯室内所有被审囚犯的记录空白，如被打得淤青的野蛮人男孩、被折磨得几近失明的野蛮人女孩及被拷问致死的黑人等。书写空白意味着东方知识分子对西方霸权话语不再保持沉默，或许西方仍是"积极行动者"，但东方却绝不再是"消极回应者"④。与针对个体的狩猎暴行相比，河边的那场"野火"无疑是面向整个野蛮人一族的集体征伐：

> 有些人认为岸边留给野蛮人的地盘超需了，所以得把河畔重新清理，修筑一道防线。他们把灌木丛全部点燃，正好刮北风，大火一下就吞噬整个浅谷……火势席卷了芦苇丛，杨树林燃起熊熊烈火，四肢敏捷的动物诸如羚羊、野兔、野猫等都落荒而逃，鸟儿也大批仓皇飞走，所有的一切付之一炬……他们

---

①　Coetzee, J. M., *Waiting for the Barbarians*, New York：Penguin Books, 1982, p. 116.

②　"斗熊"为约翰王在位时由意大利传入英国，到 16 世纪伊丽莎白时期，成为全英广为盛行的娱乐活动。如果说猎鹿是王公贵族的特权项目，那么斗熊则是贫富皆宜的大众消遣，从王公贵族到贩夫走卒，人人爱看斗熊。斗熊的地方叫"熊园"，通常是在熊的脖子上拴一条长绳，置于场地中央，然后放狗出来不断激怒和扑咬熊。详见王春元《伊丽莎白女王时期的英国》，台北：书林出版公司 2000 年版。

③　Locke, John, *The Educational Writings of John Locke*, Ed. James Axtell, Cambridge：Cambridge University Press, 1968, pp. 225 - 226. 转引自 Nash, Roderick, *The Rights of Nature：A History of Environmental Ethics*, Madison：The University of Wisconsin Press, 1989, p. 19。

④　Said, Edward, *Orientalism*, New York：Vintage Books, 1979, p. 109.

毫不关心，土地被这么破坏后，风立马就会侵蚀土壤，随之而来的就是新的沙化。①

显而易见，这支讨伐野蛮人的远征军所放大火乃是一场正式军事行动前的集体大狩猎。火攻作为人类社会最古老的狩猎方式之一，正是自火的采集狩猎出现后，人类开始由被动的适应者转变为主动的消费者。另一位南非小说家穆达（Zakes Mda）的《赤红之心》也有类似描述，殖民者为攻击原住民，不惜放火将后者藏身的阿马托勒山整个夷为平地。值得注意的是，这并非两位作者桥段设置巧合，也非小说文本虚构叙事，共同展现的是骇人听闻的真实殖民历史②：西方侵略者在殖民进程中奉行灭绝政策，将"大型狩猎与殖民作战紧密相连"③，对殖民地的一切非人他者实施种族清洗，因为他们坚信"灭绝"是实现帝国梦的唯一真理。库切和穆达凭着文人良心的正直勇气，以书生之笔充分印证了"狩猎伦理"关于无度狩猎将令猎者养成在其他领域做出非伦理行为的预言，同时深刻地鞭挞了殖民主义涂炭生灵的暴戾恣睢与压迫欺凌。

面对帝国卫士狩猎活动对动物的屠宰、对原住民的迫害，潜伏于老行政长官内心深处的咒怨触而即发："我们都是造物主的伟大奇迹！"④ 在这里，"我们"既包括游牧民、渔民和原住民等种族他者，

①　Coetzee, J. M., *Waiting for the Barbarians*, New York：Penguin Books, 1982, pp. 81 - 82.

②　历史上，殖民者曾将捕杀原住民当作一种娱乐或射击训练。以南非桑人为例，18世纪70年代牲畜市场紧俏，欧洲白人为了永远霸占猎区土地，便对桑人采取有计划的种族灭绝手段，前者利用骑兵、火器将桑人当作动物追捕和猎杀，仅1774年斯乌山的一次追剿中就残杀503名桑人……逐条山脉清剿，逐个山洞搜索，把桑人世代栖居的德拉肯斯泰因山、罗赫费尔德山、纽沃费尔德山、斯尼乌山全部烧掉……到1957年，南非全境只剩下20名桑人。详见郑家馨《殖民主义史·非洲卷》，北京大学出版社1999年版。

③　DeMello, Margo, *Animals and Society：An Introduction to Human-Animal Studies*, New York：Columbia University Press, 2012, p. 70.

④　Coetzee, J. M., *Waiting for the Barbarians*, New York：Penguin Books, 1982, p. 107.

也包括被肆意杀戮的动物他者。无论是野蛮人还是动物，都是造物主的奇迹，其潜台词在于他们皆神圣不可侵犯，应当同殖民者享有平等权利，按照小说所述，"无论何时，无论是谁，无论男人、女人、穷人、老人、儿童，哪怕是连磨坊里那匹可怜的老马，都明白什么是正义。对世界万物一切生灵来说，正义的记忆与生俱来"①。然而，以乔尔上校为执行者的整个西方殖民话语体系对此全然视而不见。小说伊始抛出的那句反问极具讽刺意味："（整日戴着墨镜）他是瞎子吗？"② 乔尔显然不是瞎子，但他却是笛卡儿动物机器论的成功践行者，在后者的观念中，动物灵魂有别于人类，它们不过是驱动肉体的机械装置。诚如威廉姆斯（Paul Williams）所言，库切的小说勾勒出西方帝国主义对种族他者、动物以及环境殖民征服的轮廓，每个角色都被锁定在笛卡儿的"自我与他者截然二分"的思维痼疾中，狩猎是这种疾病的表症之一，乔尔在殖民扩张的毁灭道路上并不区分人或动物③。

　　总之，库切《等待野蛮人》中的后殖民动物书写注重"纪事"、注重"纪实"，作者有意识地从本体论层面观照动物命运的具体性以及人与动物的现实关系，将动物叙事与种族书写融合重叠，或夸张地说，作者运用动物写作来兼记民族志，使小说成为"其文虽小，志则大焉"的经典之作。库切笔下双重狩猎所映射的，是一幕幕暴力威慑、生态劫难和种族清洗的社会图景，因为猎人的追寻目标早已溢出逐肉，更多的是为获取一种帝国强权的慰藉满足感、一场外来侵略者自导自演的殖民主义侵略战。

---

① Coetzee, J. M., *Waiting for the Barbarians*, New York: Penguin Books, 1982, p. 139.

② Coetzee, J. M., *Waiting for the Barbarians*, New York: Penguin Books, 1982, p. 1.

③ Williams, Paul, "Hunting Animals in JM Coetzee's *Dusklands* and *Waiting for the Barbarians*", *Social Alternatives*, Vol. 32, No. 4, 2013, pp. 15 – 20. (p. 15)

二　从资本原始积累到国家资本输出：鲸鱼与害虫的计量经济

人类利用动物的历史由来已久。史前时代，人与动物之间的互动主要表现为捕食者与被捕食者的关系，随着新石器时代革命及物种驯化，动物逐渐深度融入人类社会[1]，人类开始在宗教、娱乐和战争中大范围地将动物用作宠物、助手、时尚或科学研究等，最重要的一点，动物被用作经济资源。即便是那些生活在野外的动物也难免受到人类经济活动的影响，可以说大多数哺乳动物的种群都处于"人类财产和便利程度的成本与收益"（costs and benefits to human property and convenience）的逻辑控制下[2]。现代资本主义不仅延续了这一传统，并且对这一模式作用进行充分发挥，然而经济学家对此却集体保持沉默。在《动物与经济》一书中，当代经济伦理学家麦克马伦（Steven McMullen）就点明了动物在经济学学术话语体系"被缺席"的境况，认为这是由动物不属于公共政策界的政治优先事项，以及本学科近年不再流行大型系统性研究所造成的，但更关键的原因是，动物伦理（包括伦理本身）通常被认定为个人问题而非正义问题，与此同时当前的经济思维使动物的利益边缘化，将动物排除在考量范围外。换言之，动物被缺席"是研究经济学的一种既定思维方式"，"经济本身也是基于系统地边缘化动物利益所建立起来的"[3]。麦克马伦进一步指出，由于高度专业化、竞争化和技术化，市场经济加剧了人类对动物的剥削程度与效度，这在很大程度上解释了为什么许多动物的生活质量比起100年前的同胞明显降低了

---

① Noske, Barbara, *Beyond Boundaries*: *Humans and Animals*, Montreal, New York, and London: Black Rose Books, 1997, p. 7.

② McMullen, Steven, *Animals and the Economy*, London: Palgrave Macmillan, 2016, p. 12.

③ McMullen, Steven, *Animals and the Economy*, London: Palgrave Macmillan, 2016, pp. 2 – 3.

许多①。由此可见，动物应当并且亟须被纳入经济研究尤其是资本主义经济研究的考察范围：一方面，要改变动物在经济学界"不受待见"的现状；另一方面，要呼吁动物伦理在主流经济理论中应占有"一席之地"。

　　作为资本主义持续发展的必要条件和历史阶段，殖民主义主要受经济驱动，并随着资本主义发展阶段的不同而发生变化。在资本原始积累时期，殖民主义对落后国家的入侵往往采取赤裸裸的暴力手段（如海盗式掠夺等）积敛财富；到了自由资本主义阶段，所谓的自由贸易大多仍为自我的资本积累；但以帝国主义为分水岭，殖民主义对他国的剥削模式逐渐转为资本输出，且多具有间接性、隐蔽性和欺骗性，即新殖民主义。而动物，正是这一历史的亲历者。《浅滩》与《动物之人》中的后殖民动物叙事，在一定程度上反映了上述殖民主义的经济关系变迁与资本运作调整，如同巴纳德（John Barnard）所说，从动物世界我们可窥探到一些截然不同但却彼此相关的历史运动，"从维持生计到利润驱动的资源开采，从殖民主义定居到全球帝国扩张"②。

　　在《浅滩》中，温顿以纳撒尼尔·库珀尔（Nathaniel Coupar）、丹尼尔·库珀尔（Daniel Coupar）和奎尼·库珀尔（Queenie Coupar）一家三代三条鲸鱼叙述线索重叠构成一个交相呼应、互为一体的蒙太奇叙事体系，通过此种当代澳大利亚小说的典型特征——"在结构上是多层次和立体式的，时空的处理上是倒错和跳跃式的"③，完整地呈现了早年欧洲殖民者在托勒密（Claudius Ptolemy）凭想象绘制的"未知南方大陆"上依靠鲸鱼发展资本主义经济的全部过程。享有"美国莎士比亚"之称的梅尔维尔（Herman Mel-

---

① McMullen, Steven, *Animals and the Economy*, London: Palgrave Macmillan, 2016, p. 4.

② Barnard, John, "The Cod and the Whale: Melville in the Time of Extinction", *American Literature*, Vol. 89, No. 4, 2017, pp. 851–879.（p. 858）

③ 黄源深：《澳大利亚文学史》，上海外语教育出版社 1997 年版，第 277 页。

ville)，其著名作品《白鲸》就曾多次提到捕鲸业为人们带来了巨额财富和物质享受。同样地，温顿的《浅滩》也反复表现了这一主题，这从作者对故事发生地西澳小镇安吉勒斯（Angelus）宣传标语的描述可见一斑："安吉勒斯，一次捕一头鲸鱼，到1979年已有一百五十年历史；安吉勒斯，已经创造和正在创造的历史，一个开天辟地的小镇，1979；安吉勒斯，南方的钻石，1979。"① 然而，如同"Angelus"名字具有"悲喜剧末世论"（tragicomic eschatology）的双关寓意②，表面盆满钵满的捕鲸背后也深刻地透射出工业资本主义经济给殖民地带来双重命运。

如果说早年英国海盗丹皮尔（William Dampier）《新荷兰航行记》对澳大利亚"土地干裂、满目荒凉"的描述暂时搁置了欧洲殖民扩张的计划③，那么1788年大不列颠"第一船队"登陆悉尼便彻底拉开了欧洲文明开发这块"无主之地"的序幕。19世纪中叶以前，捕鲸作为澳大利亚的支柱产业，是早期殖民定居者最重要的收入来源，也是殖民经济资本原始积累的主要途径。小说中，温顿以"清单式艺术"（aesthetics of inventory）展现了鲸鱼被资本主义经济

---

① Winton，Tim，*Shallows*，Sydney：Allen & Unwin，1984，p. 147. 此处"1979"这一数字与澳大利亚捕鲸史有关。澳大利亚是国际捕鲸委员会的创始会员国，但在1977年澳大利亚放弃了商业捕鲸，并于1979年正式宣布任何形式的捕鲸在澳大利亚都被视为非法。澳洲最后一个以陆地为基础的捕鲸站——位于西澳的阿尔巴尼（Albany），也是在20世纪70年代关闭的。从这一历史背景来看，阿尔巴尼就是温顿笔下安吉勒斯的原型。关于这些，温顿的相关采访也有印证。Edemariam，Aida，"Waiting for the New Wave：An Interview with Tim Winton"，28 Jun. 2008，12 Jun. 2018. < https://www. the-guardian. com/books/2008/jun/28/saturdayreviewsfeatres. guardianreview9 >.

② 英文中"Angelus"一词的"天使"含义从拉丁语衍生而来，是罗马天主教对圣母玛利亚"道成肉身"的第一个赞词，但"道成肉身"同时还指涉约拿被鲸鱼包裹，像耶稣一样象征性地被杀害然后复活。

③ 17世纪初，正值荷兰人成为海上霸主，航海家扬茨（Willem Jansz）开展探险活动抵达澳大利亚的最北端约克角，但当时他并不知道这便是西方人一直苦苦寻觅的"南方大陆"。而后，多位荷兰探险家几次扬帆出海至澳大利亚并绘制地图，因此那时的人们都用"新荷兰"来称呼这片土地。详见［澳］克拉克《澳大利亚简史》，中山大学《澳大利亚简史》翻译组译，广东人民出版社1973年版。

物化为商品的现象,"(鲸鱼)1395 头,平均个头 42.7 英尺,一头鲸鱼等于 3 吨鲸肉(可作家畜饲料、家禽饲料、肥料)、8 吨鱼油(可作黄油、猪油、甜食、肥皂、蜡烛、化妆品、纺织品、洗涤剂、涂料、塑料)"①。这看似平淡无奇的罗列本身即是对资本主义世界观将一切事物原子化为"项目"的戏仿,而它的目录艺术更使得叙述主旨在琐碎的信息中被高度凸显②———一幢由鲸鱼构筑的殖民经济大厦。毫不夸张地说,正是捕鲸业的发达促成了作为殖民地的澳大利亚在短期内实现飞跃式发展。小说中,"明星酒吧"经营者斯塔茨(Hassa Staats)喋喋不休的喊话"捕鲸工创造了这个国家"③,一语道破了鲸鱼对于形塑澳大利亚经济和历史的不可忽略的作用。就这个意义上讲,小镇安吉勒斯的捕鲸业从功能格局层面映射出其作为澳大利亚殖民地第一产业的微观缩影④。

然而,鲸鱼经济神话之下还掩藏着另一事实:澳大利亚殖民地的殖民地危机⑤。正如马克思所揭示的,殖民主义具有两个使命:一个是建设性使命,即为资本主义社会奠定物质基础;另一个是破坏

---

① Winton, Tim, *Shallows*, Sydney: Allen & Unwin, 1984, p. 40.

② "清单式艺术",也作"目录艺术""表层艺术""随机艺术",是指作者在行文时运用罗列的手法对事物进行自然描述,这种描述首先"肯定了事物的非人性化和非人格化,以及它们对于人类关切的冷漠与疏离";其次,它对"一般被认为琐碎和微不足道事物的明确强调"激发了读者"保持体验的多样性";最后,它对于清单的"最小"叙述原则的依附,本身即是"对资本主义世界观的戏仿",因为在资本主义世界中,环境已被原子化为"项目",每个"项目"都是商品。"清单式艺术"遵循了布雷东"完全边缘化"的概念,表面上看是艺术家将自己置于艺术空间的边缘地带、艺术运用的中心地带成了空白,但实际上作品的这种去中心化并不是不给予读者中心,相反,作品的中心无处不在。[美]桑塔格:《激进意志的样式》,何宁等译,上海译文出版社 2007 年版,第 14、27—28 页。

③ Winton, Tim, *Shallows*, Sydney: Allen & Unwin, 1984, p. 33.

④ Turner, John, "Tim Winton's *Shallows* and the End of Whaling in Australia", *Westerly*, Vol. 38, No. 1, 1993, pp. 79 – 85. (p. 79)

⑤ 前一个殖民地指的是澳大利亚作为欧洲殖民定居者的拓荒地,相对于欧洲大陆母国而言;后一个殖民地是欧洲白人殖民者对澳洲原住民的殖民。

性使命，即消灭旧的社会结构①。自然的异化与人的异化是资本主义社会生产方式的两大显性恶果，工具理性条件下的大洋洲捕鲸业也不例外。自然的异化源于资本主义掠夺式地榨取鲸鱼资源②，不仅造成当地鲸鱼资源极速枯竭，露脊鲸和座头鲸濒临灭绝、抹香鲸仍遭捕杀，更直接打破了澳洲原住民几万年以来与世隔绝的局面，传统的生产方式和社会结构土崩瓦解。外来捕鲸者发起了一场"陌人入侵"，他们以经济开采破坏了土著居民的原始生态环境，以殖民运动损害了土著部落的关系、信仰和传统③。需要指出，原住民同样捕鲸，但所采取的生产方式不同于资本主义社会开发的工具理性主义。新西兰作家依希玛埃拉（Witi Ihimaera）的《骑鲸人》就清楚地描绘了原住民这一特征，"我们尽量不过多捕鱼，因为我们不愿意滥用淌歌若阿的好意，否则，会遭受惩罚"④。在《浅滩》中，温顿通过一度沉溺于纳撒尼尔捕鲸日志的库克森（Cleve Cookson，奎尼的丈夫）与几位土著人之间的对话，揭橥了两种经济模式的本质差异，或更确切地说，是两种文明迥然相异的动物观：

---

① ［德］马克思、恩格斯：《马克思恩格斯全集（第十二卷）》，中央编译局译，人民出版社 1998 年版，第 246 页。

② 如果说早期到达大洋洲的"鲁滨逊"们因为各种原因（如远离西方社会的尔虞我诈而寻找净土、出于被迫、海船失事等）开拓荒地还富有一定浪漫主义色彩，那么到了后期这些"鲁滨逊"们逐渐露出了贪婪目光，由寻找净土转变为寻找财富，由寄居转变为赤裸裸掠夺，可谓名副其实的"欧洲各国的瓜分"。其中一个典型的历史事件便是，英国政府和新南威尔士官员对法国探查澳大利亚南海岸感到惊慌——一是为争夺殖民地，二是为开展鲸鱼油和海豹皮贸易，专门派遣了一支由犯人、士兵和移民组成的小规模探险队占领飞利浦港，并将之命名为霍巴特镇。详见孟姜夫《世界史画卷·大洋洲卷》，海南国际新闻出版中心 1996 年版；［澳］克拉克《澳大利亚简史》，中山大学《澳大利亚简史》翻译组译，广东人民出版社 1973 年版。

③ Wright, Laura, "Diggers, Strangers, and Broken Men: Environmental Prophecy and Commodification of Nature in Keri Hulme's *The Bone People*", *Postcolonial Green: Environmental Politics and World Narratives*, Ed. Bonnie Roos and Alex Hunt, Charlottesville: University of Virginia Press, 2010, pp. 64–79. （p. 73）

④ Ihimaera, Witi, *The Whale Rider*, Auckland: Heinemann, 1987, p. 40.

"你们觉得那些鲸鱼怎么样？"库克森问道。

"我们要鲸鱼干什么？"其中一个说。

"滚他妈的鲸鱼。"一个说。

另一个打了个哈欠，"鲸鱼挺不错的。"

"他（指库克森）认为那是个银行（bank），就那些鲸鱼。"

"滚！"

"你根本没见过鲸鱼。"①

在"鲸鱼银行"价值观支配下，大洋洲的鲸鱼不可避免地成为殖民经济原始资本积累的物化掠夺对象，被不断地剥削和宰割，这在前文分析清单式艺术时已有所触及。关于原住民与殖民者捕食动物的差别，哈根和蒂芬（Graham Huggan & Helen Tiffin）有过仔细探究：尽管两种文化都捕杀野生动物，它们也存在一些共性，如都热衷捕猎、都有与之相关的仪式、都是彰显男性气概的场域等，但原住民和殖民者对人类与其所猎杀动物之间关系的看法却大相径庭。原住民猎者会意识到动物灵魂的力量，他们尊重动物并依据互惠原则举行仪式，人与动物虽然不是完全平等的关系，但绝非本质上的严格等级区分；相反，在殖民者那里，人与动物是统治和从属的关系，因为他们相信捕猎行为是上帝所认可的、人类凌驾于动物之上的象征②。

除了自然的异化，捕鲸业的另一恶果是人的异化，集中体现为捕鲸工的异化。小说中，纳撒尼尔的航海日志以逼真的细节真实记录了捕鲸工在资本主义强力压榨下的异化生活。捕鲸工酗酒斗殴，将被打掉的耳朵藏于水手柜，折磨、奴役和鸡奸同伴，甚至为了果腹分食同伴的肉。而原住民同样未能逃脱沦为人性异化的牺牲品，

---

① Winton, Tim, *Shallows*, Sydney: Allen & Unwin, 1984, p. 186.

② Huggan, Graham, and Helen Tiffin, *Postcolonial Ecocriticism: Literature, Animals, Environment*, Abingdon and New York: Routledge, 2010, p. 10.

土著女人被捕鲸工强奸并分尸，前来讨回正义的族人却遭到集体屠杀。温顿这一情节设置并非无中生有，历史上著名的"费雷泽哈姆惨案"有过之而无不及，但殖民地政府完全站在白人一边，认为土著的命运活该如此①。在殖民者以及许多欧洲人眼中，像澳洲这样的"无主之地"绝大部分都被"粗鲁的野蛮人非法占据，他们因为无神而无知、亵渎神灵而崇拜偶像，比野兽还糟糕"②。惨案的发生，究其根源与西方传统建立在物种主义基础之上的主体哲学不无关联，后者在逻辑上默认"人的超然"（transcendence of the human）需要牺牲"动物和动物性的"（the animal and the animalistic），这种权力话语的有效性在于，当它被应用于任何形式的社会他者时，可以凭借物种主义的制度性做法从而在伦理上接受有目的地、有计划地对非人他者实施杀戮，谓之"非刑事处死"（non-criminal putting to death）③。可见，异化的捕鲸工身上凝结了物种主义与种族主义的高度融合，这种被强化了的他者逻辑如同癌细胞一般不断扩散，终成"毒瘤"吞噬自我。

　　与温顿的《浅滩》借助海洋之王鲸鱼叙述历史上殖民主义经济的资本原始积累相比，辛哈的《动物之人》将小说背景置于全球化语境下南亚次大陆的最大国家印度，通过动物意象害虫书写了当代前殖民地国家面对帝国主义资本输出的生存状态。小说以 1984 年美

---

　　① "费雷泽哈姆惨案"发生于 1857 年，整个事件过程为：两名白人在费雷泽哈姆附近的土著居民地趁土著男子外出时，将所有土著女子赶出草棚并强奸了其中两名年轻姑娘，其后土著男子归来知晓此事前去找白人报仇，事件最后以白人将周围两千名土著居民全部杀死而告终。详见孟姜夫《世界史画卷·大洋洲卷》，海南国际新闻出版中心 1996 年版。

　　② Thomas, Keith, *Man and The Natural World: A History of the Modern Sensibility*, New York: Pantheon, 1983, p. 42.

　　③ Wolfe, Cary, "Old Orders for New: Ecology, Animal Rights, and the Poverty of Humanism", *Diacritics*, Vol. 28, No. 2, 1998, pp. 21 – 40. (p. 39); Wolfe, Cary, *Animal Rites: American Culture, the Discourse of Species, and Posthumanist Theory*, Chicago: The University of Chicago Press, 2003, p. 43.

国设在印度城市博帕尔（Bhpal）的联合碳化公司（Union Carbide）发生异氰酸甲酯外泄为历史原型①，讲述了考夫波尔（Khaufpur）当地居民时隔二十余载生命健康依然危在旦夕，为寻久候不至的正义，民众仍与美国公司康帕尼（Kampani）奋力抗争的故事。事件借由名叫"动物"（Animal）的灾难致残者以第一人称口述展开，个人遭遇与民族命运错综交织，讲述者时而怒不可遏，时而冷讥热嘲。在这里，辛哈采用了"编史元小说"（historiographic metafiction）的艺术形式，"把对历史和小说是人为构建的这种理论上的自我意识，变为对传统形式和内容进行反思与重构的根据"②，元小说的自我指涉与历史因子在戏仿和反讽叙事中相互碰撞，由此引发读者对历史事件作出深刻检视。关键的一点，编史元小说作为典型的后现代诗学，其对自由人文主义的颠覆注定它拒斥包括物种主义在内的一切歧视主义。正是文本内部的多重张力，使得作者借助害虫这一处于边缘的边缘动物来言说现实世界的严肃历史成为可能。那么，小说的害虫意象背后究竟有哪些深层次的思考？这与帝国主义的资本输出又有何关联？

　　要回答上述问题，有必要先厘清一下害虫的"来时路"。之所以称害虫是一种边缘的边缘存在，原因在于：首先，从林奈分类法来看，害虫与人同属动物界，即害虫是动物，人也是动物。但大多数时候，这并非一个不证自明的事实。无论是在神学，还是哲学，抑或生物学中，都存在一部阿甘本（Giorgio Agamben）所说的"人类学机器"（anthropological machine）——古代人类学机器"通过将动

---

　　①　这一事件史称"博帕尔毒气惨案"：1984 年 12 月 3 日晚，美国联合碳化公司位于印度博帕尔附近的化工厂发生严重毒气泄漏，约四十吨用于生产杀虫剂的剧毒物质异氰酸甲酯泄漏到空中。因未开启警报，导致附近居民 2259 人吸入毒气在睡梦中当场死去，同时超过 50 万人被曝于毒气之中。而事件带来的后遗症影响至今，目前已致超过 1 万 6 千多人死亡，另有数十万居民健康仍然受损。令人嘘唏的是，联合碳化公司在事件发生后不仅没有作出妥善处理，并且多年来一直以各种手段逃避责任。

　　②　Hutcheon, Linda, *A Poetics of Postmodernism*：*History*，*Theory*，*Fiction*，London and New York：Routledge，1988，p. 5.

物人化来制造非人"，如人猿、野孩等都是通过包含外部来获得内部；而现代人类学机器则"通过将人动物化以排除内部来获得外部"，比如集中营里的犹太人①。这两种人类学机器的最终目标都是把人类与非人类动物分离，一旦确定对方的非人类动物身份，便自动归为人类文明体系的他者，此为第一层边缘化。其次，害虫作为动物之一，这里的"害"字连同益鸟之"益"、猛兽之"猛"等，实质都是相对于人类利益，一旦把动物当作物资源，人类对动物的所作所为只有一个分析因子，即赤裸裸的利益计算，而无须任何伦理考量②，此为第二层边缘化。不难看出，害虫是一种对歧视的歧视、对排斥的排斥，可谓名副其实的双重边缘他者。在《动物之人》里，害虫意象主要出现在两种语境中。

生产农药消灭害虫的康帕尼为害虫意象的第一种语境。19世纪末20世纪初，随着经济水平和工业技术迅速发展，资本主义进入一个标志性的历史阶段"国际垄断资本主义"，西方发达国家出现大量剩余资本，拉开了帝国主义全球资本输出的序幕。小说中像康帕尼这类总部位于美国、在印度拥有众多分支机构的跨国企业正是西方资本输出的重要工具。史学家霍布斯鲍姆（Eric Hobsbawm）在分析这种"世界经济"时说道，"一个由已经开发或发展中的资本主义核心地带决定步调的世界经济，轻而易举便可制造一个由'先进'支配'落后'的世界"③。发达国家利用跨国公司将非西方国家纳入世界市场，使之成为原料产地、廉价劳动和商品市场的提供者。在这样的情况下，脱离殖民或半殖民主义泥潭的发展中国家仍未摆脱被奴役的枷锁，较之从前殖民统治的强权保护，新殖民主义意味着

① Agamben, Giorgio, *The Open*: *Man and Animal*, Trans. Kevin Attell, Stanford: Stanford University Press, 2004, p. 37.

② 朱宝荣：《动物形象：小说研究中不应忽视的一隅》，《文艺理论与批评》2005年第1期。

③ Hobsbawm, Eric, *The Age of Empire*: *1875 – 1914*, New York: Vintage Books, 1989, p. 56.

只有剥削却得不到任何补偿。小说叙述主轴就围绕印度灾民与康帕尼漫长的官司拉锯展开，后者毒气泄漏不仅没有作出妥善处理，反而竭力逃避对本次事故造成的人身伤亡以及环境污染应负的责任。辛哈在接受采访时强烈谴责"康帕尼们都是残忍、贪婪的法人机构，正在蹂躏世界各地"[①]，某些跨国公司所谓的投资实为更加隐秘的经济渗透，其推行的全球经济内置了"中心—外围"的权力秩序，结果只会增大贫富国家之间的差距。

然而这并非全部，康帕尼选址印度表面上看是借发展之名暗藏经济剥削，但深层缘由却与它的害虫业务——生产杀虫剂——有莫大关联。犯罪学研究者表示，博帕尔事故绝非"过失侵权"（negligence tort），更非安德森（Warren Anderson，时任联合碳化总裁）、公司律师及企业媒体所声称的"罪魁祸首源于本土工人操作失误"，而应归属"生态犯罪"（eco-crime），它所导致的环境浩劫与种族灭绝或奴隶制度等大规模暴行相比并无二致，必须受到严厉的法律制裁和经济惩罚[②]。换言之，康帕尼在印度设立毒厂是一项有计划、有预谋的恶行。小说对康帕尼团队现身印度遭遇不明臭弹袭击的瞬时反应描写便揭穿了这种"有毒资本主义"（toxic capitalism）[③] 的别有用心：

> 屋里好像有什么东西……这些大政客和大律师立马手慌脚

[①] Sandhya, "Q&A with Indra Sinha", 13 Mar. 2008, 10 Jan. 2020. < http://sepia-mutiny. com/blog/2008/03/13/qa_with_indra_s/ >.

[②] Carrigan, Anthony, "'Justice is on Our Side'? *Animal's People*, Generic Hybridity, and Eco-crime", *The Journal of Commonwealth Literature*, Vol. 47, No. 2, 2012, pp. 159 - 174. （p. 160）

[③] "有毒资本主义"这一术语旨在强调资本主义从本质上讲是有害的。研究者认为，造成工业事故的根本原因在于资本主义乃是一种"政治经济"（political economy），其以追求利润为目标、以人类和环境损害为代价。利益和危险的共同生产是政治和经济体制组织的直接后果，而通过国际货币基金资助和世界银行等新自由主义机构实施的监管改革加速了全球工业污染。

乱起身，前俯后仰开始干呕……有个律师仍在咳，其他人都仓
皇往外跑。他们焦急地朝门口直冲，挺三顶四，一个大胖子挪
不开步子，被甩在了后头，大家相互推抢着逃命。这些康帕尼
的英雄们……全都吓得狼狈万状，都以为自己完蛋了，以为自
己受到了毒气攻击，这毒气肯定就是那天晚上泄漏的毒气，而
他们在场的人没有一个不清楚那些吸了康帕尼毒气的人死时样
子多么惨不忍睹。①

　　通过人物行为的传神描摹，辛哈清晰地揭露了资本主义跨国公
司嫁"祸"于"人"的险恶意图——事实上，像考夫波尔居民这些
生活在贫穷国家的族群早已被描述为非人物种②，这也印证了跨国公
司并非如表面包装的那样"实现全球经济共荣"，相反其所产生的是
一个充溢着社会排斥、暴力和环境恶化的"达尔文世界"③。由此，
毋宁说，以康帕尼为代表的跨国杀虫剂企业自身便是"害虫"，因为
它们原本就是被帝国主义抛掷在外的"肮脏物"：全球化的资本主义
文明在考量利润和空间分配时，往往把具有威胁的产业置于全球资
本经济体系的边缘地带，如第三世界的贫民、无政治力反抗环境污
染的人，以及缺乏吸引力的风景区等，从而保证自我不受损害，借
此完成利润内化与风险外化④。这证实了西方殖民活动历来践行

---

①　Sinha, Indra, *Animal's People*, New York: Simon & Schuster, 2009, pp. 360－361.

②　关于发展中国家与富裕国家之间存在的巨大贫富差距，已经被描述为："这种
以营养不良、文盲、疾病、环境肮脏、婴儿死亡率极高、预期寿命极低为突出特征的
状况，不符合对人类尊严的任何合理界定。"这种描述虽说在本意上并不带有歧视，但
从另一个侧面而言，可为某些有心人士将非我同类者降格为动物提供合法借口。详见
Singer, Peter, *One World Now: The Ethics of Globalization*, New Haven and London: Yale
University Press, 2016。

③　Rivero, Oswaldo, *The Myth of Development: Non-Viable Economies and the Crisis of
Civilization*, Trans. Claudia Encinas and Janet Herrick Encinas, London and New York: Zed
Books, 2010, p. 41.

④　Nixon, Rob, "Neoliberalism, Slow Violence, and the Environmental Picaresque",
Modern Fiction Studies, Vol. 55, No. 3, 2009, pp. 443－467. （p. 449）

"生态帝国主义"（ecological imperialism）的事实①，相比历史上伴随殖民开拓而来的物种入侵，当代欧美发达国家"绿色资本主义"（green capitalism）所鼓吹的北方国度生态改良②，恰是建立在对本国产生的废物或污染进行全球转移基础上。小说中，辛哈用泛指的康帕尼（英文"company"的谐音）代替传统确指的命名方式也表明对跨国资本主义时代的担忧，借此作者向第三世界敲响全球化经济潜藏新殖民主义的警钟，正如文中那个设问句所示："难道被毒害的就只有印度一座城市吗？当然不是。被毒害的还有许多城市，如墨西哥城、河内、马尼拉、哈莱卜吉……"③

考夫波尔的受难灾民是害虫意象的另一语境。如果说跨国公司建厂污染地方是不幸，那么南半球贫乡毒气爆发无疑是压垮骆驼的最后一根稻草。毒气泄漏造成考夫波尔成千上万人伤亡：主人公"动物"再也站立不起来，国宝级歌唱家索穆拉吉永远失去了动人歌喉，哈尼弗失明，娜菲萨脖子肿大，萨娅菲患上妇科病，哺乳期的母亲乳汁有毒……辛哈将故事发生地取名为考夫波尔（意为"恐怖之城"），作者用意已跃然纸上，毒气事件让考夫波尔如同名字一样沦为人间炼狱。康帕尼没有清理工厂就逃了，考夫波尔的灾民连同他们的居住地一起成了被摒弃在外的贱斥物。"贱斥物"（abject）乃排泄物最终极的摒绝，既是对主体身份、系统和秩序的威胁，也是对界限、位置和规则的干扰④。正是在此意义上，我们说害虫属于一

---

① "生态帝国主义"由克罗斯比提出，他认为早年伴随白人而来的物种入侵对殖民进程发挥了重要作用，"它们改变环境、甚至洲大陆环境的效率和速度，超过任何一台机器"。Crosby, Alfred, *Ecological Imperialism: The Biological Expansion of Europe, 900 – 1900*, Cambridge: Cambridge University Press, 2004, p. 173.

② "绿色资本主义理论"源于环境经济学，基本观点为：人类可以成功地治理环境污染和保护自然资源，方法是依循西方发展道路（即资本主义市场原则），在经济社会发展到一定水平后，运用高新技术和清洁能源，生态环境问题将自然得到改善。

③ Sinha, Indra, *Animal's People*, New York: Simon & Schuster, 2009, p. 296.

④ Kristeva, Julia, *Powers of Horror: An Essay on Abjection*, Trans. Leon S. Roudiez, New York: Columbia University Press, 1982, p. 4.

种绝对的贱斥存在，因为它高度体现了"与人类主体产生冲突的动物的'不在合适位置'（out-of-place）或'不得体'（improper）"①。毒气事件前，考夫波尔人民被康帕尼视如动物般为其从事危险作业，后者提供高技能的廉价劳动力，前者获取巨额的利润和强大的市场控制力②。但毒气事件后，考夫波尔灾民彻底被蜕变为康帕尼唯恐避之不及的害虫，十八年来美国被告从未在印度法庭上露过面，甚至连律师都没有派过，他们坐在美国称这个法庭无权审判。

面对西方资本企业良心泯灭，一位印度老妪向再次被延期的听证会发出质问："我们的生活长期笼罩在你们工厂的阴影下，你们原先说给土地制药，生产农药毒死害虫，可结果毒死了我们。我倒要问一问，在你们眼里我们和害虫之间还有区别吗?"③ 显而易见，老妪的害虫之问也是辛哈之问。在辛哈看来，北方富人精心准备的全球资本正在侵蚀后殖民国家的经济正义与民族正义，致使他们沦为"贱民"（subaltern）④。而当种族歧视与物种主义纠缠不清，欧洲主流话语将他者（人和动物）都构建为低劣于人类的动物以建立社会分层从而维护殖民合法性，特别是这种"殖民动物"（colonial ani-

---

① Moran，Dominique，"Budgie Smuggling or Doing Bird? Human-animal Interactions in Carceral Space：Prison（er）Animals as Abject and Subject"，*Social and Cultural Geography*，Vol. 16，No. 6，2015，pp. 634 – 653.（p. 646）

② 根据里韦罗的观点，资本主义经济的跨国公司不会仅仅根据自然资源、廉价劳动力或未受过教育的劳动力资源进行投资，而是着眼于高技能的廉价劳动力以及具有一定技术的本地企业，从而提高生产率来获取更多剩余价值，因此诸如中国、印度以及其他南亚国家等都是投资中意的目标。Rivero，Oswaldo，*The Myth of Development：Non-Viable Economies and the Crisis of Civilization*，Trans. Claudia Encinas and Janet Herrick Encinas，London and New York：Zed Books，2010，p. 40.

③ Sinha，Indra，*Animal's People*，New York：Simon & Schuster，2009，p. 306.

④ 后殖民主义话语体系中的"贱民"（subaltern）（又译作"底层""庶民""下属"）一词由斯皮瓦克提出，意指那些无法或难以进入帝国主义文化体系的群体，其重点是他们的发言没有听众。"说话"是"发言者"与"听众"之间的交流，而"贱民"的发言是没有进入对话或交流状态的"说话"。详见 Spivak，Gayatri，"Can the Subaltern Speak?" *Marxism and the Interpretation of Culture*，Ed. Cary Nelson and Lawrence Grossberg，Basingstoke：Macmillan Education，1988，pp. 271 – 313。

mal）进一步被标记为"垃圾动物"（trash animal）害虫时，对其一切行为包括族群清洗变得更加正当，因为作为"垃圾动物"的害虫就是毫无价值的、具有破坏性的、丑陋可鄙的物种①，需要被隔离、驱除甚或消灭。诚如小说所描述的白人思维，"那些穷人的命不好，即便没有那工厂，也许会有霍乱、肺结核、饥荒，他们怎么都是要死的"②。毒气爆发后，城市噪声、卡车和汽车的喇叭声、街上女人的叫喊声、孩子们的吵闹声全消失了，"虫子在这里无法生存"③。值得注意的是，第二次世界大战期间德国法西斯曾用同样的毒气屠杀大批关在集中营的犹太人，而美国联合碳化在惨案发生后一直以"商业秘密"为由拒绝向医院提供毒气信息。

在探讨后现代经济时，美国学者柯布（John B. Cobb）指出，经济扩张是伴随着生物物种资源迅速减少而发生的，但动物却并不在经济学的研究范畴之内，若说驯养动物同衣裳或机器一样作为商品尚在考察范围，那野生动物就完全被抛诸脑后④。事实上，资本主义制度下自然界最受无情剥削的阶层里，动物排在首位⑤。通过鲸鱼和害虫叙事，温顿的《浅滩》与辛哈的《动物之人》联合展现了资本主义经济从殖民主义向新殖民主义转变中所引发的民族正义、种际正义和环境正义问题：当白色人种视己为优秀人种，有色人种则成为环境污染的转嫁对象；当发达民族视己为天赐物种，低等物种则

---

① Nagy, Keisi, and Philip Johnson, *Trash Animals: How We Live with Nature's Filth, Feral, Invasive, and Unwanted Species*, Minneapolis: University of Minnesota Press, 2013, p. 1.

② Sinha, Indra, *Animal's People*, New York: Simon & Schuster, 2009, p. 153.

③ Sinha, Indra, *Animal's People*, New York: Simon & Schuster, 2009, p. 29.

④ Cobb, John B., "From Individualism to Persons in Community: A Postmodern Economic Theory", *Sacred Interconnections: Postmodern Spirituality, Political Economy, and Art*, Ed. David Griffin, New York: State University of New York Press, 1990, pp. 123 – 142. （p. 129）

⑤ Falk, Richard, "Religion and Politics: Verging on the Postmodern", *Sacred Interconnections: Postmodern Spirituality, Political Economy, and Art*, Ed. David Griffin, New York: State University of New York Press, 1990, pp. 83 – 102. （p. 94）

成为环境破坏的受害者。

三 思想危机与信仰错乱：牛与上帝中的文化对决

后殖民研究奠基者赛义德（Edward Said）在分析康拉德的小说时认为，后者身上存在一种帝国主义家长式思维，他写道："康拉德好像在说，'我们西方人将判定谁是好土著、谁是坏土著，所有土著只有经过我们认可才行。我们创造了他们，我们教会他们说话和思想。'"① 这一评论揭示了帝国主义政治和经济界面之外的另一主线，即"文化帝国主义"（cultural imperialism）。赛义德进一步指出，文化帝国主义主要是一种基于欧洲中心主义和白人中心主义的种族优越论，核心表征是民族文化水平，因为"我们很容易把它美化成一个不受世俗影响的、永恒不变的知识丰碑的王国"②。作为一个建立在本体论与现代生物学基础上的概念，"帝国主义主体的一致性"（coherence of the imperialist subject）常常依赖于动物歧视③，白人优越论一贯热衷将动物性转嫁给处于边缘地带的族群，借此构建西方话语体系和保持帝国霸权活力。从这个意义上说，种族优越论本身即是物种主义的一种特殊形态，决定了动物对于审视文化帝国主义是不可缺少的考量因素。如同 19 世纪达尔文生物进化论被社会达尔文主义者挪用发展"殖民主义辩惑学"（colonialist apologetics）④，环绕动物建立话语实践和和意识形态向来是文化帝国主义的重要环节，借埃尔德（Glen Elder）等人的话来讲就是，根植于深层文化信仰或

---

① Said, Edward, *Culture and Imperialism*, New York：Vintage Books, 1993, p. xviii.

② Said, Edward, *Culture and Imperialism*, New York：Vintage Books, 1993, pp. 12–13.

③ Rohman, Carrie, *Stalking the Subject*：*Modernism and the Animal*, New York：Columbia University Press, 2009, p. 12.

④ 社会达尔文主义的思想源于英国哲学家斯宾塞（Herbert Spencer）在社会学领域提出的"适者生存"，它本身并不带有政治倾向，但却被部分人士拿来为社会不平等辩护，比如为种族主义和帝国主义正名，通过这种方法"对不同种族、阶层或物种的残忍行为可以被合理化，并证明这只是物种进化的一环"。Spiegel, Marjorie, *The Dreaded Comparison*：*Human and Animal Slavery*, London：Heretic Books, 1988, p. 19.

社会规范的"动物实践的冲突"（conflicts over animal practices）助长了种族歧视，成为文化帝国主义剥夺他者族群身份合法性的有效利器①。在《少年 Pi 的奇幻漂流》中，马特尔通过"牛"这一动物意象，展现了历史上欧洲中心主义与人类中心主义联姻给前殖民地文化带来的思想危机和信仰错乱。

　　正式分析文本前，先来了解下牛在东西方文化中的差异和内涵。在西方，牛通常被视为人类的财产，也就是我们所拥有的物，这是由西方社会数千年来动物被人饲养或拥有与财产金钱观念本身的形成密切相关所导致的。这一点在牛的身上得到了充分印证：英文中"cattle"（牛，家畜）一词与"capital"（资本，资金，资产）词根相同，两者在不少欧洲语言里都可同义替换，如西班牙语中表示"财产"的词为"ganaderia"，而表示"牛"的词为"ganado"，拉丁语中表示"金钱"的词为"pecunia"，词根为"pecus"，意思是"牛"②。另一方面，根据《圣经》记载，以色列人出逃埃及时崇拜的"金牛"（golden calf）被摩西研磨成粉末，并将之与水混合喂给那些偶像崇拜的人喝，最终残忍杀死两千人，该故事很好地说明了西方文化源头希伯来人对动物崇拜的抵制，而延承至今的斗牛活动更是真实地记录了西方自古以来就一直不断与动物崇拜做斗争③。

　　东方的印度教中，牛被视为最神圣的动物之一，破坏神湿婆（Shiva）④ 便骑白牛降伏一切妖魔鬼怪，印度教徒视牛如神、视其粪便如宝。对普通印度人而言，牛既是生殖力的象征，又是人们维持生存的物质来源。前者反映了原始印度人的生殖崇拜观念，这种传

---

　　① Elder, Glen, Jennifer Wolch, and Jody Emel, "Race, Place, and the Bounds of Humanity", *Society and Animals*, Vol. 6, No. 2, 1998, pp. 183 – 202.（p. 185）

　　② Francione, Gary, *Introduction to Animal Rights*: *Your Child or the Dog*? Philadelphia: Temple University Press, 2007, pp. 50 – 51.

　　③ Sax, Boria, *The Mythical Zoo*: *An Encyclopedia of Animals in World Myth*, *Legend*, *and Literature*, Santa Barbara: ABC-CLIO, 2001, p. 47.

　　④ 湿婆，印度教三大主神之一，与梵天（Brahma）、毗湿奴（Vishnu）并称，印度哲学中"毁灭"有"再生"之意，故湿婆也担当创造的职能。

统一直延续下来，并与后者在日常生活融为一体，印度人歌颂牛带来五宝——牛奶、凝乳、黄油、牛尿和牛粪，甚至认为连牛蹄踩过的土地都是神圣的。关于牛的优越地位，《摩奴法论》[①] 有明文规定，"犯误杀牝牛这种二等罪者，应当剃光头，披他所杀的牝牛的皮，吞大麦并栖身牝牛牧场一个月"，而偷牛者更将受到断足的严惩。独立后，印度政府虽然经历了世俗化改革，但在民众的信仰习俗中，牛的神圣性依旧不容置疑，就连印度宪法都对母牛保护作出了相关规定。[②] 由此可见，印度文化里牛之神圣有着悠久历史，其影响之甚，自不待言。

马特尔《少年 Pi 的奇幻漂流》讲述了印度男孩 Pi（Piscine Molitor Patel）全家带着动物园移居加拿大途中遭遇海难，独自与一只成年孟加拉虎在太平洋历时两百二十七天漂流的生存故事。小说共分为三部分，分别是航海前、航海中和航海后。在第一部分，马特尔以散漫的笔调记述了主人公 Pi 在印度本地治里（Pondicherry）的少年时代：Pi 的父母、哥哥和亲戚，Pi 的学校老师和家庭朋友，Pi 家动物园的动物逸闻，以及 Pi 信仰印度教、基督教和伊斯兰教等。有批评家认为，这部分文字描绘作者缺乏刻骨铭心的生活体验，"如隔靴搔痒可有可无"，甚至直言"这九十多页完全可删成三十多页"[③]，而学界对该小说的评论也大都集中在后两部分[④]。以上种种表明，小说第一部分内容似乎无关紧要。然而，从全书鲜明的"魔幻现实主义"（magical realism）特征来看——故事情节的因果关系看起来常常不合逻辑，作者第一部分的"隔靴搔痒"其实是"有意为之"。

---

①　婆罗门教伦理规范的一部法论。

②　王树英：《印度文化与民俗》，中国社会科学出版社 2007 年版，第 70—71 页。

③　此处评论出自原著小说中译版的序言，参阅恺蒂《虚虚实实，亦真亦假（序）》，《少年派的奇幻漂流》，马特尔著，姚媛译，译林出版社 2005 年版，第 5—18 页。

④　相关论述可参阅：Allen, Thomas, "*Life of Pi and the Moral Wound*", *Journal of the American Psychoanalytic Association*, Vol. 62, No. 6, 2014, pp. 965 – 982；黄曼《论〈少年 Pi 的奇幻漂流〉中的伦理隐喻》，《外国文学研究》2013 年第 4 期。

正如许多其他以前殖民地为背景的作品（如拉美魔幻现实主义）一样，这种形式上包含延异和破碎等不规则语言游戏、内容上刻意强调本土性和历史性的叙事手法，实乃后现代主义与后殖民主义的交叉融合，旨在"既挑战西方传统文学类型，又抵制帝国中心与启蒙理性"①。换言之，文本看上去毫无章法的"隔靴搔痒"是对西方文学传统和文化标准的双重反叛。

Pi 信仰三种宗教是小说第一部分尤为典型的"无章"叙事。出身印度教家庭的 Pi 偶然发现基督教和伊斯兰教颇有道理，于是便在教堂接受洗礼，又在清真寺皈依真主阿拉，同时信仰三种宗教。如前所述，这样的情节设置看上去极不合常理，但却是有的放矢。首先，它以一种表层的荒诞叙事挑战了西方文学传统的逻辑理性；与此同时，在这种不合常理的叙述中，作者将剑锋直指造成前殖民地人民信仰错乱的罪魁祸首——历史上的基督殖民主义。关于西方国家的宗教输出，以往的后殖民研究大多认为它仅是一场意识形态上的政治战争，是欧洲殖民者对殖民地实现入侵和统御的政治策略②。事实上，肩负"文明使命"（civilization mission）③ 的基督教所要传播的"先进"文明，与被打上了野蛮标签的殖民地"落后"文明，这两种文明博弈的背后还掩藏着西方与东方两种不同动物哲学之间的冲突。小说中，Pi 与三位智者（神父、伊玛目、梵学家）极富戏剧色彩的邂逅场景生动地展现了这一点：

---

① 陶家俊：《后殖民》，《外国文学》2005 年第 2 期。

② 任一鸣：《后殖民：批评理论与文学》，外语教学与研究出版社 2008 年版，第 192 页。

③ 此处的基督教"文明使命"是指一种从政治战争角度上有计划、有目的的帝国主义扩张策略。比如霍布森（John A. Hobson）认为，殖民进程首先是传教士，然后是领事，最后才是军队。Ashcroft, Bill, Gareth Griffiths, and Helen Tiffin, *Post-colonial Studies：The Key Concepts*, Abingdon and New York：Routledge, 2007, p. 128.

梵学家……用泰米尔语说道：“关键在于，为什么 Pi 潦草地对待这些外来的（foreign）宗教？”

神父和伊玛目的眼珠子这会几乎都要从脑袋里炸出来了，因为他俩都是土生土长（native）的泰米尔人①。

“上帝（God）无处不在。”神父暴跳如雷。

伊玛目点头称是。“只有一个真主（God）。”

“只有一个神（god）的穆斯林是个麻烦精，连年暴乱。伊斯兰教有多糟糕的事实，就是穆斯林有多不文明。”梵学家斩钉截铁。

“种姓制度的奴隶监工嚼什么舌根，”伊玛目疾言厉色，“印度教徒就会扶植纲常，还爱膜拜那些穿衣服的玩偶。”

“他们崇拜金色小牛（golden calf），他们在牛（cows）面前下跪。”神父插话。

“基督徒却在白人面前下跪！他们是外来神（foreign god）的马屁精，他们是所有非白色人种的噩梦。”

“他们吃猪肉，是食肉生番。”伊玛目另外补充道。

“归根结底，”神父压制愤怒静静说，“Pi 是想要真正的宗教，还是要卡通连环画里的神话。”

“是要真主，还是偶像。”伊玛目故意拖长了声音，表情严肃。

“要我们的神（our gods），还是殖民地的神（colonial gods）。”梵学家怒喝道。②

从以上对话中，首先可以看到印度传统宗教与异族宗教如何发生碰撞。（梵学家：“关键在于，为什么 Pi 潦草地对待这些外来的宗教？”）一面是殖民时期西方传教士传播的基督教对被殖民者的土著宗教印度教产生冲击；另一面是南亚次大陆的两大主流宗教印度教

---

① 泰米尔人（Tamil），南亚次大陆民族之一，有记录的历史长达两千年。

② Martel, Yann, *Life of Pi*, Edinburgh: Canongate, 2008, p. 68.

与伊斯兰教之间相互冲突。此即为何梵学家（印度教）毫不客气地称呼神父（基督教）与伊玛目（伊斯兰教）都是外来者、入侵者和占有者，尽管后两位本身是土生土长的印度原住居民。在马特尔笔下，梵学家身上所表现出来的对一切外来宗教严厉排斥，实际上是印度本土宗教坚守民族信仰的真实写照，正是凭借这股顽强的对抗力量，亚洲国家在面对殖民主义基督文化的强势入侵时才得以保卫民族宗教土壤，而没有像非洲或加勒比地区那样，即便取得国家独立后，基督教仍旧占据着宗教信仰的中心位置，换句话说，那些地区的本土宗教随着殖民者的到来早已崩溃解体①。

　　三种不同宗教并存发展，意味着必然会出现不同文明的信仰之争。这种并存之争充分诠释了巴巴（Homi Bhabha）的"间性协商"（liminal negotiation）概念，"在不断出现的缝隙中……民族主体内部的集体经验、共同兴趣或文化价值不断地间性协商……尽管这些群体分享着掠夺与歧视的历史，但他们彼此的价值观、意义和优先权并不具有合作性或对话性，相反是深刻的对抗性、冲突性和不可通约性"②。它所引发的严重后果之一是：集体与个体在宗教信仰上无不呈现出一种极度的混乱状态。小说中，弹丸之地本地治里（本地治里中央直辖区492平方公里，本地治里市293平方公里）的一座山头同时拥有世界前几大宗教基督教、伊斯兰教和印度教，以及Pi同时信仰三种宗教，就是对此最好的证明。如果说拉什迪（Salman Rushdie）《午夜之子》（*Midnight's Children*，1981）所描写的印度独立之夜有1001个来自不同宗教文化群体的孩子降生是印度

————————

①　美国皮尤研究中心（Pew Research Center）2012年《全球宗教景观》（"The Global Religious Landscape"）发布的数据显示：在亚太地区，印度教25%，伊斯兰教24%，佛教12%，基督教7%，剩下为其他；在非洲撒哈拉以南地区，基督教63%，伊斯兰教30%，剩下为其他；在拉美—加勒比地区，基督教90%，剩下为其他。Pew Research Center，"Global Religious Diversity"，4 Apr. 2014，7 Apr. 2018. < http：//www. pewforum. org/2014/04/04/global-religious-diversity/ >.

②　Bhabha，Homi，*The Location of Culture*，London：Routledge，1994，p. 2.

社会宗教信仰多元化的缩影，那么马特尔所塑造的本地治里，尤其是人物角色 Pi 无疑是这种缩影的缩影。游离于不同的宗教信仰之间，是后殖民宗教现状的困境所在，显然这一困境在印度更为突出。

除宗教意识形态外，小说还刻画了东方文明与西方文明在宇宙观，特别是人类如何对待动物的问题上的截然不同（神父："他们热爱金色小牛，他们在牛面前下跪。"）。事实上，动物与宗教本就有着极为密切的关系。西方人对待动物的态度源于两个传统——犹太教和古希腊文化。早在数千年前，《创世记》便有记载，"凡地上的走兽和空中的鸟，都必惊恐、惧怕你们；连地上一切的昆虫并海里的一切鱼，都交付你们的手；凡活着的动物，都可以做你们的食物"①。在古希伯来人眼中，人显然是一种至高无上的存在。无独有偶，亚里士多德提出动物为了人类而生存，也为世人无须考虑在对待动物方面是否公允提供了正当依据。他说："如若自然不造残缺不全之物，不作徒劳无益之事，那么它必然是为着人类而创造了所有动物。"② 这两者在基督教里合二为一，再经基督教辐射整个欧洲。早期神学家奥古斯丁和中世纪经院哲学家阿奎纳都不同程度地强化了上述主张，尤其是通过论证动物没有理性继而合法化动物应当为人类所宰制的解释逻辑，因为无理性的生物依靠本能行事，它们在宇宙中是次要存在，应当接受统治和奴役③。反观东方，印度的印度教、佛教、耆那教等都以某种方式信奉着不杀生的原则，在印度教的哲学里，非人类动物是永恒"自我"（Self）的化身，存在于所有"存在"（beings）中，承载着精神的无限价值，它们

---

① 转引自 Regan, Tom, and Peter Singer, ed, *Animal Rights and Human Obligations*, Englewood Cliffs: Prentice Hall, 1989, p. 2。

② ［古希腊］亚里士多德：《亚里士多德全集·政治学》，苗力田主编，中国人民大学出版社 1994 年版，第 17 页。

③ Aquinas, Thomas, "Differences between Rational and Other Creatures", *Animal Rights and Human Obligations*, Ed. Tom Regan and Peter Singer, Englewood Cliffs: Prentice Hall, 1989, pp. 6 – 9. （p. 6）

可能是已故亲友或圣人的意识媒介，甚至可能是神的尘世化身①。此外，伊斯兰教的《古兰经》承认非人类动物有自己的语言——尽管人类在阿拉伯语文本中常被描述为"会说话的动物"，并且明确指示穆斯林要善待动物，相关法学论著更是明文禁止虐待动物，"即使动物已经年老或患病，不能从中获益，人类也必须花时间、金钱和精力照顾它们"②；儒、道学传统也有尊重动物的精神信仰，如老子的"天地不仁，以万物为刍狗"、孟子的"且天之生物也，使之一本"等，都表达了"万物一体""天人合一"的众生平等理念③。

鉴于此，美国学者德格拉兹亚（David DeGrazia）坦言，虽然西方人和东方人都可能会称生命神圣，但只有东方人心目中想到的是所有生命④。这也是为什么对话中唯有基督教神父认为印度教徒奉牛为神的行为不可理喻，或更准确地说，是有损人类尊严的劣行。有趣的是，中世纪基督教的动物观在后来文艺复兴人文主义向经院哲学发起全面进攻时，不但没有减弱反而变本加厉，在"人是万物尺度"时代主题下，动物的他者地位被衬托得更加分明，所谓的"人文主义"实为"人本主义"而非"人道主义"，即人文主义的生命政治学⑤，

----

① Nelson, Lance, "Cows, Elephants, Dogs, and Other Lesser Embodiments of Ātman: Reflections on Hindu Attitudes Toward Nonhuman Animals", *A Communion of Subjects: Animals in Religion, Science, and Ethics*, Ed. Paul Waldau and Kimberley Patton, New York: Columbia University Press, 2006, pp. 179–193. (p. 190)

② Foltz, Richard, "'This she-camel of God is a sign to you': Dimensions of Animals in Islamic Tradition and Muslim Culture", *A Communion of Subjects: Animals in Religion, Science, and Ethics*, Ed. Paul Waldau and Kimberley Patton, New York: Columbia University Press, 2006, pp. 149–159. (pp. 150, 152)

③ 莽萍：《物我相融的世界——中国人的信仰、生活与动物观》，中国政法大学出版社 2009 年版，第 72、79 页。

④ DeGrazia, David, *Animal Rights: A Very Short Introduction*, New York: Oxford University Press, 2002, p. 6.

⑤ 布拉伊多蒂说："被性别化的他者（女性）、种族化的他者（原住民）、自然化的他者（动物、环境或地球），这些他者的建构性体现在其都发挥着一种镜像功能，证明身为同者的'他'（His）的优越地位……即古典人文主义的前'人'（the former 'Man'）"。Braidotti, Rosi, *The Posthuman*, Cambridge: Polity, 2013, pp. 27–28.

随后的西方启蒙理性与技术文明（主要指一种科学观）更是完整无缺地继承了该历史遗产。明白了来龙去脉，也就能理解殖民地新神取代旧神实则是一种"政治的人文主义取代宗教"，后者作为历史进程的一部分，像原住民族一样遭到惨痛裂解①，而这正是文中梵学家所强烈谴责的，"基督徒却在白人面前下跪！他们是外来神的马屁精，他们是所有非白色人种的噩梦"。

这一噩梦对整个印度社会造成了深远影响，毫不夸张地说，它颠覆了印度人原有的生命哲学。一方面，印度民众仍保持着原始古老的生活方式——人与动物共欢。那是成年后定居加拿大的 Pi 魂牵梦萦的印度，"墙壁上爬着四脚蛇，大街上悠哉悠哉的牛群，乌鸦呱呱直叫，耳边随时传来斗蟋蟀的闲谈"；相比之下，Pi 莫名感觉"加拿大太冷了"②。另一方面，受西方宇宙观和科学观侵染，印度人民也开始以一种物化的方式（可视、可触和可感的实体物质）来看待动物。这集中体现在 Pi 的父亲转卖动物园时，有人要求给一头河马做白内障手术，Pi 的父亲随即调侃，依此逻辑岂不是也要给犀牛做鼻子手术，而当时前来购买动物的美国代表团确实如此，"他们认真检查我们的动物，把它们麻醉，用听诊器听心脏，像观星象一样查大小便，用注射器抽血化验，摸脊背和头盖骨，敲牙齿，拿电筒照眼睛，照得它们头晕眼花，又是捏皮，又是拽毛"③。通过上述对比叙事，马特尔向读者展示了历史上殖民主义借宗教输出所推行的欧洲中心主义和人类中心主义给当地社会带来不可忽视的协同效应，印度人的精神生态与文化生态因此发生了潜移默化的改变。这也证实了哲学家怀特海（Alfred N. Whitehead）的观察，近现代以来西方文化方式一直潜移默化地影响着亚洲文化，东方人固然极其珍

---

① 　Walcott, Derek, "The Muse of History", *The Post-colonial Studies Reader*, Ed. Bill Ashcroft, Gareth Griffiths, and Helen Tiffin, New York: Routledge, 2003, pp. 370 - 374. (p. 373)

② 　Martel, Yann, *Life of Pi*, Edinburgh: Canongate, 2008, p. 6.

③ 　Martel, Yann, *Life of Pi*, Edinburgh: Canongate, 2008, p. 90

视自己的文化，然而无论是过去还是现在，他们可能百思莫解，"不知道那种控制生命的秘密可以从西方传播到东方，而不会胡乱破坏它们自己十分正确加以珍视的遗产。事情越来越明显，西方给予东方影响最大的是它的科学和科学观点"①。所谓的"科学"，恰是奉行帝国主义的帝国的基础②。

综上，马特尔《少年 Pi 的奇幻漂流》中那段剑拔弩张的对话确是一场意识形态的宗教大战，但却不全是宗教政治对峙，还包含了一场往往为人们忽略的、属于民族基本信仰的动物哲学和生命哲学大战。在这里，"牛"既是印度教的圣物，又是文化符码的象征，并且也是它们自己，其所映射出的是印度宗教轮回观造就的印度人众生平等的动物伦理思想（印度被称为"天然的动物王国"）③、一种知识与道德上的强烈规范。两场大战彼此交融、密不可分，殖民时期文化帝国主义对殖民地人民宗教观和动物观的影响由此可窥一斑，它使原住民传统宗教遭受冲击的同时民族信仰也陷入错乱，而这正是马特尔第一部分"隔靴搔痒"揭示的历史真相，也为后继探讨海难部分人兽疆界的议题埋下伏笔，也是作者创作的独特之处。如多德曼（André Dodeman）所示，通过密切关注不同文化的边界，马特尔试图把定义东方与西方、人与动物的边界"问题化"（problematize），证明了自己更新经典生存故事的才能④。

---

① ［英］怀特海：《科学与近代世界》，何钦译，商务印书馆 2017 年版，第 6—7 页。

② 赛义德认为，帝国是一个国家通过强力、政治、经济或文化依赖控制另一个政治社会的有效政治主权，而帝国主义是建立或维持帝国的政策与过程。他引用布莱克（William Blake）的话进一步指出如何对抗帝国主义，"帝国的基础是艺术和科学。去除它们或者贬低它们，帝国便不复存在"。Said, Edward, *Culture and Imperialism*, New York：Vintage Books, 1993, p. 13.

③ 印度宗教中众生平等和轮回信仰的观念造就了印度人爱护动物的天性，任何动物在印度都可安然与人共处，不用担心突然伤害，像牛、猴、蛇、象等这类动物的神圣性自不必说，即便是对蚊子和苍蝇，印度人也只是驱赶而不赶尽杀绝。详见王春景《人与神的狂欢——印度文化的面貌与精神》，中国水利水电出版社 2006 年版。

④ Dodeman, André, "Crossing Oceans and Stories：Yann Martel's *Life of Pi* and the Survival Narrative", *Commonwealth Essays and Studies*, Vol. 37, No. 1, 2014, pp. 35 –44. (p. 35)

第二节 他者的压迫与剥削:当代新英语 小说中的女性主义动物书写

1792 年,英国作家沃斯通克拉夫特(Mary Wollstonecraft)发表女性主义哲学的最早作品之一《为女性权利辩护》(*A Vindication of the Rights of Woman*)。当时,社会各界无不对此嗤之以鼻,其中一份匿名作品更故意以《为野兽辩护》(*A Vindication of the Rights of Brutes*)为题直接讽刺沃斯通克拉夫特的荒唐,这份作品后被证实出自剑桥大学哲学家泰勒(Thomas Taylor)之手。此事件展现了动物作为人类他者的生存状况,也折射出女性作为男性他者的社会镜像,同时亦暴露了物种主义与性别主义的共谋关系。正如杜娜叶(Joan Dunayer)所指出的,人类思想领域和社会结构的父权逻辑在女性歧视与动物歧视中发挥着相似作用[1],那种贬低动物的父权思维导致男性对女性的压迫,反过来那些鄙视女性的意识形态也同样也认可对动物的压迫。

女性主义者会有上述观察并非偶然,这与历史上女性解放运动的环境伦理思考有莫大关联。早期女性主义者和环境主义者发现,被欺压的女性与被掠夺的自然之间存在紧密联系。生态女性主义先驱人物之一金(Ynestra King)就曾写道:"对女性的仇恨和对大自然的仇恨最初是联系在一起并相互强化的。"[2] 这一类比的核心在于,把自然环境描绘成一位具有哺育功能、被动存在的"自然—母亲"(Mother-Nature),或像希腊人那样将他们的地球女神命名为

---

① Dunayer, Joan, "Sexist Words, Speciesist Roots", *Animals and Women: Feminist Theoretical Explorations*, Ed. Carol Adams and Josephine Donovan, Durham: Duke University Press, 2006, pp. 11 – 31. (p. 11)

② King, Ynestra, "Toward an Ecological Feminism and A Feminist Ecology", *Machina Ex Dea: Feminist Perspectives on Technology*, Ed. Joan Rothschild, New York: Pergamon Press, 1983, pp. 118 – 129. (p. 118)

"盖娅"（Gaia）。基于该类比，同时压迫着女性与大自然的，是传统男性统治或父权制度（尤其是男性性别主义者）征服、压制和奴役那些令自己害怕、憎恨或不如自己强大的生命的倾向。

女性主义动物研究与此有诸多相似之处。批评家们认为，语言范畴中鸡、母狗、母猪等专门辱骂女性的词汇体现了性别主义与物种主义的交融，吃肉（尤其是嗜肉经济）隐藏了强烈的性别政治和性的构建，打猎不仅与男性气概有关、与性别主义也互有暗通，色情行业女性和动物被施暴的方式有惊人相似性。为此，众多女性主义者开始积极帮助同为他者的动物伸张正义，并逐渐形成了系统化的女性主义动物伦理思想和话语体系，比较具有代表性的有亚当斯（Carol Adams）和多诺万（Josephine Donovan）的"关怀伦理"、哈拉维（Donna Haraway）的"后现代动物伦理"、普鲁姆伍德（Val Plumwood）的"物种间对话伦理"以及娜斯鲍姆（Martha Nussbaum）的"亚里士多德式伦理"等①。尽管女性主义动物研究百家争鸣、观点各异②，但它们在不同程度上都反映了一种文化本质主义的女性主义批评范式，即通过追溯人类文化的产生和发展历史，揭露物种歧视与性别压迫的父权制勾连。当代新英语小说的动物书写蕴含着丰富的女性主义动物伦理思想，故事中被动物化的女性与被女性化的动物均为父权体制（包括家庭和社会）的压迫对象，体现

---

①　关于几个主要的女性主义动物伦理思想介绍可参见 Donovan, Josephine, and Carol Adams, ed, *The Feminist Care Tradition in Animal Ethics：A Reader*, New York：Columbia University Press, 2007。

②　女性主义动物研究主要包括以下几种路径：一是"语境性伦理"（contextual ethics），提出狩猎是建构和操演异性恋男子气概的重要语境；二是"语境性道德素食主义"（contertual moral vegetarianism），认为食肉隐含着深刻的性别政治，因而素食具有伦理意义；三是"女性主义物种间生态心理学"（feminist interspecies ecopsychology），倡导关注动物方面的"强奸荒野"问题；四是将人类身份重新界定为"政治动物"以挑战西方文化根基的性别二元论，从而在战略上将人类置于文化和自然领域之内。Gaard, Greta, "Feminist Animal Studies in the U. S. ：Bodies Matter", *Deportate, Esuli, Profughe*（*DEP*）, No. 20, 2012, pp. 14 – 21.（p. 16）

了性别主义与物种主义之间的盘根错节。本节依托女性主义动物研究相关理论，重点探讨温顿的《浅滩》、阿特伍德的《羚羊与秧鸡》分别在家庭和社会两个层面所呈现的性别主义与物种主义联姻对女性、动物以及自然造成的深刻影响。

一　"我像对待驮马一样对待她"："围城（场）"中的家庭暴力与爱情

　　美国女性主义理论家哈拉维（Donna Haraway）分析盛行于20世纪五六十年代西方人类进化研究的"狩猎假说"（The Hunting Hypothesis）① 时认为，"人类—狩猎者"（Man the Hunter）的概念蕴含了父权制自由民主的理想，其对政治、社会、文化和经济制度的建设将个人之间以及对外界自然的竞争看作推动人类进步的驱动力，换言之，"人类—狩猎者"在修辞效果上铺就了一个最终通向"核人"（nuclear man）的进化论叙事②。哈拉维的"核"字有两层含义：一是类似于核战争和军事化的破坏性威胁，二是以父亲领导的父系核心家庭为单位的家长制社会。在这两种情况中，"核人"都具有父权制民族国家通过核战灭敌的强大力量。在哈拉维看来，"人类—狩猎者"思想实际上认可了将杀戮和狩猎作为手段的技术进步，从而极为隐秘地理想化了男性编码的暴力、并把倚赖协同合作的平等主义弃之一旁。由此，哈拉维揭开了潜伏于狩猎话语深处的性别主义暗流，暴露了"人"这一概念在人类古生物学的自传性。基尔（Marti Kheel）《杀死的许可》一文对狩猎话语的性别主义魅影作了进一步探究，区分了三种不同的猎者类型：一是以享乐感和满足感为目的的"唯乐论猎者"（happy hunter），二是关注环保并践行整体

---

　　① 古人类学提出一种"狩猎假说"，认为人类之所以进化主要是受狩猎活动的影响，特别是对那些速度较快、体形较大动物的狩猎行为，狩猎将人类祖先与其他原始人区分开来。

　　② Haraway, Donna, *Primate Visions: Gender, Race, and Nature in the World of Modern Science*, New York: Routledge, 1989, p. 187.

生态主义的"整体论猎者"（holist hunter），三是体验灵性交流的"神圣论猎者"（holy hunter）①。基尔指出，上述类型中"唯乐论猎者"带有浓重的性别主义色彩，其狩猎语境借助大量的性隐喻和男子气概叙述来表达追逐之乐，使物种歧视的人类沙文主义与性别压迫的男性中心主义融为一体。这种根植于"唯乐论猎者"逻辑所建立的动物与女性之间的联结，在两性关系里往往体现为一种"暴力爱情"（violent love），始终强调女性的他者地位和男性的主体权威。在《浅滩》中，温顿运用冷峻现实主义的笔调刻画了以库克森（Cleve Cookson）为代表的一系列"唯乐论猎者"形象，通过检视暴力爱情的两性权力结构，揭示了人类猎杀动物与男性征服女性的同质性。

小说开篇即描绘了一幅主人公库克森与新婚妻子奎尼·库珀尔（Queenie Coupar）在沙滩露营、海湾传来阵阵鲸鱼交配声的图景，男性、女性和动物之间的复杂权力关系由此埋下伏笔。生活在20世纪末的库克森是个对航海捕鲸有着亚哈式疯狂迷恋的年轻人，这从他床头柜上摆放的书籍可见一斑，如《白鲸》《深蓝色》《吉姆爷》等②。而他对库珀尔家族一本破旧不堪的捕鲸日志的无比沉

① 基尔文中还提到另外三种猎人分类，分别为"雇佣猎者"（hired hunter）、"饥饿猎者"（hungry hunter）和"敌意猎者"（hostile hunter）。"雇佣猎者"为商业利益而狩猎，"饥饿猎者"为获取食物而狩猎，"敌意猎者"则纯粹是为了消灭"恶毒"的动物而狩猎。基尔认为这三种分类反映了环境运动出现之前关于白人猎者的描述，并且带有一定种族主义色彩，因此论述时舍弃了该分类。Kheel, Marti, "License to Kill: An Ecofeminist Critique of Hunters' Discourse", *Animals and Women: Feminist Theoretical Explorations*, Ed. Carol Adams and Josephine Donovan, Durham: Duke University Press, 2006, pp. 85 - 125. （p. 87）

② 《白鲸》（*Moby Dick*, 1851）出自美国小说家梅尔维尔（Herman Melville），讲述了19世纪捕鲸船船长亚哈（Ahab）带领全体船员追捕一条叫莫比·迪克（Moby Dick）的大白鲸的历险过程。《深蓝色》（*Ultramarine*, 1933）是英国作家劳里（Malcolm Lowry）的第一部小说，讲述了20世纪初一名年轻人在轮船上如何努力获得船员认可的故事。《吉姆爷》（*Lord Jim*, 1990）是波兰裔英国小说家康拉德（Joseph Conrad）的里程碑杰作，讲述了主人公吉姆（Jim）——一个好幻想的年轻人——立志成为赈世救人的英雄好汉，却因本能怯懦而在现实中屡屡退缩，后与一群土著人和睦相处并赢得尊敬成为"爷"的故事。

溺，同样充分说明了这一点，"库克森读着航海志，发黄的字迹似乎清晰地在他面前跳动"①。因此，当库克森在鲸鱼剥皮台目睹血淋淋的鲸鱼屠宰现场，只是惊叹于鲸鱼的庞大身躯、由衷羡慕那些捕获和肢解鲸鱼的工人也就不足为奇了（在温顿看来，"但凡敏感的人都会觉得这番景象令人厌恶"）。此外，库克森在本地爆发的捕鲸与反捕鲸对抗事件中坚定地支持前者——尽管捕鲸在当前社会情势下渐成历史，人们不吃鲸肉，连鲸鱼副产品都已过时——也再次证明了他对捕鲸有股痴狂的爱，"鲸鱼剥皮台是不好看，气味还有点刺鼻，不过屠宰场嘛，全都一个样，宰了它们，我们才能生存"②。

　　除库克森外，小说还以简笔勾勒了库珀尔家族三代男性纳撒尼尔·库珀尔（Nathaniel Coupar）、马丁·库珀尔（Martin Coupar）、丹尼尔·库珀尔（Daniel Coupar）与捕鲸之间的纠葛。小镇库珀尔家族第一代始于捕鲸工纳撒尼尔，库克森沉迷不能自拔的捕鲸日志正是由其所撰。库珀尔家族史从开始就是一部血腥的捕鲸史，根据纳撒尼尔的文字记载，他所从事的殖民捕鲸活动在谋生之外，还有酗酒斗殴、鸡奸同伴以及强奸土著女人并将她们分尸等。可见，库珀尔家族在历史源头上就预示了物种主义可能孕育性别危机，且此危机带有"贱民女性"（subaltern women）帝国父权制殖民文化与本土父权文化的双重压迫的性质③。从小说描述来看，库珀尔家族很好地继承了纳撒尼尔特殊的"家族遗产"：首先，库珀尔家族的精神食粮大都与捕鲸或冒险有关，如《捕鲸冒险家》《泰比》

---

① Winton，Tim，*Shallows*，Sydney：Allen & Unwin，1984，p. 86.

② Winton，Tim，*Shallows*，Sydney：Allen & Unwin，1984，p. 52.

③ 根据斯皮瓦克提出的"贱民说"，殖民/后殖民语境中存在一种"贱民女性"，她们活在在父权制传统文化与父权制帝国文化的夹缝中，失去了言说的权利。详见 Spivak，Gayatri，"Can the Subaltern Speak?" *Marxism and the Interpretation of Culture*，Ed. Cary Nelson and Lawrence Grossberg，Basingstoke：Macmillan Education，1988，pp. 271 – 313。

《鲸鱼的天堂：安吉勒斯 1820—1899》等①；其次，也是更重要的精神指引——纳撒尼尔的捕鲸日志，该日志对库珀尔家族的影响用丹尼尔的话来形容，即"只有航海志才让他感到心安"②。相较于库克森的深度描摹，温顿针对库珀尔家族男性的形象塑造显得着墨不足，甚至有模式化之嫌。然而，这种类型化的干瘪人物却能够有效实现作者期冀的文本效果，恰如福斯特（E. M. Forster）所指出的，扁型人物产生于描写单一的思想气质，"是作者围绕着一个单独的概念或者素质创造出来的"③。温顿在此所要凸显的"单独素质"，乃是一种隐于物种主义杀戮的男权主义机制，"人们对动物的态度往往预设了他们对待女性的态度"④。库克森和库珀尔家族男性如此着迷捕鲸（也即狩猎），个中缘由究竟为何？

　　首先，猎鲸作为人类社会最古老的捕猎活动之一，这一行为本身代表着人对动物的控制支配，前者将自身从后者剥离并凌驾于后者之上，从而确立人的主体地位。浪漫主义诗人华兹华斯和柯尔律治曾将狩猎过程反映的追捕与被追捕、控制与被控制、猎杀与被猎杀的二元对立描述为一种残酷利己主义的"自我主张"（self-assertion），猎人通过杀死动物，包括凝视动物尸体，借以享受英勇、权

---

① 《捕鲸冒险家》（*Whalemen Adventures*，1934）是由澳大利亚动物学家戴金（W. J. Dakin）教授撰写的一本追溯澳大利亚捕鲸史、调查捕鲸在殖民地早期作用的书籍，完整书名为《捕鲸冒险家：澳大利亚水域和其他南部海域捕鲸故事：从航海时代到现代》（*Whalemen Adventurers：The Story of Whaling in Australian Waters and Other Southern Seas Related Thereto，from the Days of Sails to Modern Times*）。《泰比》（*Typee*，1846）为美国作家梅尔维尔（Herman Melville）的游记作品，取材于作者 1842 年在南太平洋马克萨斯群岛努库希瓦岛（Nuku Hiva）的冒险经历。《鲸鱼的天堂：安吉勒斯 1820—1899》（*Whale's Haven：Angelus* 1820 – 1899）是温顿虚构的作品，但从书名上看也是关于捕鲸的故事。

② Winton，Tim，*Shallows*，Sydney：Allen & Unwin，1984，p. 163.

③ ［英］福斯特：《小说面面观》（中英对照），朱乃长译，中国对外翻译出版公司 2001 年版，第 175 页。

④ Collard，Andree，and Joyce Contrucci，*Rape of the Wild：Man's Violence Against Animals and the Earth*，Indianapolis：Indiana University Press，1989，p. 98.

力、征服、自豪、欲望等多重服务于自我肯定表达的情感体验①。在《浅滩》中，现实世界的库克森刚经历仕途挫折，一周前失去工作，跑遍了半个州也没能找到新的谋生方式。他急切寻觅逃遁人生失意的"避难所"，想把一切失败、怯懦和陈腐的记忆都抛诸脑后。因此不难推知，库克森之所以沉迷"捕"鲸，并非源于捕鲸本身的物质实践意义，而是背后象征的自我抱负与权力意志精神所带来的心灵慰藉。正如小说描写的，"对库克森而言，航海志的真实性和生动性十分宝贵，别人的经历似乎比自己的更令人心潮澎湃……他对别人的经历，从未像对纳撒尼尔·库珀尔的经历那么认同过，几乎是一种超然的感觉"②。库珀尔家族的男性角色同样如此，例如在丹尼尔那里，阅读捕鲸日志能让他暂时遗忘生活的烦恼——对他而言那是可怕的时刻，他不时产生一面阅读航海志、一面撰写自己航海志的冲动，同时还感觉仿佛自己在一百年前写下了这些文字。

其次，"人"作为类存在并不是一个中性的范畴，相反它是一个"性生物学"（sexual biology）的概念、一种"性别化"（gendered）的主体存在③，也就是说，"人"将自身区别于动物他者构建主体身份的过程即包含了性别歧视。这一点从中世纪发生的一段真实事件可略知一二。灵魂一直被视为是人的特有本质，中世纪时一次教会会议举行投票表决，议题是"女性和动物是否具有灵魂"，当时投票结果为女性胜，动物则沦为无灵魂的生物④。在该表决中，女性虽然获得了"胜利"，但"人"这一概念确立采取的性别主义话语暴露无遗。这种类比为男性将征服女性等同于猎场上征服动物从而建立

① Perkins, David, *Romanticism and Animal Rights*, New York：Cambridge University Press，2003，pp. 83－84.

② Winton, Tim, *Shallows*, Sydney：Allen & Unwin，1984，p. 114.

③ Bryld, Mette, and Nina Lykke, *Cosmodolphins：Feminist Cultural Studies of Technology, Animals and the Sacred*, London：Zed Books，2000，p. 33.

④ Robbins, John, *Diet for a New America：How Your Food Choices Affect Your Health, Your Happiness, and the Future of Life on Earth*, Tiburon：HJ Kramer，2012，p. 7.

主体性提供了嫁接平台，反之亦然。就这个意义上说，温顿笔下纳撒尼尔捕鲸日志有关捕鲸活动的细描全都集中在"雌鲸"绝非偶然，而是作者有意为之。诚如哈拉维分析《山地大猩猩》所示，当叙述者只用"这头雌性猩猩"等带有确指功能的泛指用语来完成故事讲述，它所表现的是一个雄性占优势支配地位的框架性主题①。同样地，捕鲸日志叙述者的雌鲸论述也构筑了一个物种和性别分野的等级制度隐喻，继而使猎鲸本为自然生产实践活动的社会意涵进一步升级。

最后，捕鲸乃典型的追逐活动，承载着名副其实的欲望投射与征服使命。人类将非人类动物作为欲望对象并实现征服的心理及相应行为可称为"人类追逐"，男性将女性视为猎物、使其成为欲望对象并实现征服的心理及相应行为则可称为"男性追逐"。两种追逐存在一种"（逐猎）运动与性的隐含联系"②，同是彰显和操演男性气质的重要场域。更直白地讲，在父权社会尤其是"掠夺性的异性恋"（predatory heterosexuality）语境中，逐猎本身便带有色情特质，反过来对女性的色情幻想也常常同打猎交织在一起③，我们可称之为"色·猎"（参见图4）④。小说明确提到库克森认为妻子应该生为海洋哺乳动物，并将她游水的场景与鱼并置观之：

---

① Haraway, Donna, *Primate Visions：Gender, Race, and Nature in the World of Modern Science*, New York：Routledge, 1989, p. 163.

② Deuchar, Stephen, *Sporting Art in Eighteenth-Century England：A Social and Political History*, New Haven：Yale University Press, 1988, p. 130.

③ Luke, Brian, "Violent Love：Hunting, Heterosexuality, and the Erotics of Men's Predation", *Feminist Studies*, Vol. 24, No. 3, 1998, pp. 627 – 655.（p. 628）关于这一点，另有研究者做过详细实证调查，参见 Kalof, Linda, Amy Fitzegerald, and Lori Baralt, "Animals, Women, and Weapons：Blurred Sexual Boundaries in the Discourse of Sport Hunting", *Society and Animals*, Vol. 12, No. 3, 2004, pp. 237 – 251。

④ 加拿大 *Musclemag International* 杂志 1996 年 1 月封面图。*Musclemag International* 是加拿大一本有关健美、健身和男性的杂志，由肯尼迪（Robert Kennedy）于 1974 年创办，曾被认为是业界顶级杂志之一。

　　她肺活量惊人，身体健美，在水里时轻巧自如，动作敏捷……
她来了个突击，跃出白银银的浪花，一把扣男人的腿，像是鲨鱼
甩猎物一样甩了起来。男人看到了胆大无畏、稀奇古怪的鱼，
觉得它们的脆弱很"诱人"。但是，他只能看着，她不允许他在
水下使用武器。他看见她硕大的身躯往深水里钻，在底下透亮
明澈的光线中淌过一大片（paddocks of）贝壳。①

　　在温顿的细致描写下，一幅由男性心中所绘制的女性动物化与动
物女性化的图景亦真亦幻、跃然纸上，特别是那句"她……淌过一大
片贝壳"更把女性与动物几乎画上了等号——英文中"paddock"意
为"（牧马和驯马）围场"，女性和动物的主体性均被咄咄逼人的男性
中心主义话语剥夺，赤裸裸地蜕变为后者审美与欲望的客体。值得一
提的是，对女性的动物式伤害或征服在男性叙述性爱体验的遣词造句
上达到高潮。同为捕鲸支持者的普斯特林（Pustling）这样描述自己的
性交行为："一怒之下把她按倒在床上，插进了她身体。"② 类似的男
性自我性爱叙事在库切的《等待野蛮人》里屡见不鲜，主要体现于热
衷狩猎的老行政长官身上，如"我至今未进入过她的身体……把我老
年男人的生殖器嵌入那个鲜润的肉体""刺穿她的表层，把她内心的
平静搅成一场狂喜的风暴"等③。这里的"插进"（penetrate）、"嵌
入"（lodge）、"刺穿"（pierce）以及"狂喜"（ecstatic）等字眼，凸
显了一种无须负责的、以阴茎为中心的"猎—性"（hunting-sex）行
为。阴茎化作武器变成猎人身体的延伸，成为男性穿透女性身体的手
段，就如同传统弓箭手灵活地运用弓箭也像是自己身体的延伸一样④；

---

　　① Winton, Tim, *Shallows*, Sydney：Allen & Unwin, 1984, p. 2.
　　② Winton, Tim, *Shallows*, Sydney：Allen & Unwin, 1984, p. 7.
　　③ Coetzee, J. M., *Waiting for the Barbarians*, New York：Penguin Books, 1982,
pp. 34，43.
　　④ 弓箭狩猎通常被认为是一种自然原始的男性力量和能力展示，其与被猎杀的对象
有着更为亲密的关系，"箭"（arrow）通常被描述为"阴茎的象征"（phallic symbol）。

而猎人在猎杀动物时将武器穿透后者身体，同样使用大量强调"突破""高潮"的语汇，选择使用何种穿透工具是参照能够最大限度提高猎人所体验到的性快感来决定的①。

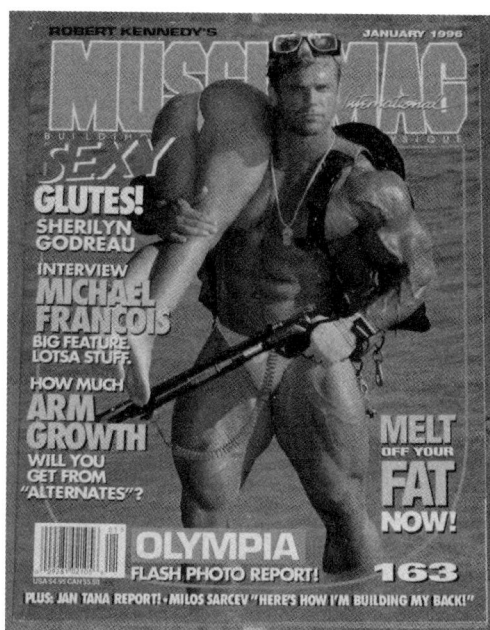

图4　色·猎

　　那么，为什么男性会将女性降格、类比为动物，或将动物的某些特征转化、异变为女性？对此，戈德（Greta Gaard）分析道，"在西方传统思想中，历史上女性和自然同'被概念化'（conceptualized）导致与女性、情感、动物、自然、身体等相关的事物皆遭贬抑，与男性、理性、人类、文化、心智等相关的事物则被视为高等"②。正是这

---

①　Luke，Brian，"Violent Love：Hunting，Heterosexuality，and the Erotics of Men's Predation"，*Feminist Studies*，Vol. 24，No. 3，1998，pp. 627 – 655. （p. 636）

②　Gaard，Greta，"Living Interconnection with Animals and Nature"，*Ecofeminism*：*Women*，*Animals*，*Nature*，Ed. Greta Gaard，Philadelphia：Temple University Press，1993，pp. 1 – 12. （p. 5）

种具有主体价值预设的权威叙事，使女性与动物之间的合法归化成为可能。这就解释了小说中库克森为何多次提及自己不喜欢妻子的鲁莽天真，甚至直言那让他感到害怕，因为鲁莽天真是特殊而非普遍的，它不是理性的、不是文化的、不是灵魂性的，而是服从于身体本能动物性的，"男人从她身上看到了他决心不充当的一切"①。是以，与其说妻子的鲁莽天真让库克森感到畏惧，倒不如说真正令他恐惧的是理性人格受到威胁。正如库克森自身的肺腑吐露，"我一定会，一定会，我不是废物……她毁了我，她使我变弱了"②。这也同样解释了库克森为何不能理解并且厌恶妻子反对捕鲸和拒绝收听电台发布的每日捕鲸报告，两人不断发生口角。站在库克森的角度，妻子的反对和拒绝忽视了他的主人及主宰地位，这种忽视带来两种影响：一是妻子的反对和拒绝正面挑战了他在两性关系中的绝对统治位置；二是妻子对动物的关怀试图瓦解他意识深处根深蒂固的物种歧视观念。库克森和库珀尔家族男性沉迷捕鲸的真相昭然若揭，其杂糅了人类中心主义与男性中心主义的双重权力建构，在此意识形态中，有关女性的刻板印象可以移植到动物世界，而对女性的性别政治也可以效仿动物的压迫虐待。亚当斯和多诺万（Carol Adams & Josephine Donovan）指出，当男性将女性与动物相提并论，意味着暴力已经不远了③。

　　暴力爱情的第一种表现是物种主义与性别主义语言的关联。库克森把妻子形容为"鱼"自不必提，老行政长官描述情人时也说"陶醉在她那小鸟般的骚动""我躺在小鸟依人的姑娘怀里""我屋里养了两个野生动物，一只狐狸，一个姑娘"，其中的"色—猎"气息若隐若现。语言的交叠伤害在库克森斥责妻子奎尼是"婊子"

---

① ［法］波伏娃：《第二性》，陶铁柱译，中国书籍出版社 1998 年版，第 212 页。

② Winton，Tim，*Shallows*，Sydney：Allen & Unwin，1984，p. 115.

③ Adams，Carol，and Josephine Donovan，"Introduction"，*Animals and Women*：*Feminist Theoretical Explorations*，Ed. Carol Adams and Josephine Donovan，Durham：Duke University Press，2006，pp. 1 – 8.（p. 7）

(bitch)，以及支持捕鲸的无名男性大骂加入动保运动的奎尼"这个蠢婊子（dumb bitch）举起相机一副要阻止世界末日的样子""不能这么干，蠢婊子（stupid slut）"① 中被展现得淋漓尽致。"bitch"、"slut"的英文本义为"母狗""母狼""母狐"，男性以雌性动物为喻体指涉和辱骂女性，既降格了女性，也贬低了动物，而动物歧视的性征区分又再一次强化了性别偏见，可谓性别主义与物种主义的高度耦合。值得注意的是，无名男性两次谩骂都在前面冠以形容词"愚蠢"（dumb/stupid），充分映射了那种源自亚里士多德时代基于理性的人类—动物、男性—女性二元对立思维②。

　　与隐秘的语言暴力不同，暴力爱情的第二种表现形式是显性的，它直接作用于受害者的身体，即肉体伤害。例如，捕鲸的强烈倡导者斯塔茨（Hassa Staats）仅因为喊正在招待客人的妻子替自己寄信没有得到应答，便暗自心想，"总有一天，我要把那女人揍得屁滚尿流"③。这种内心活动在库克森那里变成了现实：当妻子将桌上的航海日志掸到地上，库克森一把抓住她连带着桌子也摇晃倒下；当妻子进一步试图将航海日志坠入大海，库克森尖叫着骑在倒地的桌上疯狂地朝她挥拳。在这里，妻子的行为不单是对航海日志的摧毁，也是对库克森主体身份与男性权威的挑衅、是对男权中心秩序的公然蔑视。此刻被施暴的妻子俨然成了真的"鱼"，而在库克森眼中，连鲸鱼都"不过是一种动物罢了"④。笛卡儿的"动物机械论"提出动物是无感觉、无意识的机器，赋予了人类任意处置动物以合法性，由此男性把女性等同于动物对其施暴也无不妥，因为他们的身体都

---

① Winton，Tim，*Shallows*，Sydney：Allen & Unwin，1984，pp. 183，184.

② 亚里士多德认为，灵魂统治肉体、理智统治欲望是自然且有益的，而两者平起平坐或低劣者居上则是万害无一利的，人与动物的关系便是如此。与之同时，雄性比雌性更高贵，前者统治，后者被统治，这一原则适用于所有人类。［古希腊］亚里士多德：《亚里士多德全集·政治学》，苗力田主编，中国人民大学出版社1994年版，第11页。

③ Winton，Tim，*Shallows*，Sydney：Allen & Unwin，1984，p. 32.

④ Winton，Tim，*Shallows*，Sydney：Allen & Unwin，1984，p. 52.

是机器。但问题并不这么简单，笛卡儿机械论的宇宙观本就与性别主义有所勾连，波尔多（Susan Bordo）谓之"一种激进的知识分子逃离女性特质"（an aggressive intellectual flight from the feminine），"笛卡儿式焦虑（Cartesian anxiety）体现出过度脱离中世纪和文艺复兴时期的有机女性宇宙（organic female universe）"，笛卡儿机械论是对此种脱离焦虑的防卫性反应，在这过程中"原来的女性地球变成惰性的广延物（inert res extensa），即死亡的、机械的自然，于是'她'（she）变成'它'（it）——这样的'它'（it）是可被理解的，当然这样的理解并非经由同情而是通过'它'（it）的客观化来完成的"①。

冷暴力是暴力爱情的第三种，也是最为特殊的一种输出方式，主要体现在库珀尔家族男性对待女性的态度和行为上。家庭冷暴力一般见诸于夫妻产生矛盾时，但库珀尔家的冷暴力是不管何时、何地、何种情况，他们对妻子都漠不关心，保持疏远冷淡。对女性的漠视在家族第一代纳撒尼尔那早有征兆，还是捕鲸工时期的他就已经犯下强奸土著女人并分尸的罪恶勾当，步入婚姻后不堪压力最终饮弹自杀。在缺少父爱环境中长大的马丁，一事无成却极度自尊，总是责怪别人，责怪上帝、责怪工具、责怪家庭，最后也开枪自杀，留下一屁股债务。到了丹尼尔更是有过之而无不及，夫妻双方语言交流几乎为零，动辄大打出手，这在妻子与他讲话小心翼翼、随时准备抵御攻击的细节中清晰地折射出来。如丹尼尔自己所承认的，库珀尔家对待女性像动物一样"很不好"，造成这一状况的根源在于"他们充满激情，唯独没有爱"②。然而，冷暴力背后更深层的原因

---

① 对于柏拉图、亚里士多德以及整个中世纪，大自然是"母亲"（mother），尽管其是被动的、接受的、创造自然的自然（natura naturata），但是是有生命的、呼吸的；而笛卡儿的机械论思想则将自然世界描述成一个机器，没有生命、目的或灵魂，是一个被精确的数学规则所控制的机器。Bordo, Susan, "The Cartesian Masculinization of Thought", *Signs*, Vol. 11, No. 3, 1986, pp. 439 - 456.（pp. 441, 452）

② Winton, Tim, *Shallows*, Sydney: Allen & Unwin, 1984, p. 12.

很可能是男性潜意识中对女性的某种极端恐惧，因为后者威胁到人类的反动物性自我界定，"女性显然无法摆脱生理的'动物'本性，这令其成为人类实现超越动物性的巨大挑战"①。

不少人曾批评说，温顿作品的女性角色大多被描写成无情的、有控制欲的，甚至是一切麻烦的罪魁祸首，据此认为作者本人是不折不扣的男权主义者②。但从《浅滩》我们看到，无论是真实的"围场"，还是现实的"围城"，无不上演着一幕幕动物被女性化或女性被动物化的暴力场景，物种主义与性别主义相互结合，女性与动物共同沦为父权社会的被迫害者。基于此，可以说温顿非但不是性别歧视者，反而在本源层面批判了女性和动物压迫中交缠的男性权力话语。最后，我们借用小说男性角色丹尼尔献给已逝妻子的一段话来总结温顿的这种批判性，并进一步证明作者接受采访时所声明的非男权主义立场③："我像对待驮马一样对待她，甚至更糟。她驮着我，驮着农场，驮着房子……她还得驮着她自己，驮着失望……"④

二 从替罪羊到消费品："羚羊（肉）"的社会性别政治

在《肉的性别政治》中，亚当斯（Carol Adams）提出"肉"是由两种同质文化意象交织在一起组成的"父权文本"（the patriarchal

---

① 转引自 Adams, Carol, *Neither Man nor Beast*：*Feminism and the Defense of Animals*, London：Bloomsbury, 2018, p. xxxvi。

② 这类解读可参见 Taylor, Andrew, "What Can Be Read, and What Can Only Be Seen in Tim Winton's Fiction", *Australian Literary Studies*, Vol. 17, No. 4, 1996, pp. 323 – 331；詹春娟《颠覆背后的含混——论温顿作品中的女性意识》，《当代外国文学》2012 年第 3 期。

③ 温顿接受采访时对外界认定自己是男权主义者进行了澄清，指出"那些看法显然都不正确"。在温顿看来，自己作品中的女性角色，譬如奎尼·库珀尔/库克森，都是近几十年创作的典型例子，尽管女性身上存在缺点和不完美，甚至有时候聪明过头而自以为是，但她们当中许多人都比周围男性要优秀，而小说中男性角色所遭厄运，基本都是他们自己行为或另一男性行为导致的。Ben-Messahel, Salhia, "An Interview with Tim Winton", *Antipodes*, Vol. 26, No. 1, 2012, pp. 9 – 12.（p. 10）

④ Winton, Tim, *Shallows*, Sydney：Allen & Unwin, 1984, p. 79.

texts of meat）：对动物的肢解、吞食与对女性的迫害、消费。前者是压迫的终极实践、是对独立意志的消灭，后者则通过物化、异化等形式消解主体性，"一种相互重叠但彼此缺席的指涉结构连接着对动物和女性的暴力，由此父权价值观得以建制"[1]。亚当斯把这种关于动物与女性同被物化、吞食和消费的权力话语体系称为"肉的性别政治"（the sexual politics of meat）。首先，我们吃"什么"，或更确切地说，吃"谁"、"谁"有权利吃、"谁"更应当吃等，皆由人类文化的父权制所决定。在父权文化中，肉是一种可以提升阳刚之气和保护性的食物，无论何种阶层都存在肉是男性专属食物、食肉是男性专属权利的"神话"[2]。其次，缺席指涉——人们谈论肉时动物死尸是缺席的、描述文化暴力尤其是性暴力时女性是缺席的[3]——使得对动物和女性的压迫联结成为一种合理且合法的可能，更关键的一点，两种缺席指涉之间的互通导致生成"肉的色情"（the pornography of meat），"这种互通令我们身处其中的性文化变得可视，人们习以为常的女性身体被置换成出其不意的动物色情"[4]。于是，沃尔夫（Cary Wolfe）复杂的"物种格道"（species grid）[5]之外又增加了两个新的范畴，即均可作为实体呈现在消费者面前的"动物化的

---

① Adams，Carol，*The Sexual Politics of Meat：A Feminist-Vegetarian Critical Theory*，New York and London：Continuum，2010，p. 67.

② 在肉的性别政治中，作为二等公民的女性，更有可能吃被父权文化认为是二等的食物，如蔬菜、水果和谷物等，而非肉类。Adams，Carol，*The Sexual Politics of Meat：A Feminist-Vegetarian Critical Theory*，New York and London：Continuum，2010，p. 48.

③ 举例来说，人们谈论肉时很少会提到或联想到活生生的动物或动物尸体，即动物以"缺席"作为"存在"；而色情作品常将女性描绘成动物或直接称为"一块上好的肉"，因此女性也以"缺席"作为"存在"。

④ Adams，Carol，*The Pornography of Meat*，New York and London：Continuum，2004，p. 107.

⑤ "物种格道"分别为：人化的人（humanized human）、动物化的人（animalized human）、人化的动物（humanized animal）、动物化的动物（animalized animal），此在本书第三章第二节的"马特尔的动物逸事：人化的动物、神化的动物与抽象主体性"有论述。

女性"（animalized woman）与"女性化的动物"（feminized animal）。简言之，"肉"并非简单的饮食文化，而是一种同物种歧视、性别政治都紧密相连的象征资本，内蕴着人类心底深处最原始的征服欲望以及现实世界极为隐秘的文化暴力。诚如亚当斯本人所说："我提出的理论并不是在单纯地讨论食肉或乳品消费问题，这是关于压迫以及压迫与压迫之间联系的理论，特别是对女性的压迫、对动物的压迫。"①

阿特伍德的"推想小说"（speculative fiction）②《羚羊与秧鸡》通过女主人公"羚羊"（Oryx）的成长故事，探讨了"肉"这一权力场域所反映的食肉、性/性别、消费、父权、动物权等问题，作者用文学隐喻的方式描绘了一幅题为"羚羊（肉）的性别政治"的现实图景，借此说明物种主义与性别主义之间有着历史文化、社会结构和思维逻辑上的关联性。羚羊"的故事由男性叙述者"雪人"（Snowman）根据"羚羊"亦真亦假的追忆转述，这种叙述模式给本就弥漫着想象的推想小说更添了几分虚构色彩，故事的真实性变得扑朔迷离起来——这位集性别歧视、物种歧视、种族歧视和儿童歧视于一身的受害者是真实存在的吗？因此，读者不得不以"积极的阅读"（active reading）面对文本，去填补故事的空白或模糊之处，结果是在读者意识中建立起一个拟现实的审美客体③，即故事"具体化"了。这正是阿特伍德期冀实现的文本效果，也是她拒绝外界视《羚羊与秧鸡》为"科幻小说"（science fiction）的缘由所在，因为在她看来该作并不是严格意义上的超现实叙述，相反，

---

① Parsons, Rhea, "The 20th Anniversary of *The Sexual Politics of Meat*: An Interview with Carol J. Adams", *MP: A Feminist Journal Online*, Vol. 3, No. 3, 2011, pp. 38 – 78. (p. 39)

② "推想小说"是一种由科幻、恐怖、奇幻、架空历史或乌托邦/反乌托邦等元素交融而成的文学类型，故事中既有现实的事物，也有非现实的事物。

③ ［美］艾布拉姆斯：《文学术语词典》（中英对照），吴松江等译，北京大学出版社 2009 年版，第 441 页。

它所"虚构"的内容是曾经发生的或正在发生的事件①。厘清了文本的虚实相生，我们也能更好地体会阿特伍德为"羚羊"故事注入的强烈现实寓意和深刻文化忧思。小说中，阿特伍德通过横跨太平洋的三段空间叙事讲述了女孩"羚羊"的典型成长经历，同时也是"羚羊"在男权社会结构下由家庭替罪羊发展为社会消费品的渐变过程。

"羚羊"成长的第一个时空是某个遥远的异国，此为"肉的性别政治"之"肉"作为家庭生产的物质资料。由于父亲病逝，"羚羊"七八岁时被家里"送"（卖）去做"学徒"。据身为美国公民的"雪人"推测，"羚羊"来自第三世界亚太地区，可能是印尼、缅甸、越南、柬埔寨……这一特殊地域背景给"羚羊"的性别主义故事打上了新殖民主义烙印，不管是在老牌帝国主义国家与发展中国家，还是在男性与女性的二元对立权力模式中，"羚羊"都处于边缘位置、都被视为异己他者。"羚羊"出生的村子，男性是生产领域的主要劳动力和经济收入的来源提供者，而女性生来就是相夫教子和传宗接代的命运：

> 村民不把这样的交易叫作"卖"，谈起时大伙都说是去当学徒了。娃娃们正接受训练，将来能闯出一番天地。这不过是掩饰在买卖表面那层冠冕堂皇之语。何况，她们待在这儿能做什么呢？……她们只会嫁了，生更多娃，然后那些娃又卖掉，或是丢进河里、漂到大海，因为食物只有那么多。②

"羚羊"生活的村子实际上是现实世界男权社会的缩影。在这里，阿特伍德站在马克思主义社会历史批评的角度揭露了男权制度的物质根基——男性对女性劳动力的控制，后者由于被剥夺了接近

---

① Atwood, Margaret, "*The Handmaid's Tale* and *Oryx and Crake* in Context", *PM-LA*, Vol. 119, No. 3, 2004, pp. 513–517.（p. 513）

② Atwood, Margaret, *Oryx and Crake*, London：Bloomsbury, 2003, pp. 116–117.

经济性生产资源的基本权利，无法从事社会生产活动，不仅在"公共领域明显处于不利的地位"，在"家庭中的平等"也遭到阻碍①。但阿特伍德关心的并非只是性别歧视的社会根源，而是要借助"羚羊"充当食物这一事实挖掘性别主义社会背后隐秘的物种主义幽灵。

从纵向的历史发展来看，人类由采集改行狩猎后，肉的地位也跟着水涨船高，一跃成为极具经济价值的食物来源与物质产品。因而不难推断，"羚羊"被家庭抛弃所要保卫或换取的食物，即便不是确凿的肉，也是以肉作为价值评判标尺、位于食物金字塔上层的鱼肉蛋禽，这从后文羚羊做"学徒"时居然为有机会吃到鸡肉感到无比兴奋可见一斑。此处形成了一个"'羚羊' → 食物 → 肉"的递推换算公式，村民以女性为牺牲代价的逐肉行为充分体现了肉食文化与男权机制的共谋。这也是亚当斯所阐述的食肉经济发展的必然结果：男性通过生产活动的性别隔离将女性排除在社会劳动之外，自身则成为获取肉类的支柱力量、成为"创造力的最终来源"（the ultimate source of creative power）；相比之下，女性承担了全部家庭事务，或者有幸在生产领域承担工作，其劳动价值却相差甚远、社会地位也遭到贬抑②。另一方面，"当肉成为一个组织严密的经济体系的重要因素并随之诞生相关分配法则时，男性已经开始挥动权力的杠杆"③。男性需要食肉以保障获取更多的肉，于是一等食物肉类为男性优先享用，二等食物蔬菜、谷物和水果发配给女性，而食肉的等级划分反过来又进一步成为男权社会削弱女性权力与维护阶层利益的工具。要言之，肉已化作男性统治地位的象征，男性通过食肉

---

① ［美］萨克斯：《重新解读恩格斯——妇女、生产组织和私有制》，王政、杜芳琴编《社会性别研究选译》，柏棣译，生活·读书·新知三联书店1998年版，第1—20页。（第15页）

② Adams, Carol, *The Sexual Politics of Meat: A Feminist-Vegetarian Critical Theory*, New York and London: Continuum, 2010, p. 59.

③ Leakey, Richard, and Roger Lewin, *People of the Lake: Mankind and Its Beginnings*, New York: Avon Books, 1979, p. 210.

获得和维持父权制度，对肉的掌控意味着优势的建立、意味着话语权的垄断，由此生成"肉的性别政治"。这是肉如何成为男性力量和权力基础的历史叙事过程，也是"羚羊"如何被当作男权制的替罪羊而沦为肉的过程，阿特伍德所要揭示的就是这种性别主义与肉食文化之间的政治性媾和，以及女性在食肉经济中被边缘化的悲剧命运。

"羚羊"成长的第二个时空是离开母国之前从事"学徒"，该阶段是"羚羊（肉）"由物质资料向色情商品过渡的阶段。被送去当"学徒"的"羚羊"做过两份工作：卖花女和拍电影。前一份工作在老板察觉她活泼机灵后，改为假装被男性骗色、敲诈勒索该男性的游戏；后一份工作因为外貌出众，被转卖至小淘气乐园拍摄儿童色情视频。如果说"羚羊"被家人当成牲口一样卖掉——那些招"学徒"的人仔细检查她的牙齿①——开启了她"动物化的女性"多舛命运的序幕，那么"羚羊"整个"学徒"生涯则是不断被动物化、商品化和市场化的升级。阿特伍德主要通过两处细节描写展现了女性与动物在"肉的性别政治"中同被迫害的事实：一是卖花的男老板将"羚羊"和其他孩子赶至猪圈如厕，"她们蹲在里面，一只猪在旁边注视着她们"②；二是拍色情视频的男摄像师极其嗜肉，"他吃的肉太多了！他不喜欢吃鱼，他也不喜欢米饭，但他就喜欢面条，放了很多肉的面条"③。

可以看到，阿特伍德铺陈了两条彼此呼应的"吞食"叙事线索。一条是猪圈活生生的"猪"转化为男摄像师可吞食的"肉"，前者是有生命会呼吸的动物，后者是完成肢解被物化的动物，"象征着食肉行为的指涉点（referent point）发生改变的概念过程"。即，动物经过屠宰变成肉后，屠宰的物理过程在语言层面上被物化和肢解的

---

①　在买卖动物尤其是骡、马等家畜时，买主通常会掀起牲畜的嘴唇，仔细观察牙齿确认它们的真实年龄或健康状况，以保证牲畜年轻健壮、能够良好地繁衍后代。

②　Atwood, Margaret, *Oryx and Crake*, London：Bloomsbury, 2003, p. 125.

③　Atwood, Margaret, *Oryx and Crake*, London：Bloomsbury, 2003, p. 140.

词汇抽象化了①。另一条是女性由纯粹的赚钱工具"卖花女"发展为性暴力的文化消费品"色情视频"，并且是利用未成年儿童从事性行为及色情行业的文化暴力。尽管男性没有像吃肉一样在物理意义上吃掉女性，但透过画面的凝视，男性一直在吞食女性的视觉影像。因为照片视频并非只是现实世界的再现，而是构筑了一个高度编码的话语平台，其将画面的内容转译为吞食和消费的对象，通过观看而吞食、通过购买而消费②，最后如宙斯和墨提斯的故事所示那样达成男性性欲的最终阶段③。以上两种吞食看似风马牛不相及，但其实同是男权文化的变体，借助吞食的方式，男性从动物他者和女性他者身上建构自我的主体性，并摧毁后两者的独立意志与独立身份。

在美国从少女走向成年是"羚羊"成长的第三个时空，亦是"羚羊"彻底沦为供男权社会享受和娱乐的消费品的阶段。在阿特伍德的文本世界中，美国是一个食肉经济空前发展的社会：为了吃肉，人们培育了"鸡肉球"，一个仿拟海葵的无脑鸡体（没有眼睛、喙什么的），从里边伸出二十根肉质粗管专门生长鸡肉；为了吃上真肉，人们竞相参加一个叫"生吞秀"的节目，表演比赛吃活的鸟兽，奖品是货真价实的羊羔排等。这也是一个"食"与"色"浑然一体的社会，小说如是写道：

---

① Adams，Carol，*The Sexual Politics of Meat：A Feminist-Vegetarian Critical Theory*，New York and London：Continuum，2010，p. 73.

② Kuhn，Annette，*The Power of the Image：Essays on Representation and Sexuality*，New York：Routledge，1994，p. 19.

③ 亚当斯认为，宙斯诱惑、强奸并吞食巨人族女神墨提斯的故事代表了女性压迫（强奸）与动物压迫（食肉）的关联。"肉"在这里被用作女性压迫的一种隐喻，而吞食似乎就是男性性欲的最终阶段，"他（宙斯），男性族长中的族长，渴望墨提斯，追逐墨提斯，用'甜言蜜语'把她哄到一把长椅上，征服、强奸，然后吞掉"，但宙斯声称自己只是听从了女巫的建议，因为后者预言墨提斯腹中的孩子会取代他的位置。Adams，Carol，*The Sexual Politics of Meat：A Feminist-Vegetarian Critical Theory*，New York and London：Continuum，2010，p. 27.

　　　　两人正在"秧鸡"房里上网冲浪（色情网站）……他们先
　　登录"今日甜心"（Tart of the Day），那里照例在橱窗展示着精
　　心制作的"糖果糕点"（confectionery），接着又去了"超级吞噬
　　者"（Superswallowers），然后进入一家俄罗斯网站，它雇佣前杂
　　技演员、芭蕾舞演员和柔术演员表演，"谁说男人舔不到自己那
　　儿的？"①

　　"羚羊"和其他少女由一位受人尊敬的白人以"解救"的名义、
自备大把现金漂洋过海带至的地方，正是这样一个充溢着物化、吞
食和消费意象的食色社会。所谓的"解救"，是被下麻药、被逼表演
下流动作，而表演的地点，比如说宠物商店。这与 1814 年被带到法
国卖给驯兽师的南非科伊女子巴特曼（Saartjie Baartman）② 有惊人
的相似性，两者都展现了种族主义与性别主义沆瀣一气，不同之处
在于：巴特曼先是被来自动物学、生理学和解剖学的西方科学家实
施"科学强奸"，随后她的生殖器及其他身体器官被公开展示供白人
消遣③；"羚羊"则是赤裸裸地以活体女性身体作为"色情产品"如
同宠物一般（作者使用了"爬行动物"一词）供男权社会消费。然

---

　　① Atwood, Margaret, *Oryx and Crake*, London：Bloomsbury, 2003, p. 89.

　　② 巴特曼（1790—1815），原来在南非开普敦的一个荷兰家庭帮佣，因身形特殊——
由于狩猎部落食物来源不稳定，因此在食物丰盛时他们会在身体尤其是臀部储存大量
脂肪，形成了异于常人的巨大臀部——被供职家庭的亲戚凯撒（Hendrick Cezar）相
中，后者引诱其去伦敦发财致富。凯撒以表演公司的名义帮助巴特曼获取护照签证，
但到英国后立即将她当作动物一样展示给大众，并从中牟取暴利。另一种说法是，巴
特曼是 1810 年作为英国军医邓洛普（Alexander Dunlop）的"私有财产"被带到伦敦
的。在英国时，巴特曼脖戴铁链，被囚禁在笼里，同时被要求模仿白人拉小提琴，以
展现她对西方音律一窍不通，从而凸显野蛮民族"低智商"。四年后，巴特曼被卖到法
国，在海峡对岸继续她的展演生涯。次年 12 月，巴特曼被传死于酗酒和梅毒，她的生
殖器被外科医生取走，声称是做研究用。直到 20 世纪 70 年代，巴特曼的生殖器还被
摆在遗骨旁边展出。

　　③ Fielder, Brigitte, "Chattel Slavery", *Gender*：*Animals*, Ed. Juno Parrenas, Farm-
ington Hills, Michigan：Macmillan Reference USA, 2017, pp. 19 – 36. （pp. 26 – 27）

而，无论哪种情况，都充分印证了对女性的歧视与对动物的歧视在本质上具有同源性，特别是"人类本位色情"（anthropornography）把非人类动物描述为妓女、赋予动物以性特征或性感化①，更为男性对女性和动物实施双重蹂躏提供了正当依据甚至操作指南。这也是为何压迫女性的手段与压迫动物的模式往往如出一辙，例如，文中宠物商店里的"宠物"，究竟是动物的赋义活动在先，还是女性的意义表征在先？

　　值得一提的是，阿特伍德不仅描写了第三世界女性的坎坷命运，还描写了美国白人女性的生存境况，后者在食肉经济高度发展的男权社会同样未能逃脱"人为刀俎我为鱼肉"的命运。这从"雪人"父亲发表的女性评论中有所体现，"女人以及她们领口内，还有她们衣裳之下是带着奇异麝香的国度，那儿天气变化多端、时冷时热——珍秘、贵重、难以驯服"②，说话者言辞之间传递的动物化女性思维及规训意图展露无遗。小说另一处，"羚羊"事件中白人妻子合谋参与"解救"第三世界贫女，性丑闻东窗事发后继续为丈夫法庭辩解，声称那些女孩差不多是被收养的。以上匪夷所思的行为映现了父权文化包括强奸文化在内的一个谜团——女性貌似像动物一样甘作"刀下之肉"，这实际上隐含了密尔（John Mill）口中"心甘情愿的奴隶"主动参与他者压迫的过程，而此举的深层社会根源很可能是，"男性压迫女性，女性只能通过虐待其他弱小的生命体，譬如说动物，来获得一种心理平衡"③。可见，白人妻子的行事逻辑在于，思想上根深蒂固的种族歧视将女性"羚羊"降格为动物"羚羊"。关于男性、白人女性、有色女性和动物的权力关联，哈拉维（Donna Haraway）曾一针见血地指出，在充满了权力的历史长河中，白人女

---

① Adams, Carol, *The Pornography of Meat*, New York and London：Continuum, 2004, pp. 108 – 109.

② Atwood, Margaret, *Oryx and Crake*, London：Bloomsbury, 2003, p. 17.

③ 张燕、杜志卿：《寻归自然，呼唤和谐人性——艾丽斯·沃克小说的生态女性主义思想刍议》，《当代外国文学》2009 年第 3 期。

性充当着男性与动物之间的中介，而有色女性通常被编码为性、动物、黑暗、危险、多产、病态等，后者如此紧密地与动物范畴接合，以至于她们难以在西方文化论述中发挥中介者的作用①。

　　然而，这并非全部。社会上充斥着整容塑形的硅胶假体和肉毒杆菌，女性对此趋之若鹜。典型者如"雪人"的继母拉蒙纳（Ramona），从胶原蛋白注射，到乳腺假体植入，再到全身肌肤焕新。女性以为身体的自由支配——"如果不是在实际的自由选择中也至少在她们的意识当中"——朝着成为自己人生主人的方向走得更近②，却殊不知这种"强制美学"规范的女性气质恰是男权意识形态教化和塑造的结果，因为女性身体的臀部、胸部、腰部等在屠宰与性暴力文化相互渗透的男权社会早已被肢解为餐盘中的"上等肉"。不管是来自发展中国家的"羚羊"，还是身处发达国家的那位白人妻子，在性别主义、种族主义和物种主义等多重压迫交融的美国社会，女性皆可被物化为男性消费的对象，差异不过是白人女性被看作上等肋条，有色女性则被认定为汉堡③。

　　在"羚羊（肉）"的故事里，无论是女性被动物化还是动物被女性化，都根源于传统思想中的价值阶层论，这种层级机制根据相应的优势/弱势群体来阐释、论证和维护前者对后者的宰制地位或后者对前者的从属地位，其结合各种规范性二元论（人与动物、男性与女性、白人与黑人、身体与心灵、文化与自然等）完成男权概念框架的构建。总之，男权制是一种蕴含了人与动物的不平等关系的

---

　　①　哈拉维认为，所有的二元论叙事皆源于身心二元论的运作，在此机制中女性和动物被建构为身体性的。身体是与心灵（男性）相对的性（女性）、与光明（白人）相对的黑暗（有色人种），是与文化中的心灵相对的自然。白人女性协调着这些对立组之间的裂隙。Haraway, Donna, *Primate Visions: Gender, Race, and Nature in the World of Modern Science*, New York: Routledge, 1989, p. 154.

　　②　[美] 布朗米勒：《女性特质》，徐飚、朱萍译，江苏人民出版社 2006 年版，第 237 页。

　　③　Hooks, Bell, *Ain't I a Woman: Black Women and Feminism*, New York: Routledge, 2015, p. 155.

性别制度，其中不容忽视的是，这一性属建设过程隐藏着有关食物分配的指导原则，肉在男权制语境下演变为一种与阶级权力、男性气概和性消费相联系的食物，食肉成为彰显男性主体地位和主导作用的重要象征。通过"羚羊（肉）"的故事，阿特伍德完美印证了"食肉—菲—逻各斯中心主义"（carnophallogocentrism）所强调的有必要将"食肉"作为考察范畴之一加入对逻各斯中心主义的批判①，严厉地控诉传统主体概念不仅指向一个"完全自我叙述、有言论权和男性的"（a fully self-present, speaking, masculine）主体，同时还指向一个"典型身为人类的、食用动物肉的"（a quintessentially human, animal-flesh-eating）主体②。正如卡拉尔科（Matthew Calarco）指出的那样：

> 在当前社会，吃肉是成为一个完整主体的根本内核，直接或间接地加入屠食动物的活动和仪式几乎是满足作为主体必需的首要条件……这就表明主体是一种"有意为之"。……而男性主体不得不接受献祭并吃肉。③

---

①　语出德里达的"食肉—菲—逻各斯中心主义"（carnophallogocentrism），它包含主体建构的三层要素："逻各斯"（logo/logos）强调理性主体的语言能力，其通常被视作人类区别于非人类动物的专属特征；"菲"（phallo，也译为"阳性""男根""父权"）是指主体的性别要求为男性；"食肉"（carno）意指成为主体过程中牺牲献祭品的仪式，这一点可联系列维-斯特劳斯（Claude Lévi-Strauss）引用卢梭所说的"无论如何，将他者与自己同化起来的最简单办法就是把对方吃掉"来理解。详见 Derrida, Jacques, "'Eating Well', or the Caculation of the Subject：An Interview with Jacques Derrida", *Who Comes After the Subject*? Ed. Eduardo Cadava, Peter Conor, and Jean-Luc Nancy, New York：Routledge, 1991, pp. 96 – 119。

②　Adams, Carol, and Matthew Calarco, "Derrida and *The Sexual Politics of Meat*", *Meat Culture*, Ed. Annie Potts, Leiden：Brill, 2016, pp. 31 – 53. (p. 33)

③　Calarco, Matthew, *Zoographies：The Question of the Animal from Heidegger to Derrida*, New York：Columbia University Press, 2008, p. 132.

第三节　他者的生命挽歌：当代新英语小说中的动物生态双面观

　　动物研究与生态批评的共同他者诗学特征自不必多说，但过去二者很难达成同盟。在论及动物解放与环境伦理学（尤其是生态中心环境伦理学）的矛盾时，萨戈夫（Mark Sagoff）生动地比喻为"一段不幸的婚姻"，并呼吁双方"赶紧离婚"：基于整体论思维的环境保护论者可能会"牺牲单个有机体来维护生态系统的真实性、完整性和复杂性"，而动物解放主义者则要捍卫所有驯养动物和野生动物的个体生命，"甚至不惜牺牲生态系统的真实性、完整性和复杂性来捍卫动物权利或保护动物生命"①。萨戈夫的比喻虽然充满了调侃味道，但陈述的却是事实。来自维斯康辛大学的克里考特（J. B. Callicott）就批评动物解放论是强调个体的"原子主义"（atomistic），他认为解决环境问题应该考量整体共同体的善，即一种提倡整体所载道德价值大于任何一个组成部分所载道德价值的"整体主义"（holistic），在克里考特眼中，高山、河流、海洋、森林和大气等所具有的价值必然超过个体动物（包括人类动物）的价值②。对此，动物解放论者也毫不客气地给予了回击。例如，雷根（Tom Regan）就指责诸如克里考特这类生物中心论者所倡导的整体主义是"环境法西斯主义"（environmental fascism），他们像20世纪某些极权主义政府那样，要求把个体的利益甚至生命全牺牲给地球、宇宙和生态系统，对信奉传统天赋权利自由主义的雷根来说，每一个个体（人类与非人类动物）都具

---

① Sagoff, Mark, "Animal Liberation and Environmental Ethics: Bad Marriage, Quick Divorce", *Osgoode Hall Law Journal*, Vol. 22, No. 2, 1984, pp. 297 – 307. （p. 304）

② Callicott, J. B., "Animal Liberation: A Triangular Affair", *Environmental Ethics*, Vol. 2, No. 4, 1980, pp. 311 – 338. （p. 324）

有内在价值①。动物解放论与环境伦理学的对立紧张由此可见一斑，这也是为何过去很长一段时间学界的动物研究与生态批评一直互为敌对，特别是后者因"在某些方面仍带有幼稚的自然崇拜"而对前者诸多非难②，毕竟在他们看来，牛、羊和猫等家养动物可能是文化的帮凶。

　　但近些年来，不少生态学者意识到那种认为非人类存在物与伦理学无关的观点才是道德哲学领域真正的劲敌，同时注意到动物研究被生态批评排挤的事实——动物解放主义与环境主义本就不是绝对对立，前者完全肯定大自然的成员们拥有权利，因此试图重新厘定动物研究的话语功能，开始积极探索二者对话的可能和张力的消弭。加拿大学者瑞格隆和肖尔特梅杰（Rebecca Raglon & Marian Scholtmeijer）提出，环境主义与动物权利的共同根基和差异可使这两个研究领域焕发活力并相互促进③。著名生态批评家斯洛维克（Scott Slovic）也指出，动物研究是生态批评第三次浪潮的有机组成部分，"动物主体性和能动性""生态批评实践与素食主义或杂食主义等生活方式选择之间的联系""非人类物种的环境正义及其权利"等都是相关重要议题④。在生态批评主义先驱布伊尔（Lawrence Buell）

---

　　① Regan, Tom, *The Case for Animal Rights*, Berkeley and Los Angeles：University of California Press, 2004, pp. 361 –362.

　　② Buell, Lawrence, *The Future of Environmental Criticism*：*Environmental Crisis and Literary Imagination*, Malden, MA：Blackwell Publishing, 2005, p. viii.

　　③ Raglon, Rebecca, and Marian Scholtmeijer, "'Animals are not believers in ecology'：Mapping Critical Differences between Environmental and Animal Advocacy Literatures", *ISLE*, Vol. 14, No. 2, 2007, pp. 121 –140. （p. 122）

　　④ 根据斯洛维克的观点，生态批评（至少在美国）经历了三次浪潮。第一次浪潮始于 1980 年前后，基本特征是：研究对象为非小说自然书写；研究重点为非人类自然或荒野；研究者大都来自英美国家；生态女性主义流派崛起。第二次浪潮大约出现于 1995 年，其表现为：研究对象由非小说自然书写扩大至多种文学体裁，同时来自世界不同地区文化群体（如墨西哥裔美国作家）的环境发声得到关注；研究重心由原生态自然扩大到城市、乡村等有形环境，环境公正成为关键议题；研究者的国籍超出英美两国；出现了溢出文学边界的"绿色文化研究"。第三次浪潮兴起于 2000 年后，主要特点有：研究视野更为广阔，跨越了种族、民族、国家以及物种等界限；研究思路更具宏观性和高瞻性，重视全球与地方、人与非人等二元对立的辩证性；研究（转下页）

关于生态批评重要新变的观察中，"动物研究显然是当今的热门话题，其热门程度甚至超过了全球暖化"[1]。以上种种，无不反映出生态批评的"动物转向"。正是在此背景下，本节以生态批评两大前沿理论——"灭绝书写"和"人类世"为依托，从生态视角阐释当代新英语小说的动物书写，探讨作家通过动物意象所传递的种际正义与和谐生态思想，其中，前者主要论述野生动物，后者与驯养动物有关[2]。

一　灭绝的发展：来自海洋旗舰物种的环境启示录

"启示"（apocalypse）一词最初源自希腊语"apokalupsis"，意指"显现（原先未知或隐藏之事）"，在《新约》中意为"原未曝露的神谕通过启示为信徒所悉知"。19 世纪末，人们开始把启示论与世界末日审判相关联，"启示"一词也衍生出了现代含义"灾难事件"。20 世纪后半叶，"启示"一词在环境论述中反复出现。例如，巴坤（Michael Barkun）指出，20 世纪 60 年代以来对空气和水污染的研究引发了国家层面的回应，是造成人们在末日启示问题上由积极态度转向相对消极悲观的重要原因[3]。"环境启示录"（environmental apocalypticism）的正式提出始于美国生态批评家布伊尔（Lawrence Buell），他认为"启示录是当代环境想象最有力的一个核心隐

（接上页）路径注重不同学科的跨领域融合和学科内部的视角转换，如重新审视动物批评、女性生态主义开始关注生态男性研究等。需要指出，这些浪潮之间并不是取代关系，而是共现关系，即下一浪潮出现时前一浪潮可能仍在澎湃。Slovic, Scott, "The Third Ware of Ecocriticism: North American Reflections on the Current Phase of the Discipline", *Ecozon*, Vol. 1, No. 1, 2010, pp. 4 – 10. （p. 7）

① Buell, Lawrence, "Ecocriticism: Some Emerging Trends", *Qui Parle: Critical Humanities and Social Sciences*, Vol. 19, No. 2, 2011, pp. 87 – 115. （p. 105）

② 关于野生动物与驯养动物的详细划分，本书第四章第三节的"野生与家养：伴侣动物中的消费主义"有论述。

③ Barkun, Michael, "Divided Apocalypse: Thinking About the End in Contemporary America", *Soundings: An Interdisciplinary Journal*, Vol. 66, No. 3, 1983, pp. 257 – 280. （p. 275）

喻"，其富有表现力的"修辞暗示了世界的命运取决于对危机感的想象唤醒"①。布伊尔进一步梳理了五个要素，包括"相互关联""生物平等主义""事件放大""跨时空并置"和"迫在眉睫的环境危机"，以此作为判断一部作品是否具有环境启示录性质的标准。相比之下，格罗特费尔蒂（Cheryll Glotfelty）对"环境启示录"的理解则显得较为宽泛，她认为"启示"就是对生存环境遭到严重破坏引发末日劫难的洞悉，就生态层面而言，任何一部生态作品都可以算作"启示录"：

> 大多数生态文学，不管以何种名字冠之，它们都存在相同的动因，即一种我们已经身处环境阈值的忧患意识，人类活动的严重后果正损害着地球最基本的生命支持系统，而我们就处于这个时代。要么人类改变自身的行为方式，要么只好迎接地球的灭顶之灾。在我们高速奔向末日（apocalypse）的途中，所有的美好将化为乌有，不计其数的物种将销声匿迹。②

无论是布伊尔的狭义界定，还是格罗特费尔蒂的广义解读，都视启示文学与环境叙事的结合为构建生态责任、生态批判和生态预警话语体系的有力工具，强调环境启示录通过灾难书写前景化人类近在咫尺的毁灭危机，试图以此唤起人们的生态命运共同体意识。鉴于此，现代环境启示录小说也被称作"环境灾难小说""生态示警小说"或"生态反乌托邦小说"。温顿的《浅滩》正是这样一部

---

① Buell, Lawrence, *The Environment Imagination：Thoreau, Nature Writing, and the Formation of American Culture*, Cambridge, Mass.：Harvard University Press, 1995, p. 285.

② Glotfelty, Cheryll, "Introduction：Literary Studies in an Age of Environmental Crisis", *The Ecocriticism Reader：Landmarks in Literary Ecology*, Ed. Cheryll Glotfelty and Harold Fromm, Athens and London：The University of George Press, 1996, pp. xv – xxxvii.（p. xx）

带有鲜明环境启示录特征的作品，作者借助海洋"旗舰物种"（flag-ship species）① ——鲸鱼的灭绝书写，对唯发展至上的人类中心主义进行诘问，并通过人与动物对立生存关系的呈现，揭橥现代化进程带来的物种灭绝和生态浩劫。

"旗舰物种"的概念出自海军专业术语，原指海军舰队司令所在的船只，后来环境主义者和社会活动家将它用于指涉在整个生态系统中充当"关注焦点"（centre of attention）的某一显性物种②。据观察，某些动物如鲸鱼、大熊猫、老虎、猩猩等，相较于其他动物更能激发公众的关注度、积极性和行动力③。学界方面，最早使用"旗舰物种"一词出现在巴西灵长类研究文献，研究者以此概念来说

---

① 生态学有几个与"旗舰种"相近的概念："指示种"（indicator species）、"伞护种"（umbrella species）和"关键种"（keystone species）等。"指示种"是指那些生态特征（种群密度、繁殖成功率等）可用作表征其他物种或环境状况相关参数的物种，如通过某些鸟类的种群变化来评估牧业影响。"伞护种"是指那些生存环境需求能够覆盖其他物种生存环境需求的物种，通过保护伞护种可以同时对其他物种提供保护，其常被用于研究物种分布的热点区域，或为寻找物种保护的薄弱环节提供线索。"关键种"是指对环境的影响与其生物量不成比例的物种，它们对其他物种在生态系统中的可持续生存能力具有决定性意义，关键种的丢失或减少可能使得生物群落的食物链趋于简化甚至崩溃。详见李晓文等《指示种、伞护种与旗舰种：有关概念及其在保护生物学中的应用》，《生物多样性》2002 年第 1 期。

② Jepson, Paul, and Maan Barua, "A Theory of Flagship Species Action", *Conservation and Society*, Vol. 13, No. 1, 2015, pp. 95 – 104.（pp. 95 – 96）

③ 在媒体报道和流行文化方面，关于哪个物种可以象征生物多样性危机有一些基本特征。一般而言，人们对濒危动物的感受力和同情心要大于濒危植物；而同为濒危动物，大型的哺乳动物（如鲸鱼、大熊猫、老虎、猩猩等）和鸟类（尤其是漂亮的鸟、猛禽、鸣鸟）受到的关注比较多。相比之下，爬行动物、两栖类动物和鱼类受到的关注就少得多，而那些无脊椎动物（除了上镜的蝴蝶）和真菌等则无人问津。因此，环保人士将那些受媒体青睐的物种戏称为"魅力猛犸"，或中性地称为"旗舰物种"。环保人士对"旗舰物种"持有一种矛盾立场：一方面，只关注某些特定的物种，可能会导致人们忽略其他更加危急、更加需要引起重视的物种，因为它们在维持生态系统的正常运转方面可能同样重要；另一方面，没有旗舰物种的"魅力"，通常很难调动公众积极性。Heise, Ursula, *Imagining Extinction: The Cultural Meanings of Endangered Species*, Chicago: The University of Chicago Press, 2016, p. 23.

明富有魅力的动物如何被用于宣传热带环保事业①。在《灭绝想象：濒危物种的文化意义》一书中，生态批评家海斯（Ursula Heise）别出心裁地将"旗舰物种"的概念挪用到文学研究和文学批评中，使之成为生态批评嫁接动物研究的一个重要连接点。正如贝坦斯（Jan Baetens）教授所评论的，海斯的《灭绝想象》是一部对生态批评领域既建构又重构的论著，其对物种灭绝的关注更新着文化空间的知识源，两者的融合提升了我们以不同方式思考问题的能力，在这个层面上可以说该书确是"一本真正伟大的书"②。贝坦斯的评价或许有夸张之嫌，但海斯提出的"灭绝想象"对于生态批评与动物研究的双重理论意义不容忽视。海斯认为，旗舰物种的故事"具有一种提喻功能（synecdochically），指向人类与自然互动造成的广泛危机"③，故事文本（如书、图片、影音等）提到濒危或灭绝物种时，往往运用自然日衰的叙事模式或悲剧挽歌的表现手法来传达对人类现代文明进程的深刻反思。在《浅滩》中，温顿开篇引子部分便描写了一头座头鲸的死亡场景，奠定了小说灭绝想象的哀婉基调：

> 港口，附近铺满贝壳的海滩上，躺着一头被海水带上岸的座头鲸，已经烂得不成样子，腐化时发出一阵阵隆隆声，那些在孤寂滩涂上捕食胡瓜鱼和鲻鱼、长着尖喙的海鸥，也把它撇在了一旁。④

腐尸、孤滩、殁声，毫无一丝鲜活生命的迹象，死亡的气息迎面

---

① Jepson, Paul, and Maan Barua, "A Theory of Flagship Species Action", *Conservation and Society*, Vol. 13, No. 1, 2015, pp. 95 – 104. （p. 96）

② Baetens, Jan, "Imagining Extinction: The Cultural Meanings of Endangered Species", *Leonardo*, Vol. 50, No. 5, 2017, pp. 537 – 538. （p. 537）

③ Heise, Ursula, *Imagining Extinction: The Cultural Meanings of Endangered Species*, Chicago: The University of Chicago Press, 2016, p. 36.

④ Winton, Tim, *Shallows*, Sydney: Allen & Unwin, 1984, p. x.

扑来，温顿即使未直接点明世界末日的临近，也已对伴随环境严重恶化而来的可怖与荒凉进行了实景渲染。海斯分析奎曼（D. Quammen）笔下渡渡鸟这一灭绝动物意象时认为，渡渡鸟作为旗舰物种既具有真实性又具有象征性，真实性在于人为活动对该物种的灭绝难辞其咎，象征性则在于她已经完全被符号化成人类意识到现代化和殖民化对自然界造成不可逆破坏后深感遗憾的隐喻"①。循此逻辑，温顿笔下同为旗舰物种的座头鲸之死也有两层含义：一是鲸鱼作为物质世界的动物在本体意义上死亡，即某一确切物种的生命陨落；二是鲸鱼作为海洋、其他环境以及生命自身的象征在隐喻层面上死亡，寓示整个水球（water globe）②陷入深重危境。这后一层含义，究其根本源于鲸鱼本身无与伦比的生命隐喻力量，因为在人类目前可认知范围内，没有任何一种生物能够像鲸鱼一样"如此规模宏大地（grand scale）代表生命"，其规模之大令"人类自身的狭隘存在（constricted existence）相形见绌"③。此处"宏大"与"狭隘"一语双关，既指体形物理尺寸，又指生命象征意涵。可见，温顿开篇座头鲸的语用功效绝不止于海洋旗舰物种，而是全球环境恶化下所有濒危物种，乃至整个生态环境的象征，借此作者将单个有机体的生命价值与生态系统的整体利益联系起来，展示了强调个体权利的动物解放论与倡导整体福祉的环境伦理学在道德

① 这里指的是由奎曼创作的《渡渡鸟之歌》（*The Song of the Dodo*）。渡渡鸟是一种产于南印度洋马达加斯加岛不会飞的鸟，由于人类捕杀及其他人类活动影响（如科学解剖），在被发现后的200年便已彻底灭绝，它是人类历史上第一个被记录下来因人类活动而绝种的生物，可以说是除了恐龙外最为著名的已灭绝动物之一。Heise, Ursula, *Imagining Extinction：The Cultural Meanings of Endangered Species*, Chicago：The University of Chicago Press，2016，p. 38.

② "水球"有两层意思：第一层指海洋环境；第二层指整个被误称为"地球"的星球。按照美国海洋学家德隆（Edward Delong）的说法，"地球"是个误称，该星球应该叫作"水球"，因为地球表面的3/4都是海洋，严格来说人类所栖居的行星是一个蓝色水球。美国海洋生物学家、作家和环保主义者卡森（Rachel Carson）也持有相同观点，她认为人类居住的世界其实是个水的世界。

③ Hoare, Philip, *Leviathan or，the Whale*, London：Fourth Estate，2009，p. 29.

哲学上具有共通性。

　　倘若说引子中座头鲸尸体"尚在"带有某种"幸蒙"的缥缈希望，那么小说伊始不同人物角色对鲸鱼曾经"消失"的反复叙述则以过去时形式呈现了卡森（Rachel Carson）那个著名问句"鸟儿都去哪儿了"所揭示的"后环境启示"（post-environmental apocalypse）[①]。鸟的消失意味着一个没有生机的春天，那鲸鱼不复存在的世界又会怎样？对此，毛利文艺复兴代表人物依希玛埃拉（Witi Ihimaera）用文学的语言给出了答案：鲸鱼是我们的祖先，"过去我们曾经有很多守护者，现在几乎没有神在保护我们，你们听，大海变得如此空寂"，"鲸鱼是自然的，也是超自然的，这是对我们的启示"[②]。这种"启示"在《浅滩》中最直接的表现形式就是气候极度反常，"今年冬初，瀑布应从悬崖上飞泻而下，可在维拉普，一向没有秋天，在那之前，也没有夏天，当然更没有春天，有的只是莫名其妙的酷暑"[③]。小说中类似的"启示"描写随处可见：土地沉寂，细雨连绵，公路上满是飞鸟、兔子和袋鼠的尸体，汽车穿行在一堆堆尸骨之间，哺乳动物的肋骨和脊椎骨每个季节都漂浮到流沙上。显而易见，人类赖以生存的自然环境已经满目疮痍。

　　在娓娓道来的叙述中，卡森揭开了无鸟鸣的真相——人类滥用杀虫剂造成鸟栖息地致命性破坏；在不藻修饰的白描中，温顿揭露了座头鲸之死和海洋寥寂的原委——罪魁祸首是人类，确言之，是那种认为非人类存在物的价值仅是为满足人类需求和欲望的观念，即人类中心主义。据联合国统计，商业性捕鲸活动是导致许多鲸鱼

---

　　① 该问句出自卡森科普读物《寂静的春天》第一章"明天的寓言"。"后环境启示"意指未来的世界图景。详见 Soles, Carter, "'And No Birds Sing'：Discourses of Environmental Apocalypse in *The Birds* and *Night of the Living Dead*", *Interdisciplinary Studies in Literature and Environment*, Vol. 21, No. 3, 2014, pp. 526–537。

　　② Ihimaera, Witi, *The Whale Rider*, Auckland：Heinemann, 1987, pp. 41, 96.

　　③ Winton, Tim, *Shallows*, Sydney：Allen & Unwin, 1984, p. 15.

物种灭绝的唯一原因①。温顿没有像过去的一些鲸鱼文本如海明威的《老人与海》、梅尔维尔的《白鲸》那样，将叙事场景置于气势恢宏的海上捕鲸画面来展现人与动物的对立生存关系，而是把视角转向了陆上捕鲸站的鲸鱼剥皮台。与前者相比，在后者的叙述模式中，鲸鱼从一开始就被剥夺了他者反抗的权利，可谓名副其实"不在场"的"在场"。小说详细描写了捕鲸站的血腥场面：

> 那边的鲸鱼剥皮台，有条长长的斜坡一直通到满是血的滩涂。绞车吊起一头鲸鱼，挂在半空中，钩子锋利地穿过鲸鱼尾巴，铁链和钢索嘎吱嘎吱转动起来……站台上几个套着橡胶靴的男人，衣服上沾满了血……锅炉、炼油炉和发电机轰隆轰隆，一缕一缕散发着腐臭味的蒸汽从小屋蹿出来。在腐臭味的包裹中，其他几个套着橡胶靴的男子冷漠地闲荡着……他们抄起冰球棒开始工作，割下鲸鱼体内黑黝黝的鲸脂，剥开鲸鱼巨大的身躯，滑溜溜的鲸脂最后都被切成条形，像床垫一样厚……海鸥在上空盘翔，羽毛给蒸汽熏得油膏膏的。这头抹香鲸如同一条刚捞出来的船，正在被有条不紊地、血淋淋地肢解着。②

上述文字里，温顿将文学中"至今被忽视的三要素——声响、重量和气味"完整地呈现给读者，显然它们所合成的文学并不是"美"的，然而温顿就是要反其道而行之，将"一切粗野的声音、一切从我们周围激烈的生活中发出的呼喊声都利用起来"，大胆地表现"丑"③。此"丑"便是现代文明对自然生命的无情戕害以及随之

---

① 联合国服务全球：《庞大而脆弱的鲸鱼》，时间不详，访问日期 2018 – 05 – 08，< http：//www. un. org/chinese/unworks/environment/animalplanet/whale. html >。

② Winton，Tim，*Shallows*，Sydney：Allen & Unwin，1984，pp. 28 – 29.

③ ［意］马里内蒂：《未来主义文学技巧宣言（节译）》，《20 世纪世界小说理论经典（上）》，吕同六编，吴正仪译，华夏出版社 1995 年版，第 15—23 页。（第 20、22 页）

而来的人类同理心日渐丧失（"其他几个套橡胶靴的男子冷漠地闲荡着"），于温顿而言，"但凡敏感的人都会觉得此番景象令人厌恶"①。在这里，温顿满怀悲悯地展开环境想象：首先，灭绝书写的描写对象由引子部分的"座头鲸"转到上文的"抹香鲸"，同时还出现了泛指的表述"鲸鱼"，意味着作者原本关注个体的生命伦理学增加了物种层面的思考，这样思考的结果将会产生一种在生物学上更完好的伦理学，因为其对"一个集中了个体、没有感觉能力的信息携带的过程"（也即物种）的价值认同超越了任何只关注个体的伦理学之所及，更超越了那些只关注感觉或人的伦理学之所及②，由此温顿有效地实现了动物解放论与环境伦理学的融合升级。其次，温顿把冰冷的机器、漠然的人心，与鲸鱼的苦难以及该物种作为一个抽象整体的灭绝之路并置起来，用慢镜头记录下后者生命见存于世的"最后一程"，从而让导致包括地球在内的所有生命陷入空前危机的人类刽子手形象暴露无遗，同时也将不可言说或难以言说的物种灭绝变得清晰可视、可感和可听。此亦哈根（Graham Huggan）所说的，"虽然物种灭绝有时普遍被认为是一个突然的终结事件，但实际上这一过程的时间比我们以为的要长得多，因为它不仅是单个生命形式的逐渐消逝，还涉及许多相互关联的生命形式的逐渐凋落"③。

　　需要指出，温顿灭绝书写对鲸鱼生存困境的表现和对现代文明

---

① Winton, Tim, *Shallows*, Sydney：Allen & Unwin, 1984, p. 29.

② 这里"物种"的解释源自罗尔斯顿，其在含义上更偏于"价值"而非"事实"，前者是一个关于责任的伦理议题，后者是一个关于物种的科学议题。在罗尔斯顿看来，"物种"代表的不是对"种"（category）或"类"（class）的义务，更不是对各种"有感觉"（sentient）生物的利益集合的义务——有动物解放论者将人类对动物的直接伦理责任建立在动物是否具有感知能力的基础上，这种以感觉作为道德价值判断标准的"反物种歧视主义"在某些环境论者看来是"感觉歧视主义"，而是一种对"生命种系"（lifeline）的义务。Rolston, Holmes, *Philosophy Gone Wild：Environmental Ethics*, Buffalo, NY：Prometheus Books, 1989, pp. 213, 215.

③ Huggan, Graham, "Last Whales：Eschatology, Extinction, and the Cetacean Imaginary in Winton and Pash", *The Journal of Commonwealth Literature*, Vol. 52, No. 2, 2017, pp. 382 – 396. （p. 384）

进程的批判绝非文学家"无病呻吟"或"歇斯底里"①。这是因为：其一，作者对物种灭绝的关注建立在尊重客观事实基础上。不管从位列濒危物种红色名单的鲸鱼本身来说，还是从鲸鱼代表的整体生态系统来说，情况都不容乐观。生物学家估计，目前地球上物种灭绝速度是正常水平的50—500倍，如果算上人类认知范围之外物种的话，这个数字将上升到100—1000倍②，而鲸鱼的境况更加糟糕。生物多样性的消失是人类世最为显著的危险因子之一，它直接触发了地球正在遭遇的第六次物种大灭绝。其二，鲸鱼的物种危机并不是简单的"物种修正"（species modification）。即，当一个个体死亡后，仍有其他个体可以替代，这样物种在保存下来的过程中只是做了进化上的修正。鲸鱼所面临的乃是"减种"（extinction），减种是一种"超级杀戮"（superkilling），因为它关闭了某个"生生不息的程序"（generative process）。相对于自然减种，人为减种有质的区别：前一种情况是当某一物种不再适应环境时，其他物种会出现并取而代之，随之打开另一扇物种繁衍之门；后一种情况则是人为硬生生地灭绝某一物种，既剪断了该物种的生命线，又没有提供其他物种再生的转机③。其三，温

---

① 此处有两点需要说明：首先，在相当一部分人看来，环境启示录存在"危言耸听"或"无事生非"之嫌，卡森《寂静的春天》一书问世之初便遭到诸多攻击，可以说对她的攻击完全比得上当年《物种起源》出版时人们对达尔文的攻击，《时代》杂志当时就指责卡森是在"煽情"。其次，对当代人而言，由于相关媒体报道和机构宣传等因素，人们对鲸鱼的保护意识得到极大加强，所以可能觉得现在还提鲸鱼问题是"多此一举"，但联系温顿创作《浅滩》的历史背景，时值澳大利亚政府规定禁止商业捕鲸，该规定不仅在澳大利亚本国引起了骚动，在世界上也产生了轰动，被喻为是"戏剧性历史转折"。

② Heise, Ursula, *Imagining Extinction：The Cultural Meanings of Endangered Species*, Chicago：The Univeristy of Chicago Press, 2016, p. 21.

③ Rolston, Holmes, "Endangered Species", *Encyclopedia of Animal Rights and Animal Welfare* (1st *edition*), Ed. Marc Bekoff, Westport：Greenwood Press, 1998, pp. 154 – 156. (p. 155) 这里可能会涉及人类现代科技的基因工程和生物技术等制造新物种，那么问题就变成物种本身的生命形式是否有存在价值。如果依据《联合国大自然宪章》(*The United Nations World Chapter for Nature*) 来看的话，每一种生命形式都是独一无二的，无论其对于人类是否有价值，都应获得尊重。

顿的现代化批判并非某种反人类性质的拒绝发展，作者所挞伐的是一种自由流淌于现代化进程并大行其道的唯发展主义思维——灭绝式发展。早在20世纪90年代，美国生态学家利奥波德（Aldo Leopold）就对这种自我毁灭式的发展模式给予了强烈谴责，他将之生动地比喻为在有限的空地上拼命建房子，"建第一、第二、第三、第四，甚至第五栋房子是'发展'，但当我们建到最后一栋时，早已把当初为何建房的初衷抛到九霄云外……第六栋完全不叫发展，不过是鼠目寸光的愚蠢，好比莎士比亚说的，'它会变成胸膜炎，死于过度'"①。

在《浅滩》中，温顿对灭绝式发展进行了追本溯源的批判。无节制发展是灭绝式发展所犯的第一个错误，换言之，科学发展应该满足制约条件——横向是种际伦理，纵向是代际关怀。温顿开篇以及贯穿全文关于鲸鱼消失和海洋岑寂的场景描绘，尤其是大量人物对话的侧面烘托（如"当我还是小不点时，鲸鱼就不来这里了""我记得，那时候鲸鱼每年冬天都来"），都反映出人类对物质的无限追求已经极大超过了目前生态系统的承载能力。文中，动保运动者连连大声疾呼，"我希望我的孩子长大后能够看得到鲸鱼，我希望他们明白自己处于什么位置——大海没有鲸鱼，就像荒野没有树木……我希望他们知道世界原来是什么样的。他们得认识大半个世界，他们不应只是'半人'（half people）"②，更是形象化地揭橥了当代人无度索取自然可能完全改变人类代际图景的潜在危险。相比人类的无节制，动物反倒显得有节制。加拿大作家莫厄特（Farley Mowat）的纪实小说《与狼共度》就描写了被打上"猛兽"标签的狼有节制地捕食，只要狩猎成功，狼便不会对其他鹿再行捕杀，除非它们食物消耗完毕，在新的饥饿驱动下才重新开始下一轮猎鹿。希腊哲学家普鲁塔克（Plutarch）曾言："人们总说老虎、狮子、蟒蛇这类食肉动物野

---

① Leopold, Aldo, *Aldo Leopold's Southwest*, Ed. David Brown and Neil Carmony, Albuquerque: Univerity of New Mexico Press, 1995, p. 159.

② Winton, Tim, *Shallows*, Sydney: Allen & Unwin, 1984, p. 124.

蛮和凶残，但我们自己有过之而无不及。"① 猛兽捕食别的动物大都只是为了果腹，人类却是"冠上加冠"，经常为了所谓的英勇或快感而肆意践踏动物生命。当我们把《浅滩》与《与狼共度》并而观之，可以清楚看到温顿试图告诫读者：那种只求扩张不计代价或只求超越极限的疯狂经济体制，是绝对不可取的。

灭绝式发展所犯的另一错误，也是最严重的错误，就是无目的发展，或把发展本身当成目的、为了发展而发展。关于商业捕鲸，小说明确写道："不需要宰杀！我们不吃鲸肉，甚至连副产品都已经过时。"② 温顿此处所言非虚。如果说19、20世纪以及更早期时人们捕鲸是出于对鲸油和鲸肉的需求，那么在今天而言，鲸油已经没有什么不可替代的价值，现代商业捕鲸主要是为了获取食物。但正如小说所指出的，现代人早已停止吃鲸肉。以捕鲸国钉子户日本为例，尽管该国一直抵制《国际捕鲸管制公约》的商业捕鲸禁令努力打造国民"鲸食文化"，相关调查却显示，在日本只有4%的人有时吃鲸肉，9%的人不太吃鲸肉，剩下86%的人从来不吃或早已停止吃鲸肉③。针对那些坚持认为捕鲸是民族文化传统而不能摒弃的说法，有学者一针见血地披露，虽然从事捕鲸活动的几个主要海洋国家有着各自的捕鲸历史、文化和习俗，原始状态的猎鲸也确实曾是人类倚赖自然资源生存与发展的方式之一，但经过经济利益的洗礼，捕鲸早已蜕变为资本的意识形态神话④。

在《人与兽：一部视觉的历史》一书中，法国学者布德（J. Bou-

---

① 转引自 Moore, John Howard, *The Universal Kinship*, Chicago：Charles H. Kerr & Company, 1908, p. 274。

② Winton, Tim, *Shallows*, Sydney：Allen & Unwin, 1984, p. 52.

③ 国际捕鲸委员会颁布"商业捕鲸禁令"后，日本捕鲸协会称捕鲸是日本历史和文化不可或缺的一部分，并在国内试图构建"吃鲸文化"，政府甚至每年投入近500万美元用于推广食用鲸肉的民间活动。与此同时，日本也不少打着"科研捕鲸"的旗号挂羊头卖狗肉，继续从事商业捕鲸行为。详见孙凯《捕鲸的国际管制及其变迁》，社会科学文献出版社2012年版。

④ 莫知：《捕鲸折射的人类社会历史乱象》，《海洋世界》2009年第8期。

det）用文字和图片结合的形式讲述了人与动物之间漫长岁月中的纠葛，作者向世人敲响警钟："让我们记住生命的一个基本事实，那就是人类不能没有动物，而动物却完全可以不需要人类。"① 温顿的《浅滩》以旗舰物种鲸鱼为切入点，通过灭绝想象真实地描绘出一幅物种消失的末日或准末日光景，检视了人类行为对生物多样性和生态系统造成的全球环境危机，揭示了现代化唯发展主义的自取灭亡的本质。在温顿看来，那种将道德价值始终归结为人类利益问题或只对人类种属关心的伦理学（此为近现代主流伦理学）大错特错②，因为"人们相互拯救生命，是伊甸园的记忆"，而"鲸鱼呢，它们也有伊甸园"③。

二　科技乌托邦与科技雾托邦："器官猪"和"狼犬兽"的人类世两重性

2000 年，荷兰大气化学家、诺贝尔奖得主克鲁岑（Paul Crutzen）和美国生态学家斯托莫（Eugene Stoermer）撰文指出，自工业革命以来，人类活动（如土地开垦、河流变道、水资源利用和空间开发等）对地球、大气以及所有生态系统都产生了广泛影响，这些影响形成一种强大的地质外营力，深刻地作用于自然环境和地貌状况，导致地球原来的演化速率发生了极大改变④。与"全新世"（the

---

① ［法］布德：《人与兽：一部视觉的历史》，李扬等译，山东画报出版社 2001 年版，第 6 页。

② 温顿在接受采访时曾谈到人类的灭绝式发展问题，他说：地球资源是十分有限的，人类为了生存，不得不消耗自然之力，人类的繁衍和发展是以牺牲地球为代价的，所以说"自然是我们人类作为个体、作为文化而生存之必需"。但是，人类已经有意或无意地忽视大自然、忽视可持续发展，只顾眼前经济利益而无社会责任。人们总以为自然资源取之不尽、用之不竭，而事实上，像干净的水源、清新的空气和可耕种土壤等都是有限的，"人类盲目地向大自然索取，贪婪之后必要承担后果"。刘云秋：《蒂姆·温顿访谈录》，《当代外语研究》2013 年第 2 期。

③ Winton, Tim, *Shallows*, Sydney：Allen & Unwin，1984，p. 125.

④ Crutzen, Paul, and Eugene Stoermer, "The Anthropocene", *Global Change Newsletter*, No. 41, 2000, pp. 17 – 18. (p. 17)

Holocene，指从 11700 年前开始至今的地质年代）相对应，两位学者创造了一个新术语"人类世"（the Anthropocene），用以强调人类行为对整个地球环境产生了不可忽略的重要影响。此后，克鲁岑通过一系列后续论著或会议活动，在学术界、各国政府和社会组织机构中进一步阐述这一概念，使"人类世"不仅在学界从环境领域迅速扩展到人文社科领域，在社会上也成为备受广大民众关注的焦点之一。

2015 年，英国杜伦大学克拉克（Timothy Clark）教授出版《生态批评前沿：以人类世为切入点》一书，将"人类世"概念引入文学研究与文学批评，并以此为基础构建了人类世生态批评体系。克拉克认为，生态批评家过去一直、现在仍旧以民族/国家及其边界作为文学和文化研究的自然语境，即"方法论上的民族/国家主义"（methodological nationalism）[1]，在一定程度上忽略了人类世环境危机的"行星规模"（planetary scale）；与之同时，一些主流文学研究者也往往满足于只当"文化历史学家"（cultural historian），把生态危机归咎于具体的历史文化语境，忽视了人类自身作为一个物种对地球的存在意义，特别是科技日新月异与人口不断增长造成的"人类种群过剩"（human overpopulation）问题[2]。鉴于此，克拉克提出用更宽阔的眼界和更厚重的责任感——前者是一种全球视野策略，后者是一种全球物种意识——来观照文本的生态书写，重新反思人类文明活动对环境引发的规模效应，以及人类物种（尤其相对于非人类物种来说）在地球上的位置，从而真正有效地应对人类世的环境危机。不难看出，克拉克的人类世生态批评传达出鲜明的种际伦理意识，其所主张的乃是一种"人类既此在亦不在"的生态哲学。亦即，既将人视为与动物无异，又将人区别于动物，通过把人类"自

---

① Clark，Timothy，*Ecocriticism on the Edge：The Anthropocene as a Threshold Concept*，London：Bloomsbury，2015，p. 54.

② Clark，Timothy，*Ecocriticism on the Edge：The Anthropocene as a Threshold Concept*，London：Bloomsbury，2015，pp. 51，80.

我"理解为与某种更大的、无处不在的"大我"紧密相关的存在，重新评估人类与其他物种、地球以及环境之间的关系。

　　加拿大作家阿特伍德的环境意识同样着眼于人类作为自然界物种之一与地球的关系。在 2003 年卡尔顿大学举行的"科学罗曼司"讲座上，阿特伍德将当前地球危机的症结直指人类："何谓人类？在铺天盖地的改造工程中，我们还能走多远仍不失为人类？"① 她的"末世三部曲"（The MaddAddam Trilogy）相关灾难书写②，基本都把视野置于"行星地球"（Planet Earth）③。在末世首曲《羚羊与秧鸡》中，阿特伍德以现代科技的前沿领域生物技术作为环境想象的透视镜，深刻思索了人与地球的关系以及科学技术的本质，对动物他者生命表达了深切关怀，揭示了为科学所支配的人类世的两重性，即克拉克所言，"一则以喜，一则以惧，此谓人类世也"④。

　　小说开篇已是人类几近灭绝的未来时空，整个世界被一场人造瘟疫席卷，只剩下废墟、荒原、残骸和人类唯一幸存者"雪人"（Snowman），以及大灭绝之前生产的生物科技产品"器官猪"（Pigoons）、"狼犬兽"（Wolvogs）、"秧鸡人"（Crakers）等。阿特伍德运用过去与现在交叉的叙述结构讲述了未来的末日故事。有研究者指出，这种时间线性序列上的破坏较之历史而言，"是一个让人感到非常混乱的逻辑立场"，因为它一面"以时间的复杂性来搅乱形式主义的简单性"，一面又似乎仍旧"以形式主义关于任何链接中的能指间的关系的观点来瓦解时间的简单性"，这样一来便削弱了对总体性

---

　　① 转引自 Hengen, Shannon, "Margaret Atwood and Environmentalism", *The Cambridge Companion to Margaret Atwood*, Ed. Coral Howells, Cambridge：Cambridge University Press, 2006, pp. 72 – 85。(p. 72)

　　② 阿特伍德的"末世三部曲"包括《羚羊与秧鸡》（*Oryx and Crake*, 2003）、《洪荒年代》（*The Year of the Flood*, 2009）、《疯狂亚当》（*MaddAddam*, 2013）。

　　③ Atwood, Margaret, "*The Handmaid's Tale* and *Oryx and Crake* in Context", *PMLA*, Vol. 119, No. 3, 2004, pp. 513 – 517. (p. 513)

　　④ Clark, Timothy, *Ecocriticism on the Edge：The Anthropocene as a Threshold Concept*, London：Bloomsbury, 2015, p. xi.

历史的质疑①。但事实上，正是历史叙事与形式主义在结构上的张力，赋予了文本将各种历史联系起来的可能性，通过"一件事导致另一件事"的非线性的线性逻辑，"撑起了整个意义系统（目的论、末世论、升华与内化、某种传统性、某种连续性或真理概念等）"②。阿特伍德的末日书写便是如此，借助错综复杂的时空处理，作者得以在人类世的某个临界点自由穿梭。故事里被叙述者于时间乱流中徐徐揭开神秘面纱的末日触发器，不是别人，而是人类自己，或更确切地说，是人类对生物科技的滥用。

人类世的第一重属性为"喜"。该"喜"源于科学的发展和技术的进步，不仅把人类从辛苦的体力劳动中解放出来，还格外提高了人类改造环境的能力，可以说"现代人类在孕育了他们的地球（第一自然）上创造了一个能满足他们各方面需要的第二自然或人工自然"③。在《羚羊与秧鸡》中，末日降临前是一个由基因工程、细胞工程、蛋白质工程等生物技术引领整个人类社会的大科学时代，国家和政府逐渐隐退到幕后，取而代之的是五花八门的"大院"（Compounds，类似"国中国"的生物科技公司）马不停蹄操持着人们的进退荣枯、生老悲乐，"每个月都有新的品种问世"④。通过简单的背景介绍，阿特伍德勾勒出形成人类世所必需的条件：人们乐意相信科学、崇拜科学，科学是一门永不停顿的哲学，它的规律就是"进步"，更重要的一点，在"生物地球化学组合"（biogeochemical assemblages）的改造大业中，人的主观能动性得到了巨大彰显⑤。

---

① Currie, Mark, *Postmodern Narrative Theory*, Basingstoke：Macmillan, 1998, p. 78.

② Currie, Mark, *Postmodern Narrative Theory*, Basingstoke：Macmillan, 1998, p. 79.

③ 尹希成：《从"人类世"概念看人与地球的共生、共存和共荣》，《当代世界与社会主义》2011 年第 1 期。

④ Atwood, Margaret, *Oryx and Crake*, London：Bloomsbury, 2003, p. 200.

⑤ Davies, Jeremy, *The Birth of the Anthropocene*, Oakland：University of California Press, 2016, p. 75.

如果说科学的"进步"二字给人们提供了精神上的信仰寄托，那么它的两大基本社会功能——减轻人类痛苦和增加人类幸福——则让人们获得了切实的生活利益。小说中，阿特伍德通过重点刻画最新生物技术产品"器官猪"和"狼犬兽"诠释了科学的两大实用功能。"器官猪"，又名"多器官生产者"，目的是在良种转基因宿主猪体内培植各种安全可靠的人体组织器官，如肾、肝、心脏等。一只器官猪一次可以生长五六只肾，多余的肾可割下来，且不用杀死宿主，这比克隆的方式获取身体部件要便宜，也比在非法培婴园秘密交易器官婴儿的代价要低，简言之就是"绝对的高效和相对的健康"①。"狼犬兽"同属特异生物体，它们看似像狗一样亲和，却如狼一般凶猛，是培养出来专门诱惑不法分子的预警系统，"伸手拍拍，立马能把人的手咬下来"②，并且不存在任何停止攻击的可能性，如此人们的幸福生活便有了安全保障。在阿特伍德丰富的想象和细腻的笔触下，一幅幅先进生物科技打造的美好生活蓝图如电影般一幕幕略过读者眼前，一个由技术构筑、专家护航的"乌托邦"生动地跃然纸上。

从纵向历史来看，现代乌托邦（文艺复兴时期欧洲发明的西方现代乌托邦③）经历了莫尔"人文乌托邦"向培根"科学乌托邦"的演变，与前者重视人性道德化和制度民主化相比，后者的计划是依靠科学和知识重塑社会④。到了 18 世纪，在启蒙理性的指导下，工业革命引发的技术革命为如火如荼的乌托邦事业添薪加柴，于是"科学乌托邦"进一步升级为阿特伍德笔下那个由科学指引和技术驱

① Atwood，Margaret，*Oryx and Crake*，London：Bloomsbury，2003，p. 23.

② Atwood，Margaret，*Oryx and Crake*，London：Bloomsbury，2003，p. 205.

③ 与现代乌托邦对应，人类历史上还出现过许多其他形式的理想社会描绘，从远古神话的"黄金乡"，到古希腊柏拉图的"理想国"，再到奥古斯丁的"上帝之城"等，这些乌托邦被称为"道德乌托邦"或"神学乌托邦"。

④ Hertzler，Joyce，*The History of Utopian Thought*，London：George Allen & Unwin Ltd.，1922，p. 148.

动的"科技乌托邦"，其在超越过去一切乌托邦的基础上创造了一个
崭新的以工业文明为特色的现代人类文明，谓之人类世进步的前瞻
性成果和先进性标志。然而，当"科技乌托邦"从愿景转化为现实，
是否真如世人所期冀的那样会完美兑现它的绚烂承诺，其诞生之初
所持有的前瞻性与先进性又是否能始终如一？阿特伍德的《羚羊与
秧鸡》给出了否定答案："错了！整个体系都错了！"①豪沃尔斯
（Coral Howells）评论指出，阿特伍德的反乌托邦小说是"具有自我
意识的警示录"（self-consciously warnings）②。这种自我意识源于作
者对事件的评判不是简单地下结论，而是深入思考背后的本质、原
因和结果等。

　　阿特伍德将问题的矛头首先直指科技工作者的伦理缺失。在作
者看来，人类世时代现代科学的宗旨目标早已从"为现实解惑"迈
向"逐非凡力量"，重要标识是人类可以任意支配与自身最为接近的
他者物种，即非人类动物③。正所谓"能力构筑竞争"，这也是以动
物为主要实验对象的跨物种基因技术为何会成为当今最热门科学领
域之一的原因，以至于世界各国都把它列为优先发展的关键。循着
"逐非凡力量"的梦想，小说中的科学家们热衷于创造动物，甚至当
成了业余爱好，那些产物让他们有种上帝的感觉。科学家们对外界
批评"器官猪""狼犬兽"等生物工程是在干涉生命的基础材料完
全不屑一顾，"不就是蛋白质么！细胞和组织没有什么神圣可言"，
他们声称"不信自然（Nature），不相信大写的自然（Nature not with
a capital N）"④。此番言论充分暴露了科技从业人员的人类沙文主义

---

① Atwood，Margaret，*Oryx and Crake*，London：Bloomsbury，2003，p. 56.

② Howells，Coral，"Margaret Atwood's Dystopian Visions：*The Handmaid's Tale* and *Oryx and Crake*"，*The Cambridge Companion to Margaret Atwood*，Ed. Coral Howells，Cambridge：Cambridge University Press，2006，pp. 161 – 172.（p. 161）

③ Waldau，Paul，*Animal Studies：An Introduction*，New York：Oxford University Press，2013，p. 68.

④ Atwood，Margaret，*Oryx and Crake*，London：Bloomsbury，2003，pp. 57，206.

与物种歧视主义思维，科学主义、机械主义的世界观将自然简化为无生命原子堆积的产物，进而名正言顺地使科学研究脱离道德的管辖范围。正如特温（Richard Twine）所示，生物伦理学目前未能提供足够的空间讨论有关动物伦理的问题或研究人与动物的关系变化，在严格执行功利主义或义务伦理学的二分法的生物伦理学中，动物在很大程度上是缺席的，"它们宛若幽灵，只存在于背景中"①。

　　阿特伍德还注意到，资本主义生产方式主导下的经济全球化及跨国公司在人类世危机中扮演了共谋者的角色。为了实现利益最大化，以"奥根农场"（OrganInc Farms，"organ"即器官之意）为代表的生物科技公司研制出"鸡肉球"，一个仿拟海葵的无脑鸡体，没有眼睛、喙等，从里面伸出二十根肉质粗管高效生长鸡肉。"鸡肉球"迅速获得特许经销权，并以低廉的价格被加速推向国际市场。显而易见，这是无止境追逐资本积累与剩余价值的全球资本主义对动物自然生长过程的人为废除，它剥离了人们与活体动物互动的可能性，径直把动物肢解为消费者大脑里的身体部件②，再通过炮制产品信息或服务将现实架空，构建出一个貌似自为存在的"科技乌托邦"，从而使鲜活的自然生命完全失去了存在的意义。"器官猪"和"狼犬兽"无不如是。各家"大院"为了在全球商业角逐中胜出，竞相"厮杀"，"整个地球现在是个巨大的、无节制的试验场"③。克拉克指出，正是这种全球新自由资本主义的横行，加剧了人类世环境危机的"规模效应"（scale effect）④。当科学遇见别有用心者，例如缺乏社会责任、人类责任和生态责任的科学技术工作者，以及将

---

① Twine, Richard, *Animals as Biotechnology*: *Ethics*, *Sustainability and Critical Animal Studies*, London and Washington: Earthscan, 2010, p. 33.

② Irwin, Beth, "Global Capitalism in *Oryx and Crake*", *Oshkosh Scholar*, Vol. 4, 2009, pp. 44 - 51. (p. 48)

③ Atwood, Margaret, *Oryx and Crake*, London: Bloomsbury, 2003, p. 228.

④ Clark, Timothy, *Ecocriticism on the Edge*: *The Anthropocene as a Threshold Concept*, London: Bloomsbury, 2015, p. 151.

整个星球和物种抛诸脑后的跨国公司，科学的神话亦将跟着蜕变为科学的极权主义，而"科技乌托邦"也将蜕变为"科技雾托邦"。

"科技雾托邦"的来临实际上是人类世另一属性"惧"的必然结果，其最为严重、最为突出的表现就是"涌现"和"事件"。所谓"涌现"（emergence），是指当一个复杂的物理系统处于某种"适当的组态"（suitable configuration）时，便会涌现出物理定律无法预测的"新属性"（new properties）①，由此带来难以预料的环境问题。固然，地球在形成的 46 亿年中经历过火山爆发、地块碰撞、冰川时代以及物种灭绝等诸多出乎意料的"事件"（events），导致生态系统脆弱、崩溃甚或消亡②，但这些"事件"在人类出现以前大都是渐变的，且变化的速度和幅度都相对较小。到了人类世，人类活动对地球的影响使其长时间处于一种超负荷运转状态，已经趋近现在与未来的需求无法调和的阈值。全球性气候变暖、大范围海平面上升、可耕地面积萎缩以及地下资源枯竭等，都以"涌现"的方式正在成为或已经成为"事件"，而生物多样性锐减的"涌现"更令生物学家直接将之命名为"第六次物种大灭绝"（The Sixth Mass Extinction）③。

在《羚羊与秧鸡》中，阿特伍德以文字介入现实言说了人类世物种危机的正在进行时，批判的锋芒直指"科技雾托邦"的异化本相。与科学家们宣称每个月都有新品种问世，还研制出人造人"秧

---

① Prosser, Simon, "Emergent Causation", *Philosophical Studies*, Vol. 159, No. 1, 2012, pp. 21 – 39.（p. 21）

② Clark, Timothy, *Ecocriticism on the Edge: The Anthropocene as a Threshold Concept*, London: Bloomsbury, 2015, p. 6.

③ 前 5 次大灭绝分别为：距今约 4.43 亿年前的奥陶纪末期，伽马射线击中地球引发全球气候变化，导致约 86% 物种灭绝；距今约 3.6 亿年前的晚泥盆世末期，超级地幔柱喷发，导致约 75% 物种灭绝；距今约 2.5 亿年前的二叠纪末期，西伯利亚火山爆发，造成约 95% 以上物种灭绝；距今约 2 亿年前的三叠纪末期，可能是另一次火山喷发，导致约 3/4 物种灭绝；距今约 6500 万年前的白垩纪末期，小行星坠落地球，导致约 76% 物种灭绝。

鸡人"形成鲜明对比,过去短短 50 多年间大量动物遭遇了灭绝,若把它们的名称罗列出来,"估计是一份长达几百页、用蝇头小字打出的清单"①,毕竟科学家们每年差不多 20 亿个小时都花在破坏地球上②。而跨国公司努力推销"器官猪""狼犬兽""鸡肉球"等生物技术产品造福人类的另一面,是大肆定制传播疾病、囤积抗生素用短缺经济来保证高额利润,根据精细计算,病人应当恰好在倾其所有之前痊愈或死亡。不言而喻,这是作者对科学主义与资本主义双重腐蚀下"非人"的人类个体和"非人"的人类社会的反讽:随着资本主义和技术的发展,先进的工业社会要求增加对经济和社会机器的适应,在服务于统治和管理的"从众机制"(mechanics of conformity)肆虐下,人们逐渐丧失了早期批判理性的特征(自主性、异议性、否定力……),于是人异化成一种单向度的人、社会异化成一个单向度的社会③。可见,阿特伍德以动物书写寄寓生态关切的同时,也披露了资本主义科技引发的现代性危机,用海斯(Ursula Heise)的话来讲就是,"物种濒危或灭亡,不仅喻指整个自然的败落境况,而且本身也构成了文化现代性叙事的一部分"④。

值得一提的是,阿特伍德所关心的并非只是"科技乌托邦"向"科技雾托邦"的魔景转换,作者更借科技工作者和全球化企业的异化强调人类"物种意识"(species-consciousness)的缺失。无论是作为个体典型代表的前者(科技工作者),还是作为社会整体表征的后者(全球化企业),无不折射出人类身为自然界物种之一却缺乏对地球的主体义务意识与责任使命担当。事实上,"人类世"概念的提

① Atwood, Margaret, *Oryx and Crake*, London: Bloomsbury, 2003, p. 81.

② Hauptman, Herbert, "The Responsibilities of Scientists in the Twenty-First Century", *Building a World Community: Humanism in 21ˢᵗ Century*, Ed. Paul Kurtz Levi Fragell, and Rob Tiblman, New York: Prometheus Books, 1989, pp. 15 – 20. (p. 17)

③ Marcuse, Herbert, *One-Dimensional Man: Studies in the Ideology of Advanced Industrial Society*, Abingdon and New York: Routledge, 2007, p. xx.

④ Heise, Ursula, *Imagining Extinction: The Cultural Meanings of Endangered Species*, Chicago: The University of Chicago Press, 2016, p. 32.

出，即意味着现代人类由于掌握先进科学技术而成为对地球影响甚大的外营力，换言之，人类已构成自身生存和生态环境的最大威胁。在这个角度上我们说，人类的物种意识具有一种救赎力量，对于扭转环境持续恶化意义非凡，"如同资本主义赋予每一个人成为消费者的权力，人类世促使我们所有人成为手握地质营力的施动者（geo-logical agents）"①。然而纵观当下，对环境问题的严重性认识不足者、或即便了解却无动于衷者，甚至是持一种暴力美学心态者，在社会比比皆是。

小说中有关人们互联网消遣娱乐的描写便是对此最真实的写照。比如，"生吞秀"，表演者比赛吃活的鸟兽，用码表计时；又如，"大灭绝"，参加者比赛识别近年来绝迹的生命形式；再如，"虐杀动物网"，播放内容是单调地重复踩青蛙、徒手把活猫撕烂等。在阿特伍德的反讽叙述中，环境漠视——"人类世障碍"（Anthropocene disorder）② 最常见的病症——被展现得淋漓尽致，动物他者的生命遭到无情践踏。此时此刻能够触动人们神经末梢的唯有长生不老药，而这恰是导致世界末日骤然降临的肇因。一种号称可以保护使用者、提高性能力和延长青春的抗病保健药"喜福多"（BlyssPluss）在全球范围迅速畅销，并以迅雷之势吞噬了整个人类，只剩下携带病毒抗体的"雪人""秧鸡人""器官猪""狼犬兽"等，其中，后两者是人类唯一幸存者"雪人"的最大敌人，随时可能有生命威胁。通过结局的反转，阿特伍德不仅揭露了乌托邦与现代科技的内在悖论，还反思了人类在追求永生路上的种群过剩问题，同时严厉地讽刺和鞭挞了科学界无视生命、滥用动物的暴行。关于动物实验的议题，英国

---

① Flannery, Eoin, "Ecocriticism", *The Year's Work in Critical and Cultural Theory*, Vol. 24, 2016, pp. 419 – 438. (p. 422)

② "人类世障碍"是指在人类世语境下，因亲眼所见与正在发生的环境事件之间存在巨大反差，对人们心理产生猛烈冲击而导致的精神综合征，最常见的病症就是环境问题意识的主动淡薄。Clark, Timothy, *Ecocriticism on the Edge*：*The Anthropocene as a Threshold Concept*, London：Bloomsbury, 2015, p. 140.

活体解剖信息网（Vivisection Information Network，简称 VIN）提供的一些数据（参见表1)①或许能更好地诠释阿特伍德的讽刺和鞭挞精神，我们也借此进一步说明阿特伍德文学创作的现实意义及其物种意识，并呼应本章引言部分瑞德（Richard Ryder）对人类以追求知识福祉之名、行物种歧视主义之实所表达的批判与思考。

表1　　　　　　　　　　　　**VIN 9 项动物实验事实**

- 98% 以上人类疾病从未影响动物，只有不到 2%（1.16%）曾在动物身上发现
- 5%—25% 的动物实验结果可能适用人类
- 88% 的死胎肇因于已通过动物测试的安全药物
- 61% 的先天性缺陷肇因于已通过动物测试的安全药物
- 6% 的致命疾病和 25% 的器官病变因药物而起，这些药物皆已通过动物测试
- 92% 通过动物测试的药物，因对人类无价值或危险作废
- 动物研究导致输血延迟 200 年
- 尽管诺贝尔奖授予过活体解剖者，但只有 45% 的人同意动物实验至关重要
- 数千种安全产品致使实验室动物出生缺陷

①　VIN 所提供的这份资料原有 33 项，并附有详细的数据来源出处，该网还提供了其他相关数据。VIN，"Does Animal Testing Help Human Medicine? 33 Facts to Consider"，(n. d.) 16 Jul. 2018. < http：//vivisectioninformation. com/index2dd4. html？p = 1＿8＿All-you-need-to-know-in-33-facts >.

第 三 章

身份的重塑：当代新英语小说中的
动物他性

> "所有创造物中最不幸、最虚弱，也是最自负的是人。……
> 他怎样凭自己的小聪明会知道动物的内心思想和秘密？他对人
> 与动物作了什么样的比较就下结论说动物是愚蠢的？当我跟我
> 的猫玩时，谁知道是它跟我消磨时间还是我跟它消磨时间？"
>
> ——米歇尔·德·蒙田（Michel de Montaigne）

"他性"（alterity），顾名思义，"他者"（other）之属性。与他者相似，他性问题在西方哲学传统中从一开始就隐而不显，或存而不论，或覆是为非。"他性"概念有两个相互关联的定义：一为"他者性"（otherness），二为"他异性"（alterity）。总体来说，西方哲学关于他者的认识经历了一个由"他者性"到"他异性"的转变。20世纪前后，西方对意识与外部世界之间关系的看法改变是重要的分水岭，"他异性"逐渐取代"他者性"被用作他者属性的界定和描述。而在此之前（主要是笛卡儿以后、列维纳斯之前），西方传统哲学一直未能把"他者性"作为"他异性"（指一种无限的异质性）来思考或设想，而是试图将其整合进"同一性"（identity），换言之，"他异性"意味着对那些超出自己意识以外的东西给予认可，并根据其异质性进行理解①。

对他性的描述可追溯至古希腊神话有关阿尔忒弥斯（Artemis）、狄俄尼索斯（Dionysus）和戈耳工（Gorgon）的探讨②。阿尔忒弥斯代表了"一种横向的相异性"，作用是将动物性接入文明体系之中；而狄俄尼索斯和戈耳工则代表了"一种纵向的相异性"，前者把个体引向上天、与神使的圣洁相合，后者把个体拉往下界、恐怖和混沌③。可见，先哲关于他性的诠释在历史上就与动物（性）有着密切的关系。如果说古希腊神话的他性言说尚徜徉于经验主义的蒙昧状态，那么柏拉图的"同者/他者"（the same/the other）论述把这一问题提到了哲学思辨的高度。在《蒂迈欧篇》中，柏拉图运用神话叙事阐述了造物者如何创造灵魂，"（神）使用不可分、不变化的存在和分布在物体中的存在，组合成第三种中介性的存在。他以同样的方式处理相同者和相异者，亦即把每一种不可分的存在与按比例分布在物体中的存在调和在一起。然后，他把这三种新的成分混合为一种形式，用强力压迫使相异者的那些不情愿的、不肯联合的性质变成相同的"④。此处的"相异者"即现代意义的他者。显然，相异的他者在世界诞生之初就被消失于造物主的暴力整合中，并以其可分、可变之名指向较低位阶的感知实体，与较高

①　朱刚:《通往第一哲学的三条道路》，《世界哲学》2017年第1期。另外，本章标题使用"他性"有两点说明:首先，从纵向脉络来看，"他性"一词可同时将"他者性"和"他异性"囊括在内，对"他性"的阐释意味着对"他者性"和"他异性"的梳理与厘清，本身包含了一种哲学话语的历史演变;其次，在横向维度上，"他性"的含义将朝"他异性"倾斜，这不仅是客观历史事实的反映要求，同时还有另一层用意，即本书对动物"他性"的理解根植于"他异性"却不局限于"他异性"。

②　阿尔忒弥斯、狄俄尼索斯和戈耳工皆为戴面具或与面具有关的神，而面具往往代表了一种可能异于事物外观的存在，容易使人遐想或回溯某种"相异性"。即，立于同者对面的他者究竟是何面目?

③　[法]韦尔南:《神话与政治之间》，余中先译，生活·读书·新知三联书店2005年版，第61页。

④　[古希腊]柏拉图:《柏拉图全集（第三卷）》，王晓朝译，人民出版社2003年版，第285页。

位阶的"理式"（form）遥相对比。

柏拉图的论述奠定了后世哲学家研究他性的基本范式，尤其是文艺复兴和启蒙运动以降，自我意识被视为主体身份建构的核心，他性被粗暴地处理为同者的降格或等待清除的异己。这或许是因为，哲学最初面对他者时，"产生的惊恐和无法逾越的过敏状态而震慑，……哲学本质上是存在的哲学……是有关内在性、自主性和无神论的哲学"①。传统哲学话语也一贯致力于探讨理性、语言以及死亡意识等所谓的人类自我的专属特征，动物由此作为人类的对立参照而被认定为异我或非我的他者。可以说，西方哲学的动物叙事在相当长一段时间里都充斥着各种负面论述，其中颇具影响的当属康德和笛卡儿所发表的动物观，前者认为动物缺乏自我意识所以是彻底的目的"手段"（means），后者的动物"机器"（machines）更直接把动物推向了极致的物化认知模式②。

西方传统哲学对他性的上述固见一直到 20 世纪才发生改变。分析哲学方面，不管是罗素、卡尔纳普的人工语言哲学，还是维特根斯坦、赖尔、奥斯汀、斯特劳森的日常语言哲学，都把诠释他人之心（简称"他心问题"）当作重点来研究；欧陆哲学方面，胡塞尔、萨特和海洛 - 庞蒂的现象学进一步将他人探究从纯粹的意识认知问题转化为日常的他人存在问题。以上研究尽管存在分歧，但目的皆是推动他性概念图式的变革，西方哲学话语主体开始隐退，他者却越发凸显。到了后现代哲学，列维纳斯集中关注他人的陌异性问题，福柯则通过对现代性的反思与批判探讨了为理性所遮蔽的边缘他者，标志着西方哲学的重大转折——"绝对他性的认

---

① 彭勇：《列维纳斯的他异性美（伦理）学》，博士学位论文，厦门大学，2009年，第 63 页。

② Kant, Immanuel, *Lectures on Ethics*, Ed. Peter Heath and J. B. Schneewind, Trans. Peter Heath, Cambridge：Cambridge University Press, 1997, p. 212; Descartes, Rene, *A Discourse on the Method of Correctly Conducting One's Reason and Seeking Truth in the Sciences*, Trans. Ian Maclean, New York：Oxford University Press, 2006, pp. 45 – 49.

可成为根本的出发点"。此后,德里达、杰姆逊和赛义德等众多理论家或是着聚焦他人的他性,或是着眼于文化的他性,其研究都表现出对同质化、向心性和连续性的破除,朝异质性、多元化和断裂性开放。①

那么,西方现代哲学的"他性"究竟所指为何?根据他性美/伦理学家列维纳斯,他者的他性指向"外在性"(exteriority),或者说是对"外在性"的寻求,旨在将他者从本体论的樊笼中解救出来,是一种"压抑者的归来",他者"无限地保持着超越性、无限地保持着陌异性"②。列维纳斯强调,这样的他性是"存在"(being)难以通达或者根本不能通达之质素,因为"存在"意味着排除一切异质,而他者由于具有他性遂成为"存在之外"(the other is other than being)。在具体阐述时,列维纳斯引入"面貌"(visage)的概念来对抗传统以人为想象中心的认知路径③。他者通过"面貌"显现在与"我"面对面的相遇中——这是一场伦理性的相遇——"面貌"作为活着的"在场"(living-presence),以其脆弱和裸露呈现在"我"的面前,因为它被剥去了自己的形象,它的呈现是无能为力的存余,而它本身则是赤裸的,这同时也就唤起了"我"对他者的"责任"(responsibility),因此需要"我"去"回应"(respond),于是"我"成为一种"宾格

---

① 杨大春:《他者与他性:一个问题的谱系》,《浙江学刊》2001 年第 2 期。

② Levinas, Emmanuel, *Totality and Infinity*: *An Essay on Exteriority*, Trans. Alphonso Lingis, The Hague: Martinus Nijhoff Publishers, 1979, p. 194.

③ 列维纳斯的"面貌"不是指具体的面孔或事物的外观,而是一个隐喻,象征着人的存在中一种非实体化的东西。列维纳斯认为,过去柏拉图的"会沉思的灵魂"、斯宾诺莎的"思想方式之物",其"在现象学上被描绘成面貌"。理解列维纳斯的"面貌"有几个关键点:首先,"面貌"所强调的并非事物的外观,"面貌"意义上的他者也非被视的对象,而是具有对视或回视能力的观看者;其次,"面貌"并不直接显现,它总是藏在某些符码背后,但却时刻呼唤"我"的回应,这种回应是"我"对他者的责任,正是这种责任心构成了人的伦理本质,此即列维纳斯意义上的人类本质——人是在对责任心不可抗拒的回应中而形成的。张一兵:《不可能的存在之真——拉康哲学映像》,商务印书馆 2008 年版,第 262—263 页。

之我"①。列维纳斯指出,"面貌"的呈现是一种没有任何文化装饰的
"赤贫"(destitution),是一种"绝对"(absolute)、一种"无限"(in-
finity),他者因这种幽灵般显现的"面貌"而具有不可还原的"他异
性"(alterity)。可见,列维纳斯将他性问题推到了一种极端的状态:
他者是不可被整合的外在,是对不可能的可能突破。

　　如果说列维纳斯的他性论述尚局限在人类畛域,那么德里达则把
这一命题扩展到动物身上,并以个人经验作为哲学叙事,解构了前者
所提出的动物因不具有"伦理中断力量"(ethical interruption)而不能
成为他者的观点②。在正式探讨德里达的动物他性问题前,我们先梳

---

　　①　"宾格之我"源自列维纳斯"以宾格的形式重述主体"(reintroduce the subject in
the accusative),强调一种由回应构成的责任主体。这一点可借助《旧约·创世记》中上
帝让亚伯拉罕献祭儿子以撒时所使用的试探之辞来理解。上帝……呼叫他:"亚伯拉
罕!"他说:"我在这里。"此处,亚伯拉罕口中的"我"包含了一种由"回应"(re-
sponse)而生的"责任"(responsibility),这种"责任"是"他律的"(heteronomy)而
非"自觉的"(autonomy)、是"无主的"(anarchy)而非"自主的"(autarchy)。换言
之,主体的责任受制于他者的需要,而非为了满足自己的需要。杨慧林:《总序:当代西
方思想对传统论题的重构》,赵悇《动物(性)——传统与现代之间的人性根由》,北京
大学出版社2013年版,第1—9页。(第5页)

　　②　他者和他性问题在列维纳斯这里尽管实现了某种格式塔转换,但研究范式仍受
到人类中心主义制约。首先,列维纳斯的"他者""他性",不管是现实层面包括遗孀、
陌生者及孤童在内的"他人",还是超然层面的"上帝""自我之所不是者"、与"整
体"相对的"无限"、时间意义上的"未来"等,所指涉的内容及其思维逻辑都把动物
排除在外。对列维纳斯而言,一切非人类生物都不会对"我"产生道德上的影响,因为
它们的存在并非"kath auto"(意为"物自身的自我表达"),而是类似于器具、家具、审
美对象、济困扶危之物等。简言之,列维纳斯对"他者""他性"的理解与西方传统思想有
本质的区别,但涉及动物问题时,却同康德、拉康和海德格尔等人一样,继承了笛卡儿关
于动物看法的哲学遗产。其次,列维纳斯他性伦理学的人类中心主义立场主要体现在"面
貌"的适用对象上。列维纳斯认为,物(有生命和无生命的)是没有"面貌"的,因此将
非人类对象(包括动物)排除在伦理之外。在一次访问中,列维纳斯回答了动物的"面貌"
问题。他说:我们不要完全拒绝动物的"面貌",借助"面貌"我们才得以展开对(比如
说)狗的认识活动;不过这个问题的落脚点不在于动物,而在于人类的"面貌"……当然
狗也是有"面貌"的。列维纳斯最后一句话显然是礼貌性的结语,在他看来,动物没有
"面貌",不具有"伦理中断力量"。详见 Calarco, Matthew, *Zoographies*: *The Question of the
Animal from Heidegger to Derrida*, New York: Columbia University Press, 2008;梁孙杰《要不
要脸?:列维纳斯伦理内的动物性》,《中外文学》2007年第4期。

理一下德里达研究的动物渊源。德里达本人曾说:"自我开始写作,我便试图致力于将'活着'、尤其是'活着的动物'作为我的论题,对我来说,那将总是最为重要、最决定性的问题。"① 德里达坦言,自己所表达的一切解构主义立场和观点,皆是对过去哲学论著那种普遍忽视动物的态度及其人与动物分界的话语的质疑②。动物问题对德里达的重要性由此可见一斑。德里达的动物研究几乎撼动了整个西方思想的根基,这从两个方面有所体现:一是德里达与西方传统哲学论述"本体神学人文主义"(ontotheological humanism)的人类中心主义倾向相对抗③。他指出,以往思想家的哲学框架大都建立在人与动物二元对立的基础上,声称人具有某种专属特征而区别于动物,忽视了动物生命的多样态,这种宰制性话语使动物成为一种错误语码构筑的空心存在。另一方面,从上述立场出发,德里达在建立自己的哲学体系时,有意识地将动物问题纳入考量,其研究触及政治、宗教、伦理、法律和环境等多个领域。例如,他认为古典政治哲学虽然提出"人是政治/城邦的动物",但其实根本没有追问"何谓动物",而由此衍生的"德性伦理""自然正当"等相关理论也是值得商榷的。④ 一言以蔽之,在德里达眼中,无论是主观还是客观层面,对动物问题的反思将直击西方思想的内在命脉。那么,德里达是如何言说动物的?

---

① Derrida, Jacques, *The Animal That Therefore I Am*, Ed. Marie-Luise Mallet, Trans. David Wills, New York: Fordham University Press, 2008, p. 34.

② Derrida, Jacques, and Elisabeth Roudinesco, *For What Tomorrow: A Dialogue*, Trans. Jeff Fort, Stanford: Stanford University Press, 2004, p. 63.

③ 德里达认为,西方传统哲学存在一种"本体神学人文主义"。"本体神学"(ontotheology),亦称"存在神学"。在现代哲学论述中,"本体神学"一词常与海德格尔联系在一起,他将这个概念用于描述西方形而上学的基本操作原则。"本体神学"包含了三层含义:第一,在形而上学的体系中,上帝必须作为一个绝对的存在;第二,任何其他存在者的讨论,都必须在这个前提框架下进行;第三,整个体系是一种围绕自因概念所构建的,也就是说,对"存在者之存在"的把握是概念化的。贾江鸿:《马里翁对笛卡儿形而上学体系的解读》,《世界哲学》2017 年第 4 期。

④ 庞红蕊:《当代西方文化语境中的动物问题》,博士学位论文,北京外国语大学,2014 年,第 163—164 页。

他言说了什么？当动物恢复他者身份时，又具有何种他性？

在《动物故我在（跟随）》一文中，德里达描述了一段"我"与动物的相遇（如图5所示）[①]：

图5　德里达的猫

自从很久以来，我们能说动物一直在看着（looking at）我们吗？

什么动物？他者（The other）。

我常问自己，只是为了解我是谁——我在跟随谁，当我被动物沉默的视线，譬如一只猫的双眼注视着（gaze）赤裸身体，我无法抑制我的尴尬（embarrassment），是的，这是一个糟糕的时刻。

为什么会有这种莫名不安（malaise）？

---

① 原图由帕里（Amanda Parry）所绘。Parry, Catherine, *Other Animals in Twenty-First Century Fiction*, Cham, Switzerland：Palgrave Macmillan, 2017, p. ix.

> 我难以克服这种羞耻 (shame)。很难在我内心保持沉默,
> 抗拒失礼 (indecency),这种失礼 (impropriety) 源自发现自己
> 裸体、自己性暴露,赤裸在一只一动不动盯着你的猫面前……①

这番看似简单的相遇场景,德里达谓之"一种动物赤裸在另一种动物面前的'失礼'":"我",在动物的注视下,为自己赤身裸体而感到羞耻,并且为感到羞耻而羞耻。"羞耻"是德里达动物哲学中非常重要的一个关键词,它有两层含义:其一,当"我"发现动物注视着赤裸的"我"时,"我"感到羞耻,这种羞耻是一种与人类生理机能有关的本原经验,源自大脑和身体的条件反射;其二,当"我"的意识恢复或尚未恢复时,"我"为自己产生羞耻而羞耻,这种羞耻是一种反观自照的羞耻,耻于自身产生羞耻的反应。德里达重点剖析了第二种羞耻。他认为,在他者的注视下,人由于赤裸身体产生羞耻是"自然"的,但联系传统哲学话语来看,却又是"矛盾"的。这是因为:首先,动物缺乏意识,或更准确说是缺乏赤裸意识,它们裸而不知,在面对"我"时也就没有所谓的羞耻感,那么"我"也不应该为一个不知羞耻为何物的观看者(事实上,动物一直被剥夺了对视或回视的能力)而感到羞耻;其次,按照列维纳斯的观点,动物没有"伦理中断力量"②,永远无法在道德层面影响

---

① Derrida, Jacques, *The Animal That Therefore I Am*, Ed. Marie-Luise Mallet, Trans. David Wills, New York: Fordham University Press, 2008, pp. 3 – 4.

② "伦理中断力量"的集中体现是"回应" (response)。"回应"是当他者以"赤贫"出现在"我"面前时,所激发的一种"我"的伦理责任,也即"宾格之我"。前文提到,列维纳斯对于"动物(狗)是否具有'面貌'"并未给出明确肯定的答案。列维纳斯这种有意或无意将动物排除在伦理之外的思维逻辑,在他解读"蛇是否具有'面貌'"时充分暴露了人类中心主义局限性。他说自己不清楚蛇是否有一张"面貌",所以无法对这一问题作出解答。在这里,列维纳斯的"无法作答"与其所提出的"无条件回应他者"的伦理准则显然自相矛盾。列维纳斯被问及狗和蛇的"面貌"时表现出不同反应——前者含糊其词,后者断然否定,某种程度上说明他在主张人类社会内部无条件平等的同时,却对动物进行了层级划分。王嘉军:《重思他者:动物问题与德里达对列维纳斯伦理学的解构》,《浙江工商大学学报》2018 年第 4 期。

"我"的行为和举止，也就不可能对"我"造成干预，那么"我"就更不应该为赤裸在动物面前而感到羞耻。但事实却是，"我"不仅感到羞耻，并且"如果我赤裸着被猫从头看到脚"，"我"还会毫不犹豫地认为对方的视线集中于"我"生殖器的方向①。

德里达进一步挖掘了产生该矛盾的深层原因。针对人类具有赤裸意识而动物缺乏赤裸意识，德里达指出，这种所谓的人之特有的"赤裸意识"②与"技术""罪恶""历史""劳动"等属于同类型"发明"，"人是唯一发明衣服来遮盖生殖器的存在，他只是在他能成为赤裸的、知道羞耻的、知道自己因不再赤裸而羞耻的意义上，才是'人'"③。对此，美国人类学家格尔茨（C. Geertz）总结得更为精辟，他说："人是悬在由他自己所编织的意义之网中的动物。"④在德里达看来，"赤裸意识"是一种"规约"，人之为"人"同样也是一种"规约"。"我"与猫的原初伦理相遇中，"人是注视主体"的预设实际上是人根据自身主观意愿完成自我界定的缩影。在"人类物种自传"（autobiography of the human species）影响下，人与动物的主客二分愈加明晰，两者之间的鸿沟也愈加不可跨越。然而，这一切都不过是逻各斯中心主义杜撰的假象：逻各斯中心主义首先是一个关于动物——动物被剥夺了"逻各斯"（logos）、被剥夺了"拥有逻各斯能力"（can-have-the-logos）——的论题⑤，动物不能用一种确切的区别于"反应"（react）的"回应"（respond）来

---

① Derrida, Jacques, *The Animal That Therefore I Am*, Ed. Marie-Luise Mallet, Trans. David Wills, New York：Fordham University Press，2008，p. 4.

② 在德里达这里，与"赤裸意识"相对应的是"穿衣"，衣服对人来说是专属的，"穿衣"似乎也可被看作一种人的专有特性，尽管世人关于"穿衣"的谈论远远少于语言、理性、逻各斯、历史、笑、死亡以及葬礼等。

③ Derrida, Jacques, *The Animal That Therefore I Am*, Ed. Marie-Luise Mallet, Trans. David Wills, New York：Fordham University Press，2008，p. 5.

④ ［美］格尔茨：《文化的解释》，韩莉译，南京译林出版社2014年版，第5页。

⑤ Derrida, Jacques, *The Animal That Therefore I Am*, Ed. Marie-Luise Mallet, Trans. David Wills, New York：Fordham University Press，2008，p. 27.

回应①，因此动物没有语言、理性、意识、精神等，也因此动物不具有人的其他许多特征；另一方面，对于依逻各斯所建立的界限，哲学家们几乎众口一词，"没有发现谁有兴趣来讨论那些自称为'人'的与被称之为'动物'的物种之间的非延续性、断裂，甚至深渊"②。由此，德里达揭示了西方传统哲学话语的人类中心主义，或者说人类的自传行为，打破了人类是注视主体而动物是被视客体的认知范式，把动物的主体性问题推向台前。

除了从正面揭橥人类主体的自传性与建构性，德里达还从反面提出动物一直"注视"（gaze）人类，这可能是"一种友好的或冷漠的、惊讶的或了然于心的注视，一个预言家的、梦想家的或超越光明的盲人的注视"③。换言之，在"我"与猫的相遇中，动物的注视与人的注视是相互的，即自为存在的个体与另一自为存在的个体之间的相互观看，动物拥有对视或回视的能力。德里达对动物的言说并不止于扭转动物身份劣势，还旨在试图重塑动物身份——动物注视人类绝非空洞的"虚无主义"，相反此中"别有洞天"。借猫之名，德里达从以下三个方面展开了论述：第一，"我"因猫的注视而感到羞耻，对此前文已有论及；第二，"我"由于难以抑制的羞耻，从注视着赤裸之"我"的猫面前躲开；第三，当"我"与猫的目光相遇时，"我"似乎听到猫向自己抛出一系列"命名"问题，"他会叫我吗，他会给我命名吗，他将会用什么来给我命名？"④ 需要指出，"命名"是一个重

① 传统观点认为，只有有语言（能力）的人类才能作出"回应"，而动物只能"反应"。

② Derrida, Jacques, *The Animal That Therefore I Am*, Ed. Marie-Luise Mallet, Trans. David Wills, New York：Fordham University Press, 2008, p. 30.

③ Derrida, Jacques, *The Animal That Therefore I Am*, Ed. Marie-Luise Mallet, Trans. David Wills, New York：Fordham University Press, 2008, p. 4.

④ 此处的"他"指德里达本人，即与猫相遇的"我"。德里达对猫的描述仅是一种揣测，他在文中反复强调自己可能过度解读了猫的心思。德里达并不以自己的揣测作为真理，而是明确指出这只不过是"在被挪用的预测与被排斥的断裂之间的二选一进行逃避的愿望"。Derrida, Jacques, *The Animal That Therefore I Am*, Ed. Marie-Luise Mallet, Trans. David Wills, New York：Fordham University Press, 2008, p. 18.

要的哲学概念或事件，对布朗肖（Maurice Blanchot）而言，"命名"等同于"谋杀"①。在德里达这里，"命名"是一个人类单向度的主体之争和权属划分问题，实质是人类阉割动物主体性的霸权主义。他说：

> 自从很久以来，似乎是猫想起自己，想起那个，想起我并提醒我《创世记》中的骇人故事……谁最先出生，在名字（name）诞生之前？很久以前，谁看到他者（other）来到这个地方？谁是第一个居住者（occupant），因此也就是主人（master）？谁是主体（subject）？谁成了暴君（despot），一直到现在都是如此？②

德里达与猫的相遇清楚地表明，动物的注视干预并且中断了人类的活动，"我"因猫羞耻、因猫跑开、因猫陷入深思。以上种种，无不挑战着列维纳斯他者伦理学的主体原则，同时也修改了传统哲学话语有关动物主体性的叙事规范。尽管在方法论上采取了现象学的"观看"，但德里达的动物论述，一如我国学者高宣扬教授所评价的那样，是"以自我传记性的动物的口吻，彻底颠覆以人的有意识

---

① 在《文学与死亡的权利》一文中，布朗肖写道：亚当所做的第一件事情，即让自己成为动物的主人的行为，就是给动物命名，也就是抹杀动物的存在。在该页注脚中，布朗肖引用科耶夫的观点指出，"理解等同于谋杀"。这里有两层含义：第一，通过命名的方式，主体宣布对被命名对象的统治权力。亚当为万物命名，意味着对万物的主宰与掌管。第二，被命名对象的"活生生的在场"和"血肉现实"（即"本体存在"）在命名行为中被"杀死"了，亚当给一切动物都取了名字，也就抹杀了它们的"本体存在"。自此，动物只"活在"符号体系之中。也因为这个原因，有研究者戏称亚当是"第一个连环杀手"。朱玲玲：《布朗肖的语言观》，《外国文学》2011年第4期。类似观点还可参见［德］本雅明《论语言本身和人的语言》，《本雅明文选》，陈永国、马海良编，中国社会科学出版社1999年版，第263—278页。

② Derrida, Jacques, *The Animal That Therefore I Am*, Ed. Marie-Luise Mallet, Trans. David Wills, New York: Fordham University Press, 2008, p. 18.

的观看的方式，重建一个生命的现象学"①。换句话说，这是一种去人类中心主义的、在场的生命现象学。

当德里达将动物被压抑的主体性从樊笼中解放出来，便已为动物迈入列维纳斯的伦理他者行列打扫路障。探讨动物的绝对他异性，成为一个不容搁置的问题。在《动物故我在（跟随）》中，德里达明确指出动物是全然他者，与任何他者一样，动物的他者面貌也曝于一种难以企及的接近中。动物的绝对他异性首先体现在它们的注视上，"动物的注视……是难以解释、难以解读、难以判定的，深邃而神秘"②。然而，这样的目光却是过去世人从未留意的、是被动物看见的所见，因为人们面对自己所命名的动物能否对视或回视的问题时，几乎都患上了"忽视症"。人类的这种"忽视症"在理解动物语言时病入膏肓，如果谁说自己能与猫交流，必然会遭"群起攻之"。一只猫如何能够言语？德里达借《爱丽丝梦游仙境》（*Alice's Adventures in Wonderland*）中爱丽丝对猫语所发表的见解生动地刻画了这种病症：

> 猫最让人不适的一点就是……无论你对它们说什么，它们总是（always）呜呜叫/它们用呜呜叫来作为回应（respond）。"要是它们只对'是'呜呜、对'否'喵喵，或者任何其他这样规则的话，"她曾说，"这么一来我们就可以对话了！可要是对方总是（always）重复同样的东西/可要是对方用相同的话来回应（respond），你如何能（can）/如何与其进行交流呢？"③
> （笔者注：斜杠"/"前后分别为《爱丽丝梦游仙境》的

---

① 高宣扬：《法国现象学运动的新转折（上）》，《同济大学学报》（社会科学版）2006 年第 5 期。

② Derrida, Jacques, *The Animal That Therefore I Am*, Ed. Marie-Luise Mallet, Trans. David Wills, New York：Fordham University Press, 2008, p. 12.

③ Derrida, Jacques, *The Animal That Therefore I Am*, Ed. Marie-Luise Mallet, Trans. David Wills, New York：Fordham University Press, 2008, p. 8.

英文原文和法文译本，二者差异为：法文译本忽略了英文原文的"always""can"，并出现了英文原文没有的"respond"一词）

　　人与猫"说话"，但它没有"回应"，这是爱丽丝得出的结论，也是我们大多数人得出的结论，即动物不能说话。德里达指出，爱丽丝的结论带有机械主义色彩，问题的症结不在于人们了解动物是否"说话"（speak），而在于人们是否清楚"回应"（respond）的含义。人们认定动物没有"回应"，并不是动物真的没有"回应"，而是因为动物的"回应"没有使用其所期冀的语言体系或没有遵循其所指定的词句法则，于是动物的"回应"变成了"反应"（react）。亦即，动物的"回应"从一开始就被剥夺了合法性，成为一种必死的存在。英文原文没有出现"回应"一词，正是对猫语分明作为"回应"却缺席的真实写照；法文译文"回应"一词出现了两次，既是对猫之"回应"被消失的复原，也隐含地说明了人类对动物"回应"（即动物语言）的不可知性。遗憾的是，大多数人都是英文原文的思维模式，并且大多数人也不太能洞察英文原文与法文译文呈现出的动物"回应"缺席或在场蕴含的丰富寓意。不过，德里达并不打算就"动物能否言语"的问题展开深入论证①，他之所以解构人类认定动物语言之非法性是为了冲破逻各斯语音中心主义的桎梏，从而为强调动物他异性埋下伏笔。要言之，无论是动物的注视，还是动物的语言，都表明动物具有不可化约的他异性，其中包含的差异性、异质性、断裂性等构成了世界的多源与多元。但长期以来，在人类"忽视症"的肆虐下，动物的"面貌"成为一种不折不扣没有任何文化装饰的赤贫，被"揉"进了各种文化的或现实

---

　　①　德里达在文中并未直接论证"动物能否言语"，但他引用了蒙田《雷蒙·赛邦赞》（"An Apology for Raymond Sebond"）对这一论题发表的观点，后者认为有必要承认动物在构造字母和音节方面的才能。

的暴力整合之中。

正是着眼于上述动物认知转变，本章拟以德里达的动物思想为理论参照，从关切动物的本体生命意义出发，按照去人类中心主义、动物主体身份和动物绝对异质的线性逻辑，重点探讨当代新英语小说有关"动物故我在""动物主体性"和"动物他异性"的相关书写，分析这些书写所呈现的文学家们对人类认知中与动物相关的内容的检视省思，以及对人类传统中某些价值观、伦理观和宇宙观的评估重建等。如果我们将动物的身份重塑看作一场具有强烈政治道德使命感、挑战人类中心主义意识形态的"运动"，那么文学家在"运动"中的重要作用就如同奥蒂斯－罗伯斯（Mario Ortiz-Robles）所指出的那样，这是一场与哲学叙事相抗衡的文学政治运动，目标是"把新的对象和新的主题引入一个共同舞台，从而使那些从前看不见的东西变得可见（visible），使那些从前听不见的声音——它们过去只被当成嘈杂动物——变得可听（audible）"，以上目标的实现需要我们重新认识动物，甚至重新厘定文学的定义与功能等①。奥蒂斯－罗伯斯的论断，恰呼应了德里达对文学以"诗性思维"（poetic thinking）看待动物的充分肯定，在后者看来，唯有文学在此事上采取了正确策略②。

---

① Ortiz-Robles, Mario, *Literature and Animal Studies*, Abingdon and New York：Routledge，2016，p. 144.

② 此在本书结语部分有论述。另外，有两点关于本章节标题的说明：第一，"为动物……"在形式上借鉴了以下书名，例如［美］波伊曼编著《为动物说话》，张忠宏等译，桂冠图书公司1997年版；莽萍、徐雪莉编《为动物立法》，中国政法大学出版社2004年版。第二，关于"正名""立传""扬名"的选择和使用。从字面意思来看，"正名"指辨正名称、名分，使名实相符，亦有"楔子"之意，用以指元杂剧的开场白；"立传"指编写传记，也就是记录某人生平事迹的文字；"扬名"指传播名声。在此基础上，本书对它们的使用分别对应"动物故我在"（对待动物的态度由否定转为肯定立场）、"动物主体性"（对动物本体的重新认识）、"动物他异性"（对动物生命特质的强调），三者在逻辑上逐步演进和深入，共同服务本章主题——动物的身份重塑。

第一节　为动物正名:当代新英语
小说中的动物故我在

　　英国动物学家、生物人类学家莫里斯（Desmond Morris）在其再版的人类研究著作《裸猿》中谈到该书的最初问世，他说，虽然书中所写一切都是不置可否的事实，"但这本书仍惊动了许多人……主要的反对意见，是认为我在写到人类时好像只是把他们当作一种动物来研究"①。莫里斯提到的"惊动"包括：在某些社会，该书被认定为禁书，违禁发行的全部收缴并销毁；在某些地区，该书被视为是粗俗不堪的糟粕之作，缺乏学术价值和现实意义；还有无数宗教小册子飞来，规劝作者"回头是岸"。其中一个典型的例子就是，《芝加哥论坛报》将印好的报纸全部毁掉，只因为那天的报纸登载了一篇关于该书的述评。对此，莫里斯感到十分震惊。他表示，作为一名动物学家，过去自己曾写过大量鱼类、鸟类、爬行类、哺乳类等动物论著，几乎都没有遭受过外界的质疑，但当他用相同的路径研究"一种不寻常的、全身裸露的哺乳动物"（指"人"）时，情况全变了②。莫里斯的经历曝露了一个事实，即人这种动物对于自身动物性的拒斥。正如莫里斯所言，尽管达尔文进化论提出已逾百年，此间也有古人类化石接二连三被发现，可大多数人仍不能接受自己只是高度进化的哺乳动物类群之一③。人对自身动物性的拒绝，究其本质乃是受根深蒂固的人类中心主义信念所驱。

　　"人类中心主义"（anthropocentrism），有时也称作"人类沙文主义"（human chauvinism），其基本主张为：人是万物的中心与目的，

---

①　［英］莫里斯：《裸猿》，刘文荣译，文汇出版社2003年版，再版前言第1页。
②　［英］莫里斯：《裸猿》，刘文荣译，文汇出版社2003年版，再版前言第1页。
③　［英］莫里斯：《裸猿》，刘文荣译，文汇出版社2003年版，再版前言第1—2页。

不是说有别于其他生物，而是完全自成一级存在，亦即，人位于一个假设的物种阶梯或物种层系结构的顶端。波蒂斯（Rob Boddice）指出，这是一种对人类"本体边界"（ontological boundaries）的确认，它与自然、环境和非人类动物（以及非人类本身）之间处于紧张对立，为人类理解世界提供了基本范式与方法论体系，影响人类的伦理、政治及他者的道德地位①。可以看到，人类中心主义涉及两个界面：一为本体论层面，二为伦理层面。依据需要价值和转化价值程度的不同，人类中心主义又可进一步细分为三种：第一种是支配主义，源于古希腊哲学以人具有自我意识为由，把人视为万物的尺度，同时把自然及其存在物全部当作服务于人类需求和利益的手段；第二种是管理人主义，源于《创世记》宣称上帝按照自己的形象创造了人类，并嘱咐人类管理地球万物；第三种是进化论角度，根据达尔文的进化论，物种之存在都以自身为目的，谁都不会仅仅为了其他物种的福祉或权益而存在，换言之，维持物种自身的存活、发展和繁殖是最高的善②。以上三种分类，不管哪一种，都指向同一内核——人类是至高无上的、人类的利益是最重要的，此种思维范式导致的直接后果便是物种歧视，这也是莫里斯的《裸猿》引发激烈反对的主要原因。由此可见，要消除物种歧视主义，首先需要去人类中心主义。借用莫里斯的话来讲就是，不要把"裸猿"这一称呼当成侮辱性或悲观性的，侮辱性在于从动物学视角来描述人类现状看上去性质很恶劣，悲观性在于它似乎传达了一种人类不得不受制于自身动物本能的信息，恰恰相反，我们应当认识到承认动物故

---

① Boddice, Rob, "Introduction: The End of Anthropocentrism", *Anthropocentrism*, *Humans*, *Animals*, *Environments*, Ed. Rob Boddice, Leiden: Brill, 2011, pp. 1-18.（p. 1）

② 根据美国哲学家诺顿（Bryan Norton），人类中心主义集中体现为只有人是内在价值的拥有者，所有其他客体的价值都取决于其对人的价值贡献。诺顿把人的需要之满足界定为"需要价值"（demand value），把人的价值观之改变界定为"转换价值"（transformative value）。杨通进：《当代西方环境伦理学》，科学出版社 2017 年版，第70—72 页。

我在与拥有现代生活之间并不矛盾①。

在《谈谈方法》一书中，笛卡儿提出"两条非常可靠的标准"区分人与动物：一是动物缺乏承载思想的语言；二是动物只能胜任某一类任务。笛卡儿认为，动物没有理性，其生命存在不过是它们身上器官装配的机械本性在起作用，而人则有完全不依赖于身体、能够思想的理性灵魂，并且绝不会与身体同亡②。笛卡儿的"动物机械论"对后世人与动物的看法影响甚远，康德、海德格尔、列维纳斯、拉康以及所有认识论者在这个问题上几乎都与笛卡儿如出一辙，基于动物劣等的观念，他们构建了一种拥有专属特征（如理性、语言、意识等）的人的"此在"（I am here）哲学③。然而在德里达看来，这些所谓的人之专属特征带有明显的自传成分，即人作为自然界物种之一在书写自我的过程中赋予自己"删除功能"，它可以"抹去痕迹"，人的动物本性便在自我书写中被抹除了。德里达深刻地指出，没有什么比自传危害更大了，为此他戏仿笛卡儿的"我思故我在"写下"动物故我在"，呼吁世人关注人与动物的边界通道，因为"在那里人将敢于宣称他自身（announce himself to himself）——那是非人（the ahuman/inhuman）、那是人的终结（the ends of man），从而用他觉得可信的名字来称呼自己"④。

如果说德里达用哲学语言号召人类正视自身动物本性以超越人类中心主义及其封闭主体性，那么辛哈的小说《动物之人》则借助文学叙事褪去人类的光环、把高高在上的人类拉下神坛回归动物本真。这一祛魅过程是通过人物角色"动物"（Animal）来完成的。主

---

① [英] 莫里斯：《裸猿》，刘文荣译，文汇出版社 2003 年版，再版前言第 3—5 页。

② Descartes, Rene, *A Discourse on the Method of Correctly Conducting One's Reason and Seeking Truth in the Sciences*, Trans. Ian Maclean, New York: Oxford University Press, 2006, pp. 45 – 49.

③ Derrida, Jacques, and Elisabeth Roudinesco, *For What Tomorrow: A Dialogue*, Trans. Jeff Fort, Stanford: Stanford University Press, 2004, p. 65.

④ Derrida, Jacques, *The Animal That Therefore I Am*, Ed. Marie-Luise Mallet, Trans. David Wills, New York: Fordham University Press, 2008, p. 12.

人公"动物"是全球化语境下印度遭遇跨国资本主义所致环境灾难的受害者之一。如众人一样，"动物"在毒气浩劫中失去了一切，不得不在孤儿院长大，长至6岁因后遗症引发脊骨软化，身体最高部位为臀，从此无法站立，只能像狗一样用四肢爬行走路。"动物"住在毒气爆发后被废弃的工厂，与一条流浪狗为伴，后来爱上了当地音乐家索穆拉吉（Somraj）的女儿妮莎（Nisha），并在她影响下结识了扎法尔（Zafar）、法鲁克（Farouq）等为环境正义而奋斗的民间人士，以及来自美国的志愿者医生艾莉（Elli）。小说全篇以第一人称"我"的独白形式讲述，这个"我"既是故事内叙述者，又是故事外叙述者。如同所有自传体文学作品，"叙述的我"与"被叙述的我"两个行动者在小说中因经历上的不同而被区分开来，"前者能够带着某种屈尊俯就或冷嘲热讽的优越感对待后者"①。例如"动物"向妮莎表明心迹却未能得到她青睐那一刻，这种优越感便表现得尤为鲜明。但更重要的是，通过上述两种叙述话语之间的持续磋商，辛哈将"动物"自我认知的矛盾（人？动物？）刻画得入木三分，两种话语的并列交织也记录了"动物"内心变化的心路历程，直至最后的"顿悟"两个声音达成和解。

"人们都叫我动物"是"动物"自我认知历程的第一阶段。这一阶段包含了两次放逐：一是社会对"动物"的放逐，二是"动物"的自我放逐。根据"动物"的叙述，在一次卡巴迪比赛上②他不小心咬了同伴，孤儿院的孩子们开始喊他"动物"，而真正令"动物"之名变得响当当的，起因于游泳后孩子们在他身上留下泥印并嘲笑他"野蛮的动物"，自此"动物"这个名字便"如同泥巴黏在身上了"③。上述两则故事似乎可看作笑谈，但也暴露了"动物"

---

① ［法］热奈特：《叙事话语：新叙事话语》，王文融译，中国社会科学出版社1990年版，第179页。

② 印巴地区的传统民间体育项目，攻守双方将场地一分为二，每支队伍10—12名运动员（7名上场），比赛方式类似于中国"老鹰抓小鸡"的游戏。

③ Sinha, Indra, *Animal's People*, New York：Simon & Schuster, 2009, p. 16.

因身体缺陷而长期受排挤的事实。此处的"动物",完整表述应为身躯"异常"导致的"非人类动物"。在解析人的主体建构时,英国学者福吉(Erica Fudge)指出:"人(human)是一个只有在差异中才产生意义的范畴——类似于索绪尔的语言观'差异产生意义'……那些界定人性(human-ness)的固有品质,如思想、语言以及拥有私有财产的权利等,只有借助动物参照方可理解。"① 小说中的"动物"正是如此,其扮演着僭越常体的"异人"角色为"常人"提供参照样本。动物的"异形"如同一面镜子,正常人透过此镜确立自我为"人"的身份,亦即,前者之"是"借助后者之"非"来完成意义的搭建。

　　然而,人与动物的区分并不止于建构意义,塑造层级才是关键,人的至高优越性也由此而立。具体来说,"人之于动物就好比天上之于地下、灵魂之于肉体、文化之于自然",前者高级、文明、循理性行事,而后者低级、野蛮、依本能活动,"人与动物之间有着本质的区别"②,并且"两者平起平坐或者低劣者居上总是有害的"③。这在辛哈描写"动物"接受法庭审讯的场景中得到了充分展现:

　　　　——关于名叫"动物"的男孩的案子,根据印度刑法第四百二十条关于诈骗罪的量刑。
　　　　——被告在哪儿?
　　　　——法官大人,在这儿。
　　　　——在哪儿?我看不见(I don't see him)。
　　　　——就在这儿,法官大人,在被告席上。

---

① Fudge, Erica, "A Left-Handed Blow: Writing the History of Animals", *Representing Animals*, Ed. Nigel Rothfels, Bloomington and Indianapolis: Indiana University Press, 2002, pp. 3 – 18. (p. 10)

② Thomas, Keith, *Man and The Natural World: A History of the Modern Sensibility*, New York: Pantheon, 1983, p. 35.

③ [古希腊] 亚里士多德:《亚里士多德全集·政治学》,苗力田主编,中国人民大学出版社1994年版,第11页。

　　——别傻了。我正看着被告席，那里没人。

　　——法官大人，被告身形独特。①

　　在这里，辛哈采用黑色幽默的手法，将故事原本的悲哀以一种可笑的滑稽形式展示给读者，呈现了身处边缘地带的"动物"被完全无视的现实境遇。值得注意的是，辛哈此处所关注的不啻是"动物"个人命运，还跳出人类社会思考物种疆界问题。这一目标的实现是通过将以上场景与古希伯来文《圣经》中的一幅插画形成互文性达成的（参见图6）②。该图描绘了"义人"（the righteous）接受末日审判举行弥赛亚宴饮的场景，画中"义人"拥有人的身体，却长着动物的脑袋。末日审判意味着历史的终结，也意味着人类的终结，但为何要以长着动物脑袋的形象来描绘终结之际的人类代表呢？阿甘本（Giorgio Agamben）援引《以赛亚书》对历史终结时半人半兽的"义人"形象解释道，"艺术家们给以色列余民配置了一个动物脑袋，他们想借此表达，在末日之际，动物与人的关系将呈现崭新的面貌，人自身也将与其动物性和解"③。小说中，辛哈把上述场景文字用斜体标记，并作为一个独立模块置于文内，就排版意义而言绝非随意为之④。从浅层的互文来看，辛哈的"动物"审判场景似乎复盘了古希伯来文《圣经》的"义人"审判图，但从深层角度来讲，其以匠心独运的"插图"叙事生动地传达了阿甘本式的动物伦理愿景，即消弭人与动物之间的界限。然而显然，无论是代表现

---

　　①　Sinha, Indra, *Animal's People*, New York: Simon & Schuster, 2009, p. 51.

　　②　该图出自阿甘本《敞开:人与动物》的俄语版封面，为俄罗斯国立人文大学出版社2012年发行本。

　　③　Agamben, Giorgio, *The Open: Man and Animal*, Trans. Kevin Attell, Stanford: Stanford University Press, 2004, p. 3.

　　④　小说的排版设计本身具有丰富意涵。在后现代主义文学家那里，行文和叙事结构的拼贴、跳跃以及重复，排版上的拼装，甚至把小说制成活页等，旨在打破传统文学尊崇连续性的思维模式。胡全生:《后现代主义小说中的语言》，《四川外语学院学报》1997年第2期。

实正义的法官，还是身体异形的"动物"，此刻都未意识到人与动物和解的必要性或重要性，前者的"看不见"或许是无心，后者接下来却变本加厉，进一步放大人与动物的区别。

图6　义人末日审判

由于一直遭受排挤，"动物"开始自暴自弃，主动舍掉人的身份"成为"动物，并且也像其他人那样称呼自己为动物。在辛哈的描叙下，"动物"言如动物（粗俗不堪的语言和低级趣味的玩笑）、行如动物（敏锐的感官系统和发达的运动能力）、思如动物（性着迷）①。被主流社会放逐的"动物"否定一切人文话语，在他眼中，诸如权利、

---

① "言如动物"源于人与动物的文明与野蛮之分。"行如动物"与生物进化有关，一般来说，动物的视、听、嗅等感官系统特别发达，跑、跳、追等运动能力也非常强，但这种进化是片面发展的，人则获得了均等发展。"思如动物"是说孤身一人的"动物"正值青春期，每天早上醒来脑子就想着性，性是他忘不掉的一样东西，而"性 ＝动物性"这个等式逻辑是人与动物（尤其是灵魂与肉体、理性与感性）区别的重要标志。相关论证参见科蜜拉（Lynn Comella）和塔兰特（Shira Tarrant）主编的《色情新观：性、政治与法律》（*New Views on Pornography：Sexuality，Politics，and the Law*，2015）。另外，摩尔斯分析乔伊斯（James Joyce）的文学创作时也表达过类似观点，认为乔伊斯所有作品（除传统诗歌和《Exiles》外）中的性都被赋义为一种反常的、确凿的动物性，对乔伊斯而言，性是可耻的。详见 Morse，Josiah，*The Sympathetic Alien：James Joyce and Catholicism*，New York：New York University Press，1959。

法律、正义等事物就像是月亮在康帕尼（Kampani）工厂里投射的影子一般，无声无息，却不断地变来变去。小说中，"动物"毫不掩饰自己对"人"的嘲弄。例如，他对"文明人"法鲁克这样说道：

> 你就应当名叫"伪君子"（Hypocrite）。在索穆拉吉大师他们面前，你看上去文质彬彬。在穆哈兰节上，你可以踏过点燃的炭块，证明你如何虔诚。可剩下的一年三百六十四天，你根本不去寺里，也不行每日祷告，背着毛拉（mullahs）时没有什么下流事是你做不出来的。①

　　此处的称呼语"你"有两层含义：其一，"你"特指法鲁克本人，即"动物"的说话对象。其二，"你"泛指"人"的范畴，所谓的"文明代表"，因为法鲁克违背的"毛拉"不单意指伊斯兰教的教士，其词源上意为领袖、表率、楷模等，在现代语境中指涉知识分子、学者等，都使之在更广意义上象征着人类的理性主义文明。在"动物"看来，世人虽称己为"人"，但言行举止却并非他们自诩的那样，"理性高贵，智能广大，举止典雅，行为如天使"②，而是表里不一、名不副实的"伪君子"，比如"文明人"法鲁克就经常光顾妓院。事实上，众人常以性问题取笑"动物"是彻头彻尾、名副其实的动物。相比之下，"动物"认为，己之所称"动物"不是因为自己外表像动物，而是因为抛弃文明伪装活得像动物。也是在此意义上，"动物"指出人长着脸就是为了隐藏内心的肮脏。倘若说人们称呼"动物"为动物是社会对"动物"的第一次放逐，那么"动物"称己为动物则是"动物"的第二次放逐——自我的放逐，但不管哪种放逐，人与动物之间都泾渭分明。

---

① Sinha, Indra, *Animal's People*, New York：Simon & Schuster, 2009, p. 87.

② Shakespeare, William, *Hamlet*, New Haven and London：Yale University Press, 2003, p. 75.

然而随着故事逐渐展开，读者发现"动物"自称动物不过是假象，"动物"实际上一直都在竭力摆脱被标记的动物身份，即"我拒绝被叫作动物"，此为"动物"自我认知历程的第二阶段。小说中，"动物"的首要渴望就是直立行走：

> 人类世界本是从眼睛位置的高度来看。那是你的眼睛。但我仰头时，顶多能看到别人大腿根，再多一点便是腰往下那个部位。是的，我可清楚谁没洗睾丸，能闻到谁都闻不到的屁股上那些屎尿味……"无论你们他妈的多么悲惨、多么不幸，至少你们还有两条腿站着！"①

那么，"动物"为何把直立行走看得如此重要？弗洛伊德的"有机体压抑论"（organic repression）认为，"嗅觉刺激的减弱本身似乎是由人类身体直立地面造成的，而且是由直立行走造成的。这种行为使人看见以前处于隐蔽位置的人类生殖器，认为这些器官需要保护，因此就产生了人的羞耻感。于是，文明这种至关重要的过程可能是由人采取直立的姿势而造成的"②。可见，直立行走在人类文明的形成过程中发挥着举足轻重的作用。从这一点出发，双脚直立是人之为"人"，特别是"文明人"的本质内核：新的视觉基点（"从眼睛位置的高度来看"）是人的重要属性，灵敏的嗅觉（"能闻到谁都闻不到的屁股上那些屎尿味"）则是动物的特征向量。以上是"动物"渴望直立行走的深层动机，也是"动物"第一次同艾莉医生碰面便萌生后者将彻底改变自己命运的想法的根源所在。另一方面，弗洛伊德的文明理论进一步指出，嗅觉器官向视觉器官的进化转移开启了性刺激的持续存在，正是这种性（生殖的）爱"提供了

---

① Sinha, Indra, *Animal's People*, New York：Simon & Schuster, 2009, p. 2.

② ［奥］弗洛伊德：《一种幻想的未来 文明及其不满》，严志军、张沫译，河北教育出版社2003年版，第88页。

一切幸福的原型"，并为人类后来摆脱爱的性目的建立家庭，从而真正迈向文明铺垫了道路①。因此，我们说"动物"性着迷与其说是一种感性的肉欲需求，毋宁说是内心深处对正常人类爱情生活及所代表的文明体系的殷切向往。如同他本人所抱怨的，每个人将来都要结婚，但是没有哪家姑娘会看他一眼。

　　一面是对"人"的不屑，一面是我欲为"人"的渴盼，通过将"动物"置于躁动不息的身份焦虑，文本反复敲打着读者的感觉、撞击着读者的心扉、激触着读者的思想，使读者对叙述是否可靠产生了怀疑，不得不诉诸自身的价值认同来判断"叙述的我"与"被叙述的我"之间的信念距离。循着批判性的阅读思维，读者一步一步地靠近事实真相。"动物"之所以自称动物，根本目的在于修筑一个坚固的堡垒借以抵御外界的嘲讽和讥笑，更重要的一点，把自己从低"人"一等的牢笼中解脱出来。为了能在"艰难时世"生存，"动物"不得不压制"人"的身份以及"人"的希望，因为"在这样的地方，希望早已殆尽，希望在于未来，而这里是没有未来的，你只有竭尽全力应付今天"②。小说中，当"动物"得知艾莉医生将带索穆拉吉而非自己前往美国，整个人痛苦到无法呼吸的地步就充分暴露了"动物"内心世界的渴盼挣扎：表面上无所谓，但内心简直要疯了，"我怎么能告诉妮莎，和艾莉一起去美国的应该是我？她说要带我去把后背治好"③。对"动物"而言，去美国接受手术是实现直立行走的唯一机会，将有助于他战胜情敌赢得心上人，更将直接决定他是否能够成为一个真正的"人"。不难看出，以"动物"的自传经历为载体，辛哈通过对边缘生存的真实书写，不仅揭示了人与动物之分在人类社会内部造成的群体歧视现象，同时也展现了人兽疆界在人类个体内部引发的自我认知障碍。然而，无论哪种情

---

　　① ［奥］弗洛伊德：《一种幻想的未来　文明及其不满》，严志军、张沫译，河北教育出版社 2003 年版，第 90 页。

　　② Sinha, Indra, *Animal's People*, New York：Simon & Schuster, 2009, p. 185.

　　③ Sinha, Indra, *Animal's People*, New York：Simon & Schuster, 2009, p. 256.

况，都折射出人与动物二元对立具有很强的自传性，一如德里达所示，"人类生命的自我展示"，"自我关系的构建"，"人类种族的自传"，以及"人们说的'我们人类''我，一个人''我们'与其所称的'动物'或'动物们'之间的断裂或深渊"，所有这些关于自我的历史都由人类自己叙述①。

　　早在数千年前，印度古老的吠檀多哲学就有过阐释，但凡有他者存在，思想便难以安宁②，无怪乎"动物"会因半人半动物的身份而倍感煎熬。"动物"迫切希望将动物他者从自我当中剔除出去，做一个"整人"（the whole man），而跟随第一人称视角镜头参与了"动物"全部所见、所闻、所言、所为和所感的读者也无不如是。于是，主人公命运的逆转成为一种众望所归，成为读者的一种企盼。小说中，辛哈的确提供了传统文学那种由充满矛盾与烦恼的"普通世界"（normal world）转向"绿色世界"（green world）的华丽收官③——"普通世界"中的不公消解、有情人终成眷属。然而，作为主人公的"动物"，结局却似乎并不符合人们对"幸福"的常规定义。

　　小说末尾，当艾莉医生告知"动物"去美国接受治疗的钱已有着落，后者在这关键时刻竟选择放弃。强烈的剧情反转中断了读者推理的连续性，并促使读者重新思考小说的结构意义，换言之，文本原先建立的"人物—叙述者—读者"关系需要再度磋商。扎法尔将与妮莎结婚，索穆拉吉将与艾莉结婚，扎法尔和法鲁克在争取民族权利的绝食抗议中幸存，考夫波尔的受难灾民们也以一种"诗意的正义"（臭气弹事件）扼杀了康帕尼公司的秘密交

---

① Derrida, Jacques, *The Animal That Therefore I Am*, Ed. Marie-Luise Mallet, Trans. David Wills, New York: Fordham University Press, 2008, pp. 29 – 30.

② Robertson, Leo, "The Conception of Braham: The Philosophy of Mysticism", *The Monist*, Vol. 26, No. 2, 1916, pp. 232 – 244. （p. 240）

③ Frye, Northrop, *Anatomy of Criticism: Four Essays*, Princeton: Princeton University Press, 2000, pp. 182 – 183.

易。在如此圆满的"绿色世界"中,"动物"却不在其列。难道命运悲惨的"动物"不值得拥有幸福、不配成为"人"吗?又或者说,辛哈仍未跳脱人本主义思维,对被降格为动物的弱势群体伦理观照不足?

但事实却是,假若"动物"如读者所愿借助科技成功地实现由"兽"到"人"的转变,那么小说不过是复制了一个人本主义以"人"为本的例子,物种歧视依旧清晰可辨、对人性的界定依旧把动物性排除在外。对此,先要指出的是,辛哈"出乎意料"的结局绝不是哗众取宠,这样"既非皆大欢喜,也非反乌托邦"的情节安排注定大有文章①,它所体现的乃是一种"后人文主义"(posthumanism)的思维范式。这种思维认为:首先,去人类中心化并不意味着与人本主义一刀两断或截然分割,因为对传统关于"人"的定义的持续批判决定了必然与人本主义发生接触②。其次,人本主义的最基本教条"人性/动物性二分法",是人类通过逃避或压制其动物起源、并斩断自身的物质性羁绊而建立的,真正的去人类中心化是要揭橥被人类心智系统与社会系统共同作用所遮蔽的人类生成过程中的杂糅性,尤其是那些"非人类质素"(ahuman)的融合③。也就是说,人之为"人"应当拥抱而非拒绝自体的生成性、混杂性和非人性。显然,主动选择放弃手术的"动物"已经深刻意识到这一点。在见证过森林动物生命的生生不息后,"动物"自我剖析道:

> 如果我做手术,是的,我可以站起来了,但我走路就不得不拿拐杖。尽管能轮椅代步,但在考夫波尔的羊肠小巷中,轮

① Johnston, Justin, " 'A Nother World' in Indra Sinha's *Animal's People*", *Twentieth-Century Literature*, Vol. 62, No. 2, 2016, pp. 119 – 144. (p. 142)

② Simon, Bart, "Introduction: Toward a Critique of Posthuman Futures", *Cultural Critique*, No. 53, 2003, pp. 1 – 9. (p. 8)

③ Wolfe, Cary, *What is Posthumanism*? Minneapolis: University of Minnesota Press, 2010, pp. xv, xxvi.

椅可以带我行多远？而我现在能跑，能跳，能背孩子，能爬树。我上过岭，穿梭过丛林。这样的生活有那么不堪吗？倘若我站起来了，我会跟别人没什么两样，还是个不健全者。但若我还四只脚行走，我就是独一无二的动物！……我叫动物，凶猛又自由，奇特的形状我独有！①

这段文字清楚地表明，"动物"对"何谓人""何谓动物"进行了重新厘定，其有关"直立 = 正常 = 人"与"爬行 = 异常 = 动物"的论述，同福柯针对文明与疯癫开展的知识考古学在逻辑演绎上不无相通之处。相较于后者通过戳穿理性秩序建构过程的排他本质来揭示疯癫他者的边缘命运，前者通过肯定动物性的存在以及积极意义，改写了传统观念中人与动物的优劣划分，因为治疗后的"动物"虽符合直立人标准却是个不健全者，而保持现状继续当动物的话，则将拥有完全自由行动的能力。值得关注的是，"动物"最后建立的两个对比假设——"直立行走的我会和所有人一样"与"四脚爬行的我是独一无二的动物"，无疑是对人类中心主义与物种歧视主义的双重解构，正如卡勒（Jonathan Culler）所言，"解构一个对立命题（opposition），如在场/缺席……中心/边缘等，不是摧毁它制造一元论"，"而是取消对立、转移位置"②。由此观之，辛哈的小说结局非但不是出乎意料，反而是精心设计的结果，是"动物"在见证动物生命生生不息时获得的"顿悟"（"这就是天堂"③），叙述者的话语与被叙述者的话语此刻在思想上已经相合，二者赞成同一真理④。所有这些，都构成了"动物"自我认知心路历程的第三阶段——"我

---

① Sinha, Indra, *Animal's People*, New York：Simon & Schuster, 2009, p. 366.

② Culler, Jonathan, *On Deconstruction：Theory and Criticism after Structuralism*, New York：Cornell University Press, 1985, p. 150.

③ Sinha, Indra, *Animal's People*, New York：Simon & Schuster, 2009, p. 357.

④ ［法］热奈特：《叙事话语：新叙事话语》，王文融译，中国社会科学出版社1990年版，第180页。

叫动物，凶猛又自由，奇特的形状我独有"。

从"人们都叫我动物"，到"我拒绝被叫作动物"，再到"我叫动物"，这是辛哈所要传达的文本意旨，也是德里达所呼吁的在边界通道人将敢于宣称他自身，也是阿甘本所期冀的人自身将与其动物性达成和解。当我们抛弃人类至上的中心优越思想，回归动物本真、自然本真时，才有可能企及莫里斯那句"你是世上最出类拔萃的动物群体中的一员，你要理解自己的动物本性，并接受它"①。

第二节　为动物立传：当代新英语小说中的动物主体性

何谓"主体性"（subjectivity）？按照界定对象不同，主体性可分为三种：一是理论研究的主体性，如文学的主体性，此为学说探讨的一种思维标准，它要求一种理论将人作为思维的中心，充分发挥研究者的主体性；二是行为活动的主体性，如道德生活的主体性，强调人在一切社会活动中的施为主体性；三是人类自身的主体性，即"人作为活动主体的质的规定性"，它是对主体性内涵与外延的描述，是传统哲学围绕"人之为人"所建立的主体性理论②。需要指出，主体性比通常所说的人性更为高阶、更为深刻，是人性的本质内容，指向"主体自觉活动中不可缺少的能动性、自主性、自为性等"③，涉及主体的意识经验、情感认知、想象领悟以及权利义务等诸多方面。但本节要探讨的并非人的主体性，而是动物的主体性。那么问题来了：动物具有主体性吗？

在回答上述问题前，先来看两个与之相关的重要问题。首先，

---

① ［英］莫里斯：《裸猿》，刘文荣译，文汇出版社 2003 年版，再版前言第 6 页。

② 袁贵仁：《主体性与人的主体性》，《河北学刊》1988 年第 3 期。

③ 黄汉平：《主体》，《西方文论关键词》，赵一凡编，外语教学与研究出版社 2006 年版，第 867—881 页。（第 867 页）

这一问题提出的意义何在？我们在前文，特别是第二章指出，人类历史在文化和政治意义上对"次人"（subhuman）、"非人"（nonhuman）的歧视、仇恨、迫害与物种主义紧密相关（从物种层系上说，人将动物作为对立面，只有在与动物的对比中，人才成为优于动物的高级生命），因此要想从根源上消除"次人化"或"非人化"，必须重新认识动物及其主体身份。另一方面，提出关心动物福祉尤其是动物权利，依据现行主流道德哲学体系，比如边沁功利主义、康德理性道德论，需要认定动物具有主观经验或思维，因为唯有承认动物能够感知疼痛、苦难或恐惧等，意图改善它们的处境才有意义①。

其次，我们能否、如何确定动物具有主体性？这涉及我们对"主体"（subject）和"主观"（subjective）的理解。"主体"有两个含义：一是指事物的主要构成部分；二是与客体相对的哲学范畴，指认知活动和实践活动的施为者②。显然，"主体性"源于"主体"

---

① 目前，认定个体拥有道德权利的标准主要包括以下7条：人（humans）具有人性；人类乃人（persons）；人有自我意识（self-aware）；人有语言（language）；人居于道德社会（moral society）；人有灵魂（souls）；神（God）赋权利。此处"humans"与"persons"的区别在于，后者多指成人，而前者则包括新生儿、婴儿以及年幼儿童等。另一方面，判定动物不能拥有道德权利的理据主要包括以下9项：动物缺乏理性思维，依靠本能生存；动物缺乏综合能力；动物可能有类似于疼痛的感知，但缺乏自我意识；动物缺乏信仰；动物缺乏语言；动物缺乏感情；动物不能像人一样创建对象；动物缺乏道德主动性，即自我察觉对错好坏，并作出调整的能力；动物不能履行契约，而道德属于一种社会契约。Regan, Tom, *Empty Cages: Facing the Challenge of Animal Rights*, Lanham: Rowman & Littlefield, 2004, p. 44; Francione, Gary, *Introduction to Animal Rights: Your Child or the Dog?* Philadelphia: Temple University Press, 2007, p. 112.

② 关于主体概念的探讨可追溯至古希腊哲学：在认识论上，主体是用以把握存在物的最基本范畴，即事物固有的"物质"（substance）属性；在存在论上，主体是指事物状态、性质、运动、变化等的承载者。依此观之，万物皆自为存在的主体。但随着文明的推移，逐渐演化出了以人为中心的主体性哲学，比如阿波罗神殿石柱的"认识你自己"、普罗泰戈拉的"人是万物的尺度"等，由此也开启了主体性为人所特有的研究范式。黄汉平：《主体》，《西方文论关键词》，赵一凡编，外语教学与研究出版社2006年版，第867—881页。（第867页）

的后一种含义，"主观"则是在"主体"基础之上的进一步延伸。"主观"也有两层意思：一是指内在经验，表示主体对世界的认识以及主体的自身需求等；二是指认识上的主观性，即认识不是从客观实际出发，而是作为主体个体的经验，这种认识在其他个体那里不具普遍性①。本书所讨论的动物主体性是在"主观"第一层含义内开展的。然而，"主观"以上两层意思经常被绑在一起，因此很多人认为经验在本质上是主观的、内在的，是不可被把握的，继而提出动物的主体性是不可言说的、不可企及的。这一逻辑存在几个问题：第一，如果内在经验不可企及，那么我们谈论与自身不同的另一人类个体（尤其是那些相较于常人而言的眼盲者或耳聋者）的主体性时，是否也存在这种不可企及性②；第二，肯定动物具有主体性与描述动物主体性是两件不同的事，我们不能以能否对动物的内在经验作出精准描述为由，否认动物具有主体性、并将其排除在道德考量之外；第三，运用适当的标准，我们对动物内在经验的探讨，在一定程度上仍可保持和追求客观，这在一些新兴的研究领域（比如认知动物行为学）有大量资料呈现。要言之，探讨动物的主体性不仅必要，而且可行。

现在回到"动物是否具有主体性"这个问题。正如"动物"一词的含义在历史上经历了被阉割过程③，动物的主体性也一直如幽灵般存在着。人类中心主义者坚定地给出了否定答案：只有人才有主体性，一切非人类存在物皆无主体性。若用康德的话来讲，即"所

① 金炳华等编：《哲学大辞典》，上海辞书出版社 2001 年版，第 2036 页。

② 这个问题在美国著名哲学家内格尔（Thomas Nagel）的经典论文《作为一只蝙蝠会是什么样？》（"What Is It Like to Be a Bat?"，1974）当中有涉及，此在本书第四章第三节的"同理同情：作为一只蝙蝠会是什么样"有论述。

③ 从词源学角度来看，"动物"（animal）的拉丁词源"anima"意思是"灵魂"（âme）、"有生命"（animeé），但这些含义在 16 世纪以后就消失了，转变为"animalia bruta"，意指"野蛮或残忍的动物"。虽然不同领域对"动物"的界定各不相同，但整体而言，对"动物"（包括"动物性"）的理解，大都建立在动物绝对劣于人类的基础之上。孙松荣：《"动物"幽灵》，《艺术学报》2008 年第 1 期。

有动物都是作为手段（means）而存在的"①。这种否定是如此地彻底，以至于"任何用其他方式思考的人必定比动物还要愚蠢"，因为甚至就连动物都知道这个道理②。这种否定是如此根深蒂固，以至于尽管近年来野外生态学、动物行为学、动物认知学等领域都进行了相当的研究提供新信息，可"文化研究与批评理论在动物问题上仍然十分滞后"③，动物如同被历史尘封一般，定格在供人类任意驱使和盘剥的对象上。对此，美国学者沃尔夫（Cary Wolfe）解释指出，造成这种滞后的原因有二：首先，人文主义的主体性概念与物种主义的话语制度紧密相连，该体系要求牺牲"动物和动物性"（the animal and the animalistic）来实现"人的超然"（transcendence of the human）④；与之同时，在人文社科领域，种族主义、（异性恋）性别主义、阶级主义以及所有其他文化研究的"他者主义"（other-isms）探讨，几乎总是被锁定在一个未经审查的物种主义框架内⑤，这种局限性又因我们大多数人本身是人文主义者变得更加突出。人文社会科学言说动物主体性的难度和挑战由此可见一斑。然而，与文化研究、批评理论相比，文学的语言张力、想象空间、思想跨度和审美通感往往能超越既定的界限，使一切关于动物的言说成为可能，哪怕是科学、

---

① Kant, Immanuel, *Lectures on Ethics*, Ed. Peter Heath and J. B. Schneewind, Trans. Peter Heath, Cambridge：Cambridge University Press, 1997, p. 212.

② 这里的"甚至连动物都知道"源于圣经故事：亚伯拉罕的驴或羊，或是亚伯献给上帝的动物，当它们听见人对上帝说"我在这里"时，它们已经知道将会发生什么，然后同意献祭，牺牲自己来祭祀上帝。Derrida, Jacques, *The Animal That Therefore I Am*, Ed. Marie-Luise Mallet, Trans. David Wills, New York：Fordham University Press, 2008, p. 30.

③ Castricano, Jodey, "Introduction：Animal Subjects in a Posthuman World", *Animal Subjects：An Ethical Reader in a Posthuman World*, Ed. Jodey Castricano, Waterloo：Wilfrid Laurier University Press, 2008, pp. 1 – 32. （p. 1）

④ Wolfe, Cary, "Old Orders for New：Ecology, Animal Rights, and the Poverty of Humanism", *Diacritics*, Vol. 28, No. 2, 1998, pp. 21 – 40. （p. 39）; Wolfe, Cary, *Animal Rites：American Culture, the Discourse of Species, and Posthumanist Theory*, Chicago：The University of Chicago Press, 2003, p. 43.

⑤ Wolfe, Cary, *Animal Rites：American Culture, the Discourse of Species, and Posthumanist Theory*, Chicago：The University of Chicago Press, 2003, p. 1.

经济和政治等所不愿或不能言说的。

本节将分析马特尔的动物逸事、温顿的动物报告和库切的动物论战，探讨当代新英语文学家如何借助不同的动物书写形式为动物立传，从而打破传统文学叙事法则再现动物的主体性，展现动物权利运动先驱雷根（Tom Regan）所揭橥的"人与动物同为生命主体"的事实——一样的行为、一样的身体、一样的系统、一样的起源，"作为生命主体（subject-of-a-life），人与动物没有优劣高低之分"①，为跨越人类与非人类动物之间的鸿沟作出切实努力②。具体来说，马特尔的

① Regan, Tom, *Empty Cages: Facing the Challenge of Animal Rights*, Lanham: Rowman & Littlefield, 2004, p. 51.

② 当我们试图通过探讨动物具有和人一样的情感、理性、意识等来描述动物主体性时，有研究者指出这恰是在依赖既有理论体系的概念术语或禁锢在原来人文主义的思维模式中，换言之，它与旧的话语存在一种"共谋关系"，或者说它正在制造"另一个中心"，据此认为这样的解构不彻底或无实际意义，其实不然。首先，根据德里达的观点，"结构概念的整个历史（在我们说它断裂前）应被看成一个中心取代另一个中心的、持续不断的交替过程，就像一条连续不断的链条"，这意味着不同话语体系之间的博弈是无限运动的，正是这种永动性赋予解构策略以自我反思与补过拾遗的可能性，此为解构的意义所在。其次，受德里达启发，斯皮瓦克提出她对解构主义的两点看法。一方面，"解构主义并不意味着没有主体"，它只是"对特权提出质疑"，因此并不存在那些一味追求断裂性、异质性、差异性等他者论述所说的解构不彻底问题；另一方面，解构过程中在措辞上使用原来的话语，其实就说明解构已经汇入了过去占主流地位的文化，挑战了某一中心论，此亦为解构的意义所在。最后，我们有必要对"解构"本身作一番梳理厘正。提及"解构"二字，不少人往往将其同"反叛""否定""颠覆"等字眼相关联，也有人将"解构"看作一种无聊的文字游戏或学术垃圾，但这只是德里达的效颦者们"囫囵吞枣"，他们并没有理解"解构"的真正含义。"解构"的要旨有以下几点：解构的目的并不是摧毁传统，而是对传统进行溯源和反思，追问传统从何而来、权威从何而来，追问宏大叙事从何而来；解构所质疑的对象是非正当的教条，比如说"存在的霸权"，即所谓的"逻各斯中心主义"，在这个意义上，我们说解构不但不是否定，反而是一种肯定，一种通过转变来实现肯定的伦理政治姿态；解构所要摆脱的是形而上学的非此即彼的二元逻辑思维，在解构的话语论述中，被解构的事物并不完全无效，而是变得开放和流动起来，从而在根本上超越原来的话语体系。详见 Derrida, Jacques, "Structure, Sign and Play in the Discourse of the Human Sciences", *Modern Literary Theory: A Reader*, Ed. Philip Rice and Patricia Waugh. London and New York: Arnold & Oxford University press, 2001, pp. 195 – 210; Landry, Donna, and Gerald Maclean, ed, *The Spivak Reader: Selected Works of Gayatri Chakravorty Spivak*, New York: Routledge, 1996; 张汝伦《西方现代西方哲学十五讲》，北京大学出版社 2003 年版。

动物逸事、温顿的动物报告分别从形而上的抽象主体论和非形而上的唯物主体论层面书写了动物的主体性，前者的主体判断标准为语言、理性、情感、自我意识、伦理道德等，后者的主体判断标准为社会性、能动性、受动性等①。库切的动物论战则着眼于反本质主义主体论，即拒绝那种以僵化封闭的思维方式与知识生产来建构主体的做法。需要说明两点：第一，我们以形而上的抽象主体论与非形而上的唯物主体论作为分析框架来讨论动物主体性问题，并不代表完全赞同其各自所设立的主体性标准，因为还有诸如史怀泽（Albert Schweitzer）"生命即存在"等其他思维模式的主体观，但鉴于目前主流的主体性哲学（乃至包括法律）需要这样的论证，因此我们权且采用这种分析框架；第二，这里有关马特尔、温顿小说所呈现的动物主体性的分类并非绝对，它们彼此有所交叉，我们只是在相对的情况下取主要特征加以论述。

一　马特尔的动物逸事：人化的动物、神化的动物与抽象主体性

在《动物仪式》一书中，沃尔夫（Cary Wolfe）提出人类文化存在着一套关于物种分类的网格，即"物种格道"（species grid），其分为四格："人化的人"（humanized human）、"动物化的人"（animalized human）、"人化的动物"（humanized animal）、"动物化的动物"（animalized animal）（参见表2）②。所谓"人化的人"，指把某种被赋予神圣色彩的人类特质加在人的身上；"动物化的人"就是人们通常所说的犯下兽行的人③；"人化的动物"是动物身上表现出某

---

① 关于形而上的抽象主体论与非形而上的唯物主体论划分，详见亚平《人的社会性阶级性问题的历史反思——兼评"人性便是主体性"》，《中国社会科学院研究生院学报》1991年第5期。

② Wolfe, Cary, *Animal Rites: American Culture, the Discourse of Species, and Posthumanist Theory*, Chicago: The University of Chicago Press, 2003, p. 187.

③ 此处"兽行"为广义用法，意指那些野蛮、暴力或淫荡的人，他们通常会被说成行为举止像野兽一样。狭义上的"兽行"（bestiality），特指人与动物之间的性关系，对其最早、最有影响力的谴责来自摩西戒律，如"与兽淫合，必受诅咒""凡与兽淫合，总要把他治死"等。

些被认定为人类专属的特征；"动物化的动物"意指纯动物、裸动物，特别是那些凶残嗜血暴走的动物。沃尔夫将这套网格称为叙事层面上的人对动物的新殖民主义，其中，人表示"殖民的灵长目摹仿"（colonizing mimetic primates）、动物表示"被殖民的灵长目摹仿"（colonized mimetic primates）①，指出文化论述中我们常用这四个范畴给人与动物划界、进行差别对待。然而，诚如沃尔夫本人所言，以上界限看上去似乎清晰明确，但实际上折射了德勒兹和加塔利（Gilles Deleuze & Felix Guattari）的"生成论"（becoming），世间万物都作为一种开放整体，实时地处于流变之中，"事物之间并没有一种从一个事物到另一事物（及相反）的可定位的关联"，而是一种既垂直又横贯的运动，"一股无始无终之流侵蚀着两岸，并在中间处加速前进"②。

表2　　　　　　　　　　　　　　物种格道

人化的人 （humanized human）	人化的动物 （humanized animal）
动物化的人 （animalized human）	动物化的动物 （animalized animal）

沃尔夫的"物种格道"具有两层重要意义：一方面，它揭示了人类文化再现动物时难以避免或潜性隐藏的人类中心主义想象，其将文明、理智、情感、道德、自我意识等"高等"词汇标记为人的专属特征，即所谓的"人性"，与此同时，把野蛮、无情、粗鲁、凶残、本能反应等"低等"词汇归划为动物的特有属性，统称"动物性"。这个论述机制如此强大，甚至导致"我们目前缺乏一种（非

①　Wolfe, Cary, *Animal Rites*: *American Culture*, *the Discourse of Species*, *and Post-humanist Theory*, Chicago：The University of Chicago Press，2003，p. 187.

②　Deleuze, Gilles, and Felix Guattari, *A Thousand Plateaus*: *Capitalism and Schizo-phrenia*, Trans. Brian Massumi, Minneapolis：University of Minnesota Press，2005，p. 25.

隐喻式的）语言把动物当作动物来看待和表达"①。另一方面，也正是这种牢牢打上了某种意识形态烙印的话语体系，为我们解构以人为本的主体身份理论提供了靶标和工具，换句话说，通过还原动物身上被人类遮蔽、忽略的主体性，打破人与动物的藩篱，跳脱人类中心的对象化观看，动物不再是被动的客体，而是能动的、可与人类对视的生命主体。此即沃尔夫"人化的动物"积极意义所在，尤其当我们把"人化的动物"置于用事实说话的"严谨的化人主义"②语境时，这种积极意义显得更为突出。

　　马特尔《少年 Pi 的奇幻漂流》中的动物描写就建立在事实观察的基础上。马特尔曾在多个场合提到自己动物书写的现实积累，他说："我阅读了动物园历史、动物园生物学、动物心理学等相关书籍，专门去了现实中的动物园，访问了多伦多动物园以及印度特里凡德拉姆动物园的负责人""我参观了印度南部所有动物园……我在牛的旁边安营扎寨，观察它们……"③ 此外，马特尔在故事里还特别塑造了一个拥有动物学学士学位的主人公 Pi，后者的动物描述不乏大量学术用语和专业词汇，借以增加叙述的科学性与权威性。例如，引用他人研究观点或词句时，按照专业期刊的参考文献要求在括号中加注日期，"Beebe（1926）""Bullock（1968）""Tirler（1966）""Hediger（1950）"。据此，我们有理由相信，马特尔笔下的动物画像绝非天马行空，而是有着一定的真实性和高还原性。小说中，马特尔主要通过讲述逸闻逸事的方式来呈现动物的主体性。

　　那么，何为"逸闻逸事"？根据权威词典，"逸闻"指"世人不

---

① Fudge, Erica, *Animal*, London: Reaktion Books, 2002, p. 12.

② 关于"严谨的化人主义"详见本书结语部分。

③ Sielke, Sabine, "'The Empathetic Imagination': An Interview with Yann Martel", *Canadian Literature*, No. 177, 2003, pp. 12 – 32（p. 27）; Martel, Yann, "How I Wrote *Life of Pi*", 15 Jul. 2015, 15 Jun. 2018. < https: //medium. com/@ Powells/how-i-wrote-life-of-pi-6ffe1c0177ac. >; "Into the Void: Yann Martel on the Origins of His Novel: *Life of Pi*", 6, Oct. 2007, 15 Jun. 2018. < https: //www. theguardian. com/books/2007/oct/06/featuresreviews. guardianreview5 >.

大知道的传说"，"逸事"指"世人不大知道的关于某人的事迹"①。
依此可推，动物逸闻逸事应指"世人不大知道的有关动物的一些事
情"。不过，在涉及具体情境时，动物逸闻逸事有着自身的特点，它
"所描述的事件是独特的、不可复制的"，呈碎片化、零散化，并且
通常由农民、牧场主、动物训练员、动物管理员等非职业科研工作
者提供，描述策略大多采用拟人的手法②。从小在动物园长大的 Pi
关于动物的描述便是典型的动物逸闻逸事。马特尔借逸闻逸事来再
现动物的主体性并非离经叛道，新历史主义基于文化诗学构建的
"历史诗学"（historical poefics）就颇为重视逸闻逸事，其"对历史
记载中的零碎片段、逸闻逸事、巧合事件、异国情调、鄙夷不屑甚
或咄咄怪事等都表现出格外的兴趣"，在批评家们看来，这些内容有
助于破坏、修正和削弱那些在特定历史时期占统治地位的社会、政
治、经济、文化、心理以及其他界面的"宏大宣叙"③。新历史主义
的逸闻批评不仅是对注重连续性、确指性和整体性的历史主义宏大
叙事（尤其是极权性叙事）的抵制，也是对采用静止文学观、强调
文学本体论的形式主义批评的反拨。如果说新历史主义诉诸逸闻逸
事旨在重现文本诞生时那些被边缘化的声音与具有颠覆性的力量，
那么马特尔的动物逸闻逸事则以一种碎片化的拟人叙写在文学创作
理念、创作手法和创作内容上向传统理性主义动物叙事话语发起了
全面解构。

　　需要指出，马特尔以逸闻逸事呈现动物的主体性，就知识论层
面来讲也非无稽之举，而是有着深厚的自然科学背景。早在 19 世纪

---

　　① 在《现代汉语词典》（第六版）中，"轶"同"逸"字，而新、旧《辞海》中
也将"轶"改成了"逸"字。

　　② Rollin, Bernard, "Scientific Ideology, Anthropomorphism, Anecdote, and Eth-
ics", *The Animal Ethics Reader*, Ed. Susan Armstrong and Richard Botzler, London and New
York: Routledge, 2003, pp. 67 – 74. (pp. 68 – 69)

　　③ White, Hayden, "New Historicism: A Comment", *The New Historicism*, Ed. H.
Aram Veeser, London and New York: Routledge, 1989, pp. 293 – 302. (p. 301)

时，英国生物学家、进化论创始者达尔文的《人与动物的情绪表达》、《人类的由来》等著作就是在对动物逸闻逸事的娓娓道来中揭开物种起源的秘密。这位博物学家曾如是描述犬狗，"大部分较为复杂的情感在人和高等动物身上都可观察到……如果一只狗老是嗟来之食，它准会感到窘迫难堪，这是一种不同于恐惧、有点像谦逊的情感。一只大狗嘲笑一只小狗龇牙咧嘴，则可以看作大狗对小狗表现出某种长者的风度（magnanimity）"①。达尔文的逸事佐证研究法一直延续到现代自科领域的动物行为认知分析，因为从专业角度看逸闻逸事并不比科学实验报告的解释性差，"在某些方面后者（可信度）更令人怀疑"②。而事实上，由于忽视逸事科研价值（包括生态价值、社会价值等）所酿成的事件亦不在少数，比如澳大利亚袋狼的灭绝就与此有莫大关联③。

在《少年 Pi 的奇幻漂流》中，马特尔讲述动物逸闻逸事的第一大"人化"表现是动物拥有名字。例如，河马叫"艾尔菲"（Elfie），猩猩叫"橘子汁"（Orange Juice），老虎叫"理查德·帕克"（Richard Parker）。有学者认为，文学作品赋予动物名字是为了引起读者对角色的情感共鸣④。这种解释固然有一定道理，但不免有些简

---

① Darwin, Charles, *The Descent of Man and Selection in Relation to Sex* (*Volume* 1), New York：Cambridge University Press，2009，p. 42.

② Rollin, Bernard, "Scientific Ideology, Anthropomorphism, Anecdote, and Ethics", *The Animal Ethics Reader*, Ed. Susan Armstrong and Richard Botzler, London and New York：Routledge，2003，pp. 67 – 74. （p. 73）

③ 袋狼（thylacine），属袋狼科，曾分布在新几内亚热带雨林、澳大利亚草原，后因人类活动影响只分布于塔斯马尼亚，现已全部灭绝。在过去 70 年里，关于袋狼的数百次目击记录都来自民间逸闻逸事，这些逸闻逸事对袋狼的描述与官方给出的描述相差甚远，因此基本被忽略了。但后来有关袋狼的两件逸事（以 1936 年 9 月 7 日为参考日期）却成为划分其生存期与灭绝期的历史分界线。Vos, Ricardo, "Extinction Stories：Performing Absence (s)", *Knowing Animals*, Ed. Lawrence Simmons and Philip Armstrong, Leiden：Brill，2007，pp. 183 – 195. （p. 192）

④ 吴琳：《解读"海洋三部曲"的生态女性主义思想》，《外国文学》2012 年第 3 期。

单之嫌，因为命名从来都不是一个单纯的称呼问题。德里达（Jacques Derrida）指出，人以"动物"一词来指称除人以外所有多细胞真核生命体是人类沙文主义的重要表征，动物本身及动物彼此之间的差异性与异质性决定了它们不可能被简化为某一类生命，更不可能被概括出一种所谓的"动物性"（animality）特征，然而人类却以一个极为简化、单数形式的称谓"动物"（animal）来统称所有非人类动物，显然"动物是人类擅自赋予自身权力时所给出的一个词"①。倘若我们将其与道家"名为万物之始，万物始于无名，道生一，一生二，二生三，三生万物"并置而观，会发现其中的权力话语痕迹更为明晰，因为道家的认知原则是先探索事物的本源起因，而非急于对事物进行质方面的评定。因此，马特尔给动物起名与其说是为了触发读者的同理心，倒不如说是为了彰显动物的主体身份。值得注意的是，与"无名"相比，"有名"并且是个体单独取名——河马—"艾尔菲"、猩猩—"橘子汁"、老虎—"理查德·帕克"，这样跨越种属屏障的个体命名显示出绝不同于那种带有宰制性或霸权性的亚当式命名②。马特尔为每一个单独的动物配置唯一的名字，意味着对多元差异的真正包容，意味着对动物独立存在价值的高度肯定，享有独立名字的动物即享有独立的主体身份。通过赋予动物个性化的名字，马特尔挑战了人至高无上的超然地位，为恢复动物的主体身份迈出了重要一步。与动物拥有大名（姓＋名）形成鲜明对比，故事的人类主人公"我"名叫"派西尼"（Piscine，简称Pi），谐音英文中表示"小便"的俚语"pissing"，而发现老虎"理查德·帕克"的人类猎者由于数据记录错误，名叫"口渴"（Thirsty）且"姓氏不详"（Not Given），作者此处对人类主体身份的戏虐之意溢于言表。

---

① Derrida, Jacques, *The Animal That Therefore I Am*, Ed. Marie-Luise Mallet, Trans. David Wills, New York: Fordham University Press, 2008, p. 32.

② 亚当的命名行为是一种权力的象征，此在在本章引言部分有论述。

除了动物命名的"人化"，马特尔的整个动物逸闻逸事讲述都贯穿着"人化"元素，借此作者试图进一步消解人与动物之间的主体隔阂。小说开篇介绍主人公的成长背景动物园时，把动物们都描绘成个性鲜明的独立存在：

> 我早上离开家上学，亲切望着我的，除了母亲，还有双眼亮汪汪的水獭……长颈鹿庄重高雅地安静站立着……骆驼蓬头历齿，一脸色眯眯的样子……放学回来，大象打探你的衣服，善意地指望能从里边搜到点儿坚果之类，还有红毛猩猩，它们想在你头发里扒拉出虱蝇当零嘴，结果发现那个食品柜什么都没有，扫兴地哼哧哼哧……①

以上常用于刻画人类行为的语汇，马特尔将它们用来描述动物、并基于一种平视的立场予以旁观和欣赏。可见在作者眼中，动物绝非供人类肆意索用、掠夺甚至践踏的被动客体，而是拥有感情、拥有灵魂、与人类平等的生命主体。正如他自己引用达尔文告诫世人的话所说，"你知道那些你完全忘记的事情吗，你以为动物是没有灵魂、没有感情的机器？实际上，动物和我们非常相近、是我们的同族（cousins）"②。而马特尔对不同动物个体秉性的细致描摹，更是在叙事形式和表达内容上都直接呼应了达尔文关于动物个体性格之间存在相当差异的论断③。马特尔所透露出的人与动物平等的主体哲学，是动物审美得以展开的前提，即人与动物形成一种无功利的情感联结状态，更关键的一点，对动物的审美意味着肯定、认可和赞同，

---

① Martel, Yann, *Life of Pi*, Edinburgh: Canongate, 2008, pp. 14 – 15.

② Kriticos, Christian, "Animals Emoting: *The Millions* Interviews Yann Martel", 29 Feb. 2016, 6 Oct. 2018. < https: //themillions. com/2016/02/in-the-present-moment-the-millions-interviews-yann-martel. html >.

③ Darwin, Charles, *The Descent of Man and Selection in Relation to Sex* (*Volume* 1), New York: Cambridge University Press, 2009, p. 40.

需要我们以不带偏见的目光重新看待被人类文明体系当作"贱斥"(abject)的动物①。对此,叔本华有精辟论述,他认为动物都是美的,假若我们在某些动物身上发掘不到美,那么原因只在于人类并未"处于一种对其纯粹客观地观照"②。马特尔不但同意这种客观审美方式,还以动物之美撼击了以感知和语言为豪的人类主体性:"善于观察的眼睛与善于倾听的耳朵……动物们是如此地明艳、洪亮、神秘、精美,以至于让人丧失了所有感知","语言也变得毫无用武之地"③。马特尔此处的拟人叙事或许有夸大其词的成分,但与尼采相比真是相形见绌,因为后者所做的工作几乎就是对拟人论的颠倒,尼采把动物的感知、情感和行为反过来指派给人类,直言"正义、审慎、节制、勇敢——总之,我们称之为苏格拉底的美德,都起源于动物"④。

相较动物园的全景式俯瞰,马特尔对海难中幸存的鬣狗、斑马、猩猩和老虎采用了近距离特写来呈现动物的主体性⑤。在描写鬣狗攻击时,马特尔强调的不只是凶狠残暴,还有它的理性思考。进攻斑马前,鬣狗由于畏惧更大的野兽老虎曾表现出一系列古怪行为,譬如整个早晨都在尖叫声中绕圈跑,充分展示了它基于外界观察驱动的内心矛盾。换言之,鬣狗的古怪行为是其主体性的外在流露,反映了主体内部认识决策过程的艰难选择。同样地,在描写斑马受伤中,

---

① 克里斯蒂娃认为,人类原始社会向文明时代演化的过程中,标记了一个反映自我文化的精确区域,这一区域将"动物和动物性"(animals and animalism)视为贱斥排除在外,并且常将其与谋杀、性事等负面之物联系在一起。Kristeva, Julia, *Powers of Horror: An Essay on Abjection*, Trans. Leon S. Roudiez, New York: Columbia University Press, 1982, pp. 12 – 13. 弗洛伊德也有类似观察,相关论述见本书第四章引言部分。

② [德]叔本华:《叔本华思想随笔》,韦启昌译,上海人民出版社 2005 年版,第 56 页。

③ Martel, Yann, *Life of Pi*, Edinburgh: Canongate, 2008, p. 15.

④ Lingis, Alphonso, "Nietzsche and Animals", *Animal Philosophy: Essential Readings in Continental Thought*, Ed. Matthew Calarco and Peter Atterton, London and New York: Continuum, 2004, pp. 7 – 14. (p. 10)

⑤ 为保证论述的连续性,关于老虎的主体性问题将在下一节"动物他异性"展开。

马特尔所展现的不仅是痛苦无奈，还有它的自我意识：从刚摔断腿时没精打采，到遭到伤害、无力还击而忍受疼痛，再到奄奄一息那刻笔直地昂头表达生命的最后愤怒。所有这些关于动物感知、伤痛、情绪、犹豫以及理性思维的描写，都不断撞击着西方传统哲学话语中那条以知觉、情感、精神或意识等来区分人与动物的界限，尤其是斑马生命受到威胁（即鬣狗持续跑圈意欲发起进攻）时表现出的极度恐惧，更直接冲击了以海德格尔为代表的认为动物根本不理解死亡的主体性学说①。在马特尔笔下，红毛猩猩"橘子汁"完全是一个拥有不亚于人类复杂情感和心理活动的独立生命主体（作者以第三人称叙述视角提到"橘子汁"时，一直使用表人的人称代词"她"）。从"橘子汁"死里逃生爬上救生艇开始：

> 她受到了严重惊吓，在油布上仰面朝天好几分钟，一声不吭、一动不动……
> 她垂头丧气地坐着，双手抓着船舷，头低埋在两臂之间……她大口喘气：晕船。[可怜的家伙看上去像人一样难受！……我不禁笑了起来]
> 她把身子转过来，手臂搭在油布上，那姿势就像我们自己提起胳膊，然后放松地落在身旁的椅背上。可她显然并不放松，

① "恐惧死亡"被看作主体具有自我意识的核心特征，此在后文还会进一步讨论，这里只介绍一下海德格尔的相关论述。海德格尔批评以往形而上学在处理人与动物问题时完全落入人类中心主义的窠臼，他提出动物与人不存在等级上的差异，并试图通过论证人与动物具有本质上的不同来破除人类中心主义。然而有趣的是，在《存在与时间》中，海德格尔认为动物生命只会"完结"（come to an end），不会"死亡"（die），唯有人才会体验"死亡"（dying）；在《形而上学的导论》中，海德格尔认为动物"贫乏于世"（poor in world），而人则"建构世界"（world-forming）；在《关于人道主义的书信》中，海德格尔又以语言为分界线，指出唯人保持"存在物之绽放"（the overtness of beings）。据此，卡拉尔科评价说，海德格尔的动物论述远不止于凸显人的相对独特性，而且还倾向于以纯粹否定、对立的方式来描绘动物。Calarco, Matthew, "Heidegger's Zoontology", *Animal Philosophy*: *Essential Readings in Continental Thought*, Ed. Matthew Calarco and Peter Atterton, London and New York: Continuum, 2004, pp. 18–30. (p. 18)

脸上非常忧伤的样子［就在这一刹那，我们与猿类之间的相像变得并不搞笑了］……她认真扫视着水面，心中挂念着他们（她的孩子，两只小猩猩）……

　　［但最令"我"为之动容和惊讶的，是"橘子汁"在目睹鬣狗攻击斑马后作出的一系列反应］

　　"橘子汁"并没有冷漠地看着眼前所发生的事。她从板上整个站起来……她开始咆哮，叫声粗重浑厚，充满了愤怒［鬣狗和我一样被骤然响起的咆哮为之一震］……"橘子汁"恼怒地咂着嘴转过身去……她狠狠地捶了一下那只野兽（鬣狗）的脑袋，非常重……那只野兽直接趴倒在地……①

　　（笔者注：方括号内容是主人公 Pi 的认知演变）

　　通过对"橘子汁"神情、动作和心理的正面刻画，以及主人公 Pi 由"笑"到"不笑"再到"为之一震"认知转变的侧面见证②，马特尔以感官描摹带出动物逸事的各种细节叙述。此处"橘子汁"的"吼声"代替"语言"，成为生命主体表达强烈同情心与正义感的有力武器，不仅在艺术手法层面冲破了传统以语音中心主义为基础所建构的言说模式，同时在主旨意蕴层面传达了对维

---

①　Martel，Yann，*Life of Pi*，Edinburgh：Canongate，2008，pp. 112，121，124 - 125，126，127，130.

②　Pi 认知变化的轨迹，尤其是"忍俊不禁地笑"，正是奥地利动物行为学家劳伦兹（Konrad Lorenz）所论述的人在面对动物"怪异"生命情状时会发出嘲笑的真实反映。劳伦兹认为：首先，动物的"怪异"并不可笑，相反，人们应该从心底升起一种惊奇的敬意，因为人们嘲笑动物"怪异"时，其实是在嘲笑某种神圣的东西——生命的起源、创造和造物者之谜。其次，人们笑话动物，实际上是在笑话自己，因为觉得动物的"滑稽"行为像人，所以才会发笑，也就是说，如果我们觉得动物行为"滑稽"，那么也应该觉得自己行为同样"滑稽"。总之，一切都是由于我们对动物不太了解或理解有误，当我们对它们了解越多，就会更深刻地为它们的神秘真相而感动。需要指出，这种了解建立在一种客观观察者的前提基础上，其与那些为好奇而好奇的研究有着本质区别。［奥］劳伦兹：《所罗门王的指环：与鸟兽鱼虫的亲密对话》，游复熙、季光容译，中国和平出版社 1998 年版，第 82—84 页。

特根斯坦学派以动物缺乏语言为由将它们视为一种不完善存在的质疑①。这一切都彰显着一个事实，即那些被打上"靠本能生存"标签的动物拥有所谓的人类特有的主体性。与"橘子汁"从意识到实践、从心理到生理、从思想到行为的正义之举形成鲜明对比，身为人类的 Pi 在斑马受害问题上从一开始就接受了严格的理性指引：

> 我恨极了鬣狗。我希望用什么方式干掉它，可我什么都没做。我那点怫郁恼怒也没能坚持多长时间。我得承认件事，我不能一直对斑马抱有同情。当你的生命泥菩萨过河自身难保时，那些怜悯便被恐慌和求生的自私之欲湮没了。它（斑马）极度痛苦……我觉得它很可怜，接着便抛诸脑后，无动于衷……②

在这里，Pi 的行为逻辑清楚地诠释了神学家阿奎纳"博爱不涉及动物"的观点——博爱只适于上帝和"同胞"（fellowship），缺乏

---

① 历史地看，以语言为界区分人与动物的观点主要源自笛卡儿，他认为只有语言才能证明理性的存在。根据这一思想，后世哲学家们得出结论：既然动物没有语言，那么它们必定没有观念，而既然动物没有观念，那么它们只能生活在封闭的、短暂的和碎片化的世界中。所谓的"观念"，指不在场、非存在、反事实，以及时间的过去感和未来感等。在这个问题上，日常语言哲学代表人物维特根斯坦（最反对笛卡儿哲学的思想家之一）也赞同笛卡儿的主张，他认为：即使狮子能开口说话，我们也理解不了它；从观念角度来讲，不存在"动物会笑"的说法；关于狗，它们不懂何为假装疼痛或感到自责，等等。维特根斯坦的逻辑是：第一，动物由于缺乏日常惯用的符号体系，因此它们没有用于维持精神生活的基本工具；第二，语言是一种生活的方式，其能表达亦能塑造人的客观世界的本质，动物没有类似于人类的语言，它们的生活方式与人类大相径庭。然而事实证明，维特根斯坦犯了和其他人一样的错误，即在哲学上容忍了根本未经审查的意识形态的力量。21 世纪初拜特狄杰克（Buytendijk）的一项研究就表明，所谓没有"语言"的章鱼，也可以区分主动触摸某物与被动触摸某物，此为典型的能够识别自我与他者的"理智图式"（mental image）。Rollin, Bernard, "Thought without Language", *Animal Rights and Human Obligations*, Ed. Tom Regan and Peter Singer, Englewood Cliffs：Prentice Hall, 1989, pp. 43 – 50.（pp. 43 – 45, 47）

② Martel, Yann, *Life of Pi*, Edinburgh：Canongate, 2008, p. 120.

理性的动物不在我们的"同胞"之中①，人类对动物不过是一种间接义务，基督教禁止人们残忍对待动物不是出于动物本身有任何免于被侵犯的资格，而是因为人们可能会把这种残忍转移到人的身上②。正常情况下的人尚且如此，更不用说性命攸关的时刻。在"橘子汁"的衬托下，Pi 的"博爱"俨然成了"狭爱"，生命至上的道德文明沦为一种围绕理性精打细算的对象，"泥菩萨"的自我中心主义、理性中心主义和人类中心主义实质曝露无疑。顺便提一句，马特尔展现的动物之间产生道德行为并非无中生有，这一点在 18 世纪的休谟那里早有论述③，而新的研究表明，即使是鼠和狗等不同物种之间也存在移情现象。对于"橘子汁"这样的灵长目动物而言，移情是其普遍特征，甚至可以说人类宣称自己是唯一拥有者的道德移情其实是从灵长类祖先继承的④。可见，马特尔的逸闻逸事讲述远不止于试图重塑动物的主体性，还意欲消解自诩为万物灵长的人类的高贵主体性。

这种文本意旨在马特尔的叙事镜头聚焦"橘子汁"死亡场景时被推向高潮。如所预料的那样，这是一场一开始就注定失败的战斗，成年雄性猩猩打不过成年雄性鬣狗，何况一只雌性猩猩！"橘子汁"死了，它倒在地上，双臂张开，两只短腿交叉着，"如同被钉在十字架

---

① 在阿奎纳看来，博爱不涉及动物的理由有三：首先，人类不能对那些缺乏理性的动物期待任何美好，因为它们只靠本能生存；其次，博爱之情诞生于社会中的胞族之间，而动物是没有胞族的；最后，博爱依赖一种可持续维系的契约幸福，显然动物无法实现契约关系。Aquinas, Thomas, "On Killing Living Things and the Duty to Love Irrational Creatures", *Animal Rights and Human Obligations*, Ed. Tom Regan and Peter Singer, Englewood Cliffs: Prentice Hall, 1989, pp. 10 - 12. (p. 12)

② Aquinas, Thomas, "Differences between Rational and Other Creatures", *Animal Rights and Human Obligations*, Ed. Tom Regan and Peter Singer, Englewood Cliffs: Prentice Hall, 1989, pp. 6 - 9. (p. 9)

③ 此在本书第四章第三节的"同理同情：作为一只蝙蝠会是什么样"有论述。

④ Lents, Nathan, *Not So Different: Finding Human Nature in Animals*, New York: Columbia University Press, 2016, p. 76.

上的'猿基督'（simian Christ），只是没有头，她的头被咬掉了"①。死亡的场景有无数种，为何马特尔要描绘成"猿基督"，又为何要"去头"？要理解作者的写作意图，仍需要回到前面提及的"博爱理论"。在基督教神学中，上帝爱万物，因此上帝的博爱自然包含了动物，即便如阿奎纳所说上帝对动物的博爱出于其所欲求的"好事"（为了人类福祉）②，但在上帝这里，博爱的延伸无关乎对方是否具有理性。换言之，理性并非评判生命至高无上的基本准则。正是在此意义上，马特尔把不受理性支配、为生命而牺牲生命的"橘子汁"比作"猿基督"，因为基督是上帝不断改造现世罪人使之最终成为具有上帝一样神性的人的典范，他无限接近具有神性的上帝、不根据理性来评判生命的价值。耐人寻味的是，小说中，"橘子汁"死亡画面的"似神"与该角色出场的描写形成了一个首尾呼应的闭环结构，"在一圈光晕中，她浮在香蕉堆成的小岛上飘了过来，如同圣母玛利亚（the Virgin Mary）一样可爱"③，这也再次印证了马特尔赋予非人类主体以神性的事实。需要说明，马特尔在故事里将动物与圣子基督、圣母玛丽亚并置不是偶然，更不是对后两者的亵渎，而是因为在马特尔本人心中猿类与基督之间有一种神圣的呼应④。

另一方面，根据柏拉图的《蒂迈欧篇》，诸神通过借鉴宇宙的球状造出头部，用以托载不朽的理性灵魂，由于担心理性灵魂受到污

---

① Martel，Yann，*Life of Pi*，Edinburgh：Canongate，2008，p. 132.

② Aquinas，Thomas，"On Killing Living Things and the Duty to Love Irrational Creatures"，*Animal Rights and Human Obligations*，Ed. Tom Regan and Peter Singer，Englewood Cliffs：Prentice Hall，1989，pp. 10 – 12.（p. 12）

③ Martel，Yann，*Life of Pi*，Edinburgh：Canongate，2008，p. 111.

④ 马特尔认为，基督是上帝创造的人，因为猩猩与人有97%的相似之处，所以意味着猩猩有97%像基督。这样看来，基督身上有与动物相似的特质，而动物身上也有与基督相似的特质。马特尔指出，居于这两者之间的人类，总是以一种高度自觉，却又同时极度无意识的方式，处理着自身从过去到未来的生活，而人类那种非常具有倾略性的智慧，对自己没有任何好处，其实不过是在毁灭地球。Kriticos，Christian，"Animals Emoting：*The Millions* Interviews Yann Martel"，29 Feb. 2016，6 Oct. 2018. < https：//themillions. com/2016/02/in-the-present-moment-the-millions-interviews-yann-martel. html >.

染，便安排了脖子将之与放置可朽灵魂的身体其他部位隔开，"我们所说的头，它是人身上最神圣的部分，也是其他一切部分的主宰"①。柏拉图理性至上的思想几乎奠定了西方传统哲学的研究基调，从哲学层面来讲，"头"象征着理性，"去头"则意味着去除理性。因此，"橘子汁"的"去头"虽然是有关鬣狗攻击对手时针对颈部使出撒手锏的自然习性描摹，但借助"去头"，马特尔也表达了摈弃理性主义束缚的愿景和深意。一如巴塔耶的"无头"（Acephale）所揭示的，无头的人好比一个无头的社会，"标志着权威和理性统治的终结，人类的状态将得以重塑（re-envision）"②。

综上，从"人化的动物"到"神化的动物"，马特尔不但颠覆了过去视动物为兽性化身的传统认知，还赋予动物神性提升主体地位，二者在文本的逸闻逸事叙述中相互衔接、彼此渗透，共同发出检视人类自我与回归生命本真的呐喊，令作者谱写的"为动物立传"之歌超越现实——事实上，在普罗米修斯的泥土造人故事中，人类的灵性生命恰是从动物而来，泰坦神从各种动物身上摄取了不同脾气秉性吹入泥人的胸腔。这样的歌声注定惊心动魄、响彻寰宇，正如小说所写，"这样的景象（"橘子汁"的死亡场景）让双眼感到震惊、让心灵无法承受"③。

二　温顿的动物报告：利维坦、"最了不起的生物"与唯物主体性

1942 年，未来的坎特伯雷大主教坦普尔（William Temple）询问父亲："如果哲学家那么聪明，为什么他们没有统治世界？"当时已是大主教的父亲回答说："怎么没有？他们去世 500 年后仍在

---

① ［古希腊］柏拉图：《柏拉图全集（第三卷）》，王晓朝译，人民出版社 2003 年版，第 296 页。

② Falasca-Zamponi, Simonetta, "Sociology and Ethnography", *Georges Bataille*：*Key Concepts*, Ed. Mark Hewson and Marcus Coelen, Abingdon and New Work：Routledge, 2016, pp. 38 –49.（p. 43）

③ Martel, Yann, *Life of Pi*, Edinburgh：Canongate, 2008, p. 132.

统治世界。"① 此故事以诙谐幽默的方式呈现了哲学家及其思想对后世影响深远。对一部分人来讲，这如同提供了一颗"定心丸"，意味着我们的生活方式与价值观念乃是由谨慎的智慧所引导；然而在另一部分人看来，这却是一件"悚然之事"。法国作家蒙田（Michel de Montaigne）就写道："说话再蠢，也蠢不过某些哲学家说过的话。"② 蒙田之所以对哲学家作出如此评价，理由之一便是后者在动物认识问题上极为"失智"，而这背后的根源在于，以往不少主流哲学家对动物发表的看法都是"失真"的，忽视了对自然界中真实动物的实地观察③。这恐怕也是为何阿甘本（Giorgio Agamben）在撰写《敞开：人与动物》一书时，援引大量现代生物学的动物研究成果来支撑论证。本书第一章阐述哲学研究的动物回归时也提到，随着人文领域以外的动物研究发生根本性变革，特别是认知动物行为学的许多新发现，令建立在语言、文化、工具使用等基础上的人类主体哲学面临空前挑战。

　　在《浅滩》中，温顿的动物书写嵌入了不少包含自然科学元素的"报告"来展现动物的习性、情感以及思维等。此处的"报告"之说，其含义借鉴了汉语词汇"报告"和"报告文学"。汉语中，"报告"指以口头或书面方式对公众所作的正式陈述，"报告文学"是一种记叙类文学体裁，对现实生活中具有代表性的真人真事进行适当艺术加工，包括新闻、通讯、速写、特写等④。小说中，以鲸鱼

---

　　① Waldau，Paul，*Animal Studies：An Introduction*，New York：Oxford University Press，2013，p. 143.

　　② ［法］蒙田：《蒙田随笔全集（中卷）》，潘丽珍等译，译林出版社 2001 年版，第 230 页。

　　③ 康德和笛卡儿对动物的"失真"认识充分说明了这一点。康德从未到过距离故乡哥尼斯堡（Konigsberg）八十英里以外的地方，意味着他本人其实并没有深入接触过非人类动物及其种群生态。笛卡儿的旅行距离虽然远于康德，但他对动物的研究并未做到自己一向所强调的"要怀疑一切"，而是在远离动物实际生活背景的情况下，简单地继承并发扬了传统文化中关于动物问题的主流观点。

　　④ 更多解释参阅《现代汉语词典》（第六版）。

为主题的报告主要有三种呈现方式:第一种是鲸鱼研究专家、保护者马克斯(Marks)和弗勒里耶(Fleurier)有关鲸鱼的口头陈述;第二种是书籍、报刊、电视脚本、政府文件等关于现实世界鲸鱼情况的书面记载;第三种是纳撒尼尔·库珀尔(Nathaniel Coupar)的捕鲸日志,以自传形式记录了鲸鱼信息。三者的共同点在于,文本的空间分布上呈碎片化、松散化,且彼此具有非连续性的断裂感,这在第二种报告中表现尤为明显,用小说的原话来讲即"都是些片段,有复印的、复写的、剪贴的,不成条理"①。乍看之下,这些本身带有断裂感并以断裂样态出现的"双重断裂"报告,如同查尔斯和福勒(Peter Childs & Roger Fowler)探讨作品的"形式"(form)时所言,缺乏"有机的流动性"(organic fluidity),容易给读者在视觉上、心理上造成突兀的感觉,整个故事的叙事节奏感与叙事完整性被打乱,因此是一种迫使作品内容就范的"外加"(imposed)形式②。但其实不然。查尔斯和福勒进一步分析指出,在某些情况下,尤其是那些素材庞杂散乱的大型小说,外加形式的文本效用和优势便可得到有效发挥,"尽管有时行文上留下的强加印记较为明显,但产生的结构性和互补性美学效果"相当独特③。温顿所使用的"双重断裂"报告就属于这种情况。

那么,《浅滩》中的"外加"报告具体有何作用?首先,"外加"报告中来自客观世界的基于事实观察与逻辑推理的自然科学数据,可以为纪实性地再现动物主体性提供强有力的证据支撑,有助于读者了解真实的动物并促进文学与科学的联姻。其次,传统文论观念把文本看作一个封闭的、自洽的、静止的统一体,显然"外加"报告本身即是对文本同一性、确定性、自足性的否定,既是文学上

---

① Winton, Tim, *Shallows*, Sydney: Allen & Unwin, 1984, p. 39.

② Childs, Peter, and Roger Fowler, *The Routledge Dictionary of Literary Terms*, Abingdon and New York: Routledge, 2006, p. 92.

③ Childs, Peter, and Roger Fowler, *The Routledge Dictionary of Literary Terms*, Abingdon and New York: Routledge, 2006, p. 92.

的又是认识论上的，因为"混合不同动物体裁和/或类型（mixing these animal genres and/or categories）"在挑战传统文学规范和模式的同时，促使人们重新思考动物本身及其再现方式①。可以看出，温顿的报告叙事与马特尔的逸闻叙事有一定相通之处，两位作者都将文学话语与非文学话语糅合交错，以此展现动物不可化约的生命经验，使作品的形式与内容实现"血肉相融"，进而构建出一种微妙的"动物诗学"（animal poetics），其不仅力图创造新的言说方式来探索动物的文学再现，而且在文本世界中承认动物是会呼吸的鲜活生命。

与形式上的断裂不同，温顿的动物报告主旨鲜明并且有的放矢。这里的"的"，其中之一是揭橥西方文化对鲸鱼的认知扭曲以及背后的运作原理。纳撒尼尔·库珀尔的日志如是写道：

> ……座右铭似乎就是取自《圣经·以赛亚书》："到那日，耶和华必用他刚硬有力的大刀，惩罚利维坦（Leviathan），就是那快行的巨蛇（serpent）；并杀海中的龙（dragon）。"这些愚昧的家伙以为抹香鲸就是魔鬼（the Serpent），魔王（the Evil One）的代理。他们说，真正的鱼是不会像人一样有肺、有乳头、有阴茎的。②

---

① Huggan, Graham, and Helen Tiffin, *Postcolonial Ecocriticism: Literature, Animals, Environment*, Abingdon and New York: Routledge, 2010, p. 152.

② 此处《圣经·以赛亚书》的中译本大都译为："到那日，耶和华必用他刚硬有力的大刀，刑罚鳄鱼（Leviathan），就是那快行的蛇（serpent），并杀海中的大鱼（dragon）。"笔者查阅资料后，认为上述翻译可作如下改善：第一，"Leviathan"应直译为利维坦，在圣经中原指巨大的海怪（sea-monster），在现代希伯来语中表示对鲸鱼的一种称谓。第二，小写的"serpent"意思是巨蛇，一般指巨大的海蛇，大写的"Serpent"意指魔鬼/魔王，圣经中记载"Serpent"是撒旦的化身。第三，"dragon"原意为龙，此处也指海中的恶魔。另外，"dragon"除了指龙，亦有巨蛇（serpent）之意，此义源于希腊拉丁语"drakōn"的"serpent"之意。Winton, Tim, *Shallows*, Sydney: Allen & Unwin, 1984, p. 99.

　　上述文字中，西方传统文化把鲸鱼称作"利维坦""巨蛇""龙""魔王"，它们的相同之处是都把鲸鱼视为危险的怪物。此乃极为典型的"自然怪化"（Nature-as-Monster）思维/书写模式，该模式将自然看成与人类相对立的存在、对人类构成一种主动威胁①，而"怪化"的逻辑在动物论述里更为普遍，譬如此处的鲸鱼。

　　究竟何为"怪物"，或者说"怪物"是谁？希腊神话中的奇美拉（Chimaera，又叫"吐火兽"）是怪物形象的原初表征，它是一种由狮首、羊身、龙尾等组成的混杂生物（参见图7）②。然而，奇美拉之所以被断定为怪物即"异常生物"（anomalous beings）并非内在构成混杂所带来的冲击，而是因为这种混杂干扰了人类正常认知的既定框架或界域，使人感到混乱③。换句话说，从概念意义上讲，怪物象征着无序、破坏和身份模糊。沃特豪斯（Ruth Waterhouse）指出，怪物范畴体系的建立是为了确保人文主义意识形态及其社会秩序的稳定，"那些定义强调怪物是他者（Other）、与自我的主体性（the subjectivity of Self）形成强烈对比，并以某种方式把怪物归为异类（alien）……作为怪物的他者常给人一种恐怖或恐惧的

---

　　① "自然怪化"一说出自阿特伍德，她曾对加拿大文学中自然再现的模式进行梳理，指出其存在两种逻辑：一种是认为自然是"邪恶的怪物"（the evil monster），对人类构成主动威胁；另一种则认为自然是"圣母"（the Divine Mother），具有仁慈的力量。值得注意的是，阿特伍德的"自然"并非仅指通常意义上的大地、植物等，而是尤为强调动物，这从她分析西顿和罗伯茨动物小说时提出此两者完全颠覆了"自然怪化"的书写模式可见一斑。Atwood, Margaret, "Selections from *Survival：A Thematic Guide to Canadian Literature*（1972）", *Greening the Maple：Canadian Ecocriticism in Context*, Ed. Ella Soper and Nicholas Bradley, Galgary：University of Calgary Press, 2013, pp. 359 – 367.（p. 361）

　　② Armstrong, Philip, and Lawrence Simmons, "Bestiary：An Introduction", *Knowing Animals*, Ed. Laurence Simmons and Philip Armstrong, Leiden：Brill, 2007, pp. 1 – 24.（p. 5）

　　③ Carroll, Noel, *The Philosophy of Horror, or Paradoxes of the Heart*, New York：Routledge, 1990, p. 188.

感觉"①。由此观之，人类将动物妖魔化成"怪物"的最终目的指向界限与对立，指向"欲兴兵戈"。小说中就多次提到捕鲸工称鲸鱼为"海中的怪兽"②，扬言要以人类的勇气、智慧和武力制服鲸鱼。

图7　奇美拉

另一方面，动物自身生命的暧昧性也成为其被划为怪物行列的"正当"理由。诚如德里达（Jacques Derrida）所示，动物的生命具有不可简化的多样性和异质性，"动物"一词本身代表了一种"怪

---

① Waterhouse, Ruth, "*Beowulf as Palimpsest*", *Monster Theory*: *Reading Culture*, Ed. Jeffrey Cohen, Minneapolis and London: University of Minnesota Press, 1996, pp. 26 – 39. （p. 28）

② 根据一本古老的、约11世纪被译成拉丁文的希腊罗马动物学著作，鲸鱼是一种饥饿的怪兽，专门利用诡计、喷气和香味等，把那些昏了头的鱼（在某些古老的文化中，生活在水里的鱼常象征着母亲，在基督时代鱼代表了圣子，从希腊文的鱼"ich-thus"甚至衍生出"Ieosos Khristos Theou Uios Soter"的说法，意即"耶稣基督，上帝之子，救世主"）卷进嘴里，并把迷航的船只带到海洋深处，如同魔鬼引诱信仰不坚的人一样。［法］马吉欧里：《哲学家与动物》，杨智清译，社会科学文献出版社2017年版，第83—84页。

异的混合（monstrous hybrid），仿佛是古希腊神话中等待柏勒洛丰（Bellerophon）处死的奇美拉"①。在人类过去的认识里，鲸鱼明明生活在水中，隶属鱼类而非陆地动物，可它们身上血红色的肉质却清楚表明那不像鱼肉。这种混杂甚至引发了中世纪关于封斋期间能否吃鲸肉的论争：鲸肉是否属于禁食肉类？按照天主教传统，复活节前的四十天封斋期间禁止食用禽畜的肉，鱼肉则不在此限制范围②。

　　然而，这似乎并不能完全解释鲸鱼为何被称为"利维坦"，温顿在捕鲸日志中还给出了"他们说，真正的鱼是不会像人一样有肺、有乳头、有阴茎"的关键细节。此虽寥寥数语，却揭示了怪物何以为怪物除了身份杂糅更深层的原因——怪物呈畸形却拥有人的某些特征。从某种程度上说，正是相似性促成了分界线的出现，乌贝尔（Michael Uebel）谓之"他者建构的近似悖论"与"界线本身的空间悖论"。第一个悖论是指，他者与自我从来不是决然的割裂存在，而是表现为不同程度的相互依存，一般情况的依存关系中，自我的含义界定过程即预设了他者之存在，而在某些更为彻底的依存关系中，绝对的他者对自我而言是不可或缺的一部分。第二个悖论源于界线既是区分线又是共性线的双重功能，也就是说，自我与他者之间的差异之处同样也是两者的共通之处，所谓的边界实际上是将连续体分离成非连续体③。以上两个悖论展现了怪物的生成真相，这是动物

---

　　① 柏勒洛丰是古希腊神话中的英雄，他射死喷火怪兽奇美拉。Derrida, Jacques, *The Animal That Therefore I Am*, Ed. Marie-Luise Mallet, Trans. David Wills, New York: Fordham University Press, 2008, p.41.

　　② 对于封斋期间是否可以吃鲸肉，9 世纪末的神学家在大公会议上明确宣布禁止食用鲸肉，因为鲸肉是红色的。但到了 13 世纪，教会又改变了这项规定，神学家们提出，相比那些在陆地和空中交媾的动物，鲸鱼生活在水中，据此认为鲸鱼的肉应该不会刺激人的性欲。［法］马吉欧里：《哲学家与动物》，杨智清译，社会科学文献出版社 2017 年版，第 84 页。

　　③ Uebel, Michael, "Unthinking the Monster: Twelfth-Century Responses to Saracen Alterity", *Monster Theory: Reading Culture*, Ed. Jeffrey Cohen, Minneapolis and London: University of Minnesota Press, 1996, pp. 264 – 291. （p.265）

有别于人的生成真相，也是动物怪化的生成真相。

　　事实上，西方传统哲学话语也的确如此。哲学家探讨人的问题时，总是把动物拿来做参照，在总结前者本质的同时对后者加以压制，"我们满腹的界线说都在谈论大写 M 的人（Man）与大写 A 的动物（Animal）"，没有发现谁有兴趣来讨论一个假设的断裂，"人人都赞同这一点，讨论提前结束了"①。一旦人们遇到那些挑战自身认知系统，特别是威胁身份纯洁性的存在物时，就粗暴地将其判定为"怪物"，并且任何不想被认为是愚昧无知的人都必须承认它。于是，当人看到鲸鱼竟然长着和自己一样的肺部、乳头和阴茎时，自然而然把鲸鱼从"海中的怪兽"升级为"利维坦"（意为"恶魔"，怪物中的怪物），这样一来，已经被打上他者标签的鲸鱼被再次他者化。因此，捕鲸日志中所提到的"真正的鱼"，与其说是物质世界的真实鱼，不如说是人类自传出来的假想鱼。温顿所要批判的就是传统哲学话语这种形而上地把人类与非人类动物区别开来并自诩为万物之首的人类中心主义，在作者看来，人类"因为骄傲，烂到芯子"②。

　　通过鲸鱼的"怪物"到"利维坦"之变，温顿具象化地诠释了享有 20 世纪达尔文之称的迈尔（Ernst Mayr）所说的"我们对世界的真正理解，关键在于改进观念而非发现新事实，尽管两者并不相互排斥"③，同时也声援了著名生态作家莫厄特（Farley Mowat）关于狼之妖魔化的论析，"文明人"（civilized man）最后终于成功把"真正的狼"（real wolf）从头脑中抹掉，取而代之的是一个"人为塑造的狼形象"（contrived image），一个邪恶的化身与代指，使人对其产生一种几乎是病态的仇恨和恐惧④。

---

　　① Derrida, Jacques, *The Animal That Therefore I Am*, Ed. Marie-Luise Mallet, Trans. David Wills, New York：Fordham University Press, 2008, pp. 29 – 30.

　　② Winton, Tim, *Shallows*, Sydney：Allen & Unwin, 1984, p. 222.

　　③ 转引自 Waldau, Paul, *Animal Studies：An Introduction*, New York：Oxford University Press, 2013, p. 123。

　　④ Mowat, Farley, *Sea of Slaughter*, Mechanicsburg：Stackpole Books, 2004, p. 141.

温顿动物报告有的放矢的另一路径为,从正面直接展示动物的主体性。和马特尔一样,温顿的动物书写也立足人与动物的跨物种僭越,但不同于前者侧重动物的个体秉性刻画,后者更多侧重于物种的群集意识描绘,这也决定了温顿的动物再现倾向于集体编码而非个体写真。值得注意的是,温顿的报告在言及动物行为和思想时,显示出一个明显的特征,即经常运用非确定性、开放性的词汇,如"据说""好像""也许""可能""可以推测""理论上讲"等,令叙述对象与叙述事实之间始终保持一定的距离,从而确保最大限度上阻断用人类世界的观点去理解动物的世界,使动物作为自身存在的本体意义得到恰如其分的彰显。这样的叙事策略体现出温顿身为艺术家与动物主体之间的深度伦理关系,是叙述者对叙述对象承担道德责任的生动映现。正是在此意义上,我们说温顿的报告叙事建构出一种文学上的"动物美学表征"(aesthetic representations of animals)——动物生命在自己的场域而非人类的场域下获得观照,动物习性、情绪、生活等方面的呈现并不掩盖人类认知的有限性,倡导尊重动物、欣赏动物和真正理解动物[1]。依循上述美学法则,温顿揭开了笼罩在"利维坦"阴影下鲸鱼主体的神秘面纱,在温顿眼中,鲸鱼非但不是"利维坦",反而是"最了不起的生物",作者借弗勒里耶之口发表了自己对鲸鱼的看法:

> 鲸鱼是最了不起的生物(the most amazing creatures),它们聪慧、机智、富有怜悯之情,充满了神秘(mystical)。或许有一日,倘若我们能保证它们一直那么活下去的话,我们就能见证这一切,兴许还能知道些有关我们人类自身的东西。鲸鱼几乎是我们童年梦想中最神奇、最友善的庞然大物。让我们想想鲸鱼们过去的所见吧,那是连绵不断的文明史。鲸鱼是注视者,

---

[1]　Malamud, Randy, *Poetic Animals and Animal Souls*, New York: Palgrave Macmillan, 2003, pp. 44–45.

甚至可能还是记录者，它们在地球上出现得比我们早……①

一如写作生涯早期其他几部作品《冬日的黑暗》《骑手们》等②，温顿此处对鲸鱼的描写同样凸显了一种非人类的强大力量，这种力量既神奇美妙又令人敬畏，这种力量赋予鲸鱼的主体存在以神秘性与神圣性。对此，温顿本人接受采访时坦言，自己的创作深受生物学家伯奇（Charles Birch）影响，后者坚信自然世界从来都"不是客体而是主体"（subject rather than object），比如陆上的风景就是一种富有灵魂魅力的存在，但这一切在启蒙运动推崇机械主义世界观后全都被遗失了③。在《浅滩》中，温顿重点从唯物主体论层面展示了动物的主体性。

鲸鱼主体性的第一重表现为，它们具有不亚于人类的复杂社会结构和组织体系。基于社会实践活动的主体学说认为，"人的本质不是单个人所固有的抽象物，在其现实性上，它是一切社会关系的总和"④。人与动物的根本区别在于，人类为了繁衍生息，通过主观实践可以建立包括家庭关系、家族关系、民族关系以及政治关系在内的各种社会关系，动物却不能建立这些关系⑤。然而，事实果真如此吗？温顿的报告对这一问题给出了明确的否定回答：雌鲸和雄鲸交配前性抚慰和性前戏一般很长，它们做父母的第一个职责是帮助新

①　Winton, Tim, *Shallows*, Sydney：Allen & Unwin, 1984, pp. 127 – 128.

②　《冬日的黑暗》（*In the Winter Dark*, 1988）讲述了四个居住在山谷中的人因为往日干过坏事，倍感自责并为此困扰的故事。《骑手们》（*The Riders*, 1994）讲述了澳大利亚人主人公斯卡利准备前往西爱尔兰开始新生活时，妻子珍妮弗却突然抛下家庭独自出走，斯卡利带着七岁女儿疯狂寻找珍妮弗的故事。

③　Ben-Messahel, Salhia, "An Interview with Tim Winton", *Antipodes*, Vol. 26, No. 1, 2012, pp. 9 – 12.（p. 12）

④　［德］马克思、恩格斯：《马克思恩格斯选集（第一卷）》，中央编译局译，人民出版社1995年版，第60页。

⑤　陈祖耀：《人的本质是什么——一个需要修正的哲学命题》，《江淮论坛》2007年第2期。

生儿浮到水面,陷于危险或痛苦的幼鲸通常被父母叼在嘴里救出来,雌鲸对幼鲸的爱护常因自己母性使然而落入猎者圈套;同一族群的鲸鱼似乎从不跟自己的家庭成员发生性关系,而是在出生群体之外寻觅配偶,它们在迁游或遇险时,往往组成特定的防护队形,不同的鲸鱼族群在迁游中偶遇的话,彼此之间可能会寒暄交流;鲸鱼们基本都是忠诚友爱的家伙,不仅体现在对首领和本族群高度忠心上(一旦首领出现了搁浅问题,整群鲸鱼几乎肯定搁浅),对于陌生的鲸鱼,若对方发出呼叫也大都会跑去帮忙。通过一系列鲸鱼行为事实的陈述,温顿从不同侧面展示了鲸鱼种群所形成的血缘关系、亲缘关系、地缘关系以及组织关系等。就目前认知水平而言,尽管人类尚无法完全探明鲸鱼社会机制的具体情况,但其分明属于由主体建立的包含了个体和集体两个维度,并对自我与非我加以区分的社会关系范畴,尤其是鲸鱼间的协作行为,充分体现了被视为是人类社会进化主动力的"互助"[①]。正如小说所写,"营救……将高雅的社会意识展现得淋漓尽致"[②]。

温顿还注意到鲸鱼个体在社会关系缺失或危急情形下的消极反应。例如,一头雄鲸被逐出族群后,它可能会痛苦离开,发出哀伤的悲鸣,陷入搁浅困境。无独有偶,依希玛埃拉(Witi Ihimaera)的

[①] 这一观点源自孙中山的《实业计划》:"人类进化的主动力,在于互助,不在于竞争,如其他之动物者焉。"据此,祁志祥认为孙中山划分人与动物的标准是互助。在《实践美学元范畴的反思》一文中,祁志祥引用俄国学者克鲁泡特金的《互助论》对上述观点进行了驳斥。克鲁泡特金关于"动物之间互助"的探讨清楚指出,互助并非人与动物的差异而是共同之处,我们现行有关动物的认知、人类行为活动的社会性和互助说,不过是一个完全脱离了一切假设,却又一本正经地实证研究所建构起来的伪真理。此外,法国学者卢梭也曾发表过类似看法,他认为互助非但没有区分人与动物,反而是人与动物共享的感性特征。在《论人类不平等的起源和基础》一书中,卢梭通过援引动物的互助行为,如母兽呵护幼兽、动物在看到同类的尸体时感到局促惊恐甚至还会以某种方式将其掩埋等,提出人类应当把动物纳入自然法的考量之中。祁志祥:《实践美学元范畴的反思》,《马克思主义美学研究》2013年第1期;[法]卢梭:《论人类不平等的起源和基础》,李常山译,商务印书馆1997年版,第100页。

[②] Winton, Tim, *Shallows*, Sydney:Allen & Unwin, 1984, p.170.

《骑鲸人》也有类似描述。当幼鲸们看到老鲸鱼奄奄一息时，"都如同束手无策的小孩"，不停地喊叫，充满了悲痛、焦虑和恐惧，甚至有殉死之意①。这是因为，当动物的孤立状态在高度单调的环境中持续保持时，将会产生"沮丧"（frustration）或"无聊"（boredom），继而可能引发动物伤害它们自己的身体或伤害它们的同伴②。闻名全球的"杀人鲸"提利库姆（Tilikum）的故事便是绝佳例证。由于长期被水族馆或海洋公园隔离圈养，导致心理和生理受到严重侵害，提利库姆不但出现了身体自残的举动，还涉及攻击三个人——两名训练师、一名游客的死亡事件③。而实际上，就连被打上"愚蠢"标签的猪也不例外。长时间被狭窄空间监禁隔离的猪会表现出异常的状态，诸如磨牙、咀嚼空气、眼神呆滞、严重嗜睡以及规避接触后却突如其来的进攻行为等④。

自觉能动性是鲸鱼具有主体性的另一重要证据。小说中，温顿

① Ihimaera, Witi, *The Whale Rider*, Auckland：Heinemann, 1987, p. 88.

② Wemelsfelder, Francoise, "Animal Boredom：Is a Scientific Study of the Subjective Experiences of Animals Possible？" *Advances in Animal Welfare Science 1984*, Ed. M. W. Fox and L. D. Mickley, Dordrecht：Martinus Nijhoff Publishers, 1985, pp. 115－154. （p. 146）

③ 2017年1月6日，美国佛罗里达州海洋世界（SeaWorld）宣布36岁的虎鲸提利库姆死亡。1983年，2岁左右的提利库姆在冰岛附近被捕获，开始了自己的表演生涯，自此再也没有归返海洋。由于背负三条人命，提利库姆被称为名副其实的"杀人鲸"（killer whale）。一方面，提利库姆能与训鲸师融洽相处，并配合进行各种技术性的精彩表演；但另一方面，提利库姆有时陡然性情大变，故意把训练员拽至水底溺亡。曾在海洋世界工作过、拥有超过10年虎鲸训练经验的哈格罗夫分析指出，虎鲸被长期圈养对其造成了严重伤害，比如背鳍萎塌、寿命缩减、身体自残（用头撞壁、以脸蹭墙、故意反刍、啃咬硬物）以及脾气暴躁等。哈格罗夫还揭露了海洋世界打着保护保育的名义，却大肆叛卖虎鲸的谋利行为，被倒卖的虎鲸继续用于商业表演。哈格罗夫本人也因为在与鲸鱼的不断接触自身的罪恶感与日俱增，最后将工作期间有关虎鲸的事情汇集成书出版，期冀借由残忍的真相呼吁人们对虎鲸、自然以及生命的良知和敬畏之情。详见 Hargrove, John, *Beneath the Surface：Killer Whales, Sea World, and the Truth beyond Blackfish*, New York：Palgrave Macmillan, 2015。

④ Wemelsfelder, Francoise, "Animal Boredom：Is a Scientific Study of the Subjective Experiences of Animals Possible？" *Advances in Animal Welfare Science 1984*, Ed. M. W. Fox and L. D. Mickley, Dordrecht：Martinus Nijhoff Publishers, 1985, pp. 115－154. （pp. 141－142）

引用简报的内容讲述了有关虎鲸从事生产实践的场景：

> 澳大利亚新南威尔士两重湾……根据文件记录，虎鲸会协助捕鲸者追踪座头鲸，方式是扑到座头鲸鼻孔上，阻止其正常声纳系统，并提示捕鲸者座头鲸出现的区域位置。虎鲸得到的报酬则是被捕杀座头鲸的唇舌。①

虎鲸的"追踪""扑到""阻止""提示"等一连串复杂连贯的动作，显然并非传统观点所认为的那样动物仅仅依靠本能对外界刺激作出反应，也非单纯的比如说驯兽节目中那样受制于外物或他人作用去完成机械动作，而是一种作为"能动的自然存在物"实践活动的结果，此种能动实践被社会性主体论认定为"主体与非主体最基本的区别"②。虎鲸的主体能动性可从两方面来看：一是认识的能动性，体现在虎鲸"围"座头鲸"助"捕鲸者的过程。首先，通过理性感知对外在信息进行有选择性地加工处理，比如对座头鲸和捕鲸者区分对待；其次，运用抽象思维在把握事物本质规律的基础上对事物发展作出超前预测，虎鲸"干扰＋报信＋获益"的连续性作战计划便是如此。二是借助对事物的上述规律性认知，合理设计自己，实施计划目标。亦即，除了主观能动性，还包含受动性和为我性。受动性在于虎鲸的实践活动既依赖于座头鲸/捕鲸者又受到其制约（尤其是后者的制约），为我性揭示的则是能动性作用的方向与目的，也就是虎鲸可以从中获得食物。在温顿笔下，虎鲸的野外生产活动具有鲜明的主体能动性和明确的目标追求，有力地反驳了那些把动物行为全部当成"刺激—反应"或其他机械性生理运作的看法。需要补充的是，动物的能动性即使在非野外生存环境下也不可忽视，正如沃肯廷（Traci Warkentin）教授所强调的，"施动者使事情发生，

---

① Winton, Tim, *Shallows*, Sydney: Allen & Unwin, 1984, p. 171.
② 袁贵仁：《主体性与人的主体性》，《河北学刊》1988 年第 3 期。

动物们以自己的方式生存于世,这就是能动性的含义所在",由于行为发生在复杂多变的环境中,动物们不可避免地需要以功能性的方式来运用经验和判断,但仍是能动性的反映,"遗憾的是,这种伟大的达尔文式洞察力在心理学和生物学已经消失了一个多世纪"①。

在研究跨物种的关系和群落格局时,贝恩克(Elizabeth Behnke)指出,动物与人共享一定程度的社会性,前者同样有能力建立、辨别并体验不同类型的社会情况与社会活动,即使它们不像人类那样使用某些单词或短语来描述和区分这些经历②。温顿显然会同意贝恩克的观点,在《浅滩》中作者借助不同形式的鲸鱼报告,检视了人类妖魔化动物的深层机制及其人类中心主义话语,消解了非形而上社会性主体论所划分的人与动物的疆界。不过,与贝恩克有所不同,温顿似乎还肯定动物自成一格的语言能力,他说:"每一头鲸鱼同人类一样都有自己独特的声音,从理论上讲,这种交流应该能够被人类理解和破译……那是一种感官的通灵"③。

三 库切的动物论战:"既非人亦非顽石"与反本质主体性

在分析人文主义、民主制度以及生态领域的"人类—动物"问题时,法国哲学家费里(Luc Ferry)使用大量篇幅介绍了自然科学研究成果,从而以实证取代先验揭橥现实社会动物虐待行为背后的物化思维模式和人文主义责任:

> 通过宣布动物是物(things)、是简单的机械装置(mecha-

---

① Warkentin, Traci, "Whale Agency: Affordances and Acts of Resistance in Captive Environments", *Animals and Agency: An Interdisciplinary Exploration*, Ed. Sarah E. McFarland and Ryan Hediger, Leiden: Brill, 2009, pp. 23–43. (p. 29)

② Behnke, Elizabeth, "From Merleau-Ponty's Concept of Nature to an Interspecies Practice of Peace", *Animal Others: On Ethics, Ontology, and Animal Life*, Ed. H. Peter Steeves, New York: State University of New York Press, 1999, pp. 93–116. (pp. 110–111)

③ Winton, Tim, *Shallows*, Sydney: Allen & Unwin, 1984, p. 40.

nisms），人类所做的不仅仅是使自身的施虐冲动（sadistic impul-
ses）变得正当化：人类被允许消灭动物，因为对无生命的物来
说，哪里谈得上虐待二字。然而，人类或多或少意识到，动物其
实并非全然是物，它们之所以不幸，兴许只是时运不济……倘若
我们把视角从感受现象学转向哲学，那么人文主义（humanism）
是否也应该负责任？……在人文主义中，存在一个强大的意识形态
事业，其通过理性主义使人类对"野蛮"的自然（"brute" nature）
和所有"前人类"的生命形式（the living in all its "prehuman"
forms）的殖民活动合法化。难道不正是人文主义说，对那些同情动
物的人，要竭尽全力地嘲笑他们，真是幼稚的多愁善感……①

费里认为，在物化逻辑和人文主义的物种歧视话语中，动物的
尊严早已被人类践踏殆尽。但与此同时，费里也反对那些想要赋予
动物合法权利，并将文化与自然同等看待的观点。在他看来，人是
一种卓越的非自然存在，正是这一点使得"智人"（Homo sapiens）
从动物王国脱离出来。因此，费里主张建立一种非形而上的、合理
的人文主义，以高度民主的方式对现代性进行内部批判和道德诊疗，
即"改良生态学"（reformist ecology）来重新定义动物——"既非人
亦非顽石"（neither man nor stone）。

在《动物的生命》中，库切也表达了一种"既非人亦非顽石"
的动物观。与费里相比，库切的物种主义批判同样将剑锋指向物化
逻辑和人文主义，但涉及具体实践层面时，库切则如康利（Verena
Conley）评价费里时所说那样，并不相信依靠单纯的道德呼吁就能
有效解决问题，因为"和许多动物一样，费里的道德人（ethical
man）可能早已成为濒危物种（endangered species），这是一个缺乏

---

① Ferry, Luc, "Neither Man nor Stone", *Animal Philosophy: Essential Readings in Continental Thought*, Ed. Matthew Calarco and Peter Atterton, London and New York: Continuum, 2004, pp. 147 – 156. （pp. 149 – 150）

信仰的年代，未来更甚"①。库切更倾向于将动物他者视为伦理主体，把动物与人放在同样重要的位置上，这从他本人对动物权利事业的热衷可见一斑②。库切的"既非人亦非顽石"主要有两层含义：首先，反对笛卡儿式的动物机器论，其把动物物化为顽石进而对它们任意宰割；其次，反对人文主义追求同质、排斥异己的本质论思维，拒绝以界定人的标准来衡量动物，强调动物的自因存在即决定了它们作为独立生命主体的事实。这两层含义也是小说的宗旨所在，正如小说标题所示，"动物的生命"就是"动物的生命"，"既非人亦非顽石"。

　　不同于注重讲故事的传统小说，《动物的生命》虽以人物角色科斯特洛（Elizabeth Costello）的故事为主线贯穿整部作品，故事的发

---

　　①　费里的剑锋除了指向以笛卡儿为代表的动物机械论者，同时还指向以德里达为代表的解构主义派，认为后者在应对形而上学人类中心主义带来的问题时所做的努力是对人的贬低。费里拒绝将人"还原"为动物，拒绝将文化"退化"为自然，更拒绝赋予动物合法权利。费里声称："人是一种反自然（anti-natural）的存在，此即人与动物的区别。"换句话说，费里虽然承认人文主义在发展过程中对动物犯下了罪行，但并不赞同彻底的革命，而是主张以改良的方式构建新的人文主义——康利称其为"笛卡儿主义与后结构主义之间的第三空间"（a third term between Cartesianism and a poststructuralism），费里始终坚信人具有动物所不具有的伦理道德，这使其足以解决现代社会的各种问题。但是，恰如康利所指出的，在这个缺乏信仰的年代，费里口中的"道德人"很可能和许多动物一样，早已成了濒危物种。Ferry, Luc, "Neither Man nor Stone", *Animal Philosophy：Essential Readings in Continental Thought*, Ed. Matthew Calarco and Peter Atterton, London and New York：Continuum, 2004, pp. 147 - 156. （pp. 150 - 151）；Conley, Verena, "Manly Values：Luc Ferry's Ethical Philosophy", *Animal Philosophy：Essential Readings in Continental Thought*, Ed. Matthew Calarco and Peter Atterton, London and New York：Continuum, 2004, pp. 157 - 163. （pp. 158, 159, 163）

　　②　库切是素食主义者，同时也是动物权利的积极倡导者，他本人与澳大利亚人道主义协会（Australian Association for Humane Research）、英国牛津动物伦理中心（Oxford Centre for Animal Ethics）等动物组织机构来往密切。2007 年 2 月，悉尼谢尔曼画廊举办了一次题为"无声：我感受故我在"（Voiceless：I feel therefore I am）的艺术展，库切为此发表了一篇有关动物伦理的演讲，其内容和观点基本上都呼应了他之前的小说《动物的生命》主人公所持的动物伦理观。此外，库切或是通过采访，或是公开声明，或是出版著述，为动物权利的斗争作出了积极的贡献。Kannemeyer, John, *J. M. Coetzee：A Life in Writing*, Melbourne：Scribe Publications, 2012, pp. 588 - 589.

展也符合传统讲述故事的两大特点——时间延续和因果关系，但文本叙述的重心却并不在情节和故事性上，而是聚焦于科斯特洛关于动物虐待的讲座。事实上，《动物的生命》原是库切 1997 年应普林斯顿大学人类价值研究中心的"特纳讲座"（Tanner Lectures）之约，分别以"哲学家与动物"和"诗人与动物"为题所做的两次演讲，而后库切在此基础上做了一些删改，整理成文发表。在特纳讲台，库切一改往日学术讲座哲学论文的惯例，一本正经地念起小说，并让小说中的人物、同样也是小说家的科斯特洛，替自己到一所美国大学演讲。于是，两次讲座里套着两次讲座，现实世界与虚构世界模糊难辨。此种创作手法带有鲜明的元小说色彩，不可避免地引发读者思考小说与现实之间的关系，继而有意识地去探究小说本身的形式艺术。例如，随《动物的生命》一同发表的五篇评论文章里，有三篇对库切的元叙事作出了不同程度的回应[①]。但这并非笔者关注的重点，我们对此不做详细分析。笔者关注的是：为何库切在谈论动物伦理这个严肃话题时，要选择以虚构闻名的小说，而且还是夹杂长篇大论的非传统小说作为载体？这与库切"既非人亦非顽石"的动物观有何联系？

第一个问题体现的矛盾，是内容与形式的矛盾。按照古特曼（Amy Gutmann）所言，库切的演讲围绕一个重要的伦理问题展开，即人类对待动物的方式，但讲稿的形式却与典型的特纳系列讲稿迥

---

① 库切的小说《动物的生命》在发表时，书中除了库切的两次讲座"哲学家与动物""诗人与动物"，还有五位来自不同领域的学者从各自学术背景出发所撰写的解读性文章：人类价值研究中心的古特曼（Amy Gutmann）总结了小说叙事的几个"关键点"；文学理论家加伯（Marjorie Garber）探讨了本书"关于小说的小说"的特点；道德哲学家辛格（Peter Singer）仿照库切的叙事手法，以动物伦理为主题创作了一篇小说；宗教史学家唐尼格尔（Wendy Doniger）讨论了古代东方世界诸如印度教、佛教以及其他宗教对待动物的态度；灵长目学家斯马茨（Barbara Smuts）讲述了自己在田野考察中与动物一同生活的真实经历。正如古特曼本人所言，五位学者虽然来自不同领域、彼此之间的学科联系也不是很密切，但他们的评论都围绕动物问题展开，将其综合在一起有助于更完整地思考如何处理人与动物之间的关系。

然不同，后者通常是哲学论文①。究其根本，是因为小说就是小说，"如同布丁就是布丁一样，我们与其打交道的唯一方式，无非把它吞下去"②。弃用哲学论文而改用文学方式来言说动物，虚构世界的小说家科斯特洛如此，现实世界的小说家库切亦如此，显然作者别有深意。在《谈谈方法》中，笛卡儿写道："一个人只要推理能力极强……总是能够说服别人相信他的观点。"③ 此话道出了人们在阐述论证命题（尤其是重大命题）时为何大都采用哲学语言的原因。这种语言一般是理性的、解释的和抽象的，具有较高的逻辑性、客观性和可信性，这种语言也正是区分人与动物，并剥夺动物主体性的终极语言。关于这些，可追溯至古希腊亚里士多德那句著名论断"人是唯一具有语言（译者注：logos）的动物"，动物的声音至多能表达快乐痛苦，而人的语言则能表达利弊、公正与否等理性逻辑④。此处的"logos"⑤ 一词充分展现了语言分界标尺融人类中心主义、语音中心主义和逻各斯中心主义于一体的事实。由此我们说，库切

---

① Gutmann，Amy，"Introduction"，*The Lives of Animals*，By J. M. Coetzee，Princeton：Princeton University Press，1999，pp. 3 – 11.（p. 3）

② 此话的本意是：在传统上来看，小说总给人一种轻松快活的感觉，似乎不适合用来讨论重大问题。James，Henry，*Partial Portraits*，London and New York：The Macmillan Company，1899，p. 376.

③ Descartes，Rene，*A Discourse on the Method of Correctly Conducting One's Reason and Seeking Truth in the Sciences*，Trans. Ian Maclean，New York：Oxford University Press，2006，p. 9.

④ ［古希腊］亚里士多德：《亚里士多德全集·政治学》，苗力田主编，中国人民大学出版社 1994 年版，第 6 页。

⑤ "logos"一词，源自希腊语"Legein"，意思是"说"（to speak），后来衍化出"理性""理念""词""谈话"等含义，其哲学内涵主要包括：任何讲或写的东西，可以是虚构的，也可以是真实的；与感觉对立的思想、论证和推理；理性的力量；事物的真理；一般的规律或原则；价值、尺度以及标准等。关于逻各斯的探讨，最早可追溯到赫拉克利特，指一种支配世界万物的普遍规律，他认为万物的运动和变化都是按照一定的逻各斯进行。"逻各斯"是赫拉克利特哲学体系的核心概念之一，这一抽象概念也是后世整个西方哲学体系的基本理念之一。冯契、徐孝通：《外国哲学大辞典》，上海辞书出版社 2000 年版，第 773 页。

拒绝采用哲学论文的形式来谈论动物，传达出作者拒绝以语言作为一道"天堑"将人与动物割裂，甚至对立起来的坚定决心。正如文中科斯特洛所吐露的：

> 我明白，自己应当采用那种语言——那是亚里士多德和波菲利的语言，是奥古斯丁和阿奎纳的语言，是笛卡儿和边沁的语言，是当今时代玛丽·米奇利和汤姆·雷根的语言。那是一种哲学的语言（a philosophical language），我们可以用它来探讨和争辩动物具有何种灵魂，它们能否思考（或者就只是生物学意义上的机械行为），它们是否有权受到我们尊重，或者仅在于我们有责任去尊重它们……①

另一方面，库切用自己擅长的小说来讨论动物问题，恐怕也不能简单地归结于他的小说家身份。对此，有学者指出，诚然小说是库切读者最熟稔亲切、乐于接受的形式，但库切选择在特纳演讲这种场合"特立独行"似乎更想探讨文学与文学研究在当今学术界和实务界的价值问题②。这在小说人物对话数次提及"文学"的细节确有体现。比如，科斯特洛自嘲地对观众说"若想区分不朽与可朽的灵魂，应当请一位哲学家而非写虚构故事的人来"、科斯特洛的儿子询问母亲"你真认为上几堂诗歌课就能关闭屠宰场吗"。这样的论述，最终落脚点是文学的现实效用和社会意义，类似于文学伦理学提出的文学教诲功能，但其显然只是回答了库切为何以文学代替哲说介入现实，却尚未解释作者为何选用小说而不是散文、诗歌或者别的什么其他方式。因为就创作潜能而言，库切对其他文学体裁同

---

① Coetzee, J. M., *The Lives of Animals*, Princeton：Princeton University Press，1999，p. 22.

② Garber, Marjorie, "Reflections", *The Lives of Animals*, By J. M. Coetzee, Princeton：Princeton University Press，1999，pp. 73－84. （p. 75）

样游刃有余①，况且它们在阐述诸如生命本原等哲理问题时同样行之有效，卢克莱修（Titus Lucretius Carus）的长诗《物性论》便是最好证明之一。

要探究其中原因，还需回到前面讨论的库切拒绝使用哲学论文。科斯特洛就"语言运用"进一步补充道："我可以运用这样一种语言，而且过一会我确实就要使用它了。"② 科斯特洛所说的"使用"具体实践是，向各种戴着有色眼镜看待动物的观点提出挑战，用她本人的话来表达，包括学术同行在内的人类同胞们都习惯性地、心满意足地犯了罪——"动物虐待罪"。于是，一场场"唇枪舌战"贯穿整部小说的叙事始终：两次正式讲座（科斯特洛单方对思想家及同行提出质疑）、讲座后的宴会（不同学术领域学者之间）以及家庭短暂相聚（科斯特洛与立场截然对立的哲学博士儿媳）。访问活动的最后一项更直接成了一对一的辩论交锋（科斯特洛与哲学教授）。数场辩论中，自不乏观点的激烈博弈与事件的巧合冲突，而最能诠释这种张力的文学体裁非小说莫属。在这方面，小说比以矛盾冲突为灵魂的戏剧甚至更甚一筹，因为戏剧人物多少还要受到情节限制，可小说却不一样，"他们极为庞大，朦朦胧胧，难以驾驭，四分之三的部分隐匿不见，宛如一座座冰山"③。

值得注意的是，库切特别选择了学院派小说的形式。所谓"学院派小说"（academic/university fiction），指一种以高校高教科研机构为叙述背景，描绘有关教职科技人员故事的"学界风俗画"的小说类型，或探索高等教育，或关注学术研究，或讨论学人境遇等。

---

① 库切在开普敦生活时，早期主要专注于诗歌，后又专注于现代文学，尤其是散文。也就是说，库切的创作涉猎多种体裁，重心一直在发生变化。Kannemeyer, John, *J. M. Coetzee*: *A Life in Writing*, Melbourne: Scribe Publications, 2012, p. 105.

② Coetzee, J. M. , *The Lives of Animals*, Princeton: Princeton University Press, 1999, p. 22.

③ ［英］福斯特：《小说面面观》（英汉对照），朱乃长译，中国对外翻译出版公司2001年版，第229页。

以上主题在库切文字中皆有所触及。但更重要的一点，学院派小说通过将元叙事与互文紧密交织，可使针对某一论题的古今文本（尤其是学术话语、思想观点的碰撞）有效地融为一体，其"通常是批判性的，把诉诸理论视为故作姿态或舞词弄札"，并把强调性别、性属或种族差异的"他者主义"视为道德上的诡辩①。在《动物的生命》中，库切将学院派小说原先环绕人的视点扩大到人以外的动物，严厉抨击了那些强调人与动物具有绝对差异的物种歧视者，换句话说，库切之所以采用夹杂长篇大论的非传统小说，乃是出于为主旨服务的需要。正是这种文本形式与内容互为表里的叙事，虚构的小说被故事中的严肃学者们变成一个充满思想交锋的阵地，即莫里斯（Bernard Morris）评论所言，"一半小说，一半哲学，引人入胜而富于人道气息"②。从弃用哲学论文到采用学院派小说，库切的"谋篇"与他"既非人亦非顽石"的动物思想密切相关。借着科斯特洛颇为激进的动物立场和出众的表达能力，库切对动物主体身份的言说不满足于像马特尔动物逸事或温顿动物报告那样提供证据来主张动物的主体性，而是变被动为主动，正面揭露对方的理论悖论，以一场解构主义式的动物论战呼吁世人关注动物"既非人亦非顽石"的生命存在。

小说中，第一次讲座伊始便控诉了动物顽石逻辑盛行下人对动物的暴戾。科斯特洛将工厂化农场、制药实验室的动物戕害与纳粹德国种族主义把人当作动物对待的罪行加以类比：

> 我们被一个堕落、残暴和杀戮的行当包围着，这个行当可以与第三帝国所能做到的一切相媲美，实际上后者较之而言，还有些相形见绌，因为我们身边的这种行当是无止境的……

---

① Williams, Jeffrey, "The Rise of the Academic Novel", *American Literary History*, Vol. 24, No. 3, 2012, pp. 561–589.（p. 570）

② Morris, Bernard, "Review of *The Lives of Animals* by J. M. Coetzee", *Harvard Review*, No. 18, Spring, 2000, pp. 181–183.（p. 183）

　　……人们称这两者之间不可相提并论，说特雷布林卡（Tre-blinka）属于形而上的行当，因为它是为死亡和毁灭而存在，而肉食工业最终目标是生存（动物经过加工后供人类享用）……这样的说法对那些受害者来说，并没有什么太大的安慰作用。原谅我下面格调低俗的话——特雷布林卡受害者身体的脂肪被用来做肥皂、头发被用来填床垫，用这类理由让死者去接纳杀害他们的凶手，是不会有什么安慰作用的。①

　　科斯特洛不是第一个把物种歧视与社会歧视进行类比的人。我们在第二章介绍过，"物种主义"的术语诞生之初，其提出者瑞德（Richard Ryder）便将动物虐待与种族迫害等而视之，并仿照"ra-cism"一词创造了"speciesism"，专门指涉人类对非人类动物的压迫。这种类比分析的理论基础，主要源于人与动物区分在近现代文明的一次"升级"，即人兽疆界被用来维持社会距离和身份差异，黑人、原住民、女人、穷人、青年、婴儿、爱尔兰人、疯子、流浪汉等社会边缘群体都被视为"与兽无异"（beastlike），"一旦被看成动物，这些人就会被当作动物对待，人类统治的伦理将动物排除在关心的对象之外，也使得虐待被认定处于动物状态的人合法化"②。对

---

　　①　特雷布林卡是德国纳粹集中营之一。Coetzee, J. M., *The Lives of Animals*, Princeton：Princeton University Press, 1999, pp. 21 – 22.

　　②　在近现代文明进程中，人们常把人与非人之间的对比挪用到人类社会成员与非社会成员之间的对比，借以建构所谓的"低等人类"（inferior humans）。一位詹姆斯一世时代的牧师曾说，南非的科伊桑人是"披着人皮的畜牲"；美国的印第安人曾被形容为"愚蠢、赤裸，只是比猴子稍微进化了一些"；几百年来，神学家一直坚信女性"没有灵魂，充其量就是只鹅"，女性的生育被视为是动物性的标志（breed：生育/繁殖）；没有受过教育的穷人虽然被隐喻地称为人，但其实被看作"笛卡儿所说的自动机器"；一名作家曾写道，"婴儿不就是人形的畜牲吗？年轻人不就是野蛮的、未经驯服的、没有缰绳的驴子吗"；维多利亚时期的爱尔兰人直接被漫画家描绘成猿猴的样子，爱尔兰驻军覆灭时传来的描述是"死尸身上长着四分之一码长的尾巴"；疯人院被冠以"兽性萦绕之地"的称号；流浪汉被认为是过着畜牲般的日子。Thomas, Keith, *Man and The Natural World：A History of the Modern Sensibility*, New York：Pantheon, 1983, pp. 41 – 45.

此，库切感到义愤填膺、深恶痛绝，在他的笔下，科斯特洛直斥将其他民族降格为动物继而实施非人酷刑的第三帝国以及对该暴行置若罔闻的德国人都是"灵魂的恶疾"。

然而这并非全部，库切关切的不只是人类社会内部不平等，通过这一类比，作者更旨在披露人类沙文主义对动物的罪恶行径。在这问题上，库切与费里不谋而合，后者一针见血地指出，自笛卡儿以来人类一直名正言顺地把动物当作"物"（things）来看待，剥夺动物的道德权利和伦理权利①。借一封驳斥笛卡儿的著名书信，费里进一步分析说，"假若动物是纯粹的机器，那么伤害动物无关乎道义，但它仍是一种非常荒谬的行为，就像故意砸烂一块手表一样荒谬"②。在费里看来，人类实际上深知动物并非机械装置，精神分析学关于动物施虐者心理的研究——动物正是因活生生的肉体才成为施虐狂首当其冲的发泄对象，便使该事实暴露得一览无余。换言之，人类深知动物在感受痛苦的意识方面和人相差无几。库切在小说中如是呼应：

> 我们都是动物，动物的身体里都有灵魂，这正是笛卡儿所见之事，却出于某种理由予以否认……生存的知觉（sensation of being）并不是像幽灵般的思维机器那样思考的自我意识，恰恰相反，这种有着四肢身体的知觉是饱含了情感的（affective），这种生存的知觉是现世鲜活的。③

---

① Ferry, Luc, "Neither Man nor Stone", *Animal Philosophy: Essential Readings in Continental Thought*, Ed. Matthew Calarco and Peter Atterton, London and New York: Continuum, 2004, pp. 147–156. （p. 148）

② Ferry, Luc, "Neither Man nor Stone", *Animal Philosophy: Essential Readings in Continental Thought*, Ed. Matthew Calarco and Peter Atterton, London and New York: Continuum, 2004, pp. 147–156. （p. 148）

③ Coetzee, J. M., *The Lives of Animals*, Princeton: Princeton University Press, 1999, p. 33.

　　库切此处提到的动物知觉，正是边沁主张动物能感知痛苦而不应被残忍对待的关键①，后世诸多动物伦理学说尤其是辛格的动物解放思想都在相当程度上承袭了他的研究框架。在边沁之前，西方社会整个道德和法律体系都把动物普遍视为纯粹的物，人类对它们不负有直接的道德义务。以动物能够感知痛苦为据，边沁既否定了笛卡儿那种将动物情感活动贬低为本能驱动的自动机器论，也打破了阿奎纳、康德等人在动物权益问题上所持的间接义务论②，从而明确提出人负有使动物免受折磨的直接伦理责任。然而，不管是边沁，还是辛格，虽然都倡导把动物纳入道德关怀，但在动物意识问题上，却与康德等人的认识基本一致。他们都相信，自我意识是人与动物之间的本质区别，动物由于缺乏自我意识③，因此不能享有"权利"（right）——一种继续生存或不被当作财产工具的生命利益。这充分印证了德里达（Jacques Derrida）所观察到的情况，就人与动物的边

---

　　①　边沁拒绝以理性、语言、意识等为由将动物排除在道德共同体外，在他看来，这种划界把动物等同于物类而彻底消泯其主体性，使加害者得以恣意妄为和逃避责任。边沁说："问题并非它们能否作理性思考，亦非它们能否谈话，而是它们能否忍受。"［英］边沁：《道德与立法原理导论》，时殷弘译，商务印书馆 2000 年版，第 349 页。

　　②　以阿奎纳为代表的神学思想认为，无理性的动物在自然界中是次要的存在，人类可以任意使用动物，基督教之所以禁止人们残忍对待动物，并非出于保护动物，而是因为这种残忍的行为可能会被转移到人的身上。因此，如果说阿奎纳主张人对动物负有任何义务的话，那么充其量也只是一种间接义务而非直接义务。康德持有类似的观点，他在《伦理学演讲录》中明确指出，人类对动物没有直接的伦理责任，因为动物没有自我意识，它们只不过是一种"目的的手段"（means of the end），这种"目的"就是人。Aquinas, Thomas, "On Killing Living Things and the Duty to Love Irrational Creatures", *Animal Rights and Human Obligations*, Ed. Tom Regan and Peter Singer, Englewood Cliffs: Prentice Hall, 1989, pp. 10 – 12. (p. 12); Kant, Immanuel, *Lectures on Ethics*, Ed. Peter Heath and J. B. Schneewind, Trans. Peter Heath, Cambridge: Cambridge University Press, 1997, p. 212.

　　③　辛格认为，除了黑猩猩（chimpanzees）、倭黑猩猩（bonobos）、大猩猩（gorillas）、猩猩（orangutans），动物没有自我意识，它们既无"对未来的憧憬渴望"，也无"持续的精神存在"。Singer, Peter, *Animal Liberation*, New York: Ecco, 2002, p. 228. 辛格有关类人猿自我意识的论述更多参阅 Cavalieri, Paola, and Peter Singer, ed, *The Great Ape Project: Equality beyond Humanity*, New York: St. Martin's Press, 1994。

界问题而言，"几乎所有哲学家都判断了那条单一的界限"①。美国当代法学家、动物权利论者弗兰西恩（Gary Francione）则更具体地指出，边沁和辛格的立场最终无异于康德等人，两位学者在指责或纠正其他理论家声称动物毫无伦理意义的错误时，却不知自己同样犯了错误。于是，在边沁和辛格的理论中，就其"免受折磨的权益"（interests in not suffering）而言不可将动物当作物，但就其"生命"（lives）而言却可将动物当作物，依此逻辑，我们不必把不被当作物的权利扩展到动物身上，也不必废除我们对动物的制度化利用②。在具体论证时，弗兰西恩借用了认知行为学的研究思路来揭示边沁和辛格的偏颇之处，认为痛感的存在，特别是持续痛感的存在必然伴随生命体的某种精神体验③，并列举了大量相关实例证明动物具有意识④。

　　库切的《动物的生命》对这一具有关键重要性的意识问题同样给予了剖析。讲座结束后的宴会上，面对一位学者提出"动物生活在意识的真空里"，科斯特洛以及另外几位学者展开了讨论：

　　　　"……我们不会承认动物具有意识（consciousness）。据我们所知，到现在都无法证明动物世界究竟是一种什么样的自我。我所思考的是接下来会发生什么：因为无法证明，所以动物就缺乏意识。这个'所以'又代表什么？所以我们就可以为了我们的目的任意使用它们？杀死它们……我们所认定的意识到底

　　① Derrida, Jacques, *The Animal That Therefore I Am*, Ed. Marie-Luise Mallet, Trans. David Wills, New York：Fordham University Press, 2008, p. 40.

　　② Francione, Gary, *Introduction to Animal Rights：Your Child or the Dog*? Philadelphia：Temple University Press, 2007, p. 134.

　　③ 举例来说，当狗体验到痛苦时，它理应有精神上的体验使其知道这一疼痛正发生在自己身上，并且宁愿自己没有这样的体验。

　　④ 弗兰西恩列举了许多例子来证明动物具有自我意识（像猩猩这样的高等动物自不必提）。比如，狗在镜子前不能认出自己常被视为是没有自我意识的表现，在弗兰西恩看来，这并不能真正证明狗认不出自己，因为它们可以通过味道认出自己，还能通过味道认出自己前几天碰到的灌木<u>丛</u>，这一点在其他哺乳动物、鸟类，甚至鱼类都有证据表明。

有何特别之处，竟使得杀死一个具有意识的人就是十恶不赦，而杀死一只动物却免遭刑罚……"

"婴儿可不是这样……婴儿没有自我意识（self-consciousness），但我们会觉得杀死一个婴儿比杀死一个成年人更令人发指。"

"所以呢？"

"所以一切有关意识以及动物是否具有意识的讨论都不过是烟幕弹。从根本上说，我们是在维护人类自身的利益。"①

以上关于意识的探讨，折射出库切对传统伦理秩序与标准的批判，更确切地说是批判人类道德共同体的"自我书写"本相。文明体系所建立的伦理架构有关意识及动物是否具有意识的表述，归根结底是人类中心主义的精明算计，"从根本上说，我们是在维护人类自身的利益"。这种人类中心主义伦理观实际涉及两个层面："伦理的人类中心主义"（ethical anthropocentrism）和"元伦理的人类中心主义"（metaethical anthropocentrism）。"伦理的人类中心主义"指拒绝对非人类的道德考量，"元伦理的人类中心主义"是说人们在判定道德地位的合法性时仅以人类自身为参照②。在这两种伦理体制的背后，还隐藏着一个西方传统人文主义如何看待世界的最根本法则，即以人的经验和利益作为人对自己、对自然、对宇宙认识的出发点③，信仰本质并致力于追求本质的知识观和方法论都是其直接产物。人与动物的

---

① Coetzee, J. M., *The Lives of Animals*, Princeton：Princeton University Press, 1999, pp. 44－45.

② DeLapp, Kevin, "The View from Somewhere：Anthropocentrism in Metaethics", *Anthropocentrism：Humans, Animals, Environments*, Ed. Rob Boddice, Leiden：Brill, 2011, pp. 37－57.（p. 41）

③ 按照布洛克的观点，西方看待人和宇宙的模式分为三种：第一种是超自然模式，以上帝为中心，人和自然均为神所造；第二种是自然的模式，以自然为中心，把人视为自然的一部分；第三种是人文主义模式，以人为中心，从人类的经验和利益出发去理解自己、自然以及上帝等。［英］布洛克：《西方人文主义传统》，董乐山译，生活·读书·新知三联书店 1997 年版，第 12 页。

区分便诞生于此。具言之,自古典时代以来,西方的人文思想对"人"就持本质主义立场,深信存在一个永恒的、固定的人性①,动态的世界总是被整合进"大写的同一"(the Same/One)之中,"那是一种有关本体存在或先验的压迫,也是现世所有压迫的源头或托辞"②,后世理论家们也惯于用"还原论和本质论"(reductive and essentialist)的术语来描述动物、否定动物③,筑建人与动物的二元对立。库切所要鞭挞的就是文明源头上人类以己作为宇宙中心或目的的本体压迫,"从这里培育出了最古老的关于精确性的意识,人类最早的骄傲、人类对于其他动物的优越感也由此而生,或许我们对'人'的称呼也是出于这种自我满足的表达:人把自己指定为衡量价值的、有价值的和会衡量的生物"④。要言之,所谓的"自我意识"不过是一把建构人之为人、动物之为动物的人工法尺,除此之外还有许多其他类似自我意识那样经过人类仔细算计、用于界定人与动物区别的圭臬。

那么在库切眼中,动物的生命究竟是何种存在?小说中,科斯特洛借内格尔(Thomas Nagel)的"作为一只蝙蝠会是什么样",提出动物的生命充满生机,"充满生机的存在(消除灵/肉二分)就是成为完整的自我";借休斯(Ted Hughes)的诗歌《美洲豹》《又见美洲豹》,提出动物的生命在于它们与大地、洋流、气候等外界的相互作用,"每一个有机体都扮演了多元化而非特定物种的角色";借现实生活中屠宰场的血腥,提出动物的生命体现为生存的搏斗,"它

---

① Calarco, Matthew, *Thinking through Animals*:*Identity*,*Difference*,*Indistinction*,Stanford:Stanford University Press,2015,p. 29.

② Derrida, Jacques, *Writing and Difference*,Trans. Alan Bass,London:Routledge,2002,p. 102.

③ Calarco, Matthew, *Zoographies*:*The Question of the Animal from Heidegger to Derrida*,New York:Columbia University Press,2008,p. 4.

④ [德]尼采:《论道德的谱系》,周红译,生活·读书·新知三联书店1992年版,第50页。译文有改动,英译本参阅 Nietzsche, Friedrich, *On the Genealogy of Morals and Ecce Homo*,Trans. Walter Kaufmann and R. J. Hollingdalb,New York:Vintage Books,1989,p. 80.

们毫无保留地将自己投身于这种搏斗"，等等①。由是观之，科斯特洛似乎并未对动物的生命作出明确定义，只给出些碎片化、非连续性的信息。然而，正是在这种晦暗不明的意义所指中，库切成功地绘制出一幅反本质、去中心、拒绝阐释的动物生命地图。库切深知，改变人们对动物谬误认识的最有效办法，是汇入主流话语探讨人与动物之间"本体论的同一"（ontological identity），即人与动物的共性和连续性——那是马特尔逸闻和温顿报告重塑动物身份使用的方式，也是目前大部分动物解放理论家选择的路径②，但这种主体性哲学在库切看来，其实是种族本质主义到物种本质主义的翻版③：

> 对我而言，那些声称人与非人的区别取决于皮肤是白还是黑的哲学家，那些声称人与非人的区别取决于是否知道主体和属性不同的哲学家，两者实在是同大于异。④

在这里，库切展示了两种不同的主体论述模式：一为"投射性他者"（projected others），即以"黑"衬"白"的种族主义；二为"建构性主体"（constructive subject），即通过寻找"属性""述词""谓语"来界定"主体"的物种主义。无论是借助"投射"定义他者，还是运用"建构"陈述主体，都可以还原为同一种"以自我为中心"的单向话语，换言之，在我们习以为常的"中心"话语叙事

---

① Coetzee, J. M., *The Lives of Animals*, Princeton: Princeton University Press, 1999, pp. 33, 54.

② Calarco, Matthew, "Animal Studies", *The Year's Work in Critical and Cultural Theory*, Vol. 24, 2016, pp. 24 – 42. (p. 40)

③ 德里达也表达过类似观点，通过论证人与动物之间的连续性来主张动物权利，某种意义上而言，是在隐秘且隐晦地认可那些对人类本质进行歪曲解释的做法，而这种解释正是物种暴力的根源。Derrida, Jacques, and Elisabeth Roudinesco, *For What Tomorrow: A Dialogue*, Trans. Jeff Fort, Stanford: Stanford University Press, 2004, p. 65.

④ Coetzee, J. M., *The Lives of Animals*, Princeton: Princeton University Press, 1999, p. 66.

里，除了叙述者并没有什么真正的"他者"，一切都只是"我们的
欲望投射""我们的建构对象"①。于是，如同科斯特洛的"我希望
不必去阐释什么原则"，库切亦不打算对"动物的生命究竟是何种存
在"作出确切论断，借此库切希望启示人们去除思维的陈规旧习，
用真诚的心灵去体悟动物的生命存在，正如小说所写的，"敞开你的
心扉，倾听你内心的声音"②。

综上，通过对小说的形式与内容故嵌矛盾制造文本张力、对动
物的感知说与意识说进行抽丝剥茧式审视、对生命的本质问题给出
非本质主义阐述，库切反驳了传统观念将动物视为物的逻辑，也反
拨了现代话语重塑动物主体的路径。尽管库切"既非人亦非顽石"
的动物思想呈现出极大的开放性，但我们仍可从中捕捉到，库切肯定
动物的非心智生存、强调动物生命的多元样态、认可动物有别于人的
异质存在，作者这种对差异性与异质性的关注也使得其动物探讨在思
维方式上趋近他异性哲学。亦即，与其努力在人与动物之间寻求连续
性来抵制人类—动物差异论，不如用一种非等级化的差异范式来重新
构想人与动物的关系③，这也是我们下一节要涉及的论题。

第三节　为动物扬名：当代新英语
小说中的动物他异性

在正式开始本节之前，首先说明三点：第一，讨论动物的"他

---

①　杨慧林：《总序：当代西方思想对传统论题的重构》，赵倞《动物（性）——传
统与现代之间的人性根由》，北京大学出版社 2013 年版，第 1—9 页。（第 3—4 页）

②　Coetzee, J. M., *The Lives of Animals*, Princeton：Princeton University Press, 1999,
p. 37.

③　相关论述参见 Derrida, Jacques, *The Animal That Therefore I Am*, Ed. Marie-Lu-
ise Mallet, Trans. David Wills, New York：Fordham University Press, 2008；Suen, Ali-
son, *The Speaking Animal*：*Ethics*, *Language and the Human-Animal Divide*, London and
New York：Rowman & Littlefield, 2015。

异性"（alterity）与前一节所关注的人与动物之"同一性"（identi-
ty）并不矛盾，因为两者本就是辩证统一的关系。这一点在分析鲸
鱼"利维坦"之变时所提到的双重悖论已有论及，我们可以借助德
里达（Jacques Derrida）的"边界/界限转换"（limitrophy）① 看得更
为清晰，"'边界/界限转换'是指，在保持界限的情况下，在界限
上或界限周围萌芽或生长，与此同时不断生成、滋养和培育这条界
限，使之复杂化……（我的）目的不是抹除界限，而是要使它变得
更加厚实、多样化、复杂化、非线性化，甚至把它折叠起来，总之
要使它不断增长和繁殖"②。第二，唯有将他异性与同一性并置考
量，才有可能符合或者说接近动物（们）的真实面貌。此即马吉欧
里（Robert Maggiori）所说的：一方面，动物和人一样，与周围的环
境相互作用、彼此感知，二者"不但拥有一个'环境'，而且拥有
一个'世界'"；另一方面，动物又是完全不同于人的存在，难以用
任何一个单一的概念来界定它们的异质性，"不但极为困难，而且有
时甚至会令人产生'无用'的感觉"③。第三，赋予动物他异性应有
的话语地位，对于"将作为知识的哲学置于作为伦理学的第一哲学
的基础上"具有重要意义④。当哲学能够接纳差异并与之和谐相处时，

---

① 关于"边界/界限"问题，德里达在《明天会怎样》中也有论及，他说：人与
动物之间不应只看到边界或界限，而更应看到两者之间的"统一和不可分割性"（uni-
fied and indivisible）。Derrida, Jacques, and Elisabeth Roudinesco, *For What Tomorrow：A
Dialogue*, Trans. Jeff Fort, Stanford：Stanford University Press, 2004, p. 66.

② Derrida, Jacques, *The Animal That Therefore I Am*, Ed. Marie-Luise Mallet, Trans.
David Wills, New York：Fordham University Press, 2008, p. 29.

③ ［法］马吉欧里：《哲学家与动物》，杨智清译，社会科学文献出版社 2017 年
版，第 2—3 页。

④ 这里有两个问题需要厘清。第一个问题，为什么讨论动物的"他异性"（al-
terity）会涉及整个哲学领域？前文已经提过，动物在整个哲学话语中（尤其是人对自
身及其所处宇宙的认识）一直占据着隐而不显的重要位置。对此，德里达也曾表示，
自己的哲学研究、自己的著作是为动物写书，并坦言自己很早前就有个疯狂的计划，
要把所想到的、所写过的一切都置于动物范畴加以论述。第二个问题，为什么伦理学
是"第一哲学"（First Philosophy）？哲学始于人对智慧的关切，它在理性的 （转下页）

也意味着把动物从人类的"总体性暴力"（violence of totality）[1]中解放出来，进而促使人类看见自己在"焉知""能否"[2]的否定回答中所隐含的同者思维，并进一步唤起其伦理意识和道德觉悟。

那么动物的他异性究竟所指为何？根据研究者们对他性问题的探讨，可以看出两个关键点：其一，他异性首先表示他者属于外在的领域，他者的存在具有无限的超越性，不可被把握；同时，他者所具有的这种他异性不可被主题化、概念化或简约化，更不可被具

（接上页）引导下探寻意义、论证命题以及批判自我，它也是彻底的疑问和解答（包括对疑问自身的疑问），并且只承认那些在理性的法庭上获得辩护的观点。因此说，"知识是第一哲学""哲学是作为知识的哲学"，这种哲学是古希腊哲学的遗产，是作为内在性、同一性、总体性、全面性和所说的哲学。与此相对还有另一种哲学，是作为超越性、多变性、无限性、责任性和说的不可规约的无规则性的哲学，此即列维纳斯等人所主张的哲学。在列维纳斯看来，真理依赖于主体性，而作为亲近的哲学必定会唤起主体自身真正的人性，是以真理依赖于主体性也意味着真理依赖于道德性，由此道德成为一切意义、一切价值的源泉，成为衡量真理价值（即知识以及建立在知识基础之上的哲学本身的价值）的标准。人性寻求公正，即等同于寻求真理。正是在这个意义上，列维纳斯认为以呼唤公正和道德为目标的伦理学是第一哲学，并指出那些缺乏公正和道德的真理是暴君式的、非人道的。Derrida, Jacques, *The Animal That Therefore I Am*, Ed. Marie-Luise Mallet, Trans. David Wills, New York：Fordham University Press，2008，p. 37；［美］柯亨：《他人的脸：作为第一哲学的伦理学——伊曼纽尔·列维纳斯思想中两种类型的哲学》，《哲学分析》2014 年第 3 期。

① 列维纳斯认为，长期以来西方哲学都是一种"本体论"（ontology，也称"存在论"）哲学，其借助一个中间术语或内容，将原本作为"他者"（the other）的另一存在者化约为"同者"（the same）来完成理解，因此另一存在者的"面貌"（visage）总是被糅进一个所谓的"总体性概念"（concept of totality）中而失去自身异质属性，此即"总体性暴力"。列维纳斯指出，西方精神传统的关键就在于把这种信奉"同者之同一性"（the identity of the same）的本体论视为"第一哲学"（First Philosophy），同者对他者的压制、排斥和歧视也源于此。鉴于此，列维纳斯诉诸"他异性"（alterity）、"多元性"（pluralism）及"无限性"（infinity），通过承认每一个存在者的自因性与独一性，以期反抗和超越西方哲学传统的"总体性暴力"。Levinas, Emmanuel, *Totality and Infinity：An Essay on Exteriority*, Trans. Alphonso Lingis, The Hague：Martinus Nijhoff Publishers，1979，pp. 43，21.

② "焉知"出自庄子《秋水篇》"子非鱼，焉知鱼之乐?"、"能否"出自边沁《道德与立法原理导论》"问题并非它们能否作理性思考，亦非它们能否谈话，而是它们能否忍受?"

象化。他异性的这两个方面可用"说"与"所说"的关系来解释，"被说及的东西，一旦说出来了，就可以从'说'分离开去，于是就成为与'说'割裂的一种作品、一个产品、一个商品、'著作'"①。既然存在"所说"的矛盾，那么"说"的意义何在？在列维纳斯（Emmanuel Levinas）看来，他者的无限超越性使之离上帝更近（因为上帝具有绝对陌异性和超越性），能够带动"我"冲破自身封闭主体的禁锢②，提醒"我"保持敬畏和善良之心，就像亚伯拉罕面对上帝的呼唤自始至终都会回应"我在这里"，"我"因此成为一种"宾格之我"的责任主体③。要言之，他异性的关键并不在于对内容的诠释，它所关涉的是思维方式的转变，其实际功用指向伦理意义。

其二，他异性源于多元性，动物的他异性尤其如此。为此，德里达专门创造了一个新词"animot"取代"animal"。该词在发音上听起来像法文"动物"一词的复数形式"animaux"，从而强调多样态的动物生命不可被简化为某一类生命；在构词上后缀"mot"（词语）旨在向人们揭示有关事物本身的命名行为，即词语是人类用以命名的符号而非动物本身，而词语命名权的终止又进一步强调人们要摒弃僵化的意识形态，接受那些超出人类认知范围的"怪诞"（德里达此处使用了"chimerical"一词，该词源于"Chimaera"，原意为一种叫"奇美拉"的怪物，可见这是一个双关语，既指怪诞的思维，也指怪诞的动物）④。德里达的"animot"暗示我们，动物的存在是多元的，不是单一的，这就要求我们认可动物生命个体的自

---

① ［美］柯亨：《他人的脸：作为第一哲学的伦理学——伊曼纽尔·列维纳斯思想中两种类型的哲学》，《哲学分析》2014 年第 3 期。

② 王嘉军：《存在、异在与他者：列维纳斯与法国当代文论》，博士学位论文，华东师范大学，2015 年，第 18 页。

③ 杨慧林：《总序：当代西方思想对传统论题的重构》，赵倞《动物（性）——传统与现代之间的人性根由》，北京大学出版社 2013 年版，第 1—9 页。（第 5 页）

④ Derrida, Jacques, *The Animal That Therefore I Am*, Ed. Marie-Luise Mallet, Trans. David Wills, New York：Fordham University Press, 2008, pp. 47 – 48.

然权利,打破人类中心论与本质主义偏见,从动物自身的视角去看待它们的生存方式,包括那些被贴上形形色色负面标签的动物。基于上述认知,本节将从"动物异质性"和"动物多样性"两个方面来分析当代新英语小说中的动物他异性书写,重点考察小说通过刻画动物的绝对异质,在探索其可能成为列维纳斯伦理思维中所悦纳之异己方面做出的努力,并进一步挖掘这种全然他性的内在构成与影响机理,即动物多元态以及由此催生的裸命平等。

一 全然之他:孟加拉虎的绝对异质性

在《动物他异性》一书中,文特(Sherryl Vint)区分了人类对动物的两种错误认知模式:一种是"人类例外主义"(anthropodenial)①,该模式反对人类和其他动物之间存在相似性,或者否认动物具有与人相同的生命特质;另一种是"化人主义"(anthropomorphism),该模式用人类的思维去揣摩动物身上那些与自己相似的行为,甚至直接把人的特质投射到动物身上②。文特指出,急于拥抱人与动物的相似之处,引发的问题可能会比拒绝有相似之处更加严重,因为它抹除了动物的异质性③。文特所分析的两种颇有"问题"的动物认知,其实可以用一个词来归纳——变形。人在认识动物时,往往带有严重主观倾向而形成错误的概念图式,具体表现为极端放大或极端缩小,乃至删除动物身上的某些特征使之变形。前一种变形很可能把动物妖魔化,将动物看作"凶残""嗜血""堕落"等罪恶的渊薮;后一种变形则恰恰相反,动物成了人眼中的天使,被冠以"友爱""忠诚""快乐"等美好的评价。但不管哪一种情况,都

---

① 与"人类例外主义"相对,还有"人类特殊主义"(human exceptionalism),其把人类视为特殊、否定人类具有动物性质的原始欲望。

② Vint, Sherryl, *Animal Alterity*: *Science Fiction and the Question of the Animal*, Liverpool: Liverpool University Press, 2010, p. 13.

③ Vint, Sherryl, *Animal Alterity*: *Science Fiction and the Question of the Animal*, Liverpool: Liverpool University Press, 2010, p. 13.

忽视了一个重要事实，即"动物是全然的他者（wholly other），像所有的他者一样，具有不可企及的（每一/整全/全然）他性"①，这种绝对的"他异性"（alterity）正是列维纳斯（Emmanuel Levinas）他者伦理学反抗"总体性暴力"（violence of totality）的起点和落脚点②。《少年 Pi 的奇幻漂流》中，马特尔首先借助动物园的现实案例，真实再现了两种不同的动物变形，以此揭橥西方精神传统的总体性暴力本质；接着，通过孟加拉虎的深度刻画，正面展示了动物的异质性，从而消解人类的自我中心意识及其对动物理解的盲目性。

在揭发动物变形时，马特尔采用了类似于讲解员的说教方式，试图单刀直入地纠正那些对动物的偏颇看法。针对第一种，也是最为普遍和常见的变形，马特尔以 Pi 为代言人从动物行为学角度加以辩驳。比如，掉进狮栏中的游客被攻击并不是由于动物性本恶，而是因为游客突然侵入狮子的地盘，而动物的领地意识极为强烈；又如，动物并不喜欢用暴力解决纠纷，相反它们有一套完整的警告系统，避免最后摊牌。其中，说教意味最浓的当属小说里反复出现的一句话，"我们（动物园）不得不竖起牌子向游客解释"，解释的内容包括"犀牛乃食草动物，它们不吃山羊""狗并非提供给狮子的活食，而是它们的乳母"等。"牌子"的竖立赤裸裸地暴露了人身为动物却对除人以外的动物总是执一隅之见，甚至刻意诋毁的事实，易言之，人对动物的认识总是严重失真。妖魔化变形在动物的文化再现（尤其是纪录片）中比比皆是，其通过文字或图像的反复渲染把动物打造成嗜血恶魔，特别是当事件牵涉到人类伤亡时，动物的可怖可憎将被无限放大，进而生成一个聚焦于人类恐慌、焦虑和受害的叙事文本。这种文本表面上看是柔弱人类沦为嗜血动物的口中

---

① Derrida, Jacques, *The Animal That Therefore I Am*, Ed. Marie-Luise Mallet, Trans. David Wills, New York: Fordham University Press, 2008, p. 12.

② 关于"他异性""总体性暴力"的含义，详见本章和本节引言部分。

之食，因此扰乱了亚里士多德所宣称的"自然秩序"①，但内里却反映出"人类对自身作为食物链的一环可被其他物种食用而深感不安，因为它极大地挑战了以人类为中心的世界观"②。然而，将非人类动物变形为有害物种更深层的动机在于，让消灭这些物种的行动变得合法且合理，并且为达此目的使用任何手段都名正言顺③。这样的人为建构早在西方近现代时期就已大显身手，当时的理论家们纷纷热衷于对人与动物作出明确划界，以便赋予人类进行捕猎、驯养、食肉、活体解剖（17 世纪后期成为一项普遍的科学实践）及大规模清除害虫和肉食动物的正当权利④。

　　对于第二种动物变形，马特尔仿造拉丁文构词法自创了一个词语"Animalus anthropomorphicus"来指称它，意思是"具有人形状的动物"。这类动物"可爱""友好""聪慧""忠实""善解人意"，隐藏在每一家玩具店和儿童动物园里，我们都见过这种动物，或许还养过一只。这类动物似乎呈现着人与动物和谐共处的美好图景，又或者提供了更多证据支持动物具有与人同等主体性的观点。但情况并非如此，马特尔在文中清楚地写道，它们是"人类眼中的动物"

---

　　①　亚里士多德说："驯养动物是为了便于使用和作为人们的食品，野生动物，虽非全部，但其绝大部分都是作为人们的美味。"这种"自然秩序"在《创世记》里也有相关记载：上帝已将"地上的一切野兽，天空的各种飞鸟，地上的各种爬虫和水中的各种游鱼"都交予人类手中，赐予人类作食物。［古希腊］亚里士多德：《亚里士多德全集·政治学》，苗力田主编，中国人民大学出版社 1994 年版，第 17 页。Regan, Tom, and Peter Singer, ed, *Animal Rights and Human Obligations*, Englewood Cliffs：Prentice Hall, 1989, pp. 1 – 2.

　　②　Ramanujan, Anuradha, "Violent Encounters：'Stray' Dogs in Indian Cities", *Cosmopolitan Animals*, Ed. Kaori Nagai, et al, Basingstoke：Palgrave Macmillan, 2015, pp. 216 – 232.（p. 220）

　　③　Ferry, Luc, "Neither Man nor Stone", *Animal Philosophy*：*Essential Readings in Continental Thought*, Ed. Matthew Calarco and Peter Atterton, London and New York：Continuum, 2004, pp. 147 – 156.（pp. 147 – 148）

　　④　Thomas, Keith, *Man and The Natural World*：*A History of the Modern Sensibility*, New York：Pantheon, 1983, p. 41.

(the animal as seen through human eyes)①。换句话说，无论是玩具店的仿真动物，还是儿童动物园或家庭饲养的真实动物，都不过是人类按照自己理想所塑造出来的"影子动物"，动物作为自身存在的本体意义被完全抹杀或扭曲。究其根本，矫枉过正（相较于妖魔化动物而言）的"影子动物"是为满足人类文化消费需求而篡改现实的产物，因此"动物必然是一种建构"，而非一个可接近的本质或现实②。最典型者，莫如在一些关于人与动物的亲密关系中，动物常被描述成凭借对人类的情感和忠诚，战胜动物本能并做出不可思议的事情。美国当代哲学家哈拉维（Donna Haraway）对此种"无条件的爱"（unconditional love）如是评价：那样的描述，"如果不是假于诡言谎语，也是源于错误认知"，而描述本身亦对动物构成一种侮辱和虐待③，其背后的作用机制是为了维系人的中心位置以及身份优越性。

可以看出，以上两种变形动物，皆为从人类的"我"出发而被"我"的意识构建起来的动物，与阶级、种族、性别等环绕人类他者政治问题的总体性暴力相比，是种际层面上体现出的人类对动物他者异质性的总体性暴力。而一旦他者不能以其相异性——无限相异性——作为全然他者显现的话，"那么人们就不可能或有意识去谈论全然他者，也不可能使之获得任何意义"，同样"要想在实践和语言中尊重他者也是不可能的"④，因为在原初经验的相遇里，始终只有人类的"我"，"我"始终致力于将动物的他者性还原为同一性。正如小说所指出的，"在两种情况下，我们都在看一只动物时看到了一

---

①　Martel, Yann, *Life of Pi*, Edinburgh：Canongate, 2008, p. 31.

②　Baker, Steve, *Picturing the Beast：Animals, Identity, and Representation*, Manchester：Manchester University Press, 1993, p. 5.

③　Haraway, Donna, *The Companion Species Manifesto：Dogs, People, and Significant Otherness*, Chicago：Prickly Paradigm Press, 2003, p. 33.

④　Derrida, Jacques, *Writing and Difference*, Trans. Alan Bass, London：Routledge, 2002, p. 154.

面镜子，沉迷于把我们自己置于一切的中心"①。由此，动物的绝对异质性成为我们必须探讨的问题。如前所述，我们提出动物的他异性并不是要解释何谓动物的他异性，而是一种思维方式的转变、是关于动物他异性的认可，它意味着人类作为同者主体地位的终结，意味着对总体性暴力的超越，意味着异质的动物他者可以且需要被纳入"好客"（hospitality）伦理考量②。

小说中，马特尔以主人公 Pi 对孟加拉虎理查德·帕克（Richard Parker）的认知变化为切入点，对上述问题进行了深刻思考。Pi 对孟加拉虎无限他异性的领悟并非一蹴而就，而是经过多次修正的结果。这一认知过程自航海灾难发生前便已开始，而后随着历险途中 Pi 与虎两者关系的发展，大体经历了排斥阶段、幻想阶段和接受阶段等三个阶段。小说开篇不久便写道：

> 动物就是动物（an animal is an animal），无论是在本质上，还是在事实上，都与我们大相径庭，我两回领略了这个教训：一回是我的父亲，另一回是理查德·帕克。③

这段文字简短却不简单。首先，它开门见山地提出并绝对认可了动物的他异性，从而为全篇的动物认知叙事奠定了"动物就是动物"

---

① Martel, Yann, *Life of Pi*, Edinburgh: Canongate, 2008, p. 31.

② 此处的"好客"出自列维纳斯的他异性伦理学，指一种"无条件的好客"（unconditional hospitality），即为外来客人提供无条件的敞开、款待和庇护。列维纳斯认为，在从"我"出发、靠近他者的关系中，应当是"我"与一个"全然他者"（absolutely other）的关联，"我"在与"绝对他异性"（absolute alterity）的"和平"（peace）之中维持自身，这种"和平"不是力量的制衡，而是来自对善的追求、来自"我"对他者的绝对善意，"和平应是我的和平……我既维持着自我又不带自我主义地存在着……确保道德与现实的汇合"。这样的关系保持着同者与他者的"多元性"（plurality），这样的关系是"不带任何暴力"（nonviolence）的关系。Levinas, Emmanuel, *Totality and Infinity: An Essay on Exteriority*, Trans. Alphonso Lingis, The Hague: Martinus Nijhoff Publishers, 1979, pp. 197, 306, 203.

③ Martel, Yann, *Life of Pi*, Edinburgh: Canongate, 2008, p. 31.

的基调。那么，动物就是的"动物"到底是何"动物"？依德里达（Jacques Derrida）之见，这个被置于人类对立面的动物并非人类所命名的"动物"或"动物生命"（The Animal/Animal Life）——其将所有不属于人类范畴的生物简化为某一类生命，而是"一种异质化、多元化的生命形式（a heterogeneous multiplicity of the living），或更确切地讲（因为'生命形式'的说法要么言之过甚，要么不够充分），是有机体与无机体、生者和/或死者之间关系结构中的一种多样性（a multiplicity）"①。马特尔所要揭示的就是动物这种因异质多元而不可被把握的生命存在，正如他接受采访时曾说，"……我发现动物是某种难以言喻的神秘的载体"②。动物生命的异质性和多元性决定了动物与人之间、动物彼此之间必然存在差异，这些差异不是来自一方面而是来自多方面的，它们在大自然的演变进程中逐渐形成、生根和发芽，是根本性的、不可否认的。

其次，这段文字还交代了 Pi 如何获知动物他异性的经验来源：父亲和孟加拉虎。Pi 的父亲为了警示孩子不要给野生动物披上驯良家养动物的"外衣"，专门在他们面前模拟还原了动物捕食的血腥场景，以展示动物不容置疑的危险性，并严厉强调"永远不要忘记这一课"③。父亲的训诫生动地呼应了后现代动物哲学认识动物的重要原则，即对动物、动物性以及整个"人类以外世界"（more-than-human world）的审视都应该从动物自身出发④，换言之，动物是作为

---

① Derrida, Jacques, *The Animal That Therefore I Am*, Ed. Marie-Luise Mallet, Trans. David Wills, New York: Fordham University Press, 2008, p. 31.

② Kriticos, Christian, "Animals Emoting: *The Millions* Interviews Yann Martel", 29 Feb. 2016, 6 Oct. 2018, < https://themillions.com/2016/02/in-the-present-moment-the-millions-interviews-yann-martel.html >.

③ Martel, Yann, *Life of Pi*, Edinburgh: Canongate, 2008, p. 35.

④ 此处的"后现代动物哲学"，是指近年来动物行动主义者与种族正义、性别正义、残障正义、环境正义、食物正义、原住民正义以及改变全球化运动（alter-globalization movement）的活动家之间所形成的交叉领域和研究方向。Calarco, Matthew, *Thinking through Animals: Identity, Difference, Indistinction*, Stanford: Stanford University Press, 2015, p. 69.

它所属的那个物种，并有其物种之能力与局限性而存在的，而非"人类眼中的动物"。是以，我们说马特尔表面上在描写 Pi 父教育子女必须客观认识动物的真实本性，实质上是借此警惕那些肆意按照人类意志来形塑动物的理想主义者，尤其是那些将动物他者"人格化"为同者的自以为是者。在马特尔看来，这样的塑造不过是海市蜃楼的幻象，折射出的是以人类"此在"（Dasein）为鹄所展开的动物认知路径，注定永远无法企及或接近动物生命存在的彼岸。一如哈尔（Michel Haar）批评海德格尔的动物思想所言，"动物现象学告诉我们的东西，更多是关于人而非动物"[①]。

　　然而，Pi 似乎并未完全领会父亲的教诲，至少当时没能参透或不愿参透"动物就是动物"。这从作者描写 Pi 回应父亲时所用的类型化叙述可见一斑，"是的，父亲"在文中一共出现了 13 次。类型化的反复叙事获得了文本传递单调的修辞表层义，而修辞深层义在于渲染说话者不感兴趣、无聊乏味的态度。Pi 漫不经心导致的结果是囫囵吞枣地接受父亲教诲。经此教育，Pi 确实明白动物与人截然有异，但此"异"只关乎"动物危险，所以与人相异"。亦即，Pi 所认定的动物之"异"等于兽性。暂且不谈兽性是否为人与动物之"同"，单就"异"来看，这里的逻辑关系是：假设我们把兽性视作集合 A，把"异"视作集合 B，而集合 A 的任意一个元素都是集合 B 的元素，那么得出的结论应为集合 A 叫作集合 B 的子集，即 A 包含于 B 或者 B 包含 A，而非 A 与 B 相等。显然，Pi 根本没有领悟到"动物就是动物"的真谛，其以"兽"为"异"不过是用一个错误来施救另一个错误——第一个错误是将兽性视作人与动物之"异"却忽略了兽性本就是人性一部分，第二个错误是将兽性与动物他异性画上等号而以偏概全，但这种似是而非的逻辑几乎支配了 Pi 海上

---

　　① 哈尔说此话的原因是：海德格尔关于动物、动物性的讨论，根本目的是揭示人的本质及其与世界的关系。Haar, Michel, *The Song of the Earth*：*Heidegger and the Grounds of the History of Being*, Trans. Reginald Lilly, Bloomington：Indiana University Press, 1993, p. 29.

漂流对孟加拉虎的整个认知过程，并成为第一阶段即排斥阶段的直接缘由。

在第一阶段，Pi 对虎的认识完全建立在"动物即兽"的基础上，内心深处和言行举止都充满了对虎的排斥。这一点从马特尔对 Pi 各式死亡焦恐描述中可以清楚地看出，如"我真的是下一只山羊""我的末日到了""我就要死了""我头上的每一根头发都竖了起来，发出恐惧的尖叫""我感到自己就像被海盗推下木板的囚犯"等。在探讨"我害怕马，我怕被咬"这个命题时①，法国心理学家克里斯蒂娃（Julia Kristeva）指出，恐惧的第一层含义指向生物冲动的失衡，其次指向主客关系的建立，但同时恐惧可能掩盖了某种暴力失能，起初的它或许就是一种自我被剥夺感②。依此分析，Pi 之所以无比畏惧老虎，除了面对极端危险时心理的应激反应，乃是源于主体的"我"害怕被客体的"他"吞食，因为吞食本身代表着主体的消亡，包括物理意义和象征意义，而"我"失能的暴力原本必然也是针对他者的"他"而来。小说中，Pi 一开始策划了6种不同方案试图杀死老虎便是对此最好的证明。事实上，消除他者是传统人文主义话语建构"身份"（identity）的一贯路径，他者的异质性被看作对自我的污染，为使自我保持纯洁需要防止与之产生任何交集，因此他异性不可避免地面临被清除的命运③。可见，Pi 的焦恐隐含了大量人兽疆界相关信息：主客二元对立的划分、人类自我身份的确立以及对异质他者实施暴力的欲望等。值得注意的是，Pi 的暴力失能还源自潜意识里欲把他者还原为同者的失格，这种潜意识

---

① 克里斯蒂娃对该命题的讨论源于弗洛伊德的焦恐研究，后者明确提出其涉及主客问题。弗洛伊德说："'真实的焦虑'应视为自我本能用以保存自我的一种表示。"[奥]弗洛伊德：《精神分析引论》，高觉敷译，商务印书馆1986年版，第330页。

② Kristeva, Julia, *Powers of Horror：An Essay on Abjection*, Trans. Leon S. Roudiez, New York：Columbia University Press, 1982, pp. 34 – 35, p. 38.

③ Marchesini, Roberto, "Nonhuman Alterities", *Angelaki：Journal of the Theoretical Humanities*, Vol. 21, No. 1, 2016, pp. 161 – 172. （p. 163）

在接下来的幻想阶段由暗转明并不断升级。

通过给孟加拉虎提供生存供给、吹哨示强和制造晕船等一系列手段，Pi 逐渐习惯了虎的存在，二者形成和谐共存的假象。称其为"假象"，是因为共存的外表之下潜藏着人对动物的归化。从文中叙述来看，至少存在两种形式的归化，而这两种归化恰好分别映射出文本之外即当前人类社会对动物施加的两种暴力。第一种归化，是现实世界里 Pi 反复尝试与虎建立驯兽师的关系。此为典型的统治与被统治的关系，驯兽师将自身置于人与动物等级结构顶端①，如同 Pi 本人承认的，"这是我的权力，是我作为主人的权力……因此，你知道，我并不是忙于做好动物的饲养工作，而是在进行心理恐吓……我能感到自己正在这一过程中取得控制权"②。这段驯兽师与动物的关系因在对立生存的特殊环境下——救生艇上 Pi 与虎的共存涉及水、食物、空间等资源的争夺或让步，带有一定的"好客"伦理色彩③。当论

---

① Sandoe, Peter, Sandra Corr, and Clare Palmer, *Companion Animal Ethics*, Chichester：Wiley, 2016, p. 136.

② Martel, Yann, *Life of Pi*, Edinburgh：Canongate, 2008, p. 211.

③ 列维纳斯的他性伦理学可以用"您先请"（after you）来总结，这句"您先请"不啻是普通的客套礼让，还代表了他者之于同者在伦理位置上的优先性。亦即，在"我"与他人的相遇中，"我"不仅是心灵上的慈悲和同情，更在行动中把自己的食物、衣物、居所等提供给他人，而且不求任何回报，这种单向度的提供就如亚伯拉罕回应上帝时所说的"我在这里"，"我"因此成为一种"宾格之我"。需要指出，列维纳斯本人并没有把动物纳入伦理讨论，尤其在涉及诸如老虎这样的猛兽时——列维纳斯曾经回应过蛇的"面貌"问题，并暗中否认了蛇拥有"面貌"，深刻地曝露了其人类中心主义局限性。此处提出"Pi 与虎之间存在'好客'的伦理关系"，乃是借鉴了德里达运用劳伦斯的诗《蛇》解构列维纳斯"好客"议题的分析思路［详见《野兽与主权（第一卷）》（*The Beast & the Sovereign：Vol. 1*）］：首先，Pi 从一开始就把虎视为人一样看待，行文用"he""his"等代词来称呼孟加拉虎，而列维纳斯的伦理论述正是围绕人出发；其次，小说中虎比 Pi 先上救生艇，Pi 直到上艇两天半后才发现这个事实，因此虎比人"先来"，人是"后来者"，两者是一段名副其实的"after you"关系。最后，Pi 与虎之间带有对立的生存竞争，相比前者的智慧优势，后者是处于劣势的不折不扣的"赤贫者"。那么问题来了，按照列维纳斯的他者优先伦理，Pi 会对虎实行"无条件的好客"吗？换句话说，无论客人对"我"抱有何种意图，是否都必须作出回应"我在这里"？

及该议题时，列维纳斯以面包作喻，认为身为主人的伦理主体"应当把最饥饿时口中的面包也让给他人"①，由此实现自我的绝对超越、自我的绝对分离。Pi 的确让出了他嘴边的"面包"，并且还费心尽力为对方提供"居所"，可他却绝不是列维纳斯意义上那种"无条件的好客"。Pi 与虎所建立的驯化和被驯化的关系，或许最初是人和动物都可获利的共生状态，但这种共生随后被用来合理化对动物的持续压迫与统驭。这在小说中表现为 Pi 孜孜不倦地训练老虎跳火圈，在现实中则是人类大规模地饲养动物，用于制造超出实际需求的食物或试验品等。马特尔称其为一种"侵略性的智慧"（aggressive intelligence），人占据统治者地位"对我们没有任何好处，我们正在毁灭地球，所有的一切失去了平衡"②。换言之，人以为自己走上了加冕封王之路，却不过是一条自掘坟墓之路。

另一种归化是精神世界里 Pi 乐此不疲地在孟加拉虎身上发掘与人的相似之处，并以此为前提努力培养两者间的亲密关系。从起初对方高贵地朝"我"打招呼，到"我"投食失败而满脸责疑，再到梦境中"我"与虎毫无障碍地互诉衷肠。如果说前期 Pi 对虎的拟人化解读（"打招呼""满脸责疑""互诉衷肠"）尚有为动物正名立传的积极意义，但随着 Pi 单向度地深化关系（"你好，理查德·帕克！"→"无论何时，老虎都是令人着迷的动物，当他是你唯一的伙伴时尤其如此"→"我爱你，理查德·帕克！"③），原来的积极意义由于缺乏对动物认知的客观性到后来逐渐变质，以至于完全湮没了动物他者的异质声音。Pi 单向的情感联结在航海漂流结束的那一刻被展现得淋漓尽致。当救生艇抵达陆地，Pi 面临与孟加拉虎彻底分离，他

---

① Levinas, Emmanuel, *Otherwise than Being or Beyond Essence*, Trans Alphonso Lingis, The Hague: Martinus Nijhoff Publishers, 1991, p. 79.

② Kriticos, Christian, "Animals Emoting: *The Millions* Interviews Yann Martel", 29 Feb. 2016, 6 Oct. 2018, < https://themillions.com/2016/02/in-the-present-moment-the-millions-interviews-yann-martel.html >.

③ Martel, Yann, *Life of Pi*, Edinburgh: Canongate, 2008, pp. 175, 191, 236.

笃信老虎肯定会转身回头看自己，结果并没有发生，随即像孩子一样哭了起来，"我哭并非因为自己历尽磨难生存下来感到激动……而是因为理查德·帕克如此随便地离开了我"①。Pi 对虎的塑造和臆想显示出明显的"迪士尼化"（disneyfication）②痕迹，其虽然没有像迪士尼那样把人类社会的文化固见原封不动地移植到动物身上，但本质上同样是从人的主观意愿出发，错误地阐释动物及其行为。

不难看出，Pi 第二阶段对孟加拉虎的认知，依循了一种类似通过同一性活动来控制知识生产的原则③。Pi 大脑中关于"虎"的概念图式是通过提倡同一、摒弃多元，谋求同质、排斥异质来存储的，这在第二种归化中尤为突出，"人"扮演着唯一的游戏规则制定者的角色。毋庸置疑，Pi 所识的"虎"必定是水中花、镜中月，只是一种想象中的动物。虎的不告而别不仅颠覆了 Pi 一直以主人自居的心理预设，更摧毁了 Pi 自诩"我太了解他了"的尊严骄傲。

小说详细地描述了孟加拉虎离开的场景：

那一眼成了我脑海里对理查德·帕克留下的最后几个画面

---

① Martel, Yann, *Life of Pi*, Edinburgh：Canongate, 2008, p. 285.

② 由于这种做法最典型的例证出现在迪士尼卡通片里，因此被称之为"迪士尼化"，但实际上并不限于迪士尼公司。"迪士尼化"有两个显著特征：第一，把动物完全刻画成人的模样，说人话，穿人类衣服，举止言行都模仿人类。第二，也是最危险的，把人类社会内部所形成的固式文化投射到动物身上。这主要表现在，按照人类的利益衡量标准对动物进行益害分类，并在此框架下塑造动物形象，或按照人类既定的思维模式如狐狸狡猾、绵羊柔弱等对其进行夸张描写。但更为严重的是，植入一些性别主义、种族主义等带有歧视色彩的文化符号，如动物王国的成员关系被打造成一个性别身份固化的男性主导的社会、某些反面角色或丑角通过服饰和口音等透露出其特定的种族背景。以上种种，对儿童（或许包括成人在内）动物观、世界观和价值观的形成都将产生深远影响。对此，有研究者甚至指出，"迪士尼在塑造个人身份和控制社会意义方面扮演的角色太过复杂，以至于不能简单地将其作为一种反动政治（reactionary politics）而搁置一旁"。Giroux, Henry, "Animating Youth：The Disneyfication of Children's Culture", *Socialist Review*, Vol. 24, No. 3, 1994, pp. 23–55.（p. 31）

③ ［法］福柯：《语言与翻译的政治》，许宝强、袁伟编，中央编译社 2000 年版，第 14 页。

之一……他纵身一跃，跳到滩涂上，向左迈步，用爪子刨了下湿漉漉的沙子，似乎又想到了别的什么，转过身来。他往右边走，直接从我面前穿过。他一下也没有看我。他循着附近的海岸奔跑了大概一百码远……在丛林交界处，理查德·帕克停了下来，我确信他会朝我这边转过来。他会看我。他会垂下双耳，然后咆哮。他会用某种类似这样的方式为我们之间的关系做一个结束。但他什么也没做。他只是双眼一动不动地盯着丛林深处。接着，理查德·帕克……永远从我生活中消失了。①

　　在这里，马特尔用一个无情事实——孟加拉虎的"无情"离开——揭露了另一个无情事实，也即福吉（Erica Fudge）追随怀疑主义所称，动物与人生活在同一个世界，甚至不少动物和人生活在同一屋檐下，但它们始终是全然他者，"不在我们的理解之中"②。动物并非人类认知的客体，它们本身是观看的主体，马特尔在文中屡次有意识地将孟加拉虎的"注视"前景化，"他只是注视着我，观察我"。动物拒绝被认知，始终与我们保持无限陌异。动物具有绝对的异质性，并不是说它们与人类毫无关联，更不是说它们与人类彻底割裂；相反，我们可以且需要去"倾听"，真正的"倾听"应当建立在绝对认可并认真对待非人类动物的他异性基础上③，而不是予以消除或同化。以上这些是马特尔迫使 Pi 在第三阶段不得不经历的顿悟，也是马特尔向读者传达的作品主题意蕴。与此同时可以看到，Pi 第二阶段末幻想破灭的那一刹那，也标志着第三阶段他对动物他异性接受的开始和完成，可谓是名副其实的"关子"。

---

① Martel, Yann, *Life of Pi*, Edinburgh: Canongate, 2008, pp. 284 – 285.
② Fudge, Erica, *Pets*, Abingdon and New York: Routledge, 2014, p. 46.
③ Cole, Lucinda et. al., "Speciesism, Identity Politics, and Ecocriticism: A Conversation with Humanists and Posthumanists", *The Eighteenth Century*, Vol. 52, No. 1, 2011, pp. 87 – 106. （p. 103）

二 裸命平等：从鲑鱼到蝎子的动物多样性

在前文分析《少年 Pi 的奇幻漂流》的"动物就是动物"时我们提到，动物与人之间、动物彼此之间皆存在差异，这些差异不是来自一方面而是来自多方面的，它们在大自然的演变进程中逐渐形成、生根和发芽，是根本性的、不可否认的。这里首先肯定了动物具有无限他异性的基本前提，其次指出了动物以及动物他异性的一个重要特征，即"多样性"（multiplicity）。对于动物的多样性，德里达（Jacques Derrida）深刻地揭露，人类使用一个单一的概念"动物"（animal）来概括大量物种并把它们关进畜栏，却为自己预留了"人类"（human）这一命名①。易言之，为了凸显人类身份的独特性，动物的多样性被禁锢在一个与人类相对的、单一的"动物"概念之中。对此，有学者总结得更为精辟：人文主义发明了一个以"普遍性"（universality）为特征的非人类范畴，既无"复数"（plurality）之说，亦无"差异"（diversity）之分，它与人的"特殊性"（peculiarity）相对，只有人在本质上是有复数的；而人文主义对非人类的他异性也采取了相同策略，其多样性也被化零为整②。由是观之，无论是动物性的多元态，还是动物他异性的多元态，都遭遇了某种化约主义灾难，不约而同地沦为人类自我身份建构的牺牲品。因此，要从根本上改变人与动物的关系，就必须还原动物的多样性，以非道德化的差异视角看待动物的差异。

值得一提的是，德里达虽然借由动物生命的多元化提出了动物他异性问题，并以此为立论根基批判整个西方哲学话语和现实世界的人类中心主义传统，但解构大师似乎也难逃被解构的命运。伯特（Jonathan Burt）指出，德里达以史无前例的方式考问人与动物的区

---

① Derrida, Jacques, *The Animal That Therefore I Am*, Ed. Marie-Luise Mallet, Trans. David Wills, New York：Fordham University Press, 2008, p. 32.

② Marchesini, Roberto, "Nonhuman Alterities", *Angelaki*：*Journal of the Theoretical Humanities*, Vol. 21, No. 1, 2016, pp. 161–172.（p. 163）

分，可整篇论文的架构以"何谓动物"开场，却以"我是谁"结尾[1]，换句话说，德里达的动物研究更多的是解答关于人的问题，这是否也曝露出某种人类中心主义局限性？哈拉维（Donna Haraway）也表示，德里达注意到了猫的"注视"，但他很快就把视线转移到西方哲学和文学经典文本上，那只猫从此消失了，德里达其实并不真正关心那只猫所做、所感、所想，由此他"错过了一个可能企及他者世界（other-worlding）的邀请"[2]。波伊德（Brian Boyd）进一步分析了问题症结，他认为德里达之类的哲学家虽然探讨动物，但严重脱离动物的现世生存，话题的焦点只围绕着"人类、语言以及一座由法国哲学家和他们敬仰的前辈（特别是语言学家费迪南德·索绪尔）所建造的小神殿"，并将动物学、生物学著述（如达尔文的研究）都排除在外，这必然导致他们的动物论述苍白无力[3]。总之，在批评者们看来，德里达的动物研究由于人类中心视域和人文主义路径，不可能为"动物问题"（animal question）提供有效解释，更不可能真正解决德里达本人谴责的"动物问题"（animal problem）[4]。毋庸置疑，德里达的动物论述在人类思想史上具有革命性和开创性

---

[1]　Burt, Jonathan, "The Illumination of the Animal Kingdom: The Role of Light and Electricity in Animal Representation", *Society and Animals*, Vol. 9, No. 3, 2001, pp. 203 – 228. (p. 205)

[2]　Haraway, Donna, "Encounters with Companion Species: Entangling Dogs, Baboons, Philosophers, and Biologists", *Configurations*, Vol. 14, No. 1 – 2, 2006, pp. 97 – 114. (pp. 103 – 104)

[3]　Boyd, Brian, "Getting It All Wrong: The Proponents of Theory and Cultural Critique Could Learn a Thing or Two from Bioculture", 1 Sept. 2006, 28 Dec. 2018. < https: // theamericanscholar. org/getting-it-all-wrong/ >.

[4]　《动物故我在（跟随）》中，德里达在哲学层面对"动物问题"（animal question，关于动物的本体论、认识论等）的探讨正是由现实世界的"动物问题"（animal problem，涉及动物虐待、动物保护等）而来，他将当下堂而皇之的物种主义描述为："人类运用工业、机械、化学、激素和基因工程等手段对动物实施了严重的暴力行为，这是一幅多么令人恐惧和难以忍受的现实主义画面！" Derrida, Jacques, *The Animal That Therefore I Am*, Ed. Marie-Luise Mallet, Trans. David Wills, New York: Fordham University Press, 2008, p. 26.

意义,但批评者们的意见也不无道理,其中值得我们深究的一项议题是:既然动物较之人类的他异性不构成二者等级划分的依据,那么对于产生动物他异性的源动力,即动物彼此之间的差异又该作何理解?人与动物的非等级化差异是否可以移植到这种差异之中?如果可以的话,理据是什么?假如我们把问题进一步深入,是否只有能够注视人类的动物才可列入他者行列,那些不能注视或没有注视的动物呢?

意大利哲学家布拉伊多蒂(Rosi Braidotti)提出的"裸命平等"(zoe-egalitarianism)为上述问题提供了可供参考的答案。布拉伊多蒂认为,传统将"life"(生命/生活)分裂为"zoe"(赤裸生命)和"bio"(政治生命)的做法乃典型的二元主义,其把人类的生存方式界定为富于价值的"bio",却把动物及动物性的生存形式降格为可以牺牲的"zoe"[①]。所谓"life",绝非人类物种的独特属性或专有权利,而是一个不同物种相互作用、相互开放的过程,人类与非人类动物生活在同一地球、同一土地、同一环境,彼此之间是一种生命与生命的联结[②]。这种互为生命建造的纽带联结决定了人类并不享有任何天然权利,更不享有比其他动物更多的权利,也决定了两者当

---

① 根据阿甘本,希腊语中没有创造一个单独的词汇来指涉我们通常所讲的"life"(生命/生活),而是用了两个分开的,但可追溯至同一词源的词语:"zoe"(译作赤裸生命或自然生命,"自然生命"一般泛指大自然所有生物,为避免产生歧义,本书取前一种译法,简称"裸命")和"bio"(政治生命)。"zoe"是一切生物(包括非人类动物、人类动物、神)所共享的一个基本属性,即"活着";"bio"指个体或群体的适当的生存方式或形式,与社会活动密切相关,即"生活"。"zoe"是"单纯"地活着,即动物性的生命;"bio"是"理想"地活着,即人性的生命。阿甘本对该问题的探讨源于福柯的"生命政治",福柯认为"zoe"是排除在政治之外的,阿甘本则指出"zoe"一直以排除的形式被包含在政治之内。布拉伊多蒂对"zoe"的使用在语用上更接近阿甘本,但并没有阿甘本"zoe"那种消极意味,后者主要特指"bare life",意为被剥夺了政治权利的生命,比如第二次世界大战期间的犹太人。Agamben, Giorgio, *Homo Sacer*: *Sovereign Power and Bare Life*, Trans. Daniel Heller-Roazen, Stanford: Stanford University Press, 1998, p. 1.

② Braidotti, Rosi, *The Posthuman*, Cambridge: Polity, 2013, p. 60.

下（持续了很长一段时间）的关系急需质变，即由过去的物种歧视
主义转变为在伦理层面上欣赏那些被认定只是单纯活着的裸命①。布
拉伊多蒂坦言，之所以从裸命而非形而上角度来主张平等，是因为
裸命作为所有生命赖以存在的动力基础和自组织形态，具有一种横
向跨越并重新接合先前被隔离开的物种、范畴或领域的强大力量，
基于裸命的平等是对生命本原的肯定和领悟：

> 没有动物比其他动物更平等……当前旧的关系模式正在被
> 重新建构。一种裸命平等的转向（a zoe-egalitarian turn）正在发
> 生，它鼓励我们与动物建立更加公平的关系……当前的挑战是
> 如何使人与动物之间的相互作用解域化（deterritorialize）或游
> 牧化（nomadize），从而绕过物质的形而上学及其推论，即他者
> 性的辩证（dialectics of otherness）。②

　　要言之，布拉伊多蒂的"裸命平等"呼吁人类回归生命最本真
的存在，它较之从"主体—他者"来主张物种差异的非等级化认知
更为激进，号召我们彻底跳出逻各斯中心主义的圈囿，倾听那些就
只是单纯活着的生命的声音。唯此，我们才可能窥得动物生命的真
实底色，才可能理解"animot"③的真实含义。裸命平等的思想在当
代新英语小说的动物叙事中可谓屡见不鲜。
　　在《动物的生命》里，库切借主人公科斯特洛（Elizabeth Cos-
tello）之口表达了对裸命的绝对认可：

---

①　关于"裸命"的表述，布拉伊多蒂行文时使用了"身体/肉体"（body/flesh）
等词，意指不以理性为目的、满足于吃喝拉撒等基本生物需求的生命，其对象包括人、
动物以及其他生命体等。

②　布拉伊多蒂此处所说的"没有动物比其他动物更平等"，声援了奥威尔（George
Orwell）对美国和苏联出于太空竞赛把狗、猴子发射到轨道的讽刺，"所有的动物都是平
等的，但是一些动物比其他动物更平等"。Braidotti, Rosi, *The Posthuman*, Cambridge：
Polity, 2013, p. 71.

③　"animot"一词出自德里达，此在本书第三章第三节引言部分有论述。

鲑鱼、河草和水虫都在相互作用，与大地、气候一并跳着宏大而复杂的舞蹈。……在这场盛舞中，每一生命个体都有一个角色：参与这场盛舞的是这些多元化的角色，而不是某些特定的生命存在。至于它们究竟扮演了何种角色，只要它们在自我更新，只要它们一直活下去，我们就无须关心了。①

以上演讲词，科斯特洛单刀直入地触及动物生命的多元性，肯定每一生命个体的价值，强调任何物种都不应凌驾于其他物种之上。在她眼中，鲑鱼、水虫以及小说后文提到的蚂蚁都是宏伟生命之舞的参与者，正是这些无数独一无二的生命碎片共同构成了生命的总体。科斯特洛的论辞首先极大地颠覆了传统视人为万物中心的根本立场，此亦休谟（David Hume）所说的"对宇宙而言，一个人的生命并不比一只牡蛎重要"②；其次动摇了人为在动物界建立等级分类的合法性，比如所谓的"关键种""指示种""伞护种"等，这些分类虽然在某些方面发挥了积极作用，但却可能使我们忽略其他或许更濒危、对生态系统更关键的物种③。小说里如是写道："我们决定能抓多少鲑鱼或猎多少美洲豹（笔者注：鲑鱼主要用来食用，美洲豹乃是关键种的一例），唯一掌握着生杀大权的就是人类。为什么会这样？因为人是与众不同的……人是一种有理性的生命"④。

这种颠覆和动摇也引出了科斯特洛支持裸命平等的另一论证方法——驳论，她反对理性为自然立法，更反对把理性看作本原存在。在演讲中，科斯特洛毫不掩饰自己对一些生态哲学倡导人与动物平

---

① Coetzee，J. M.，*The Lives of Animals*，Princeton：Princeton University Press，1999，pp. 53 – 54.

② 转引自 Steiner，Cary，*Anthropocentrism and Its Discontents：The Moral Status of Animals in the History of Western Philosophy*，Pittsburgh：University of Pittsburgh Press，2010，p. 5。

③ Heise，Ursula，*Imagining Extinction：The Cultural Meanings of Endangered Species*，Chicago：The University of Chicago Press，2016，p. 24.

④ Coetzee，J. M.，*The Lives of Animals*，Princeton：Princeton University Press，1999，p. 54.

等却要求诉诸某种形而上标准譬如理性的不满，她说："理性既非宇宙的存在（the being of the universe），也非上帝的存在（the being of God）……理性作为人类思维的存在（the being of human thought）都是可疑的，更糟糕的是，理性似乎只是人类思维的一种倾向（the being of one tendency in human thought）。"[1] 这也是为何上述讲稿中科斯特洛连用两个"只要"呼吁听众关注且只关注动物身上"自我更新""一直活下去"等典型裸命表征的原因，在她看来，每一个体动物都在为生命而奋斗，动物通过奋斗拒绝接受那些贬低它们价值的观念。透过科斯特洛的论述，我们可以看到库切挑战了人文主义意识形态定义生命本质的衡量标准，以及以此为基础构筑的物种等级大厦。就动物自身而言，存在即合理、存在即价值，这或许就是库切小说标题"动物的生命"蕴含的深意。

科斯特洛在主张裸命平等上并非孤军奋战，《浅滩》中的重要人物角色马克斯（Marks）也发表了类似观点，后者以鲸鱼切入议题：

> 鲸鱼是地球上的居住者……就是这么回事，它们注定就要在这地球上，不需要证明什么合法性……一个事物不需要有理智才能成为存在的理由……它属于这儿，应当存在。那套什么乱七八糟的"理智怪论"，他们还想要鲸鱼参与联合国和罗马俱乐部呢，试问有几头鲸鱼喊"爸爸""妈妈"还要用摩尔斯电码？不用这样的方式，鲸鱼们依旧活得不错。[2]

显而易见，马克斯严厉控诉了西方传统本体论哲学"不是本体或非存在"（what is not or non-being）的思维范式，其以理性、语言、意识、道德等作为思考起点将动物排除在"存在"之外，不但贬低了动

---

[1] Coetzee, J. M., *The Lives of Animals*, Princeton：Princeton University Press，1999，p. 23.

[2] Winton, Tim, *Shallows*, Sydney：Allen & Unwin，1984，p. 124.

物单纯活着的裸命形态，而且否定了动物本原的生命价值，亦即，生命作为生命自身存在的合理性被剥夺了。对于马克斯所批判的这套本体论哲学（"理智怪论"），阿甘本（Giorgio Agamben）揭露指出，本体论或者说第一哲学并不是一门客观、中性的学科，相反，在任何层面上都是一种有关"人之生成"的建构运作，"形而上学从一开始就被纳入这一战略，负责在人类历史的进程中完善和维持用以超越动物'自然/本性'（physis）的'元/超/后设'（meta）。超越不是一次完成的……每一次和每一个体的超越，都要在人与动物之间作出抉择"[①]。马克斯强调鲸鱼是地球的既有居住者（"不需要证明什么合法性"），意味着对动物内在价值与自为存在的绝对肯定，而这正是实现人与动物之间辩证关系"定格"（at a standstill）的基本前提。当自然世界被视为是自给自足的存在，它们本身是无法弥补、不可替代的，不再需要人类的救赎，不再服务于人类的目的[②]，那么人与动物之间的关系就能得到真正重构，也正是在这里，人类中心主义机制将停止运行。事实上，小说人物马克斯的生命思想也是作者温顿本人的观点。温顿回应自己创作中的生命书写时曾表示，人们需要对人以外的生命有一个正确的认识，"认识到自己不是宇宙的中心，是迈向智慧重要的第一步；认识到所有的生命（人与非人）都相互交织、相互依存、脆弱有限，是第一步的其中一环"[③]。

---

①　Agamben, Giorgio, *The Open*：*Man and Animal*, Trans. Kevin Attell, Stanford：Stanford University Press, 2004, p. 79.

②　这里的"定格"出自本雅明的"救赎之夜"（saved night）和"定格辩证法"（dialectic at a standstill）。"救赎之夜"是指一个自为存在的自然世界，这个世界不再是人类的栖居之所，也不再是人类历史的舞台，它不为人类话语所宰制、拥有自身存在的价值。"定格辩证法"源于"对人与自然关系的驾驭"，"驾驭"并非人对自然的驾驭，亦非自然对人的驾驭，而是一种僭越人与自然二元对立的操作或把握，通过僭越二元实现辩证"定格"。Calarco, Matthew, *Zoographies*：*The Question of the Animal from Heidegger to Derrida*, New York：Columbia University Press, 2008, p. 100.

③　Ben-Messahel, Salhia, "An Interview with Tim Winton", *Antipodes*, Vol. 26, No. 1, 2012, pp. 9 – 12.（p. 9）

相比库切和温顿从源头上扫清认知障碍来肯定裸命，马特尔对动物赤裸生命的展现就显得直截了当，并且不同于前两者的哲理式论说，后者的表现手法是具象化的。在《少年 Pi 的奇幻漂流》中，马特尔以浓重的笔墨描绘了一个五彩缤纷和生机盎然的海底世界：

> 只一瞥，我就发现大海是座繁华的都邑。在脚底下，我从未发觉，四周都是高速公路、林荫大道和环形交叉口……在颜色深暗、明澈透亮、闪耀着无数星辉的浮游生物的水中，那些鱼如同卡车、巴士、轿车、脚踏车和行人一般疯狂行驶，它们肯定也在彼此鸣笛、吵吵嚷嚷。……有发出磷光绿气泡串组成的一条条稍纵即逝的光痕，那是飞驰的鱼穿过的尾迹，这些光痕到处都是……鲯鳅一晃而过，炫耀着身上明晃晃的金色、蓝色和绿色。还有好多我不认识的鱼，黄色、棕色、银色、青色、红色、粉色、绿色、白色，混色的，纯色的……但不管车子尺寸如何、颜色如何，有一点是不变的：疯狂行驶。……不少小车一下子失控，立刻呈螺旋运动碰上另一辆车，撞出海面，在溅起的冷流中扑通掉回水里……这是一番令人惊叹而敬畏的景观。①

在这里，马特尔运用比喻、拟人、夸张、联想、通感等一系列修辞手法，充分调动文字、图像、颜色、声音以及动作等多模态感官，为读者展示了海洋动物生命的丰富性、多元性和能动性。诚如《圣地亚哥联合论坛报》（*San Diego Union-Tribune*）评价的那样："《少年 Pi 的奇幻漂流》也许不会让你相信上帝，但会让你相信文学。"凭借文学的力量，更准确地说是文学的"诗性思维"（poetic thinking）②，马特尔使无法用人类语言来表达自身经验的非人类动

---

① Martel, Yann, *Life of Pi*, Edinburgh：Canongate, 2008, pp. 175 – 176.
② "诗性思维"出自德里达，此在本书结语部分有论述。

物的生命经验得以再现，通过对充满差异的生命现象或活动的细致描摹，作者让基于政治生命与赤裸生命之分所建立的众多二元关系——中心与边缘、理性与感性、存在与消亡等——在自然生态网络中变得无处可藏，甚至直接消融。没有任何修饰伪装，生命与生命最本原的东西在此相遇、交错和碰撞，完全不为理性所缚（"有一点是不变的:疯狂行驶"），并且拒绝人类认知（"我从未发觉""我不认识""惊叹而敬畏"）。鉴于海洋本身是地球万物的生命之源，我们说马特尔不仅表现了裸命作为海洋动物生命存在与生命实践的方式，更彰显了世间芸芸众生所共通的一个事实，即裸命具有冲破一切羁縻的巨大能量，因为裸命"代表着生命那股不需要意识的生命力（mindless vitality），它独立于理性之外、不受理性操控"①。在这种普遍生命力面前，一切界限皆可消弭，传统等级制度体系中处于优势或劣势的事物都不过是自然的形式罢了。

较之马特尔打造的海底裸命盛宴，辛哈的叙事镜头聚焦于陆地森林。在《动物之人》中，辛哈这样描绘丛林深处的欣欣向荣:

> 原本不知道跑到哪里去了的动物，此刻一个个露面了……一伙猴子压弯了枝丫……我们还看到了飞鸟、远处的鹿，那边树上好像挂着什么似的，好像是一簇硕大的松鼠扇尾。……潺潺流水边，有张细长的银色蛇皮，从鼻孔一直到尾尖，完好无损……"这就是天堂——这就是——这就是。"②

这段文字真实地记录了动物的生存样态，除了还原动物之于自身的价值，也让读者回到生命政治的议题。自从赤裸生命与政治生命被割裂后，人们关注的重点便由生命本身转向生活，生命的价值也越来

---

① Braidotti, Rosi, *Transpositions*: *On Nomadic Ethics*, Cambridge: Polity, 2006, p. 37.

② Sinha, Indra, *Animal's People*, New York: Simon & Schuster, 2009, p. 357.

越取决于生活的品质。那种只是单纯活着的动物性生命，由于缺乏"内容"（content）和"丰富性"（richness），往往被认定为生命价值较低甚或毫无生命价值①。然而，在辛哈笔下，动物的身体（松鼠尾巴）、动物的生物机能（蛇蜕皮），乃至动物的生理节奏（动物昼伏夜出以及周而复始的自我更新），这些所谓的低等的裸命形态，非但不是有色眼镜之下机械的、本能的、肉体的"匮乏"，反而是永恒世界至高、灵魂归栖之所的"天堂"。海德格尔曾说"动物贫乏于世"②；巴塔耶认为"动物的存在于世就像水中的水一样"③；于辛哈而言，

① "内容"指高等动物所具有的主观经验，如认知、意识和思考等。"丰富性"指个体生命过程的丰富度，涉及多样性、深度以及各种广泛的经验等。"内容"和"丰富性"直接关系到动物生命价值的衡量，并影响到动物道德地位的评判。Frey, R. G., "Content, Value, and Richness of Animal Life", *Encyclopedia of Animal Rights and Animal Welfare* (1*st edition*), Ed. Marc Bekoff, Westport: Greenwood Press, 1998, pp. 116 – 118. （pp. 116, 117）

② 海德格尔在阐述石头、动物、人三者的差异时说："石头是无世界的（worldless），动物贫乏于世（poor in world），人则建构世界（world-forming）。"石头冰冷，没有任何情感，无法与周围环境建立联系，据此海氏断言"石头无世界地存在着"。动物，比如说蜥蜴，会主动寻找石头躺在上面晒太阳，即便被挪开后它还可能会寻找下一块石头，然后躺在上面继续晒太阳。这显示出蜥蜴是一种可与外界产生关系的存在，但海氏认为蜥蜴寻找石头晒太阳只是一种本能反应，它不能从根本上领悟石头之为石头、太阳之为太阳，它本身是封闭的，即无法真正地通达世界，所以"动物拥有世界却又表现出某种不拥有世界"。而躺在石头上晒太阳的人，海氏指出其与晒太阳的蜥蜴不同，能够理解石头之为石头、太阳之为太阳，并且向世界敞开、可以通达存在本身，因此"人建构着世界"。Heidegger, Martin, *The Fundamental Concepts of Metaphysics: World, Finitude, Solitude*, Trans. William McNeill and Nicholas Walker, Bloomington: Indiana University Press, 1995, pp. 176, 196 – 200; Heidegger, Martin, "The Animal Is Poor in World", *Animal Philosophy: Essential Readings in Continental Thought*, Ed. Matthew Calarco and Peter Atterton, London and New York: Continuum, 2004, p. 17. （p. 17）

③ 巴塔耶认为，"动物存在于世就像水中的水一样"（the animal is in the world like water in water），人只能站在外部的视角，凭借一种超越性的"缺场"来观察它们，因此我们对它们了解的深度，只是我们自己的深度。对巴塔耶而言，动物是不可知的，动物性游弋在人类意识的边缘上。Bataille, Georges, "Animality", *Animal Philosophy: Essential Readings in Continental Thought*, Ed. Matthew Calarco and Peter Atterton, London and New York: Continuum, 2004, pp. 33 – 36. （p. 36）

动物自身就是一个完整的世界，"是在大宇宙中蹒跚的一个完整的小宇宙"①。

辛哈在赞誉动物赤裸生命的同时，还用一种特殊的方式表现了动物生命不可化约的多元态。小说描写了这样一个场景，妮莎从图书馆给"动物"带回一本介绍动物的书，里边印有当地所有动物的照片，如熊、猿、狼、鹿、虎、狮、豺、鸢、蛇、蜥蜴、猎狗、鱼鹰、戴胜、犀牛、野牛、奶牛等，在那几百页的文字和图片里，却没有一种动物像"动物"。同样的情形还出现在另一场景，妮莎用电脑帮助"动物"搜索关于他的信息，屏幕显示出来的有猫头鹰、青蛙和美洲豹等，但没有任何一则讯息或画面指向"动物"。这两处充分展现了辛哈特意给人物角色取名"动物"从而实现一语双关的意旨：一方面，从侧面烘托出主人公"动物"的流放状态和边缘身份；另一方面，则讽刺了人类忽视物种多样性、把自身以外的动物统一命名为动物的行为。这种反讽式批判主要体现在两个方面：其一，无论是图书馆带回的实体书，还是存储虚拟信息的计算机（后者尤其代表了现代科技的尖端，是人类认知发展和科学高度发达的产物），却都不能有效理解并正确解释何为动物，可以说这从释义层面反映了动物生命的异质性和不可知性；其二，两次查询"动物"时出现的那些五花八门的动物图片，互文式地诠释了德里达对动物生命化约的反思，即动物并非一个单数形式的总称，抑或再加上一个具有封闭性的定冠词"the animal"就能概括，恰恰相反，动物存在着深不可测的差异性、多样性和独特性②。

特别值得一提的是，辛哈对动物生命价值的肯定，不仅包括与

---

① Sinha, Indra, *Animal's People*, New York：Simon & Schuster, 2009, p. 350.

② 这里我们说"互文"是因为德里达在论述动物多样性时同样罗列了一连串的动物名单，并且声称要请诺亚来帮忙确保没有动物被遗落在方舟外。Derrida, Jacques, *The Animal That Therefore I Am*, Ed. Marie-Luise Mallet, Trans. David Wills, New York：Fordham University Press, 2008, p. 34.

人相通或长得漂亮的物种，还包括那些被贴上鲜明负面标签的动物。小说中，辛哈以细腻的笔触刻画了与主人公"动物"生活在同一空间的蝎子。"我们的朋友"长着细小的腿，弯曲的尾巴翘着，把耳朵贴在墙上，就能听见洞里小爪发出的窸窣声，"瞧，他多可爱啊，他叫弗朗索瓦"[1]。这种蛛形纲动物由于螯针有毒，长久以来一直和致命危险有象征性的联系。在基督教里，蝎子代表暗中埋伏旅者的魔鬼，耶稣对他的门徒明确说，"我已经给你们权柄可以践踏蝎子"；中世纪和文艺复兴时期，一些厌恶女人的卫道士将蝎子洞穴与女人利用美貌隐藏邪恶目的相类比，这一联想可追溯至古埃及蝎子女神赛勒凯特，罗马人最终用这一形象寓意黑暗的非洲大陆[2]。在辛哈的文本世界中，蝎子虽然危险（"动物"触碰蝎子时小心翼翼），却不全是危险。环境美学家指出，认识动物应从本体即"动物之所是"出发，基于科学认知"对自然作出恰当或正确的欣赏，在根本上是肯定的，否定的审美判断很少或者几乎没有"[3]。事实上，对动物善恶美丑的划分是把生物多样性简化为单一二元体系的人类中心主义暴力[4]，当它与苏格拉底的"效用审美论"[5] 产生媾和时，很可能造成某物种栖息地的破坏甚

---

① Sinha，Indra，*Animal's People*，New York：Simon & Schuster，2009，pp. 62，299.

② Sax，Boria，*The Mythical Zoo*：*An Encyclopedia of Animals in World Myth*，*Legend*，*and Literature*，Santa Barbara：ABC-CLIO，2001，pp. 215 – 216.

③ Carlson，Allen，"Nature and Positive Aesthetics"，*Environmental Ethics*，Vol. 6，No. 1，1984，pp. 5 – 34.（p. 5）

④ 动物除了"美"与"丑"的划分，还有"益"与"害"之分。对此，朱宝荣先生一针见血地披露，已被普遍接受的猛兽、益鸟等说法，其实质是保障人类利益。以狼为例，人们之所以对它们咬牙切齿或心惊胆战，是因为它们捕食草食动物，在资源争夺上曾是人类的竞争强敌。朱宝荣：《动物形象：小说研究中不应忽视的一隅》，《文艺理论与批评》2005 年第 1 期。

⑤ 作为早期希腊美学思想转变的关键，苏格拉底将审美视点从自然转向社会，提出美的评价标准在于对人类的功用，也就是说，益即美、害即丑。［古希腊］色诺芬：《回忆苏格拉底》，吴永泉译，商务印书馆 1986 年版，第 112—115 页。

至是物种灭绝，典型的例子如澳大利亚袋狼的绝迹①。由此可见，辛哈对蝎子的描写立足物种本身，作者以"朋友""可爱"等积极词汇来组织对蝎子的审美表述，不仅肯定了动物自为存在的多样生命，更打破了传统观念对蝎子邪恶的固化认知，这或许也是为何将蝎子取名"弗朗索瓦"（François，意为"自由之人"）的要义所在。

---

①　这里有两点说明：第一，袋狼在人类审美观中多被描述成丑陋、凶猛的野兽，因被认为经常攻击羊群而被称作"杀羊魔"（sheep killer）——实际上是早年随人类一同进入澳大利亚的犬类所为，遭到大规模猎杀和破坏栖息地，最终灭绝。第二，人们倾向于保护"美"的动物、消灭"丑"的动物，并不意味着人类没有伤害那些"美"，为获取战利品或陈列收藏等目的，人们对"美"的动物同样展开猎杀，这在殖民时期帝国与动物的相关研究中有大量证据。

第 四 章

文明的窥镜：当代新英语
小说中的动物他我

"我们擦亮一面动物镜子来寻找自我。"

——唐娜·哈拉维（Donna Haraway）

本书所要讨论的"他我"，并非西方哲学概念"alter ego"翻译的"他我"，如胡塞尔"本我"之外存在的其他超越自我的"他我"①，也非西方心理学术语"alter ego"翻译的"他我"，如 19 世纪初心理学家描述"解离性身份障碍"（Dissociative Identity Disorder, DID）时表示自我分身的"他我"②。这些不同的"他我"看上去似乎是断裂的、局部的，甚至彼此都算不上相近学科，但无不与"自我"有着一定关联，这一点是有历史渊源的。根据柯林斯辞典，"他我"（alter ego）一词最初由古罗马政治家、哲人西塞罗根据古希腊语中的"allos ego"创造，意指"另一个自我或第二个自我"。在《论友谊》一文中，西塞罗将该词用于倡导和论证对

---

① 此处的"alter ego"也译作"另一个自我"。在胡塞尔的先验本我同一性框架中，本我处于这里，他人处于那里，所谓的"交互主体性"，即处于这里的本我应当把处于那里的他人当作一种类似于自身人格的另一个自我来看待。陈治国：《"他我"如何可能——论胡塞尔之先验解决方案》，《河北师范大学学报》（哲学社会科学版）2002 年第 6 期。

② "自我分身"即多重人格或双重人格。

待友人抱诚守真：

> 每个人之所以爱自己，并不是因为这种爱可以得到某种回报，而是因为他对自己的爱是独立于其他任何事情之外的。但是如果这种感情不转移到另一个人身上，那么就永远也得不到真正的朋友，因为真正的朋友就是另一个自我。①

可见，西塞罗的"他我"指一个值得并且需要付出真情的挚友。本书的"他我"与西塞罗的"他我"及后世哲学家或心理学家的"他我"，尽管在外延和内涵上相差甚远，但用意和出发点都与"自我"有关，并且在意义表征上都围绕"我"与"他"的关系问题展开，故而在形式上沿用了"alter ego"的汉译语汇"他我"。在指涉对象上，本书的"他我"指人类自我与动物他者，即"动物他我"，此处的"动物"既指人类动物，也指非人类动物；在具体内容上，"动物他我"意为"humanimal"，其基本理念源自当前"人类—动物研究"关于"humanimal"一词的阐发。

"humanimal"是一个多义词。该词的最早使用见于 20 世纪 80 年代，"伴随着野生物种数量减少，另一种野性在我们的城市以及人类艺术文化的虚拟世界大量繁殖"，先锋人士通过对人类身体进行夸张修饰或极端改造，借以呈现非人类物种的外貌和特征（参见图 8）②。"humanimal"这一术语正是在此背景下诞生，并被诸多领域用来指称人兽纠葛的现象。例如，新西兰《自治领邮报》曾于 1997 年刊载了一篇名为《终极问题》的报道，文章介绍科幻小说家威尔斯（H. G. Wells）《莫洛博士的岛》（*The Island of Dr. Moreau*）中的"改

---

① ［古罗马］西塞罗：《论老年　论友谊　论责任》，徐奕春译，商务印书馆 2003 年版，第 76 页。

② Armstrong, Philip, and Lawrence Simmons, "Bestiary: An Introduction", *Knowing Animals*, Ed. Laurence Simmons and Philip Armstrong, Leiden: Brill, 2007, pp. 1 – 24. (p. 14)

造人"（the Creature）时便使用了"humanimal"①；而意大利著名时装奢侈品牌古驰（Gucci）的 2018 年秋冬秀场更以"赛博格"（cyborg）② 为灵感主题举办了一场"妖魔鬼怪"的视觉盛宴。随着近年来学界对人性与动物性的重新审视，"humanimal"一词逐渐受到动物研究的重视并被广泛应用，有时被用于表示"人类—动物"，如《动物理论：重新思考人类—动物关系》（*Theorizing Animals：Rethinking Humanimal Relations*，2011），有时则直接用作"animal"的替换词，如《动物：种族、法律与语言》（*HumAnimal：Race，Law，Language*，2012）。在研究者们眼中，"humanimal"既从形态层面、也从语义层面弥合了人类与非人类动物的断裂。美国学者米切尔（W. J. T. Mitchell）这样说道：

> "humanimal"一词的生成建立在拒绝人与动物二元对立的基础上……此词可谓是闳意妙指——它指向一种摧毁的结构或容器，一个关怀和救助的对象，而不是简单的所有权或工具性问题；它强调一种作为权利主体前必须先履行的义务和责任；它代表一种有富于自我内在价值的目的，而不是器具、鄙夷之物或研究客体。显然，它也象征着"动物他我"。③

---

① The Dominion Post，"The Ultimate Questions"，10 Mar. 1997，5 Aug. 2018. < EB-SCO*host*，ezproxy. uow. edu. au/login？ url = http：//search. ebscohost. com/login. aspx？ direct = true&db = n5h&AN = DOM9703101021-LDR10-FE&site = eds-live. > .

② 近几十年来西方社会出现了一个显著特征，即通过表演、身体修饰、艺术文化、通俗文化等来打破人与动物之间的二元对立。有研究者整理了伴随"humanimal"现象而出现的各种新词，如"新原始人"（neoprimitives）、"厌恶人类者"（misanthropes）、"亲生物者"（biophiles）、"后人类/文主义者"（posthumanists）、"赛博格"（cyborgs）等。Armstrong，Philip，and Lawrence Simmons，"Bestiary：An Introduction"，*Knowing Animals*，Ed. Laurence Simmons and Philip Armstrong，Leiden：Brill，2007，pp. 1 – 24.（p. 14）

③ Mitchell，W. J. T.，"Foreword：The Rights of Things"，*Animal Rites：American Culture，the Discourse of Species，and Posthumanist Theory*，By Cary Wolfe，Chicago：The University of Chicago Press，2003，pp. ix – xiv.（pp. xiii – xiv）

图 8　Humanimal

不难看出,无论何种意义上的"humanimal",原初意旨都聚焦于人与动物二元对立的解构与重构,试图从主观根源上破除人与动物的权力关系和话语宰制,希冀在客观世界打开一条通向人与动物共荣共存的通道,最重要的一点,为"人类—动物"问题提供一种新的认知模式——人类自我与动物他者之间存在一种复杂的"他我"流动。鉴于此,本书使用"他我"的概念来主张人与动物的伦理重塑,并有两点考量:其一,伦理要求我们超越"我"和"你",超越自己的主观经验、偏见和喜好,从而作出客观审慎的判断,此即辛格（Peter Singer）所说的一种不偏不倚的旁观者或理想观察者的立场①。其二，他者是另一个自我，一个凭借移情机制与关怀德性可以企及的他我，此即列维纳斯（Emmanuel Levinas）通过返归自身而获得的"宾格之我"②。

这种动物他我伦理框架的提出首先是对"文明"本身的一种省思与反拨。正如德里达（Jacques Derrida）所说，不管在哪里，一提起动物，人们通常都会联想到"人类文明"这个最严肃、最经久、最引人注目的话题，这也是晚近几百年来哲学话语中最为关切的议题③。在《文明及其不满》一书中，弗洛伊德对文明作了如下描述："'文明'一词指使我们生活的区别于动物祖先的生活的所有成就和规范的总和，它有两个目的，即保护人类免受自然的侵害和调节人类相互的关系。"④ 伴随着文明进程，除了物质世界野生动物、危险动物等自然生命的灭绝，还有精神世界同步发生的两条路径。一是消除本能即所谓的"动物性"⑤，通过抑遏、克服或其他手段，"以强烈的本能不满足为前提，这种'文化挫折'主导了人际社会关系中相当广泛的领域"；二是升华本能，即对人类更高心理活动孜孜不倦的追求，决定了"人类在智力、科学和艺术方面的成就，以及文明在人类生活中为思想所指派的

---

① Singer, Peter, *Practical Ethics*, Cambridge：Cambridge University Press, 1993, p. 12.

② 关于"宾格之我"，详见本书第三章引言部分。

③ Derrida, Jacques, and Elisabeth Roudinesco, *For What Tomorrow*：*A Dialogue*, Trans. Jeff Fort. Stanford：Stanford University Press, 2004, p. 63.

④ ［奥］弗洛伊德：《一种幻想的未来 文明及其不满》，严志军、张沫译，河北教育出版社 2003 年版，第 80 页。

⑤ 弗洛伊德在探讨文明时所谈到的"动物性"意指一种本能原欲，其作为"前文明"（anterior to civilization）、"文明的对立"（antithetical to civilization）或"文明的对抗"（antagonistic to civilization）而存在。Ray, Nicholas, "Interrogating the Human/Animal Relation in Freud's *Civilization and Its Discontents*", *Humanimalia*, Vol. 6, No. 1, 2014, pp. 10 – 40. （p. 12）

领导作用"①。就这两条路径来说，前者指向对本能原欲的压制，后者关乎对理性人格的追求。弗洛伊德的论述清楚地揭示了隐匿于文明深处的人与动物、人性与动物性的关联，以及文明与动物、文明与本能之间的对立。

　　弗洛伊德进一步指出，文明的实现要求人类远离野蛮、危险、混沌的自然动物（或者说就是野兽），文明的进步以牺牲人类动物性的生命为代价，集中体现为对性本能与进攻欲的绝对压制②，这种远离和压制让人们体会到一些快乐的同时，也激起了人们对文明的不满，倍觉文明是必须挣脱的枷锁、必须打破的牢笼。因为从根本上来说，野兽，尤其是人身上那只野兽是无法杀死的，无论是文明的起源，抑或是文明的发展，现代人身上仍然携带着本能原欲。据此不少人提议，如果我们返回原始生活状态，回归自然、接纳动物，人将变得更加幸福。弗洛伊德的整个文明观体系或许有夸大某些对立性结构（如文明与动物、文明与本能）之嫌，但却为我们以"人类—动物研究"为切入点透视文明的运行机制提供了具有可操作性的方法和路径——文化层面的"原欲与动物""理性与动物"和现实层面的"人类—动物组配"，更关键的一点，它深刻洞察了人与动物、人性与动物性之间不可分割的联系。

　　其次，动物他我理论框架的提出并非凭空臆想，而是有着坚实的哲学基础，即"生成论"，更为准确地说是"生成—动物"。那么，究竟何为"生成论"？"生成—动物"又所指为何？"生成"（becoming）

---

　　①　［奥］弗洛伊德：《一种幻想的未来　文明及其不满》，严志军、张沫译，河北教育出版社2003年版，第84、86页。

　　②　在《"文明的"性道德与现代神经症》一文中，弗洛伊德写道："文明建立在对本能的压制之上，每一个体都必须作出一定牺牲，如人格中的权力欲、进攻性及仇恨性。正由于此文明才得以产生——物质财富与精神财富的共享……正是源于性欲的家庭情感才使得分离的个体甘愿克制。这种自我克制在文明的进化过程中是渐渐进行的"，放弃本能者被视为"神明""圣人"，任本能狂喷者则被当成"罪犯""歹徒"。［奥］弗洛伊德：《弗洛伊德文集（第二卷）》，车文博主编，长春出版社1998年版，第607—608页。

思想由法国哲学家德勒兹和加塔利（Gilles Deleuze & Felix Guattari）提出，这一概念的产生源自西方后结构主义的流变哲学范式。与传统形而上学探寻一种静止的、连续的、超越时间之外的"存在"（being）作为绝对真理不同，"生成论"是一套强调动态性、断裂性和开放性的哲学主张。从史的角度看，"生成"与"存在"之辩本是西方最古老的哲学命题之一，但自柏拉图创立本体论哲学后，"生成"思想便长期为"存在"信条所压制。直到尼采宣布"上帝死了"，取而代之的是一种强调万物生生不息地生成的"强力意志"（the will to power），"生成"思想开始涌动并搅拨整个西方哲学世界。海德格尔认为，尼采的"强力意志"就是探索存在者之存在的终极答案，"一切存在都是一种生成"，由此海德格尔提出"在场呈现不在场""不在场通过在场呈现"，试图借助"在场"（presence）来释放"存在"蕴含的动态特质。然而在德里达看来，海德格尔所谓"作为形而上学的哲学的终结"仍然存在一个终极价值，即存在是存在者之所以在场的根据，他指出"更换位置并不会出现不在场，也就是另一个在场"，因为其产生了某种差异、某种振动、某种去中心，而去中心并非意味着产生另一中心，这个差异便是"延异"（differance）。德里达对"being"一词本身也进行了追本溯源，提出"being"是由"to be"演绎而来，而"to be sth."中的"sth."可以无限替换。①

　　同样地，德勒兹和加塔利也捕捉到"存在"的永动性、差异性与流变性，他们高举抵制传统哲学话语整体性之"一"的旗帜②，从数学家黎曼的几何分析中抽取了"平滑空间"（smooth space）的

---

　　① 怡蓓：《德勒兹生成思想研究》，博士学位论文，北京外国语大学，2014 年，第 13 页。

　　② 德勒兹和加塔利认为，西方哲学作为一门学科已经被体制化，体现在两方面：一是从根本上拒斥和逃避任何多元性，二是建立一整套完备的技术手段来遏制和远离多元性。这套体制化的哲学叙事往往将"多元性涵纳于整体性之'一'当中，抑或将它划分为二元性与对立之'二'"。［加］玛斯素美：《代序：概念何为？》，德勒兹、加塔利《资本主义与精神分裂（卷二）：千高原》，姜宇辉译，上海书店出版社 2010 年版，第 1—18 页。（第 6 页）

概念①，并基于此形成了自己的思想核心——一种难以遏制的、不断生成的多元性。在《千高原》中，德勒兹和加塔利通过构建"生成论"诠释了多元性：

> 宇宙是一部抽象的机器（machine），每一个世界都是实现这部机器运转的具体装配（assemblage）。倘若我们将自身简化为一条或多条抽象的线（lines），这些线将自我延伸（prolong）并与其他线产生共轭（conjugate），从而立刻、直接形成了整个世界。正是在这个世界中，世界得以生成（becomes），所有人和一切事物得以生成……整个世界／所有人／一切事物之所以能够生成（becoming），是因为这里存在一个必然互通（communicating）的世界，其能消除一切阻碍我们在事物间滑行与生长的东西。②

"生成论"的关键在于以运动反对静止、以异质反对同质、以差异反对同一，它是多元性的内在动力机制，也是人和事物的基本存在样态。德勒兹和加塔利指出，在"生成"的世界中，"生成"可以朝任意方向展开，"生成"的结果充满了无限可能性，因而所有的一切都是难以把握的，且所有的一切都是互通空间中不断生成的难以把握者③。但从实际情况来看，所有的"生成"都表

---

① 所谓"平滑空间"是指这样一种空间："从任意一点出发，可以直接连通到任意别的点，而无须经过中间的点。"这可以引发一系列发人深省的哲学问题：一个普通空间中的物体能否通过某种形式的运动将该空间转化为平滑空间？运动能否发展出自身的无限相接的运作空间，并将自身从已经确立的空间构型的边界之中解放出来？运动能否对空间自身进行解域，从而产生出一种其他秩序的空间？［加］玛斯素美：《代序：概念为何》，德勒兹、加塔利《资本主义与精神分裂（卷二）：千高原》，姜宇辉译，上海书店出版社 2010 年版，第 1—18 页。（第 8 页）

② Deleuze, Gilles, and Felix Guattari, *A Thousand Plateaus*：*Capitalism and Schizophrenia*，Trans. Brian Massumi, Minneapolis：University of Minnesota Press，2005，p. 280.

③ Deleuze, Gilles, and Felix Guattari, *A Thousand Plateaus*：*Capitalism and Schizophrenia*，Trans. Brian Massumi, Minneapolis：University of Minnesota Press，2005，p. 252.

现为一种"生成—弱势"（becoming-minoritarian），是对强势存在的"解域"（deterritorialization）和"逃逸"（escape），主要路径包括"生成—女人"（becoming-woman）、"生成—儿童"（becoming-child）、"生成—动物"（becoming-animal）、"生成—分子"（becoming-molecular），等等①。这意味着，向弱势生成的同时，其实饱含了一种政治色彩②。

对于"生成论"，德勒兹和加塔利提醒有四点需要注意：第一，"生成"并非一种对应关系，它不是一种"相似"（resemblance）、"模仿"（imitation）或"同一"（identification），"生成—X"不等于"变成 X"；其次，"生成"并非一种进化或退化，更非借助血缘联结而发生的进化或退化活动，而是一种异质"联盟"（alliance）；再次，"生成"是一种发生在异质之间错综复杂的"内旋"（involution）运动，而"内旋"预示了无穷的创造性和动态性，决定了"生成"具有无始无终的永动性；最后，"生成"是在无意识的、非

---

① Deleuze, Gilles, and Felix Guattari, *A Thousand Plateaus*: *Capitalism and Schizophrenia*, Trans. Brian Massumi, Minneapolis: University of Minnesota Press, 2005, p. 291.

② 德勒兹和加塔利认为，一切社会和个体都由两种"节段"（segment）所渗透：一种是"克分子的"（molar），另一种是"分子的"（molecular）。两者区别在于：前者是集合性的、僵化的，往往附着在诸如阶层、性别、年龄以及物种等二元体制上，它们在家庭、国家或社会等机器结构中依循严密的组织方式并绝对服从分配；后者则是动态的、变化的、分散的，始终处于一种流变之中。克分子和分子于外渗透一切，于内也彼此渗透，也就是说，两者既相互区别又相互关联，此即"异质联盟"。这种"异质联盟"，从生物物种属性或从理论上来讲，可以朝所有方向扩散和生成（根据斯宾诺莎的理论，粒子间可以任意组合），但就"人"这一物种属性而言，其本身并不是不受任何外界影响而存在的独立物种，不是一种中性的、纯粹的、客观化的存在，相反，其在状态上具有相对的强势与弱势之分，因为"宇宙之中的强势集合已经预置了'人'这个范畴所包含的权力序列"，即"政治先于存在"，强势意味着统治和标准，女人、儿童、黑人、动物以及分子等都属于弱势。比如，按照"男人—标准"，女人就处于一种特殊的情形，同理还有"白人—人类""成人—男性"等。因此，所有的"生成"都是朝弱势方向进行。Deleuze, Gilles, and Felix Guattari, *A Thousand Plateaus*: *Capitalism and Schizophrenia*, Trans. Brian Massumi, Minneapolis: University of Minnesota Press, 2005, pp. 41, 203, 213, 291.

个人的、潜在的"内在平面"（plane of immanence）[1] 上发生的，往往为"克分子"（molar）实体形成的超验平面所压制或覆盖。德勒兹和加塔利"生成论"的意义在于：一方面，它创造性地赋予既有的哲学概念以再度生成哲学的机会，通过与数学、文学、历史、政治、地质学、动物行为学、艺术等学科的互动，让哲学绽放于动态生成中；另一方面，它是一种自省式的批评理论，旨在解决现实问题，其所提出的"一切都是生成""向弱势生成"对固守"存在"之道的一切形而上学以致命冲击。

　　"生成—动物"是德勒兹和加塔利生成思想的重要组成部分，相关论述可以追溯到他们早年著作《卡夫卡——为弱势文学而作》对格里高尔·萨姆沙（Gregor Samsa）甲虫之变的分析。德勒兹和加塔利认为，格里高尔变为甲虫并非俄狄浦斯情结意义上的遭受父亲长久压制后的变异，而是一场具有解域性的人类逃逸活动：格里高尔们"不会选择逃避，不会垂头低眉如同犯人那样接受来自长官、检察官或法官的庭审，而是生成甲虫，生成狗，生成猿……所有的儿童都会建立或感受到这种'生成—动物'的逃逸，这种'生成动物'与父亲的代理人或原型毫无关系"[2]。在卡夫卡"弱势文学"（minor literature）概念的基础上，德勒兹和加塔利提出"朝向一种弱势文学"，"这种文学的首要特征是语言高度受到解域系数（coefficient of deterritorialization）的影响"，它是一种在"主要语言"（major language）内部创造出来的文学，既是对语言法则和语言体系

---

　　① "内在平面"（也称作"内在性平面"）是德勒兹哲学中的一个重要概念。在德勒兹看来，"内在性"（immanence）并不是"实体"（substance）的内在性，相反，实体处在内在性之中；绝对的内在性是自为存在的（in itself），既不依赖于"客体"（obejct），也不归属于"主体"（subject）；纯粹的内在性是一种"生命"（life），其并不内在于生命，也不内在于任何他物，而是本身就是生命。Deleuze, Gilles, *Two Regimes of Madness：Texts and Interviews 1975–1995*, Ed. David Lapoujade. Trans. Ames Hodges and Mike Taormina, New York：Semiotext（e），2006，pp. 385–386.

　　② Deleuze, Gilles, and Felix Guattari, *Kafka：Toward a Minor Literature*, Trans. Dana Polan. Minneapolis：University of Minnesota Press，2003，p. 12.

的挑战，也是对传统文学及其背后秩序的背离①。

"生成—动物"在《千高原》中得到进一步展开，构成德勒兹和加塔利生成思想极为关键的一环，可以说二者对"生成论"的阐述正是以"生成—动物"作为论证起点。首先，动物之间的关系不仅涉及自然科学研究，还涉及梦、象征、艺术、诗歌以及实践等众多人文社科领域；其次，动物之间的关系可谓包罗万象，它与"人与动物、男人与女人、成人与儿童、人与元素、人与物理宇宙和微观物理宇宙等关系"都十分密切②。由此也就不难理解，为何"生成—女人"虽然是生成运动最显著的量子或分子节段之一③，但德勒兹和加塔利的论述仍以"生成—动物"为出发点和落脚点。以一位观影者的回忆为楔子，德勒兹和加塔利详细地阐述了"生成—动物"的基本内涵：

　　一切的关键都在于存在一种"生成—动物"：它不满足于通

---

① 卡夫卡所说的"弱势文学"是指运用某种"次要语言"（minor language）创作的文学，典型者如华沙犹太文学。德勒兹和加塔利认为，卡夫卡并未从一种普遍性的层面概括或提炼出"弱势文学"的根本特质，因此他们提出"朝向一种弱势文学"，即"生成—弱势文学"。"生成—弱势文学"有三个重要特征：第一，语言具有高度的解域性；第二，文本带有浓厚的政治色彩；第三，一切皆与群体价值有关。Deleuze, Gilles, and Felix Guattari, *Kafka: Toward a Minor Literature*, Trans. Dana Polan, Minneapolis: University of Minnesota Press, 2003, pp. 16 – 18.

② Deleuze, Gilles, and Felix Guattari, *A Thousand Plateaus: Capitalism and Schizophrenia*, Trans. Brian Massumi, Minneapolis: University of Minnesota Press, 2005, p. 235.

③ 德勒兹和加塔利认为，所有的"生成"都经历了"生成—女人"。这是因为，从现实情况来看，男性作为一种强势存在构成了"规范"的具体形态和衡量标准，如人类、男性、白人、成人、理性等，这也构成了最基本的主体表征话语。根据树形法则，其他"生成"皆以此为框架、在不同的界面进行，每一次"生成"在保留中心主体特征的同时，都维持着明确的二元划分：人类—非人类、男性—女性、白人—黑人/黄种人/红棕色人种、成人—儿童、理性—动物等。简言之，男性将自身建构为一种象征秩序，占据着中心位置。Deleuze, Gilles, and Felix Guattari, *A Thousand Plateaus: Capitalism and Schizophrenia*, Trans. Brian Massumi, Minneapolis: University of Minnesota Press, 2005, pp. 292 – 293.

过相似（resemblance）而发生，于它而言，相似反倒成了障碍（obstacle）或停滞（stoppage），老鼠和鼠群的大量繁殖产生了生成—分子（becoming-molecular），其暗中颠覆着家庭、职业和婚姻等克分子的强大力量。鼠群中出现了一个宠儿——（主人公）与之缔结了一种联盟契约（contract of alliance）……那是一种组配（assemblage），一部战争机器或犯罪机器（a war machine/criminal machine），它可以通向自我毁灭（self-destruction）；那是一种非人格自觉情状的环流（circulation of impersonal affects）、一股交流电（alternate current），它可以干扰表意系统和主观情感（signifying projects/subjective feelings），并形成一种非人类的性征（nonhuman sexuality）。整个"生成—动物"是一场不可遏制的解域（deterritorialization），它预先阻止一切职业的、婚姻的或是俄狄浦斯式的再结域（reterritorialization）企图。①

作为"生成"的路径之一，"生成—动物"的理解主要有以下几点：其一，"生成—动物"不是变成动物，因为它并非一种相似、模仿或同一的对应关系；其二，"生成—动物"是居于共生领域的异质联盟，因此不存在任何进化或退化之说；其三，"生成—动物"没有终点，充满了开放性、不可预测性以及不确定性；其四，"生成—动物"发生于潜意识的内在平面，是对异质多元体共存平面的瞬时把握。

德勒兹和加塔利的"生成—动物"为我们重新认识动物、理解人与动物的关系提供了新的思维方式。这可以从两个方面来理解：一是人与动物的分裂，另一为人类自身的内在分裂。较之人与动物的分裂，"生成—动物"是一种反向运动、一种超越运动，是对人类

---

① 这里提到的电影为《威拉德》（*Willard*，又译《金鼠王》《驭鼠怪人》），是1972 年由曼恩（Daniel Mann）导演拍摄的一部美国恐怖片，讲述了电影同名主人公威拉德与老鼠之间的"爱恨纠葛"。Deleuze, Gilles, and Felix Guattari, *A Thousand Plateaus*: *Capitalism and Schizophrenia*, Trans. Brian Massumi, Minneapolis: University of Minnesota Press, 2005, p. 233.

主体权威的解域，它把人类以己为中心和标尺来塑造人与动物之间鸿沟的事实暴露无遗，并彻底拆解了人是高级/文明/逻各斯的、动物是低级/野蛮/缺乏理性的二分逻辑；另一方面，"生成—动物"清楚地表明，人本身并不具有某种预设的统一性或完整性，因为所有的个体和集群都处于不断"生成"之中，无论是宗教神学还是人本主义思想，均是以不同的形式赋予人类存在感，其实质是一种多重自我的分布和建构。前一种分裂的土崩瓦解将意味着后一种分裂存在的合法性，神（性）、人（性）与兽（性）共生是人之为人的唯一样态，而"生成—动物"的不可遏制之势也意味着所谓的兽性不过是人类自我的本来面目。

　　基于上述认知，本章将以"原欲与动物""理性与动物""人类—动物组配"三个方面为切入点，梳理小说中所反映的动物他者与人类自我之间的交互关系（包括人与动物、人类自身内部），论释其通过揭示人之动物性遗忘、对所谓"使人类生活区别于动物祖先生活的全部成就或规范总和"的文明作出的深刻反思。具体来说，"原欲与动物"以两种典型被称作动物性的原欲即权欲和食欲为观察窗口，探讨小说中映射出的人如何否定动物或掩盖动物性来界定自我，以及对此种否定所造成的认识断裂之修复；"理性与动物"着力剖析文本所展示的人类语境和后人类语境下，人文主义传统努力追求理性以摆脱兽性的历史进程，这种努力不仅关乎人对外界的认知，也指导人对自身的理解，这种努力最后的结果是人与非人的物种僭越；相对前两节以文化层面探讨为主，"人类—动物组配"取径伴侣动物和动保运动，集中提炼作家在现实层面对如何谋求人与动物和谐共处的全新思考。

第一节　人即动物：当代新英语小说中的原欲与动物

　　在《论责任》一文中，古罗马哲学家西塞罗写道：

　　每当我们研究责任问题时，我们必须搞清楚人的本性究竟在多大程度上优于牛和其他畜牲的本性：后者除了在本能的驱使下寻求肉体上的快乐之外，别无其他思想；但人心却是由学习和思索来滋养……即使一个人比一般人更喜欢肉体上的快乐……也就是说，如果他有点儿太容易为享乐所诱惑，那么，不管他如何为了享乐而疲于奔命，他也会隐瞒这一事实，而且因为怕难为情而掩饰自己的欲望。由此可见，肉体上的快乐完全有悖于人的尊严，我们应当鄙视并摈弃这种快乐。①

　　西塞罗此番话清楚地展现了人如何通过否定动物及动物性来建立文明规范和确立人类价值的过程。关于这个，德里达（Jacques Derrida）的《动物故我在（跟随）》有详细分析，他指出从《创世记》到各个时代的重要思想家都理所当然地把动物视为非人他者、把动物性视为正常人性的对立面，完全抹除动物的他异性、特殊性和多样性，"人们用'动物'这样的命名赋予自身谈论动物的权力，并将动物指派为一种没有回应的存在"②。换句话说，人与动物、人性与动物性似乎从很久开始就是绝对的二元划分。而在达尔文进化论之前，西方文化、尤其是科学界并不接受人和动物属于同类的说法，因此当达尔文提出人由动物进化而来时③，整个西方社会都为之震惊，人们认为这一理论是对人的严重亵渎。

　　然而事实却证明，达尔文是正确的，尽管人们不愿将自己同动物联系在一起，可实际上人们潜意识甚或有意识不能摆脱与动物之恶，包括动物本身的关联。正如段义孚（Yi-Fu Tuan）所观察到的：

---

　　①　［古罗马］西塞罗：《论老年　论友谊　论责任》，徐奕春译，商务印书馆2003年版，第138—139页。

　　②　Derrida, Jacques, *The Animal That Therefore I Am*, Ed. Marie-Luise Mallet, Trans. David Wills, New York：Fordham University Press，2008，p. 32.

　　③　进化论的提出距离达尔文最初思考自然天择来解释物种演化已逾二十年，他本人曾有意推迟发表该理论，相当一部分原因就是担心该观点过于激进而带来麻烦。

　　掩饰或逃避动物本性……人类所期望的价值标准可能会在不自觉的情况下转向它的对立面。例如，人类本来想要达到更高的人的状态（文化状态），却事与愿违地偏向动物状态。更复杂的情况是，人们渴望的是更自然、更像动物一样，而这种愿望似乎本身就是一项文化成就。①

　　可见，人性在否定动物性的同时产生了另一重否定，即否定之否定。正是在第二重否定中我们看到：人不可被简化为中性的人，更不可能达成完美的人，即便将那些所谓的污染人类本质的动物性一层一层剥去，人性也不会因此变得简单起来，反而可能"更少意味着更多"，因为动物性并非独立于人性之外的质素，而是就是人性本身，人类本质便包含了被视作潜在危险而遭否定的动物性，人身上这只"野兽"既不可被杀死，亦不可被规训，此即为"人的总体性"②。恩格斯在批判杜林哲学时曾断言，人起源于动物界，这一不可否认的客观事实已经决定了人永远无法彻底摆脱动物性，问题的关键只在于摆脱得多一些还是少一些、在于动物性或人性程度上的不同③。霍克海默和阿道尔诺（Max Horkheimer & Theodor W. Adorno）也表示，当人们侮辱一只动物或人性中的动物性时，法西斯的野心已

---

　　①　Tuan, Yi-Fu, *Escapism*, Baltimore and London：The Johns Hopkins University Press，1998，p. 32.

　　②　关于"人的总体性"，巴塔耶作过这么一段阐述：所谓的那种——不管是一种情境，还是若干情境下——难以把握的"人的总体性"，源于人自身一直处于某种居间状态，无论过去、现在以及未来，一切都关乎人与动物之间某种对立的东西，人不可能脱离这种对立而孤立存在。也就是说，我们只能在历史中、在变化中、在从一种状态向另一种状态的转化中，而不是在一个既定状态的静止或连续中来把握人。由此观之，巴塔耶所谓的"人的总体性"其实是对人性本身的一种描述：首先，人性并不是一成不变的，而是始终处于动态转化中；其次，人性的构成是复杂的，它既包含了"人"也包含了"动物"，二者不可分裂。［法］巴塔耶：《色情史》，刘晖译，商务印书馆 2003 年版，第 38 页。

　　③　［德］马克思、恩格斯：《马克思恩格斯文集（第九卷）》，中央编译局译，人民出版社 2009 年版，第 106 页。

隐隐若现①。总之，晚近研究者都试图改变过去那种动物（性）不被思考或否定思考的局面，深刻检视和反思人与动物二元对立中所折射的人类中心主义，其既是一种将动物（性）、肉体、自然等界定或降格为人（性）、心灵或文化之对立面的沙文主义，也是一种将动物视作非人他者、将"野蛮"人类视作动物或比动物更加低等的霸权主义。

在西方文学及其研究中，探索人与动物纠葛缠绕的例子不胜枚举，似乎文明人总是处于人性与动物性的痛苦挣扎中，"人即动物"也成为人类文学艺术千古以来的母题。然而，过去的相关论述存在几大明显缺陷：第一，人们提出"人是非动物（non-animal）或非动物性（non-animalness）"时，基本上从未真正思考过"何谓动物""何谓动物性"，因为几乎没有哪个学者对动物本身的研究表现出兴趣②；而思想家们提出"人是理性的动物""人是经济的动物""人是符号的动物"等观点时，同样没有认真思考过这些问题，因为他们作出以上划分后很快便去讨论"理性是什么""经济是什么""符号是什么"，全然忘了或者根本不谈"动物是什么"。第二，与前者相比有过之而无不及，动物性长久以来被赋予负面意涵，通常与暴力性、掠食性或食人性等联系在一起构成人性原欲的罪恶之源，与之同时，动物也被用作描述残忍、凶恶、嗜血罪犯的代名词，暴力或淫荡的人更直接被形容为兽性或举止像野兽一样。但实际上，当我们把生物学与哲学结合后，会出现一些不同于先前的新观点，动物性不应作为一个贬义词。第三，以往文学研究在论述人类原始动物性的某些行为和表现，或者人不断摆脱动物本能以期向神的境界提升时，经常脱离对现实世界中真实动物（哪怕是作为缺席指涉的肉）的考量。

① ［德］霍克海默、阿道尔诺：《启蒙辩证法：哲学断片》，渠敬东、曹卫东译，上海人民出版社 2006 年版，第 236 页。

② Noske, Barbara, "The Animal Question in Anthropology: A Commentary", *Society and Animals*, Vol. 1, No. 2, 1993, pp. 185 – 190. （p. 188）

鉴于此,本节以所选取的几部当代新英语小说为研究对象,透过作家对人类两大原欲权欲和食欲——前者指一种权势欲、一种支配欲、一种期冀比他者更加优越的欲望,后者指人类维系生命所必需的摄食本能、关乎包括食人在内的食物选择的生理心理因素①——的书写,观察文本呈现出的人如何否定动物和动物性来建构自我、以及对此种否定所造成的认知遮蔽之破除,并试图传达这样的信念:所谓的"动物性",既是一种属于哲思和想象的隐喻概念范畴,也是实存的和可触及的生物概念范畴。需要说明,我们讨论人身上的动物性,目的不是号召人们回归动物性,而是呼吁以一种非道德化的视角消除我们对动物性的歧视,接纳自身的动物性,从而确保"人的总体性"。

一 "你们知道动物园里最危险的动物是什么吗":从文化菱形到圆形监狱的权欲

在论及现代"动物园"(zoological gardens/parks,简称"zoos"②)的作用时,20世纪20年代美国知识生活的中心人物门肯(H. L. Mencken)如是评价,动物园"纯粹是给无知者,如儿童、保姆、乡巴佬和身体不健全者准备的一场幼稚且毫无意义的演出","那里尽是些陈腐不堪的东西,却被荒谬地展示又被歪曲地接收"③。门肯的话

① 此处两大原欲权欲和食欲的说法出自北京大学辜正坤教授。他认为,弗洛伊德意义上的原欲过于强调性欲,因而从人类生理方面提出三个本能欲望,分别为性欲、权欲和食欲。"性欲"指男女两性关系;"权欲"并非只关乎政治仕途当官的权欲,而是一种权势欲、一种控制欲、一种凌驾于他者之上的支配欲;"食欲"指人生下来就受食欲驱动,人要生存下去就必须吃。详见辜正坤《中西文化比较导论》,北京大学出版社2007年版。

② 动物园的英文单词"zoo"源于古希腊语"zoion",意思是"有生命的东西",后衍生出"zoological",意指"研究有生命的东西(即动物)的学问",这也是现代动物园即"zoological gardens/parks"在建立之初名义上所宣传的宗旨和目的,动物园的科普教育之说即源于此。

③ Mencken, H. L., *Damn! A Book of Calumny*, New York: Philip Goodman Company, 1918, pp. 84, 81.

指出了动物园的一个基本功能——传播科学文化知识，但显然门肯对动物园所提供知识的价值深表怀疑。有趣的是，人们不仅在当时，并且至今仍旧乐此不疲地想对动物园里的动物"一睹芳容"。即便是作为一项休闲活动，动物园也完全可与其他同类消闲胜地相媲美甚至超越之①。本书无意深究门肯的动物园评价是否公允，笔者所要思考的是动物园隐藏在公共机构属性下更为深层的运行机制。在《少年 Pi 的奇幻漂流》中，主人公 Pi 成长于动物园，Pi 一家正是在带着动物园动物移居加拿大的途中遭遇了沉船事故，而故事的核心部分 Pi 与孟加拉虎航海漂流，Pi 亦是凭借着动物园动物的行为和训练等知识同虎展开一系列生死较量。毫不夸张地说，动物园是整部小说的一个枢纽，为小说的叙事空间、叙事脉络和叙事依据都提供了重要来源。通过对动物园的相关描述，马特尔揭示了动物园如何运作及其与文明之间千丝万缕的关系，并深刻反思了背后蕴含的文化暴力、意识形态和人类权欲。

小说开篇第一部分就用细节展现了动物园的科普教育功能。面包师库玛先生（Mr. Kumar）生平第一次参观动物园，对眼前的一切无不感到惊叹：

---

① 20 世纪，世界各地的动物园数量猛增，从 1920 年的 120 个增长到 1959 年的 309 个，到 1978 年已增长至 883 个，动物园当时在许多国家都是最受欢迎的闲暇活动之一。每年参观动物园的人数，圣地亚哥和华盛顿动物园超过 300 万，伦敦动物园超过 130 万，柏林动物园超过 250 万，北京动物园超过 800 万，而在 1989 年的加拿大，参观动物园的人数是博物馆的两倍、图书馆的三倍。到了当代，这种势头依旧不减，美国动物园（含水族馆）每年吸引超过 1.81 亿参观者，该数字比 NFL、NBA、NHL 和 MLB 加起来的总和还多，而全球范围来看，参观者人数达到 7 亿，约占世界人口总数的 10%。毫无疑问，动物园在当今社会仍然是最受欢迎的文化地方设施之一。详见 Mullan, Bob, and Garry Marvin, *Zoo Culture*, London: George Weidenfeld and Nicolson, 1987; Baratay, Eric, and Elisabeth Hardouin-Fugier, *Zoo: A History of Zoological Gardens in the West*, Trans. Oliver Welsh, London: Reaktion Books, 2004; Association of Zoos and Aquariums, "Visitor Demographics", (n. d.) 25 Jul. 2018. <https://www.aza.org/visitor-demographics/>; World Association of Zoos and Aquariums, "Zoos and Aquariums of the World", (n. d.) 25 Jul. 2018. <http://www.waza.org/en/site/zoosaquariums>。

> 他对每件事都惊叹不已：高大的长颈鹿来到参天大树下；肉食动物吃草食动物，草食动物则吃植物；有些动物白天活动，有些动物则晚上活动；一些需要喙的动物长有喙，另一些需要灵活四肢的动物则长有灵活四肢。①

上述看似拖沓的文字以一种夸张的方式凸显了动物园对大众的启蒙意义。动物园有计划、有组织地将各类动物集中在一起，人们通过去这个提前准备妥当的指定处观看动物，辅之动物园为每类动物制作的简明身份信息，从而增加自身的动物知识并在一定程度上接近动物的某种真实。通过这种方式，人们获取动物的科学常识，比如小说中库玛先生询问"斑马身上的黑白纹路是用刷子漆的吗""条纹不会被雨水冲掉吗"等；动物园则发挥文化机构的作用，"像公共图书馆一样、像博物馆一样，为传播教育和科学服务"②。然而这只是表面，仔细分析就会发现在马特尔的夸张叙述下，动物园整个"祛魅"过程折射出人与动物之间的一种断裂、一道深渊，反映了居于文明深处的人类对与己有着亲缘关系的动物前所未有的蒙昧状态。而这正是以动物园为代表的近现代流行动物文化得以诞生和风靡的根源，"所有这些全是在真实动物开始退出我们的日常生活才发展出来的"③，成人带着孩子去动物园以便让后者认识一下动物复制品（玩具、卡通、图画等）的原版，前者则在栅栏、玻璃和壕沟彼岸窥探那些物种匿迹现象之活纪念碑的动物。

这也引出了动物园在科普教育外承担的另一项重要社会职能——公共休闲。按照动物生物学之父赫迪杰（Heini Hediger）的说法，"放松和娱乐是并将继续是动物园最主要的功能"④。因为活着的动物几

---

① Martel, Yann, *Life of Pi*, Edinburgh：Canongate, 2008, p. 82.

② Martel, Yann, *Life of Pi*, Edinburgh：Canongate, 2008, p. 78.

③ Berger, John, *About Looking*, New York：Vintage Books, 1991, p. 26.

④ 转引自 Rothfels, Nigel, *Savages and Beasts：The Birth of the Modern Zoo*, Baltimore and London：The Johns Hopkins University Press, 2002, p. 18。

乎到处都在消失，唯有动物园长期提供尚处于运转之中的动物①。人们好像形成了一种默契，近距离接触活着的动物，能够营造出一种新的空间感与时间感，从而远离现代生活的忙碌喧嚣，回归大自然的宁静安详。文中，Pi 曾把动物园比作"人间天堂"（paradise on earth）便是对此的最好诠释。这种逻辑体现了典型的阿卡狄亚式生活理想，即倘若我们放弃文明返归自然，就会变得更加幸福。弗洛伊德结合历史考察人类与文明的关系后认为，这是人们对当下文明状态倍感不满而产生的对文明的抗议：原本依靠对人类有用之物来改造世界和保护自己免受自然侵害而建立的文明，在某些特定因素诱发下，开始把视线转移到那些无用之物，人们在城市的中央构筑绿色空间，将它们当作文明的另一迹象改写原来的生活方式②。由此观之，现代动物园的兴起实际上是文明人表达对文明不满的产物，考虑到动物园如此高的欢迎程度和大的发展规模（小说写道："一项城市建设成就带来了另一项成就，令人兴奋，租金全免……那是一座巨大的动物园，占地无数公顷，大到需

---

① 18 世纪后，随着工业化和城市化的发展，人与动物的关系呈一种"矛盾状态"，即工业化肉食的合理生产和对动物的同情敏感。这种互斥共存进入 19 世纪末 20 世纪初表现为：一方面，活着的动物从人们日常生活中逐渐消失，取而代之的是餐桌上的肉、鱼和蛋类等，同时出现的还有全球规模的肉食生产、销售和快餐。简言之，近现代肉食消费猛烈剧增，而在 15—18 世纪，人的主要食物来源尚为植物。另一方面，国家级动物园和动物保护区、全球性动物组织、野生物种营救机构等纷纷创建，动物权利政治运动也如火如荼地兴起。此外发生变化的还有动物玩具，在过去几个世纪里，动物玩具不仅所占的比例非常小，而且大都是象征性的、与现实动物相差甚远，从 19 世纪开始出现了高仿真的玩具动物以及可与身体亲密接触的软式玩具动物。可见，社会的动物保护意识大大提升，人们想与动物建立亲密关系的意愿也越来越强。Franklin, Adrian, *Animals and Modern Cultures：A Sociology of Human-Animal Relations in Modernity*, London：Sage, 1999, p. 5；Braudel, Fernand, *Civilization and Capitalism*, *15th – 18th Century*, *Volume I：The Structures of Everyday Life：The Limits of the Possible*, Trans. Sian Reynolds. London：William Collins Sons & Co., 1985, p. 104；Berger, John, *About Looking*, New York：Vintage Books, 1991, p. 22.

② ［奥］弗洛伊德：《一种幻想的未来 文明及其不满》，严志军、张沫译，河北教育出版社 2003 年版，第 82 页。

要乘火车探索。"①），此种不满无疑是普遍性的。

那么，人们在动物园真能如愿以偿看到自己神思向往的动物吗？对此马拉默德（Randy Malamud）指出，大多数人把动物园看作开拓视野的地方，从文化意义来讲似乎无可非议，"动物园之于城市，就好比一个优秀的交响乐团一样，可以提升城市的文化魅力"，但关键在于，当我们谈动物园的文化吸引力时，我们谈的其实是我们的文化、人类的文化②。对于动物园的人类文化性，马拉默德引入文化社会学家格里斯沃德的"文化菱形"（Cultural Diamond）③ 作了详细剖析，如图9所示：

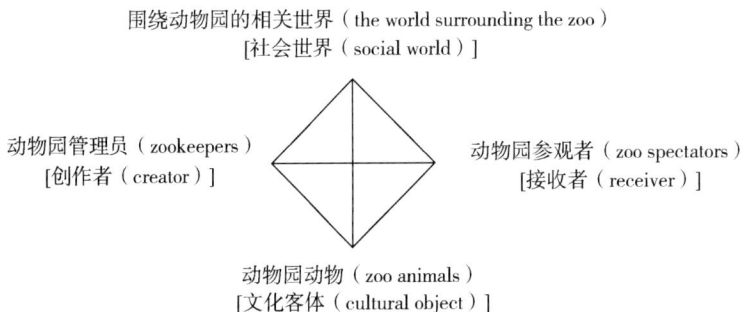

围绕动物园的相关世界（the world surrounding the zoo）
[社会世界（social world）]

动物园管理员（zookeepers）　　　　　动物园参观者（zoo spectators）
[创作者（creator）]　　　　　　　　　　[接收者（receiver）]

动物园动物（zoo animals）
[文化客体（cultural object）]

图 9　动物园文化棱形

---

① Martel，Yann，*Life of Pi*，Edinburgh：Canongate，2008，p. 12.

② Malamud，Randy，*Reading Zoos*：*Representations of Animals and Captivity*，Basingstoke：Palgrave Macmillan，1998，p. 1.

③ 格里斯沃德的"文化棱形"思想主要内容为：要理解文化与社会的关系，必须同时关注棱形的四个角和六条连接线。所有文化客体皆有创造者，其可能由一位或多位创造者完成，这些客体向大众开放并进入人类话语体系成为文化客体。文化客体接收者以何种方式接收、在头脑中产生何种意义，以及最终如何渗透到整个社会，将取决于文化客体接收者的社会地位、个人喜好和价值观等。社会世界（如政治、经济、社会、文化结构等）构成棱形的最后一个要素，它影响着包括创造者、接收者和文化客体在内的整个文化体系，并由此塑造文化本身。Griswold，Wendy，*Cultures and Societies in a Changing World*，Los Angeles，London，New Delhi，Singapore，Washington DC：Sage，2013，pp. 15–16.

在动物园文化棱形中,四个角分别代表:动物园动物、动物园管理员、动物园参观者、围绕动物园相关的世界。马拉默德之所以援引"文化棱形"来解读动物园是为了借鉴其主张的"如何把握一个特定文化客体",即当且仅当将棱形的四个角和六根线都考量在内时,才有可能全面理解该文化客体及与社会世界的关联继而厘清该文化现象。基于此,马拉默德辨识出一连串形塑动物园的外界因子,如"文化加工、调解和消费""禁锢、奴役和虐待""窥视与观看""消费主义""帝国主义"等。这一切的背后,更有一个同源性力量发挥作用:动物园是为人类而非动物制作的"巧妙范式/隐喻"(neat paradigms/metaphors),它所映射的是人类利用动物、针对动物做了什么,人类如何评价动物,最重要的一点,人类如何"看"动物以及如何界定自己与动物的关系,而绝大多数时候,动物园参观者是"上帝",动物园动物是"属下"①。

无独有偶,马特尔接受采访时也表示,"动物园是一个人造领域(artificial territory)",提供的仅仅是某种仿动物、假动物②。对于动物园受到的外界制约,马特尔在小说中打了这么一个比方,"动物园的生命,就像它的居住者在野外的生命一样,十分脆弱"③。动物园的人为塑造性和社会依赖性由此可见一斑。小说中,马特尔用生动的事实讲述了动物园动物作为消费文化客体从产品结构到产品内容的建设。在产品结构方面,出人意料的物种搭配必将吸引眼球:犀牛洗澡山羊在旁,山羊进食犀牛在旁,"这样的生活安排很受游客青睐";海难事件后非洲鬣狗与婆罗洲红毛猩猩共处——正常情况下两者不可能相遇,据 Pi 推测"一定会使动物园大赚一笔"④。在产品内

---

① Malamud, Randy, *Reading Zoos*: *Representations of Animals and Captivity*, Basingstoke: Palgrave Macmillan, 1998, pp. 12 – 13, 15, 58.

② "An Interview with Yann Martel", (n. d.) 25 Jul. 2018. < https://www. bookbrowse. com/author_interviews/full/index. cfm/author_number/823/author/yann-martel#interview >.

③ Martel, Yann, *Life of Pi*, Edinburgh: Canongate, 2008, p. 79.

④ Martel, Yann, *Life of Pi*, Edinburgh: Canongate, 2008, pp. 26, 122.

容方面，动物珍贵稀有和血统纯正是关注的重点。Pi 父出售动物园时，诸如狮子、狒狒等动物因太普通而无人问津，于是不得不倒卖换成猩猩才顺利交易；由于买家特别提出要购买一只纯正婆罗门出身的奶牛，Pi 父便通过"整容"，把牛角漆成鲜艳的橘黄色、在角尖挂上塑料小铃铛，借此增加纯正性。以上建设过程清楚地呈现了马拉默德动物园文化棱形中几个关键要素之间的相互作用，同时再次证实了动物园文化的兴起和走向与现代人对文明的不满有密切关系，因为追求富于原始、野性和异域的动物似乎是一种众望所归的诉求，代表了卢梭主义返归自然的热望。

不难发现，马特尔关于动物园文化包装的刻画延续了描写教育功能时的夸张戏虐。这看似荒诞的背后，恰恰是马特尔试图揭示的动物园"看"动物的真相：人们之所以去动物园很大程度上是为了逃离现代文明的枷锁，可以说动物园的存在是一种与文明进行对抗的补偿方式，这种补偿本身源于动物在现实世界的消亡，但在补偿中经过文明的二次洗礼，动物再一次消亡，因为人们把动物园及其圈养动物纳入社会文化体系时，人为地歪曲了动物的真实存在以及动物在地球上的角色。简言之，动物园深刻浸染着人类文化霸凌，因此毋庸置疑，人们在动物园所看到的动物可能只是一种被绝对边缘化的东西，正如马拉默德一语道破，"动物园对参观者自身所假预设给予了偏执性肯定，他们所见之物不过是其所欲见之物，而非物本身"①。

如果说马特尔依循文化棱形思想褪去了动物园公共机构性质的面纱，那么通过聚焦棱形中的三个要素——动物园动物、动物园参观者和动物园管理员在空间关系上的互动，作者勾勒出动物园隐含的人类中心主义与权力中心主义。关于动物园的权力意蕴，福柯在分析边沁"圆形监狱"（panopticon）的全景敞视主义时早有提及：

---

① Malamud, Randy, *Reading Zoos：Representations of Animals and Captivity*, Basingstoke：Palgrave Macmillan, 1998, pp. 133 – 134.

　　边沁没有说明他的设计方案是否受到勒沃设计的凡尔赛动物园的启发。这最早的动物园①……各个展览点不是散布在一个公园里。其中心是一个八角亭，第一层只有一个房间，是国王的沙龙。八角亭的一面是入口，其他各面开着大窗户，正对着七个关各种动物的铁笼。……我们在全景敞视建筑方案中看到了类似的兴趣，即对个别观察、分门别类，以及空间分解组合的兴趣。全景敞视建筑就是一个皇家动物园。人取代了动物，特定的分组取代了逐一分配，诡秘的权力机制取代了国王……②

　　福柯的论述重点固然不是围绕动物园展开，并且他口中的那种动物园也早已消失，但这并不能抹杀动物园的权力载体属性③。美国学者布雷弗曼（Irus Braverman）的《动物园：囚禁之所》一书就明确提出，通过在被囚禁动物身上造成一种有意识的、持续的"凝视"状态，动物园全景敞视主义象征着物种间（人对动物）的权力监控与精神惩罚④。在《少年 Pi 的奇幻漂流》中，马特尔的动物园叙事

---

　　①　福柯此处所提到的"动物园"指的是早期动物园，即"menageries"。与现代动物园（zoological garderns）相比，早期动物园的目的是为了"收藏"，无论是 16 世纪贵族阶层的动物收藏，还是 19 世纪、20 世纪流动或固定式的营利性动物收藏，动物都只是被简单地圈养起来，用于彰显身份或展览活动。Rothfels，Nigel，*Savages and Beasts*：*The Birth of the Modern Zoo*，Baltimore and London：The Johns Hopkins University Press，2002，p. 19.

　　②　［法］福柯：《规训与惩罚》，刘北成、杨远婴译，生活·读书·新知三联书店2012 年版，第 228 页。

　　③　福柯的动物（性）论述集中在《疯癫与文明》中。根据帕尔默对该书（包括法语版博士学位论文原文和后来的英文缩写本）的考察，福柯主要把动物（性）与麻风病人、精神病人等一起视为理性的对立面来探讨。总体而言，福柯有关动物（性）的立论并不清晰，且存在前后不一致性，尤其体现在他对理性与动物性的概念界定上存在矛盾。详见 Palmer，Clare，"Madness and Animality in Michel Foucault's *Madness and Civilization*"，*Animal Philosophy*：*Essential Readings in Continental Thought*，Ed，Matthew Calarco and Peter Atterton，London and New York：Continuum，2004，pp. 72 – 84。

　　④　Braverman，Irus，*Zooland*：*The Institution of Captivity*，Stanford：Stanford University Press，2012，p. 20.

充满了和"权力之眼"有关的词汇，除了常见的"look""see""watch"，还有"扫视"（glance）、"观察"（observe）、"注视"（behold）、"凝视"（gaze）、"盯视"（stare）、"留意"（notice）、"景象"（sight）等①。福柯指出，圆形监狱所形成的观看与被观看的二元统一体赋予权力强大力量，权力的运作不再聚焦个体，而是体现在对身体、视线、光线等的统一分配上，对所有个体都产生制约作用，"一种虚构的关系自动地产生出一种真实的征服"②，此即全景敞视建筑的规训机制。马特尔在动物园"观看"中所要阐明的内容，就是这种固结于视线之中的人与动物不对称、不平衡的权力关系——通过"观看"完成"征服"，通过"凝视"意图"训诫"。

这种凝视政治在小说对教师库玛先生（Mr. Kumar）的描写中得到了充分揭橥，"库玛先生之所以参观动物园是为了捕获宇宙的脉搏，他那听诊器般的大脑一直向他确认，一切都层序分明，一切就是秩序……每个动物都象征着逻辑与力学的成功，整个大自然就是对科学的极好例证"③。联系前文的分析可以看到，马特尔塑造了两位截然不同的库玛先生，一位是如饥似渴的"求知者"，另一位是居高临下的"上位者"。作者这样设计绝非偶然（尤其是考虑到后一位库玛先生的生物教师身份），而是欲借两个特定人物的意象并置生成一种另类的"知识—权力"复合体，从而剖示动物园作为政治景观一角孕育的观看、知识和权力三者之间的错综关系，更确切地说是"动物总是被观看"的意识形态：动物总是被观看者，而动物其实也在观看人类这一事实已经在人类社会失去意义，"动物只是人类无限度追求知识的一个研究对象，对动物的研究不过是人类权力杠杆的指标之

---

① 关于视线交织形成权力关系网的文学批评，可参见陈礼珍《视线交织的"圆形监狱"——〈妻子与女儿〉的道德驱魔仪式》，《外国文学评论》2012 年第 1 期。

② ［法］福柯：《规训与惩罚》，刘北成、杨远婴译，生活·读书·新知三联书店 2012 年版，第 227 页。

③ Martel, Yann, *Life of Pi*, Edinburgh：Canongate, 2008, p.26.

一，我们对它们了解越多，它们就距离我们越远"①。

　　除了动物园动物与参观者之间的政治权力，小说还刻画了动物园动物与管理员之间的牧领权力。所谓"牧领权力"（pastoral power），是指上帝像牧羊人引领羊群那样引领民众，上帝施加于世人的权力就如同牧羊人施加于羊群那样发挥着指引约束作用②。牧领权包含了现代治理术的萌芽，是生命政治权力的原初样态，在牧养过程中各种专业技术和科学知识以真理的面目呈现，管制并渗透被牧养者的一切③。牧领权有三个特点：第一，运行于动态变化的群体中；第二，指向群体中的所有个体；第三，采取非直接暴力的形式，表现出一种"关爱权力"（a power of care）。动物园动物的群集性自不必说，流动性我们在分析 Pi 父出售动物园时已有所论及，这种流动是全球性的而非局限于本动物园或本地范围，那些来自美国芝加哥、明尼阿波利斯、洛杉矶、辛辛那提等漂洋过海的动物买家就很好地说明了这一点。动物迁移带来的直接后果之一，是它们往往被迫在拥挤的空间做长途旅行，不少到达目的地时已经生病受伤，甚至死亡。在这个意义上，我们说马特尔的航海灾难叙事本身即是一个隐喻，喻指人类构筑自我文明时对他者加诸伤害。

　　小说中，马特尔将动物园比作"经营旅馆"，形象地诠释了管理者的"关爱权力"：客人从不离开自己的房间，不但包宿，还要包食，要打扫房间需要等客人外出散步才能干活，它们跟酗酒者一样邋遢不堪，每一位客人都十分挑食。乍看之下，动物园动物过着幸福惬意的生活，这也是当下部分人士支持动物园存在的辩护理由。然而正如福柯所揭露的，牧领权并不是简单地运用拯救原则，本质是无条件的绝对和全面服从，"个体化"其实是"附属化"，因为被

---

　　①　Berger, John, *About Looking*, New York: Vintage Books, 1991, p. 16.

　　②　莫伟民：《权力拯救灵魂？——福柯牧领权力思想探析》，《复旦学报》（社会科学版）2011 年第 5 期。

　　③　在福柯以人为对象的牧领权力探讨中，人接受着知识的洗礼牧养，因此人是自己知识的一种特殊的全主体和全客体。

牧养者通过屈从来清除自我而融入权力网络①。对于动物园此种隐秘机制，马特尔一针见血地指出，"让动物习惯人的存在是动物园管理艺术和科学的核心"，管理员（包括驯兽师）最好确保自己在动物面前永远是老大，这样一来动物就必须顺从他的统治仪式②。在福柯的"文明即权力"中，牧领权下形成的人已经死了，人在形成的同时死去；同样地，动物园动物在牧养之下，主体不复存在，或借用马尔库塞的术语，它们成为一种"单向度的动物"（one-dimensional animals）。

库切的《动物的生命》有一段耐人寻味的话："你知道动物园第一次向公众开放时，工作人员必须保护动物免遭参观者攻击吗？参观者觉得这些动物就像战俘一样，是供他们侮辱和虐待的。"③在这里，库切颇为露骨地指控人类的攻击性与权势欲。在《少年Pi的奇幻漂流》中，马特尔也有类似描述，动物园售票处墙上有一行鲜红的文字："你们知道动物园里最危险的动物是什么吗？"④旁边画着一支箭头，箭头指向一道帘子，无数双好奇的手迫不及待拉开帘子，后边却是一面镜子，马特尔此处对人类的讽刺不言而喻。从文化棱形到圆形监狱，从物理空间到意义空间，动物园中权力无处不在、无时不在。这种权力既是虚拟的，也是真实的，可以说整个动物园体系就是一张确保人类权欲全面弥散的等级网络，但同时它也是深受文明权力制约的人类试图冲破文明羁绊的历史产物，因为文化战胜自然、城市战胜乡村、理性战胜野性的过程即伴随着人类返归原始和怀念动物的夙愿矛盾，而这一切都不过是人类自身欲望的作祟和投射。正如小说中那面镜子所示，

① 莫伟民：《权力拯救灵魂？——福柯牧领权力思想探析》，《复旦学报》（社会科学版）2011 年第 5 期。

② Martel，Yann，*Life of Pi*，Edinburgh：Canongate，2008，p. 39.

③ Coetzee，J. M.，*The Lives of Animals*，Princeton：Princeton University Press，1999，pp. 58 - 59.

④ Martel，Yann，*Life of Pi*，Edinburgh：Canongate，2008，p. 31.

从原始古代到现代社会，人类似乎没有改变或进化，仍然是"最危险的动物"，由此马特尔呼应和验证了尼采对某些道德主义者的讥讽，改善人类就如同在动物园中驯化野兽，动物园里的野兽变成了"病兽"，人类历史的所谓文明演化只是"虔诚的欺骗"①。

二　"我们都是食人者"：食物、食肉与食欲

在《动物之人》中，辛哈以梦幻式叙事描写了主人公"动物"（Animal）和蜥蜴的一段对话：

> "不要吃我，"蜥蜴大声疾呼，"我有件非常重要的事跟你说。"
> "对不起，我快要饿死了，不能放了你。"
> "我不好吃。……如果你尝到我的毒汁会宁愿自己从没有出生。"
> "我早就那样想了。"
> "既然这样，那你干什么还要吃我。"……
> "你走吧，"我松开了他，"对不起，让你受伤了。"
> "我断了的肋骨可以再长起来，"蜥蜴说，"但你的本性永不会变。你是人，假如你是动物的话，你就已经把我吃了。"②

这段对话透露出不仅是人类学家，也是哲学家理解人类社会和界定何以为人的一个重要因素——"同类相食"（cannibalism），亦作"食人"③。作为一切野蛮行为中最野蛮的行为（在近现代欧洲人

---

① ［德］尼采：《偶像的黄昏》，卫茂平译，华东师范大学出版社 2007 年版，第 91、96 页。

② Sinha, Indra, *Animal's People*, New York：Simon & Schuster, 2009, p. 346.

③ 该观点原是基于英国哲学家温奇（Peter Winch）在《社会科学的观念及其与哲学的关系》（*The Idea of a Social Science and Its Relation to Philosophy*）一书中所提出的"任何有价值的社会研究在本质上必须是哲学的，任何有价值的哲学必定关心人类社会的本性"。Burley, Mikel, "Eating Human Beings：Varieties of Cannibalism and the Heterogeneity of Human Life", *Philosophy*, Vol. 91, No. 4, 2016, pp. 483－501.（p. 484）

的观念里，食人属于"终极犯罪"①），食人通常被看作衡量文明与否、进步与否的明确指标，代表着人与非人的绝对区分。这种区分的适用范围既可以是人类社会内部，又可以僭越物种疆界发生在人类与其他物种间。那么，为何食人会具有这样的双重标识功能？以"食人"来"识人"隐藏着何种思维定式？是什么造就了这种思维定式？其与动物有何关联、与人类社会的饮食机制有何关联？当代新英语小说中的动物书写，对上述问题进行了深入思考。

　　食人首先是一个关于"吃"（eating）的问题，更准确地说是有关"食物禁忌"（food taboos）的问题，因此我们先来看看人类饮食。毋庸置疑，食物是继氧气后人类最基本的生命需求，吃则是继呼吸后人类最平常的机体活动。但与呼吸相比，吃显然蕴藏了更丰富的内涵。卡斯（Leon Kass）认为，通过人类饮食可从中窥探理性与非理性、自然与文化或伦理之间的关联，因为饮食本身是一项不可或缺的最接近无意识自然本性，却又同时受到心智和文化深刻影响的活动②。萨林斯（Marshall Sahlins）把食物视作"象征符码"（symbolic code），指出饮食关乎经济、政治和文化等社会学范畴，传递了有关主体、阶级、生产、消费以及礼仪等诸多信息，比如肉食系统中的禁忌是根据动物作为主体或对象与人类社会的密切程度而形成的③。巴特（Roland Barthes）将食物描述为一组"意指体系"（signifying system），其中，饮食之"语言"由排除规则（饮食禁

---

　　① Coudert, Allison, "The Ultimate Crime: Cannibalism in Early Modern Minds and Imaginations", *Crime and Punishment in the Middle Ages and Early Modern Age: Mental-Historical Investigations of Basic Human Problems and Social Responses*, Ed. Albrecht Classen and Connie Scarborough, Berlin and Boston: Walter de Gruyter GmbH, 2012, pp. 521 – 554. (p. 546)

　　② Kass, Leon, *The Hungry Soul: Eating and the Perfecting Our Nature*, Chicago and London: The University of Chicago Press, 1999, p. 12.

　　③ Sahlins, Marshall, "Food as Symbolic Code", *Culture and Society: Contemporary Debates*, Ed. Jeffrey Alexander and Steven Seidman, Cambridge: Cambridge University Press, 1990, pp. 94 – 104. (p. 97)

忌)、有待确定的意义单位对立(如咸/甜)、组合规则(如一道菜肴/一份菜单)和进餐程式(饮食修辞学)构成,饮食之"言语"则涵盖了一切烹饪或组合(个人、家庭、社会等)的差异①。可见,饮食绝非简单的吃喝行为,而是一套高度编码、富于层级的信息系统。

在《羚羊与秧鸡》中,主人公"雪人"(Snowman)与好友"秧鸡"(Crake)所上大学的食物供给差异就反映了饮食的阶层划分功能。前者就读于以一位舞蹈家名字命名的玛莎‐格拉哈姆学院(Martha Graham Academy),后者就读于以应用科学为主的沃森‐克里克学院(Watson-Crick Institute),两所院校社会地位与经济实力的悬殊,用"雪人"第一次探望"秧鸡"在学校入口处的经历来形容就是"农奴拜见老爷"②。这种天壤之别在"雪人"前往餐厅吃饭时体现得尤为明显:那是真的虾,而不是他们玛莎‐格拉哈姆学院的甲壳状豆制品;真的鸡肉,而不是鸡肉球;真的巧克力,咖啡也货真价实,没有烧焦的谷物,没有糖精……表面上看,这是由社会地位与经济实力差异导致的食物配给不平等,但背后折射出的却是,在工具理性至上的科技乌托邦社会,人文艺术已经被彻底边缘化、逐渐走向了消亡之路,正如文中引用拜伦所言,"如果人们有别的事可做,谁还会去写作呢?"③ 小说有关另一位主人公"羚羊"(Oryx)饮食的描述同样印证了食物对塑造社会文化意涵(尤其是肉的性别政治)的重要性。关于这个,我们在第二章第二节作了较为细致的分析,故不再赘述。

至此,我们对食物的探讨只是从一个宽泛的层面、从素荤分类的层面进行。事实上,在"荤"这一单独类别下,还存在更为复杂的饮食文化机制,它直接关涉人类对动物及自身的认识、理解和想

---

① Barthes, Roland, *Elements of Semiology*, Trans. Annette Lavers and Colin Smith, New York: Hill and Wang, 1986, pp. 27 – 28.

② Atwood, Margaret, *Oryx and Crake*, London: Bloomsbury, 2003, p. 198.

③ Atwood, Margaret, *Oryx and Crake*, London: Bloomsbury, 2003, p. 167.

象。库切的《动物的生命》描写了一个来自不同学科背景学者围绕"人们为何下令禁食某类动物"展开讨论的场景。讨论中有学者认为，禁食某类动物源于神的规定，比如希腊人举行向神"献祭"（a sacrificial offering）的仪式，与诸神达成一种利益分成，通过出让一部分肉食来保留剩余的肉食。这种观点当场遭到另一位学者反驳，指出生活在现代社会的人们已不再依据神明是否许可来决定饮食，并提出"憎恶说"（disgust）的假设，即对某一类动物的憎恶导致禁食该类动物。然而"憎恶说"同样没能逃脱被质疑的命运，其他学者援引某些社会，譬如中国几乎什么都吃，直言憎恶没有普遍性。对此，一位精神哲学家发表了自己的看法："有些种类的动物我们是不吃的，那些是不洁净的（unclean），并不是所有动物都不洁净。"①

肉食何故与"洁净"有关？在《洁净与危险》一书中，道格拉斯（Mary Douglas）以《圣经》的禁食动物清单为研究对象，深入挖掘了其中暗含的人类认知动物的理据以及在此基础上建立的饮食法则。鉴于动物问题是本书的关注重点，我们对《利未记》相关内容详细引用②：

> 在地上一切走兽中可吃的乃是这些：（牛、绵羊、山羊、鹿、狍子等）凡蹄分两瓣、倒嚼的走兽，你们都可以吃。但那倒嚼或分蹄之中不可吃的，乃是骆驼，因为倒嚼不分蹄，就与你们不洁净；沙番，因为倒嚼不分蹄，就与你们不洁净；兔子，因为倒嚼不分蹄，就与你们不洁净；猪，因为蹄分两瓣却不倒嚼，就与你们不洁净。这些兽的肉，你们不可吃，死的你们不可摸，都与你们不洁净。

---

① Coetzee, J. M., *The Lives of Animals*, Princeton: Princeton University Press, 1999, p. 40.

② 原文中，道格拉斯关于《圣经》的分析，除了这里引用的《利未记》第十一章，还有《申命记》第十四章，由于内容有重合以及篇幅所限，在此不再列出。

水中可吃的乃是这些：凡在水里、海里、河里，有翅有鳞的，都可以吃。凡在海里、河里，并一切水里游动的活物，无翅无鳞的，你们都当以为可憎。这些无翅无鳞以为可憎的，你们不可吃它的肉，死的也当以为可憎。凡水里无翅无鳞的，你们都当以为可憎。

（凡洁净的鸟，你们都可以吃。）雀鸟中你们当以为可憎不可吃的，乃是雕、狗头雕、红头雕、鹞鹰、小鹰与其类；乌鸦与其类；鸵鸟、夜鹰、鱼鹰、鹰与其类；鸮鸟、鸬鹚、猫头鹰、角鸱、鹈鹕、秃雕、鹳、鹭鸶与其类；戴𬸚与蝙蝠。

凡有翅膀用四足爬行的物，你们都当以为可憎。只是有翅膀用四足爬行的物中，有足有腿，在地上蹦跳的，你们还可以吃。其中有蝗虫、蚂蚱、蟋蟀与其类；蚱蜢与其类，这些你们都可以吃。但是有翅膀有四足的爬物，你们都当以为可憎……

……你们不可因什么爬物，使自己成为可憎的，也不可因这些使自己不洁净，以致染了污秽。我是耶和华你们的神，所以你们要成为圣洁，因为我是圣洁的……

这是走兽、飞鸟和水中游动的活物，并地上爬物的条例。要把洁净的和不洁净的，可吃的与不可吃的活物，都分别出来。①

诚如道格拉斯说，可憎之物与饮食法则向来是《圣经》研究的难题。比如，与牛羊相比，为什么骆驼可憎不可吃？为什么有些鸟而非全部鸟不洁净、不可吃？类似的还有爬行动物？通过仔细探查，道格拉斯推断，"圣洁与憎恶""洁净与不洁净""可吃与不可吃"等准则当中存在某种潜在对立，这种对立对所有具体限制都具有普适意义。作为人们生活的至高目标，"圣洁"（Holy）是以"整体性"（wholeness）和"整全性"（completeness）为标准来执行的，"圣洁"要求每一个体都要符合其所属的层级，"圣洁"要求不同层

---

① 中译采用的是和合本《圣经》，括号里的内容为笔者根据《申命记》加注。

次的事物不能混淆①。可见，"圣洁"代表着一种界定、区分和秩序，一切混杂之物都是"可憎的""不洁净的"。此种圣洁观以诫命的形式全面渗透人们生活，饮食规定不过是以同样的逻辑复制了有关"圣洁"的隐喻。道格拉斯进一步分析发现，判断动物是否"洁净"，就看它是否符合其所属种类的基本特征（比如陆地上的标准为偶蹄且倒嚼），某种动物之所以"不洁净"，是因为它在其所属种类中是不完美的，抑或它本身破坏了世界的基本架构②。道格拉斯最后总结道，饮食法则是一套完整的"圣洁"警示装置，时时处处提醒人们接近神的统一性、纯洁性和完整性，禁食动物清单则是"圣洁"的具化样态与现实表征，旨在维系某种象征性边界或秩序：

> 社会并不存在于一个中立的、没有电荷的真空之中，它受到外部压力的制约，一切与它不一致的、不属于它的以及不遵守它法则的，都将可能对它不利……有关分类、净化、划界和惩戒等概念，它们的主要作用是赋予在本质上非整洁之经验以体系化的精神，只有借助夸大内在与外在……赞同与反对之间的差异，才能创建出一种秩序的表象（semblance of order）。③

---

① Douglas, Mary, *Purity and Danger：An Analysis of the Concepts of Pollution and Taboo*, New York：Routledge, 2001, pp. 52, 54.

② 道格拉斯的研究表明，《利末记》《申命记》的禁食动物清单首先体现了《创世记》中创世活动的宇宙基本架构，即陆地、海洋和天空三界。在此基础上，任何生物，只要它不符合其所在界域的正确运动方式——陆地通常为四条腿跳跃或行走、水中为凭借鳍鳞游走、天空为两条腿并以翅膀飞行，就是有违"圣洁"，而人一旦接触了不洁之物，就没有资格进入圣殿。其次，从各界所区分的"洁净"与"不洁净"动物来看，呈现出一种鲜明的家畜与野兽之分，那些被认定为"洁净"的动物通常都属于家畜，因为它们与人建立了类似于人与上帝所立之约。这里的逻辑是，人们驯化牲畜将其纳入社会秩序，牲畜便同享上帝赐福，因而也进入神圣的秩序之中，这一点在陆地偶蹄且倒嚼的动物中（此为典型的畜牧业）尤为明显。而事实上，民族志显示只有穷苦人才会被迫吃野兽。Douglas, Mary, *Purity and Danger：An Analysis of the Concepts of Pollution and Taboo*, New York：Routledge, 2001, pp. 55 – 57.

③ Douglas, Mary, *Purity and Danger：An Analysis of the Concepts of Pollution and Taboo*, New York：Routledge, 2001, p. 4.

　　从道格拉斯论述中，我们可以捕捉到德里达（Jacques Derrida）揭示的动物化约论认识，也能寻到列维纳斯（Emmanuel Levinas）曝露的总体性暴力①。如果我们给食物进行赋义，那么饮食禁忌反映了接纳或排斥的区分标准——接纳的实现往往需要遵守饮食规范，而违反食物禁忌可能意味着绝对排斥。通过该套建制，正常与异常、自我与他者，由吃什么与不吃什么来界定。质言之，饮食禁忌是一种构建身份认同和人群认同的重要手段。

　　此外，还有一个不可忽视的特征，这种规范性划界包含了西方形而上学传统的否定思维逻辑，也就是黑格尔口中的他之身份"是他之所不是，而不是他之所是"②。库切似乎也洞察到这一点，他借那位精神哲学研究家剖露了食肉的"洁净"问题：

　　　　洁净与不洁净的对立发挥着一种完全不同的功能，即让某些群体以否定的形式将自我定义为最好的社会阶层、神的宠儿。我们是戒掉了这或那的人，通过"禁绝"（abstinence）的力量，我们给自己贴上优等人的标签……③

　　在整套食物文化系统中，食人被认为是最反自然的，因为它以一种极端方式打破了为现代社会普遍接受的饮食禁令——人非可食之物。福柯考察18世纪末19世纪初的人种学和法医学发展时认为，人们之所以把人食人视作畸形的原因就在于此④。不论出于何种动机（美味食人、仪式食人、生存食人），不论采取何种形式（族内食

---

　　①　关于德里达和列维纳斯，详见本书第三章相关论述。

　　②　转引自Agamben, Giorgio, *Language and Death：The Place of Negativity*, Trans. Karen Pinkus and Michael Hardt, Minneapolis and Oxford：University of Minnesota Press, 2006, p. xii。

　　③　Coetzee, J. M., *The Lives of Animals*, Princeton：Princeton University Press, 1999, p. 42.

　　④　［法］福柯：《不正常的人》，钱翰译，上海人民出版社2003年版，第108页。

人、族外食人、自食)①，食人几乎无一例外被描述成原始、蒙昧、暴力、凶残、嗜血等，与"野蛮"直接画上等号，并受到"文明"话语体系约定俗成地严厉制裁，此即以食人为界所形成的文明与野蛮的区分。

事实上，将食人用于划分文明与野蛮在"cannibal"一词出现之初就有所体现，甚至可以说"cannibal"这个词就是作为文明对立面诞生的。英文单词"cannibal"源自 16 世纪哥伦布在西印度群岛遭遇的名为"Carib"的食人部落。希腊语中原有"anthropophagos"一词表示"man-eating"（意即食人），但随着罗马帝国的分裂，希腊语如其艺术一样在西方被遗落了，而拉丁语中并无专门的词汇表达该意，于是哥伦布基于当时所见所闻，发明了"cannibal"（"Carib"的变体）来指称食人肉者②。就这样，"cannibal"从被创造的那一刻起，就被剥夺了对食人行为作出客观叙述的可能性，因为哥伦布所记录的"cannibal"完美延续了前辈马可·波罗的东方主义叙事模式，理所当然地把外族认作缺乏信仰的野蛮人③。哥伦布的文化误读

---

① "美味食人"（gastronomic cannibalism）指把人肉视为美味、具有食物价值的食人；"仪式食人"（ritual cannibalism）指为了吸收死者灵力的食人；"生存食人"（survival cannibalism）指迫于生存需要、在危机情况下发生的食人，通常是被禁止的。"族内食人"（endocannibalism）指吃自己群体的成员；"族外食人"（exocannibalism）指吃自己群体以外的人；"自食人"（autocannibalism）指食用自己身体的一部分。Arens, William, *The Man-Eating Myth: Anthropology and Anthropophagy*, New York: Oxford University Press, 1979, pp. 17 – 18.

② 拉丁语中没有专门的单词来表示食人，并非意味着当时西方社会不存在食人现象，但较之种植经济型社会，以游牧为主的西方及地中海文化食人事件的发生概率相对要低一些。不过，问题的关键不在于概率，而是食人在所有人看来都罪大恶极。Tannahill, Reay, *Flesh and Blood: A History of the Cannibal Complex*, New York: Stein & Day, 1975, pp. 97 – 98.

③ 哥伦布在旅途中随身携带一本详注版的《马可·波罗游记》，该作是殖民旅行叙事的典范，忽视事实与想象、观察与虚构、历史与童话之间的界限，以东方主义的幻想和异国奇观的迷恋塑造了西方文化想象。Schwab, Gabriele, *Imaginary Ethnographies: Literature, Culture, and Subjectivity*, New York: Columbia University Press, 2012, p. 46.

影响甚大，尤其是他关于食人族"长着类似犬狗口鼻（canis-canib dyad）"的描述，再次印证了食人族的野蛮，这种野蛮源于他们饮食口味异常，不仅吃人，而且还可能跟狗一样吃人体排泄物①。

整个欧洲殖民扩张时代，记载远东和新大陆存在食人族的文献数不胜数，并且影响了几个时代的西方文学创作。从18世纪笛福（Daniel Defoe）的《鲁滨逊漂流记》，到19世纪哈格德（Henry Rider Haggard）的《她》和巴兰坦（R. M. Ballantyne）的《珊瑚岛》，再到20世纪康拉德（Joseph Conrad）的《黑暗之心》等，都不同程度触及了食人议题。这些食人叙事多方位展示了远东和新大陆文化他者的怪物特质，在当时为区分文明与野蛮提供了生动的诠释，佐证了吉卜林（Joseph Rudyard Kipling）所宣扬的"白人责任论"（the white man's burden）的正确性②，进而论证了帝国主义与殖民主义的合理性。

然而，对食人族的描述如其名"cannibal"一样，本身是一种建构。美国人类学家阿伦斯（William Arens）就对学界普遍认为的食人文化广泛见诸非西方社会的观点持怀疑态度，并指出不存在作为社会习俗被公共认可的食人，因为那些有关食人的历史记载往往前后自相矛盾，且与当时的文化环境不符。阿伦斯的质疑很快遭到其他学者的批评，尽管如此，他成功引起学界对食人叙事建构性的关注和重视③。

----

① 此处的"canib"为阿拉瓦克语（南美印第安人），即"cannibal"。Githire, Njeri, *Cannibal Writes: Eating Others in Caribbean and Indian Ocean Women's Writing*, Urbana, Chicago and Spingfiled: University of Illinois Press, 2014, pp. 13 – 14.

② "白人责任论"出自英国作家、诗人吉卜林1899年的一首同名诗。在诗中，吉卜林认为欧洲白人作为上帝选民肩负着开发和启迪全世界落后民族及其心灵的责任。不少学者将这种观点视为欧洲中心主义、种族歧视主义和文化帝国主义的体现，指出其本质是为殖民主义进行潜在辩护。

③ 如今，许多研究者基于中性的立场来研究食人，颇具代表性的有："心因性假说"（psychogenic hypotheses）从满足"精神性欲"（psychosexual）需求角度来分析食人俗；"唯物主义假说"（the materialist hypothesis）提出一种效用说，即通过食人来解决生存或蛋白质不足问题；"诠释学路径"（hermeneutical path）认为，食人关乎生命、死亡以及繁衍等社会文化意涵。Sanday, Peggy, *Divine Hunger: Cannibalism as a Cultural System*, Cambridge: Cambridge University Press, 1986, p. 3.

阿伦斯提出，食人文本具有意识形态和排斥异己的话语功能，他说："人类学（在考察食人时）并未像对待其他主题那样，保持一贯的文献准确与知识严谨；相反，他们选择不加批判地支持某些集体性陈述、支持西方文化对他者毫不掩饰的的歧视。"① 在这方面，蒙田早就给欧洲文明优越论打了预防针，指出西方以食人作为判定道德堕落的标尺，将异己的他者归为非人，从而名正言顺地实现排除或同化②，但真相不过是"我们在各方面都比他们更野蛮"③。蒙田觉得西方人野蛮是因为其身上有背叛、奸诈和暴虐等种种人性罪恶，而最大的讽刺莫过于西方人自己亦是食人者。无独有偶，列维－斯特劳斯（Claude Levi-Strauss）也精辟地论述道，食人本身并无客观的现实性，"它属于种族中心主义论（ethnocentric）的范畴，只存在于那些禁止它的社会眼光中"④，毫无疑问食人行为也存在于我们的社会。

在《浅滩》中，温顿以写实手法真实再现了西方的食人场景：

> 路上我看到了几个船员尸体……他们身上的肉没了大半，看上去不是野狗啃的，像是用某种残忍的老练手法剐去的。喉咙部位破了，又黑又臭，到处都是腐虱，但脑袋都还在……尸体基本是裸着的，其中两具套着靴子，脚已经烂掉，有一具头上戴着宽檐帽。枪铳凌乱丢在一旁，我顿时察觉了一切：子弹

---

①　Arens，William，*The Man-Eating Myth*：*Anthropology and Anthropophagy*，New York：Oxford University Press，1979，pp. 9 - 10.

②　"食人同化"这一观点可参见卢梭，他认为社会生活的起源在于我们能够认同他人的感受，而使他人认同自己最简单的办法，就是把他吃了。转引自 Levi-Strauss，Claude，*We Are All Cannibals*：*And Other Essays*，Trans. Jane Todd，New York：Columbia University Press，2016，p. 88。

③　［法］蒙田：《蒙田随笔全集（上卷）》，潘丽珍等译，译林出版社 2001 年版，第 236 页。

④　Levi-Strauss，Claude，*We Are All Cannibals*：*And Other Essays*，Trans. Jane Todd，New York：Columbia University Press，2016，p. 88.

用完了，这些人大打出手……里科和凯文杀死其他人，并将其屠宰。我猜，是为了食物。[1]

在这里，食人不再是西方文明妖魔化原住民以提高自我优越感的话语工具，而是温顿赋予文本强大颠覆力量的反写策略。这种颠覆力量既体现在形式层面，又体现在内容层面。在形式层面上，温顿的食人叙事由纳撒尼尔·库珀尔（Nathaniel Coupar）的航海日志构成，沿用了类似《鲁滨逊漂流记》《珊瑚岛》等冒险小说的文学框架，包含"航海出行""荒岛求生""重归社会"等共同元素，但显然温顿以一种后现代主义的反讽式互文打破了后两者塑造帝国英雄与盛赞西方文明的创作模式。在内容层面上，温顿为食人叙事注入的颠覆精神主要反映在三个方面：首先，借助食人者的"身份反转"直接粉碎了白人种族优越论，将西方人的人性丑态展现得淋漓尽致，在此意义上我们说温顿遥相呼应了斯威夫特（Jonathan Swift）那句西方文明不过是"野蛮的民族侵犯文明的国度、最野蛮的人变得文明起来"[2]。其次，通过"难堪书写"褪去了欧洲文明神话的外衣，因为长期以来欧洲语文学家为了保护"雅典的纯洁"（Attic purity），养成了一种思维习惯或技巧，即"对一切令己难堪之事只字不提"，典型的例子就是直到19世纪历史学家才敢开始不隐晦曲折地述说法兰克骑士的食人行为[3]。最后，温顿有关纳撒尼尔·库珀尔食人个案的前后对比刻画——因食人获得能量而绝处逢生、因食人倍感压力而饮弹自杀，不仅展示了食人给人生理和心理造成的严重

---

[1] Winton, Tim, *Shallows*, Sydney：Allen & Unwin, 1984, pp. 140 - 141.

[2] Swift, Jonathan, *Gulliver's Travels*, New York：Oxford University Press, 2005, p. 196.

[3] 除了掩盖"食人难堪"，西方知识分子在面对希腊作家公开承认自己"文化混杂"（culture hybrid）的历史特性时也采取了相同策略，他们将希腊文化中的闪米特和非洲根基都有意识地清除掉或掩盖起来，即所谓的"雅利安化"，从而在源头上构建自己民族的纯正性。Said, Edward, *Culture and Imperialism*, New York：Vintage Books, 1993, p. 16.

创伤，同时引导读者重新审视人类的食欲，它既是生命的驱动力量，却也可能是文明的终极违背①。这促使读者不禁考问自身灵魂："为了生存，你食人否？"更进一步的思考则是，为何食人对生命（生命的存在、生命的目的、生命的意义等）会产生如此重大影响？以上这些问题都不可避免地涉及那条关键的饮食禁令——人非可食之物。

究竟为何人非可食之物，又为何一旦食人就会被视作非人？此处的"非人"已不再只关乎人类社会内部的族群划界，而是涉及更广阔范围的物种疆界问题。在探讨文明的创建时，弗洛伊德区分了由"禁止"（prohibition，即对本能欲望的压制②）产生的两种"匮乏"（privation）：一种影响所有人，另一种不影响所有人。弗洛伊德认为，前者是最早的"匮乏"，利用形成"匮乏"的"禁止"，文明开始把人类从原始的动物状况中分离出来。食人禁忌正是这种"禁止"之一，"同类残食似乎遭到了普遍的禁止，而且似乎……得到了彻底的征服"③。换言之，食人禁忌是人类将自我与动物区别开来的界尺，是使人类脱离动物原欲自诩文明的禁制。这里存在两个预设：其一，同类相食是动物的特征属性。动物由于缺乏理性意识，它们难以克制获取超越自身所需东西的欲望，无论是从食物数量的控制，还是从食物对象的选择来看，动物可能连克服这种欲望的想法都没有，因此同类相食在它们当中见怪不怪。其二，人是有理性的。人们可以通过放弃本能和扼杀原欲——食人涉及食欲、进攻欲和性欲——来减少对快乐的欲望，从而从整体上提升幸福的满

①　Brown，Jennifer，*Cannibalism in Literature and Film*，Basingstoke：Palgrave Macmillan，2013，p. 4.

②　弗洛伊德认为，人有两种本能，一种是建立在食欲和性欲基础上的自我保存本能，另一种是与此相对立的死亡本能，指向外部的进攻性和内部的自我破坏性本能。弗洛伊德指出，人的生命一直处于这两种本能的交汇或对抗之中，这些本能外显为同类残食、乱伦和杀人狂的愿望等。

③　[奥] 弗洛伊德：《一种幻想的未来 文明及其不满》，严志军、张沫译，河北教育出版社2003年版，第8—9页。

足感，创造文明的精神财富。以上便是我们开头引述的《动物之人》"你是人，你的本性让你不会吃我；如果你是动物的话，你就已经把我吃了"所蕴含的深层内容，辛哈借此展现了奥古斯丁那种"任何人都宁可不幸福而清醒，不愿意欢乐而疯狂"的人性优越论①，人由于理性之光的照耀，决定了他在道德价值上的优越性，这是人与动物的区别，也是文明与野蛮的鸿沟。

但正如弗洛伊德连用两个"似乎"表明他对人类是否能够真正摆脱食人欲持保留意见，人身上这种自然本能不可能被完全消灭。因为原始的野性，或者说为人性所否定的兽性，在被否定的同时，像离离原上草一样周而复始、肆意生长，"兽性从来不会在人身上完全根除"②。不管是单纯的饮食行为，还是可骇的食人行为，食欲作为人的自然属性是先天的、与生俱来的，它以一种超自然的方式制约着人，总是推着人不可抗拒地试图冲破文明的束缚。比如，《羚羊与秧鸡》中那些为了吃肉竞相参加"生吞秀"节目而表演吃活鸟兽者，而《浅滩》中所描绘的食人画面更是有力地说明了这一道理。

值得注意的是，弗洛伊德的食人研究主要从文化角度出发，鲜有涉及本体论方面，动物本身也被排除在考察范围之外③。事实上，如果我们聚焦其中的动物议题就会发现，食人背后潜藏着更为繁复的内涵。对此，我们可以先从哲学家戴蒙德（Cora Diamond）那里

---

①　奥古斯丁认为，在一切生物中，唯有人懂得理性克制（谓之一种"崇高、绝妙的本能"），尽管有些动物的视觉比人类敏锐、能捕捉到更多光，但它们不能获取那启迪我们心灵的精神之光，人的心灵有了这种光的照耀，才能作出正确判断和选择。［古罗马］奥古斯丁：《上帝之城》，王晓朝译，人民出版社 2007 年版，第 480 页。

②　汪民安：《巴塔耶的神圣世界（编者前言）》，《色情、耗费与普遍经济：乔治·巴塔耶文选》，汪民安编，吉林人民出版社 2003 年版，第 1—36 页。（第 12 页）

③　在弗洛伊德的论述中，动物主要作为考察人类及其文明的参照或背景而存在。Ray, Nicholas, "Interrogating the Human/Animal Relation in Freud's *Civilization and Its Discontents*", *Humanimalia*, Vol. 6, No. 1, 2014, pp. 10 – 40.（p. 10）

得到一些启示："欲知'何谓人类',方法就是坐下来吃饭,我们是食者而动物是被食者,我们在桌旁而它们在桌上。"① 戴蒙德的论述幽默地揭示了一种根植于食物链的权力格局。这是一个类似金字塔式的层级结构,"智人"(Homo sapiens)自崛起后一直居于食物链金字塔的顶端,其他所有动物都处于底端,人由此跃居为地球上的"独裁者"(dictator)②。《圣经》中耶和华创造天地的故事清楚呈现了人与动物在食物维度上的权力关系,神赐福给诺亚和他的儿子,对他们说:"你们要生养众多,遍满这地。凡地上的走兽和空中的鸟,都必惊恐、惧怕你们;连地上一切的昆虫并海里的一切鱼,都交付你们的手;凡活着的动物,都可以做你们的食物。"③ 古老的创世传说所立之宗对后世影响重大且深远,并成为当今人们取用动物的合法凭证,因为根据神的旨意,动物在自然秩序中是特意为人准备的,人从神那里获得了管理和食用动物的权利。在了解食物链金字塔后,也就不难理解为何人类拒绝接受自身进入食物链的一环,除了生命的威胁,更重要的是它极大地挑战了以人为中心的宇宙观,用通俗的话来讲就是,"倘若人被当作食物,那真是颜面尽失"。

如果说人非可食之物是出于是维护人类至上地位的需要,那么食人被视为非人体现了人类为动物性寻找借口或遮羞布的投射机制。这种投射机制有两个模块:通过把食人定义为非人(非人类、非人性、非人道等),人类对外赋予自身征服和猎杀动物尤其是掠食性动物的正当性,因为它们是"豺狼虎豹";对内则掩盖并遗忘自身传统

---

① Diamond, Cora, "Eating Meat and Eating People", *Philosophy*, Vol. 53, No. 206, 1978, pp. 465 – 479.（p. 470）

② 长久以来,智人都居于食物链的中间位置,直到 40 万年前,有个别人种才开始固定追捕大型猎物,直到 10 万年前,人类才一跃而起登顶食物链。Harari, Yuval, *Sapiens: A Brief History of Humankind*, London: Vintage Books, 2014, pp. 12 – 13.

③ 转引自 Regan, Tom, and Peter Singer, ed, *Animal Rights and Human Obligations*, Englewood Cliffs: Prentice Hall, 1989, p. 2。

和基因中的食人因子①，以此保持人类文明的纯洁性。关于这个，马特尔《少年 Pi 的奇幻漂流》有两处对话直接指涉。第一处是 Pi 历险途中与孟加拉虎理查德·帕克（Richard Parker）之间一段充满魔幻色彩的对话。Pi 询问理查德·帕克是否吃过人，他先是认为理查德·帕克还是小虎崽时就被抓住而否定了其有食人经历，并且表示动物中的食人者比人类中的谋杀犯还要少见，但紧接着又以"老虎有食人者的名声"为由推翻了先前的观点②。

　　另一处是 Pi 历险获救后与日本轮船保险公司调查员之间发生的对话，即"故事的选择"。我们都知道，马特尔一开始讲述的是动物版本的海难故事：救生艇上的主角为斑马、鬣狗、猩猩、老虎和 Pi，鬣狗屠食了斑马和猩猩，老虎屠食了鬣狗，同时老虎还屠食了另一救生艇上的法国厨师，最后老虎和 Pi 活了下来。但由于调查员的质疑，Pi 不得不讲述了另一个没有动物的海难故事：货轮下沉，救生艇上有四个人，一个断了腿的水手、一个烧饭的厨师、Pi 的母亲以及 Pi，于是故事就变成厨师当着 Pi 的面屠食了水手和 Pi 母，厨师的结局呢？Pi 没有言明，但读者都知道最后谁活了下来，只有 Pi 一人，换句话说，Pi 为了生存可能屠食了厨师。如果 Pi 就是老虎的话，那么濒临死亡的他不仅将自己的同类裁决、生吃活剥，还从非腐食动物变成腐食动物，靠着吃那三只死动物幸存下来。考虑到 Pi

---

　　①　此处补充说明两点：第一，食人一直是人类历史的一种现象。旧石器时代洞窟艺术尚未兴起时，食人现象就已经普遍见诸世界各地，从北美西南部的普韦布洛斯（pueblos）到太平洋的岛屿，都发现了大量食人证据。第二，食人现象时至今日仍然存在。2002 年发生在德国的"罗滕堡食人鬼"（Kannibale von Rotenburg）事件就震惊了全世界，因为被害者是嫌犯迈维斯（Armin Meiwes）通过网络广告征集的自愿者，也就是说，他是在不违反对方自由意志的情况下——事实上被害者当时也试图同迈维斯一起食用自己身体——杀害、肢解并吞食了其肉体。White, Tim, "Once Were Cannibals", *Scientific American*, Vol. 285, No. 2, 2001, pp. 58 – 65.（p. 60）；Jones, Lois, *Cannibal: The True Story Behind the Maneater of Rotenburg*, New York: Berkley Books, 2005, p. 4.

　　②　Martel, Yann, *Life of Pi*, Edinburgh: Canongate, 2008, p. 246.

来自世界上肉食消耗量最低的国家印度①、原本又是一名素食主义者的身份背景，这样的故事反转无疑带给读者强烈的阅读冲击。那么，到底哪个故事是真实的，或者说我们愿意相信哪个故事？小说写道：

> "既然这两个故事在事实上都是一样的，也不能用任何方式证实，那么，你们更中意哪个故事呢？哪个故事更好，是有动物的故事，还是没有动物的故事？"
>
> 冈本先生："这是问题很有意思……"
>
> 千叶先生："当然是有动物的故事。"
>
> 冈本先生："是的。有动物的故事是更好的故事。"②

　　日本调查员深知有动物的故事不可信（调查报告写着，"没哪个海难者能像帕特尔先生那样在海上坚持下来，更别提还有只成年孟加拉虎"），但两人却不约而同地选择了有动物的故事，食人被用作人类遮羞布的意图在此暴露无遗。正如桑迪（Peggy Sanday）所说的，"食人怪"（cannibal monster）可能是这样一种怪物，它在社会生活可能存在之前必须被征服，或者，它在荒野中的存在为那种以对比形象来界定社会人性的做法提供了遮蔽③。而这一切的真相可能不过是，"我们都是食人者（cannibals/anthropophagi）"④。从东方到

---

① 数据来自联合国粮农组织。Ritchie, Hannah, and Max Roser, "Meat and Seafood Production & Consumption", 4 Feb. 2017, 6 Dec. 2018. < https：//ourworldindata. org/meat-and-seafood-production-consumption >.

② Martel, Yann, *Life of Pi*, Edinburgh：Canongate, 2008, p. 317.

③ Sanday, Peggy, *Divine Hunger：Cannibalism as a Cultural System*, Cambridge：Cambridge University Press, 1986, p. 102.

④ 这句话借用了列维–斯特劳斯和伏尔泰的说法。Levi-Strauss, Claude, *We Are All Cannibals：And Other Essays*, Trans. Jane Todd, New York：Columbia University Press, 2016, p. 83；转引自 Avramescu, Cătălin, *An Intellectual History of Cannibalism*, Trans. Alistair Ian Blyth, Princeton：Princeton University Press, 2011, p. 149。

西方，从历史到现在，人类身上流淌的克洛诺斯食人因子依然故我，人性的原始性、动物性展现出一种跨越时空的无差别性。这种无差别性似乎表明，根本不存在所谓的"人性堕落"①，而是"堕落"本就是人性的一部分。

第二节　人非动物：当代新英语 小说中的理性与动物

人由自然状态走向文明状态的标志是人的文化属性，而人的文化创造能力取决于理性，此即弗洛伊德意义上的"升华本能"。从历史的角度看，人试图摆脱动物性向神、向上帝境界的提升——上帝代表着人类原欲的对立面，是极端化了的人的理性化身——有三个重要节点②。

---

① 此处提及的"人性堕落"有两种，一种是传统意义上的人性堕落论，另一种是基于人性缺失说的堕落，我们可以借助法国著名哲学家、德里达学生斯蒂格勒的相关分析来理解。传统观念认为，人与动物的区别在于前者诞生之初就比后者拥有高贵不凡的特质，类似于"性本善"的理论。斯蒂格勒却不同意这种看法，通过对普罗米修斯神话的阐释，他提出了"缺失"（de-fault）的概念。他说：人类的源起散居于动物之中，因此人和动物共享感知、自由、恐惧等相关性质；但人类与动物的最大（本体论）差异在于，人不具有任何与生俱来的本能，而是借由模仿各类动物的特性以便习得本能，换言之，人的第一属性是没有属性，即"缺失"。Stiegler, Bernard, *Technics and Time*, *1*: *The Fault of Epimetheus*, Trans. Richard Beardsworth and George Collins, Stanford: Stanford University Press, 1998, pp. 192–195.

② 辛格称其为"一段物种歧视的简史"，他认为西方人对动物的态度包含了一种宗教的、道德的、形而上的预设。辛格指出两点：第一，这里以西方为论述对象，并不是因为其他文化不如西方，而是因为西方的观念在过去几百年间已从欧洲传播到世界各地，到现在已经成为许多社会文化的重要组成部分。第二，西方人对动物的态度源于两个传统——犹太教和古希腊文化，两者在基督教里合二为一，再经基督教辐射整个欧洲，继而向世界范围扩展。但其中一些根本性的问题，包括人与动物的区分、人对动物的偏见等，欧洲直到18世纪时还没有谁认真地、系统地探索过或质疑过。基于此，辛格将这段历史划分为基督教之前、基督教、启蒙运动及其后。Singer, Peter, *Animal Liberation*, New York: Ecco, 2002, p. 186.

第一，古希腊亚里士多德的自然观。在这之前，希腊哲学中的毕达哥拉斯学派及奥甫斯学派持有类似于东方"轮回说"的观点，认为灵魂或精神死后会在不同的形体上循环重生，其中就包括动物身体。据记载，毕达哥拉斯及其信徒不仅因此反对动物献祭，而且提倡素食主义①。直到公元3世纪，反对动物祭祀和倡导素食理念的主题还经常出现在古典哲学文献中。然而，这类论述自亚里士多德开始被压制或推翻。亚里士多德指出，自然界所有生物都按升幂排列组成阶梯式结构，且每种生物都是作为更高层级生物的食物或供其奴役被创造出来的，理性的人类具有自然或者说上帝赋予的权利而处于阶梯的顶端②。亚里士多德以理性人类为中心的世界观主宰了整个犹太－基督教的思想哲学。第二，基督教世纪对灵魂和理性的认识。早期基督教神父在探究人与动物的关系时，大都从古典立场出发，提出人与动物在本质上截然不同，人有灵魂而动物没有。理性是神父用以区分人与动物的关键性因素，他们相信智慧、抽象和逻辑等理性思维是灵魂之特性，使得人类与其他生物彻底相分野。基督教所宣称的人类地位独特对后世产生了深远影响，及至19世纪中期宗教还以此为由禁止在罗马成立保护动物协会，相关主张在20世纪后半期的美国天主教文献中还可见到③。第三，18世纪理性时代的人观。文艺复

①　基于灵魂轮回说，毕达哥拉斯主张在人与动物之间建立亲缘伦理关系。毕达哥拉斯是第一个提出灵魂将经历"需要之圈"（a round ordained of necessity）的人，即灵魂有时同这个动物结合、有时同那个动物结合，也是第一个谴责将动物作为食物放在餐桌上的人，其被奉为"西方素食主义之父"。Steiner, Cary, *Anthropocentrism and Its Discontents: The Moral Status of Animals in the History of Western Philosophy*, Pittsburgh: University of Pittsburgh Press, 2010, pp. 45 – 46.

②　［古希腊］亚里士多德：《亚里士多德全集·政治学》，苗力田主编，中国人民大学出版社1994年版，第11—12页。

③　下面一段文字出自20世纪后半叶的美国天主教文献："在自然秩序（the order of nature）中，不完美者是为完美者而存在，无理性者是为有理性者而服务"，有理性的人"可以为了他的真正需要，使用在自然秩序中低于他的任何事物"。Singer, Peter, *Animal Liberation*, New York: Ecco, 2002, p. 196.

兴时期，人文主义虽然向中世纪经验哲学发起挑战，推崇人的尊严价值、人在宇宙的中心地位，但其以理性将人与动物区分开来的做法较之基督教有过之而无不及。可这并非最糟糕的，对动物（性）问题最偏执的看法出现在 17 世纪上半叶笛卡儿的哲学之中。笛卡儿否定了基督教认为动物没有灵魂的观点，指出动物和人一样具有灵魂，但强调动物的灵魂只能驱动肉体机械活动，而人的灵魂则是能思想的理性灵魂[①]。到了 18 世纪，人们几乎无不以拥有有别于动物的理性而自豪，这个时期的许多人深信动物不会感到疼痛，因为它们缺乏意识经验，也就不存在所谓对动物残忍的问题。[②]

那么，究竟是什么原因使人们如此重视理性，或者说理性当中存在什么令它如此重要？英国著名道德哲学家米奇利（Mary Midgley）分析认为，这主要归根于理性的两个基本要素：一为"机敏能力"（cleverness），二为"综合能力"（integration）[③]。"机敏能力"，顾名思义指的是机智聪明，关乎智慧、推理、判断及积极适应环境等。大量文献表明，"智人"（Homo sapiens）得以统治世界所依赖的最大优势就是抽象思维能力，用赫拉利（Yuval Harari）的话来讲，即不受当时当地环境限制传递信息或讨论虚构事物的能力，这种思考使得智人大脑能量消耗惊人，对智人而言脑袋只占全身重量的 2% 到 3%，但即使人体处于休息状态时，大脑消耗

---

① Descartes, Rene, *A Discourse on the Method of Correctly Conducting One's Reason and Seeking Truth in the Sciences*, Trans. Ian Maclean, New York：Oxford University Press, 2006, pp. 45 – 49.

② Serpell, James, "Attitudes Toward Animals", *Encyclopedia of Animal Rights and Animal Welfare (1ˢᵗ edition)*, Ed. Marc Bekoff, Westport：Greenwood Press, 1998, pp. 76 – 83. (pp. 77, 78, 80)

③ Midgley, Mary, *Beast and Man：The Roots of Human Nature*, London：Routledge, 2005, p. 185.

的能量也可高达 25%，相同情况下其他猿类仅为 8%①。所谓"综合能力"，是指一种基于整体思考的战略前瞻和总揽全局的能力，它作为第二个要素却是第一个要素的条件，换言之，在理性的两个要素中，综合能力是首要条件，"要充分讨论理性，我们必须同时兼顾两个要素，但是综合能力本身就有巨大价值"②。在传统观念看来，理性的两大基本要素是动物所缺乏的或者说配置较低的。苏格兰文学家缪尔（Edwin Muir）在一首题为《动物》的诗中这样写道："它们没有生活在这个世界，也不存在时间和空间，出生之后便直冲死亡，没有语言，一个字都没有……它们从未两次踏过曾踩出的熟悉道路，也永远不会回首记忆中的岁月……"③ 由此观之，动物似乎的确只是本能地活着，它们对事物既无观念，也无预期。

不过，米奇利对此不以为然。她指出，传统关于理性的论述至少存在两个值得商榷之处：其一，人们虽然可以严厉地压制那些与自身利益相冲突的欲望，或者通过调整使有益的一方占据优势，但欲望的冲动只是被减弱而不能被完全消除，相反，在面对外界一些看似微不足道的刺激时，失衡的矛盾反而变得更加尖锐。现实生活中相当一部分人无节制地沉湎于甜食、开快车、赌博、斗殴以及在电视上观看"世界小姐"（观淫癖）就是最好的证明。也即是说，理性并不是人类固定的常态，"任何物种，都不可能在本能上（instints）创造出一种具有完全平衡、准确无误的思维系统的机器"④。

---

① Harari, Yuval, *Sapiens: A Brief History of Humankind*, London: Vintage Books, 2014, pp. 22, 9.

② Midgley, Mary, *Beast and Man: The Roots of Human Nature*, London: Routledge, 2005, p. 185.

③ Muir, Edwin, "The Animals", *Modern British Poetry*, Ed. Louis Untermeyer, New York and Burlingame: Harcourt, Brace & World, 1962, pp. 342 – 343. （pp. 342 – 343）

④ Midgley, Mary, *Beast and Man: The Roots of Human Nature*, London: Routledge, 2005, p. 187.

其二，动物并非"贫乏于世"①，每一种动物都有独特的个性，每一种动物都根据自己的喜好而忙碌，动物成员间都有一定的社会联系，并根据各自特性来经营这些联系。比如，掠食的狮子会埋伏在林间小道上等待猎物；负伤的犀牛会兜圈绕行迷惑追踪的猎人；狼群严密有序的集体组织也绝非因盲目冲动而形成，而是有其"支柱"——一个通过情绪调节保持稳定的结构。但问题在于，理论家们总是一如既往戴着一副有色眼镜来看待动物，并且不假思索地认为只有人类才是理性之灵，动物是无理性的存在②。

米奇利对理性提出的这些思考，我们在第三章和本章第一节已有不同程度论述。鉴于此，本节将把视野转向探讨人类如何竭力摆脱动物性来追求理性、走向文明阶段和更高文明境界的具体形制，以及在迈向文明过程中造成了何种对立，由此又产生了何种迷惘。在《等待野蛮人》《动物的生命》《羚羊与秧鸡》中，库切和阿特伍德分别以人类和后人类语境为背景，集中呈现了人类逐梦理性第三个重要节点，即人文主义传统为构建文明、构建主体和构建人类自身而努力脱离动物状态的历史截面。这种努力不仅关乎人对外界的认知，也指导人对自身的理解，这种努力最后的结果是人与非人的物种僭越，与此同时，也引发了人与自我、人与人、人与社会及人与自然之间的种种矛盾冲突。

一　从人类学到人类学机器：人文主义的动物恐惧症

在《启蒙辩证法》一书中，德国哲学家霍克海默和阿道尔诺（Max Horkheimer & Theodor W. Adorno）写道，"在欧洲历史中，人的观念是通过与动物的区别而表达出来的，人们用非理性的动

---

① "动物贫乏于世"出自海德格尔，此在本书第三章第三节的"裸命平等：从鲑鱼到蝎子的动物多样性"有论述。

② Midgley, Mary, *Beast and Man：The Roots of Human Nature*, London：Routledge, 2005, p. 197.

物来证明人的尊严"，从古代犹太人、斯多葛学派，到中世纪教会神父，再到现代及至当代许多思想家们，"都一致坚持认为这样一种对立是存在的"①。不无巧合的是，意大利当代哲学家阿甘本（Giorgio Agamben）也有类似观察，他指出，无论是自然科学领域（如林奈对人与猿的区分），还是人文社科领域（如亚里士多德对动物性生命的讨论），抑或是神学领域（如阿奎纳对复活者的身体、伊甸园亚当和动物关系的诠释），这些相差甚远的学科之间有一个共性，或者说都存在着同一套话语体系，即人与动物、人与非人的对立。但与霍克海默、阿道尔诺不同——霍、阿两人的结论把"人类学"（anthropology）排除在外，断言"西方人类学很少持有这样的对立观点"②，阿甘本借用历史学家耶西（Furio Jesi）的表述，将这一话语机制形容为"人类学机器"（anthropological machine）：

　　"人"是通过人与动物（man/animal）、人与非人（human/inhuman）的对立而构建的，这个机器必然通过"排除"（exclusion）和"包含"（inclusion）来发挥作用……无论何时，"人"这一概念都是事先被预设好的……在现代人类学机器中，它将已经存在的人从自身群集排除，即人的动物化（animalizing the human），通过隔离在人类内部划分出非人，如"不会说话的猿人"（Homo alalus）或"猿人"（ape-man）；……在古代人类学机器中，它以截然相反的形式，通过包含外部来获得内部，非人是通过对动物的人化（humanization of an animal）来产生，如"人猿"（man-ape）、"野孩子"（enfant sauvage）或"野人"

---

① ［德］霍克海默、阿道尔诺：《启蒙辩证法：哲学断片》，渠敬东、曹卫东译，上海人民出版社 2006 年版，第 228 页。

② ［德］霍克海默、阿道尔诺：《启蒙辩证法：哲学断片》，渠敬东、曹卫东译，上海人民出版社 2006 年版，第 228 页。

（Homo ferus）。①

　　阿甘本的"人类学机器"揭橥了西方学科场域构建"人"之概念时存在的偏颇：人类知识领域对人与动物的探讨从来都不是一个中性的操作，相反带有强烈的生命政治特征，可以说"人与动物区别的轨迹及利害关系总是浸染着浓厚的政治和伦理色彩"②。与阿甘本的观点有所呼应，罗曼（Carrie Rohman）对以人为本之

---

　　① "不会说话的猿人""猿人"源自德国博物学家黑克尔（Ernst Haeckel）。在《人类起源》（*Anthropogenie*，1874）、《宇宙之谜》（*The Riddle of the Universe*，1899）等书中，黑克尔重构了人从"志留纪"（the Silurian）的鱼类，经由"中心世"（the Miocene）的"人猿"（man-apes）或"人形动物"（Anthropomorphs）进化为人的历史。黑克尔提出假设，在从"人猿"（man-apes）或"类人猿"（anthropoid apes）进化到人的过程中，存在着一个过渡的阶段即"中间一环"（missing link），在该阶段"人"还不具备语言能力，他把这种特殊的生物称为"猿人"（ape-man）。由于其是没有语言的，因此也叫作"不会说话的爪哇猿人"（Pithecanthropus alalus），其中"Pithecanthropus"意指爪哇人、"alalus"是指一种假想的没有语言能力的人类低等进化状态。1891 年，荷兰军医杜波依斯（Eugen Dubois）在印尼爪哇岛上发现了与现今人类很像的一块头盖骨和一块股骨，他将这一发现命名为"直立爪哇猿人"（Pithecanthropus erectus，即upright ape-man）。这令黑克尔感到十分欣慰，因为他提出的假设似乎得到了某种验证；而事实上，杜波依斯本人就是黑克尔的热心读者。在上述"不会说话的猿人"理论中，尽管黑克尔强调研究是建立在比较解剖学和古生物学发现的基础上，但实际上已经假定了一个前提，即从动物到人的进化是由一个抽离出来的元素而产生的，这个元素也成为区分人与动物的决定性特征——语言。

　　"野孩子""野人"源自瑞典生物学家林奈（Carl von Linné）。在《自然体系》（*Systema Naturae*，1758）中，林奈记载了欧洲乡村边缘出现的一些野孩子故事（如狼孩），他将这些野孩子归到一个特殊的人种下，即所谓的"野人"，与其提出的"智人"（Homo sapiens）概念相对。这个变种在各方面都与灵长类动物最高贵的那些特征大相径庭："四足行走"（tetrapus）、"不能说话"（mutus）、"浑身长毛"（hirsutus）。而早在古罗马时代，"人的科学"（the sciences of man）对于人的"外形"（facies）之描绘就是借助诸如野孩子此类的"野人"来完成的，换句话说，人们通过将"野人"进行人化来实现对自我的认识。

　　Agamben, Giorgio, *The Open*: *Man and Animal*, Trans. Kevin Attell, Stanford: Stanford University Press, 2004, pp. 30, 33 – 34, 37.

　　② Calarco, Matthew, *Zoographies*: *The Question of the Animal from Heidegger to Derrida*, New York: Columbia University Press, 2008, p. 94.

"人文主义"① 所作的观察发现，人文主义似乎患上了某种动物综合排斥征，长期以来热衷于通过贬低动物（性）来建构人文主义身份，这种贬低反过来又进一步持续引发批判理论对物种问题采取防御性或极端保守的态度，西方哲学论述中动物被绝对边缘化是对此最好的证明②。罗曼捕捉到了传统人文主义的人类中心主义倾向，阿德金斯（Peter Adkins）对此有更为明确的阐述，后者毫不客气地指出，欧洲人文主义与"动物恐惧症"（zoophobia）③ 彼此完全缠绕在一

---

① 罗曼所说的"人文主义"并非传统意义上作为一种文艺思潮、哲学概念或世界观来讨论的范畴，从文中言及笛卡儿、弗洛伊德、海德格尔、列维纳斯、德里达，以及启蒙运动、现代主义、技术科学、后人文主义等内容来看，罗曼对人文主义的理解和运用比较接近布洛克（Alan Bullock）的看法。在《西方人文主义传统》一书中，布洛克对人文主义作出如下界定："人文主义不是一个哲学系体系或者信条，而是一场曾经提出了非常不同的看法、而且现在仍在提出非常不同的看法的持续的辩论。"（这也是为何布洛克以"人文主义传统"而非"人文主义"为题展开论述的原因）布洛克指出，那些在人生和意识问题上带有决定论或简化论色彩的观点不能称为人文主义，那些主张权威主义和排斥异己异见的观点也不能称为人文主义。在一定限度内，人文主义传统具有以下三个最为显著且始终不变的特点：第一，人文主义的焦点始终集中在人的身上，一切皆以人的经验为出发点，但这并不排除对神的秩序的宗教信仰（神学观点），也不排除将人视为自然秩序的一部分而进行科学研究（科学观点）；第二，人文主义坚信每个人都是有价值的，即人的尊严，其他一切价值的根源、人权的根源都是对此的尊重，这一尊重的基础是充分发挥和释放人的潜在能力；第三，人文主义对思想尤其是理性十分重视，其之所以重视理性，并非因为理性建立体系的能力，而是为了理性在具体人生经验中所遇到的道德、心理、社会、政治等问题上的批判性和实用性的应用，但随着历史发展，理性逐渐失去了批判与怀疑的精神，僵化为某种教条式的理性主义。布洛克还指出，人文主义的历史就是一场关于理性之范围及其成就的辩论，而科学是人文主义的后继者、是人类理性的最高成就。［英］布洛克：《西方人文主义传统》，董乐山译，生活·读书·新知三联书店 1997 年版，第 233、234、235、239、240、249 页。

② Rohman, Carrie, *Stalking the Subject*: *Modernism and the Animal*, New York: Columbia University Press, 2009, p. 20.

③ 阿德金斯所使用的"动物恐惧症"源自德里达，它不是指对某种动物的恐惧，而是一种广义上的动物恐惧，其与对非人类动物（性）的非理性仇恨有关，"没有什么比记起人与动物之间的相似或密切关系更令人憎恶、可恨和讨厌的了"，这甚至成为一种禁忌。Derrida, Jacques, *The Animal That Therefore I Am*, Ed. Marie-Luise Mallet, Trans. David Wills, New York: Fordham University Press, 2008, pp. 102 – 103.

起，这是一种植根于西方思想史的恐惧症，在西方文化概念里，人之为人源于其对动物的压倒性优越，这种优越标志着人的历史性、人与自然的脱离以及人对知识的获取，换言之，所有标志着人类"物种特殊论"（species exceptionalism）的东西，例如后笛卡儿哲学知识和理性的特权，都源自对人类的"去动物化"①。那么，阿甘本为何选择"人类学机器"指称这一机制？这与作为一门学科的人类学有何关联？库切的《等待野蛮人》和《动物的生命》用文学形式对此进行思考，作者以去人类中心的视角打破人自身所携有的桎梏，剖露了从人类学到人类学机器萦绕的人文主义动物恐惧症。

《等待野蛮人》因时空背景的不确定，一直被公认为是库切寓言色彩最浓郁的一部作品。小说内容虽无具体影射，却常被当作宣传政治主张或讽喻社会现状的承载物解读，从南非历史的种族主义到今天仍在上演的巴以对峙，甚至"911"恐怖袭击事件……现实世界中任何一件非常事件都可能成为一种潜在的社会历史语境②。这实际上是"话语转向（discursive tum）乃近年来发生在我们社会知识中最为重要的方向转换之一"在文学领域的真实写照③，文学研究的高度语境化由于过分关注文本外部环境，尤其是权力话语，很可能导致批评者越过作品进行强制阐释，即文学研究的庸俗社会学化，文学作品本身也越来越被看作一处充满了意识形态、政治博弈和利益竞争的地方。然而，正如阿甘本所说，"在我们的文化中，支配着其他冲突最为关键的政治冲突就是人的动物性与人性之间的冲突"，而这一切归根结底是人与动物的区分，因此"更紧迫的事情是致力

---

① Adkins, Peter, "Beastly Lives: Animality and Postcolonial Embodiment in Jean Rhys's *Voyage in the Dark*", *Litterae Mentis: A Journal of Literary Studies*, Vol. 3, 2016, pp. 7 – 29. (pp. 8, 11)

② 光明书评:《等待野蛮人》, 2004 – 07 – 02, 访问日期 2018 – 08 – 15, < http://www.gmw.cn/03pindao/shuping/2004 – 07/02/content_52030.htm >。

③ Hall, Stuart, "Introduction", *Representation: Cultural Representations and Signifying Practices*, Ed. Stuart Hall, London: Sage, 2003, pp. 1 – 11. (p. 6)

于这个区分的探讨，追问究竟以何种方式将人与非人、动物与人类分离，而不是在那些大而无当的问题上、在所谓的人权和人的价值等问题上表明立场"①。值得警惕的是，当今的思想阵地早已被诸如种族、阶级、性别等政治身份力量的角逐占据了主导，以至于忽视乃至漠视了某些更为深刻棘手的物种认同问题②。当我们沿着阿甘本的"敞开"思路重新审视库切架空历史的《等待野蛮人》，不难发现小说细致地探讨了人与动物的分界及由此产生的其他范畴区分，如果要溯源这种分界的学科或学系，它便是人类学，更准确说是逐渐离开"扶手椅"走向"田野"的文化人类学③。

简单来说，"人类学"是一门研究任何地方、任何时代人类的学科。但因其主要聚焦"智人"（Homo sapiens）物种及动物近亲——人类学家探究的命题包括"我们是谁""我们从何处来""为何我们的身体与动物的身体如此接近""为何我们与某些动物截然不同、却

---

① Agamben, Giorgio, *The Open: Man and Animal*, Trans. Kevin Attell, Stanford: Stanford University Press, 2004, pp. 16, 80.

② Mitchell, W. J. T. , "Foreword: The Rights of Things", *Animal Rites: American Culture, the Discourse of Species, and Posthumanist Theory*, By Cary Wolfe, Chicago: The University of Chicago Press, 2003, pp. ix - xiv. (p. xiv)

③ "人类学"（anthropology）兴起于19世纪中叶的西方社会，由于欧洲对外扩张，使得异域人文资料大量累积，继而产生了解释这些资料的需求。在传统上，人类学分为四个领域："体质人类学"（physical anthropology）、"文化人类学"（cultural anthropology）、"语言人类学"（linguistic anthropology）和考古学"（archaeology）。其中，"文化人类学"又分为"民族志"（ethnography）和"民族学"（ethnology），主要研究比较人类各个社会或部族的文化。现代人类学先驱之一、美国人类学之父博厄斯（Franz Boas）认为，人类学研究不应该将大量时间耗在对不充分资料的臆测研究上，他批判这种研究是"坐在扶手椅上的哲学家"（armchair philosophers）。博厄斯主张，人类学家应当走向田野调查开展"实证人类学"（empirical anthropology），尤其要趁着某些文化尚未消失之前投入足够的精力去收集相关资料，这样才可能对人类不同群体的变异或差异作出合理解释，并提出理论见解。Haviland, William, et al, *Cultural Anthropology: The Human Challenge* (*13th edition*), Belmont: Wadsworth/Cengage Learning, 2011, pp. 7 - 16; Swartz, Marc, "History and Science in Anthropology", *Theory in Anthropology: A Sourcebook*, Ed. Robert A. Manners and David Kaplan, London: Routledge, 2004, pp. 269 - 276. (p. 269)

与某些动物惊人相似"等，因此有关人与动物关系的研究在人类学
领域占有一席之地；又因人类学家普遍相信"人类是地球上唯一具
有心智能力对自己和周围环境提出上述问题的生物"，是以关于此二
者的讨论难以保持不偏不倚的态度①。汉密尔顿和泰勒（Lindsay
Hamilton & Nik Taylor）就批评指出，文化人类学家总是倾向于只考
虑其他物种对人类之意义，而不去思考或试图了解人类与动物如何
共同构成世界②。这种单向思维的直接产物是传统人类学理论中人与
动物界限的建构及其概念性延伸，包括自我与他者、理智与身体、
文明与原始、男性与女性等。其中，最为根本的当属文化与自然之
分（"文化"本身即被用作区别人与动物最常见的衡量标准，而动
物俨然就是"自然"的化身），这一区分作为"人类学的核心教条，
为整个学科提供了一种身份标记，也为其他旗帜鲜明的对立研究
（antithetical research）提供了一系列分析工具"③。于是在许多人类
学家观念里，那些被视为较低等的人或者非人，如女性、疯子、爱
尔兰人、美洲印第安人、非洲人、其他任何种族或性别的可怜人，
通常被认为更接近自然和动物性（而且他们应该一直维持那样）④。

《等待野蛮人》的叙述者老行政长官正是持有这种规范意义上的

---

① 这里有关"人类学"的介绍出自美国学者哈维兰等人撰写的经典教材《文化
人类学》2008 年第 12 版、2011 年第 13 版，此前版本也曾有类似的表述，但从 2014 年
第 14 版开始，以上内容已被删除，这其实反映了人类学对智人与其他动物之间关系看
法的微妙转变。Haviland, William, et al, *Cultural Anthropology：The Human Challenge*
(*12ᵗʰ edition*), Belmont：Wadsworth/Cengage Learning, 2008, pp. 2 – 4; Haviland, Wil-
liam, et al, *Cultural Anthropology：The Human Challenge* (*13ᵗʰ edition*), Belmont：Wad-
sworth/Cengage Learning, 2011, pp. 2 – 4.
② Hamilton, Lindsay, and Nik Taylor, *Ethnography after Humanism：Power, Poli-
tics and Method in Multi-Species Research*, London：Palgrave Macmillan, 2017, p. 2.
③ Descola, Philippe, and Gisli Palsson, "Introduction", *Nature and Society：Anthro-
pological Perspectives*, Ed. Philippe Descola and Gisli Palsson, London：Routledge, 1996,
pp. 1 –21. (p. 2)
④ Mullin, Molly, "Mirrors and Windows：Sociocultural Studies of Human-Animal Re-
lationships", *Annual Review of Anthropology*, Vol. 28, 1999, pp. 201 – 224. (p. 204)

学科立场的人类学家缩影。虽然身居地方治安法官要职，但老行政长官格外热衷挖掘废墟旧址和探索异域风情，无论是轻罪案犯，还是受罚士兵，都曾被派去考古发掘，他甚至不惜自掏腰包雇佣了临时工。在帝国前哨工作的多年里，老行政长官乐此不疲地收集着第一手资料，破译手写或不寻常的字符。传闻中的野蛮人让老行政长官几近痴迷：

> 我如何去挖掘它们？像兔子似的刨洞？或者等哪天这些字符自己倾吐出来？包里共有二百五十六片木块，这会不会恰好是某个完美数字？我清点了下，又把办公室的地板收拾了一顿。我把木块都摊在地上，刚开始是全部铺成一个硕大的方形，随后又变为十六个小一点的方形，再后来又组合成其他形状。我寻思，到目前为止，我按照音节比对的字符或许是一幅画的某一部分，只要我弄对了顺序，这幅画可能就会显示庐山真面目：一张古代野蛮人居所的地图，或者，一张消失了的万神殿像。我甚至把这些木块用镜子反照来解读，或把其中一片叠在另一片上面，或把其中一片的一半与另一片的一半并置来思考。①

库切此处虽然是文字描述，但细腻的笔触为读者勾勒出图像式的人物特写，一个沉醉于探索"他者性"的人类学家形象清晰跃然纸上。文中，库切对老行政长官的新身份人类学者的刻画无处不在。如，亲自修复历史建筑的杨木过梁；又如，每次偶然或刻意邂逅异族时，大脑神经自动启动异域饮食、服饰、工具等物质文化或风俗习惯的侦察工作；再如，目睹一名原住民女性在儿子尸体被埋时哭泣、曲蹲和绝食，第一反应是掩埋可能违反了某种禁忌。与历史上几乎所有人类学研究者一样，老行政长官提前预设自我为文明，然后把被认定具有动物性特质的族群归于界限的"另一侧"，在严格保

---

① Coetzee, J. M., *Waiting for the Barbarians*, New York：Penguin Books, 1982, p. 16.

持界限的同时，将后者视为某种待欣赏与待守护的原始之物，即所谓的"家长式保护"（paternalistic protection）①，实质不过是复制了东方主义的二元对立框架，结果形成新的霸权，孕育出变相歧视。

小说中，当帝国代表的"文明"与野蛮人代表的"原始"发生碰撞，老行政长官一面因野蛮人肮脏熏臭和语言含混②而冠以动物之名，一面却又为他们遭受帝国主义侵略欺压和肆意蹂躏而义愤填膺。老行政长官之所以感到不快，并非源于反对帝国恐怖活动的正义感（至少不全是），而是因为这些举动扰乱了本地长期以来建立的秩序。对于野蛮人，老行政长官的一贯政策是阻止"文明腐蚀他们的美德"（civilization entailed the corruption of barbaric virtues）、鼓励他们继续生活在他所谓的"自然状态"（a state of nature）③。这样的良苦用心在他如下内心独白中得到了淋漓尽致的展现："我希望野蛮人被俘这段经历会进入他们的传说，从祖辈传给孙辈，但我更希望曾经映入他们脑海的这个镇子、吃过的异邦食物，不会吸引他们返回这里，我可不希望在我手里生出讨饭一族。"④ 这也解释了为何老行政长官虽为帝国征伐野蛮人所恼，却丝毫不减探索异域风俗与物质文化的兴趣。老行政长官谴责帝国是文明的黑暗之花绽放，其自身又何尝不是如此？人类学家看似义正词严的"保护"，实际上象征着对等级

---

① "家长式保护"是指人类学家在民族志研究中倾向于以主人身份自居，将世界理想化和相对化，并建立一种保护契约来处理此中涉及的诸多二元关系，这种二元关系最初指向人类不同群体之间，但如今延伸到物种层面。Palsson, Gisli, "Human-environmental Relations: Orientalism, Paternalism and Communalism", *Nature and Society: Anthropological Perspectives*, Ed. Philippe Descola and Gisli Palsson, London: Routledge, 1996, pp. 63 – 81. （pp. 69 – 70）

② 语言是理性主义区分人与动物最重要的标志之一。"语言是他（即人类）理性的第一产物，是理性的必需工具……在希腊文和意大利文中，语言和理性是用同一个词来表示的……唯有借助语言，理性才能完成它那些最重要的任务。"[德]叔本华：《作为意志和表象的世界》，石冲白译，商务印书馆1982年版，第71页。

③ Coetzee, J. M., *Waiting for the Barbarians*, New York: Penguin Books, 1982, pp. 19, 38.

④ Coetzee, J. M., *Waiting for the Barbarians*, New York: Penguin Books, 1982, p. 19.

制度关系的意识形态否定①。但这种领悟直到老行政长官被怀疑通敌而锒铛入狱，发现自己处在动物性的"另一侧"才彻底体会，"我活得像是一只饥饿的野兽，活着的原因或许只是为了证明动物潜藏在每一个野蛮人爱好者的心里"②。

老行政长官对女性的看法同样体现了人类学的结构性二元认知构架。具体而言，反映了人类学女性研究两大最基本理论生物决定论与文化决定论的交锋。前者主要透过文明世界一个名叫梅（May）的女性来呈现，两性关系中梅优雅小巧的身体和谄媚逢迎的动作，为老行政长官完美诠释了以生物本性为基础对女性作出的种种界定，如温柔、接受、依赖，等等。这一切在他接触落难的野蛮人姑娘后遭到猛烈冲击。起初，老行政长官因野蛮人女性身体粗壮、笨拙自闭、躺在床上却像躺在另一遥远空间，认为她是不完整的；但诉诸原始部落性与气质的田野调查——两性人格将随社会演化、民族志不同而变异③，以上结论很快得到修正，"她是一个陌生人、一个陌生地方的过路人"④，行政长官显然接受了野蛮人姑娘的非传统（或者说非欧洲）女性气质，并且认同性别差异是社会制度和文化方式相互作用的产物。到目前为止，库切似乎旨在解构传统将男性与女性对立而视的唯本论，但事实远非如此。不管是善解"人"意的梅，还是不近"人"情的蛮族姑娘，在老行政长官眼中，都是给"人"带来原始快感的动物：一为小鸟，另一为狐狸。需要指出，这种原始快感不单是性事中肉身欲望的释放，还来自对人与动物相区分的黑暗或神秘区域的触碰、来自对未受文化染指的自然的靠近，以及

---

① Palsson, Gisli, "Human-environmental Relations: Orientalism, Paternalism and Communalism", *Nature and Society: Anthropological Perspectives*, Ed. Philippe Descola and Gisli Palsson, London: Routledge, 1996, pp. 63–81. (p. 70)

② Coetzee, J. M., *Waiting for the Barbarians*, New York: Penguin Books, 1982, p. 124.

③ Mead, Margaret, *Sex and Temperament in Three Primitive Societies*, London and Henley: Routledge and Kegan Paul, 1977, p. 280.

④ Coetzee, J. M., *Waiting for the Barbarians*, New York: Penguin Books, 1982, p. 73.

来自由两者结合发生化学反应所生成的悲悯，用老行政长官本人的话来说，"欲望随之而来的是一种由分隔和疏离引起的哀怜"①。此种微妙情感也令性别主义与物种歧视之间的关联变得更加扑朔迷离，因为老行政长官动物化女性并不是以"迫害者"而是"保护者"的身份来操作："在我床上的这个身体，我对它负有责任，或者似乎应该负责，否则我为什么要留它在这里？"②

人类学家穆林（Molly Mullin）同样注意到了库切《等待野蛮人》中涉及的人类学和动物相关问题，认为这部小说为现代主义人类学对人与动物的区分及衍生的其他区分提供了一个微缩版本③。可如同穆林自己所承认的，尽管近年来"在较为人类中心方法外还有其他可行之路值得考虑"，但人类学研究"即便不是更加关注，也可能持续把重心放在人类身上"④。因此，无怪乎她的文本分析主要集中于人类社会内部的文明与原始、男与女等区分，对本体论层面的人与动物之分着墨不多。相对而言，前两者属于人与动物的概念性界分。那么在库切笔下，人类学家视野中的真实动物是什么样呢？

首先，老行政长官在描述不同族群时，大都根据他们重点利用的对象动物及利用方式对其进行界定和分类。比如，河岸附近的原住民一年多数时候捕鱼或者狩猎、秋天就抓红蚓，稍远一些的游牧部落穿羊毛或其他动物皮毛、吃动物制品长大。该描述方法正是诺斯克（Barbara Noske）所批判的人类学"明目张胆的人类中心主义"，人类学家在研究不同人类族群对待与构想自然物种时，通常只考虑"人类对动物的关系"（human's relationships with animals/ human-animal relationship），将人类描绘为施动主体，动物则为经济资

---

① Coetzee, J. M., *Waiting for the Barbarians*, New York: Penguin Books, 1982, p. 45.

② Coetzee, J. M., *Waiting for the Barbarians*, New York: Penguin Books, 1982, p. 43.

③ Mullin, Molly, "Mirrors and Windows: Sociocultural Studies of Human-Animal Relationships", *Annual Review of Anthropology*, Vol. 28, 1999, pp. 201–224. （p. 203）

④ Mullin, Molly, "Mirrors and Windows: Sociocultural Studies of Human-Animal Relationships", *Annual Review of Anthropology*, Vol. 28, 1999, pp. 201–224. （pp. 201, 219）

源、生产资料或商品等纯粹被利用的受动客体①。在这种思维框架下，姑且不谈研究结论是否适用于非西方社会②，从描述的完整性来讲，动物的主体性及施动能力完全被忽略。而更进一步的问题是，"难道动物的种群动态、饮食和迁徙对人类文化不产生任何影响吗"③，诺斯克谓之"动物对人类的关系"（animal's relationships with people/animal-human relationship）。大量事实说明，如同人类有与动物关系的历史一样，动物也有与人类关系的历史④。

　　另一值得深究的细节是老行政长官暧昧的狩猎态度。老行政长官独自猎捕公羊时，顿觉狩猎乐趣荡然无存，"我感到莫名的伤感游弋在大脑意识之中"⑤，对乔尔上校的大型驱车狩猎也嗤之以鼻；可与此同时，对原住民的狩猎文化，他却总是表现出极高兴致，还曾热情邀请乔尔效仿当地人夜里坐船捕鱼。老行政长官的自相矛盾固

---

　　① Noske, Barbara, "The Animal Question in Anthropology: A Commentary", *Society and Animals*, Vol. 1, No. 2, 1993, pp. 185 - 190. （p. 185）

　　② 这里所说的"适用性"直接体现了人类学研究的文化制约问题。所谓"文化制约"（culture-bound），指研究者以自身特定文化经验为出发点，提出关于世界和现实的理论假设。较之人类学家在论述过程中倾向于把动物物化，在许多非西方社会动物并不被看作与人类对立的存在：有些社会直接把动物视为人或具有人格；有些社会不把动物当成独立存在的类别，也没有动物性概念；有些社会虽把动物与人类分开，但并无优劣高低之分。例如，亚马孙上游部族"Achuar Jivaro"认为，大多数动物和人一样生活在他们自己的社会中，并且遵循严格的社会行为规则同人类建立联系；马来热带雨林部族"Chewong"认为，动物拥有语言、理性、智力和道德准则，很难从本体论将人与动物区分开来。要言之，人/动物、文化/自然的二分法可能完全不适用于非西方的人群及文化。Haviland, William, et al, *Cultural Anthropology: The Human Challenge* (13th edition), Belmont: Wadsworth/Cengage Learning, 2011, p. 6; Descola, Philippe, and Gisli Palsson, "Introduction", *Nature and Society: Anthropological Perspectives*, Ed. Philippe Descola and Gisli Palsson, London: Routledge, 1996, pp. 1 - 21. （p. 7）

　　③ Noske, Barbara, "The Animal Question in Anthropology: A Commentary", *Society and Animals*, Vol. 1, No. 2, 1993, pp. 185 - 190. （pp. 185 - 186）

　　④ Ingold, Tim, "From Trust to Domination: An Alternative History of Human-animal Relations", *Animals and Human Society: Changing Perspectives*, Ed. Aubrey Manning and James Serpell, London and New York: Routledge, 1994, pp. 1 - 22. （p. 1）

　　⑤ Coetzee, J. M., *Waiting for the Barbarians*, New York: Penguin Books, 1982, p. 39.

然存在"狩猎伦理"的道德考量①,但同样无法排除存在这样一种思考逻辑,即把"传统""自然"的原住民狩猎刻意浪漫化,而把运用先进技术的现代狩猎活动贴上"残忍""粗暴"的标签。更重要的一点,较之原住民猎者鲜有将狩猎行为与侵犯精神挂钩,老行政长官的恻隐之心多半源于传统人类学狩猎叙事所建立的人类破坏性与捕猎的密切对应关系②,狩猎不被考虑物种间的非对称相遇,而完全成了赤裸裸的杀戮行为。

通过对表象的剥离,库切批判了西方文明的伪道德,批判了人文主义的人学:历史上的人文主义发展成为一个文明化模式,那些自然化的、种族化的、性恋化的他者,无不被视为低"人"一等。也正是在这种批判中,《等待野蛮人》揭露了自诩为"所有科学中最具解放性、对人类本质的诠释超过哲学家所有省思或实验科学家所有研究"的人类学论述中所存在的物种主义、种族主义、男性主义等内容③。或许对人类学而言,人类本位不能算作真正的认识论问题,因为它的研究对象就是人类,但这并不意味着不能采取非人类中心主义(或者非物种主义)态度探讨人与动物的关系④。与其他学科相比,人类学理解人类本质的"生物本质主义"(biological essentialism)立场,即人的"非动物性"(non-animalness)和动物的"非人类性"(non-humanness),尤为集中地折射出人类知识体系对该问题的基本看法。在这个意义上我们说,阿甘本的"人类学机器"

---

① 此在第二章第一节的"军事操演与种族清洗:狩猎中的帝国侵略战"有论述。

② 关于狩猎行为不能证明或彰显人类破坏性的论述参见 Fromm, Erich, *The Anatomy of Human Destructiveness*, New York:Holt, Rinehart and Winston, 1973;Pickering, Travis, *Rough and Tumble*:*Aggression*, *Hunting*, *and Human Evolution*, Berkeley:University of California Press, 2013。

③ 此处关于"人类学"的论断出自拉古纳(Grace de Laguna)1941 年就任美国哲学协会分会东方分部主席时发表的演说。

④ Boyd, Brian, "Archaeology and Human-Animal Relations:Thinking Through Anthropocentrism", *Annual Review of Anthropology*, Vol. 46, 2017, pp. 299 – 316. (pp. 302, 309 – 310)

传达出其作为人文主义的经典认知范式之一的思量。

相较于《等待野蛮人》，库切的《动物的生命》以"动物行为学"（animal behavior studies/ethology）① 为切入点，展示了一个人类学机器运行的具体个案。事实上，诺斯克在检视人类学的人类中心主义时，就曾提到人类学把动物议题抛给自然科学。他说："大多数人类学家面临（被批评不关注动物的）质疑时往往撇清关系，表示有关动物本身最好求助生物学或动物行为学等科学研究。"② 诺斯克进一步指出，不仅是人类学家、社会科学家亦是如此，可以说"几乎没有哪个社会科学家对动物表现出兴趣"③。这里的关键在于，如果社会科学家们都把动物研究排除出各自领域，他们何以对动物作出论断，换言之，那些论断即便不是主观臆断也是乏善可陈。又或者，社会科学家们堂而皇之地挪用自然科学研究，声称进化论可以解释人与动物的差别。但这不过是人文学者的一种"反动物反应"（anti-animal reaction）④，因为他们从未真正思考过所谓的"动物科学"使用狭义生物学或遗传学术语来理解动物的适切性问题，更不用提动物本身被自然科，尤其是生物行为学"塑造"的问题。在《动物的生命》中，库切细致地检视了动物科学可能存在的非科学性及其人类学本相。

"简化主义"（reductionism，又译"化约主义""还原主义"）是

---

① 动物行为学是生物学一个分支。"animal behavior studies"侧重研究动物的学习、适应性、竞争、生存策略以及社群行为等；"ethology"强调对动物本能和天性进行观察，并将不同物种加以比较。

② Noske，Barbara，"The Animal Question in Anthropology：A Commentary"，*Society and Animals*，Vol. 1，No. 2，1993，pp. 185 – 190.（p. 186）

③ Noske，Barbara，"The Animal Question in Anthropology：A Commentary"，*Society and Animals*，Vol. 1，No. 2，1993，pp. 185 – 190.（p. 188）

④ 人文主义传统向来拒绝接受简化论或决定论关于"人"的观点，坚信人类具有无穷的能力来追求自身的完美，而实现这种能力的基础就是动物所不具有的"理性"，可以说"对人类理性具有独一无二、自我调节和本质高尚的各种力量的信仰，构成了人文主义信条的核心部分"。Braidotti，Rosi，*The Posthuman*，Cambridge：Polity，2013，p. 13.

导致动物科学研究走向非科学的直接原因之一。所谓"简化主义"，指将复杂现象还原为最简单的生物学解释，其中较为典型者当属"行为主义"（behaviorism）① 否认动物拥有精神生活（因不可被直接观测）、转而倚赖环境刺激检验动物是否产生何种行为②。小说中，库切通过人物角色奥赫恩（Thomas O'Hearne）简要展示了这种化约观：

> 我在看科学文献的过程中发现，想要证明动物能够有策略地思考、掌握某个普遍性概念或运用符号开展交流，都找不到足够的证据。哪怕是表现得最好的高等类人猿，也不会比有严重智力障碍或语言障碍的人做得更好。③

奥赫恩的论辞显然一开始就预置了传统人文主义代表、近代科学始祖笛卡儿的"动物机械论"——动物没有语言、不能思考。相较后者宣称动物的行为是它们身上器官装置的本性在起作用，前者试图通过环境刺激反应来证明动物具有思维似乎更加科学，但却是不折不扣的"极端和教条形式"（extreme and dogmatic forms）④。首先，它对理性的崇拜让我们屈服于以抽象论证为基础的语言，逻各斯中心主义的实质在此暴露无遗；其次，它对经验的信奉使我们唯专注于行为预测，也就是说，行为必须可被观察和测量。然而正如蒙田指出的，"心灵的盲目性"让人类以为动物是可被把握的，但事

---

① "行为主义"是一种 20 世纪初起源于美国的心理学视角。该视角认为，人类和动物的所有行为，都是受环境刺激所产生的反应，而非来自内部思想或感觉，因此主张心理学应当研究可以被观测的行为。

② DeMello, Margo, *Animals and Society*：*An Introduction to Human-Animal Studies*, New York：Columbia University Press, 2012, pp. 351, 353.

③ Coetzee, J. M., *The Lives of Animals*, Princeton：Princeton University Press, 1999, pp. 61 - 62.

④ Midgley, Mary, *Beast and Man*：*The Roots of Human Nature*, London：Routledge, 2005, p. 74.

实是"大自然万物都笼罩在乌黑的浓雾中，没有一个人的智慧可以穿透天与地"①。蒙田批判了人类致命的自负②，对实验观测的效度与信度提出质疑，他诘问道："我们怎么能说，我们看到除了人以外没有其他创造物会运用理智呢？……只因为我们没有见过就不存在吗？"③ 何况像理智、情感以及各种经验的运用，都不是可以轻易通过观测来研究的。因而蒙田虽然认同科学是一项有益事业，但坚决反对简化主义那套一切都能用科学解释的论调，在他看来动物的内心世界并非人类凭借"小伎俩"就能够触及。

在《动物的生命》中，库切借科斯特洛（Elizabeth Costello）之口对奥赫恩深信不疑的动物实验展开了剖视，直言"实验本身很弱智"④，因为设计实验的行为主义者坚信，唯有先建立某种概念化的抽象模型，然后才能，并且必须通过现实检验这些模型。而这些所谓的"模型"，通常具有三个显著特征。第一，以人类中心主义为理论奠基。譬如，实验者只关注动物能否像人一样，从一座人工打造的迷宫安然脱身，却忽视了那些给动物制作迷宫的实验者如果置身婆罗洲丛林，可能立马丢了性命。可见，标榜科学的动物实验，其实是以人作为万物尺度、在一个被剥离了现实世界复杂性的虚拟之中开展的，科斯特洛直斥其"自欺欺人"⑤。第二，实验内容常指向

---

① ［法］蒙田：《蒙田随笔全集（中卷）》，潘丽珍等译，译林出版社 2001 年版，第 124、219 页。

② 这种自负正是由与神性斗争而拯救人性的"英雄"理性演变而来。在神学和形而上学阶段后，人类进入科学阶段，在此阶段宗教和哲学沦为多余，科学作为人文主义的后继者，乃是人类理性的最高成就。［英］布洛克：《西方人文主义传统》，董乐山译，生活・读书・新知三联书店 1997 年版，第 249 页。

③ ［法］蒙田：《蒙田随笔全集（中卷）》，潘丽珍等译，译林出版社 2001 年版，第 124 页。

④ Coetzee, J. M., *The Lives of Animals*, Princeton：Princeton University Press, 1999, p. 62.

⑤ Coetzee, J. M., *The Lives of Animals*, Princeton：Princeton University Press, 1999, pp. 62 – 63.

实用性思维。以著名的苏丹实验（Sultan Experiment）为例①，研究者声称旨在检验动物较高层次的理智水平，实际操作中却迫使动物离开形而上层面的思考。科斯特洛批评苏丹实验是"精心炮制的心理强化训练"②，有计划、有步骤地把猿猴从最初的理式猜想（"为什么人们要这么做？"）推向工具性思考（"如何使用甲物获取乙物？"），最后得出结论，动物的一切活动皆为满足生理需求。第三，排除任何属于有机体内部的推测。动物实验以客观记录为名，强调用确凿证据资料证实或证伪，问题是"眼见为实"并不等于"客观真实"，动物内心未通过可观察的行为表露也并不代表它们就缺乏思维情感。

由此，库切继承了卡夫卡《致某科学院的报告》反对早期心理学，尤其是行为主义刺激反应理论抵制达尔文以"智力—情感连续体模型"（the model of an intellectual and emotional continuum）摧毁人与动物壁垒的衣钵，该学派广泛使用凸显机械性的术语来"类型化"（typologize）动物的思想和行为③。小说中，科斯特洛更明确指出，卡夫卡笔下的红彼得（Red Peter）原型就出自苏丹实验，并毫不掩饰其同情之心："红彼得不是灵长目动物行为的研究对象，而是一个被打上了烙印、被标记了、受了伤的动物。"④ 瓦萨姆普卢（Evy

---

① 该实验是德裔美国心理学家科勒针对一只名为苏丹的猿猴所进行的：把猿猴关在围栏里，研究员停止正常供食，将目的物香蕉悬挂于高处，并在室内放置一只空箱，测试内容为猿猴能否借助空箱作为工具获取香蕉；接下来研究员把箱子尽可能地放到离香蕉更远的地方；接下来研究员在箱子里装满石头……关于苏丹实验的更多内容参阅 Kohler, Wolfgang, *The Mentality of Apes*, Trans. Ella Winter, Abingdon：Routledge, 2001。

② Coetzee, J. M. , *The Lives of Animals*, Princeton：Princeton University Press, 1999, p. 29.

③ Norris, Margot, "Kafka's Hybrids：Thinking Animals and Mirrored Humans", *Kafka's Creatures：Animals, Hybrids, and Other Fantastic Beings*, Ed. Marc Lucht and Donna Yarri, Lanham：Lexington Books, 2010, pp. 17 – 31. （pp. 29 – 30）

④ Coetzee, J. M. , *The Lives of Animals*, Princeton：Princeton University Press, 1999, p. 26.

Varsamopoulou）曾将库切的文学创作定性为"弱势文学"（minor lit-eratures），她认为库切用英语写作类似于卡夫卡用布拉格德语写作，具有语言解域化、政治泛民化和为集体发声等特点，均属少数族裔在主流语言内部缔造的小文学①。通过以上分析可以看到，库切与卡夫卡的书写共性除了为弱势文学而作，还有超越物种藩篱对动物在科学研究中的受害者身份及科学本身的非正义性的共同察鉴。

动物科学研究中存在的另一问题与"化人主义"（anthropomor-phism）有关。广义而论，"化人主义"指从人类角度对非人的客体所作的思考，即把人的特质比附到非人身上②。在这种思维指导下，动物实验传递出的真实很可能是研究者按照自身所期许的标准人为形塑的，这个标准的终极标准便是人类理性。在《动物的生命》中，科斯特洛解构了动物行为学化人主义的人类中心范式。她指出，苏丹实验是实验者严格控制的结果，动物在训练过程中被逐步植入人的心理活动，实验目的是把动物类人化，经过努力奋斗，苏丹成为科勒最出色的学生。同样地，卡夫卡描写的红彼得站在学会成员们面前，絮絮叨叨发出幼稚的理性腔调，讲述自己如何从野兽提升到了跟人接近的人猿。相比卡夫卡字里行间充满反语讽刺，库切通过科斯特洛的所见所感直戳动物科学的化人本相，"一位愤怒的科勒读者在书页留白处写道'把动物当人了！'"③。在这里，库切呼应了鲍德里亚（Jean Baudrillard）对此类化人主义的批判，人类用自己的符号与论述所构成的话语霸权强行改造沉默的动物，动物"被发声"以表明它们不是动物，而动物之所以需要改造源于人文主义的理性

①　Varsamopoulou, Evy, "Timely Meditations: Reflections on the Role of the Humanities in J. M. Coetzee's *Elizabeth Costello* and *Diary of a Bad Year*", *Humanities*, Vol. 3, No. 3, 2014, pp. 379 – 397. (p. 380)

②　Fisher, John, "Anthropomorphism", *Encyclopedia of Animal Rights and Animal Welfare* (*1ˢᵗ edition*), Ed. Marc Bekoff, Westport: Greenwood Press, 1998, pp. 70 – 71. (p. 70)

③　Coetzee, J. M., *The Lives of Animals*, Princeton: Princeton University Press, 1999, p. 30.

崇拜及导致的动物被降格为野蛮①。换句话说,人类强迫动物加入一个"被殖民他者"(colonized Others)的行列,这支庞大的队伍还包括疯子、儿童和野人等,理性主义霸权迫使所有野蛮者服从它的命令,遵从它的法则②。

与上述粗鲁的化人主义③截然相对,动物科学家可能走向另一极端,最大限度地回避或杜绝动物拟人化。因为人们担心一旦认同"非人类动物也能有意识地思考(即使是最简单的思考,比如会认为食物被放在某处)",就会被指控过于感性而缺乏理性,美国动物学家格里芬(Donald R. Griffin)专门创造了"化人主义恐惧症"(anthropomorphophobia,简称 A-phophobia)一词来指涉这种先入为主地反对所有将动物拟人化的讨论的现象④。小说中,库切以鲑鱼歧视为例,生动展现了化人主义恐惧症的病症:

> 当我们看到鲑鱼为它的生命而战时,我们会说,这种奋斗是程式化的;我们会像阿奎纳一样说,这是受自然的奴役的支配;我们会说,这种奋斗缺乏自我意识。⑤

---

① Baudrillard, Jean, *Simulacra and Simulations*, Trans. Sheila Faria Glaser, Ann Arbor: The University of Michigan Press, 1994, pp. 129, 133, 137.

② Chaudhuri, Una, "Animal Geographies: Zooësis and the Space of Modern Drama", *Modern Drama*, Vol. 46, No. 4, 2003, pp. 646–662. (p. 648)

③ "化人主义"在动物研究领域一直是个颇有争议的概念,但近年来不少研究者如班尼特(Jane Bennett)等推崇化人主义的正面价值。班尼特提出,承认非人客体具有原本认为只属于人的能动性,将有助于我们认识自然与文化的"类质性"(isomorphisms),并且能够为我们的感知打开一个充满同其他万物"共鸣与相似"(resonances and resemblances)的世界。而事实上,学界已将"化人主义"与"严谨的化人主义"(critical anthropomorphism)区分开来。关于这些,本书结语部分另有详述。Bennett, Jane, *Vibrant Matter: A Political Ecology of Things*, Durham, NC: Duke University Press, 1998, p. 99.

④ Griffin, Donald R., "Foreword", *Interpretation and Explanation in the Study of Animal Behavior*, Volume 1: *Interpretation, Intentionality, and Communication*, Ed. Marc Bekoff and Dale Jamieson. Boulder, CO: Westview, 1990, pp. xiii–xxvii. (p. xiii)

⑤ Coetzee, J. M., *The Lives of Animals*, Princeton: Princeton University Press, 1999, p. 54.

化人主义恐惧症在动物研究中屡见不鲜。在英国，有摩根（Con-wy Lloyd Morgan）的"简约原则"（The Law of Parsimony）严禁超出所观察到的数据事实解释动物的行为，并且如果能用描述心理进化较低层次的术语，就绝不用描述高级心理过程的术语；在美国，有桑代克（Edward Thorndike）的"效果法则"（The Law of Effect）主张用对照实验取代动物行为研究中的逸事，对桑代克而言，那些可复制环境中动物行为呈现的机械规律，使心理解释成为多此一举①。不难发现，对化人主义的全然拒斥内里包含了简化主义机制，或者反过来说，简化主义的做法正是化人主义恐惧症的表征之一。相比之下，化人主义恐惧症似乎比简化主义对修复人与动物之连续性造成的阻碍更大，因为前者对人类至上地位表现出更为显性的维护。由于从根本上否定人与动物的内在活动之间具有相似性，化人主义恐惧症对动物造成的伤害也更为严重。正如小说所写："我们与其他动物没有什么共同之处，因此我们有权任意处置他们，监禁它们、杀害它们、侮辱它们的尸体。"②

通过对动物科学研究的抽丝剥茧，库切的《动物的生命》揭示了动物行为学的人类学思维逻辑，无论是简化主义，还是化人主义，抑或化人主义恐惧症，都体现了人类之"非动物性"与动物之"非人类性"的界分。但如诺斯克所反问的，"如果我们拒绝对动物和人类提出同样的问题，何以知道动物与人类有什么不同或相似呢？"③换言之，当我们的动物认识始终局囿于人类学机器人与动物的割裂，那么动物的科学探索永远不可能接近真相，此即哈拉维所说的"真

---

① Wynne, Clive, "The Perils of Anthropomorphism", *Nature*, Vol. 428, No. 6983, 2004, p. 606. （p. 606）

② Coetzee, J. M., *The Lives of Animals*, Princeton: Princeton University Press, 1999, p. 34.

③ Noske, Barbara, "The Animal Question in Anthropology: A Commentary", *Society and Animals*, Vol. 1, No. 2, 1993, pp. 185 – 190. （p. 189）

相是构建而非发现的"①。在库切看来，阐明一种非二元、非等级的人的概念十分重要，重新思考动物的生命同样十分重要，唯此我们才可能走出六百年来人文主义传统被理性主义洪流湮没的泥淖。

二　物/兽/人/机："秧鸡人"的后人类赛博格宣言

进入 20 世纪，随着生物技术特别是基因技术的迅速发展，人类身体前所未有地被现代生物科技改造，与此同时，随着人工智能、纳米技术以及生物工艺学等领域兴起，人造智能体越来越趋近人类，甚至在某些方面超越人类。美国著名文化理论家哈桑（Ihab Hassan）指出，人类进化可能正在迈入一个关键阶段，"人类的形态（human form）——包括人类欲望及其外部体现——也许都在发生根本变革……五百年的人文主义传统可能即将行朽，转化为我们不得不称为后人类主义（posthumanism）② 的东西"③。那么，哈桑所说的后人类是何来头？为何它重要到关系人类命脉的地步？

"后—人类"（post-Human）一词最早见于 19 世纪末俄国哲学家波拉瓦茨基（H. P. Blavatsky）的人类演化理论中，此后近百年鲜有人使用该词，直到 20 世纪中后期，"后人类"（posthuman）开始频

---

①　以灵长类动物学研究（其涉及进化论、古人类学、灵长类学等学科）为例，哈拉维指出科学是"制造"出来的。作为研究对象，灵长类动物是一个被不断建构的知识对象，在此过程中"科学—文化"的意识形态话语不断变换着"讲故事"的视点、视角和视域，而诸如种族、性别、国家、家庭、阶级等主题自 18 世纪开始就已在西方生命科学史上打上了深深的烙印，形成了一门特殊的灵长类动物学话语。因此，灵长类学不仅讲述了人类生命的起源、分类以及演化等，还生产出许多涉及自然与文化、动物与人、身体与心灵、起源与未来的故事。Haraway, Donna, *Primate Visions：Gender, Race, and Nature in the World of Modern Science*, New York：Routledge, 1989, pp. 1, 4 – 5.

②　在绪论中我们提到，将"posthumanism"译为"后人文主义"乃是出于对西方人文主义的检视以及"humanism"在汉语中通常被译为"人文主义"的综合考虑。在本节中，我们更关注新时代语境下，技术全面介入身体产生了何种新的人类的存在样态，并强调从宏观进化角度将其与人类肉身的生命形态对照而观，故译为"后人类主义"。

③　Hassan, Ihab, "Prometheus as Performer：Toward a Posthumanist Culture？" *The Georgia Review*, Vol. 31, No. 4, 1977, pp. 830 – 850.（p. 843）

繁地出现在西方的文本和论述中，并形成一股新的批评思潮后人类主义①，"无论是学界已有的论述，还是其所引入的新观点，与后人类相关的术语层出不穷"②。当代后人类思想分为三大方向：一是来自道德哲学，发展为后人类的消极形式，研究者试图借重申古典人文主义理念和激进自由政治学来应对技术驱动的全球经济所带来的各种挑战；二是来自科学技术研究，履行后人类的分析形式，研究者充分肯定所有人类之间、人与非人之间的相互依赖，将以技术为中介的当今世界描述为"泛人性"（panhumanity）；三是来自反人文主义的主体性哲学，提出一种批判的后人类主义，研究者致力打破后人类困境表达的政治中立，从不同的后人类主义派别中重组出一个新的话语共同体，切实解决新技术带来的巨大矛盾以及各种形式的社会/道德不平等③。以上三种流派尽管存在分歧，但它们都产生于同一时代语境，即科技开始全面介入人类身体，人类因此产生了一种新的存在样态，故曰"后人类"。人类社会正在不可逆转地迈入后人类时代，此间出现的为科技所渗透的身体谓之"赛博格"（cy-

---

① 20世纪70年代后期，尤其随着千禧年临近，众多批评家明确提出了后人类问题。2002年，美国现代语言协会（The Modern Language Association of America）的一篇简报中写道，"新世纪以降，'后人类'这一主题词已经出现了6次，目前我们正在评估将该词收入美国现代语言学会国际书目数据库（MLA International Bibliography）"。值得注意的是，此时的"后人类"（posthuman）与最初的"后—人类"（post-Human）相比，去掉了中间的连字符。两者的差别在于，"post-Human"强调与"human"之间的连续性，而"posthuman"则强调一种与"human"不同且独立的存在形式。Badmington, Neil, *Alien Chic*: *Posthumanism and the Other Within*, Abingdon: Routledge, 2004, p. 87.

② 近年出现的重要后人类思想包括：Pepperell 的"后人类宣言"（a posthuman manifesto）、Grimaldi 的"非人思想学派"（a school of inhuman thought）、Raffnsøe 的"关注非人类能动性"（emphasis on non-human agency）、Wennemann 的"论后人类人格"（on posthuman personhood）、Thomsen 的"论'新'人类"（on the "new" human）、MacCormack 的"非人类"（the "a-human"）、Goodley 的"非人类"（the "dishuman"）、Braidotti 的"后人类游牧主体"（posthuman nomadic subjects）等。Braidotti, Rosi, and Maria Hlavajova, "Introduction", *Posthuman Glossary*, Ed. Rosi Braidotti and Maria Hlavajova, London: Bloomsbury, 2018, pp. 1 – 14. （pp. 5 – 6）

③ Braidotti, Rosi, *The Posthuman*, Cambridge: Polity, 2013, pp. 38, 40, 42.

borg）①。现今，主要存在两种热门的赛博格技术：一为"离身赛博格"（disembodied cyborg），二为"具身赛博格"（embodied cyborg）。前者基于信息是事物的本真且可以抽离媒介存在，把人的心智视为一种信息模式的运作，甚至较之肉身更是人类存在的根本，通过在大脑的神经模式活动与先进的神经网络运算之间创建直接连接，实现脑机结合，从而将人的心智转换进一个不朽的硬件系统②。后者虽然同样依赖科技，但主张透过肉体认识和感知世界乃是人之为人的本质特征，在此前提下，关键是让人体，特别是肌体神经末梢与其假肢延伸部分相联合③，譬如可穿戴的机械装置"外骨骼"，这样身体只是从自身局限中解放出来而并未实现永生。

　　不难发现，离身和具身赛博格都是由技术打造的半机器半生物复合体，两者的分歧并非针对技术本身，而在于技术是否可以取代人类。更深层的问题则是，当人类借高科技将自体转化后人类，人类的本质是什么？一旦我们开始重新审视有关"人"的界定，生命自身的"后—人类中心主义"（post-anthropocentric）政治学引发的连锁效应将逐渐显现④，意味着人文主义传统基于人与非人二

---

　　①　1960 年，美国科学家克莱因斯和克兰将"cybernetic"（控制）和"organism"（有机体）拼接创造出"cyborg"（赛博格）一词，旨在探讨未来可能出现的一种新人类，该人类通过与控制装置连接实现强化，能够适应外星环境生存需要，并可在无负担的情况下轻松进行太空探索。"cyborg"的字面意思原为模控有机体，现多用来表示任何混合了有机体与电子机器的生物，因常被用于指涉人机混合，又译作"改造人""生化人""电子人""半机器人"等。Clynes, Manfred, and Nathan Kline, "Cyborgs and Space", *Astronautics*, 1960（September）, pp. 26 – 27 + 74 – 76.（p. 26）

　　②　Thacker, Eugene, "Data Made Flesh: Biotechnology and the Discourse of the Posthuman", *Cultural Critique*, Vol. 53, No. 1, 2003, pp. 72 – 97.（pp. 74, 82, 85）

　　③　Hayles, N. Katherine, *How We Became Posthuman: Virtual Bodies in Cybernetics, Literature, and Informatics*, Chicago: The University of Chicago Press, 1999, pp. 2, 5.

　　④　"后—人类中心主义"取缔了物种等级观念，取缔了"人"作为万物尺度的逻辑，在由此打开的本体论缝隙中，原来被归于异常（病态、堕落、残暴或兽性等），并从规范中驱逐出来的"他者们"将一个个跃入其中。所有"他者"就本质而言，都是人类中心主义、性别主义和种族主义的，因为其秉持了建立在白人、男性、异性恋欧洲文明基础之上的审美与道德理想。Braidotti, Rosi, *The Posthuman*, Cambridge: Polity, 2013, pp. 67 – 68.

分所建立的人学也将面临剧烈冲击乃至崩塌。此亦为何沃尔夫谈及后人类问题时引用了福柯那句话，"诚如我们从思想之考古学中所看到的，人是近代的发明，并且正走向终结……人将被抹去，如同大海边沙地上的一张脸"①。如果说"赛博格之生"代表着"人之终结"，那么人的主体性何在？身体在接受改造的过程中，折射出何种生命政治的幽灵，其本身蕴含何种身份建构与自我主张？随着后人类时代迫临，人性的界定、生命的本质及人与技术的关系面临何种变局？阿特伍德的《羚羊与秧鸡》对上述一系列问题进行了深入思考。

小说中，整个世界被一场人造疫病席卷，只剩下人类唯一幸存者"雪人"（Snowman）和赛博产物"秧鸡人"（Crakers）、"狼犬兽"（Wolvogs）、"器官猪"（Pigoons）等。"秧鸡人"由"雪人"好友、天才科学家"秧鸡"（Crake）发明，后者在疫病暴发后丧生，其种群也频临灭绝。可见，阿特伍德给赛博人取名"秧鸡人"——一个灭绝物种的创造物——绝非偶然，而是后人类世"人之终结"的强烈隐喻："秧鸡人"乃字面和时间意义上真正的后人类种群，即旧人类消亡后的新人类。在"秧鸡"眼中，人类是"有缺陷的机械人"②，因此他根据自己对完美人类的理解创造了"秧鸡人"，并将该项目称作"天溏计划"（Paradice）：他们食素，集多种草食动物的消化优势于一身，包括消化自身盲肠分解物；散发出特殊气味的尿素，用于驱虫和防御野兽，厚实的皮肤可以抵抗紫外线；定期交配，五个人同时举行交配仪式，孩子可能是四名男性中的任何一位的，以避免嫉妒与冲突。阿特伍德描写的"秧鸡人"充分体现了博斯特罗姆（Nick Bostrom）对后人类所作的论释，后人类是"人类的极致强化"（extreme human en-

---

① Wolfe, Cary, *What is Posthumanism*? Minneapolis：University of Minnesota Press，2010，p. xii.

② Atwood, Margaret, *Oryx and Crake*, London：Bloomsbury，2003，p. 166.

hancement）①，是名副其实的人类超越肉身束缚的理想实践。正是基于这种技术乌托邦的生存愿景，有乐观人士表示："人工进化的路径比保持我们现在的物种状态更适合人类，既有如此良径，吾辈何故拒绝？"②

　　除"秧鸡人"外，阿特伍德还展现了众多其他形式的人体改造。"整个地球现在是个巨大的试验场"③，各种化妆霜乳、健身器材、能将肌肉打造得如大理石雕像般惊人的营养剂，以及使人更胖、更瘦、更白、更黑、更黄、更秃、更多毛、更性感、更快乐的药物和手术。其中最突出的例子当属女性身体的提升之路，从胶原蛋白注射，到乳腺假体植入，再到全身肌肤焕新。这些令人眼花缭乱的身体改建并非凭空想象，而是作者对现实社会的生动映射④。早在20世纪末，金伯雷（Andrew Kimbrell）的同名书已将当前人们沉湎身体重塑的境况形容为全球规模的"人体商店"（the

---

　　①　Bostrom，Nick，"Why I Want to be a Posthuman when I Grow Up"，*Medical Enhancement and Posthumanity*，Ed. Bert Gordijn and Ruth Chadwick，New York：Springer，2008，pp. 107 – 136.（p. 107）

　　②　Seidel，Asher，*Inhuman Thoughts：Philosophical Explorations of Posthumanity*，Lanham：Lexington，2009，p. vii.

　　③　Atwood，Margaret，*Oryx and Crake*，London：Bloomsbury，2003，p. 228.

　　④　阿特伍德本人明确表示，《羚羊与秧鸡》并非"科幻小说"（science fiction）而是"推想小说"（speculative fiction），这一点在本书第二章第二节的"从替罪羊到消费品：'羚羊（肉）'的社会性别政治"已有论及。另外，从现实情况来看，科技介入人体已经出现了显性效应。比如，2018年10月23日，在第26届"欧洲消化疾病周"（UEG Week）上，来自奥地利维也纳医科大学的施瓦布（Philipp Schwabl）研究团队宣布，首次在人类大便样本中发现塑料微粒，8名受试者的微塑类型多达9种，这些塑料微粒直径在50—500微米，平均每10克粪便中就含有约20个微塑料，而此前中国"蛟龙号"从南极4500米大洋深处带回的海洋生物体中也检测出了微塑料。Atwood，Margaret，"The Handmaid's Tale and Oryx and Crake in Context"，*PMLA*，Vol. 119，No. 3，2004，pp. 513 – 517.（p. 513）；UEG，"UEG Week：Microplastics Discovered in Human Stools across the Globe in First Study of Its Kind"，23 Oct. 2018，27 Nov. 2018. < https：//www. ueg. eu/press/releases/ueg-press-release/article/ueg-week-microplastics-discovered-in-human-stools-across-the-globe-in-first-study-of-its-kind/ > .

human body shop)①。广义而论,身上有不属于出生时所带的肉身便可列入赛博格,比如安装义肢、植入心脏节律器、配戴隐形眼镜等,都是有机身体与人造机械的交嵌。再极端一些,形影不离的手机也算一种初级寄生机器、一种人工义肢,标志着人类始于"天生赛博格"(natural-born cyborgs)的进化,从第一波以笔、纸、图表、数字媒体为主,过渡到第二波更个性化、在线的、动态的生物技术结合体②。顺带提一下,芬兰语中"手机"(kännykkä)一词本意就指手的延伸。

随着人体改造越来越普及,对"人"的理解是否停留在人类传统肉身,抑或包含了嵌合其中的机械部分?倘若谁因为安装义肢、植入心脏节律器或配戴隐形眼镜而不被承认为"人",恐怕当今社会几乎都要沦为"无人区"。"天然"(nature)一词在新的历史语境下似乎需要重新厘定,而事实上现在是否存在"天然"早已潜流暗涌。从宏观的生物进化层面来讲,人作为自然动物,处于不断的演化之中,从莫里斯的"裸猿"(the naked ape)到泰勒的"人工猿"(the artificial ape),从老生常谈的"文明/城居猿"(the civilized/city living ape)到安德森的"升级版动物"(the augmented animal),再到如今克拉克所说的"模控有机灵长类"(the cybernetic organic primate)③,人类不断为身体添加"非天然"元素。后人类时代,身体仿佛就是为召唤另一身体而诞生,"天然"持续被"修饰","肉体"

①　金伯雷通过大量案例向人们展示了一个基于生命形式克隆、胎儿组织移植、基因工程及一系列前沿生物技术的新产业,人类身体的血液、器官、细胞和基因正在成为新工业时代的原材料,为人体商店创造了一个繁荣的市场。详见 Kimbrell, Andrew, *The Human Body Shop: The Engineering and Marketing of Life*, New York: Harper Collins, 1993。

②　Clark, Andy, *Natural-Born Cyborgs: Minds, Technologies, and the Future of Human Intelligence*, New York: Oxford University Press, 2003, p. 27.

③　Gray, Chris, "Cyborging the Posthuman: Participatory Evolution", *The Posthuman Condition: Ethics, Aesthetics and Politics of Biotechnological Challenges*, Ed. Kasper Lippert-Rasmussen, Mads Thomsen, and Jacob Wamberg, Aarhus: Aarhus University Press, 2012, pp. 25 – 37.　(p. 26)

不停被"撕裂"。这样看来，在世界末日降临之际，"秧鸡人"以其对身体的恣意改造且成功改造，好似继承了西方轻忽身体的传统：在柏拉图那里，身体始终处于被灵魂宰制的卑贱位置；中世纪视身体为罪恶的温床，奥古斯丁深信灵魂享有对身体的绝对优越感；到了17、18世纪，欧洲文明虽未从道德上贬低身体，却把身体与知识对立并峙，如培根的经验主义；西方现代意识哲学认为，人由意识与身体两者构成，但身体在此认识论中无足轻重。

但问题并不这么简单，身体重制的盛行可能恰恰反映了重视身体。正如格雷（C. Gray）所总结的，"古老的身体改进哲学既有对其微妙目的的掩饰，同时又趋向于对目的的剥夺"，像赛博社会风靡的"身体穿孔"（body-piercing）就出于对身体的关爱而非憎恶①。后人类理论家海勒（N. Katherine Hayles）直截了当点明后工业信息时代身体的至要性，她驳斥了离身赛博格允许抛弃肉身、将心智视为信息运作来寻求物种不朽，强调"具身生存"（embodied being）是人之为人的最重要特征②，也就是说，身体升级的前提是肉身为存在之基础。回看现实，当世人否认"交互式人工智能"（Conversational Artificial Intelligence）属于人类范畴，身体已然被当作人的本质规定，而人们对"人工情能"（Artificial Emotional Intelligence）的潜意识恐惧或拒绝，其实也源于同样的原因，甚至可以说人们对技术取代人类的焦虑也有这样的思量③。

小说中，"秧鸡人"作为有身体的赛博格，既不上载人的心灵，也不逃避自身的有限性——"秧鸡人"预置寿命三十岁，因此并不

① Gray, Chris, *Cyborg Citizen: Politics in the Posthuman Age*, New York and Abingdon: Routledge, 2001, p.189.

② Hayles, N. Katherine, *How We Became Posthuman: Virtual Bodies in Cybernetics, Literature, and Informatics*, Chicago: The University of Chicago Press, 1999, pp.283 - 284.

③ "交互式人工智能"是人工智能、自然语言处理和机器学习等技术融合的产物，能够在机器与人类之间提供类似人类的交互。"人工情能"是把人工智能与脑神经科学结合起来，从而让人工智能像人一样拥有感情和心智。

像去身体化的超人类主义那样将主体归于意识或崇尚意识摆脱身体制约。另一方面，"雪人"格外青睐肌体瑕疵，旧日让他难以忘怀的是人类不完美的特征，不对称的微笑以及肚脐旁的疣、痣、瘀伤等，都是他在两性交往中特别留意和亲吻的部位。"雪人"留恋不完美身体，表面上看是颇具感伤主义情调的缺陷迷恋，实则是对缺陷所象征的肉身之执念。对"雪人"来说，身体不再是主体容器而化作人心与经验的自我界面主掌，支撑着心理学上的创造力（身体美学）和生理学上的性冲动（身体欲望）。由是观之，阿特伍德笔下的赛博图景并未沿袭身心二元论对心灵的高举和对肉体的贬抑，若单从"具身生存"角度出发，肉身反而绽放成生命存在的根基，人类通过身体感官方可捕捉和体验复杂现实。

矛盾的是，当肉身可以不断变换突破后，其仿佛是更替另一种以身体为中心逻辑的预备。大街上触目皆是身体广告："蓝色基因日。""试一试'一剪通'！""为什么当矮子？""美梦成真。""向巨人歌利亚看齐！""解救你的耳轮。""填料有限公司。""你就是下一个朗费罗！"[1] 人们的幸福、地位和尊严都在身体操演中一一得以实现，语言简化为空洞的广告标语。不难发现，身体越来越被当作主体认同与身份构筑的凭借，甚至成为界定自我最基本、最终极的内涵，人类操纵自己外貌、身材、情志、生命力的能力达到了空前。然而，人利用科技主宰自我的同时，却也逐渐导致人的工具化、客观化和对象化，即自我的物化；人在利用技术征服自然过程中，自然世界也日益商品化，公共利益、大众传媒和资本市场被猖獗的消费主义全面渗透。以上皆与身体崇拜不无有关：

> 身体从什么时候开始自己出去冒险？……是在抛弃了昔日旅伴理智和灵魂之后，相较后两者，身体曾不过是一具臭皮囊，或

---

① Atwood, Margaret, *Oryx and Crake*, London：Bloomsbury, 2003, p. 288. 此处译文参考了韦清琦、袁霞译本《羚羊与秧鸡》，译林出版社2004年版。

是为它们表演戏剧的傀儡，或是引它们误入歧途的损友。……身体把它们扔在某个地方，让其滞留于潮湿的庇护所或闷热的讲堂里，自己直奔上空酒吧，还把文化丢下：音乐、绘画、诗歌和戏剧。升华，都一起升华；对身体而言，唯有升华。①

这段文字检视了过去"以心统身"的思维定式，但区别于用"身体主体"取代"心性主体"的反拨论述，暗示了人是"身体—理智—灵魂"三位一体的存在。换言之，理智/灵魂与物质肉身不同，却并不呈二元等级关系，而是与其相应结合，构成人类生存的非物质的、不可或缺的方面。可以看出，阿特伍德为身体正名的同时，更警惕人们注意身体解放忽视精神和灵魂，由此触发新一轮心与身、灵与肉、文化与自然的对立。这呼应了德里达（Jacques Derrida）对西方哲学"整体性"（totality）话语的解构，该话语一直尝试确立所谓的人类的普遍本质（语言、意识、理性、自我、自由……），动态的人类及世界总是被整合进"大写的同一"（the Same/One）框架，同质归化差异、一元吞并多元，"那是一种有关本体存在或先验的压迫，也是现世所有压迫的源头或托辞"②。

阿特伍德赛博书写所聚焦的另一主题是人性。首先要指出，这里所谈的"人性"并非伦理意义上的人性的性善论或性恶论，但并非与之毫无关联，因为就本质而言，它们都是人对自身的概括，舍勒（Max Scheler）称之为关于人的自我形象。在《人与历史》一文中，舍勒按照时间顺序梳理了五种人性观念，依次是"宗教人"（homo religiosus）、"智慧人"（homo sapiens）③、"工匠人"（homo faber）、"迪奥尼索斯人"（homo dionysiacus）、"创造人"（homo cre-

---

① Atwood，Margaret，*Oryx and Crake*，London：Bloomsbury，2003，p. 85.

② Derrida，Jacques，*Writing and Difference*，Trans. Alan Bass，London：Routledge，2002，p. 102.

③ "智慧人"简称"智人"。

ator)①。赵敦华认为舍勒的分类不足以全面反映历史上出现的各种人性观念，于是在此基础上扩充为九种：中世纪的"宗教人"，近代的"文化人""自然人"和"理性人"，现代的"生物人""文明人""行为人""心理人"和"存在人"②。纵观历史可以发现，这些形形色色的人性观念中，"理性人"居于绝对支配的地位，典型代表即笛卡儿的"我思故我在"。对笛卡儿而言，情感活动虽然也发生在动物身上（有时甚至比人类更为猛烈），动物在许多事情上也比人类做得更好，但是我们并不能由此得出动物具有思想的结论，而动物能够做得更好正可以证明它们是本能地、机械地行动，就如同闹钟指示时间比人类判断更加准确。笛卡儿据此断言，理性是人与其他动物最显著且唯一的差别，"是全宇宙通行的（足以代表人类特性）的要素"③。

小说中，"秧鸡人"可以习得文字符号，能够使用语言表达思想，具有感知、记忆、推理能力、自我意识等。原文有处细节，当"雪人"离开"秧鸡人"补充给品数日返回发现，后者利用拾到的旧物把他拟像化，然后对着雕像念念有词地祈祷。有趣的是，"秧鸡人"先天基因并未安排形而上学的东西，后天学习也未接受偶像或宗教相关的教导。换句话说，赛博人自为发展出类似信仰的抽象之物。与此形成鲜明对比，身为智人"雪人"从开始就陷入了语言与记忆困境，他拼命告诫自己"牢记那些单词……一旦它们从脑袋里溜走，便永远消失"，"他神志残留部分有很多空白，那本应是记忆所居之处"④。通过将"秧鸡人"的自主思维与"雪人"的理性失能错位并置，阿特伍德勾勒出后人类世主体架构面临疆界消解的问题，会思考的赛博人宣告了诸多主张非人类缺乏理性、依本能行事等说法的破产，善

①　详见 Scheler, Max, "Man and History", *Philosophical Perspectives*, Trans. Oscar. A. Haac, Boston: Beacon Press, 1958, pp. 65 – 93。

②　详见赵敦华《人性和伦理的跨文化研究》，黑龙江人民出版社 2003 年版。

③　Descartes, Rene, *A Discourse on the Method of Correctly Conducting One's Reason and Seeking Truth in the Sciences*, Trans. Ian Maclean, New York: Oxford University Press, 2006, p. 47.

④　Atwood, Margaret, *Oryx and Crake*, London: Bloomsbury, 2003, pp. 4 – 5, 68.

遗忘的智人则凸显了人性本身的复杂性、多重性和不确定性。

如果说人形赛博格"秧鸡人"颠覆了人类最引以为豪的理性之唯一性，那么兽形赛博格打破了人与动物的藩篱。阿特伍德在小说里放置了许多新物种，有混合狗与狼特性的"狼犬兽"（看似像狗一样亲和，却如狼一般凶猛），还有专为人类生产组织器官的"器官猪"（在良种转基因宿主猪体内培植肾、肝、心脏等）。尽管人与动物的界限早就因生物进化的观念而逐渐模糊①，但兽形赛博格的出现赋予动物崭新特征，其在理论和实际上——基因工程和嵌合体实验使"它们脑袋里长着人类大脑皮层组织"②——具有人类的思维，理解人类的世界，甚至成为末日人类最大的对手。"雪人"只能靠在垃圾堆中拣掇衣食活命，"器官猪"佯装撤退却潜伏在下一拐角伺机进攻。兽形赛博格具化了人与动物的暧昧边界，是一种"反常"的存在，因而更能与传统文化规范的意义和权力结构抗衡。伯恩（Jane Bone）评论道，混杂物种干扰了主体的确定性，消弭了人与动物之间的界限，是对人类的"去中心化"③，它们取消了人的崇高地位，人不再是优于其他动物的例外存在。

无论是人形赛博格，抑或兽形赛博格，这些混种抽空了西方人文主义主体关于"原初""自然""统一""本真"的潜在预设，跨越了人与非人、有机物与无机物、物质与非物质的界限。可以说，阿特伍德用文学语言塑造了哈拉维（Donna Haraway）的神话赛博格，"一种模控有机体，一种机器与生命体的混合物"④，挑战了层

---

① 达尔文在早期笔记中明确提到人由动物演化而来，他认为人类和高等动物在心理能力上没有根本区别，动物也有情感、注意力和想象力等。Darwin, Charles, *The Descent of Man and Selection in Relation to Sex*（*Volume* 1），New York：Cambridge University Press，2009，p. 35.

② Atwood, Margaret, *Oryx and Crake*, London：Bloomsbury，2003，p. 235.

③ Bone, Jane, "Environmental Dystopias：Margaret Atwood and the Monstrous Child", *Discourse：Studies in the Cultural Politics of Education*, Vol. 37, No. 5, 2016, pp. 627 –640.（p. 633）

④ Haraway, Donna, *Simians，Cyborg and Women：The Reinvention of Nature*, New York：Routledge，1991，p. 149.

级化二元论，尤其挑战了人文理性主义的教条，即强调理性人性和人作为万物尺度的"大写之人"。该形象"既是一个抽象的普遍性，又是一个精英物种的代言人"——"人"（Human）与"人种"（anthropos）"，其他具身模式皆被摈除于主体范围，取而代之的是"拟人化的他者"（anthropomorphic others），包括非白人、非男性、非健康、非年轻、残障、畸形者，以及人与动物、有机物和其他他者间更多本体论的范畴区划①。这意味着，一旦"大写之人"中心位阶受到冲击，大量介于"人"与他者间的壁垒也将分崩离析。正是基于其对欧洲文明各种政治身份的解构，不少学者称赛博身体具有混杂和流动身份的象征意义，标志着与此前的身体观念、主体范式、人文学科决裂，并提议视赛博格为后结构主义、建构论、女权主义、技术科学和科幻小说在"身体—主体"（body-subjects）的交汇点②。相对地，也有研究者关注技术介入对传统人性和价值观的崩解而持反对意见，他们忧恐以赛博格为代表的"未来人"（Homo futuro）不仅会对社会造成严重的破坏，还会彻底改变人的本质，人类面临被拥有高智商与创造性的超人类竞争替代的威胁③。

阿特伍德在赛博问题上并未轻易采取非此即彼的态度，作者清醒地看到赛博格重新定义"人""生命""主体"，但她同样关切在后人类世已趋事实的情况下，人类将以何种方式继续存活？确言之，我们该如何应对这一波科技革新和社会变更？这些问题牵涉人与技术、物质以及环境之间的伦理重构。在《羚羊与秧鸡》中，阿特伍德运用了一系列"生态哥特"（Eco-gothic）叙事策略来呈现由于干涉自然而产生的深远影响——地球的未来及其生命形式、人类自身

① Braidotti, Rosi, *The Posthuman*, Cambridge：Polity, 2013, pp. 67 – 68.

② Jeffery, Scott, *The Posthuman Body in Superhero Comics：Human, Superhuman, Transhnman, Post/Human*, New York：Palgrave Macmillan, 2016, p. 24.

③ Carvalko, Joseph, *Conserving Humanity at the Dawn of Posthuman Technology*, Cham, Switzerland：Palgrave Macmillan, 2020, p. 5.

的生命繁衍等①。例如，混杂物种的拼缀命名"Crakers""wolvogs"
"pigoons"等，营造出怪异恐怖感径直唤起人们对科学、生物技术、
政府、人性的怀疑与忧虑。种种人物言行描摹，"秧鸡"不相信大写
N 的自然、"雪人"感觉某条界限被僭越、"雪人"母亲斥责生物科
技公司是道德污水池，也都毫不掩饰地映现了工具理性膨胀、科学
技术滥用和资本利益驱使对社会带来的巨大危害。人类世代依存的
时空与生死界域，已然被科学乌托邦、永生妄想、网络社区、人性
异化、人口过剩、全球疫病、资源枯竭、生态崩溃等所笼罩或侵蚀，
"基因富人"定制后代缔造的新人类等级秩序也初见端倪②，外界与
内在、现实与虚幻、过去与未来的矛盾和迷惘在其中纵横交错。显
而易见，阿特伍德关于末世前后失控地景的绘图，表达了她对跨国
资本主义的道德沦丧、高度现代文明的社会疏离以及科技极速发展
的伦理缺失的严厉控诉。

　　值得注意的是，不同于坚信人与技术人工物之间不可逾越的危险
论作家，也不同于积极拥抱科技包括秉持"机器人三定律"的乐观派
作家③，阿特伍德没有规避赛博格增加人类生存风险的可能性（如
前文提到的"器官猪"攻击），但同时甚至更多展现了两者之间的

---

① Wisker, Gina, "Imagining Beyond Extinctathon: Indigenous Knowledge, Survival,
Speculation——Margaret Atwood's and Ann Patchett's Eco-Gothic", *Contemporary Women's
Writing*, Vol. 11, No. 3, 2017, pp. 412 –431. （p. 413）

② 霍金预言，科技发展创造出 DNA 变异的超级人类，在寿命、智力和免疫力等方面
都将超过一般人类，当富人有机会改造后代 DNA，可能导致新的人种竞赛，一旦超人类诞
生，那些未经改造的人类将面临重大政治问题，后者会沦为较低"种姓"甚或消亡。Hawk-
ing, Stephen, *Brief Answers to the Big Questions*, London: John Murray, 2018, p. 81.

③ 前一种立场以雪莱（Mary Shelley）等人为代表，从根本上拒绝讨论人机伦理，
例如《弗兰肯斯坦》中人造物是没有名字的，原文常以"怪物"（monster）、"恶魔"
（fiend/demon/devil）、"坏蛋"（wretch）、"食人巨妖"（ogre）、"卑鄙的爬虫"（vile in-
sect）、"东西"（thing）等词代称。后者源于阿西莫夫（Isaac Asimov）在《我，机器人》
（*I, Robot*, 1950）中提出的机器人行为法则，其奠定了机械伦理学的基础：第一，机器
人不能伤害人类或对人类受伤置之不理；第二，机器人必须绝对服从人类命令，除非与
第一法则冲突；第三，在不违背前两条法则的前提下，机器人可以保护自己。这三条法
则表面上看探讨了人机伦理关系，但究其根本，只是为了确保人的优位性和中心性。

非对抗性差异与命运共同体。从灾难爆发"雪人"带领"秧鸡人"一同前往海岸建立新家，到他返城补充物资牵挂"秧鸡人"安危，再到后来担心偶遇的旧人类幸存者会把"秧鸡人"视为怪物、野人或非人，无不显示出她对跨界新生命形态的道德关怀。这种关系考量强烈地指向拉图尔（Bruno Latour）的"行动者网络理论"（Actor-Network-Theory）：人不是与非人相对立的制度性一极，人与非人、自然与社会之间相互作用、共同演进，结成一个联盟的行动者网络，人类只有通过与其他行动者分享自身，才能维持自己的存在①。文中这样描述：

> 在某种无意识上，"雪人"应该作为对"秧鸡人"的一个提醒而存在，一个不太令人愉快的提醒：他或许就是他们曾经所是的样子。"我是你们的过去，"他似乎吟诵，"你们的祖先，来自死者之地。现在我迷路了，无法返回，陷于困境，无依无靠。让我进来吧！"
>
> "哦，雪人，我们能帮你什么吗？""秧鸡人"温和地微笑，带着惊讶的神情与善意的困惑。②

显然，作者消融了人与技术的对立，让读者看见非人行动者的能动创造，以及人作为行动者如何参与包含异质的联结。在此联结中，不再有先验既定的主体与客体区分，相反只有不断位移、彼此联系、相互建构的行动者，或者说就是一种边界模糊、不确定及多重自我的混杂主体。这样的主体不在于理性意识，也不在于身体界限；这样的主体不是逻各斯的化身，而是充分认识到自身局限性、并谋求共同生活的可能性。要言之，阿特伍德一方面警示了科学共

---

① Latour, Bruno, *We Have Never Been Modern*, Trans. Catherine Porter, Cambridge: Harvard University Press, 1993, p. 138.

② Atwood, Margaret, *Oryx and Crake*, London: Bloomsbury, 2003, p. 106.

同体的伦理规范与科技从业者的职业道德问题，回应了当下的科技社会现实尤其是"生存的危机"这一时代命题，但更重要的是，在危机的齿轮之中寻找一条"共存"的赛博生态之路，这或许也是小说字里行间流露着忧患意识和伤感情绪却又设置了一个开放式结尾所欲传达的信息。

第三节　人与动物共生：当代新英语小说中的人类—动物组配

本节的"组配"（assemblage）概念源于法国思想家拉图尔（Bruno Latour）的"行动者网络理论"（Actor-Network-Theory）：

> 行动（action）不是在意识的完全控制下进行的；行动应被视为一个节点（node）或一个结（knot），是许多令人惊讶的能动性群组（sets of agencies）的集合、必须慢慢解开（disentangled）。正是行动作为这可贵的不确定性（uncertainty）的来源，让我们希望用行动者网络（actor-network）这个奇怪的表达方式把它生动地呈现出来。①

理解该理论的关键有三点：第一，网络并非因人存在，更非以人为主，譬如非洲大草原也是一个个网络，换句话说，行动者既可以指人类，也可以指非人类；第二，所有的行动者都参与到实践关系中，这是一个人与非人相互作用的场域，异质的行动者彼此追随、彼此建构，共同组成一张无缝之网；第三，在该网络中，任何一方都未被赋予特别的优先权，因此不存在所谓的中心，也没有所谓的

---

① Latour, Bruno, *Reassembling the Social*：*An Introduction to Actor-Network-Theory*, New York：Oxford University Press，2007，p. 44.

主客对立，每一个节点或结都可能是中心和主体。不难发现，拉图尔的行动者网络理论与德勒兹和加塔利（Gilles Deleuze & Felix Guattari）的生成论思想有一定相通之处，都强调差异性、流变性和多元性。两者不同的地方在于，前者立足于行动者之间的对称关系与平权地位，后者主张向弱势生成而具有强烈的政治道德色彩。对于行动者网络理论，郭俊立评论指出，"行动者在这里具有哲学的本体论意义，描述了基本的混沌与无序，体现了一种权力本原"，它平等地看待人与非人、文化与自然，呈现出鲜明的反二元化立场①。斐洛和威尔伯特（Chris Philo & Chris Wilbert）高度肯定行动者网络理论对动物研究的重要意义，认为拉图尔拯救了非人，恢复了"失踪群集"（missing masses）的"'位置'、角色、推动变革的能力以及展现能动性的能力"②。正是基于以上认识，本节使用"人类—动物组配"（human-animal assemblage）③ 的概念来探讨现实世界中人与动物之间的互动关系，旨在强调人与动物同处于行动者网络之中，相互关联、彼此影响。

　　人与动物的纠葛，正如布德（J. Boudet）所言，"就像一条扯不断的纽带，在漫长的岁月中一直联系着人与动物"，而"以后的日子里，只要人还有一点和动物一样的灵气，这种关系就会永存不灭"④。布德将人与动物的关系史按照时间顺序划分为六个阶段，依次是：早期人类文明的"动物为神"，在此阶段人学会了既与动物共

----

① 郭俊立：《巴黎学派的行动者网络理论及其哲学意蕴评析》，《自然辩证法研究》2007 年第 2 期。

② Philo, Chris, and Chris Wilbert, "Animal Spaces, Beastly Places: An Introduction", *Animal Spaces, Beastly Places: New Geographies of Human-Animal Relations*, Ed. Chris Philo and Chris Wilbert, London: Routledge, 2000, pp. 1 – 35. （p. 16）

③ 该词并非本书自创，相关论述可见：Clarke, Bruce, and Manuela Rossini, ed, *The Cambridge Companion to Literature and the Posthuman*, Cambridge: Cambridge University Press, 2017。

④ ［法］布德：《人与兽：一部视觉的历史》，李扬等译，山东画报出版社 2001 年版，第 5 页。

存，又与动物有别，并怀着一种迷信的动物敬畏之情；文明西渐过程中的"动物为役"，比如中世纪欧洲十字军东征、旅行及战争等广泛使用马匹；与之同时东方国度则是"动物为伴"，动物既是人类的忠诚奴仆、朋友和战士，也是天与地之间的使者甚至神明；文艺复兴尤其是启蒙运动后的"动物为饰"，人与动物在野外遭遇的时代逐渐落幕，后者转变成人们日常生活中的物资源，如宝贵的珍珠、惊艳的珊瑚、提供皮草的海狸等，最早的动物园也在此阶段诞生；进入19世纪以来的"动物为靶"，工业文明大量消耗动物（肉类、皮货和油脂等），欧洲殖民者大规模海外狩猎，科学研究疯狂地开展动物实验和活体解剖，直接导致许多物种灭绝消失或数量锐减，也激起不少文学家、思想家和普通大众开始反思动物压迫及其带来的后果；20世纪末以降的"动物为友"，人们普遍意识到自身对动物造成了严重破坏，于是尝试以一种友好、保护和理解的态度来对待动物，尽管人与动物之间还存在着一道鸿沟，但伴侣动物与主人之间的友谊似乎对此是一种弥补，同时捍卫动物的行动主义在全球范围此起彼伏，动物权益组织不断增加，动物福利法和动物保护法相继通过。

晚近以来的"动物为友"，其实质用弗洛伊德的话来说，即人们对文明不满而采取的抵制性行动，是人类在建立"进步""洁净""秩序"的文明过程中，将"原始""污秽""危险"的动物予以排除和隔离所带来的反作用。随着环境危机、社会危机和人性危机等现代性问题凸显，人类开始探索文明范式的转变，重新溯源人与动物的关系，对过去那些支配我们行为的伦理道德、法律法规和文化传统进行全面检视。新的思考产生了新的看法与认识，并引发了人类生活方式、社会运动以及道德规范的变革。相对前两节以文化层面探讨为主，本节将取径布德提及的"伴侣动物"和"动保运动"，集中提炼小说在现实层面对有效实现人与动物和谐共处（即人类—动物组配）的误区、问题及可能路径作出的省思，分析动物如何影响现实中人的行为态度和伦理选择，以及动物自身如何被这种影响而影响，并追问在当前时代语境下动物是否能够成为修复人类精神创伤与文化病疴的良药。

一　野生与家养：伴侣动物中的消费主义

当代知名人与动物关系学家赫尔佐克（Hal Herzog）曾讲述过这样一个真实案例：研究员奈伯（Ron Neibor）以猫为实验对象，分析动物大脑受外伤后如何进行重组。奈伯一面悉心照料着实验室的二十四只猫，周末还会特意开车到研究所把猫放出笼子，趴在地上和猫一同玩耍；另一面，按照实验安排，奈伯把福尔马林注射进活体猫的血管内以硬化大脑，然后将其从猫身上切割下来，用镊子剥除头骨，取出完整猫脑进行切片和显微镜观察。在一整年的研究期间，奈伯变得沉默寡言，并且常常满眼通红，每当在实验中心碰见同事时，奈伯总是低头快步走过。不言而喻，杀猫给奈伯造成了严重后果。[①] 上述案例中，猫虽为实验动物，但对那名研究员来说，已经成了朝夕相处的宠物甚至伙伴。研究员与猫的故事，清楚地呈现了人与动物所构建的亲密组配关系中后者对前者的能动作用，它既涉及人在现实世界中的行为活动，也涉及人类精神世界的道德情感。早在 20 世纪末，就有学者针对伴侣动物与人的健康作过调查，发现伴侣动物将在诸多方面对人产生影响，如作为人的助手、对人的生理心理治疗、对人的性格塑造以及改造罪犯等[②]。然而，人与动物之间的伴侣关系，在消费主义的裹挟下，演化为一种特殊的社会文化体系，其中的道德伦理、道德意识和道德责任被悬置，这种演化与消费本身的发展演变有莫大关联。

在西方，"消费"（consumption）一词最早意指消耗、浪费、损毁。到了 18 世纪左右，它的消极意义开始减弱，发展为一个专指事

① Herzog, Hal, *Some We Love*, *Some We Hate*, *Some We Eat*：*Why It's So Hard to Think Straight about Animals*, New York：HarperCollins Publishers, 2010, pp. 7 – 8.

② Edney, A. T., "Companion Animals and Human Health", *The Veterinary Record*, Vol. 130, No. 14, 1992, pp. 285 – 287.（p. 285）

物和劳务消耗的语汇，与经济学概念"生产"（production）相对。20世纪60年代以降，伴随着人类整个经济活动从生产型转向需求型，人们投入劳动生产的精力越来越少，而满足自我需求与福利的消费明显增加，由此产生了一个新的社会形态，即"消费社会"（consumer society）①。消费的目的逐渐脱离了维持人类生存或推动社会发展，成为一种满足对象征物进行操纵的物欲活动。社会学家鲍曼（Zygmunt Bauman）对当今社会的消费意图作了如下梳理：

> 在生活层面上，消费是为了达到建构身份、建构自身以及建构与他人的关系等一些目的；在社会层面上，消费是为了支撑体制、团体、机构等的存在与继续运作；在制度层面上，消费是为了保证种种条件的再生产，而正是这些条件使得所有上述这些活动得以成为可能。②

可以清楚地看到，消费不再指向商品的使用价值或交换价值，而是符号价值和象征价值，消费自身成为生产的根本动力与目标。当消费的观念转化为一种真正的实在，意味着"消费主义"（consumerism）时代的诞生：人们沦为消费的奴隶，为物欲所蔽、为物欲所困，表面上看似乎每个人都拥有自由选择的权利，但实际上早已受制于消费意识形态的规训，"物化结构越来越深入地、注定地、决定性地沉浸入人的意识里"③。在《少年Pi的奇幻漂流》中，马特尔通过对伴侣动物的相关书写，批判了资本对动物的物化和符

---

① ［法］鲍德里亚:《消费社会》，刘成富、全志钢译，南京大学出版社2000年版，第72页。（该版本将作者译为"波德里亚"，为保证行文统一，本书统一采用"鲍德里亚"）

② ［波］鲍曼:《消费主义的欺骗性——鲍曼访谈录》，2007–04–02，访问日期2020–12–20，< https：//ptext. nju. edu. cn/b7/40/c12215a243520/page. htm >。

③ ［匈］卢卡奇:《历史与阶级意识——关于马克思主义辩证法的研究》，杜章智等译，商务印书馆1996年版，第156页。

号化，以及消费主义对人与动物关系的异化，敲响了人类精神危机和生态危机的警钟。

正式进入文本分析前，先来厘清一下何谓伴侣动物。根据动物与人类社会关系的密切程度，国际动物福利界将动物划分为两大类：一类为野生动物，指处于自然生活状态的、不为人类控制或喂养的动物；另一类为驯养动物，指基于人类社会需要、受人类控制和喂养的动物。驯养动物又进一步分为圈养动物和家养动物，前者多指用于农业、工作、科学实验、体育娱乐、动物园和马戏团等用途的动物，包括农场动物、工作动物、实验动物和娱乐动物等，后者主要指家庭饲养用作陪伴的宠物，学名称为"伴侣动物"（companion animals）①。由此可知，伴侣动物属于驯养动物下的家养。不过广义而言，伴侣动物也可指日常生活中所有与人类为伴的动物。从史的角度看，尽管关于最早动物驯养是如何、何时以及为何发生，至今尚无定论，甚至就连"驯养"一词本身的含义也存在较大争议②，但驯养与野生之间存在界限已是一个不争的事实，换句话说，伴侣动物无论是从野生变家养，还是从家养变野生，都象征着一种空间上的移位。

小说中，马特尔通过主人公 Pi 对红毛猩猩"橘子汁"（Orange Juice）成长背景的追忆，展现了伴侣动物"被穿梭"于野生与家养之间的跌宕命运。如同所有不合适做宠物的动物的故事一样，"橘子汁"在年幼可爱的时候被主人买回去，曾给主人一家制造了许多欢乐。随着年龄的增长，"橘子汁"胃口渐长，力气也越来越大，这一

---

① 曹菡艾：《动物非物：动物法在西方》，法律出版社 2007 年版，第 55—56 页。
② 学界普遍认为，狗是第一种被人类驯化的动物，但这其中仍存在诸多谜团，比如狗作为"机会物种"（opportunistic species）食腐动物，到底是自己驯化了自己，还是被人类俘虏驯化？Cassidy, Rebecca, "Introduction: Domestication Reconsidered", *Where the Wild Things Are Now: Domestication Reconsidered*, Ed. Rebecca Cassidy and Molly Mullin, Oxford: Berg, 2007, pp. 1 - 25.（pp. 6 - 7）

切都"使得它变得难以驯服"①。根据 Pi 的推测,可能某天家里仆人打扫卫生把它窝里的褥子拽出来了,又或者,主人家的孩子闹着玩从它手里夺走了零嘴,"橘子汁"生气地露出了牙齿,于是第二天便被抛弃在一座陌生丛林。"橘子汁"看着它认识的那些人、它爱的那些人飞快地离去,它被独自留在一个奇怪的、可怕的地方。相比全文的动物叙事,这部分内容略显单薄,但它简短却不简单,并且蕴意深远。要揭示背后的深层文化内涵,需要结合伴侣动物的历史图景来考察。

在欧洲,伴侣动物成为消费文化的一部分,经历了一个历史发展的过程,这一过程深深地打上了资本主义工经济和帝国主义扩张的烙印。与东方相比,西方社会伴侣动物最初并非如名字所示作为陪伴之用。这从早期欧洲探险家和传教士关于新大陆原始部落的书面记载中可窥一二:他们看到原始部族的人与动物生活在一起时感到惊讶不已或大为震惊②。18 世纪前后,伴随着教会的影响逐渐式微,以及工业革命后城市化、核家庭化和中产阶级的扩张,养宠物之风从以皇室为主体的上层社会逐渐拓展至中产阶级③,开始在整个社会弥漫开来④。到了 19 世纪,英国伦敦街头大约有两万名小贩专门从事活体动物交易⑤,其规模之盛,可以想见。在国家层面,来自第三世界的野生动物被运往欧洲本土圈养,不仅象征着帝国对遥远异域的征服,还提升了民族的优越感、自豪感和荣耀感;在社会层面,大量奇珍动物被卖给私人收藏者当作宠物,成为彰显社会地位

---

① Martel, Yann, *Life of Pi*, Edinburgh:Canongate, 2008, p. 129.

② Serpell, James, *In the Company of Animals*:*A Study of Human-Animal Relationships*, Cambridge:Cambridge University Press, 1996, pp. 60 –66.

③ 据记载,英国国王查理二世可能是世界上第一个公开表示喜爱宠物的人。查理二世的宠物经常被偷,每回他都悲伤不已,有一次他甚至还特意登报,试图寻回自己的宠物。

④ Sandoe, Peter, Sandra Corr, and Clare Palmer, *Companion Animal Ethics*, Chichester:Wiley, 2016, pp. 11, 14.

⑤ Ritvo, Harriet, *The Animal Estate*:*The English and Other Creatures in the Victorian Age*, Cambridge:Harvard University Press, 1987, p. 86.

与声望的重要手段。可见，西方的伴侣动物消费自诞生起就带有炫耀性消费的色彩，追求商品的符号价值中包含的主观效用，"所有的价值都转变为处于符码霸权之下的符号交换价值"①。随着时间的推移，伴侣动物所携带的权力、财富和身份等象征意义虽有所削弱，但并未消退。这在小说中 Pi 提到自家有座动物园并不是什么了不起的事时得到了充分印证，"事实是，我们真不是腰缠万贯的家庭……我们是一个贫穷的家庭，碰巧拥有许多动物"②。言下之意显然是，按照传统的观点，拥有动物似乎应当属于"有闲阶级"（the leisure class）的生活风格。

养宠物之风在社会上日渐蔓延的同时，与动物有关的法律、制度和法规相继面世。有趣的是，最初的动物执法体系并非为了维护动物，而是为了维护主人权益。比如，杀死他人动物者之所以有罪不是因为杀死动物，而是因为侵犯了他人财产，"那人所犯的不是谋杀罪而是偷窃罪或抢劫罪"③。小说家菲尔丁（Henry Fielding）的巨著《汤姆·琼斯》对此就有所映射④。事实上，在中世纪的欧洲，人们对动物作出野生与驯养之分，正是为了判断和确定某动物是否为私有财产：人类驯养动物除了可以获得稳定的食物来源，另一用意在于，通过驯养行为将野生动物变为驯养动物，继而宣布对动物的所有权。可见，动物的野生与驯养之分在源头上就蕴含了人类中心主义的价值取向。此后每一次动物法律地位和角色变更，看似意味着人类与其同伴关系发生根本性的转变，但究其本质不过是人类有计划、有步骤地对动物实施占有，动物自始自终都是被人类任意

---

① ［法］鲍德里亚：《生产之镜》，仰海峰译，中央编译出版社 2005 年版，第 107 页。

② Martel, Yann, *Life of Pi*, Edinburgh: Canongate, 2008, p. 79.

③ Aquinas, Thomas, "On Killing Living Things and the Duty to Love Irrational Creatures", *Animal Rights and Human Obligations*, Ed. Tom Regan and Peter Singer, Englewood Cliffs: Prentice Hall, 1989, pp. 10 – 12. (p. 11)

④ 此在本书第二章第一节的"军事操演与种族清洗：狩猎中的帝国侵略战"有论述。

操纵的对象①。

在《少年 Pi 的奇幻漂流》中，马特尔这样描述道：

> 试想，动物可以不需要服饰、床品、家具、厨具以及洗漱用品等，国籍对它们来说没什么名堂，而它们也不关心什么护照、金钱、工作、教育、买房、医疗——总之，我们说动物的生活如此简单，但给它们搬家却如此费力……材料手续非常繁杂，光贴邮票就费了好几公升的水……报价，讨价还价，交易敲定。最后，签名画押，办理血统证明，办理健康证明，办理出口许可证，办理进口许可证，搞清检疫条例，准备运输事宜……买卖一只鼩鼱的文件比一头大象还重，买卖一头大象所需要的文件比一头鲸鱼还重，一定不要试图去买卖一头鲸鱼，它就是一个笑话……②

这段文字看上去颇为浮夸，但马特尔恰是借这种浮夸讽刺了人类一本正经地将动物视为物化的客体，进而处理为私有财产的行为。马克思主义政治经济学认为，私有财产不仅使人的个性异化，也使物的个性异化，它使人为了物的占有和消费而去支配类生活。如果把具有鲜活生命的动物视作物是第一重异化，那么其被认定为私有财产无疑是第二重异化，即"异化的异化"。在第二重异化中，人类赋予自身私有财产所有者的合法身份，动物由此被彻底剥夺了"狗身自由""猫身自由""鸟身自由"……尽管我们当中有人可能会善待与之为伴的动物，但更多人亏待动物；尽管有人会把动物伴侣视为家庭成员，赋予它们内在价值或不被当作资源的权利，但这只是意味着所有者相信自己的动物财产具有高于市场的价值③。

①　Ritvo，Harriet，*The Animal Estate*：*The English and Other Creatures in the Victorian Age*，Cambridge：Harvard University Press，1987，p. 2.

②　Martel，Yann，*Life of Pi*，Edinburgh：Canongate，2008，pp. 88 – 89.

③　Francione，Gary，*Introduction to Animal Rights*：*Your Child or the Dog*？Philadelphia：Temple University Press，2007，p. 169.

除物化外，文化包装是伴侣动物消费的另一突出特征。诚如费瑟斯通（Mike Featherstone）所述，由于商品可以承载各种文化联想，"广告便利用这一点将浪漫、异域、欲望、美丽、成就感、集体性、科学进步、美好生活等各种意象"植入其中。在消费意识形态笼罩下，资本环境围绕伴侣动物构筑起一套完整的物质文化产业链，从日常普通的宠物生活用品到五花八门的宠物美容医疗，还有面向宠物推出的公园、墓园和繁殖等，背后其实潜藏着伦理危机与道德问题。例如，宠物出行装备"Pooch Pouch"就引发了一场"安全伴侣"与"时尚宣言"的道德争论（参见图10）①。在众多针对伴侣动物打造的文化符码当中，最盛莫过于"异域"（exotic）和"纯种"（purebred），它们代表了原始的自然，是"社会地位的象征或标志"②。小说里，Pi的父亲出售动物时，有买家提出要为他们的儿童动物园购买一只纯正婆罗门出身的奶牛，Pi父走进本地治里的城市丛林，买了一头奶牛，然后把牛角漆成鲜艳的橘黄色、在角尖挂上塑料小铃铛，以增加它的纯正性。马特尔通过这一荒诞的情节，揭露了消费社会中商品逻辑对文化领域和生命自身的侵蚀，动物的身体成为"由各种人类干预形式塑造的生物文化制品（bio-cultural artifacts）"③，主体性早已被消解和遗忘。

商业包装可从动物如何变为日常消费的肉看得更为清晰。关于这个，格伦（Cathy Glenn）有精辟分析：首先，借助语言中的委婉语将

---

① 图为一只1岁的宠物狗被装在"Pooch Pouch"（宠物袋）里。宠物主人声称狗喜欢这样的装备，因为它可以确保狗在外界的安全，是伴侣动物的"安全伴侣"；但批评者认为，这只是一种肤浅的"时尚宣言"，将会给动物带来痛苦。Sandoe, Peter, Sandra Corr, and Clare Palmer, *Companion Animal Ethics*, Chichester: Wiley, 2016, p. 3.

② Grier, Katherine, "The Material Culture of Pet Keeping", *Routledge Handbook of Human-Animal Studies*, Ed. Garry Marvin and Susan McHugh, Abingdon and New York: Routledge, 2014, pp. 124 – 138. （p. 125）

③ Grier, Katherine, "The Material Culture of Pet Keeping", *Routledge Handbook of Human-Animal Studies*, Ed. Garry Marvin and Susan McHugh, Abingdon and New York: Routledge, 2014, pp. 124 – 138. （p. 125）

图 10　安全伴侣？时尚宣言？

动物置换成物，如 cows→beef、pigs→pork 等，从而消除动物的"存在性"（beingness），把主体转变为供消费的对象；其次，利用媒介广告的美化包装，将动物被屠宰和肢解的碎片化过程隐去，比如为牛肉食品打上"阳光""草饲""散养"等标签，营造出一种它们是"快乐牛"（happy cows）的氛围，此为"自然作为商品"（Nature as Commodity）与"自然作为虚拟真实"（Nature as Virtual Reality）的重叠叙述；最后，通过购买和吞食完成整个消费过程（这里的"购买""吞食""消费"在英文中都可用"consumption"来表示）。以上是活体动物蜕变为消费的肉的文化包装过程，光鲜的表象之下，"我们购买、吞食和消费的动物身体是曾经的主体经历客体化后的碎片"①。

---

① Glenn，Cathy，"Constructing Consumables and Consent：A Critical Analysis of Factory Farm Industry Discourse"，*Journal of Communication Inquiry*，Vol. 28，No. 1，2004，pp. 63 - 81. （p. 69）

马特尔所要批判的就是这种物种主义与消费主义媾和对生命的漠视，其将给包括人类在内的环境共同体带来灾难性后果①。原文有处细节：Pi 幽默地说，倘若把日本东京倒过来抖一抖，掉出来的动物会让人们大吃一惊，倾泻而下的不光是猫和狗，还有蟒蛇、巨蜥、鳄鱼、水虎鱼、鸵鸟、狼、猞猁、沙袋鼠、海牛、豪猪、猩猩、野猪等，"仿佛置身于墨西哥一座热带丛林的中心"②。Pi 的戏谑之言从侧面烘托出伴侣动物的数目之多、种类之繁、范围之广。这些流浪城市的动物，如阿特伍德的《羚羊与秧鸡》所说，"是经过驯化的，一旦独自生活就会陷入无助境地"③。辛哈的《动物之人》中那条四处乞食的流浪狗"嘉瑞"（Jara）的生存状况便是最真实的写照，"她瘦得只剩下皮包骨，鼻子上一个鲜红的伤口不断往外淌水"④。值得关注的是，当伴侣动物失去了人类私有财产的"护身符"，它们就会立马被当作公共安全和卫生的威胁遭到人类扑杀，原本附加的"异域""纯种"或其他别的属性统统转换为"污秽""疾病"。换言之，看似与人类关系最密切的同伴动物只能以私有财产的身份存活于私人空间，一旦超出该范围，这些曾办理了一大堆文书材料的"合法居民"立即成为要被排除的越界对象，它们是野外的入侵者。

在《伴侣动物宣言》一书里，哈拉维（Donna Haraway）指出，当人的情感减弱、当人的利益被放到一个优先考虑的位置，或者当动物不能满足人对无条件永恒的爱的幻想，动物就将面临被抛弃的危险⑤。这是"橘子汁"为何突然遭到主人遗弃的原因，也是几乎所有伴侣动物最终被遗弃的原因。等待"橘子汁"的将是死亡的命

---

① 一方面，每年都有人类遭被遗弃的宠物咬伤，甚至咬死事件发生；另一方面，宠物收集直接导致了许多动物面临绝种威胁，以鹦鹉为例，地球上已知的330种鹦鹉中，有三分之一因为宠物交易及栖息地被毁而濒临灭绝。

② Martel, Yann, *Life of Pi*, Edinburgh：Canongate, 2008, p. 42.

③ Atwood, Margaret, *Oryx and Crake*, London：Bloomsbury, 2003, p. 61.

④ Sinha, Indra, *Animal's People*, New York：Simon & Schuster, 2009, p. 18.

⑤ Haraway, Donna, *The Companion Species Manifesto*：*Dogs, People, and Significant Otherness*, Chicago：Prickly Paradigm Press, 2003, p. 38.

运，因为"她和她的人类兄弟姐妹一样，面对陌生丛林时猝不及防"，"橘子汁"可能死于饥饿、暴晒或攻击①。伴侣动物的存在本是为纾解现代化进程中人们的精神匮乏和生活压力，弥合人与动物之间的鸿沟，正如"伴侣动物"这一称呼旨在凸显它们在人类社会扮演着不可替代的亲身角色一样。然而，透过马特尔的动物书写，我们看到了一幅消费主义肆虐下人与动物"似共生非共生"的复杂图像：一面是以"宠"物之名费尽心思地打造全产业链，另一面却是难以摆脱的宠"物"梦魇。归根结底，动物终究只是"物"。事实上，动物贩卖已成为排在毒品和武器之后、妇女之前的世界上第三大非法贸易②。这一切折射出人类文明深处的某种隐匿，无论是野生还是家养，都暗示了人与动物的界限划分，包含着道德判准与价值判断。

二　在矛盾中前行：动保运动的是与非

动物保护作为一种"社会运动"（social movement）乃是近代的发展，始于19世纪英国反动物虐待运动③。这场运动的起因是反对将未经麻醉的动物用于科学研究，直接引发了早期"仁慈主义者"（hu-

———————

① Martel，Yann，*Life of Pi*，Edinburgh：Canongate，2008，p. 129.

② Braidotti，Rosi，*The Posthuman*，Cambridge：Polity，2013，p. 8.

③　当时社会称这类运动为"防止虐待动物运动"或"反残酷运动"，"动物解放"一说直到19世纪末20世纪初才出现。关于动物保护主要有两派观点：一为"动物福利"（animal welfare），二为"动物权利"（animal rights）。相对而言，前者较为保守，提倡制定更严格的法律来防止残酷对待动物，以此改善动物的福利和生活质量；后者较为超前，认为动物具有道德地位，因而人类必须公正、平等地对待动物，激进行动主义者更是主张废除一切利用或压榨动物的行为，包括科学实验、动物园、马戏团等。可以看出，动物福利与动物权利在目的和路径上都有所不同，不过二者的短期目标一致，都是保护动物，因此在现实生活中常相互合作。但是，两者之间的差异仍是显著的。动物福利派认为，如果对动物施加的痛苦可减少至最低限度，科学实验和食肉是可以接受的，而只要能确保动物的权益，将动物用做娱乐资源也是可以接受的；但动物权利派则不同意这种观点，在他们看来，问题不在于是否减少动物的痛苦，而在于承认动物具有其自身存在的理由和权利，人类没有权利剥夺动物这种存在。

manists）的抗议活动，催生了英国的立法改革和保护组织①。1800 年，英国国会首度有议员提出动物保护法案，历经 20 余年推进，世界上第一个与动保相关的法案《对待牲畜法案》（*Ill-Treatment of Cattle Act*，1822）通过。1824 年，世界上第一个得以长久维持的动保团体"防止虐待动物协会"（Society for the Prevention of Cruelty to Animals）在英国成立。到 19 世纪末，各类动物保护组织接踵而至，运动本身也由最初向具有政治影响与经济优势的权贵寻求援助拓展到社会公共领域，与此同时动物关怀面逐渐扩大，检视包括实验、屠宰、娱乐、体育等涉及人类生活诸多层面的动物虐待。另一方面在科学领域，对动物学研究曾有过重要影响的"行为主义"（behaviorism）② 日渐式微，取而代之的"认知动物行为学"（cognitive ethology）③ 强调在进化论语境

---

① DeGrazia, David, *Animal Rights: A Very Short Introduction*, New York: Oxford University Press, 2002, pp. 7 – 8.

② "行为主义"统治美国心理学界长达 50 年之久（从 20 世纪 20—70 年代），并影响了其他许多国家，此在本章第二节有论述。

③ 20 世纪 70 年代，美国动物学家格里芬（Donald R. Griffin）创造了新的术语"认知动物行为学"，用以研究动物意识。在《动物意识问题》（*The Question of Animal Awareness*，1976）一书中，格里芬提出动物具有多样性的思维及丰富的大脑通信系统。由于触碰"雷区"（动物行为一直被视为是特定环境下产生的程式反应，不涉及认知），格里芬的动物研究在当时遭到了很多批评。但随着研究的不断深入，格里芬的观点逐渐被学界接受。20 世纪 90 年代以来，出现了一些针对动物内心世界尤其是感情、欲望和信仰等展开的研究，如 Masson & McCarthy 的《哭泣的大象：动物的情感生活》（*When Elephants Weep: The Emotional Lives of Animals*，1994）、Bekoff 的《微笑的海豚：动物情感纪事》（*The Smile of a Dolphin: Remarkable Accounts of Animal Emotions*，2000）、Balcombe 的《愉悦的王国：动物与自然之爱》（*Pleasurable Kingdom: Animals and the Nature of Feeling Good*，2006）等。这些研究开辟了不同于认知动物行为学的新研究方向——"情感动物行为学"（affective ethology）和"动机动物行为学"（motivational ethology），表明动物的"心智"（minds）远不只是认知领域，还涉及情感和动机方面。事实上，这些问题早在 120 年前达尔文的动物研究中就有所论及。2004 年，马格德特（Koen Margodt）正式将"认知动物行为学""情感动物行为学"和"动机动物行为学"作为三个相对独立的子学科，统归于"动物心智经验的行为研究"（the behavioral study of private experiences ethology of mind）。详见 Margodt, Koen, "Affective Ethology", *Encyclopedia of Animal Rights and Animal Welfare* (2nd *edition*), Ed. Marc Bekoff, Santa Barbara: Greenwood Press, 2010, pp. 5 – 7。

中研究动物的行为和内心世界，刷新了人们对动物的认知。

如果说早年人们反对残酷对待动物包含了资本主义诞生时社会内部的阶层矛盾①，那么之后的动物保护运动则以跨阵营跨阶级在全球范围增加了代表的规模性和复杂性。初期动物保护的重点主要是动物实验问题。1977 年，"动物权国际"（Animal Rights International）领导人斯派拉（Henry Spira）等人历时一年调查和抗议，终结了美国自然历史博物馆赞助的猫实验（该实验涉及人为弄瞎及切除猫的性器官等）。20 世纪 80 年代，动物运动抗议不断，几个重要的动保组织在这期间成立，如"人道对待动物协会"（People for the Ethical Treatment of Animals）、"农场动物改革运动"（Farm Animal Reform Movement）、"女性主义者捍卫动物权"（Feminists for Animal Rights）等。90 年代的动保运动以华盛顿举行的一场 7 万 5 千人的大游行揭开序幕，动物保护主义已然形成一股社会势力，许多大型公司因此中止了动物测试，动物皮草销售额大幅滑落，素食主义和纯素食主义之风日益盛行。

值得注意的是，尽管动物保护运动立足伦理道德且强调怜悯之心，"动物解放组织"（Animal Liberation Front）以及其他激进团体也展现了暴力的一面。例如，美国在 1977 年至 1993 年，因动物运动人士实施的纵火破坏行动和蓄意损毁公物，造成了高达 775 万美元的损失。可见，动保运动是一柄利弊兼有的"双刃剑"，造成的影响就好比动物权问题本身，长期以来备受争议。正如有学者指出的，"作为对现有人类生产和生活方式的解构与颠覆，这种激进的观点尽管尚未获得充分的理论和实践支撑，但仍然带来了现实生产、生活中动物利用的种种道德冲突和伦理困境"②。温顿的《浅滩》对小镇

① 17 世纪伊始，宠物成为英国中产阶级生活方式的一部分，同宠物的互动极大地增进了人与动物之间的感情，而传统的贵族阶级有着悠久的狩猎历史和习俗（他们对猎熊尤为青睐），狩猎本身代表了贵族特有的生活方式，中产阶级对此非但没有兴趣，并且指责这些活动对动物过于残忍。

② 张燕：《谁之权利？何以利用？——基于整体生态观的动物权利和动物利用》，《哲学研究》2015 年第 7 期。

安吉勒斯（Angelus）捕鲸与反捕鲸对抗事件的相关描写就真实地反映了这些摩擦，作者以独到的观察视角检视了隐藏于动保运动背后一系列深刻的道德哲学议题：人与动物之间应当建立何种伦理关系？人类对动物负有哪些道德义务（如果有的话），其与权利关系如何？我们对动物道德地位的考虑将催生何种传统与现代、理想与现实以及不同社会文化之间的矛盾？

　　动物是否只有工具价值或动物是否拥有自身价值，是人类中心主义动物利用观与非人类中心主义动物权利观的根本分歧所在。在《浅滩》中，西澳小镇安吉勒斯有着悠久的捕鲸历史。按照叙述者的交代，安吉勒斯"已经创造和正在创造的历史"都得益于捕鲸业的发达，鲸鱼不仅成就了这个开天辟地的沿海小镇，甚至创造了整个国家①。捕鲸业之所以能产生如此巨大的经济发展推力，源于鲸鱼本身的"工具价值"②。小说刻画了鲸鱼的多样化功用：鲸肉是沿海居民的重要食物来源；鲸油可用于生产黄油、肥皂、蜡烛、化妆品、油漆、塑料和纺织品等；近年来，旅游业的繁荣促使观鲸业得到蓬勃发展。温顿讲述的虽是鲸鱼故事，折射的却是人类利用动物的事实。有关人类利用动物的合法依据，可以追溯至古希腊亚里士多德的自然目的论，"如若自然不造残缺不全之物，不作徒劳无益之事，那么它必然是为着人类而创造了所有动物"③。受亚里士多德影响，中世纪的基督神学家们譬如阿奎纳认为，动物是为人类而生存，它们的存在就是为了理性生物的利益，取用动物是

---

① Winton, Tim, *Shallows*, Sydney：Allen & Unwin, 1984, p. 147.

② 这里所说的"工具价值"是广义上的，即鲸鱼不仅作为一种"工具"（tools）为人类所利用，而是包括有关动物的各种用途，用雷根的话来讲就是"变形"（metamorphoses），变动物为食物、衣物、表演者、竞赛者以及实验原材料等。Regan, Tom, *Empty Cages：Facing the Challenge of Animal Rights*, Lanham：Rowman & Littlefield, 2004, pp. 85, 87, 107, 125, 141, 159.

③ ［古希腊］亚里士多德：《亚里士多德全集·政治学》，苗力田主编，中国人民大学出版社1994年版，第17页。

合法的①。16、17 世纪，欧洲大陆充斥着动物为服务人类而存在的言论，这从伊丽莎白时代博物学家的"龙虾论"可窥一斑：龙虾的存在集多种目的于一身，提供食物（肉可食之），提供锻炼（食前须撬开腿甲和钳子），提供深思对象（盔甲构造精妙可观之）②。启蒙运动后，以康德为代表的理性优越论者宣称，"动物没有自我意识，它们仅仅是作为目的的手段，这种目的就是人"③。可以看出，在人类中心主义动物利用观中，人被确立了至高无上的神圣地位，动物成为人类为满足自身需要可以任意利用的对象，人与动物之间不存在伦理联结。

　　非人类中心主义动物观则完全不同意这种看法。小说中，部分动保人士称："鲸鱼是地球上的居住者，它们需要保护，就是这么回事，它们注定就要在这地球上，不需要证明什么合法性。"④ 此处"不需要证明什么合法性"指向动物的"内在价值"（intrinsic value），其所体现的是罗尔斯顿（Holmes Rolston）的生命哲学。在罗尔斯顿看来，主观论者总是倾向于对价值作出"规定性定义"（stipulative definition），事实上动物内在的价值不需要任何其他工具性参照，因为动物自身就可以作为一种享受，呈现于人类的经验之中，并且动物也无须关联人类作为参照，它们本身就是自然的主体，"自带价值"（value in itself），能够自为地进行生命活动⑤。动物具有内在价值，决定了动物不是为供人类使用而存在的，也决定了动物必

---

①　Aquinas, Thomas, "On Killing Living Living Things and the Duty to Love Irrational Creature", *Animal Rights and Human Obligations*, Ed. Tom Regan and Peter Singer, Englewood Cliffs: Prentice Hall, 1989, pp. 10 – 12. （p. 10）

②　Thomas, Keith, *Man and The Natural World: A History of the Modern Sensibility*, New York: Pantheon, 1983, p. 19.

③　Kant, Immanuel, *Lectures on Ethics*, Ed. Peter Heath and J. B. Schneewind. Trans. Peter Heath, Cambridge: Cambridge University Press, 1997, p. 212.

④　Winton, Tim, *Shallows*, Sydney: Allen & Unwin, 1984, p. 124.

⑤　Rolston, Holmes, *Philosophy Gone Wild: Environmental Ethics*, Buffalo, NY: Prometheus Books, 1989, pp. 110 – 112.

须因它们自身的缘故而被善待。

　　除这种自为价值外，还有动保人士追随边沁的功利主义，坚信动物免受痛苦的利益与人类免受痛苦的利益同等重要，动物感知痛苦的能力赋予它们享有道德关怀的权利。在他们看来，"鲸鱼像人一样，也会生病……而且还有心理压力的问题"①，因此应该被纳入道德考虑的范围之内，否则就会陷入社会改革家索尔特（Henry Salt）所批判的"双重标准"。即，如果说我们要避免痛苦，不可让人类承受不必要的痛苦，那么按照相同的道理，我们也不可认为让动物承受不必要的痛苦无关紧要②。换句话说，只给予人类权利却不给动物权利在逻辑上自相矛盾。这也是为何反捕鲸抗议者奔走疾呼"捕鲸业已经过时，也很不人道，并且还会导致也许是地球上最聪明的生物灭绝，因此它是不道德的"③。在这种平等考虑框架下，动保主义者采取的路径是保护动物免遭无端的痛苦，换言之，正当的动物利用并不会构成权利侵犯，因为判断行动正确与否的标准是尽量使利益最大限度地超过损害。因而，对于像鲸鱼这样的野生动物，权利捍卫的注意力集中在关注动物福利，坚决杜绝娱乐性的掠杀④。

　　较之上述呼吁人类对动物负有道义责任的弱式动物权利论，强式动物权利论认为人类利用动物在道义上就是错误的。根据雷根（Tom Regan）的权利观点，动物展现了类似正常人类的"心理存在"（psychological presence），比如感知能力、认知能力、意向能力、

---

　　① Winton, Tim, *Shallows*, Sydney: Allen & Unwin, 1984, p. 124.

　　② Salt, Henry, *Animal Rights*: *Considered in Relation to Social Progress*, New York and London: Macmillan & Co., 1894, pp. 21 – 22.

　　③ Winton, Tim, *Shallows*, Sydney: Allen & Unwin, 1984, p. 119.

　　④ 功利主义道德思想从驯养动物的利益主张中可以看得更为明晰。在不反对利用动物的前提下，人类应当保证其享有国际公认的非野生动物五大自由，分别是："不受饥渴和营养不良困扰的自由、不在恶劣环境中生活的自由、不受痛苦和疾病伤害的自由、享有表达正常天性的自由、不受恐惧和忧虑紧张的自由。"曹菡艾：《动物非物：动物法在西方》，法律出版社2007年版，第63—64页。

意志能力等，这种"生命主体"（subject-of-a-life）意味着动物是作为目的本身而存在，具有"天赋价值"（inherent value），应当和人类一样拥有道德地位并享有道德权利①。小说反复叙述"鲸鱼是最聪明的生物"显然为此提供了最佳注释，例如奎尼（Queenie）与丈夫争执时说"你知道鲸鱼的脑袋有多大吗？我们可能在宰杀最聪明的伙伴"、弗勒里耶（Fleurier）分析鲸鱼自杀时说"你仍认为它们是自杀的？这么聪明的物种？……你知道它们那巨大的脑袋里装着什么？"②　在实践层面，强式动物权利论通常表现为"废除主义"（abolitionism），它的目标不是改革动物被剥削的方式以使人类对动物的所作所为更加仁慈，而是彻底废除动物剥削，包括完全废除商业性畜牧业、皮草业以及科学研究中的动物利用等③，"倘若不全面废除我们所知的动物利用行当，权利的抱负就不能实现"④。由于激进的动物立场，强式动物权利论常被视为反对人类福利，在动物福利论的对比下更直接被贴上了"反人类"的标签。雷根披露，动物权利派之所以给大众留下负面印象，不仅是媒体追求耸动新闻的结果，也是某些动物利用行业与媒体勾结策划的结果；但与之同时，雷根亦承认，确实存在一些莽撞者、厌世者，他们相信只要为了动物解放，即便诉诸暴力（威胁动物使用者及其家庭成员），在道义上

---

①　雷根认为动物和人类具有非常关键的相似之处，即同为"生命主体"（subject-of-a-life），是具有个体利益的有意识的生物，这种利益无关乎对他人的有用性，"信仰和欲望；感知、记忆及未来感，包括对自己未来的感觉；情感生活，快乐与痛苦并存；偏好利益和福利利益；为追求自己愿望和目标而采取行动的能力；伴随时间推移的心理同一；某种意义的个体福利"，这一切都决定着我们作为个体生活与体验的生命质量。Regan, Tom, *The Case for Animal Rights*, Berkeley and Los Angeles: University of California Press, 2004, p. 243.

②　Winton, Tim, *Shallows*, Sydney: Allen & Unwin, 1984, pp. 38, 52.

③　Cohen, Carl, and Tom Regan, *The Animal Rights Debate*, Lanham: Rowman & Littlefield, 2001, p. 127.

④　Regan, Tom, *The Case for Animal Rights*, Berkeley and Los Angeles: University of California Press, 2004, p. 395.

仍是正当的①。

在《浅滩》中，温顿以写实的文字记录了一场牵涉多方的"鲸鱼之战"。一面是反捕鲸者因为一名焦躁的公务员朝宣传用的充气鲸鱼踢了一脚，而突然暴走、血弹横飞，灌满羊血的避孕套如雨点般洒落，公务员的白发瞬间被染成红色；一面是捕鲸站为了顺利完成捕鲸作业，不惜出动多艘追击船与反捕鲸者周旋，并诱导后者做出某些非常举动，比如当真枪实弹的捕鲸炮掠过头顶时，他们还在嚷嚷保护鲸鱼。在捕鲸与反捕鲸力量角逐的混乱中，记者们手里的照相机却总能准确无误地抓拍到最精彩的瞬间，如"鲸鱼骚乱中海豚抢走了风头""反捕鲸者拯救鲨鱼的猎杀者"等。即使是来自鲸鱼保护组织的媒体召集人，在生死存亡的紧急关头，第一反应也是"我拍下了"而非"鲸鱼被捉住了"。

通过对捕鲸抗议运动的纪实书写，温顿具象化地还原了动物保护的内忧外患：于内，动保主义者们虽有一个共同的行动目标——保护动物，但因动物伦理本身流派各异，导致彼此之间观点不同，甚至相互对立，而思想认识上的差异进一步导致实践策略的差异，这些差异为动保运动中的冲突埋下了伏笔；于外，由于利用动物一直被当作一种传统，这种观念为动物利用行业先发制人提供了有利条件，即把动物权利论者描述成不择手段的极端主义分子，由此增加了冲突的烈度与复杂性，而传播媒介的"拟态环境"（pseudo-environment）② 机制可能彻底激化动保运动的矛盾，使抗议运动失去实质内

---

① Regan, Tom, *Empty Cages: Facing the Challenge of Animal Rights*, Lanham: Rowman & Littlefield, 2004, pp. 11, 18.

② 该概念由传播学史上的重要学者李普曼提出。所谓"拟态环境"，是指媒体向大众提供的信息并非对现实环境的镜式再现，而是通过象征性的事件对其进行选择加工，使之重新结构化后才展现给人们。值得注意的是，这一系列的操作都是在媒介内部进行，因此人们通常意识不到这一点，而往往把拟态环境当作真实环境来对待。Lippmann, Walter, *Public Opinion*, New Brunswick: Transaction, 2009, pp. 15, 27-28.

容只剩下对抗本身①。在动物主义背后，更潜藏着群体性事件的危机：精神上的强烈信念为个体和群体都提供了遗忘错误的机会，后者向来是其所接受到的刺激的奴隶，一如民主理论家熊彼得（Joseph Schumpeter）所言，在群集影响下，人类行为的现实特征往往体现为道德束缚和文明方式突然消失，原始冲动、幼稚行为以及犯罪倾向则突然爆发②。事实上，一些针对动保主义行为的法案也正是在这样的背景下应运而生③。

　　然而，无论是动保主义者，还是动物利用行业，抑或传播媒介，都只是动物平权运动所涉问题的冰山一角。在探索动物权利具体实践时，怀斯（Steven Wise）指出动物解放面临着重重困难，波及政治、经济、宗教、历史、法律、心理、生物等诸多方面④。怀斯的述论揭示了动保运动所遭遇的巨大困难，同时也曝露出动保运动将对人们现实生活与精神世界产生深远影响。历史与现代的矛盾是其中之一。小说中，捕鲸是安吉勒斯的传统，距今已有 50 多年历史，而更早的捕鲸渊源可上溯至 150 年前斯堪的纳维亚的鲸鱼生意，也就

---

　　①　对此，雷根引用沃森（Paul Watson）的话指出："媒体只关心四个元素——性、丑闻、暴力和名人，如果你的故事中没有这些元素中的一个，就等于没有故事。"Regan, Tom, *Empty Cages*：*Facing the Challenge of Animal Rights*, Lanham：Rowman & Littlefield, 2004, p. 11.

　　②　德文词语"massenpsychologie"暗示了这样一层含义："群集心理学"（the psychology of crowds）和"群众心理学"（the psychology of the masses）两个概念不可混为一谈，因为前者不一定带有阶级色彩，它本身同工人阶级的思想和感觉研究没有关系。Schumpeter, Joseph, *Capitalism*, *Socialism and Democracy*, London and New York：Routledge, 2003, p. 257.

　　③　以美国为例，该领域的诉讼和争议通常集中在州和联邦的宪法保护、骚扰猎人法、SLAPP 诉讼（针对公众参与的战略性诉讼）、对动物恐怖主义主张权利（动物企业反恐法案和动物企业保护法案）、对犯罪行为的指控（包括破坏财产和非法释放研究机构动物等）。［美］弗莱舍等：《动物法精要》，孙法柏等译，南开大学出版社 2016 年版，第 290 页。

　　④　Wise, Steven, "Animal Rights, One Step at a Time", *Animal Rights*：*Current Debates and New Directions*, Ed. Cass Sunstein and Martha Nussbaum, New York：Oxford University Press, 2004, pp. 19－50.（p. 19）

是说自那时起这座西澳小镇就开始了捕鲸作业①。悠久的捕鲸史不仅赋以小镇特殊的政治地位和地理意义，还推动了整个社会的发展。这从反对捕鲸抗议运动人士的巨幅署名标语便可窥知：混合装卸工、码头工、搬运工、船木工、建筑工、劳务工、餐饮供应商、公务员、店主、金属和道路及其他联合工会。但是，捕鲸产业辉煌的另一面是，生产过剩引起的鲸鱼市场需求日趋衰减（"我们不吃鲸肉，甚至连副产品都已经过时"），以及过度捕捞带来的鲸鱼物种锐减和生态环境恶化（"海洋里没有鲸鱼就像荒野里没有树木"）②。

　　出于各种考虑，自 20 世纪起一些捕鲸国对近海捕鲸活动开始实施单边管制。1910 年，格拉茨召开的"第八届国际动物学大会"开启了国际联盟对捕鲸行为的管制及倡导保护鲸鱼的运动。1946 年，《国际捕鲸管制公约》通过，两年后国际捕鲸委员会成立，由于当时宗旨是维持捕鲸业有序发展和鲸鱼可持续发展（尤重前者），因此委员会实际上为"捕鲸者俱乐部"。但至 60 年代末，西方环境运动风起云涌，国际社会逐渐将鲸鱼问题列为重要议题。1989 年，《公约》经过修订，规定商业捕鲸配额为零，商业捕鲸禁令的出台标志着国际捕鲸委员会蜕变为"反捕鲸者俱乐部"。需要指出，早在 1977 年澳大利亚便已取缔商业捕鲸，并于 1979 年宣布在澳大利亚任何形式的捕鲸都将被视作非法——《浅滩》的故事时间设定在 1979 年前

①　人类捕鲸大致可以分为三个时期：巴斯克 – 格陵兰捕鲸时代、美式捕鲸时代和现代捕鲸时代。自 11 世纪起，法国、西班牙靠大西洋的巴斯克人便开始了沿岸捕鲸，当时为了满足市场对鲸油和鲸骨的需求，巴斯克人的捕鲸活动已经产业化，后来随着工业革命的发展，巴斯克人的捕鲸活动逐渐为英国和荷兰等国取代。美国早期的捕鲸由印第安人和爱斯基摩人发展而来，大约在 19 世纪末 20 世纪初，美国迈入大规模捕鲸的黄金时代，按照捕鲸业总产值计算，捕鲸业是当时美国的第五大产业。由于捕鲸船队的疯狂捕捞，到 18 世纪初近海湾的鲸鱼种群如灰鲸和露脊鲸等急剧减少，于是人们开始转向远岸的抹香鲸及其他鲸种，捕鲸工业也随之扩展到澳大利亚、新西兰和塔斯马尼亚等地。现代捕鲸业始于 19 世纪 60 年代福因（Svend Foyn）发明的捕鲸炮弹，其将传统的近距离捕鲸叉作业变成远距离的蒸汽船加捕鲸炮配合作战，自此从前难以对付的蓝鲸和须鲸都可成为人类的囊中之物。

②　Winton, Tim, *Shallows*, Sydney：Allen & Unwin, 1984, pp. 52, 124.

后。1980 年，澳大利亚通过了《鲸鱼保护法》，这是世界上首部专门针对鲸鱼的立法。从捕鲸国到反捕鲸国，澳大利亚经历了短时间内从捕捞鲸鱼到保护鲸鱼的巨变，并在不到 6 个月的时间里完成了"从鲸鱼救赎者到狂热支持者的转变"（whaling-redeemers-turned-fervent-advocates），成为第一个将政策依据从科学上考虑鲸鱼濒危程度转为伦理上讨论鲸鱼内在价值的国家①。

这场被喻为"戏剧性历史转折"的鲸鱼拯救行动不但吸引了全世界对澳大利亚捕鲸实践的关注，对本国也造成了剧烈的震荡。当地的社会经济遭遇空前挑战，捕鲸企业频频关闭，工人大量失业，随之而来的是环绕鲸鱼产业所形成的经济链断裂，生产迅速下降，信用关系严重破坏，商店倒闭、银行破产、政府部门瘫痪等，整个社会生活面临陷入混乱的风险。小说借一名工会干事之口表达了上述担忧和不满："这个国家的每个工人，只要愿意，都有权工作。你们这些环保主义的懒汉们，正在骚扰和解雇好人。赶紧回去，回到你们腰缠万贯的老爸老妈那儿去，别来烦工人们了！"②透过这位干事的心声，温顿直观展现了动保运动席卷下传统经济延续与现实环境问题之间的冲突。可以清楚地看到，与一般生态文学侧重表现人类社会飞速发展肇致环境退化不同，温顿在深切关怀竭泽而渔式经济增长掠夺动物的同时，还逆向思考（甚至考问）动保主义给人类社会带来的负面影响。评论家哈根（Graham Huggan）也注意到了温顿小说生态书写的独特性，指出温顿身为环保主义积极分子却以环保主义组织为靶开起了玩笑，他们是"一群哗众取宠的蓄意破坏者和愚蠢的梦想家"③。温顿的质疑并非无中生有，因为现实版的动物

① Epstein, Charlotte, *The Power of Words in International Relations：Birth of an Anti-Whaling Discourse*, Cambridge and London：The MIT Press, 2008, pp. 149 - 150.

② Winton, Tim, *Shallows*, Sydney：Allen & Unwin, 1984, pp. 119 - 120.

③ Huggan, Graham, "Last Whales：Eschatology, Extinction, and the Cetacean Imaginary in Winton and Pash", *The Journal of Commonwealth Literature*, Vol. 52, No. 2, 2017, pp. 382 - 396.（p. 388）

解放更加残忍。由世界野生动物基金会和世界银行赞助发起、在印度尼西亚苏拉威西岛建立的一个自然保护区，就导致大约700个家庭被逐出该地，其中许多为原住民"Mongoneow"，由于重新安置对其他印尼人构成了移民压力，这些被驱逐者最终不得不迁往条件艰苦的高原地带①。

伴随动保运动而来的另一对抗性矛盾是不同文化的摩擦。在《浅滩》中，捕鲸一直是安吉勒斯人生产生活和商业生活的重要内容，毫不夸张地说捕鲸业就是小镇的全部、小镇的生命，"谁都搞不走捕鲸业，连万能的上帝也不能"②。对安吉勒斯人而言，捕鲸俨然已超越物质生产范畴，成为当地人精神文化生活不可或缺的一部分。这种被深深嵌入族群历史记忆的精神信仰在小镇居民斯塔茨（Hassa Staats）身上体现得淋漓尽致。他常说"倘若没了捕鲸工，安吉勒斯就等于死了"，他经营的酒馆常年为捕鲸工提供免费的啤酒。然而，到了动保主义者这里，安吉勒斯人思想上的精神支柱成了赤裸裸的刽子手行为，因为在他们眼中，鲸鱼是人类的同胞，它们已经成为我们的生命，是文明的注视者和记录者，见证了一个又一个文明的兴衰③。于是，动保人士高举抗议旗帜，"巴黎湾和屠夫们，停止屠杀，别让鲜血染红你们的头颅"；安吉勒斯人也毫不示弱地打出标牌，"嬉皮士滚回去！美国佬滚回去！娘儿们滚回去！"不言而喻，在这场捕鲸与反捕鲸对峙中，温顿既看到了捕鲸人坚守自身文化根源的执着，也看到了反捕鲸者目睹物种多样性危机的焦灼。与此同时，温顿更看到了动物平权运动在社区内外掀起的文化碰撞涟漪：社区内部，是不同群体（不同的阶层、性别或文化团体）对动物利用表现出不同耐受力；社区

---

① Emel, Jody, and Jennifer Wolch, "Witnessing the Animal Moment", *Animal Geographies: Place, Politics, and Identity in the Nature-Culture Borderlands*, Ed. Jennifer Wolch and Jody Emel, London: Verso, 1998, pp. 1 – 26. （p. 10）

② Winton, Tim, *Shallows*, Sydney: Allen & Unwin, 1984, p. 45.

③ Winton, Tim, *Shallows*, Sydney: Allen & Unwin, 1984, pp. 127 – 128.

外部，是不同国度、不同地域以及不同民族之间在动物认知上分歧明显。

但无论何种分歧，在温顿看来最为关键当属本土文化与外来文化的冲突。小说多次凸显了原乡与外来（通常是后者对前者）的碰撞。以一位无名氏的言论为例，"那些来自其他国家、其他地方的人，竟要告诉我们怎么治理我们的镇子，创办我们的工业，谋划我们的生计，而他们溜溜达达，一群职业的抗议者！"① 在这里，温顿塑造了一个没有任何背景介绍的无名氏来发表此番言论，此中别有深意。其一，无名氏可能代表本地的捕鲸者立场，那么"本—外"二元对立就呈现为当地住民与动保团体的对立，在前者语境下捕鲸是为本族群争取权利的文化符号，在后者语境下捕鲸是阻碍动物权益保障的绊脚石。这种对立在触及原住民狩猎文化问题时变得更为棘手，因为它们多数情况下并非"废除主义"反对的商业性动物利用，而是一种传统。批评者直斥这类干涉由于认不清历史本质，很可能像人权运动那样，"成为西方人（主要是盎格鲁－撒克逊文化）又一次反对世界其他地方不同做法的十字军东征，宣称原本只属于他们的标准适用于全世界"②。对此，动物解放主义学者反驳道，问题不在于一种行为是不是文化的一部分，所有的行为都是某种文化的一部分（比如非洲的切除阴蒂以及印度的烧死新娘等），问题的关键在于一种行为是否能在道德上站得住脚③。

其二，无名氏可能代表本土的反捕鲸者立场，那么"本—外"二元对立就显示出动物保护主义阵营的区域性断裂，体现为不同国家——澳大利亚与美国在动保实践策略上的差异。关于这一点，芒

① Winton, Tim, *Shallows*, Sydney：Allen & Unwin, 1984, p. 183.

② Coetzee, J. M., *The Lives of Animals*, Princeton：Princeton University Press, 1999, p. 60.

③ Francione, Gary, *Introduction to Animal Rights：Your Child or the Dog*? Philadelphia：Temple University Press, 2007, p. 172.

罗（Lyle Munro）针对澳大利亚、美国和英国的动物解放策略做过一项类型学研究，结果发现：在美国，"动保倡议"（Advocacy for Animals）是最主要的运动策略；在英国，"动保行动主义"（Activism for Animals）更为普遍；在澳大利亚，二者兼有①。显然，这些彼此不同的策略主张，必将使不同地区在应对实际动保问题时产生许多摩擦、争议和纠纷。

最后我们说，温顿文中所曝关于动保运动衍生的一系列矛盾冲突，最终目的并非定位冲突，而是解决冲突，呼吁每个社会、社区和个体采用多元化的视角来看待动物问题。对于动物保护主义，温顿没有采取非此即彼的立场马上表明态度，其始终以一个感同身受的旁观者身份进行冷静思考，借此探究全球化语境下保护传统文化、实现经济发展和自然生态的平衡迷思。在温顿看来，动保运动的发展正如小说所写，"年轻，半对半错"②，充满了坎坷和荆棘，而我们要做的就是，在矛盾中寻求如何有效地实现人类—动物组配和谐，作者坚信"我们的未来在于物种之间的交流，在于与环境共存，而不是沉湎于过去的胡闹"③。

三　同理同情：作为一只蝙蝠会是什么样

在谈及个人对动物权益的态度时，著名法学家沃森（Alan

---

①　"动保倡议"和"动保行动主义"虽然都旨在保护动物，但二者存在诸多不同。相对而言，"动保倡议"对实现组织的目标更感兴趣；"动保行动主义"则更加关注运动的具体过程，基层活动家尤其如此，他们倾向于为动物做出些实际行动，放弃吃肉被视为是一个动保主义者"最起码能做的事情"。在现实世界中，美国的动保人士热衷于制定法律、利用法律保护动物，因而美国成为世界上动物法颇为活跃的国家之一，同时也成为世界上极少数拥有专长动物法律师的国家之一，其动物诉讼案例法最多；英国是西方福利和动物法的先行者，发展至今，英国的动保人士注重在基层层面调动公众舆论和道德资本；澳洲目前采取两者结合的策略，既有道德呼吁，也有明文立法。Munro, Lyle, *Confronting Cruelty: Moral Orthodoxy and the Challenge of the Animal Rights Movement*, Leiden: Brill, 2005, p. 141.

②　Winton, Tim, *Shallows*, Sydney: Allen & Unwin, 1984, p. 91.

③　Winton, Tim, *Shallows*, Sydney: Allen & Unwin, 1984, p. 39.

Watson）高度认可了弗兰西恩（Gary Francione）关于人类对动物负有道德义务的论证，但与此同时沃森也坦言，自己虽然多年没有真正打猎、拒绝了俱乐部在农场组织的射鸽会，可现在仍然吃肉，只不过次数比以前减少，并且颇为肯定自己将来还会继续用假蝇钓鱼。沃森把自己对待动物的矛盾立场比作美国南方农场主的情形，吐露心境称："我想我将不会反对奴隶制，虽然那样的话但愿我会有良心上的不安。"① 沃森是人类面对动物保护主义时自我矛盾的一个很有代表性的缩影，反映了个体在接受崭新宇宙观和伦理观过程中面临着相当的困境，也映射出动物平权运动将遭遇诸多现实难题与阻碍。导致这些问题的主要原因在于，合理证明动物具有某种固有能力（如理性）、承受外界影响的某种脆弱性（如感知痛苦的倾向）、经验世界之外的某种超验属性（如作为"自在目的"的内在尊严）等并非易事——它们通常被看作赋予每个人平等道德价值的关键特征②。随着认知动物行为学的发展，传统被用于区分人与动物的分界标准趋于模糊，而需要进一步追问的可能是：假设上述诉诸理智的动物伦理在逻辑上是正

---

① Watson, Alan, "Foreword", *Introduction to Animal Rights: Your Child or the Dog?* By Gary Francione, Philadelphia: Temple University Press, 2007, pp. ix – xiv.（p. xiv）

② 以上特征出自美国当代哲学家范伯格所阐述的"何为平等的根据"（Grounds for Equality）。这里有两点需要补充：其一，范伯格讨论第二个特征即"天赋的脆弱性"作为判断人是否享有权利的依据时指出，如果采用此标准，那么就意味着需要把低等动物也纳入道德共同体，而事实上范伯格在他后来的几篇论文如"The Rights of Animals and Unborn Generation""Human Duties and Animal Rights"等当中均有继续探究动物权利问题；其二，在范伯格看来，这几个用来主张人具有平等价值的内在品质特征，"没有一个是令人满意的"，"更为可能的是，对人类的普遍'尊重'，从某种意义上来说是'毫无根据的'——它只是一种终极态度，而这一点本身是不能用更终极的术语加以解释……'人的价值'本身，并不内蕴什么属性，就如同我们用'力量'来命名力量、用'红色'来命名红色。在赋予每个人以人的价值时，我们并没有把什么属性或者品质派给那人，而不过是为了表明一种态度——尊重的态度——对每一个人其内在人性的尊重态度"。Feinberg, Joel, *Social Philosophy*, Englewood Cliffs: Prentice Hall, 1973, pp. 90 – 91, 93.

确的①，动物并非"贫乏于世"而是可以"企及世界"，也就是具有有意识的经验（理性、情感等）②，那么人类能否以及如何企及动物的经验呢？对于这个论题，英国哲学家休谟（David Hume）和美国哲学家内格尔（Thomas Nagel）都赞同人类具有企及他者经验的能力，也都赞同动物具有有意识的经验，但两者作出的回答截然不同。休谟基于同理同情的移情说给出了绝对肯定的答案，内格尔那篇以第三人称叙事的蝙蝠论却采取绝对否定的态度。为何休谟和内格尔得出的结论如此大相径庭，这与同理同情、蝙蝠（动物）以及道德伦理有何关联？库切的《动物的生命》以小说的形式撰写了一篇哲学论文，对以上问题进行了深入探讨。

"同理同情"（亦作"移情"），顾名思义，内容包含"同理"（empathy）和"同情"（sympathy）。这是两个既相互联系又相互区别的范畴：前者多用来描述在见证他人的情感发生变化时，自身的情绪和感情也随之受到影响；后者通常建立在前者引起的共鸣基础上（有时共鸣不一定会导向同情），个体能够体会到想象中的他人在某种处境时的感受，这种感受多半是负面的，继而引发善行善举③。休谟观察指

① 女性主义动物伦理认为，主流动物伦理例如辛格的动物解放和雷根的动物权利，都根植于启蒙理性主义、自由权利理论以及功利主义理论，其就本质而言，在认识论上始终将"数学计算"（mathematical calculation）或"理性特权"（privilege reason）置于主要地位，这样的逻辑大有问题。首先，由于过分抽象、似是而非的普适性，它往往忽略了伦理事件的特殊情况及其语境性与政治偶然性；其次，它预置了一个理性平等的社会，忽视了任何社会，尤其是人与动物泾渭分明的社会本身存在权力级差；最后，在处理人与动物关系问题上，它把同情、同理以及怜悯等伦理策略和认知资源都屏蔽在外。为此，女性主义动物伦理提出诉诸情感的"关怀伦理"（ethics of care），强调同情、关爱和责任，注重阐释道德问题的具体语境，并关注个体动物的苦难等。Donovan, Josephine, "Feminism and the Treatment of Animals: From Care to Dialogue", *Signs: Journal of Women in Culture and Society*, Vol. 31, No. 2, 2006, pp. 305 – 329. (p. 306)

② "动物贫乏于世"出自海德格尔，此在本书第三章第三节的"裸命平等：从鲑鱼到蝎子的动物多样性"有论述。

③ "同情"（sympathy）就其含义来讲，具有两种不同的意义，一为"对……的同情"（sympathy for），二为"与……共鸣"（sympathy with），后一种含义其实已经非常接近"同理"（empathy），但为了行文的方便和清晰，本书区分而论。

出，日常经验告诉我们，道德对情感和行为发挥着动力性的作用，人通常受其义务所驱，"道德准则刺激情感，产生或制止行为。理性自身在这一点上是无能为力的"①。可见关于道德动机，理性并不能为人的行动提供动力，相反我们是被情绪和感情激励着去行动。要言之，情感才是改变人的行为的关键。这也是为何无论是同理还是同情，对伦理的开展都具有重要意义。移情机能参与伦理判断的过程在图 11 中可以看得更为清晰②。面对观察到的事实，个体根据自己的经验与体验，经过心理过程和伦理思考，最终作出伦理判断。

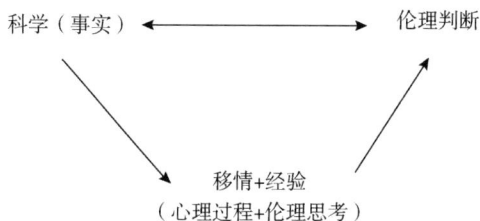

科学（事实）◄───────► 伦理判断

移情+经验
（心理过程+伦理思考）

图11 伦理判断过程

休谟认为，同理同情是人性中一种自然天生的情感，直接塑造了人类道德共同体的实际形态，这种情感通过观念的联系性原则运作，而观念的联系性通过相似性确立③。通过观察动物的行为模式、

①　［英］休谟：《人性论》，关文运译，商务印书馆 1996 年版，第 497 页。译文有改动，英文原文见 Hume, David, *A Treatise of Human Nature*, Oxford：Oxford University Press, 1960。

②　林官明：《环境伦理学概论》，北京大学出版社 2010 年版，第 73 页。

③　在休谟的理论中，移情是一套复杂的心理机制，由三个支配人类心灵的基本原则共同作用完成：第一个是"复制"原则，即"我"在过去某个时间直接体验到的感受会被复制为自我心灵中的观念，这些观念将存储在"我"的记忆中；第二个是"观念的联系性"原则，通过同类体验和感受在时间或空间上的多次重复，"我"的心灵对观念会有更为准确的掌握，比如体验与感受之间的因果关系；第三个是"较生动的知觉激活不太生动的知觉"原则，当一种不太生动的知觉（即一种观念）在心灵中与一种非常生动的知觉（即一种印象）相联系，那么非常生动的将会激活那种不太生动的，以至于后者变得与前者一样生动，从而转变为一种活泼的印象。［澳］劳若诗、贝安德：《动物伦理、同情与感情——一个整体性框架》，《南京林业大学学报》（人文社会科学版）2013 年第 3 期。

审视动物的生理机能，休谟指出人与动物在身体构造和心智情感上都极为相似（此种推断比达尔文早 1 个世纪）。在比较人与动物的精神状态时，休谟写道：

> 显而易见，同情，或者情感的传导，也发生于动物之间，正如在人类之间一样。……动物们也可以借同情感到悲伤，而且悲伤所产生的全部结果和所激起的情绪，和在我们人类之间几乎完全一样。……几乎一切动物在其游戏时和在其斗争时，都用着同样的肢体，进行着同样的动作：狮子、老虎、猫使用它们的爪子；牛使用它的犄角；狗使用它的牙齿；马使用它的后蹄。它们都极为小心地避免伤害它们的同伴，虽然它们并不怕后者的恼怒。这显然证明，动物能够感受到彼此的苦乐。①

从以上文字可以看出，休谟对动物的思考超越了其所处时代。这体现在三个层面：第一，动物拥有各种可见的精神状态，如恐惧和满足的感情、悲伤和快乐的体验等，它们同人类一样拥有思想与理性；第二，动物之间存在情感交流的深层机制，即移情普遍适用于动物，且不比人类之间少；第三，如果拥有较低理解力的动物都能同情其他动物，那么人类也能同情动物，因为人类的理解力高于动物，并且"我们是根据动物的外表行为与我们自己的外表行为的互相类似，判断出它们的内心行为也和我们的互相相似"②。由此，休谟不仅打破了认为人类远离且高于一切其他物种的人类中心主义

---

① ［英］休谟：《人性论》，关文运译，商务印书馆 1996 年版，第 436 页。译文有改动。

② 在休谟看来，"最明显的一条真理就是：动物和人类一样有思想和理性"，尽管可能存在程度上的差异，但"当我们在千百万例子中看到其他动物作出相似的行为、并使那些行为指向相似的目的时，那么我们的理性和概然推断的全部原则，便以一种不可抗拒的力量迫使我们相信有相似原因存在"。［英］休谟：《人性论》，关文运译，商务印书馆 1996 年版，第 201、202 页。

伦理观，还论证了人类具备充分且必要的条件可对非人类动物产生移情，而这正是罗林（Bernard Rollin）谓之动物们"被无视的哭泣"（the unheeded cry）能够被看见的前提①，也是迈尔斯（Olin Myers）等人试图证明的能够提高动物保护，尤其野生动物保护认知的催化剂②。事实上，对动物的同理同情，是推动动物解放的主要动力所在。一个很典型的例子就是，通过电影或媒体所呈现的宠物动物、实验动物及食品动物如何被对待的故事，在改变人们对肉食以及各种动物利用的态度上，已经产生了深远影响③。

　　然而，由于强调情感力量，移情也引起不少学者的批评和质疑。这其中最常被用来反驳该理论的证据之一，莫过于内格尔的经典文献《作为一只蝙蝠会是什么样？》（"What Is It Like to Be a Bat?"）。在许多研究者眼中，该文充分论释了不同物种的感知方式存在着相当差异，因而他者的经验遥不可及。休谟的"人可以对动物产生移情"真是怀疑论者的一派胡言吗？内格尔的"人不可能推断出蝙蝠的内心"真是铁证如山的事实吗？在《动物的生命》中，科斯特洛（Elizabeth Costello）第一场演讲"哲学家与动物"如是评价："内格尔给我的印象是，一个聪明又不缺乏同情心的人，他很有幽默感。他关于蝙蝠的问题挺有趣，但遗憾的是，他给出的答案比较局限。"④ 科斯特洛为何会有这样的判断，此中折射出作者库切何种动

---

① 详见 Rollin, Bernard, *The Unheeded Cry：Animal Consciousness：Animal Consciousness*, *Animal Pain and Science*, Ames：Iowa State University Press, 1998。

② 详见 Myers, Olin, Carol Saunders, and Sarah Bexell, "Fostering Empathy with Wildlife：Factors Affecting Free-Choice Learning for Conservation Concern and Behavior", *Free-Choice Learning and the Environment*, Ed. John Falk, Joe Heimlich and Susan Foutz, Lanham：AltaMira Press, 2009, pp. 39 – 55。

③ Fisher, John, "Taking Sympathy Seriously：A Defense of Our Moral Psychology Toward Animals", *The Animal Rights/Environmental Ethics Debate：The Environmental Perspective*, Ed. Eugene Hargrove, New York：State University of New York Press, 1992, pp. 227 – 248.（p. 227）

④ Coetzee, J. M., *The Lives of Animals*, Princeton：Princeton University Press, 1999, p. 31.

物伦理思想?

首先介绍下内格尔的《作为一只蝙蝠会是什么样?》。该文自1974 年发表在世界顶级哲学杂志《哲学评论》(*The Philosophical Review*) 以来, 迅速引起学界热烈讨论, 并且经久不衰。论文旨在阐述, "一个有机体 (an organism) 只有在当它是那个有机体的时候, 它才真正具有那个有机体所拥有的有意识的精神状态 (conscious mental states)"①。换言之, 由于缺乏作为蝙蝠存在的经验, 人类无从理解蝙蝠的存在究竟是什么样。需要特别指出, 内格尔在论述该观点时, 预设了蝙蝠具有 "有意识的经验" (conscious experience) 的前提条件, "我假定我们都相信蝙蝠具有经验"②。内格尔之所以选择蝙蝠而非黄蜂或比目鱼等其他物种, 是因为他担心如果选择了在种系谱图上属于较低阶序的物种, 人们很可能会对经验存在本身产生怀疑, 也就是说, 动物没有经验, 何谈企及动物的经验? 内格尔认为, 蝙蝠是哺乳动物, 并且毋庸置疑的是, 蝙蝠比老鼠、鸽子、鲸鱼等更具有经验。内格尔详细分析道, 蝙蝠 (尤其是微型翼手目) 对外界环境的感知主要借助声纳系统即回声定位完成, 它们发出急速复杂的高频尖声, 用以测定处于音域辐射内物体刺激形成的反射, 然后大脑将向外发出的声波与随后的回声进行关联计算, 由此捕获信息来准确辨识距离、尺寸、形状、运动和纹理等, 这种辨识类似于人类视觉作出的判断。在这里, 内格尔传递了一条有关人类企及动物经验的重要信息, 即动物具有人身上那种有意识的经验, 而这也是休谟移情伦理说成立的必要条件。

与内格尔的看法颇为接近, 库切也承认动物有意识。小说中, 科斯特洛坚决反对把动物的生命定性为机械系统。在辩论过程中,

---

① Nagel, Thomas, "What Is It Like to Be a Bat?" *The Philosophical Review*, Vol. 83, No. 4, 1974, pp. 435 – 450. (p. 436)

② Nagel, Thomas, "What Is It Like to Be a Bat?" *The Philosophical Review*, Vol. 83, No. 4, 1974, pp. 435 – 450. (p. 438)

科斯特洛以"恐惧死亡"（to fear death）① 为例明确肯定了动物具有心理感受与亲身体验。科斯特洛所强调的动物如何为求生而搏斗的意识经验——一种更高水平的意识——显然已经包含了内格尔所论述的动物具有普遍意义上的有意识的经验。在内格尔那里，有意识的经验是一个广泛的现象，见诸于动物生活的许多层面。正基于此，科斯特洛觉得与笛卡儿等人相比，内格尔"或许是个不错的人"（probably a good man）②，因为后者曾毫不客气地指责那些否认人类以外的哺乳动物具有意识的人是"极端主义者"③。科斯特洛和内格尔都极为关注的这种意识经验的重要性在于，它根本性地颠覆了认定动物缺乏自我意识而无法拥有生命权的观点，继而推翻人类可以任意对待动物的理所当然的合法性。对于后一层意义，科斯特洛更进一步指出，其中蕴含着同者的"总体性暴力"（violence of totality）④，即人类总是在确认自身与他者是否有共同之处，如果答案为否，就有资格随心所欲地对待他们，甚至公然侵犯他们的权利。在现实中的公开演讲上，库切重申了科斯特洛的观点，两者均将人类的动物屠杀与纳粹的种族灭绝等量齐观：

---

　　① 科斯特洛选择"恐惧死亡"来谈论动物的自我意识问题并非随意为之。按照传统观点，人之所以拥有权利是因为人具有自我意识，而自我意识通常被视作恐惧死亡的必要条件。所谓的"自我意识"，就是能够在"己身之外"去看我们自己，我们不仅意识到世界，并且还意识到是在世界之中，这种更高水平的意识（意识到我们意识到某物）便是自我意识的核心。如果没有意识到是在世界之中，那么就很难理解为何会害怕离开这个世界，即害怕生命的终结、害怕死亡。基于此，不少哲学家认为"人正是由于具有自我意识，所以明白死亡是怎么一回事"，也因此他们宣称"只有具有自我意识的存在物才拥有生命权"。Regan, Tom, *Empty Cages*：*Facing the Challenge of Animal Rights*, Lanham：Rowman & Littlefield, 2004, pp. 45 – 46.
　　② Coetzee, J. M., *The Lives of Animals*, Princeton：Princeton University Press, 1999, p. 35.
　　③ Nagel, Thomas, "What Is It Like to Be a Bat?" *The Philosophical Review*, Vol. 83, No. 4, 1974, pp. 435 – 450.（p. 436）
　　④ 关于"总体性暴力"，在本书第三章第三节的"为动物扬名：当代新英语小说中的动物他异性"有论述。

　　把动物转化为生产单位（production units）的历史可追溯至
19 世纪末，从那时起，我们便收到了一个最严重的警告，即将
同类视为任何一种单位（units of any kind）都是弥天大错。这
个警告对我们来说是如此响亮和清晰，以至于你会发现想要忽
视它是不可能的。20 世纪中叶，德国一群有权势的人想出了一
个聪明的主意，将工业化屠宰场应用到人类屠杀之中（芝加哥
首创并完善了这一做法），或者他们更愿意称之为人类加工
（the processing of human beings）。……当我们发现此事时，我们
吓得大叫：把人当牲畜，这是多么可怕的罪行！要是我们早些
知道就好了！但我们的大叫更准确地说应该是：把人类当作工
业过程中的单位来对待，这是多么可怕的罪行！这句话应再附
加一句：想想看，把任何生物当作工业过程中的单位来对待，
这是多么可怕的罪行！①

　　有人提出，肉食工业指向生存而集中营指向毁灭，两者没有可
比性。对此，科斯特洛表示，若特雷布林卡遇难者的身体被用于制
造肥皂、头发被用于填充床垫，以此为由请求死者原谅凶手，这样
的说辞显然站不住脚。这种站不住脚就如同斯威夫特（Jonathan
Swift）《一个小小的建议》所讽刺的把爱尔兰贫民婴儿当作食物卖给
有钱人一样荒谬至极。然而，一旦将动物换到人的位置上，原先的
"站不住脚"和"荒谬至极"可能顷刻间消失。库切所要揭露的就
是这种人类中心主义的利己主义人学蕴含。事实上，斯威夫特的文

① 根据库切本人邮件，在一本名为《永恒的特雷布林卡》（Eternal Treblinka）的
书里，记载了纳粹集中营所用的种族灭绝手法最初源自芝加哥屠宰场。在芝加哥屠宰
场中，被屠宰的动物尸体通过高架运输机，由一个站台运送到另一个站台，每个站台
对尸体进行特定操作，这种流水作业的装配线随后被复制到大众汽车的生产制造。战
争期间，以芝加哥屠宰场为原型的大众汽车装配线经过简单改装，直接被用于专门处
理等待灭绝的囚犯。Kannemeyer, John, *J. M. Coetzee: A Life in Writing*, Melbourne:
Scribe Publications, 2012, pp. 588 – 589.

学创作包括《格列佛游记》当中均有传达对动物暴行的普遍关切、对人与动物关系的深镗哲思。用德亚布（Mohammad Deyab）的话来说，斯威夫特的作品表达了他对人类残忍虐待动物的强烈愤慨，以及对人类道德标准的重新审视，预示着动物福利运动的扩大以及现代出现和发展的众多其他动物权利运动①。库切似乎十分赞同斯威夫特的动物观，在小说中评价斯威夫特是"引人入胜的作家"②，并声称要将斯威夫特的寓言推向极致。

除了意识，库切还强调动物的身体里有灵魂，而活着就是富有生气的灵魂。对库切来说，知觉比意识更是生命的本真③，"生存的知觉（sensation of being）并不是像幽灵般的思维机器那样思考的自我意识（consciousness of yourself），恰恰相反，这种有着四肢身体的知觉是饱含了情感的，这种生存的知觉是现世鲜活的"④。小说中，科斯特洛仍以"恐惧死亡"为切入点阐述了动物的"生存的知觉"。这种存在展现在两个方面：一是对自身生命的关切，比如动物竭尽全力地将自己投身于求生的搏斗；二是对非自身生命的关切，比如小牛失去母牛的挣扎。科斯特洛呼吁人们亲自到宰杀场去感受动物整个生存的力量，或者去阅读将这些鲜活、惊人的生命转化为语言的文学作品⑤。不难发现，科斯特洛摒弃以理性为标准来定义存在并建立道德秩序的做法与卢梭有异曲同工之处。在《论人类不平等的起源和基础》一书中，卢梭提出自然法并不以理性为基础，服从自

---

① Deyab, Mohammad, "An Ecocritical Reading of Jonathan Swift's *Gulliver's Travels*", *Nature and Culture*, Vol. 6, No. 3, 2011, pp. 285 – 304.（p. 302）

② Coetzee, J. M., *The Lives of Animals*, Princeton：Princeton University Press, 1999, p. 56.

③ 对库切而言，理性意识从来都不是生命的存在之所，这一点在本书第三章第二节的"库切的动物论战:'既非人亦非顽石'与反本质主体性"已有论及。

④ Coetzee, J. M., *The Lives of Animals*, Princeton：Princeton University Press, 1999, p. 33.

⑤ 库切诺奖作品《耻》（*Disgrace*, 1999）所描写的动物的无意义死亡，就是当下工厂化农场机械化地屠宰动物的缩影。

然法的乃是自然声音直接表达出来的感性，即心灵最初的两类活动"自爱"与"怜悯"，自爱使我们关切自我的幸福和保存，怜悯则使我们目睹任何有感觉的生物，尤其是同类承受苦难时感到一种天然的憎恨①。卢梭一面严厉批驳现代法学家把自然法理解为只针对具有智慧和自由意志的存在物，并将之限于所谓"唯一具有理性的动物"（也即是说限于"人"）；一面大量举证动物和人类一样有同理心，比如，母兽爱护幼兽、动物看到同类尸体时感到不安以及所有动物踏入屠宰场时会发出悲鸣，等等。

如果说库切和卢梭是以趣闻逸事来阐述动物与人类经验相关，那么内格尔更接近休谟的通过建立高度系统化的理论来探讨该命题。休谟从身体构造出发，通过分析动物及其解剖学特征、行为、认知和情感交流能力，论证了人与动物相近、移情机制以及人类的理解力，在此基础上得出"人可以对动物产生移情"的结论。内格尔同样从身体构造出发，但试图对心智活动的物理本质追根究底，并强调经验具有不可化约的主观成分，任何科学的客观叙述都无法真实地还原经验。因此在内格尔的理解中，我们不仅缺乏作为非人类动物的经验，而且在描述经验的过程中一定会有所遗漏。质言之，人类不可能真正企及动物的经验。在蝙蝠的例子里，内格尔指出人依靠视觉辨识距离、尺寸、形状、运动和纹理等，蝙蝠也有类似的辨识力，但它们凭借声纳系统，这种"素材"的区别使我们难以触及经验的真相：

---

① 受孔狄亚克"感觉论"的影响，卢梭认为精神的复杂活动经过分析后可以归结为一些比较简单的活动，感性是一切精神活动的本原，人在未变成理性生物以前，首先是一种感性的生物。在这里，卢梭并没有否认自然法的存在，而是把自然法建立在先于理性而存在的感性基础上，即建立在自爱与怜悯上，这也是卢梭民主思想的起源。因为传统哲学家大都把精神生活建立在理性基础上，因此他们将没有文化的民众以及被认为缺乏理性的动物都排除在外；而卢梭则把精神生活建立在人人都具有的感性上，不分贵贱高低，同时鉴于动物具有感知，主张应该赋予动物适当的道德权利。［法］卢梭：《论人类不平等的起源和基础》，李常山译，商务印书馆1997年版，第64—67页。

我们自身的经验为我们的想象提供基本素材（material），因此能够想象的范围是有限的。试着想象某人手臂上有蹼，它能让其在黄昏和黎明四处飞翔，把昆虫抓进嘴巴；想象某人视力很差，通过一套反射高频声音信号的系统感知周围世界；想象某人白天倒挂在阁楼。想象这些都无济于事！在我尚能如此想象（且相差不远）的情况下，这些想象告诉我的，无非是当我的行为像蝙蝠一样时会是什么样。但这不是问题所在，我想知道的是，真正作为一只蝙蝠时会是什么样？然而，倘若我试着如此想象，我将受限于自己的思维资源，而这些资源不足以支撑我完成这项工作……①

联系前文可以看到，内格尔肯定蝙蝠具有有意识的经验，并且承认它们的经验与人具有相似性，但坚信人类不可能在严格意义上企及蝙蝠的经验。依内格尔之见，我们不改变自身的基本构造，尽管外表或行为可以做到像动物一样，可我们的经验不会同动物的经验有丝毫相像。换句话说，要回答"X 作为 X 会是什么样"只有实质上成为 X 或者无限趋近 X，才可能获得或更容易获得真相。内格尔的论述有其独特之处，他虽然否定我们对他者的经验可作出准确描述，却并不认为我们因为不能完全理解他者，就剥夺他者拥有经验世界，或者就认定他者的经验世界比我们贫乏，即使是蝙蝠这样与我们相比"完全陌异的生命形态"（an alien form of life）②，甚至不排除蝙蝠对人类大脑的了解或许超过了人类自身所可能达到的程度。内格尔的审慎得到了库切的尊重与欣赏，后者的代言人科斯特洛反问那些宣称动物生活在意识真空的人，"到现在都不能证明动物世界

---

① Nagel, Thomas, "What Is It Like to Be a Bat?" *The Philosophical Review*, Vol. 83, No. 4, 1974, pp. 435 – 450. （p. 439）

② 内格尔认为，蝙蝠声纳系统作出的判断虽然可与人类视觉系统作出的判断相提并论，但它们的作用机制与人类的任何感官都不一样，因此蝙蝠对人类而言是"完全陌异的生命形态"。

是什么样的自我……因为不能证明，所以动物就缺乏意识。这个'所以'又代表什么？所以我们就可以为了我们的目的任意使用它们？……我们对宇宙的理解真得比动物更好吗？"①

但也正是这种审慎，内格尔引发了诸多争议。丹尼特（Daniel Dennett）评论说，内格尔告诉我们一个支持我们既有观念的事实，即蝙蝠具有意识经验（他没有论证砖头有意识），可这并不是重点，甚至可以说是最不重要的一点，重要的是，内格尔是为了借此来证明他自己的观点，即蝙蝠的经验与人类的经验截然不同②。肖尔斯（Corry Shores）认为，内格尔关于蝙蝠意识的讨论展示了他的动物现象学理论，由于存在生理结构差异，任何尝试获得忠实于动物第一人称主观视角的非人类动物经验描述的努力都是徒劳，换言之，科学在解释经验时失去了原有作为真相发掘者毋庸置疑的确定性权威地位。在这里我们与其说内格尔对科学的疆界采取保守姿态，倒不如说他从本质上坚守寻求科学解释的认知范式，而这也是内格尔之所以选择在解剖学意义上与人类相似、在生理机能上却足够相异的蝙蝠来讨论的另一层动机所在③。更有批评者毫不留情地指出，内格尔整个论述纯属多此一举，因为经验固然有"随物种不同而不同"（species-specific）的主观性，但内格尔一心想要追求的那种科学真实根本就不可能实现，也就是说，完全独立于主观叙述之外的客观经验是不存在的，因此"内格尔的论证相当没有必要地表明科学对于某个经验的解释不能为人提供该经验，可谁说科学应当如此或将会如此"④。

---

① Coetzee, J. M., *The Lives of Animals*, Princeton: Princeton University Press, 1999, pp. 44 –45.

② Dennett, Daniel, "Animal Consciousness: What Matters and Why", *Social Research*, Vol. 62, No. 3, 1995, pp. 691 – 710. （pp. 693 – 694）

③ Shores, Corry, "What Is It Like to Become a Rat? Animal Phenomenology through Uexküll and Deleuze & Guattari", *Studia Phaenomenologica*, Vol. 17, 2017, pp. 201 – 221. （pp. 202 – 203）

④ Kekes, John, "Physicalism and Subjectivity", *Philosophy and Phenomenological Research*, Vol. 37, No. 4, 1977, pp. 533 – 536. （p. 536）

内格尔这种审慎同样引起了《动物的生命》中"表达出众、悟性很强的"科斯特洛的强烈不满①，直言内格尔提出的蝙蝠问题很有趣，但答案很悲剧地具有局限性。针对内格尔的"人类无法企及动物经验"，科斯特洛从三个方面进行了反驳。其一，根据内格尔的逻辑，当且仅当一个有机体具有作为那个有机体的经验时，才可以称之为具有有意识的经验。很明显，世界上并没有谁知道当个死人是怎么回事，或者说知道对于死人而言当个死人是怎么回事，因为没有谁是"当个死人"地活着，可我们绝大多数人却笃信自己了解死亡是怎么一回事，更把死亡恐惧作为支撑人具有自我意识的核心证据，并借此赋予自身道德地位和道德权利。那么，这是否说明内格尔的"无法企及"是不成立的，抑或人类以死亡恐惧赋予自己权利是有失偏颇的？（如果是后者，恐怕人类整个道德哲学的根基将面临严重的震荡，因为伦理学家们通常把避免意识上的痛苦视为是道德上最高的善）科斯特洛质疑道："若我们能够思考自己的死亡，为什么我们就不能够思考蝙蝠的生存之道？"② 科斯特洛的诘问并不是无事生非，恰恰相反，这样的深究具有重要意义。因为在处理我们如何企及动物经验时，正是内格尔这种"合乎科学的审慎"使得动物意识研究成为科学界特别是心理学家的一项禁忌，并且随着行为主义的盛行，动物意识问题由"科学上的无法研究"进一步变成了"科学上的不存在"③。

其二，科斯特洛继续追问，按照同样的道理，正常人也不可能

① 这里对科斯特洛的评价出自时任普林斯顿大学人类价值研究中心主任古特曼（Amy Gutmann），《动物的生命》是《人类价值研究中心丛书》之一。Gutmann, Amy, "Introduction", *The Lives of Animals*, By J. M. Coetzee, Princeton：Princeton University Press, 1999, pp. 3 – 11. （p. 5）

② Coetzee, J. M., *The Lives of Animals*, Princeton：Princeton University Press, 1999, pp. 32 – 33.

③ Allen, Colin, and Rollin Bernard, "Conscious Experience/Consciousness and Thinking", *Encyclopedia of Animal Rights and Animal Welfare* (*1*ˢᵗ *edition*), Ed. Marc Bekoff, Westport：Greenwood Press, 1998, pp. 22 – 25. （pp. 23 – 24）

了解那些先天耳聋或盲人的内在经验——这也是内格尔本人推出的事实，这个"不可能"直接切断了我们对他们展开移情的可能性，那么我们是根据什么来主张对他们道德关怀？如果说是因为我们确信他们具有意识经验，那么对于那些不能满足意识经验标准的，如婴幼儿、人类晚期胚胎和精神障碍者等，我们又是依据什么将他们纳入道德共同体？如果说是因为具有理性潜能，那么对于遭到不可逆的永久损伤的植物人，为什么伤害或杀死他们无论在法律还是在道德上都不能被接受？而这些问题似乎最后都将回到"人就是人"这一理由怪圈。借小说中一位英国学者之口，库切点出了怪圈的人类中心主义实质，"一切有关意识以及动物是否具有意识的讨论都不过是烟雾弹，从根本上说，我们是在维护人类自身的利益"[1]。由此，库切呼应并升级了休谟对该议题的讨论，后者认为拒绝承认动物和人类一样具有意识理性是荒唐之举，而挖空心思来为此进行辩护也同样荒唐，"相关种种争议，显然极其愚蠢无知"[2]。事实上就动物伦理而言，那些主张承认动物具有感知能力、呼吁把动物纳入道德考量的理论家们，往往都是怀疑论者或不可知论者，休谟便是典型的例子[3]。不言而喻，库切的写作沿袭了这种思维模式，这一点已被其他批评家观察到[4]。

　　了解了以上信息，也就不难理解科斯特洛的第三条，也是最重要的一条反驳论据为何会带有浓重的不可知论色彩——"怀有同情的想象是没有界限的"。科斯特洛说：

---

　　① Coetzee，J. M.，*The Lives of Animals*，Princeton：Princeton University Press，1999，p. 45.

　　② ［英］休谟：《人性论》，关文运译，商务印书馆1996年版，第201页。

　　③ ［澳］劳若诗、贝安德：《动物伦理、同情与感情——一体性框架》，《南京林业大学学报》（人文社会科学版）2013年第3期。

　　④ Lamey，Andy，"Sympathy and Scapegoating in J. M. Coetzee"，*J. M. Coetzee and Ethics：Philosophical Perspectives on Literature*，Ed. Anton Leist and Peter Singer，New Yok：Columbia University Press，2010，pp. 171－193.（p. 186）

心灵是同情这种机能的栖居之所，同情心使我们有时可企及另一存在（the being of another）。同情心完全与主体（subject）相关，很少与客体（object）即"另一"（another）相关。当我们思考的对象不是一只蝙蝠（"我们能企及一只蝙蝠的经验吗？"），而是另一个人（another human being）时，我们就恍然大悟了。有些人具有把自己想象成别人的能力，有些人则没有这种能力（当这种能力的缺乏达到极点时，我们称之为"精神病患者"），还有些人拥有这种能力却选择不去使用。①

科斯特洛此处以"同情想象之无界"去攻击内格尔的"企及他者经验之有界"，言辞犀利，语带讥讽，甚至大有将自己对另一方的批判引向极端之嫌。这也印证了诺贝尔文学奖获奖词对库切所认定的，"作者与邪恶的对抗带有一种恶魔信仰的色彩"，可透过恶魔信仰背后，读者看到的是"库切是一个有道德原则的怀疑论者"。若从理论上加以分析，上述所谓的恶魔信仰有着深厚的理论基础。早先有前面介绍过的休谟构建的人与动物移情伦理，晚近有德勒兹和加塔利（Gilles Deleuze & Felix Guattari）从粒子角度提出的"生成—动物"思想。基于"身—心平行论"，德勒兹、加塔利认为组成身体的无限粒子处于无限连接中，身体微粒子之间的快与慢、动与静等有关速率方面的运动构成身体的经度，而身体在运动过程中影响或受影响之能力（包括力量的性能和潜能）的强度变化则构成身体的纬度。其中，身体影响或受影响的能力我们称为"情状"（affection）和"情感"（affect），产生于身体与他物的"遭遇"（encounter）之中。情状是一种瞬间作用于空间层面的即时样态，这种样态并非静止的而是时刻变化的，情感则是情状在时间的绵延中形成的一种持续变化，记录并显示情状运动痕迹留下的持续效果，也就是我们通

---

① Coetzee, J. M., *The Lives of Animals*, Princeton: Princeton University Press, 1999, pp. 34 – 35.

常所说的"感受""情绪""影响"等①。简言之，身体始终处于一种"居间"（in-between）状态——无论是情状还是情感，这样的"居间"无疑也会发生在人与动物的遭遇之中。

由此观之，内格尔提出我们无法企及动物经验，虽意在强调该经验的结构素材、熟悉程度以及感官机能，但这种强调难免会出现一系列有关其是否证明了人类与他者不可沟通，甚至无须进行徒劳沟通等解读。而基于休谟、德勒兹和加塔利等人的论述，我们说库切的蝙蝠推论更具有现实伦理效用，因为库切借由科斯特洛所传达的思想就是"让不可能的跨物种沟通成为可能"。一如爱因斯坦所言，"无数未知的灵魂，他们的命运与我们的同情联系在一起"②，我们的任务是解放我们自己、超越我们自己，这需要扩大我们的同情圈子，接纳和拥抱所有的生灵。

---

① 怡蓓：《德勒兹生成思想研究》，博士学位论文，北京外国语大学，2014 年，第 78—79 页。

② Rowe，David，and Robert Schulmann，ed，*Einstein on Politics*：*His Private Thoughts and Public Stands on Nationalism*，*Zionism*，*War*，*Peace*，*and the Bomb*，Princeton：Princeton University Press，2007，p. 227.

结　　语

　　"我是那无言者之言，为不会说话者说话；直至耳聋的世人，听到他对无言弱者的欺凌。在我们不见处，它们受苦；在我们不闻处，它们嘶叫。我是我兄弟的守护者，为它而战；为鸟兽诉说，直至世人改正恶行。"

——埃拉·惠勒·威尔科克斯（Ella Wheeler Wilcox）

　　动物和文学一样，都是"古老的"。西方文学自诞生的那一刻起，便与动物无法摆脱地纠缠在一起。从早期希伯来《圣经》中亚当给动物命名，到荷马史诗《奥德赛》里等待主人公返乡的犬狗阿尔戈斯①，再到《伊索寓言》的动物主角们，动物早已"乔装打扮"以各种面貌出现在文学作品里。动物对文学研究具有不可估量的价值，是由动物书写的独特内蕴和魅力，以及动物本身在文学创作中

---

　　① 荷马史诗《奥德赛》中这样描述动物神秘而敏锐的认知：奥德修斯（Odysseus）远征特洛伊二十年后返乡，伊塔卡岛上第一个认出他的不是从前的仆人欧迈奥斯（Eumaeus），而是犬狗阿尔戈斯（Argus），"阿尔戈斯躺在那里，遍体生满虫虱。它一认出站在近旁的奥德修斯，便不断摆动尾巴，垂下两只耳朵，只是无力走到自己主人的身边"。［古希腊］荷马：《奥德赛》，王焕生译，人民文学出版社 2003 年版，第 321 页。

的重要地位所决定的①，它们甚至直接"参与"了文学传统的形成与演变。在《文学与动物研究》一书中，奥蒂斯－罗伯斯（Mario Ortiz-Robles）就从动物角度重新诠释了"浪漫主义"（romanticism）、"现实主义"（realism）和"现代主义"（modernism）。他写道：

> 自然无疑是"浪漫主义"经常提及的对象，尽管诗歌中处处可见鸣鸟，但"浪漫主义"的自然却委实缺少真实的动物生命……诗人精心谱写着所谓夜莺之歌的乐章，但最终不过是诗意的发明物。"现实主义"不那么天马行空了，转向描写社会生活，它与19世纪之交的实验科学共享了一种经验主义倾向，非人类世界落下帷幕，人性的刻画被展现得淋漓尽致。"现代主义"可以说是对这两者的结合，其以一种内在现实主义的方式，蜿蜒地记录意识所栖息的外部世界……唱响对自然的渴望，这个文学传统中确有一些如莫比·迪克一样有名的动物，可当我们提到现代文学时，人们一般不会想到动物，我们往往只在经典的边缘——儿童文学、类型小说和回忆录——才能窥到动物的身影。②

---

① 纵观世界文学，动物在其中扮演了重要角色。以小说为例，早期的动物书写虽然没有形成大潮，但仍不乏许多描写动物的佳作，如塞万提斯的《狗的对话录》（*El coloquio de los perros*）、笛福的《鲁滨逊漂流记》（*The Adventures of Robinson Crusoe*）、斯威夫特的《格列佛游记》（*Gulliver's Travels*）、霍夫曼的《雄猫穆尔的生活观》（*Lebens-Ansichten des Katers Murr nebst fragmentarischer Biographie des Kapellmeisters Johannes Kreisler in zufälligen Makulaturblättern*）、休厄尔的《黑美人》（*Black Beauty*）、梅尔维尔的《白鲸》（*Moby Dick*）、托尔斯泰的《霍尔斯托梅尔》（*Kholstomer*）、吉卜林的《丛林之书》（*The Jungle Book*）等。进入20世纪后，以动物作为主角的小说更数不胜数，如伦敦的《野性的呼唤》（*The Call of the Wild*）和《白牙》（*White Fang*）、卡夫卡的《变形记》（*Die Verwandlung*）、海明威的《老人与海》（*The Old Man and the Sea*）、艾特玛托夫的《永别了，古利萨雷》（Прощай，Гульсары）、莫厄特的《与狼共度》（*Never Cry Wolf*）、奥威尔的《动物庄园》（*Animal Farm*）、夏目漱石的《我是猫》（吾輩は猫である）、贾平凹的《怀念狼》等。此外，更有一批优秀的动物文学家诞生，如加拿大的西顿、日本的椋鸠十、中国的沈石溪等。

② Ortiz-Robles, Mario, *Literature and Animal Studies*, Abingdon and New York: Routledge, 2016, pp. 5–6.

正如文学记录着人与动物的遭遇，文学传统的演化似乎也记录着人与动物之间的纠葛：有时他们"如胶似漆"，有时他们"咫尺天涯"，有时他们"若即若离"。但不管何种遭遇或纠葛，不管是以人与动物还是以纯动物为故事角色，动物文学不是以生态环境保护为宗旨的文学，更不是以折射人类社会现实或自身人性为目的的文学。真正的动物文学，首先要跳出人类中心主义的藩篱，要摈除人类对动物的偏见；真正的动物文学，将生物界生命科学作为基石，强调大自然生命观的真实，是一种与人类密切相关却远离人类中心主义的、对动物生命经验之种种事件的生动呈现和细致描摹①。在这个意义上我们说，动物文学所体现的是一种文学责任，动物文学研究所体现的则是一种文化使命。

本书从动物研究视角出发，综合马克思主义、女性主义、后殖民研究、生态批评、精神分析、新历史主义、后人文主义和认知动物行为学等理论，以当代新英语小说中的动物书写为研究对象，重点考察了南非作家库切的《等待野蛮人》《动物的生命》，印度作家辛哈的《动物之人》，加拿大作家阿特伍德的《羚羊与秧鸡》，马特尔的《少年 Pi 的奇幻漂流》，澳大利亚作家温顿的《浅滩》等文本，探究关于动物的文学再现及象征意涵与真实动物之间的关联，论释对动物的不同认知如何影响它们在人类社会的命运及人类自身，分析文学艺术如何为动物发声而不落入人类中心主义想象窠臼，追溯动物在形塑人类的人格内涵和文明进程中扮演了何种角色，并将这种追溯置于当前现实语境观察其产生的意义。

通过动物他者书写，作家挑战了人类中心主义意识形态下物种歧视及所孵化的各类社会歧视，揭橥隐藏在生命政治背后最本原的权力关系；通过动物他性书写，作家对造成上述歧视的深层根源进行剖析与纠错，在尝试构建动物主体性的同时亦承认动物的他异性，重塑动物逾跨人类知识疆域的身份存在；通过动物他我书写，作家

---

① 韦苇：《动物文学概论》，复旦大学出版社 2020 年版，第 5、17 页。

绘制了一幅幅人（性）与动物（性）既共生又冲突的复杂悖图，窥探动物（性）如何作为人类文明发展过程中忖量自我、回应自然和反思文明的重要媒介。本书从他者、他性、他我三个维度分析当代新英语小说的动物书写，为相关文学文本的动物研究提供了较为完整的理论框架与有效的阐释策略，有助于读者更好地把握作品的创作主旨、思维方式和审美特征，同时对于推动文学研究的动物批评也具有一定的理论和实践意义。

新英语文学动物书写所涉问题，并不局限于以上内容。本书对所选取的小说所作的动物批评，也并不全面。例如，在分析动物他者书写时，除了后殖民他者和女性他者，还涉及残障他者（辛哈的《动物之人》主人公"动物"是一名残疾人士）、儿童他者（阿特伍德的《羚羊与秧鸡》女主人公"羚羊"幼年被家庭和社会倒卖），这些他者同样被动物化而难以进入道德关怀的范围。又如，在探讨动物他性书写的去人类中心主义时，除了正视人类自身动物本性的路径，还有与动物结成精神共同体对人类主体地位的颠覆（温顿的《浅滩》女主人公奎尼·库珀尔"生成动物"）。再如，在检视人类文明的原欲与动物相关议题时，除了权欲和食欲，还有性欲这一被视为界定动物性，尤其是兽性的重要参数，可以说性比其他任何行为更普遍地被用来评价人的道德声望（库切的《等待野蛮人》、辛哈的《动物之人》、阿特伍德的《羚羊与秧鸡》等对此皆有体现）。限于篇幅，我们无法一一展开论述。

本书所探讨的动物，既有现实世界的真实动物，也有想象空间的再现动物。其中，又涉及野生动物和驯养动物（包括伴侣动物、食品动物、实验动物等）。我们发现，以上界限并不绝对且不准确，这在马特尔笔下那只身份游离于野生（野外）、家养（宠物）和驯养（动物园）之间的红毛猩猩"橘子汁"的故事中被展现得淋漓尽致。事实上，本书所谈的动物不过是冰山一角，"动物问题"（animal question/animal problem）的研究对象、研究内容和研究视域十分广阔。关于这个，著名学者钱永祥先生在香港中文大学举行的一次讲座中对"动物在哪里"的回答对我们有借鉴意义，他说："举目四望，我们都是动物（human animals）……那非人类动物（nonhuman animals）在哪？非人类动物也举目可及。先从各位身上的用品开始，皮鞋、皮包、皮带、皮夹都由动物的皮制作；我们等一下吃晚饭，动物可能进入我们的胃里；我们吃的营养品、药品以及用的化妆品，几乎每一样东西都用到动物。不用去动物园，不用去野外，动物在我们的生活中无处不在。但它们存在的方式很简单，就是痛苦和死亡，动物只能以痛苦和死亡的形式进入人类的生活。"①

　　文学动物研究面临的重要问题之一，是文学如何再现动物，或更准确地说，文学为动物发声之正当性问题。正如女性主义、后殖民主义、少数族裔以及其他他者研究一样，动物批评研究也牵涉伦理、认知和发声等问题：如何伦理地理解他者并赋予他者以绝对他性？如何讲述人类在现有认知范围内难以企及的他者经验？如何让弱势他者发声，发什么声，以及为何让弱势他者发声？与其他学科相比，动物批评研究面对的挑战似乎比人类批评研究更为棘手，因为这里存在着语言交流的障碍和物种差异的限制。美国学者韦伊（Kari Weil）曾提出"看见"的概念来描述这种困境。所谓"看见"（visible），是指让从前被边缘化或沉默的群体不再居于客体位置，而是成为他们自己所代表的主体，"成为文化的参与者、作者和创造者"②。以女性主义研究为例，"看见"的任务不仅是要纠正女性被历史忽略的错误，更关键的一点，要使女性的声音进入学术圈，让其自身书写自己、代表自己。然而，该策略放在非人类动物身上显然并不适用。一方面，较之人类他者，我们对动物特别是物种主义不是"视野盲点"，而是根本"视而不见"，"动物被禁锢在一个完全由人类主宰的再现世界中，这些再现都服务于证明人类对动物的

---

　　①　钱永祥：《动物伦理与道德进步（视频）》，2011 – 11 – 05，访问日期 2018 – 12 – 26，<http：//www. cpr. cuhk. edu. hk/cutv/index >。

　　②　Weil, Kari, *Thinking Animals：Why Animal Studies Now*? New York：Columbia University Press，2012，p. 25.

使用和虐待是合法的";另一方面,动物无法像人类他者那样,通过"看见"来为自己发声,它们无法"大声说话"、无法"要求被倾听"①。这一切都导致了刚才所说的文学为动物发声之正当性问题。

要回答这些问题,我们不妨先来看看《秋水》中庄子与惠子的一段对话:

> 庄子与惠子游于濠梁之上。庄子曰:"儵鱼出游从容,是鱼之乐也。"
>
> 惠子曰:"子非鱼,安知鱼之乐?"
>
> 庄子曰:"子非我,安知我不知鱼之乐?"
>
> 惠子曰:"我非子,固不知子矣,子固非鱼也,子之不知鱼之乐,全矣。"
>
> 庄子曰:"请循其本,子曰'汝安知鱼乐'云者,既已知吾知之而问我,我知之濠上也。"

庄子和惠子濠梁观鱼的故事,展示了人类理解动物的两种不同观念和向度。庄子对动物的认知,用现代哲学术语来讲,采取了偏唯心主义的路径,认为人能够直觉地感知动物他者,当然庄子这种直觉也建立在一定的实证基础上,即来自对鱼的外在观测("出游从容")。而后,庄子根据身心互通说——身体器官机能与心理情绪系统之间总是有种种精微但却具关键意义的交互作用②——将鱼的从容与快乐联系起来,与之同时,依循人对动物的移情机能③,从中得出"吾知鱼之乐"的结论。相比之下,惠子立足于理性分析判断,强调事物意义上的实在性,认为物种间(包括人与人之间)是不可跨越

---

① Weil, Kari, *Thinking Animals: Why Animal Studies Now?* New York: Columbia University Press, 2012, p. 25.

② [美] 雷伯:《心理学词典》,李伯黍等译,上海译文出版社1996年版,第678—679页。

③ 此在本书第四章第三节的"同理同情:作为一只蝙蝠会是什么样"有论述。

的，人与动物之间是一种对象化的、相互疏离的关系。因此，惠子断言"我非子，固不知子矣，子固非鱼也，子之不知鱼之乐"。庄子和惠子所讨论的议题可以归结如下：动物是否具有心智，特别是意识和情感？人类能否感知动物的心智活动？如果答案是肯定的话，人类能否以及如何真实再现动物的心智活动？需要指出，庄子和惠子此处探讨的对象为鱼，而鱼通常被认为是没有感觉的冷血动物，这使得两人的讨论在一般动物之外有更深一层的含义。关于鱼类的感知，我们不打算展开论述①，但我们可以清楚地看到，庄子和惠子围绕"安知鱼之乐"所作的辩论，与前文提及的文学为动物发声之正当性系列问题不无相通之处。换句话说，庄子与惠子其实分别代表了两种不同的动物再现（伦理）观。如果用德里达（Jacques Derrida）的语言来表述就是，关于动物问题存在两种不同的话语（或谓之两种知识立场、两种理论、两种思辨）：一种是"哲学知识"（philosophic knowledge），历史上遗留的那些有关动物的文本，汇集了人们对动物的观察、发现、分析和省思，但这些文本的作者从未意识到自己也处在动物的注视之下；另一种是"诗性思维"（poetic thinking），即诗人和预言家的话语，他们都承认动物具有注视和言语的能力，但这却是通常为哲学家、理论家以及司法人员等所忽视或否定的②。两者最根本的分歧在于，如何看待动物拟人化即"化人主义"。

　　"化人主义"（anthropomorphism，又译拟人化、拟人论、神人同形同性论等③）一词从动词"人格化"（anthropomorphize）衍生而来。从词源上看，它是由希腊文中的"人"（anthrōpos）与"变形、变化"（morphē）两字组合而成。化人主义的使用最初源于把神塑造

---

　　①　现代生物科学已经证实，鱼是有感觉的动物，它们能够感觉到不适和疼痛，这与传统认知大相径庭。

　　②　Derrida, Jacques, *The Animal That Therefore I Am*, Ed. Marie-Luise Mallet, Trans. David Wills, New York：Fordham University Press, 2008, pp. 13–14.

　　③　在中文语境中，化人主义常被译作拟人，此译时可能与"拟人化"（personification）难以区分，将无法体现化人主义在动物研究领域中的特殊含义。

成人的形态，此举被某些宗教视为是对神明的亵渎①。现在多用于指
从人类角度对非人的客体所作的思考②，比如说认为动物感到快乐、
恐惧和悲伤等。拟人论最重要、最标准的变体是"泛灵论"（ani-
mism），深信自然界中每一事物内都有灵魂存在。由于把所谓属于人
的特质比附到非人身上，因此化人主义常被人诟病单向情感投射。
有批评者就指出，那些拟人描述所映现的是人类的真善美、假恶丑，
是一种"以自我为中心的自恋"（self-centered narcissism），存在人
类中心主义危险③。

　　拟人化作为文学再现动物的主要叙事策略，同样未能逃脱被质疑
的命运。20 世纪英国文学家、批评家劳伦斯（D. H. Lawrence）就曾借
《恋爱中的女人》里的人物角色伯金（Birken）和厄休拉（Ursula）批
判了化人主义：伯金称，"没有什么比把人类的情感和意识移植给动
物更可憎的了"；厄休拉说，"管它们（知更鸟）叫小劳埃德·乔治
太冒失了。我们根本不了解它们，它们都是陌不可知的力量。它们
来自另一世界，把它们当人一样看待真是太轻率了。化人主义多么
愚蠢呀！……感谢上帝，宇宙是不通人性的"④。当代著名动物批评
家福吉（Erica Fudge）通过历史上第一只被送至外太空的猩猩哈姆
（Ham），也对化人主义表达了批判与不满。1961 年 1 月 31 日 11 时

---

①　Daston, Lorraine, and Gregg Mitman, "Introduction: The How and Why of Think-
ing with Animals", *Thinking with Animals: New Perspectives on Anthropomorphism*, Ed. Lor-
raine Daston and Gregg Mitman, New York: Columbia University Press, 2005, pp. 1 – 14.
（p. 2）

②　Fisher, John, "Anthropomorphism", *Encyclopedia of Animal Rights and Animal
Welfare*（1ˢᵗ *edition*）, Ed. Marc Bekoff, Westport: Greenwood Press, 1998, pp. 70 – 71.
（p. 70）

③　人类将自己的思想和情感错误地投射到其他动物身上，让动物扮演人类角色，
实质就是以人类自我为中心。Daston, Lorraine, and Gregg Mitman, "Introduction: The
How and Why of Thinking with Animals", *Thinking with Animals: New Perspectives on An-
thropomorphism*, Ed. Lorraine Daston and Gregg Mitman, New York: Columbia University
Press, 2005, pp. 1 – 14. （p. 4）

④　Lawrence, D. H. , *Women in Love*, London: Martin Secker, 1928, pp. 148, 277.

55 分，四岁的雄猩猩哈姆被送往太空，在飞行中哈姆经历了大约 7 分钟失重，并被要求完成指定任务，正确一次可获得一根香蕉奖励，错误一次则遭电击脚部惩罚。根据美国国家航空航天局报告：哈姆是一个非常可爱的小家伙，是一个真正的先驱。哈姆和太空舱一道返回地球，降落在大西洋，工作人员救起时拍摄了一张"微笑"照片（参见图 12）。哈姆的"微笑"被解读为对本次太空旅行感到非常开心，而全世界的人也为哈姆安全返航感到无比兴奋。福吉如是评论："人类露出牙齿可能被看作表示友好或快乐的动作，但在其他灵长类中，露出牙齿也可以是表示侵略甚至恐惧的动作……在某种程度上，黑猩猩的勇敢恰反映了它所感受到的恐惧……哈姆只是成了我们想要它成为的样子……"[①]

图 12　哈姆的"微笑"

相对于否定观点，也有许多学者肯定化人主义的积极作用。事

① Fudge, Erica, *Animal*, London: Reaktion Books, 2002, pp. 25 – 27.

实上，早在某些动物权益学者强调研究动物福利要以实证科学做立论基础从而防止落入化人主义窠臼时①，哲学家娜斯鲍姆（Martha Nussbaum）就提醒，即便效益主义论者自认从理性逻辑出发，而非由拟人想象主导，但若他们要落实"减少动物不必要的痛苦"的倡议，也还是要靠拟人化的言说方式才能企及动物的生活和痛苦②。文学再现动物更是如此，即使刻意追求写实，也改变不了透过人类自身经验来描述动物的事实。对此，牛津动物伦理中心西蒙斯（John Simons）解释道：首先，创作从来就是创作者主观活动的过程，一旦进入人类语言系统，无论拟人叙事多么谨慎，都将留下人类创作者经验认识的痕迹，换言之，要想彻底摆脱动物拟人化是不可能的；其次，与人类他者相比，动物的沉默使拟人成为再现动物的唯一选择，如果我们纯粹为避免而避免拟人，无疑将生成新一轮人类沙文主义，因为"人与非人之间的差异，并不一定像某些严格避免或谴责化人主义者所暗示得那样显著"；最后，从理论上讲，世上并不存在"精确无误"的动物再现，"非人类动物的经验是不可被复制的（reproduction），任何人都不可能对非人类有足够了解而成为它们的复制者（reproducer）"③。

与西蒙斯的看法接近，萨波洛夫（Annabelle Sabloff）也认为，任何一种形式的语言都不能保证完整捕获并传递出其他生命的异在性，并且想要杜绝使用譬喻化的方式（即化人主义）来再现动物根本不可能。这是因为，隐喻作为人类思维中不可阻挡的一种官能，是人类认知行为实践和情感生活模式的基本机制，其总是会自觉或

---

① 动保运动和动保人士经常被指"感情用事"（sentiment），因为"拟人"而"煽情"，因为"煽情"而"无脑"。

② Nussbaum, Martha, "Beyond 'Compassion and Humanity': Justice for Nonhuman Animals", *Animal Rights: Current Debates and New Directions*, Ed. Cass Sunstein and Martha Nussbaum, New York: Oxford University Press, 2004, pp. 299 – 320. （pp. 314 – 317）

③ Simons, John, *Animal Rights and the Politics of Literary Representation*, New York: Palgrave, 2002, pp. 86, 116.

不自觉地在那些已经历过的、已命名的领域与那些未经历过的、未命名的领域之间建立联系①，我们通过对已知事物的经验来观察未知事物并将之命名为已知事物。可以说，人类对事物的认知过程就是基于其与我们自身的相似性而发生的，借助隐喻，我们将不理解之物由"外"（out there）到"内"（in here）转译为可理解之物。这样看来，似乎一切论述都是拟人化的。

　　台湾大学的黄宗慧教授进一步剖析了动辄攻击化人主义的深层动机。她指出，不假思索地反对或否定所有动物拟人化，是一种典型的"化人主义恐惧症"（anthropomorphophobia）表现②。在她看来，那些声称人与动物之间存在无法逾越的鸿沟、化人主义都是人类中心作祟的人，应当自觉从"人类也是动物"（human animals）的事实来思考自身与"非人类动物"（non-human animals）之间的差异。这种思考促使我们有必要先思考："建立这般差别的动机到底是什么——为什么我们一直想要去划分'人'跟'动物'？而这样的划分是否只是为了建立一条明确的界限好把动物排除出去，来捍卫人类的绝对优越性？"③ 黄宗慧此处以人与动物的物种联结为化人主义辩护并非无稽之谈，而是有着自然科学的支撑。这在伟大的生物学家达尔文那里早已得到证实，人类和动物尤其是高等哺乳动物在心理能力上没有本质区别，动物也有情感、理智、注意力、记忆力和想象力等④。正是基于此，当代动物学家罗林（Bernard Rollin）毫

---

　　① Sabloff, Annabelle, *Reordering the Natural World：Humans and Animals in the City*, Toronto：University of Toronto Press, 2001, p. 23.

　　② 黄宗慧：《从母鹿到母猪：化人主义，行不行？》，2017 - 08 - 04，访问日期 2018 - 12 - 21, < https：//opinion. udn. com/opinion/story/10673/2623440 >。

　　③ 黄宗慧：《文学中"动物"与"人"的界限》，2012 - 08 - 16，访问日期 2018 - 12 - 21, < https：//www. lca. org. tw/column/node/2324 >。该文内容来自《e 人籁》英文编辑萧辰宇（Conor Stuart）的录像采访（公开于 2012 年 5 月 11 日），由关爱生命协会整理成文。

　　④ Darwin, Charles, *The Descent of Man and Selection in Relation to Sex（Volume 1）*, New York：Cambridge University Press, 2009, p. 35.

不客气地说，那些认为动物会疼痛的人并不是拟人论者，他们之所以这么认为，是因为具有充分的进化论、生理学和行为论等证据，相反，那些认为动物的行为与人类不同、全然否认动物会疼痛的人才是真正的拟人论者，"除了那些最粗鲁的拟人论者外，还有谁会错误地以为动物的感受表达完全和人类一样呢？"①

　　与上述几位学者不同，迪米洛（Margo DeMello）从正面直接阐述了化人主义对文学动物再现的价值。在其主编的《为动物说话》中，迪米洛卷首开篇便肯定了动物拟人化的合法性："自很久以前，人和动物都说着同样的语言……"② 迪米洛从三个方面论述了化人主义的重要性：第一，动物拟人化的实质是动物之"能动性"（agency）在文学中的表征，其在动物行为学、灵长类动物学以及其他非人类动物研究领域已有丰富的相关成果，就这个角度而言，动物再现的化人主义从文学层面展示了"我们如何理解动物所思""我们对动物所思有哪些了解"；第二，关于拟人化叙述是否可靠，这里首先存在一个"动物会说话（animals do speak），却通常不为人理解"的问题，但该问题往往被人们忽视，而更为严重和被忽视的另一问题是，伦理道德领域"我们是否理解它们总是比我们是否关心它们更加重要"，此亦为何动物权益倡导人士称"他们是为那些被剥夺了声音者发声"；第三，动物拟人化所呈现的人类如何代表动物说话、如何用动物的声音书写，可以传递出有关人类自身如何表达和构建自我的信息，并反映出人类在动物认识上（包括动物书写）的局限性，借用该书撰稿人之一安布鲁斯特（Karla Armbruster）的话来说，即人类用一套不完美的语言工具映射出"我们自身的不完美

---

　　① Rollin, Bernard, *The Unheeded Cry*：*Animal Consciousness*：*Animal Consciousness*，*Animal Pain and Science*，Ames：Iowa State University Press，1998，pp. 145 – 146.

　　② 书名除了"为动物说话"之意，还有"关于动物说话"之意。DeMello, Margo，"Introduction"，*Speaking for Animals*：*Animal Autobiographical Writing*，Ed. Margo DeMello，New York：Routledge，2013，pp. 1 –14.（p. 1）

以及对自我的盲目迷恋"①。

不少来自文学领域以外的学者同样肯定了化人主义的积极意义。例如，生物学家贝科夫（Marc Bekoff）在讨论动物意识时就谨慎地认可了化人主义对动物行为学研究的积极作用②；环境美学家费希尔（John Fisher）支持化人主义用更深一层的动物知识，以及对动物所处情境的进一步了解来解释动物行为③；社会学家阿尔鲁克和桑德斯（Arnold Arluke & Clinton Sanders）指出那些建立在深度内省、类比推理和诠释分析基础上的化人主义有助于更好地理解动物④。不难发现，以上学者都不是不加分辨地认同化人主义，而是基于一种"优秀观察者"（impeccable observers）⑤ 的视角所作的评价。正是这样一种谨慎与批判的态度，使"严谨的化人主义"（critical anthropomorphism）同一般意义上的化人主义区分开来。对于何谓"严谨的化人主义"，早在20世纪初奥地利动物行为学家、诺贝尔生理医学奖获得者劳伦兹（Konrad Lorenz）就已有论及，他说："只有那些真正熟悉动物的人，才有资格使用拟人化或塑形的手法。至于造型艺术家在塑造动物形象时，固然不必一定要做到科学上的精确，可是他如果只是用僵化的形式，来掩饰自己在准确度方面的无能，他的作品只会

---

① Armbruster, Karla, "What Do We Want from Talking Animals? Reflections on Literary Representations of Animal Voices and Minds", *Speaking for Animals*: *Animal Autobiographical Writing*, Ed. Margo DeMello, New York: Routledge, 2013, pp. 17 – 33. （p. 17）

② Bekoff, Marc, *Minding Animals*: *Awareness*, *Emotions*, *and Heart*, New York: Oxford University Press, 2002, p. 88.

③ Fisher, John, "Anthropomorphism", *Encyclopedia of Animal Rights and Animal Welfare* (*1ˢᵗ edition*), Ed. Marc Bekoff, Westport: Greenwood Press, 1998, pp. 70 – 71. （p. 71）

④ Arluke, Arnold, and Clinton Sanders, *Regarding Animals*, Philadelphia: Temple University Press, 1996, p. 80.

⑤ "优秀观察者"一词出自克里斯特对化人主义的评析，她认为基于充分研究基础上的化人主义具有现实世界所拥有的力量和内在凝聚力，能够揭示动物生命的本质。Crist, Eileen, *Images of Animals*: *Anthropomorphism and Animal Mind*, Philadelphia: Temple University Press, 2000, p. 7.

加倍糟糕。"① 当代动物学家伯格哈特（Gordon Burghardt）对严谨的
化人主义作出如下界定：严谨的化人主义是指在对物种的自然历史、
感知和学习能力、生理结构、神经系统以及先前的个体历史都有所
知的前提下，根据实际情况所作出的动物拟人化陈述或推论②。由此
可见，化人主义是否造成问题取决于运用的方式。

　　文学的动物拟人不无如此。批评家布洛克（Marcus Bullock）将
人与动物在文学中的相遇视为"审美"和"经验"的结合，提出
"再现的世界向熟悉的领域靠近，唤起人类经验中的已知事物，但这
些再现也应该向更远的方向移动"，如此我们才能理解人类之外的领
域并意识到它们并非被再现之物（即文本之外的实在）而只是再现
本身，也就是说，叙事必须"既拟人化又抵制狭义的拟人化"③。另
一位学者加勒德（Greg Garrard）对该问题进行了更为细致的考察，
发展出一套简明的"动物再现类型学"（typology of animal representa-
tion），如下表所示：

表3　　　　　　　　　　　　动物再现类型学

相似（转喻）	相异（隐喻）
动物化为人	
粗鲁的化人主义（亦称迪士尼化）	**诋毁/化约他者**
严谨的化人主义	机械拟态主义（亦称笛卡儿主义、人类例外主义）
严谨的兽化主义	
粗鲁的兽化主义（亦称兽形化）	同质异形化（亦称原始主义兽化说）
人化为动物	**神圣他者**

---

　　① ［奥］劳伦兹：《所罗门王的指环：与鸟兽鱼虫的亲密对话》，游复熙、季光容
译，中国和平出版社1998年版，序言第5页。

　　② Burghardt, Gordon, "Critical Anthropomorphism", *Encyclopedia of Animal Rights
and Animal Welfare* (*1ˢᵗ edition*), Ed. Marc Bekoff, Westport: Greenwood Press, 1998,
pp. 71 – 73.（pp. 71 – 72）

　　③ Bullock, Marcus, "Watching Eyes, Seeing Dreams, Knowing Lives", *Represen-
ting Animals*, Ed. Nigel Rothfels, Bloomington and Indianapolis: Indiana University Press,
2002, pp. 99 – 118.（p. 109）

加勒德指出，一旦产生相似性联结（转喻），就可以使用原本属于人类的那套术语来理解动物，即"化人主义"（anthropomorphism），或使用原本属于动物的那套术语来理解人类，即"兽化主义"（zoomorphism）。"化人主义"可以进一步细分为"严谨的化人主义"（critical anthropomorphism）和"粗鲁的化人主义"（crude anthropomorphism），后者即通常所说的"迪士尼化"（disneyfication）；"兽化主义"则可进一步细分为"严谨的兽化主义"（critical zoomorphism）和"粗鲁的兽化主义"（crude zoomorphism），后者即传统意义上的"兽形化"（theriomorphism）。当动物被描述为与人类不同时，这种差异往往被理解成一种缺陷，或者说，几乎很少被看成一种优势。这就是通过强调人与动物之间的相异性（隐喻）来实现"诋毁/化约他者"（denigrating/reductive otherness），常见的叙事策略为"机械拟态主义"（mechnomorphism），像"笛卡儿主义"（Cartesianism）、"人类例外主义"（anthropodenial）等都属于这类操作。与之同时，还有另外一种完全相反的隐喻表征，即对动物抱持一种自然崇拜和敬畏的心态，将动物视为是和人一样的存在，称之为"同质异形化"（allomorphism），类似于"原始主义兽化说"（therioprimitivism），若推向极致则是把动物视为超自然的"神圣他者"（numinous otherness）。① 在论述过程中，加勒德清楚地表示，这些术语在产生之初就不够严谨，且可能存在有失偏颇之处，并强调区分"严谨的化人主义"与"粗鲁的化人主义"的重要性。

哈根和蒂芬（Graham Huggan & Helen Tiffin）针对严谨的化人主义提供了具体的批评实践。以加拿大作家高蒂（Barbara Gowdy）的《白骨》（*The White Bone*, 1998）为研究对象，哈根和蒂芬分析了小说如何打破传统以动物载人的叙述模式、如何还原动物自身的本体存在。第一，采用动物视角。以动物亲历者的身份，书写动物的爱

---

① Garrard, Greg, *Ecocriticism*, Abingdon and New York：Routledge, 2012, pp. 153 - 155.

恨、悲伤、快乐、荣耀、孤独等，刻画人类的狂妄自大和残暴无情。叙述视点的转换不仅扭转了人与动物关系中动物的被动局面，而且逆转了人与动物、文明与野蛮的二元对立。但仅仅如此未免有粗鲁的化人主义之嫌，这就涉及第二个文本策略，即跨学科的文学创作。通过糅合解剖学、自然史、个人观察以及想象等不同叙事类型，增加文学叙述的可靠性和真实性，使读者对动物有更全面的认知，同时是对其他领域动物叙事话语的检视，譬如自然史研究一贯强调人与动物的差异（尽管同样使用化人主义）。第三，跨物种的文学想象。赋予动物特有的宗教信仰、语言系统和身心反应，从而破除长期以来认为动物是简单生命形态的错误观点。与之同时，使用限知叙述，以描述动物说话为例，在直接引述的对话交流中穿插对交流本身的第三人称叙述，提醒读者所引述的内容只是一种将他者声音转译为人类语言的尝试，由此确保最大程度地去人类中心化。①

诚然，再严谨的化人主义仍可能带有人类中心主义的烙印，可以说去人类中心的超然立场并不存在。不仅文学如此，人类对动物乃至对一切事物的认知活动皆是如此。换言之，人类中心主义在某个层面上是必然的，"任何人对世界的看法都受到其所处位置和生活方式的影响，甚至对于任何特定的存在或物种而言，它们也都将是其所处世界的中心"②。这样看来，猫会有猫类中心主义，狗也会有狗类中心主义。但是，虽然我们承认——并且不得不承认——人类的价值观和经验是自身思想行为的参考点，决定了自身认知向外投射的必然性，可并不代表我们不可能、不需要克服人类中心主义，更不代表一切价值判断都必须以人类为中心，因为这只会让我们陷入道德哲学家米奇利（Mary Midgley）所

---

① Huggan, Graham, and Helen Tiffin, *Postcolonial Ecocriticism：Literature，Animals，Environment*, Abingdon and New York：Routledge，2010, pp. 150 – 156.

② Hayward, Tim, "Anthropocentrism：A Misunderstood Problem", *Environmental Values*, Vol. 6, No. 1, 1997, pp. 49 – 63. （p. 51）

揭示的那种"排他人文主义"（exclusive humanism）而不自知，即"人们特别尊重自己的近亲和自己的种群，这是正确的，不是错误的"①。

就整个动物研究来说，最常见的非议之一莫过于，我们谈论动物尤其是动物伦理问题，难道不是一种做作的伪善？难道不是新一波的人类中心主义？当我们将动物伦理置于人类以地球保护者身份自居、主张众生平等的语境中，这种伪善似乎变得更加明显——前者的伪善在于动物伦理成为人类彰显自我道德高尚的手段，后者的伪善在于现实世界人类难以（或者说不可能）做到众生平等却要谈动物伦理。康德曾说过这么两句话：一句是，良知是一种根据道德准则来指引自己的本能，它不仅是一种"能力"（faculty），更是一种"本能"（instinct）；另一句是，一个行为目的的道德性并不取决于它的"结果"（consequences），而仅仅取决于该行为目的背后的"意图"（intention）②。康德的话提示我们，人类的确能够并且会去追求道德完善，发现那些过去不曾发现的问题，然后予以引导和纠正，但是动物伦理本就是一件道德的事情，换句话说，我们不是因为有所为而变得或故意变得更好，而是这个行为本身就是道德的。再进一步而言，人类的确生活在一个充满差异、矛盾和冲突的世界中，人类的认识和实践能力也都是有限的，人类会同鲸鱼这样的庞然大物产生联结，也会同诸如细菌或病毒那样的微渺之物产生联结，倘若我们一直以"做不到众生平等却要谈动物伦理是一种伪善"为由，不从实际情况出发，拒绝对具体问题具体分析，那么不仅是动物伦理，任何一种伦理实践都将无法开展。而事实上，当前更为紧迫的问题，不过是如

---

① Midgley, Mary, *Utopias*, *Dolphins and Computers*：*Problems of Philosophical Plumbing*, London and New York：Routledge, 2000, p. 85.

② Kant, Immanuel, *Lectures on Ethics*, Ed. Peter Heath and J. B. Schneewind, Trans. Peter Heath, Cambridge：Cambridge University Press, 1997, pp. 4, 130.

库切所呼吁的那样"对动物敞开心扉"①，如德里达所召唤的那样"关注人与动物边界的通道"②，如卡勒所明示的那样"我们与动物之间的关系是一种不可简化的多重的、错综复杂的、可以被重新塑造的关系"③。

————————

① Coetzee, J. M., *The Lives of Animals*, Princeton: Princeton University Press, 1999, p. 37.

② Derrida, Jacques, *The Animal That Therefore I Am*, Ed. Marie-Luise Mallet, Trans. David Wills, New York: Fordham University Press, 2008, p. 12.

③ ［美］卡勒:《当今的文学理论》,《外国文学评论》2012 年第 4 期。

参考文献

曹菡艾：《动物非物：动物法在西方》，法律出版社 2007 年版。

陈佳冀：《中国文学动物叙事的生发和建构》，博士学位论文，上海大学，2011 年。

陈治国：《"他我"如何可能——论胡塞尔之先验解决方案》，《河北师范大学学报》（哲学社会科学版）2002 年第 6 期。

陈祖耀：《人的本质是什么——一个需要修正的哲学命题》，《江淮论坛》2007 年第 2 期。

段燕、王爱菊：《文学想象与真理政治——〈动物庄园〉中"童话"和"寓言"的言说》，《广西社会科学》2017 年第 10 期。

段燕、王爱菊：《贾克斯·穆达〈赤红之心〉的帝国反写与绿色批评》，《当代外国文学》2017 年第 3 期。

冯契、徐孝通：《外国哲学大辞典》，上海辞书出版社 2000 年版。

高宣扬：《法国现象学运动的新转折（上）》，《同济大学学报》（社会科学版）2006 年第 5 期。

辜正坤：《中西文化比较导论》，北京大学出版社 2007 年版。

光峰、张辉辉：《杰克·伦敦小说中的动物权利探究——以〈野性的呼唤〉、〈白牙〉、〈褐狼〉为例》，《湖北社会科学》2012 年第 12 期。

郭俊立：《巴黎学派的行动者网络理论及其哲学意蕴评析》，《自然辩证法研究》2007 年第 2 期。

何庆机：《劳伦斯〈恋爱中的女人〉中动物形象的多重结构关系》，

《外国文学研究》2007 年第 3 期。

胡全生:《后现代主义小说中的语言》,《四川外语学院学报》1997
年第 2 期。

胡铁生、韩松:《后现代文学非人类他者形象的塑造及其意义——
〈纳尼亚传奇〉与〈哈利·波特〉对比研究》,《社会科学辑刊》
2011 年第 4 期。

黄汉平:《主体》,《西方文论关键词》,赵一凡编,外语教学与研究
出版社 2006 年版。

黄雯怡:《加拿大写实动物小说中的伦理思想探析》,《外语研究》
2018 年第 1 期。

黄源深:《澳大利亚文学史》,上海外语教育出版社 1997 年版。

黄宗慧:《文学中"动物"与"人"的界限》,2012 – 08 – 16,访问日期
2018 – 12 – 21, ＜ https：//www. lca. org. tw/column/node/2324＞。

黄宗慧:《从母鹿到母猪:化人主义,行不行?》,2017 – 08 – 04,访问日
期 2018 – 12 – 21, ＜ https：//opinion. udn. com/opinion/story/10673/
2623440＞。

黄宗洁:《生命伦理的建构》,文津出版社 2011 年版。

贾江鸿:《马里翁对笛卡儿形而上学体系的解读》,《世界哲学》2017
年第 4 期。

金炳华等编:《哲学大辞典》,上海辞书出版社 2001 年版。

李素杰:《当代文学批评中的动物研究》,《北京第二外国语学院学
报》2014 年第 10 期。

李晓文等:《指示种、伞护种与旗舰种:有关概念及其在保护生物学
中的应用》,《生物多样性》2002 年第 1 期。

联合国服务全球:《庞大而脆弱的鲸鱼》,时间不详,访问日期 2018 –
05 – 08, ＜ http：//www. un. org/chinese/unworks/environment/animal-
planet/whale. html＞。

梁孙杰:《要不要脸?:列维纳斯伦理内的动物性》,《中外文学》2007
年第 4 期。

林官明：《环境伦理学概论》，北京大学出版社 2010 年版。

刘彬：《当代西方女性主义动物伦理及其困惑》，《外国文学》2015 年第 1 期。

刘彬：《〈一千英亩〉中的女性主义动物伦理》，《天津外国语大学学报》2015 年第 4 期。

刘云秋：《蒂姆·温顿访谈录》，《当代外语研究》2013 年第 2 期。

龙其林：《文学经典与动物认知——当代西方生态文学中的动物叙事析解》，《贵州师范大学学报》2015 年第 2 期。

莽萍：《物我相融的世界——中国人的信仰、生活与动物观》，中国政法大学出版社 2009 年版。

孟姜夫：《世界史画卷·大洋洲卷》，海南国际新闻出版中心 1996 年版。

莫伟民：《权力拯救灵魂？——福柯牧领权力思想探析》，《复旦学报》（社会科学版）2011 年第 5 期。

莫知：《捕鲸折射的人类社会历史乱象》，《海洋世界》2009 年第 8 期。

庞红蕊：《当代西方文化语境中的动物问题》，博士学位论文，北京外国语大学，2014 年。

彭勇：《列维纳斯的他异性美（伦理）学》，博士学位论文，厦门大学，2009 年。

祁志祥：《实践美学元范畴的反思》，《马克思主义美学研究》2013 年第 1 期。

钱永祥：《动物伦理与道德进步（视频）》，2011 – 11 – 05，访问日期 2018 – 12 – 26，＜http：//www.cpr.cuhk.edu.hk/cutv/index＞。

任一鸣：《后殖民：批评理论与文学》，外语教学与研究出版社 2008 年版。

孙凯：《捕鲸的国际管制及其变迁》，社会科学文献出版社 2012 年版。

孙松荣：《"动物"幽灵》，《艺术学报》2008 年第 1 期。

孙卫红：《诗意的"洞穴"——评保罗·马尔登的动物诗歌》，《国外文学》2012 年第 1 期。

陶家俊：《后殖民》，《外国文学》2005 年第 2 期。

田俊武、张志：《田纳西・威廉斯剧作中的动物意象和动物主题》，《俄罗斯文艺》2005 年第 4 期。

涂慧：《殖民进程、动物死亡与民族生成——加拿大英语文学里的写实动物》，《外国文学研究》2015 年第 4 期。

王春景：《人与神的狂欢——印度文化的面貌与精神》，中国水利水电出版社 2006 年版。

王春元：《伊丽莎白女王时期的英国》，书林出版公司 2000 年版。

王嘉军：《存在、异在与他者：列维纳斯与法国当代文论》，博士学位论文，华东师范大学，2015 年。

王嘉军：《重思他者：动物问题与德里达对列维纳斯伦理学的解构》，《浙江工商大学学报》2018 年第 4 期。

汪民安编：《色情、耗费与普遍经济：乔治・巴塔耶文选》，吉林人民出版社 2003 年版。

王宁：《逆写的文学：后殖民文学的历史意义和当代价值》，《外国文学研究》2011 年第 5 期。

王树英：《印度文化与民俗》，中国社会科学出版社 2007 年版。

韦苇：《动物文学概论》，复旦大学出版社 2020 年版。

吴琳：《解读“海洋三部曲”的生态女性主义思想》，《外国文学》2012 年第 3 期。

亚平：《人的社会性阶级性问题的历史反思——兼评“人性便是主体性”》，《中国社会科学院研究生院学报》1991 年第 5 期。

杨大春：《他者与他性：一个问题的谱系》，《浙江学刊》2001 年第 2 期。

杨通进：《环境伦理》，重庆出版社 2007 年版。

杨通进：《当代西方环境伦理学》，科学出版社 2017 年版。

怡蓓：《德勒兹生成思想研究》，博士学位论文，北京外国语大学，2014 年。

尹希成：《从“人类世”概念看人与地球的共生、共存和共荣》，《当代世界与社会主义》2011 年第 1 期。

袁贵仁：《主体性与人的主体性》，《河北学刊》1988 年第 3 期。

张慧荣：《后殖民生态批评视角下的当代印第安英语小说研究》，博士学位论文，苏州大学，2014 年。

张汝伦：《西方现代西方哲学十五讲》，北京大学出版社 2003 年版。

张亚婷：《爱情·声誉·自然：乔叟诗歌中的鹰》，《国外文学》2014 年第 4 期。

张亚婷：《中世纪英国动物叙事与远东想象》，《外国文学研究》2016 年第 3 期。

张燕：《谁之权利？何以利用？——基于整体生态观的动物权利和动物利用》，《哲学研究》2015 年第 7 期。

张燕、杜志卿：《寻归自然，呼唤和谐人性——艾丽斯·沃克小说的生态女性主义思想刍议》，《当代外国文学》2009 年第 3 期。

张一兵：《不可能的存在之真——拉康哲学映像》，商务印书馆 2008 年版。

郑柏青、张中载：《为动物立传：〈阿弗小传〉的生态伦理解读》，《外国文学》2015 年第 2 期。

郑家馨：《殖民主义史·非洲卷》，北京大学出版社 1999 年版。

赵敦华：《人性和伦理的跨文化研究》，黑龙江人民出版社 2003 年版。

赵林：《中西文化分野的历史反思》，武汉大学出版社 2004 年版。

赵倞：《动物（性）——传统与现代之间的人性根由》，北京大学出版社 2013 年版。

钟吉娅：《一个挣不脱的"圈"——从杰克·伦敦的动物小说探索其内心世界》，《国外文学》2001 年第 1 期。

朱宝荣：《20 世纪欧美小说动物形象新变》，《外国文学评论》2003 年第 4 期。

朱宝荣：《拟实型动物形象的主题取向——以欧美小说为例》，《集美大学学报》（哲学社会科学版）2004 年第 2 期。

朱宝荣：《动物形象：小说研究中不应忽视的一隅》，《文艺理论与批评》2005 年第 1 期。

朱刚：《通往第一哲学的三条道路》，《世界哲学》2017 年第 1 期。

朱玲玲：《布朗肖的语言观》，《外国文学》2011 年第 4 期。

朱振武、刘略昌：《中国非英美国家英语文学研究的垦拓与勃兴》，《中国比较文学》2013 年第 3 期。

［美］艾布拉姆斯：《文学术语词典》（中英对照），吴松江等译，北京大学出版社 2009 年版。

［古罗马］奥古斯丁：《上帝之城》，王晓朝译，人民出版社 2007 年版。

［法］巴塔耶：《色情史》，刘晖译，商务印书馆 2003 年版。

［法］鲍德里亚：《消费社会》，刘成富、全志钢译，南京大学出版社 2000 年版。

［法］鲍德里亚：《生产之镜》，仰海峰译，中央编译出版社 2005 年版。

［波］鲍曼：《消费主义的欺骗性——鲍曼访谈录》，2007 - 04 - 02，访问日期 2020 - 12 - 20，< https：//ptext. nju. edu. cn/b7/40/c122-15a243520/page. htm > 。

［英］边沁：《道德与立法原理导论》，时殷弘译，商务印书馆 2000 年版。

［法］波伏娃：《第二性》，陶铁柱译，中国书籍出版社 1998 年版。

［古希腊］柏拉图：《柏拉图全集（第三卷)》，王晓朝译，人民出版社 2003 年版。

［法］布德：《人与兽：一部视觉的历史》，李扬等译，山东画报出版社 2001 年版。

［美］布朗米勒：《女性特质》，徐飚、朱萍译，江苏人民出版社 2006 年版。

［英］布洛克：《西方人文主义传统》，董乐山译，生活·读书·新知三联书店 1997 年版。

［法］福柯：《语言与翻译的政治》，许宝强、袁伟编，中央编译社 2000 年版。

［法］福柯：《不正常的人》，钱翰译，上海人民出版社 2003 年版。

［法］福柯：《规训与惩罚》，刘北成、杨远婴译，生活·读书·新
　　知三联书店 2012 年版。

［美］弗莱舍等：《动物法精要》，孙法柏等译，南开大学出版社 2016
　　年版。

［奥］弗洛伊德：《精神分析引论》，高觉敷译，商务印书馆 1986 年版。

［奥］弗洛伊德：《弗洛伊德文集（第二卷)》，车文博主编，长春出
　　版社 1998 年版。

［奥］弗洛伊德：《一种幻想的未来 文明及其不满》，严志军、张沫
　　译，河北教育出版社 2003 年版。

［英］福斯特：《小说面面观》（中英对照）（，朱乃长译，中国对外翻
　　译出版公司 2001 年版。

［美］格尔茨：《文化的解释》，韩莉译，南京译林出版社 2014 年版。

［古希腊］荷马：《奥德赛》，王焕生译，人民文学出版社 2003 年版。

［英］怀特海：《科学与近代世界》，何钦译，商务印书馆 2017 年版。

［德］霍克海默、阿道尔诺：《启蒙辩证法：哲学断片》，渠敬东、
　　曹卫东译，上海人民出版社 2006 年版。

［美］卡勒：《当今的文学理论》，《外国文学评论》2012 年第 4 期。

［美］柯亨：《他人的脸：作为第一哲学的伦理学——伊曼纽尔·列
　　维纳斯思想中两种类型的哲学》，《哲学分析》2014 年第 3 期。

［澳］克拉克：《澳大利亚简史》，中山大学《澳大利亚简史》翻译
　　组译，广东人民出版社 1973 年版。

［奥］劳伦兹：《所罗门王的指环：与鸟兽鱼虫的亲密对话》，游复
　　熙、季光容译，中国和平出版社 1998 年版。

［澳］劳若诗、贝安德：《动物伦理、同情与感情——一个整体性框
　　架》，《南京林业大学学报》（人文社会科学版）2013 年第 3 期。

［美］雷伯：《心理学词典》，李伯黍等译，上海译文出版社 1996 年版。

［匈］卢卡奇：《历史与阶级意识——关于马克思主义辩证法的研究》，
　　杜章智等译，商务印书馆 1996 年版。

［法］卢梭：《论人类不平等的起源和基础》，李常山译，商务印书

馆 1997 年版。

［法］马吉欧里：《哲学家与动物》，杨智清译，社会科学文献出版
　　社 2017 年版。

［德］马克思、恩格斯：《马克思恩格斯选集（第一卷）》，中央编译
　　局译，人民出版社 1995 年版。

［德］马克思、恩格斯：《马克思恩格斯全集（第三卷）》，中央编译
　　局译，人民出版社 2002 年版。

［德］马克思、恩格斯：《马克思恩格斯全集（第十二卷）》，中央编
　　译局译，人民出版社 1998 年版。

［德］马克思、恩格斯：《马克思恩格斯文集（第九卷）》，中央编译
　　局译，人民出版社 2009 年版。

［意］马里内蒂：《未来主义文学技巧宣言（节译）》，《20 世纪世界
　　小说理论经典（上）》，吕同六编，吴正仪译，华夏出版社 1995
　　年版。

［加］玛斯素美：《代序：概念何为?》，德勒兹、加塔利《资本主义
　　与精神分裂（卷二）：千高原》，姜宇辉译，上海书店出版社 2010
　　年版。

［法］蒙田：《蒙田随笔全集（上卷）》，潘丽珍等译，译林出版社 2001
　　年版。

［法］蒙田：《蒙田随笔全集（中卷）》，潘丽珍等译，译林出版社 2001
　　年版。

［英］莫里斯：《裸猿》，刘文荣译，文汇出版社 2003 年版。

［德］尼采：《论道德的谱系》，周红译，生活·读书·新知三联书
　　店 1992 年版。

［德］尼采：《偶像的黄昏》，卫茂平译，华东师范大学出版社 2007
　　年版。

［法］热奈特：《叙事话语：新叙事话语》，王文融译，中国社会科
　　学出版社 1990 年版。

［美］萨克斯：《重新解读恩格斯——妇女、生产组织和私有制》，王

政、杜芳琴编《社会性别研究选译》，柏棣译，生活·读书·新知三联书店 1998 年版。

［美］桑塔格：《激进意志的样式》，何宁等译，上海译文出版社 2007 年版。

［古希腊］色诺芬：《回忆苏格拉底》，吴永泉译，商务印书馆 1986 年版。

［德］叔本华：《作为意志和表象的世界》，石冲白译，商务印书馆 1982 年版。

［德］叔本华：《叔本华思想随笔》，韦启昌译，上海人民出版社 2005 年版。

［法］韦尔南：《神话与政治之间》，余中先译，生活·读书·新知三联书店 2005 年版。

［古罗马］西塞罗：《论老年　论友谊　论责任》，徐奕春译，商务印书馆 2003 年版。

［英］休谟：《人性论》，关文运译，商务印书馆 1996 年版。

［古希腊］亚里士多德：《亚里士多德全集·政治学》，苗力田主编，中国人民大学出版社 1994 年版。

［美］张嘉如：《全球环境想象：中西生态批评实践》，江苏大学出版社 2013 年版。

Aaltola, Elisa, "Philosophy and Animal Studies: Calarco, Castricano, and Diamond", *Society and Animals*, Vol. 17, No. 3, 2009.

Adams, Carol, *The Pornography of Meat*, New York and London: Continuum, 2004.

Adams, Carol, *The Sexual Politics of Meat: A Feminist-Vegetarian Critical Theory*, New York and London: Continuum, 2010.

Adams, Carol, *Neither Man nor Beast: Feminism and the Defense of Animals*, London: Bloomsbury, 2018.

Adams, Carol, and Josephine Donovan, "Introduction", *Animals and*

Women: *Feminist Theoretical Explorations*, Ed. Carol Adams and Josephine Donovan, Durham: Duke University Press, 2006.

Adams, Carol, and Matthew Calarco, "Derrida and *The Sexual Politics of Meat*", *Meat Culture*, Ed. Annie Potts, Leiden: Brill, 2016.

Adkins, Peter, "Beastly Lives: Animality and Postcolonial Embodiment in Jean Rhys's *Voyage in the Dark*", *Litterae Mentis: A Journal of Literary Studies*, Vol. 3, 2016.

Agamben, Giorgio, *Homo Sacer: Sovereign Power and Bare Life*, Trans. Daniel Heller-Roazen, Stanford: Stanford University Press, 1998.

Agamben, Giorgio, *The Open: Man and Animal*, Trans. Kevin Attell, Stanford: Stanford University Press, 2004.

Agamben, Giorgio, *Language and Death: The Place of Negativity*, Trans. Karen Pinkus and Michael Hardt, Minneapolis and Oxford: University of Minnesota Press, 2006.

Allen, Colin, and Rollin Bernard, "Conscious Experience/Consciousness and Thinking", *Encyclopedia of Animal Rights and Animal Welfare* (*1ˢᵗ edition*), Ed. Marc Bekoff, Westport: Greenwood Press, 1998.

"An Interview with Yann Martel", (n. d.) 25 Jul. 2018. < https://www.bookbrowse.com/author_interviews/full/index.cfm/author_number/823/author/yann-martel#interview >.

Animal and Society Institute, "Degree Programs", (n. d.) 7 Jan. 2018. < https://www.animalsandsociety.org/human-animal-studies/degree-programs/ >.

Aquinas, Thomas, "Differences between Rational and Other Creatures", *Animal Rights and Human Obligations*, Ed. Tom Regan and Peter Singer, Englewood Cliffs: Prentice Hall, 1989.

Aquinas, Thomas, "On Killing Living Things and the Duty to Love Irrational Creatures", *Animal Rights and Human Obligations*, Ed. Tom Regan and Peter Singer, Englewood Cliffs: Prentice Hall, 1989.

Arens, William, *The Man-Eating Myth*: *Anthropology and Anthropophagy*, New York: Oxford University Press, 1979.

Arluke, Arnold, and Clinton Sanders, *Regarding Animals*, Philadelphia: Temple University Press, 1996.

Wallace, Kathleen, and Karla Armbruster, "Introduction: Why Go Beyond Nature Writing, and Where To?" *Beyond Nature Writing*: *Expanding the Boundaries of Ecocriticism*, Ed. Karla Armbruster and Kathleen Wallace. Charlottesville, VA: University of Virginia Press, 2001.

Armbruster, Karla, "What Do We Want from Talking Animals? Reflections on Literary Representations of Animal Voices and Minds", *Speaking for Animals*: *Animal Autobiographical Writing*, Ed. Margo DeMello, New York: Routledge, 2013.

Armstrong, Philip, "The Postcolonial Animal", *Society and Animals*, Vol. 10, No. 4, 2002.

Armstrong, Philip, *What Animals Mean in the Fiction of Modernity*, Abingdon and New York: Routledge, 2008.

Armstrong, Philip, and Lawrence Simmons, "Bestiary: An Introduction", *Knowing Animals*, Ed. Lawrence Simmons and Philip Armstrong, Leiden: Brill, 2007.

Ashcroft, Bill, Gareth Griffiths, and Helen Tiffin, *Post-colonial Studies*: *The Key Concepts*, Abingdon and New York: Routledge, 2007.

Association of Zoos and Aquariums, "Visitor Demographics", (n. d.) 25 Jul. 2018. < https: //www. aza. org/visitor-demographics/ >

Atwood, Margaret, *Oryx and Crake*, London: Bloomsbury, 2003.

Atwood, Margaret, "*The Handmaid's Tale* and *Oryx and Crake* in Context", *PMLA*, Vol. 119, No. 3, 2004.

Atwood, Margaret, "Selections from *Survival*: *A Thematic Guide to Canadian Literature* (1972)", *Greening the Maple*: *Canadian Ecocriticism in Context*, Ed. Ella Soper and Nicholas Bradley, Galgary: University of Calgary Press, 2013.

Avramescu, Cătălin, *An Intellectual History of Cannibalism*, Trans. Alistair Ian Blyth, Princeton: Princeton University Press, 2011.

Badmington, Neil, *Alien Chic: Posthumanism and the Other Within*, Abingdon: Routledge, 2004.

Baetens, Jan, "Imagining Extinction: The Cultural Meanings of Endangered Species", *Leonardo*, Vol. 50, No. 5, 2017.

Baker, Steve, *Picturing the Beast: Animals, Identity, and Representation*, Manchester: Manchester University Press, 1993.

Baratay, Eric, and Elisabeth Hardouin-Fugier, *Zoo: A History of Zoological Gardens in the West*, Trans. Oliver Welsh, London: Reaktion Books, 2004.

Barkun, Michael, "Divided Apocalypse: Thinking About the End in Contemporary America", *Soundings: An Interdisciplinary Journal*, Vol. 66, No. 3, 1983.

Barnard, John, "The Cod and the Whale: Melville in the Time of Extinction", *American Literature*, Vol. 89, No. 4, 2017.

Barthes, Roland, *Elements of Semiology*, Trans. Annette Lavers and Colin Smith, New York: Hill and Wang, 1986.

Bataille, Georges, "Animality", *Animal Philosophy: Essential Readings in Continental Thought*, Ed. Matthew Calarco and Peter Atterton, London and New York: Continuum, 2004.

Baudrillard, Jean, *Simulacra and Simulations*, Trans. Sheila Faria Glaser, Ann Arbor: The University of Michigan Press, 1994.

Behnke, Elizabeth, "From Merleau-Ponty's Concept of Nature to an Interspecies Practice of Peace", *Animal Others: On Ethics, Ontology, and Animal Life*, Ed. H. Peter Steeves, New York: State University of New York Press, 1999.

Bekoff, Marc, *Minding Animals: Awareness, Emotions, and Heart*, New

York: Oxford University Press, 2002.

Ben-Messahel, Salhia, "An Interview with Tim Winton", *Antipodes*, Vol. 26, No. 1, 2012.

Bennett, Jane, *Vibrant Matter: A Political Ecology of Things*, Durham, NC: Duke University Press, 1998.

Benton, Ted, *Natural Relations: Ecology, Animal Rights, and Social Justice*, London: Verso, 1993.

Bercovitch, Sacvan, "Introduction", *The Cambridge History of American Literature* (Vol. 1), Ed. Sacvan Bercovitch and Cyrus Patell, Cambridge: Cambridge University Press, 1994.

Berger, John, *About Looking*, New York: Vintage Books, 1991.

Best, Steven, "Rethinking Revolution: Total Liberation, Alliance Politics, and a Prolegomena to Resistance Movements in the Twenty-First Century", *Contemporary Anarchist Studies: An Introductory Anthology of Anarchy in the Academy*, Ed. Randall Amster, et al, Abingdon and New York: Routledge, 2009.

Bhabha, Homi, *The Location of Culture*, London: Routledge, 1994.

Boddice, Rob, "Introduction: The End of Anthropocentrism", *Anthropocentrism, Humans, Animals, Environments*, Ed. Rob Boddice, Leiden: Brill, 2011.

Boehrer, Bruce, *Shakespeare among the Animals: Nature and Society in the Drama of Early Modern England*, New York: Palgrave, 2002.

Bone, Jane, "Environmental Dystopias: Margaret Atwood and the Monstrous Child", *Discourse: Studies in the Cultural Politics of Education*, Vol. 37, No. 5, 2016.

Bordo, Susan, "The Cartesian Masculinization of Thought", *Signs*, Vol. 11, No. 3, 1986.

Borgards, Roland, "Introduction: Cultural and Literary Animal Studies", *Journal of Literary Theory*, Vol. 9, No. 2, 2015.

Bostrom, Nick, "Why I Want to be a Posthuman when I Grow Up" *Medical Enhancement and Posthumanity*, Ed. Bert Gordijn and Ruth Chadwick, New York: Springer, 2008.

Bourdieu, Pierre, "Sport and Social Class", *Social Science Information*, Vol. 17, No. 6, 1978.

Boyd, Brian, "Getting It All Wrong: The Proponents of Theory and Cultural Critique Could Learn a Thing or Two from Bioculture", 1 Sept. 2006, 28 Dec. 2018. <https://theamericanscholar.org/getting-it-all-wrong/>.

Boyd, Brian, "Archaeology and Human-Animal Relations: Thinking Through Anthropocentrism", *Annual Review of Anthropology*, Vol. 46, 2017.

Braidotti, Rosi, *Transipositions: On Nomadic Ethics*, Cambridge: Polity, 2006.

Braidotti, Rosi, *The Posthuman*, Cambridge: Polity, 2013.

Braidotti, Rosi, and Maria Hlavajova, "Introduction", *Posthuman Glossary*, Ed. Rosi Braidotti and Maria Hlavajova, London: Bloomsbury, 2018.

Braudel, Fernand, *Civilization and Capitalism, 15th – 18th Century, Volume I: The Structures of Everyday Life: The Limits of the Possible*, Trans. Sian Reynolds, London: William Collins Sons & Co., 1985.

Braverman, Irus, *Zooland: The Institution of Captivity*, Stanford: Stanford University Press, 2012.

Brown, Jennifer, *Cannibalism in Literature and Film*, Basingstoke: Palgrave Macmillan, 2013.

Bryld, Mette, and Nina Lykke, *Cosmodolphins: Feminist Cultural Studies of Technology, Animals and the Sacred*, London: Zed Books, 2000.

Buell, Lawrence, *The Environment Imagination: Thoreau, Nature Writing, and the Formation of American Culture*, Cambridge, Mass.: Harvard University Press, 1995.

Buell, Lawrence, *The Future of Environmental Criticism: Environmental Crisis and Literary Imagination*, Malden, MA: Blackwell Publishing, 2005.

Buell, Lawrence, "Ecocriticism: Some Emerging Trends", *Qui Parle: Critical Humanities and Social Sciences*, Vol. 19, No. 2, 2011.

Buller, Henry, "Animal Geographies I", *Progress in Human Geography*, Vol. 38, No. 2, 2014.

Bullock, Marcus, "Watching Eyes, Seeing Dreams, Knowing Lives", *Representing Animals*, Ed. Nigel Rothfels, Bloomington and Indianapolis: Indiana University Press, 2002.

Burghardt, Gordon, "Critical Anthropomorphism", *Encyclopedia of Animal Rights and Animal Welfare (1ˢᵗ edition)*, Ed. Marc Bekoff, Westport: Greenwood Press, 1998.

Burley, Mikel, "Eating Human Beings: Varieties of Cannibalism and the Heterogeneity of Human Life", *Philosophy*, Vol. 91, No. 4, 2016.

Burt, Jonathan, "The Illumination of the Animal Kingdom: The Role of Light and Electricity in Animal Representation", *Society and Animals*, Vol. 9, No. 3, 2001.

Calarco, Matthew, "Heidegger's Zoontology", *Animal Philosophy: Essential Readings in Continental Thought*, Ed. Matthew Calarco and Peter Atterton, London and New York: Continuum, 2004.

Calarco, Matthew, *Zoographies: The Question of the Animal from Heidegger to Derrida*, New York: Columbia University Press, 2008.

Calarco, Matthew, *Thinking through Animals: Identity, Difference, Indistinction*, Stanford: Stanford University Press, 2015.

Calarco, Matthew, "Animal Studies", *The Year's Work in Critical and Cultural Theory*, Vol. 24, 2016.

Callicott, J. B., "Animal Liberation: A Triangular Affair", *Environmental Ethics*, Vol. 2, No. 4, 1980.

Carlson, Allen, "Nature and Positive Aesthetics", *Environmental Ethics*, Vol. 6, No. 1, 1984.

Carrigan, Anthony, " 'Justice is on Our Side'? *Animal's People*, Generic Hybridity, and Eco-crime", *The Journal of Commonwealth Literature*, Vol. 47, No. 2, 2012.

Carroll, Noel, *The Philosophy of Horror, or Paradoxes of the Heart*, New York: Routledge, 1990.

Carvalko, Joseph, *Conserving Humanity at the Dawn of Posthuman Technology*, Cham, Switzerland: Palgrave Macmillan, 2020.

Cassidy, Rebecca, "Introduction: Domestication Reconsidered", *Where the Wild Things Are Now: Domestication Reconsidered*, Ed. Rebecca Cassidy and Molly Mullin, Oxford: Berg, 2007.

Castle, Gregory, *The Literary Theory Handbook*, Hoboken: John Wiley & Sons, 2013.

Castricano, Jodey, "Introduction: Animal Subjects in a Posthuman World", *Animal Subjects: An Ethical Reader in a Posthuman World*, Ed. Jodey Castrica No. Waterloo: Wilfrid Laurier University Press, 2008.

Cavalieri, Paola, *The Animal Question: Why Nonhuman Animals Deserve Human Rights*, Trans. Catherine Wollard Oxford: Oxford University Press, 2001.

Chagani, Fayaz, "Can the Postcolonial Animal Speak?" *Society and Animals*, Vol. 24, No. 6, 2016.

Chaudhuri, Una, "Animal Geographies: Zooësis and the Space of Modern Drama", *Modern Drama*, Vol. 46, No. 4, 2003.

Childs, Peter, and Roger Fowler, *The Routledge Dictionary of Literary Terms*, Abingdon and New York: Routledge, 2006.

Clark, Andy, *Natural-Born Cyborgs: Minds, Technologies, and the Future of Human Intelligence*, New York: Oxford University Press, 2003.

Clark, Timothy, *The Cambridge Introduction to Literature and the Environment*, Cambridge: Cambridge University Press, 2011.

Clark, Timothy, *Ecocriticism on the Edge: The Anthropocene as a Thresh-

old Concept, London: Bloomsbury, 2015.

Clynes, Manfred, and Nathan Kline, "Cyborgs and Space", *Astronautics*, 1960 (September).

Cobb, John B., "From Individualism to Persons in Community: A Postmodern Economic Theory", *Sacred Interconnections: Postmodern Spirituality, Political Economy, and Art*, Ed. David Griffin, New York: State University of New York Press, 1990.

Cochrane, Alasdair, *An Introduction to Animals and Political Theory*, London: Palgrave Macmillan, 2010.

Coetzee, J. M., *Waiting for the Barbarians*, New York: Penguin Books, 1982.

Coetzee, J. M., *The Lives of Animals*, Princeton: Princeton University Press, 1999.

Cohen, Carl, and Tom Regan, *The Animal Rights Debate*, Lanham: Rowman & Littlefield, 2001.

Cole, Lucinda et. al, "Speciesism, Identity Politics, and Ecocriticism: A Conversation with Humanists and Posthumanists", *The Eighteenth Century*, Vol. 52, No. 1, 2011.

Collard, Andree, and Joyce Contrucci, *Rape of the Wild: Man's Violence Against Animals and the Earth*, Indianapolis: Indiana University Press, 1989.

Collier, Gordon, and Frank Schulze-Engler, "The Crab of Progress: Exceptionalism and Normalization in an Academic Discipline", *Crabtracks: Progress and Process in Teaching the New Literatures in English*, Ed. Gordon Collier and Frank Schulze-Engler, New York: Rodopi, 2002.

Conley, Verena, "Manly Values: Luc Ferry's Ethical Philosophy", *Animal Philosophy: Essential Readings in Continental Thought*, Ed. MatthewCalarco and Peter Atterton, London and New York: Continuum, 2004.

Copeland, Marion, "Literary Animal Studies in 2012: Where We Are,

Where We Are Going", *Anthrozoös*, Vol. 25, No. sup1, 2012.

Coudert, Allison, "The Ultimate Crime: Cannibalism in Early Modern Minds and Imaginations", *Crime and Punishment in the Middle Ages and Early Modern Age: Mental-Historical Investigations of Basic Human Problems and Social Responses*, Ed. Albrecht Classen and Connie Scarborough, Berlin and Boston: Walter de Gruyter GmbH, 2012.

Crane, Susan, *Animal Encounters: Contacts and Concepts in Medieval Britain*, Philadelphia: University of Pennsylvania Press, 2013.

Creed, Barbara, "What Do Animals Dream of? Or King Kong as Darwinian Screen Animal", *Knowing Animals*, Ed. Lawrence Simmons and Philip Armstrong, Leiden: Brill, 2007.

Crist, Eileen, *Images of Animals: Anthropomorphism and Animal Mind*, Philadelphia: Temple University Press, 2000.

Crosby, Alfred, *Ecological Imperialism: The Biological Expansion of Europe, 900 – 1900*, Cambridge: Cambridge University Press, 2004.

Crutzen, Paul and Eugene Stoermer, "The Anthropocene", *Global Change Newsletter*, No. 41, 2000.

Culler, Jonathan, *On Deconstruction: Theory and Criticism after Structuralism*, New York: Cornell University Press, 1985.

Currie, Mark, *Postmodern Narrative Theory*, Basingstoke: Macmillan, 1998.

Darwin, Charles, *Charles Darwin's Notebooks, 1836 – 1844: Geology, Transmutation of Species, Metaphysical Enquiries*, Ed. Paul H. Barrett, et al. Cambridge: Cambridge University Press, 2008.

Darwin, Charles, *The Descent of Man and Selection in Relation to Sex (Volume 1)*, New York: Cambridge University Press, 2009.

Daston, Lorraine, and Gregg Mitman, "Introduction: The How and Why of Thinking with Animals", *Thinking with Animals: New Perspectives on Anthropomorphism*, Ed. Lorraine Daston and Gregg Mitman,

New York: Columbia University Press, 2005.

Davies, Jeremy, *The Birth of the Anthropocene*, Oakland: University of California Press, 2016.

DeGrazia, David, *Animal Rights: A Very Short Introduction*, New York: Oxford University Press, 2002.

Dekoven, Marianne, "Guest Column: Why Animals Now?" *PMLA*, Vol. 124, No. 2, 2009.

DeLapp, Kevin, "The View from Somewhere: Anthropocentrism in Metaethics", *Anthropocentrism: Humans, Animals, Environments*, Ed. Rob Boddice, Leiden: Brill, 2011.

Deleuze, Gilles, *Two Regimes of Madness: Texts and Interviews 1975 – 1995*, Ed. David Lapoujade. Trans. Ames Hodges and Mike Taormina, New York: Semiotext (e), 2006.

Deleuze, Gilles, and Felix Guattari, *Kafka: Toward a Minor Literature*, Trans. Dana Polan, Minneapolis: University of Minnesota Press, 2003.

Deleuze, Gilles, and Felix Guattari, *A Thousand Plateaus: Capitalism and Schizophrenia*, Trans. Brian Massumi, Minneapolis: University of Minnesota Press, 2005.

DeMello, Margo, ed, *Teaching the Animal: Human-Animal Studies across the Disciplines*, New York: Lantern, 2010.

DeMello, Margo, *Animals and Society: An Introduction to Human-Animal Studies*, New York: Columbia University Press, 2012.

DeMello, Margo, "Introduction", *Speaking for Animals: Animal Autobiographical Writing*, Ed. Margo DeMello, New York: Routledge, 2013.

Dennett, Daniel, "Animal Consciousness: What Matters and Why", *Social Research*, Vol. 62, No. 3, 1995.

Derrida, Jacques, " 'Eating well,' or the Calculation of the Subject: An Interview with Jacques Derrida", *Who Comes after the Subject?* Ed. Eduardo Cadava, et al, New York: Routledge, 1991.

Derrida, Jacques, "Structure, Sign and Play in the Discourse of the Human Sciences", *Modern Literary Theory: A Reader*, Ed. Philip Rice and Patricia Waugh, London and New York: Arnold & Oxford University press, 2001.

Derrida, Jacques, *Writing and Difference*, Trans. Alan Bass. London: Routledge, 2002.

Derrida, Jacques, *The Animal That Therefore I Am*, Ed. Marie-Luise Mallet., Trans. David Wills, New York: Fordham University Press, 2008.

Derrida, Jacques, and Elisabeth Roudinesco, *For What Tomorrow: A Dialogue*, Trans. Jeff Fort, Stanford: Stanford University Press, 2004.

Descartes, Rene, *A Discourse on the Method of Correctly Conducting One's Reason and Seeking Truth in the Sciences*, Trans. Ian Maclean, New York: Oxford University Press, 2006.

Descola, Philippe, and Gisli Palsson, "Introduction", *Nature and Society: Anthropological Perspectives*, Ed. Philippe Descola and Gisli Palsson, London: Routledge, 1996.

Deuchar, Stephen, *Sporting Art in Eighteenth-Century England: A Social and Political History*, New Haven: Yale University Press, 1988.

Deyab, Mohammad, "An Ecocritical Reading of Jonathan Swift's *Gulliver's Travels*", *Nature and Culture*, Vol. 6, No. 3, 2011.

Diamond, Cora, "Eating Meat and Eating People", *Philosophy*, Vol. 53, No. 206, 1978.

Dirlik, Arif, "Spectres of the Third World: Global Modernity and the End of the Three Worlds", *Third World Quarterly*, Vol. 25, No. 1, 2004.

Dodeman, André, "Crossing Oceans and Stories: Yann Martel's *Life of Pi* and the Survival Narrative", *Commonwealth Essays and Studies*, Vol. 37, No. 1, 2014.

Donovan, Josephine, "Animal Rights and Feminist Theory", *Ecofeminism*:

Women, Animals, Nature, Ed. Greta Gaard, Philadelphia: Temple University Press, 1993.

Donovan, Josephine, "Feminism and the Treatment of Animals: From Care to Dialogue", *Signs: Journal of Women in Culture and Society*, Vol. 31, No, 2, 2006.

Douglas, Mary, *Purity and Danger: An Analysis of the Concepts of Pollution and Taboo*, New York: Routledge, 2001.

Drake, Phillip, "Marxism and the Nonhuman Turn: Animating Nonhumans, Exploration, and Politics with ANT and Animal Studies", *Rethinking Marxism: A Jonrnal of Economics, CuHure & Society*, Vol. 27, No. 1, 2015.

Dunayer, Joan, "Sexist Words, Speciesist Roots", *Animals and Women: Feminist Theoretical Explorations*, Ed. Carol Adams and Josephine Donovan, Durham: Duke University Press, 2006.

Durix, Carole, and Jean-Pierre Durix, *An Introduction to the New Literatures in English: Africa, Australia, New Zealand, the South Pacific, the Indian Sub-continent, Canada and the Caribbean*, Paris: Longman France, 1993.

Edemariam, Aida, "Waiting for the New Wave: An Interview with Tim Winton", 28 Jun. 2008, 12 Jun. 2018. < https://www. theguardian. com/ books/2008/jun/28/saturdayreviewsfeatres. guardianreview9 >.

Edney, A. T. , "Companion Animals and Human Health", *The Veterinary Record*, Vol. 130, No. 14, 1992.

Ehrlich, Paul, and Anne Ehrlich, "Extinction", *Animal Rights and Human Obligations*, Ed. Tom Regan and Peter Singer, Englewood Cliffs: Prentice Hall, 1989.

Elder, Glen, Jennifer Wolch, and Jody Emel, "Race, Place, and the Bounds of Humanity", *Society and Animals*, Vol. 6, No. 2, 1998.

Emel, Jody, and Jennifer Wolch, "Witnessing the Animal Moment",

Animal Geographies: *Place*, *Politics*, *and Identity in the Nature-Culture Borderlands*, Ed. Jennifer Wolch and Jody Emel, London: Verso, 1998.

Epstein, Charlotte, *The Power of Words in International Relations*: *Birth of an Anti-Whaling Discourse*, Cambridge and London: The MIT Press, 2008.

Erickson, Stacy, "Animals-as-Trope in the Selected Fiction of Zora Neale Hurston, Alice Walker, and Toni Morrison", Diss. University of North Texas, 1999.

Falasca-Zamponi, Simonetta, "Sociology and Ethnography", *Georges Bataille*: *Key Concepts*, Ed. Mark Hewson and Marcus Coelen, Abingdon and New Work: Routledge, 2016.

Falk, Richard, "Religion and Politics: Verging on the Postmodern", *Sacred Interconnections*: *Postmodern Spirituality*, *Political Economy*, *and Art*, Ed. David Griffin, New York: State University of New York Press, 1990.

Fanon, Frantz, *Black Skin*, *White Masks*, Trans. charles Markmann London: Pluto Press, 2008.

Feinberg, Joel, *Social Philosophy*, Englewood Cliffs: Prentice Hall, 1973.

Ferry, Luc, "Neither Man nor Stone", *Animal Philosophy*: *Essential Readings in Continental Thought*, Ed. MatthewCalarco and Peter Atterton, London and New York: Continuum, 2004.

Fielder, Brigitte, "Chattel Slavery", *Gender*: *Animals*, Ed. Juno Parrenas, Farmington Hills, Michigan: Macmillan Reference USA, 2017.

Fisher, John, "Taking Sympathy Seriously: A Defense of Our Moral Psychology Toward Animals", *The Animal Rights/Environmental Ethics Debate*: *The Environmental Perspective*, Ed. Eugene Hargrove, New York: State University of New York Press, 1992.

Fisher, John, "Anthropomorphism", *Encyclopedia of Animal Rights and*

Animal Welfare (*1ˢᵗ edition*) , Ed. Marc Bekoff, Westport: Greenwood Press, 1998.

Flannery, Eoin, "Ecocriticism", *The Year's Work in Critical and Cultural Theory*, Vol. 24, 2016.

Foltz, Richard, " 'This she-camel of God is a sign to you': Dimensions of Animals in Islamic Tradition and Muslim Culture", *A Communion of Subjects: Animals in Religion, Science, and Ethics*, Ed. Paul Waldau and Kimberley Patton, New York: Columbia University Press, 2006.

Francione, Gary, *Introduction to Animal Rights: Your Child or the Dog?* Philadelphia: Temple University Press, 2007.

Franklin, Adrian, *Animals and Modern Cultures: A Sociology of Human-Animal Relations in Modernity*, London: Sage, 1999.

Frey, R. G. , "Content, Value, and Richness of Animal Life", *Encyclopedia of Animal Rights and Animal Welfare* (*1ˢᵗ edition*) , Ed. Marc Bekoff, Westport: Greenwood Press, 1998.

Frye, Northrop, *Anatomy of Criticism: Four Essays*, Princeton: Princeton University Press, 2000.

Fudge, Erica, "A Left-Handed Blow: Writing the History of Animals", *Representing Animals*, Ed. Nigel Rothfels, Bloomington and Indianapolis: Indiana University Press, 2002.

Fudge, Erica, *Animal*, London: Reaktion Books, 2002.

Fudge, Erica, *Pets*, Abingdon and New York: Routledge, 2014.

Gaard, Greta, "Living Interconnection with Animals and Nature", *Ecofeminism: Women, Animals, Nature*, Ed. Greta Gaard, Philadelphia: Temple University Press, 1993.

Gaard, Greta, "Feminist Animal Studies in the U. S. : Bodies Matter", *Deportate, Esuli, Profughe (DEP)*, No. 20, 2012.

Garrard, Greg, *Ecocriticism*, Abingdon and New York: Routledge, 2012.

Garrard, Greg, "Ferality Tales", *The Oxford Handbook of Ecocriticism*,

Ed. Greg Garrard, New York: Oxford University Press, 2014.

Giroux, Henry, "Animating Youth: The Disneyfication of Children's Culture", *Socialist Review*, Vol. 24, No. 3, 1994.

Palsson, Gisli, "Human-environmental Relations: Orientalism, Paternalism and Communalism", *Nature and Society: Anthropological Perspectives*, Ed. Philippe Descola and Gisli Palsson, London: Routledge, 1996.

Githire, Njeri, *Cannibal Writes: Eating Others in Caribbean and Indian Ocean Women's Writing*, Urbana, Chicago and Spingfiled: University of Illinois Press, 2014.

Glenn, Cathy, "Constructing Consumables and Consent: A Critical Analysis of Factory Farm Industry Discourse", *Journal of Communication Inquiry*, Vol. 28, No. 1, 2004.

Glotfelty, Cheryll, "Introduction: Literary Studies in an Age of Environmental Crisis", *The Ecocriticism Reader: Landmarks in Literary Ecology*, Ed. Cheryll Glotfelty and Harold Fromm, Athens and London: The University of George Press, 1996.

Graham, Elspeth, "Reading, Writing, and Riding Horses in Early Modern England: James Shirley's *Hyde Park* (1632) and Gervase Markham's *Cavelarice* (1607)", *Renaissance Beasts: Of Animals, Humans, and Other Wonderful Creatures*, Ed. Erica Fudge, Urbana: University of Illinois Press, 2004.

Gray, Chris, *Cyborg Citizen: Politics in the Posthuman Age*, New York and Abingdon: Routledge, 2001.

Gray, Chris, "Cyborging the Posthuman: Participatory Evolution", *The Posthuman Condition: Ethics, Aesthetics and Politics of Biotechnological Challenges*, Ed. Kasper Lippert-Rasmussen, Mads Thomsen, and Jacob Wamberg, Aarhus: Aarhus University Press, 2012.

Green, Martin, *Seven Types of Adventure Tale: An Etiology of a Major*

Genre, University Park, PA: Pennsylvania State University Press, 1991.

Grier, Katherine, "The Material Culture of Pet Keeping", *Routledge Handbook of Human-Animal Studies*, Ed. Garry Marvin and Susan McHugh, Abingdon and New York: Routledge, 2014.

Griffin, Donald R., "Foreword", *Interpretation and Explanation in the Study of Animal Behavior, Volume 1: Interpretation, Intentionality, and Communication*, Ed. Marc Bekoff and Dale Jamieson, Boulder, CO: Westview, 1990.

Griswold, Wendy, *Cultures and Societies in a Changing World*, Los Angeles, London, New Delhi, Singapore, Washington DC: Sage, 2013.

Haar, Michel, *The Song of the Earth: Heidegger and the Grounds of the History of Being*, Trans. Reginald Lilly, Bloomington: Indiana University Press, 1993.

Hall, Stuart, "Introduction", *Representation: Cultural Representations and Signifying Practices*, Ed. Stuart Hall, London: Sage, 2003.

Hamilton, Lindsay, and Nik Taylor, *Ethnography after Humanism: Power, Politics and Method in Multi-Species Research*, London: Palgrave Macmillan, 2017.

Harari, Yuval, *Sapiens: A Brief History of Humankind*, London: Vintage Books, 2014.

Haraway, Donna, *Primate Visions: Gender, Race, and Nature in the World of Modern Science*, New York: Routledge, 1989.

Haraway, Donna, *Simians, Cyborgs and Women: The Reinvention of Nature*, New York: Routledge, 1991.

Haraway, Donna, *The Companion Species Manifesto: Dogs, People, and Significant Otherness*, Chicago: Prickly Paradigm Press, 2003.

Haraway, Donna, "Encounters with Companion Species: Entangling Dogs, Baboons, Philosophers, and Biologists", *Configurations*, Vol. 14, No. 1 – 2, 2006.

Hargrove, John, *Beneath the Surface: Killer Whales, SeaWorld, and the Truth beyond Blackfish*, New York: Palgrave Macmillan, 2015.

Harris, David, "Domesticatory Relationships of People, Plants and Animals", *Redefining Nature: Ecology Culture and Domestication*, Ed. Roy Ellen and Katsuyoshi Fukui, Oxford: Berg, 1996.

Hassan, Ihab, "Prometheus as Performer: Toward a Posthumanist Culture?" *The Georgia Review*, Vol. 31, No. 4, 1977.

Hauptman, Herbert, "The Responsibilities of Scientists in the Twenty-First Century", *Building a World Community: Humanism in 21ˢᵗ Century*, Ed. Paul Kurtz Levi Fragell, and Rob Tielman, New York: Prometheus Books, 1989.

Haviland, William, et al, *Cultural Anthropology: The Human Challenge* (*12ᵗʰ edition*), Belmont: Wadsworth/Cengage Learning, 2008.

Haviland, William, et al, *Cultural Anthropology: The Human Challenge* (*13ᵗʰ edition*), Belmont: Wadsworth/Cengage Learning, 2011.

Hawking, Stephen, *Brief Answers to the Big Questions*, London: John Murray, 2018.

Hayles, N. Katherine, *How We Became Posthuman: Virtual Bodies in Cybernetics, Literature, and Informatics*, Chicago: The University of Chicago Press, 1999.

Hayward, Tim, "Anthropocentrism: A Misunderstood Problem", *Environmental Values*, Vol. 6, No. 1, 1997.

Heidegger, Martin, *The Fundamental Concepts of Metaphysics: World, Finitude, Solitude*, Trans. William McNeill and Nicholas Walker, Bloomington: Indiana University Press, 1995.

Heidegger, Martin, "The Animal Is Poor in World", *Animal Philosophy: Essential Readings in Continental Thought*, Ed. Matthew Calarco and Peter Atterton, London and New York: Continuum, 2004.

Heise, Ursula, *Imagining Extinction: The Cultural Meanings of Endan-*

gered Species, Chicago: The University of Chicago Press, 2016.

Hengen, Shannon, "Margaret Atwood and Environmentalism", *The Cambridge Companion to Margaret Atwood*, Ed. Coral Howells, Cambridge: Cambridge University Press, 2006.

Herman, David, "Introduction: Literature Beyond the Human", *Creatural Fictions: Human-Animal Relationships in Twentieth-and Twenty-First-Century Literature*, Ed. David Herman, Basingstoke: Palgrave Macmillan, 2016.

Hertzler, Joyce, *The History of Utopian Thought*, London: George Allen & Unwin Ltd., 1922.

Herzog, Hal, *Some We Love, Some We Hate, Some We Eat: Why It's So Hard to Think Straight about Animals*, New York: HarperCollins Publishers, 2010.

Hoare, Philip, *Leviathan or, the Whale*, London: Fourth Estate, 2009.

Hobsbawm, Eric, *The Age of Empire: 1875 – 1914*, New York: Vintage Books, 1989.

Hooks, Bell, *Ain't I a Woman: Black Women and Feminism*, New York: Routledge, 2015.

Howells, Coral, "Margaret Atwood's Dystopian Visions: *The Handmaid's Tale* and *Oryx and Crake*", *The Cambridge Companion to Margaret Atwood*, Ed. Coral Howells. Cambridge: Cambridge University Press, 2006.

Huggan, Graham, "Last Whales: Eschatology, Extinction, and the Cetacean Imaginary in Winton and Pash", *The Journal of Commonwealth Literature*, Vol. 52, No. 2, 2017.

Huggan, Graham, and Helen Tiffin, *Postcolonial Ecocriticism: Literature, Animals, Environment*, Abingdon and New York: Routledge, 2010.

Hutcheon, Linda, *A Poetics of Postmodernism: History, Theory, Fiction*, Lordon and New York: Routledge, 1988.

Ihimaera, Witi, *The Whale Rider*, Auckland: Heinemann, 1987.

Ingold, Tim, "From Trust to Domination: An Alternative History of Human-animal Relations", *Animals and Human Society: Changing Perspectives*, Ed. Aubrey Manning and James Serpell, London and New York: Routledge, 1994.

"Into the Void: Yann Martel on the Origins of His Novel: *Life of Pi*", 6 Oct. 2007, 15 Jun. 2018. < https://www. theguardian. com/books/ 2007/oct/06/featuresreviews. guardianreview5 >.

Irwin, Beth, "Global Capitalism in *Oryx and Crake*", *Oshkosh Scholar*, Vol. 4, 2009.

Jeffery, Scott, *The Posthuman Body in Superhero Comics: Hnman, Superhuman, Transhnman, Post/Human*, New York: Palgrave Macmillan, 2016.

James, Henry, *Partial Portraits*, London and New York: The Macmillan Company, 1899.

Jameson, Fredric, "Third-World Literature in the Era of Multinational Capitalism", *Social Text*, No. 15, 1986.

Jennings, Christian, "Hunting, Colonial Era", *Encyclopedia of African History*, Ed. Kevin Shillington, New York: Fitzroy Dearborn, 2005.

Jepson, Paul, and Maan Barua, "A Theory of Flagship Species Action", *Conservation and Society*, Vol. 13, No. 1, 2015.

Johnston, Justin, "'A Nother World' in Indra Sinha's *Animal's People*", *Twentieth-Century Literature*, Vol. 62, No. 2, 2016.

Kenyon-Jones, Christine, "Kindred Brutes: Animals in Romantic-Period Writing, With Special Reference to Byron", Diss. University of London, 1999.

Jones, Lois, *Cannibal: The True Story Behind the Maneater of Rotenburg*, New York: Berkley Books, 2005.

Kalof, Linda, "Introduction", *The Oxford Handbook of Animal Studies*,

Ed. Linda Kalof, New York: Oxford University Press, 2017.

Kannemeyer, John, *J. M. Coetzee: A Life in Writing*, Melbourne: Scribe Publications, 2012.

Kant, Immanuel, *Lectures on Ethics*, Ed. Peter Heath and J. B. Schneewind, Trans. Peter Heath, Cambridge: Cambridge University Press, 1997.

Kass, Leon, *The Hungry Soul: Eating and the Perfecting Our Nature*, Chicago and London: The University of Chicago Press, 1999.

Kekes, John, "Physicalism and Subjectivity", *Philosophy and Phenomenological Research*, Vol. 37, No. 4, 1977.

Kheel, Marti, "License to Kill: An Ecofeminist Critique of Hunters' Discourse", *Animals and Women: Feminist Theoretical Explorations*, Ed. Carol Adams and Josephine Donovan, Durham: Duke University Press, 2006.

Kimbrell, Andrew, *The Human Body Shop: The Engineering and Marketing of Life*, New York: Harper Collins, 1993.

King, Ynestra, "Toward an Ecological Feminism and A Feminist Ecology", *Machina Ex Dea: Feminist Perspectives on Technology*, Ed. Joan Rothschild, New York: Pergamon Press, 1983.

Kordecki, Lesley, *Ecofeminist Subjectivities: Chaucer's Talking Birds*, New York: Palgrave Macmillan, 2011.

Kristeva, Julia, *Powers of Horror: An Essay on Abjection*, Trans. Leon S. Roudiez, New York: Columbia University Press, 1982.

Kriticos, Christian, "Animals Emoting: *The Millions* Interviews Yann Martel", 29 Feb. 2016, 6 Oct. 2018. < https: //themillions. com/2016/02/in-the-present-moment-the-millions-interviews-yann-martel. html >.

Kuhn, Annette, *The Power of the Image: Essays on Representation and Sexuality*, New York: Routledge, 1994.

Lamey, Andy, "Sympathy and Scapegoating in J. M. Coetzee", *J. M. Coetzee and Ethics: Philosophical Perspectives on Literature*, Ed. Anton Leist and

Peter Singer, New Yok: Columbia University Press, 2010.

Landry, Donna, and Gerald Maclean, ed, *The Spivak Reader: Selected Works of Gayatri Chakravorty Spiva*k, New York: Routledge, 1996.

Latour, Bruno, *We Have Never Been Modern*, Trans. Catherine Porter, Cambridge: Harvard University Press, 1993.

Latour, Bruno, *Reassembling the Social: An Introduction to Actor-Network-Theory*, New York: Oxford University Press, 2007.

Lawrence, D. H. , *Women in Love*, London: Martin Secker, 1928.

Leakey, Richard, and Roger Lewin, *People of the Lake: Mankind and Its Beginnings*, New York: Avon Books, 1979.

Lents, Nathan, *Not So Different: Finding Human Nature in Animals*, New York: Columbia University Press, 2016.

Leopold, Aldo, *A Sand Country Almanac and Sketches Here and There*, London, Oxford, and New York: Oxford University Press, 1968.

Leopold, Aldo, *Aldo Leopold's Southwest*, Ed. David Brown and Neil Carmony, Albuquerque: Univerity of New Mexico Press, 1995.

Levinas, Emmanuel, *Totality and Infinity: An Essay on Exteriority*, Trans. Alphonso Lingis, The Hague: Martinus Nijhoff Publishers, 1979.

Levinas, Emmanuel, *Otherwise than Being or Beyond Essence*, Trans Alphonso Lingis, The Hague: Martinus Nijhoff Publishers, 1991.

Levi-Strauss, Claude, *Totemism*, Trans. Rodney Needham, London: Merlin Press, 1991.

Levi-Strauss, Claude, *We Are All Cannibals: And Other Essays*, Trans. Jane Todd, New York: Columbia University Press, 2016.

Lingis, Alphonso, "Nietzsche and Animals", *Animal Philosophy: Essential Readings in Continental Thought*, Ed. Matthew Calarco and Peter Atterton, London and New York: Continuum, 2004.

Lippmann, Walter, *Public Opinion*, New Brunswick: Transaction, 2009.

Luke, Brian, "Violent Love: Hunting, Heterosexuality, and the Erotics of Men's Predation", *Feminist Studies*, Vol. 24, No. 3, 1998.

Lundblad, Michael, "From Animal to Animality Studies", *PMLA*, Vol. 124, No. 2, 2009.

Lynn, William, "Animals, Ethics, and Geography", *Animal Geographies: Place, Politics, and Identity in the Nature-Culture Borderlands*, Ed. Jennifer Wolch and Jody Emel, London: Verso, 1998.

Mackenzie, John, *The Empire of Nature: Hunting, Conservation and British Imperialism*, Manchester: Manchester University Press, 1988.

Malamud, Randy, *Reading Zoos: Representations of Animals and Captivity*, Basingstoke: Palgrave Macmillan, 1998.

Malamud, Randy, *Poetic Animals and Animal Souls*, New York: Palgrave Macmillan, 2003.

Marchesini, Roberto, "Nonhuman Alterities", *Angelaki: Journal of the Theoretical Humanities*, Vol. 21, No. 1, 2016.

Marcuse, Herbert, *One-Dimensional Man: Studies in the Ideology of Advanced Industrial Society*, Abingdon and New York: Routledge, 2007.

Margodt, Koen, "Affective Ethology", *Encyclopedia of Animal Rights and Animal Welfare* (2nd *edition*), Ed. Marc Bekoff. Santa Barbara: Greenwood Press, 2010.

Martel, Yann, *Life of Pi*, Edinburgh: Canongate, 2008.

Martel, Yann, "How I Wrote *Life of Pi*", 15 Jul. 2015, 15 Jun. 2018. < https://medium.com/@Powells/how-i-wrote-life-of-pi-6ffe1c0177ac. >.

Marvin, Garry, and Susan McHugh, "In It Together: An Introduction to Human-Animal Studies", *Routledge Handbook of Human-Animal Studies*, Ed. Garry Marvin and Susan McHugh, Abingdon and New Yok: Routledge, 2014.

Mazzeno, Laurence, and Ronald Morrison, "Introduction", *Animals in Victorian Literature and Culture: Contexts for Criticism*, Ed. Laurence Mazzeno, and Ronald Morrison, London: Palgrave Macmillan, 2017.

McDonell, Jennifer, "Literary Studies, the Animal Turn and the Acade-my", *Social Alternatives*, Vol. 32, No. 4, 2013.

McHugh, Susan, "One or Several Literary Animal Studies?" 17 Jul. 2006, 20 Apr. 2018. <https://networks.h-net.org/node/16560/pages/32231/one-or-several-literary-animal-studies-susan-mchugh>.

McHugh, Susan, *Animal Stories: Narrating across Species Lines*, Minneapolis: University of Minnesota Press, 2011.

McHugh, Susan, Robert McKay, and John Miller, "Introduction: Towards an Animal-Centred Literary History", *The Palgrave Handbook of Animals and Literature*, Ed. Susan McHugh, Robert McKay, and John Miller, Cham, Switzerland: Palgrave Macmillan, 2021.

McKay, Robert, "What Kind of Literary Animal Studies Do We Want, or Need?" *Modern Fiction Studies*, Vol. 60, No. 3, 2014.

McMullen, Steven, *Animals and the Economy*, London: Palgrave Macmillan, 2016.

Mead, Margaret, *Sex and Temperament in Three Primitive Societies*, London and Henley: Routledge and Kegan Paul, 1977.

Mencken, H. L., *Damn! A Book of Calumny*, New York: Philip Goodman Company, 1918.

Midgley, Mary, *Animals and Why They Matter*, Athens: The University of Georgia Press, 1983.

Midgley, Mary, *Utopias, Dolphins and Computers: Problems of Philosophical Plumbing*, London and New York: Routledge, 2000.

Midgley, Mary, *Beast and Man: The Roots of Human Nature*, London: Routledge, 2005.

Miller, John, *Empire and the Animal Body: Violence, Identity and Ecology in Victorian Adventure Fiction*, London: Anthem Press, 2012.

Moore, John Howard, *The Universal Kinship*, Chicago: Charles H. Kerr & Company, 1908.

Moran, Dominique, "Budgie Smuggling or Doing Bird? Human-animal Interactions in Carceral Space: Prison (er) Animals as Abject and Subject", *Social and Cultural Geography*, Vol. 16, No. 6, 2015.

Morris, Bernard, "Review of *The Lives of Animals* by J. M. Coetzee", *Harvard Review*, No. 18, Spring, 2000.

Morse, Deborah, and Martin Danahay, ed, *Victorian Animal Dreams: Representations of Animals in Victorian Literature and Culture*, Abingdon and New York: Routledge, 2007.

Morse, Josiah, *The Sympathetic Alien: James Joyce and Catholicism*, New York: New York University Press, 1959.

Mowat, Farley, *Sea of Slaughter*, Mechanicsburg: Stackpole Books, 2004.

Muir, Edwin, "The Animals", *Modern British Poetry*, Ed. Louis Untermeyer, New York and Burlingame: Harcourt, Brace & World, 1962.

Mullan, Bob, and Garry Marvin, *Zoo Culture*, London: George Weidenfeld and Nicolson, 1987.

Mullin, Molly, "Mirrors and Windows: Sociocultural Studies of Human-Animal Relationships", *Annual Review of Anthropology*, Vol. 28, 1999.

Munro, Lyle, *Confronting Cruelty: Moral Orthodoxy and the Challenge of the Animal Rights Movement*, Leiden: Brill, 2005.

Myers, Olin, Carol Saunders, and Sarah Bexell, "Fostering Empathy with Wildlife: Factors Affecting Free-Choice Learning for Conservation Concern and Behavior", *Free-Choice Learning and the Environment*, Ed. John Falk, Joe Heimlich and Susan Foutz, Lanham: AltaMira Press, 2009.

Nagel, Thomas, "What Is It Like to Be a Bat?" *The Philosophical Review*, Vol. 83, No. 4, 1974.

Nagy, Keisi, and Philip Johnson, *Trash Animals: How We Live with Nature's Filth, Feral, Invasive, and Unwanted Species*, Minneapolis: University of Minnesota Press, 2013.

Nash, Roderick, *The Rights of Nature: A History of Environmental Ethics*, Madison: The University of Wisconsin Press, 1989.

Nelson, Barney, *The Wild and the Domestic: Animal Representation, Ecocriticism, and Western American Literature*, Las Vegas: University of Nevada Press, 2000.

Nelson, Lance, "Cows, Elephants, Dogs, and Other Lesser Embodiments of Ātman: Reflections on Hindu Attitudes Toward Nonhuman Animals", *A Communion of Subjects: Animals in Religion, Science, and Ethics*, Ed. Paul Waldau and Kimberley Patton, New York: Columbia University Press, 2006.

Nixon, Rob, "Neoliberalism, Slow Violence, and the Environmental Picaresque", *Modern Fiction Studies*, Vol. 55, No. 3, 2009.

Norris, Margot, "The Human Animal in Fiction", *Parallax*, Vol. 12, No. 1, 2006.

Norris, Margot, "Kafka's Hybrids: Thinking Animals and Mirrored Humans", *Kafka's Creatures: Animals, Hybrids, and Other Fantastic Beings*, Ed. Marc Lucht and Donna Yarri, Lanham: Lexington Books, 2010.

Noske, Barbara, "The Animal Question in Anthropology: A Commentary", *Society and Animals*, Vol. 1, No. 2, 1993.

Noske, Barbara, *Beyond Boundaries: Humans and Animals*, Montreal, New York, and London: Black Rose Books, 1997.

Nussbaum, Martha, "Beyond 'Compassion and Humanity': Justice for Nonhuman Animals", *Animal Rights: Current Debates and New Directions*, Ed. Cass Sunstein and Martha Nussbaum, New York: Oxford University Press, 2004.

Nyman, Jopi, *Postcolonial Animal Tale from Kipling to Coetzee*, New Delhi: Atlantic, 2003.

Ortiz-Robles, Mario, *Literature and Animal Studies*, Abingdon and New

York: Routledge, 2016.

Palmer, Clare, "Madness and Animality in Michel Foucault's *Madness and Civilization*", *Animal Philosophy: Essential Readings in Continental Thought*, Ed. Matthew Calarco and Peter Atterton, London and New York: Continuum, 2004.

Parry, Catherine, *Other Animals in Twenty-First Century Fiction*, Cham, Switzerland: Palgrave Macmillan, 2017.

Parsons, Rhea, "The 20th Anniversary of *The Sexual Politics of Meat*: An Interview with Carol J. Adams", *MP: A Feminist Journal Online*, Vol. 3, No. 3, 2011.

Perkins, David, *Romanticism and Animal Rights*, New York: Cambridge University Press, 2003.

Pew Research Center, "Global Religious Diversity", 4 Apr. 2014, 7 Apr. 2018. < http: //www. pewforum. org/2014/04/04/global-religious-diversity/ >.

Philo, Chris, and Chris Wilbert, "Animal Spaces, Beastly Places: An Introduction", *Animal Spaces, Beastly Places: New Geographies of Human-Animal Relations*, Ed. Chris Philo and Chris Wilbert, London: Routledge, 2000.

Plumwood, Val, "Decolonizing Relationships with Nature", *Decolonizing Nature: Strategies for Conservation in a Post-Colonial Era*, Ed. William H. Adams and Martin Mulligan. London: Earthscan, 2003.

Prosser, Simon, "Emergent Causation", *Philosophical Studies*, Vol. 159, No. 1, 2012.

Rachels, James, "Darwin, Species, and Morality", *The Monist*, Vol. 70, No. 1, 1987.

Raglon, Rebecca, and Marian Scholtmeijer, " 'Animals are not believers in ecology': Mapping Critical Differences between Environmental and Animal Advocacy Literatures", *ISLE*, Vol. 14, No. 2, 2007.

Ramanujan, Anuradha, "Violent Encounters: 'Stray' Dogs in Indian

Cities", *Cosmopolitan Animals*, Ed. Kaori Nagai, et al, Basingstoke: Palgrave Macmillan, 2015.

Ray, Nicholas, "Interrogating the Human/Animal Relation in Freud's *Civilization and Its Discontents*", *Humanimalia*, Vol. 6, No. 1, 2014.

Regan, Tom, *Defending Animal Rights*, Urbana: University of Illinois Press, 2001.

Regan, Tom, *Empty Cages: Facing the Challenge of Animal Rights*, Lanham: Rowman & Littlefield, 2004.

Regan, Tom, *The Case for Animal Rights*, Berkeley and Los Angeles: University of California Press, 2004.

Ritchie, Hannah, and Max Roser, "Meat and Seafood Production & Consumption", 4 Feb. 2017, 6 Dec. 2018. < https://ourworldindata. org/meat-and-seafood-production-consumption >.

Ritvo, Harriet, *The Animal Estate: The English and Other Creatures in the Victorian Age*, Cambridge: Harvard University Press, 1987.

Ritvo, Harriet, "History and Animal Studies", *Society and Animals*, Vol. 10, No. 4, 2002.

Rivero, Oswaldo, *The Myth of Development: Non-Viable Economiesand the Crisis of Civilization*, Trans. Claudia Encinas and Janet Herrick Encinas, London and New York: Zed Books, 2010.

Robbins, John, *Diet for a New America: How Your Food Choices Affect Your Health, Your Happiness, and the Future of Life on Earth*, Tiburon: HJ Kramer, 2012.

Robertson, Leo, "The Conception of Braham: The Philosophy of Mysticism", *The Monist*, Vol. 26, No. 2, 1916.

Rohman, Carrie, *Stalking the Subject: Modernism and the Animal*, New York: Columbia University Press, 2009.

Rollin, Bernard, "Thought without Language", *Animal Rights and Human Obligations*, Ed. Tom Regan and Peter Singer, Englewood Cliffs:

Prentice Hall, 1989.

Rollin, Bernard, *The Unheeded Cry*: *Animal Consciousness*: *Animal Consciousness*, *Animal Pain and Science*, Ames: Iowa State University Press, 1998.

Rollin, Bernard, "Scientific Ideology, Anthropomorphism, Anecdote, and Ethics", *The Animal Ethics Reader*, Ed. Susan Armstrong and Richard Botzler, London and New York: Routledge, 2003.

Rolston, Holmes, *Philosophy Gone Wild*: *Environmental Ethics*, Buffalo, NY: Prometheus Books, 1989.

Rolston, Holmes, "Endangered Species", *Encyclopedia of Animal Rights and Animal Welfare* (*1ˢᵗ edition*), Ed. Marc Bekoff. Westport: Greenwood Press, 1998.

Rothfels, Nigel, *Savages and Beasts*: *The Birth of the Modern Zoo*, Baltimore and London: The Johns Hopkins University Press, 2002.

Rowe, David, and Robert Schulmann, ed, *Einstein on Politics*: *His Private Thoughts and Public Stands on Nationalism*, *Zionism*, *War*, *Peace*, *and the Bomb*, Princeton: Princeton University Press, 2007.

Ryder, Richard, "Experiments on Animals", *Animals*, *Men and Morals*: *An Enquiry into the Maltreatment of Non-humans*, Ed. Stanley Godlovitch, Roslind Godlovitch and John Harris, New York: Taplinger, 1972.

Ryder, Richard, *Animal Revolution*: *Changing Attitudes towards Speciesism*, New York: Berg, 2000.

Ryder, Richard, *Speciesism*, *Painism and Happiness*: *A Morality for the Twenty-First Century*, Exeter: Andrews UK Limited, 2015.

Sabloff, Annabelle, *Reordering the Natural World*: *Humans and Animals in the City*, Toronto: University of Toronto Press, 2001.

Sagoff, Mark, "Animal Liberation and Environmental Ethics: Bad Marriage, Quick Divorce", *Osgoode Hall Law Journal*, Vol. 22, No. 2. 1984.

Sahlins, Marshall, "Food as Symbolic Code", *Culture and Society*: *Con-*

temporary Debates, Ed. Jeffrey Alexander and Steven Seidman, Cambridge:
Cambridge University Press, 1990.

Said, Edward, *Orientalism*, New York: Vintage Books, 1979.

Said, Edward, *Culture and Imperialism*, New York: Vintage Books, 1993.

Salisbury, Joyce, *The Beast Within: Animals in the Middle Ages*, New
York: Routledge, 1994.

Salt, Henry, *Animal Rights: Considered in Relation to Social Progress*,
New York and London: Macmillan & Co. , 1894.

Sanday, Peggy, *Divine Hunger: Cannibalism as a Cultural System*, Cam-
bridge: Cambridge University Press, 1986.

Sandhya, "Q&A with Indra Sinha", 13 Mar. 2008, 10 Jan. 2020. < ht-
tp: //sepiamutiny. com/blog/2008/03/13/qa_with_indra_s/ >.

Sandis, Constantine, "Culture, Religion, and Belief Systems: Gandhi,
Mohandas Karamchand (1869 – 1948)", *Encyclopedia of Human-Ani-
mal Relationships: A Global Exploration of Our Connections with Animals
(Volume 2)*, Ed. Marc Bekoff, Westport: Greenwood Press, 2007.

Sandoe, Peter, Sandra Corr, and Clare Palmer, *Companion Animal Ethics*,
Chichester: Wiley, 2016.

Sarkowsky, Katja, and Schulze-Engler Frank, "The New Literatures in
English", *English and American Studies: Theory and Practice*, Ed.
Middeke Martin, et al, Stuttgart: J. B. Metzler, 2012.

Sax, Boria, *The Mythical Zoo: An Encyclopedia of Animals in World
Myth, Legend, and Literature*, Santa Barbara: ABC-CLIO, 2001.

Scheler, Max, "Man and History", *Philosophical Perspectives*, Trans. Oscar.
A. Haac, Boston: Beacon Press, 1958.

Schumpeter, Joseph, *Capitalism, Socialism and Democracy*, London and
New York: Routledge, 2003.

Schwab, Gabriele, *Imaginary Ethnographies: Literature, Culture, and
Subjectivity*, New York: Columbia University Press, 2012.

Seeber, Barbara, *Jane Austen and Animals*, Farnham: Aashgate, 2013.

Seidel, Asher, *Inhuman Thoughts: Philosophical Explorations of Posthumanity*, Lanham: Lexington, 2009.

Serpell, James, *In the Company of Animals: A Study of Human-Animal Relation ships*, Cambridge: Cambridge University Press, 1996.

Serpell, James, "Attitudes Toward Animals", *Encyclopedia of Animal Rights and Animal Welfare (1ˢᵗ edition)*, Ed. Marc Bekoff, Westport: Greenwood Press, 1998.

Shakespeare, William, *Hamlet*, New Haven and London: Yale University Press, 2003.

Shapiro, Kenneth, and Marion Copeland, "Toward a Critical Theory of Animal Issues in Fiction", *Society and Animals*, Vol. 13, No. 4, 2005.

Shores, Corry, "What Is It Like to Become a Rat? Animal Phenomenology through Uexküll and Deleuze & Guattari", *Studia Phaenomenologica*, Vol. 17, 2017.

Sielke, Sabine, " 'The Empathetic Imagination': An Interview with Yann Martel", *Canadian Literature*, No. 177, 2003.

Simon, Bart, "Introduction: Toward a Critique of Posthuman Futures", *Cultural Critique*, No. 53, 2003.

Simons, John, *Animal Rights and the Politics of Literary Representation*, New York: Palgrave, 2002.

Singer, Peter, "Animal Liberation", 5 Apr. 1973, 12 Jun. 2018. < https://www. nybooks. com/articles/1973/04/05/animal-liberation/ >.

Singer, Peter, *Practical Ethics*, Cambridge: Cambridge University Press, 1993.

Singer, Peter, *Animal Liberation*, New York: Ecco, 2002.

Singer, Peter, *One World Now: The Ethics of Globalization*, New Haven and London: Yale University Press, 2016.

Sinha, Indra, *Animal's People*, New York: Simon & Schuster, 2009.

Slovic, Scott, "The Third Ware of Ecocriticism: North American Reflections on the Current Phase of the Discipline", *Ecozon*, Vol. 1, No. 1, 2010.

Soles, Carter, " 'And No Birds Sing': Discourses of Environmental Apocalypse in *The Birds* and *Night of the Living Dead*", *Interdisciplinary Studies in Literature and Environment*, Vol. 21, No. 3, 2014.

Spiegel, Marjorie, *The Dreaded Comparison: Human and Animal Slavery*, London: Heretic Books, 1988.

Spivak, Gayatri, "Can the Subaltern Speak?" *Marxism and the Interpretation of Culture*, Ed. Cary Nelson and Lawrence Grossberg, Basingstoke: Macmillan Education, 1988.

Sramek, Joseph, " 'Face Him Like a Briton': Tiger Hunting, Imperialism, and British Masculinity in Colonial India, 1800 – 1875", *Victorian Studies*, Vol. 48, No. 4, 2006.

Steel, Karl, *How to Make a Human: Animals and Violence in the Middle Ages*, Columbus: The Ohio State University Press, 2011.

Steiner, Cary, *Anthropocentrism and Its Discontents: The Moral Status of Animals in the History of Western Philosophy*, Pittsburgh: University of Pittsburgh Press, 2010.

Stiegler, Bernard, *Technics and Time*, *1: The Fault of Epimetheus*, Trans. Richard Beardsworth and George Collins. Stanford: Stanford University Press, 1998.

Swartz, Marc, "History and Science in Anthropology", *Theory in Anthropology: A Sourcebook*, Ed. Robert A. Manners and David Kaplan, London: Routledge, 2004.

Swift, Jonathan, *Gulliver's Travels*, New York: Oxford University Press, 2005.

Tannahill, Reay, *Flesh and Blood: A History of the Cannibal Complex*, New York: Stein & Day, 1975.

Taylor, Paul, *Respect for Nature: A Theory of Environmental Ethics*, Prince-ton: Princeton University Press, 2011.

Thacker, Eugene, "Data Made Flesh: Biotechnology and the Discourse of the Posthuman", *Cultural Critique*, Vol. 53, No. 1, 2003.

The Dominion Post, "The Ultimate Questions", 10 Mar. 1997, 5 Aug. 2018. < EBSCO*host*, ezproxy. uow. edu. au/login? url = http: //search. ebsco-host. com/login. aspx? direct = true&db = n5h&AN = DOM9703101021LDR-10-FE&site = eds-live. >.

Thomas, Keith, *Man and The Natural World: A History of the Modern Sensibility*, New York: Pantheon, 1983.

Tuan, Yi-Fu, *Escapism*, Baltimore and London: The Johns Hopkins University Press, 1998.

Turner, John, "Tim Winton's *Shallows* and the End of Whaling in Aus-tralia", *Westerly*, Vol. 38, No. 1, 1993.

Twine, Richard, *Animals as Biotechnology: Ethics, Sustainability and Critical Animal Studies*, London and Washington: Earthscan, 2010.

Uebel, Michael, "Unthinking the Monster: Twelfth-Century Responses to Saracen Alterity", *Monster Theory: Reading Culture*, Ed. Jeffrey Co-hen, Minneapolis and London: University of Minnesota Press, 1996.

UEG, "UEG Week: Microplastics Discovered in Human Stools across the Globe in First Study of Its Kind", 23 Oct. 2018, 27 Nov. 2018. < ht-tps: //www. ueg. eu/press/releases/ueg-press-release/article/ueg-week-microplastics-discovered-in-human-stools-across-the-globe-in-first-study-of-its-kind/ >.

Vadde, Aarthi, "Cross-Pollination: Ecocriticism, Zoocriticism, Post-colonialism", *Contemporary Literature*, Vol. 52, No. 3, 2011.

Varsamopoulou, Evy, "Timely Meditations: Reflections on the Role of the Humanities in J. M. Coetzee's *Elizabeth Costello* and *Diary of a Bad Year*", *Humanities*, Vol. 3, No. 3, 2014.

VIN, "Does Animal Testing Help Human Medicine? 33 Facts to Consider", (n. d.) 16 Jul. 2018. < http：//vivisectioninformation. com/index2dd4. html? p = 1_8_ All-you-need-to-know-in-33-facts >.

Vint, Sherryl, *Animal Alterity：Science Fiction and the Question of the Animal*, Liverpool：Liverpool University Press, 2010.

Vos, Ricardo, "Extinction Stories：Performing Absence (s)", *Knowing Animals*, Ed. Lawrence Simmons and Philip Armstrong, Leiden：Brill, 2007.

Walcott, Derek, "The Muse of History", *The Post-colonial Studies Reader*, Ed. Bill Ashcroft, Gareth Griffiths, and Helen Tiffin, New York：Routledge, 2003.

Waldau, Paul, *Animal Studies：An Introduction*, New York：Oxford University Press, 2013.

Warkentin, Traci, "Whale Agency：Affordances and Acts of Resistance in Captive Environments", *Animals and Agency：An Interdisciplinary Exploration*, Ed. Sarah E. McFarland and Ryan Hediger, Leiden：Brill, 2009.

Waterhouse, Ruth, "*Beowulf*as Palimpsest", *Monster Theory：Reading Culture*, Ed. Jeffrey Cohen, Minneapolis and London：University of Minnesota Press, 1996.

Weil, Kari, *Thinking Animals：Why Animal Studies Now?* New York：Columbia University Press, 2012.

Wemelsfelder, Francoise, "Animal Boredom：Is a Scientific Study of the Subjective Experiences of Animals Possible?" *Advances in Animal Welfare Science 1984*, Ed. M. W. Fox and L. D. Mickley, Dordrecht：Martinus Nijhoff Publishers, 1985.

White, Hayden, "New Historicism：A Comment", *The New Historicism*, Ed. H. Aram Veeser, London and New York：Routledge, 1989.

White, Tim, "Once Were Cannibals", *Scientific American*, Vol. 285,

No. 2 , 2001.

Williams, Jeffrey, "The Rise of the Academic Novel", *American Literary History*, Vol. 24, No. 3, 2012.

Williams, Paul, "Hunting Animals in JM Coetzee's *Dusklands* and *Waiting for the Barbarians*", *Social Alternatives*, Vol. 32, No. 4, 2013.

Winton, Tim, *Shallows*, Sydney: Allen & Unwin, 1984.

Wise, Steven, "Animal Rights, One Step at a Time", *Animal Rights: Current Debates and New Directions*, Ed. Cass Sunstein and Martha Nussbaum, New York: Oxford University Press, 2004.

Wisker, Gina, "Imagining Beyond Extinctathon: Indigenous Knowledge, Survival, Speculation——Margaret Atwood's and Ann Patchett's Eco-Gothic", *Contemporary Women's Writing*, Vol. 11, No. 3, 2017.

Wolfe, Cary, "Old Orders for New: Ecology, Animal Rights, and the Poverty of Humanism", *Diacritics*, Vol. 28, No. 2, 1998.

Wolfe, Cary, "Introdcution", *Zoontologies: The Question of the Animal*, Ed. Cary Wolfe, Minneapolis: University of Minnesota Press, 2003.

Wolfe, Cary, *Animal Rites: American Culture, the Discourse of Species, and Posthumanist Theory*, Chicago: The University of Chicago Press, 2003.

Wolfe, Cary, "Human, All Too Human: 'Animal Studies' and the Humanities", *PLMA*, Vol. 124, No. 2, 2009.

Wolfe, Cary, *What is Posthumanism?* Minneapolis: University of Minnesota Press, 2010.

World Association of Zoos and Aquariums, "Zoos and Aquariums of the World", (n. d.) 25 Jul. 2018. < http://www.waza.org/en/site/zoosaquariums >.

Wright, Laura, "Diggers, Strangers, and Broken Men: Environmental Prophecy and Commodification of Nature in Keri Hulme's *The Bone People*", *Postcolonial Green: Environmental Politics and World Narratives*,

Ed. Bonnie Roos and Alex Hunt, Charlottesville: University of Virginia Press, 2010.

Wynne, Clive, "The Perils of Anthropomorphism", *Nature*, Vol. 428, No. 6983, 2004.

索　引